O Pequeno Cavaleiro

HENRYK SIENKIEWICZ

TRILOGIA PARTE III
O Pequeno Cavaleiro

Tradução de
TOMASZ BARCINSKI

EDITORA RECORD
RIO DE JANEIRO • SÃO PAULO

2006

CIP-Brasil. Catalogação-na-fonte
Sindicato Nacional dos Editores de Livros, RJ.

Sienkiewicz, Henryk, 1846-1916
S574p   O pequeno cavaleiro / Henryk Sienkiewicz; tradução de Tomasz Barcinski. — Rio de Janeiro: Record, 2006.

Tradução de: Pan Woodyjowski

ISBN 85-01-07482-9

1. Romance polonês. I. Barcinski, Tomasz. II. Título.

06-0488
CDD – 891.853
CDU – 821.162.1-3

Título original em polonês:
PAN WOODYJOWSKI

Copyright © 2006, Editora Record

Imagem de capa: *Jan Sobieski informa o papa sobre a vitória em Viena,* Jan Matejko, Museu Nacional de Cracóvia

Todos os direitos reservados. Proibida a reprodução, armazenamento ou transmissão de partes deste livro através de quaisquer meios, sem prévia autorização por escrito. Proibida a venda desta edição em Portugal e resto da Europa.

Direitos exclusivos de publicação em língua portuguesa para o Brasil adquiridos pela
EDITORA RECORD LTDA.
Rua Argentina 171 – Rio de Janeiro, RJ – 20921-380 – Tel.: 2585-2000
que se reserva a propriedade literária desta tradução

Impresso no Brasil

ISBN 85-01-07482-9

PEDIDOS PELO REEMBOLSO POSTAL
Caixa Postal 23.052
Rio de Janeiro, RJ – 20922-970

INTRODUÇÃO

Assim que terminou a guerra com a Hungria e logo após o casamento de *pan* Andrzej Kmicic com *panna* Aleksandra Billewicz, estava prevista a união matrimonial entre *panna* Anna Borzobohata Krasienska e o mais famoso e meritório cavaleiro da República — *pan* Jerzy Michal Wolodyjowski, coronel do regimento da cavalaria laudense.

No entanto, surgiram significativas delongas que atrasaram a cerimônia. *Panna* Borzobohata era uma pupila da princesa Gryzelda Wisniowiecki e não admitia casar-se sem a devida permissão da sua tutora. Diante disto, *pan* Michal teve que partir para Zamosc a fim de obter a sua bênção, deixando a noiva em Wodokty, onde ficaria protegida dos perigos que ainda rondavam a região.

Mas a sorte não sorriu para ele, pois a princesa partira de Zamosc e, no intuito de proporcionar uma educação adequada ao seu filho, se instalara na corte imperial de Viena.

O persistente guerreiro partiu para Viena, o que levou muito tempo. Uma vez lá, conseguiu o que queria e, cheio de ânimo, iniciou a viagem de retorno ao seu país, que continuava extremamente agitado. O exército estava formando uma confederação, a rebelião cossaca na Ucrânia ainda continuava e as chamas do lado oriental ainda não haviam se extinguido. Novas tropas estavam sendo arregimentadas para poderem, pelo menos, oferecer alguma proteção àquelas fronteiras.

Em função disto, antes mesmo de *pan* Michal chegar a Varsóvia, ele recebeu uma carta convocatória emitida pelo voivoda da Rutênia. Por acreditar que os assuntos públicos deviam sempre estar acima dos privados, o pequeno cavaleiro abandonou a idéia de se casar imediatamente e partiu para a Ucrânia, onde passou vários anos guerreando. Vivendo sob fogo constante e suportando indescritíveis dificuldades, mal teve tempo para escrever esporádicas cartas à sua saudosa noiva.

Depois, foi enviado como emissário à Criméia; depois, veio a desgraçada guerra civil contra *pan* Lubomirski, em que lutou ao lado do seu rei contra esse traidor; depois, sob o comando de *pan* Sobieski, voltou novamente à Ucrânia.

Seus feitos cobriram o seu nome de mais fama e glória, a ponto de ser unanimemente considerado o maior guerreiro de toda a República, mas seus dias se passaram envoltos em preocupações, suspiros e saudades.

Até que, finalmente, chegou o ano de 1668, quando foi liberado para um descanso mais do que merecido. No início do verão, foi em busca da sua amada em Wodokty e, junto com ela, partiu para Cracóvia. A princesa Gryzelda, que já havia retornado da corte imperial, fazia questão de que o casamento fosse realizado naquela cidade, tendo se oferecido para participar dele na qualidade de mãe da noiva.

Os Kmicic ficaram em Wodokty, totalmente ocupados com a anunciada chegada de um novo hóspede na mansão. Até então, a Providência lhes negara filhos, mas agora estava para se realizar o mais almejado dos seus sonhos.

Aquele ano fora extraordinariamente produtivo. Os campos de trigo proporcionaram uma colheita de tais dimensões que não havia mais celeiros suficientes para armazenar os grãos e o país inteiro, de ponta a ponta, ficou coberto por medas. Nas regiões devastadas pela guerra, novas florestas cresciam numa noite mais do que em dois anos. Parecia que a fertilidade do solo também atingira todos os seres nele existentes, tal era a quantidade de animais e cogumelos nas florestas e peixes nos rios.

Os amigos de Wolodyjowski viam nisso augúrios auspiciosos para o seu casamento próximo, mas a Fortuna não quis que assim ocorresse.

Capítulo 1

NUM LINDO DIA de outono, *pan* Andrzej Kmicic estava sentado à sombra de uma cobertura de caramanchão e, bebericando o mel que costumava tomar após o almoço, olhava para a sua esposa que, semi-oculta pelas folhas de lúpulo selvagem enroscadas nas grades, passeava sobre uma linda trilha existente diante do pavilhão.

A mulher era de uma beleza extraordinária, loura e com uma expressão suave e quase angelical no rosto.

Caminhava devagar e com cuidado, pois se encontrava num estado abençoado.*

Pan Andrzej Kmicic olhava para ela com profunda paixão. Seus olhos seguiam os seus passos com a mesma dedicação com que os olhos de um cão seguem o seu dono. De vez em quando, sorria de contentamento e aprumava os seus bigodes, já que a visão da esposa lhe dava grande prazer e orgulho.

Nestas ocasiões, o seu rosto adquiria um ar maroto. Dava para perceber que se tratava de um guerreiro nato e que, nos tempos de solteiro, devia ter dado trabalho às mulheres.

O silêncio no jardim era interrompido apenas pelo som das frutas maduras caindo das árvores e o zumbido dos insetos. O tempo estava maravilhoso. Era o início de setembro. O sol não era mais tão quente, mas

---

*Na Polônia, quando uma mulher está grávida, costuma-se dizer que está num "estado abençoado". (*N. do T.*)

ainda cobria a terra com seus raios dourados, iluminando as maçãs vermelhas pendentes dos galhos no meio das folhas acinzentadas e tão abundantes
que as macieiras pareciam estar cobertas por elas. Os galhos das ameixei-
ras curvavam-se sob o peso das frutas, cobertas por uma fina camada acinzentada. Os fios das primeiras teias de aranha pendiam das árvores,
balançando-se com a brisa tão suave que não chegava a agitar as folhas.

O ambiente pacífico deve ter enchido de alegria a alma de *pan* Kmicic,
pois o seu rosto exalava felicidade. Finalmente, tomou mais um trago do
mel e disse para a esposa:

— Olenka, venha até aqui. Tenho algo a lhe dizer.

— Desde que não seja algo que eu não queira ouvir.

— Juro por Deus que não é nada disto! Pode vir!

E tendo dito isto, enlaçou-a pela cintura, aproximou os bigodes dos seus
cabelos louros e sussurrou no seu ouvido:

— Se for um menino, vamos dar-lhe o nome de Michal.

Ao que ela virou o seu rosto enrubescido e sussurrou de volta:

— Mas você não prometeu não se opor que fosse Herakliusz?

— Sim, mas nós devemos tanto a Wolodyjowski...

— E o vovô não tem precedência sobre ele?

— É verdade; além de ser o seu avô, ele foi o meu benfeitor... Muito
bem... Mas o segundo terá que ser Michal! Não abro mão disto!

Olenka tentou se desvencilhar dos braços de *pan* Andrzej Kmicic, mas
ele aproximou-a ainda mais do seu peito e se pôs a beijar a sua boca e olhos,
repetindo sem cessar:

— Minha gatinha, meu amor adorado, vida da minha vida!

O resto do colóquio foi interrompido pela chegada de um pajem que,
tendo aparecido no fim da trilha, caminhava rapidamente para o caramanchão.

— O que você quer? — perguntou Kmicic, soltando a esposa.

— *Pan* Charlamp acaba de chegar e está aguardando no salão — respondeu o pajem.

— Pois não é que é ele mesmo?! — exclamou Kmicic ao ver um homem que se aproximava do pavilhão. — Meu Deus! Como os seus bigodes
ficaram grisalhos! Seja bem-vindo, querido companheiro de longa data!

E tendo dito isto, estendeu os braços e saiu correndo na direção de *pan* Charlamp.

Mas *pan* Charlamp primeiro fez uma reverência à Olenka, a quem conhecia ainda dos tempos da corte do príncipe voivoda de Wilno, em seguida, levou a mão da dama aos seus imensuráveis bigodes, e somente então, atirou-se nos braços de Kmicic, chorando convulsivamente.

— Pelo amor de Deus! O que lhe aconteceu? — perguntou o espantado anfitrião.

— Deus trouxe felicidade a um e negou-a a outro. Quanto às razões da minha tristeza, somente poderei expô-las ao senhor em particular.

Neste ponto, lançou um olhar para Olenka que, adivinhando que ele não queria falar na sua presença, disse para o marido:

— Vou pedir que tragam mais mel para os senhores e deixá-los a sós...

Kmicic levou *pan* Charlamp para o pavilhão e, após sentarem num dos bancos, exclamou:

— O que aconteceu? Você precisa de ajuda? Pode contar comigo para o que der e vier!

— Eu estou bem — respondeu o velho soldado — e não precisarei de qualquer ajuda enquanto puder manejar esta espada; mas o nosso amigo, o maior de todos os guerreiros da República, está sofrendo muito, a ponto de eu nem saber se ainda continua vivo.

— Pelas chagas de Cristo! Aconteceu algo com Wolodyjowski?!

— Sim! — respondeu Charlamp, deixando cair uma nova torrente de lágrimas. — Saiba que *panna* Anna Borzobohata já não está mais entre nós.

— Morreu?! — exclamou Kmicic, agarrando a cabeça com ambas as mãos.

— Como um pássaro atravessado por uma lança.

Seguiu-se um momento de silêncio. Somente aqui e ali maçãs maduras caíam com estrondo no chão e *pan* Charlamp arfava cada vez mais querendo reter o choro, enquanto Kmicic torcia as mãos e repetia, meneando a cabeça:

— Deus misericordioso! Deus misericordioso! Deus misericordioso!

— O senhor não deve se espantar com as minhas lágrimas — disse, finalmente, Charlamp — porque se o coração do senhor se encheu de *dolor* somente de ouvir esta notícia, imagine quanto mais eu sofri ao ter presenciado a sua agonia e visto o indescritível sofrimento do nosso querido amigo...

Neste momento, chegou um serviçal trazendo um jarro de mel e mais um copo, seguido pela *pani* Kmicic, que não conseguira resistir à curiosidade.

Ao olhar para o rosto do marido e vendo a tristeza nele estampado, perguntou imediatamente:

— Que notícia é esta que o senhor trouxe? Por favor, não me mantenham excluída. Farei de tudo para consolá-los, ou chorarei com vocês, ou ainda tentarei contribuir com um conselho...

— Neste caso, os seus conselhos serão inúteis — respondeu *pan* Andrzej — e tenho medo de que você possa adoecer de tristeza.

— Sou suficientemente forte para agüentar qualquer coisa — respondeu Olenka. — É muito pior ficar vivendo em incerteza...

— Anusia morreu! — disse Kmicic.

Olenka empalideceu e sentou pesadamente no banco; Kmicic chegou a pensar que ela ia desmaiar, mas a tristeza sobrepujou o choque da notícia repentina e ela se pôs a chorar, no que foi acompanhada pelos dois guerreiros.

— Olenka — disse finalmente Kmicic, querendo desviar os pensamentos da esposa numa outra direção — você não acha que ela foi diretamente para o paraíso?

— Não é por causa dela que estou chorando, mas pela sua perda e pela desgraça que se abateu sobre *pan* Michal. Quanto à sua felicidade eterna, gostaria de ter a mesma esperança de salvação que tenho quanto à dela. Nunca houve uma donzela mais digna, de melhor coração e mais proba do que ela. Oh!, minha Anusia, minha Anusia querida!...

— Eu presenciei a sua morte — disse Charlamp. — Queira Deus que qualquer um de nós possa ter uma morte tão pia.

Novamente houve um momento de silêncio. Quando a dor já estava mitigada um pouco pelas lágrimas, Kmicic falou:

— Conte-nos como tudo se passou e tome um gole de mel nas passagens mais tristes.

— Obrigado — respondeu Charlamp. — Tomarei um trago de vez em quando, desde que o senhor me acompanhe, porque a dor não só agarra o coração mas, como um lobo, também a garganta e quando a agarra, se não há algo que a possa aliviar, é capaz de nos esganar. Vou lhes contar como tudo se passou. Eu estava me dirigindo para Czestochowa, para me estabelecer na minha propriedade e passar lá a minha velhice. Já estou cansado de tanto guerrear, porque luto desde a minha juventude e agora os meus bigodes já estão grisalhos. Caso eu não consiga ficar tranqüilo por muito tempo, talvez ainda me aliste num regimento de cavalaria, muito embora as guerras civis e as tais confederações militares que só trazem desgraça à nossa pátria e alegram os nossos inimigos fizeram com que ficasse enjoado da *bellum*... Meu Deus do céu! É verdade que o pelicano alimenta os seus filhotes com sangue, mas já não restou mais muito sangue nas veias da nossa pátria...

— Querida Anusia! — interrompeu-o Olenka, chorando copiosamente. — Se não fosse você, o que teria acontecido comigo e a todos nós?... Você foi um refúgio e uma defesa para mim! Minha Anusia adorada!

Ao ouvir isto, Charlamp voltou a chorar, mas por pouco tempo, porque Kmicic interrompeu o seu pranto perguntando:

— E onde o senhor encontrou Wolodyjowski?

— Em Czestochowa, onde ambos se retiveram para descansar e prestar homenagem à Nossa Senhora. Ele logo me explicou que estava viajando com a noiva para Cracóvia, a fim de obter a bênção da princesa Gryzelda Wisniowiecki, sem a qual a jovem recusava-se a casar. Naqueles dias, *panna* Anna estava ainda sadia e ele, feliz como um passarinho. "Veja", dizia-me ele, "que recompensa maravilhosa Deus me deu pelos meus serviços!" Wolodyjowski se gabava tanto (que Deus possa devolver-lhe a alegria de viver!) e me gozava imensamente, porque o senhor e a senhora precisam saber que nós estivemos ambos apaixonados por ela e quase chegamos a duelar por sua causa. E agora, onde está a coitadinha?

Charlamp voltou a chorar, mas por pouco tempo, pois Kmicic interrompeu-o novamente:

— O senhor não acaba de dizer que ela estava bem da saúde? Como algo poderia acontecer tão repentinamente?

— Pois saiba que foi realmente muito repentino. Ela estava hospedada na mansão da *pani* Zamojski que, naqueles dias, também estava em

Czestochowa, junto com o seu marido. Wolodyjowski a visitava diariamente e vivia reclamando de que tudo indicava que eles levariam mais de um ano para chegar a Cracóvia, porque, por onde passavam, as pessoas queriam hospedá-los. Pudera! Quem não queria ter um hóspede destes? E, quando o agarravam, não queriam mais soltar. Ele costumava levar-me consigo e dizia, brincando, que faria picadinho de mim se eu tentasse arrancá-la dele... Mas ela só tinha olhos para ele, como se ele fosse a única pessoa no mundo. Confesso que eu até ficava sem graça, sentindo-me como um prego inútil preso a uma parede. Mas, certa noite, Wolodyjowski veio me procurar em grande estado de agitação. "Pelo amor de Deus! Você conhece algum médico? Anusia adoeceu e está delirando!" Perguntei quando isto acontecera e ele me respondeu que acabara de ser informado. E estávamos no meio da noite! Onde procurar um médico, se apenas o mosteiro continua de pé, enquanto na cidade havia mais ruínas que pessoas? Finalmente, consegui encontrar um médico-barbeiro, que não queria sair de casa àquelas horas. Tive que ameaçá-lo com a minha machadinha para que ele, por fim, fosse vê-la. Mas, ao chegarmos, ela precisava mais de um padre do que de um médico. Conseguimos encontrar um digno frei paulino que, graças às suas preces, conseguiu que ela recuperasse a consciência, pudesse receber os últimos sacramentos e se despedisse afetuosamente de *pan* Michal. No dia seguinte, ao meio-dia, ela não estava mais entre nós. O médico-barbeiro chegou a insinuar que alguém lhe dera um tipo de veneno, mas isto não era possível, porque é sabido que as poções danosas não têm efeito em Czestochowa. *Pan* Wolodyjowski parecia ter enlouquecido e dizia coisas que espero o Senhor Jesus não leve em consideração, porque quando alguém é tomado por uma dor de tais dimensões, não se dá conta do que está dizendo... Ele chegou (neste ponto, *pan* Charlamp baixou a voz) a blasfemar...

— Meu Deus! Ele blasfemava? — repetiu baixinho Kmicic.

— Saiu de perto do corpo dela para a ante-sala e de lá para o pátio, cambaleando como se estivesse bêbado. Uma vez no pátio, cerrou os punhos, elevou-os aos céus e começou a berrar com uma voz terrível: "Quer dizer que é esta a recompensa pelos meus ferimentos, minhas agruras, meu sangue e minha dedicação à pátria-mãe?!... Eu só tinha um cordeirinho e

Vós, Senhor, o tirastes de mim. Derrubar um guerreiro armado e que pisa com força sobre o chão é algo digno da mão de Deus, mas asfixiar uma pombinha inocente é uma coisa de gatos, falcões, cães e..."

— Pelas chagas de Cristo! — exclamou *pani* Kmicic. — Não repita isto, para não trazer desgraça a esta casa!

Charlamp fez o sinal-da-cruz e continuou:

— O pobre soldado achava que merecia uma recompensa e eis com o que foi premiado! Deus sabe o que faz, mas os seus atos são incompreensíveis para as mentes humanas e não podem ser medidos pelo conceito de justiça dos homens! Logo depois de pronunciar aquelas blasfêmias, o seu corpo se enrijeceu e ele caiu por terra, duro como uma pedra. O padre se pôs a fazer exorcismos sobre o seu corpo, para que os espíritos malignos o abandonassem.

— E ele demorou muito para voltar a si?

— Ficou imóvel por mais de uma hora e, quando recuperou a consciência, trancou-se no seu alojamento, sem querer ver quem quer que fosse. Por ocasião do enterro, eu lhe dizia: "Senhor Michal, tenha fé em Deus!" Mas ele nem me respondia. Fiquei três dias em Czestochowa, porque não queria deixá-lo sozinho, mas de nada adiantava bater à sua porta. Ele não a abria! Fiquei sem saber o que fazer: continuar tentando a bater à porta, ou partir?... Mas como se pode deixar assim um homem, sem qualquer forma de consolá-lo? Finalmente, tendo chegado à conclusão de que a minha presença não tinha qualquer serventia, decidi procurar Skrzetuski que, junto com *pan* Zagloba, eram os seus amigos mais próximos; talvez eles possam chegar ao seu coração, principalmente *pan* Zagloba que, sendo um homem sábio, sabe como falar com alguém numa situação dessas.

— Então o senhor foi até a propriedade de Skrzetuski?

— Fui, mas Deus também não quis me ajudar, pois tanto ele quanto *pan* Zagloba haviam partido para Kalisk, para visitar o capitão Stanislaw, e ninguém sabia dizer quando retornariam. Aí, pensei comigo mesmo: como tenho que passar por Zmudz no meu caminho de volta, vou até a mansão dos senhores para contar-lhes o que se passou.

— Eu sempre soube que o senhor era um cavalheiro muito digno — disse Kmicic.

— Não se trata de mim, mas de Wolodyjowski — respondeu Charlamp. — E devo lhes confessar que estou muito preocupado se ele recuperará a sua sanidade mental...

— Deus há de protegê-lo — disse Olenka.

— Se Ele o salvar, certamente *pan* Michal vestirá o hábito monástico, porque posso lhes afirmar que nunca vi um sofrimento igual em toda minha vida... O que seria uma pena, pois desperdiçar um talento guerreiro desses...

— Como "uma pena"? Ele aumentará ainda mais a glória divina! — falou novamente *pani* Kmicic.

Charlamp começou a agitar os seus bigodes e enrugar a testa.

— Pois saiba, minha senhora, que poderá aumentar ou não aumentar. Basta contar quantos pagãos e heréticos ele eliminou da face da terra, o que deve ter agradado muito mais ao nosso Salvador e à Sua Mãe Santíssima, do que uma centena de padres, com as suas homilias. Hmm! Eis algo que é digno de ser avaliado! Cada um de nós serve à glória divina da melhor forma que sabe... e ele, no meio dos jesuítas, encontrará homens muitos mais inteligentes do que ele, mas não existe uma espada melhor em toda a República...

— Por Deus! O senhor está coberto de razão! — exclamou Kmicic. — O senhor sabe se ele continua em Czestochowa?

— Continuava lá quando eu parti. O que faria depois não tenho a menor idéia. Só sei que se Deus o poupou da perda da razão ou de uma doença, que costuma seguir o desespero, ele estará sozinho, sem ajuda de um parente ou um amigo que possa consolá-lo.

— Que a Virgem Santíssima o proteja naquele lugar sagrado, amigo leal! — exclamou Kmicic. — Nem um irmão teria feito por mim mais do que você!

A sra. Kmicic ficou pensativa por certo tempo e depois, levantando a sua cabeça dourada, disse:

— Jedrus, você se dá conta de tudo que lhe devemos?

— Caso eu esquecesse, eu pegaria emprestados os olhos de um cão, porque não poderia olhar com os meus para outro ser humano!

— Jedrus, você não pode deixá-lo em abandono.

O PEQUENO CAVALEIRO

— O que quer dizer com isto?

— Que você tem que ir ter com ele.

— Eis um coração de ouro; que dama mais digna! — exclamou Charlamp, pegando as mãos de Olenka e cobrindo-as de beijos.

Mas Kmicic, que não estava gostando do curso da conversa, meneou a cabeça e disse:

— Eu estaria pronto a procurá-lo até nos confins do mundo, mas... você sabe... se você estivesse sadia, não pensaria duas vezes... E se acontecer algo?... Eu definharia de preocupação... A esposa tem precedência sobre o melhor dos amigos... Morro de pena de *pan* Michal... mas... você sabe do que estou falando!...

— Eu estarei protegida pela *szlachta* laudense. A região está em paz e você sabe que eu não me assusto à toa. Sem a vontade divina, nenhum fio de cabelo cairá da minha cabeça... Enquanto isso, lá longe, talvez *pan* Michal precise de ajuda...

— E como!! — acrescentou Charlamp.

— Está ouvindo, Jedrus? Estou me sentindo muito bem. Não corro qualquer perigo... Sei que a idéia de partir nestas condições não lhe agrada...

— Preferiria me atirar sobre canhões! — interrompeu-a Kimicic.

— E você acha que, por acaso, vai se sentir bem toda vez que se lembrar que abandonou um amigo na hora da necessidade? Além disso, não lhe passou pela cabeça a possibilidade de que Deus, com raiva mais do que justificada, nos possa privar do que aguardamos?

— Agora você me deixou assustado. Perdermos aquilo por que mais ansiamos? Isto seria insuportável!

— Quando se tem um amigo como *pan* Michal, é um dever sagrado partir em sua ajuda.

— Eu amo Michal do fundo do meu coração. Paciência! O que tem que ser feito, tem que ser feito... e com rapidez, porque cada minuto é importante! Já estou indo para as cocheiras... Meu Deus, será que não há uma outra saída? Por que cargas-d'água aqueles dois tiveram que viajar para Kalisk! Não se trata de mim, mas de você, meu amor! Eu preferiria perder todas as minhas propriedades a passar um dia longe de você. Se alguém dissesse que eu a deixei por um motivo fútil, eu enfiaria a minha espada na sua boca. Você não disse que isto é uma obrigação minha? Pois seja! Tolo é aquele que hesita! Se fosse qualquer outro e não Michal, jamais faria isto!

Neste ponto, virou-se para Charlamp e disse:

— Prezado senhor, por favor siga-me até as cocheiras, vamos preparar os cavalos. Quanto a você, Olenka, mande preparar as minhas coisas. Que um dos laudenses supervisione a debulha... Sr. Charlamp, por favor, fique aqui por pelo menos duas semanas, zelando pela minha esposa. Talvez o senhor encontre nas redondezas uma propriedade que lhe agrade. Pode ficar com Lubicz! Que tal? Vamos até as cocheiras! Parto em uma hora! Se é preciso, é preciso!...

Capítulo 2

E COM EFEITO, AINDA antes do anoitecer, o guerreiro partiu. Olenka se despediu dele com lágrimas nos olhos e abençoando-o com uma cruz com pedaços da Cruz Sagrada incrustados em ouro. Como *pan* Kmicic já estava acostumado a deixar lugares repentinamente, partiu a pleno galope como se quisesse alcançar uma horda tártara que fugia com produtos saqueados.

Ao passar por Lukow, soube que o casal Skrzetuski, com os filhos e *pan* Zagloba, já haviam retornado de Kalisk. Diante disto, decidiu procurá-los, já que eles poderiam aconselhá-lo a como salvar Wolodyjowski.

Foi recebido com espanto e alegria, que logo se transformou em pranto, assim que ele lhes revelou o motivo da sua vinda.

Pan Zagloba ficou inconsolável e passou o dia chorando à beira do lago, a ponto de dizer mais tarde que este ficou tão cheio de lágrimas que foi preciso abrir as suas comportas para que não transbordasse. Mas, tendo chorado o suficiente, começou logo a raciocinar e, na reunião que fizeram para traçar planos, disse o que segue:

— Jan não pode partir, porque foi eleito para o Conselho Regional e vai ter muito trabalho pela frente, já que, após estas guerras todas, a região está repleta de espíritos inquietos. Pelo que o sr. Kmicic nos contou, as cegonhas passarão o inverno em Wodokty, porque foram convocadas para uma função que terão que exercer. Não é de se estranhar que, diante do que o aguarda, o senhor não esteja muito feliz em ter que fazer esta viagem, especialmente quando não se sabe quando o feliz evento irá ocorrer.

O senhor demonstrou ter um grande coração, prontificando-se para empreender esta jornada, mas se eu posso dar um conselho sincero, lhe digo: volte, porque lá vai ser preciso um confidente mais próximo; alguém que não interpretará mal se for rejeitado e malvisto. Precisamos de alguém com muita *patientia* e experiência; e o senhor tem por Michal apenas amizade que, num caso destes, *non sufficit*. Apenas não fique aborrecido conosco, porque o senhor tem que admitir que Jan e eu somos amigos dele há mais tempo e vivemos com ele mais aventuras que o senhor. Meu Deus! Quantas vezes nós nos salvamos mutuamente!

— E se eu renunciasse ao meu cargo? — interrompeu-o Skrzetuski.

— Jan! Você está falando de uma função pública! — repreendeu-o severamente Zagloba.

— Deus é minha testemunha — disse o encabulado Skrzetuski — que nutro afeto fraternal pelo meu tio Stanislaw, mas Michal é mais do que um irmão para mim.

— Para mim, ele é mais do que um irmão verdadeiro, principalmente porque nunca tive um. Mas não devemos perder tempo discutindo quem lhe tem mais afeto! Saiba, Jan, que se esta desgraça tivesse atingindo Michal pouco tempo atrás, eu seria o primeiro a dizer a você: entregue o seu cargo ao carrasco e parta imediatamente! Mas calculemos quanto tempo se passou até Charlamp chegar de Czestochowa a Zmudz e quantos dias o senhor Andrzej precisou para chegar até aqui. Agora, não basta somente ir ter com Michal, nem apenas ficar junto dele, chorar com ele, persuadi-lo, mostrar-lhe o exemplo do Crucificado; é preciso encontrar meios de mitigar o seu desespero com pensamentos agradáveis e alegres. Sabem quem deveria ir? Eu! E é o que farei, se Deus me der forças para isto! Se eu encontrá-lo em Czestochowa, trá-lo-ei para cá; se não encontrá-lo, sairei à sua procura, nem que seja até os confins do mundo, e não interromperei a minha busca enquanto puder levar, com minhas próprias mãos, uma pitada de rapé às minhas narinas.

Ao ouvir isto, os dois guerreiros se puseram a abraçar *pan* Zagloba, que se emocionou com a infelicidade que se abatera sobre *pan* Michal e com as dificuldades que ele mesmo teria que enfrentar. Portanto, verteu um rio de lágrimas e, quando já estava farto de tantos abraços, disse:

O PEQUENO CAVALEIRO

— Só não me agradeçam em nome de Michal, porque vocês não são mais próximos dele do que eu!

— Não estamos agradecendo em nome de Michal — respondeu Kmicic — mas somente alguém com um coração de ferro, ou desumano, não se comoveria diante da prontidão demonstrada pelo senhor que, em nome da amizade, não liga para fadigas e para a idade avançada. Outros, ao chegarem à velhice, só pensam em ficar junto de uma lareira quentinha, enquanto o senhor fala de uma viagem destas como se tivesse a mesma idade que eu ou *pan* Skrzetuski.

Embora *pan* Zagloba não ocultasse a sua idade, não lhe agradava quando esta era vinculada a qualquer tipo de incapacitação. Portanto, embora estivesse ainda com os olhos avermelhados, olhou atentamente e com certo desprazer para Kmicic e respondeu;

— Prezado senhor! Quando completei setenta e sete anos, me senti um tanto desconfortável, como se tivesse dois machados suspensos sobre o meu pescoço; mas, quando cheguei aos oitenta, remocei tanto que cogitei a possibilidade de me casar. E aí, nós poderíamos ver quem seria o primeiro a ter de que se gabar!

— Eu não estou me gabando, e o senhor pode ter certeza de que não deixaria de elogiá-lo.

— E eu desconcertaria o senhor, assim como desconcertei o senhor *hetman* Potocki na presença de Sua Majestade, quando ele fez um comentário desabonador sobre a minha idade e eu o desafiei para vermos quem daria mais cambalhotas. E o que aconteceu? *Pan* Potocki virou três e teve que ser levantado pelos lacaios, porque não conseguia se pôr de pé sozinho, enquanto eu, dei a volta no salão, virando quase trinta e cinco. Pode perguntar a Skrzetuski, que estava lá e presenciou tudo.

Skrzetuski já estava acostumado com a mania de *pan* Zagloba convocá-lo como testemunha ocular de todos os seus feitos, de modo que nem piscou, mas trouxe a conversa de volta para o caso de Wolodyjowski.

Zagloba ficou pensativo por um longo tempo e somente depois do jantar recuperou o seu costumeiro bom humor, dizendo aos seus companheiros:

HENRYK SIENKIEWICZ

— Vou lhes dizer algo que não ocorreria a qualquer um: tenho fé em Deus de que o nosso Michal vai se curar desta desgraça mais rapidamente do que nós pensávamos no começo.

— Queira Deus que sim, mas como o senhor chegou a esta conclusão? — perguntou Kmicic.

— Ah, bem! Para isto, precisa ter uma mente astuta, o que é algo inato, uma experiência de vida que vocês, com a sua idade, ainda não podem ter, e um conhecimento profundo de Michal. Cada pessoa tem uma natureza diferente. Há algumas, a quem uma desgraça atinge como uma pedra atirada num rio. Aparentemente, a correnteza continua fluindo *tacite*, mas ela permanece lá no fundo e freia o seu fluxo natural, permanecendo assim prostrada até o leito do rio Estige ficar totalmente seco. Você, Jan, pertence a este grupo de pessoas, que são as que mais sofrem, porque a dor e a lembrança do que a causou nunca cessam. Há outras que recebem uma desgraça como um golpe certeiro no rosto. Ficam atordoadas, depois voltam a si e, quando o rosto desincha, esquecem. Oh! Como é melhor ser assim, neste mundo cheio de perigos.

Os dois guerreiros escutavam atentamente as sábias palavras de *pan* Zagloba, enquanto ele, feliz pela atenção que despertara, continuava:

— Eu conheço Michal por dentro e por fora, e invoco Deus como testemunha de que não quero desmerecê-lo, mas tenho a nítida impressão de que ele pranteia mais a circunstância de não ter se casado do que a própria noiva. O fato de ele estar desesperado, muito embora tenha razões de sobra para isto, não é tão importante assim. Vocês não podem imaginar a vontade que ele tinha de se casar. Ele é desprovido de qualquer sentimento de ganância, não nutre quaisquer ambições, jamais ligou para dinheiro e nunca reclamou de soldos atrasados; mas, em troca de todos os seus sacrifícios e méritos, a única coisa que esperava receber de Deus e da República era uma esposa. E eis que, quando se encontra às vésperas de realizar o seu sonho — o de colocar na boca o pão que ele assara por tantos anos —, tudo desaparece como por encanto! Não é compreensível que ele entre em desespero? Não digo que ele não esteja pranteando a menina, mas estou convencido de que foi o fato de não ter podido se casar que lhe causou tanta dor, mesmo que ele esteja pronto a jurar que é o contrário.

O PEQUENO CAVALEIRO

— Queira Deus que o senhor tenha razão! — repetiu Skrzetuski.

— Esperem até que as feridas da sua alma sarem e se cubram de pele nova e vocês verão se o seu velho anseio não retornará. O único *periculum* é o de ele, *sub onere* desespero, não faça ou não decida algo de que se arrependerá mais tarde. Mas o que tinha que acontecer, já aconteceu, porque as desgraças sempre são rápidas. O meu pajem já está tirando as minhas roupas dos baús e preparando o meu saco de viagem, portanto não estou dizendo tudo isto para não partir, mas apenas para incutir mais ânimo nos senhores.

— Mais uma vez, o pai será um bálsamo para Michal! — disse Jan Skrzetuski.

— Assim como fui para você? Você está lembrado? O mais importante de tudo é encontrá-lo logo, porque temo que ele possa ter se refugiado naquelas estepes inacessíveis, às quais se acostumou desde pequenino. O senhor, sr. Kmicic, fez um comentário sobre a minha idade. Pois eu lhe digo que, caso eu não me comporte como um mensageiro com um despacho importante, quando eu voltar o senhor poderá me mandar desfiar trapos velhos, debulhar trigo ou colocar-me sentado diante de uma roca. Não há dificuldades que me façam voltar atrás, nem a hospitalidade de quem quer que me seduza, nem comida ou bebida que detenha o meu avanço. Vocês ainda não viram uma busca que se possa comparar à que eu pretendo fazer! Já nem consigo ficar sentado neste banco, como se ele estivesse em brasa; já mandei que untassem a minha camisa de viagem com gordura de bode para afugentar os insetos...

Capítulo 3

POR MAIS QUE TENTASSE, *pan* Zagloba não conseguiu imprimir à sua viagem a velocidade que tinha prometido a si mesmo e aos seus amigos. Quanto mais se aproximava de Varsóvia, mais diminuía o seu ímpeto. Eram os tempos nos quais João Casimiro, o rei, político e líder inconteste que apagara os incêndios e salvara a República do dilúvio sueco, renunciara ao trono. Ele havia suportado todos os sofrimentos e resistido a todos os golpes desferidos pelo inimigo externo; mas quando, mais tarde, tentou introduzir reformas internas e, em vez de apoio da nação, se defrontou com oposição e má vontade, resolveu espontaneamente remover a coroa da sua cabeça, que se tornara um peso excessivo para ele.

As assembléias regionais e o Senado já estavam em pleno funcionamento e o padre Prazmowski, primaz da Polônia, determinara o dia cinco de novembro para a Convocação Geral.

Os candidatos à Coroa já estavam em plena campanha, os diversos partidos se digladiavam e embora a disputa somente fosse resolvida durante a eleição, todos sabiam da importância e peso daquela Convocação. Portanto, todos os deputados, a cavalo ou em carruagens, com empregados e pajens, seguiam para Varsóvia, assim como os senadores, com todas suas cortes. Com as estradas congestionadas e hospedarias repletas, a tarefa de encontrar um lugar para passar a noite não era fácil. No entanto, em respeito à sua idade, as pessoas cediam seus lugares a *pan* Zagloba, enquanto a sua imensurável fama, em diversas ocasiões, retardava o seu progresso.

Houve ocasiões em que, ao chegar a uma hospedaria, encontrava-a tão cheia de gente que não dava nem para enfiar mais um dedo e o dignitário que a ocupava, junto com a sua corte, saía curioso para ver quem estava chegando. Ao ver um ancião com bigodes e barba brancos como leite, ficava impressionado com tanta imponência e dizia:

— Peço humildemente a Vossa Senhoria que entre e compartilhe comigo uma refeição.

Pan Zagloba não se fazia de rogado, sabia que a sua presença traria um enorme prazer a quem quer que fosse. E quando o anfitrião, após deixá-lo passar à frente pela porta, indagava "A quem tenho a honra de receber?," o velho colocava as mãos nos quadris e, cheio de empáfia, respondia apenas com duas palavras:

— Zagloba *sum*!

Não houve um caso sequer em que o efeito daquelas duas palavras não resultasse em exclamações do tipo: "Este é o mais afortunado dos meus dias!", seguidas de chamados pelos seus companheiros e cortesãos: "Olhem! Estamos diante do exemplo máximo, *gloria et decus* de todos os guerreiros da República!" E todos vinham correndo para deliciar os seus olhos com a figura de *pan* Zagloba, com os mais jovens se ajoelhando e beijando respeitosamente as bordas do seu casaco de viagem. Em seguida, barris e garrafas eram retirados das carroças e iniciava-se um *gaudium* que, em alguns casos, chegava a durar vários dias.

Todos achavam que ele estava se dirigindo para Varsóvia na qualidade de deputado da Convocação, e quando ele respondia que não, o espanto era geral. Mas ele se explicava, dizendo que cedera o seu posto de deputado ao *pan* Domaszewski, para que os mais jovens tivessem a oportunidade de prestar serviços à causa pública. A alguns, ele chegou a revelar o verdadeiro motivo da sua viagem, mas a outros, quando o indagavam, respondia apenas: "Como passei toda a minha vida em guerras, tive a vontade de, nos meus anos de velhice, ainda trocar alguns golpes com Doroszenko."*

---

*Piotr Doroszenko, também conhecido como Dorosz, foi um líder cossaco famoso pela freqüência com que trocava de lado nas várias batalhas travadas pela República. Aliou-se a Chmielnicki por ocasião da rebelião cossaca, depois apoiou os suecos por ocasião do dilúvio, voltando a ser um defensor da República para, em seguida, mudar de lado mais uma vez, aliando-se primeiro aos tártaros e, depois, aos turcos. (*N. do T.*)

O PEQUENO CAVALEIRO

Após estas palavras, passava a ser admirado ainda mais e ninguém o considerou menos importante por não ser um deputado, já que todos sabiam que, mesmo em meio a meros espectadores, havia pessoas capazes de fazer muito mais do que os próprios deputados. Além disto, todos os senadores, desde os mais importantes até os insignificantes, sabiam que a eleição iria ocorrer dali a alguns meses, quando uma palavra de um homem tão afamado e respeitado por todos os guerreiros teria um peso incomensurável.

Em função disto, por onde *pan* Zagloba passasse, gorros eram imediatamente tirados das cabeças e os homens mais poderosos da República disputavam entre si o privilégio de poder abraçá-lo. *Pan* Podlaski serviu-lhe bebidas por três dias e os srs. Pacow, a quem encontrou em Kaluszyn, o carregaram nos braços.

E não faltaram aqueles que, às escondidas, enfiavam presentes no seu saco de viagem: desde garrafas de vodca e vinho, até pequenos porta-jóias ricamente adornados, espadas e pistolas. Os empregados de *pan* Zagloba ficaram muito felizes com isto, enquanto ele, malgrado a sua promessa, deslocava-se tão lentamente que chegou a Minsk somente na terceira semana de viagem.

No entanto, não ficou muito tempo naquela cidade. Ao chegar à praça central, viu uma corte tão linda e numerosa como jamais vira em toda sua vida: cortesãos com trajes brilhantes, apenas um pequeno regimento de infantaria — porque não se comparecia armado à Convocação —, mas tão primoroso que nem o rei da Suécia poderia se gabar de ter um igual; diversas carruagens douradas, carroças levando cortinas para cobrir as paredes das hospedarias encontradas pelo caminho, carroças com bagagem e estoques de alimentos; tudo isto cercado por serviçais estrangeiros, cuja língua não dava para entender.

Pan Zagloba conseguiu vislumbrar um cortesão vestido à polonesa e, achando que seria recebido calorosamente, tirou um pé do estribo da carruagem e pisou no chão, perguntando ao mesmo tempo:

— De quem é esta corte tão deslumbrante que nem o próprio rei poderia ter uma igual?

— E de quem poderia ser — respondeu o cortesão — a não ser do nosso amo, o príncipe voivoda da Lituânia?

— De quem?! — exclamou Zagloba.

— O senhor é surdo? Do príncipe Boguslaw Radziwill, deputado da Lituânia a caminho da Convocação e quem — queira Deus! — será eleito o nosso próximo monarca.

Zagloba, rapidamente, voltou a entrar na carruagem.

— Em frente! — ordenou ao cocheiro. — Não temos nada a fazer aqui!

E partiu, tremendo de indignação.

"Meu Deus", dizia, "como são insondáveis os Vossos desígnios, e se Vós não derrubastes aquele traidor com um raio na cabeça, deveis ter alguma intenção secreta que a mente humana não consegue perceber, pois, do ponto de vista humano, aquele miserável deveria ser chicoteado. Mas as coisas não devem andar muito bem nesta nossa sagrada República, quando seres tão traiçoeiros como aquele ali, sem dignidade nem consciência, não só não recebem qualquer castigo, como viajam em esplendor e segurança; e não é somente isto — ainda exercem funções públicas! Não vejo salvação para a nossa pátria, pois em qual país, em qual outra nação, algo semelhante poderia acontecer? O rei *Joannes Casimirus* foi um monarca clemente, mas exagerou na sua bondade e ensinou os piores elementos a confiar em remição das penas e impunidade. Na verdade, ele não é o único culpado disto. Está evidente que, neste país, desapareceram para sempre os sentimentos de cidadania e dignidade. Que coisa! Nomeá-lo deputado! Os cidadãos colocam a integridade e a segurança da pátria naquelas mãos; as mesmas mãos com as quais ele a destruiu e envolveu com os grilhões suecos! Estamos perdidos, não há mais salvação! E ainda planejam elegê-lo rei... E é bem possível que isto venha a acontecer, porque, como vemos, nesta terra tudo é possível! Por Deus! As nossas leis são claras e proíbem que alguém que exerça cargos no estrangeiro possa ser eleito como deputado, e ele é governador de uma das províncias do seu tio, o maldito eleitor da Prússia! Aha! Mas espere, porque vou dar um jeito em você! Para que existe a Comissão de Verificação do Senado? Se eu não for até lá e não levantar este assunto, mesmo sendo apenas um *szlachcic* sem qualquer cargo público, que eu seja transformado neste cavalo, e o cocheiro, num açougueiro. Tenho certeza de que encontrarei deputados dispostos a me apoiar. Ah! Seu traidor, talvez eu não esteja em condições de conseguir que tirem o posto de deputado de um potentado como você, mas que o rebuliço que vou causar vai atrapalhar os seus planos eleitorais, disto tenho certeza! E o coitado do Michal vai ter que aguardar por mim, porque isto será uma ação *pro publico bono*."

E eram estes os pensamentos que *pan* Zagloba ruminava, prometendo a si mesmo envolver-se a fundo naquela questão e cooptar outros deputados à sua causa. Em função disto, seguiu para Varsóvia com mais rapidez, temendo chegar depois do início da Convocação.

No entanto, chegou bem adiantado. Havia tantos deputados e emissários que todos os alojamentos de Varsóvia, de Praga* e de todos os demais subúrbios estavam lotados; também não era fácil ser convidado por alguém, já que em cada aposento dormiam até três ou quatro pessoas. *Pan* Zagloba passou a primeira noite num estabelecimento comercial e até que não foi tão ruim assim, mas ao se encontrar de volta na sua carruagem, não sabia muito bem o que fazer em seguida.

"Meu Deus! Meu Deus!", dizia, de péssimo humor, ao passar por um dos bairros da capital. "Aí estão as ruínas do convento dos bernardinos e do palácio dos Kazanowski! Como é ingrata esta cidade! Derramei o meu sangue para arrancá-la das mãos dos inimigos e, agora, não quer me ceder um cantinho para repousar a minha cabeça grisalha."

Mas a cidade não estava sendo ingrata; simplesmente não dispunha de qualquer cantinho livre.

No entanto, a boa estrela zelava por *pan* Zagloba, pois assim que chegou perto do palácio dos Koniecploski, uma voz gritou para o cocheiro:

— Pare!

O empregado parou a carruagem e um *szlachcic* desconhecido, com o rosto iluminado de alegria aproximou-se e exclamou:

— Sr. Zagloba! O senhor não está me reconhecendo?

Zagloba viu diante de si um homem de uns trinta anos, com um gorro de pele de lince adornado por uma pluma — um claro sinal de alguém que servira no exército — e trajando uma longa veste cor de papoula e um gibão

---

*Como já mencionado em O *dilúvio*, o subúrbio de Varsóvia que fica no outro lado do rio Vístula chama-se Praga, o mesmo nome da capital da República Tcheca. (*N. do T.*)

vermelho-escuro, atravessado por um cinturão incrustado de ouro. O rosto do desconhecido era de extraordinária beleza. Sua pele era clara, um tanto dourada pelos ventos dos campos; olhos azul-celeste, cheios de uma mistura de ternura e tristeza, e traços perfeitos que — para um homem — eram até perfeitos demais. Apesar dos trajes tipicamente poloneses, tinha os cabelos longos e a barba cortada à moda estrangeira. Tendo parado diante da carruagem, estendeu os seus braços, e *pan* Zagloba, embora não conseguisse se lembrar de quem se tratava, inclinou-se para fora e abraçou o seu pescoço.

Ficaram abraçando-se por muito tempo, afastando-se de vez em quando, para se verem melhor. Finalmente, Zagloba disse:

— O senhor terá que me perdoar, mas não consigo me lembrar...

— Hassling-Ketling!

— Por Deus! Bem que o seu rosto me parecia familiar, mas os seus trajes me confundiram, porque sempre o vi num uniforme estrangeiro. O que fez o senhor adotar trajes poloneses?

— Por ter adotado como mãe esta República, que me abrigou quando eu era um rapazola vagante, e a quem não quero mais abandonar. O senhor não soube que eu obtive a cidadania polonesa logo depois da guerra?

— Que notícia excelente! Então a sorte lhe sorriu?

— Nisto e em algo mais, porque encontrei na Curlândia, perto da fronteira com Zmudz, um homem que tem o mesmo sobrenome, que me adotou, me concedeu o seu brasão e me tornou um homem rico. Ele vive na Curlândia, mas tem uma propriedade deste lado da fronteira, chamada Szkuty, que me deu de presente.

— Graças a Deus! Quer dizer que você abandonou a carreira militar?

— Em caso de necessidade, voltarei a me alistar. E foi por isto que arrendei o vilarejo e estou aqui, à espera de uma oportunidade.

— Gosto desta sua disposição! A mesma que eu tive, quando ainda era jovem, muito embora ainda tenha muito vigor nos meus ossos. O que você está fazendo em Varsóvia?

— Sou um deputado na Convocação.

— Pelas chagas de Cristo! Então você é um polonês de carne e osso!

O jovem guerreiro sorriu.

O PEQUENO CAVALEIRO

— E de alma, o que é muito mais importante!

— Você casou?

Ketling soltou um suspiro.

— Não.

— Então só falta isto para completar a sua felicidade. Mas, espere um momento, será que a sua antiga paixão pela *panna* Billewicz ainda não passou?

— Já que o senhor está a par de algo que eu achava que era um segredo, saiba que não consegui esquecê-la...

— Pois esqueça! Ela está para trazer ao mundo um pequeno Kmicic. Pare com isto! De que serve ficar suspirando pelos cantos, quando um outro vive feliz com ela! Isto chega a ser ridículo.

Ketling elevou os seus olhos tristes para o céu.

— Eu disse apenas que não encontrei um novo amor.

— Pois há de encontrar, pode estar certo disto! Vamos dar um jeito de casá-lo! Sei, por experiência própria, que ficar apaixonado permanentemente só traz amarguras. Na minha juventude, quando era tão fiel como Troilus, quantas delícias e momentos agradáveis eu desperdicei! E você nem pode imaginar como sofri com isto!

— Que Deus possa dar a todos nós o dom de manter um humor tão jovial como o do senhor.

— Porque nunca cometi excessos e, graças a isto, continuo inteiro. Mas, diga-me, onde está instalado? Conseguiu encontrar uma hospedaria?

— Tenho uma casinha confortável em Mokotow, que construí logo após a guerra.

— Então, você é um sortudo, porque eu passei ontem o dia inteiro à toa, vagando pela cidade toda.

— Pelo amor de Deus, meu benfeitor! O senhor não vai se recusar a ficar comigo; tenho lugar de sobra. Além da casa, há um armazém e uma cocheira de tamanho considerável. Encontraremos um lugar para os seus empregados e para os cavalos.

— Meu amigo, você caiu do céu!

Ketling entrou na carruagem e ambos partiram.

Pelo caminho, *pan* Zagloba contou ao seu companheiro a desgraça que desabara sobre *pan* Wolodyjowski, e o jovem Ketling torcia as mãos de desespero, porque não tivera conhecimento disto.

— É um golpe terrível também para mim, pois talvez o senhor não saiba da amizade que se desenvolveu entre nós dois. Nós lutamos, lado a lado, em todas as batalhas na Prússia, nos cercos aos castelos que ainda estavam nas mãos dos suecos. Depois, partimos juntos para a Ucrânia, combatemos *pan* Lubomirski e, mais uma vez, fomos à Ucrânia, já após a morte do voivoda da Rutênia e sob o comando do marechal-de-campo real Sobieski. A mesma sela nos servia de travesseiro, comíamos do mesmo prato; fomos apelidados de Castor e Pólux. Foi somente quando ele partiu para Zmudz, ao encontro de *panna* Borzobohata, que veio o momento de *separationis*. Quem poderia imaginar que todas suas esperanças passassem tão rapidamente como uma flecha disparada de um arco?

— Nada é definitivo neste vale de lágrimas — respondeu Zagloba.

— Exceto a amizade eterna... Temos que descobrir por onde ele anda. Talvez o marechal-de-campo real possa nos ajudar; ele adora Wolodyjowski, como se fosse a pupila dos seus olhos. É impossível que ele não saiba algo sobre um guerreiro daquele porte. O senhor pode contar comigo, ajudá-lo-ei no que for preciso, pois amo Wolodyjowski mais do que a mim mesmo.

E foi conversando assim que chegaram à casinha de Ketling, que se revelou uma mansão. No seu interior, tudo arrumado e cheio de objetos preciosos, principalmente armas de todas as espécies, fossem compradas, fossem presas de guerra. *Pan* Zagloba ficou felicíssimo e disse:

— Meu Deus! O senhor poderia acomodar aqui mais de vinte pessoas. Que sorte a minha tê-lo encontrado. É verdade que eu poderia me hospedar na casa de *pan* Antoni Chrapowicki, porque ele é um amigo meu. Também os srs. Pacow, que andam à procura de quem queira se opor aos Radziwill, fizeram de tudo para que eu ficasse com eles, mas eu prefiro ficar consigo.

— Os deputados lituanos andaram comentando — respondeu Ketling — que, como agora chegou a vez da Lituânia ocupar a presidência do Senado, eles vão fazer de tudo para que *pan* Chrapowicki seja nomeado o seu presidente.

O PEQUENO CAVALEIRO 31

— E com toda razão. Ele é um homem distinto e digno, apenas talvez um tanto condescendente. Para ele, só existe uma coisa: viver em paz, e anda por aí, procurando onde pode apaziguar os espíritos, o que não serve para coisa alguma. Mas, responda-me com toda sinceridade: qual é a sua ligação com Boguslaw Radziwill?

— Desde o momento em que fui aprisionado pelos tártaros de *pan* Kmicic, nenhuma. Abandonei o meu serviço junto dele e nunca voltei a procurá-lo, pois embora ele seja um magnata rico e poderoso, é um homem perverso e traiçoeiro. Tive a oportunidade de presenciar, em Taurogi, quando ele tentava atentar contra o pudor de um ser divino.

— Um "ser divino"? O que você está dizendo, meu bom homem? Ela é feita de barro e, assim como qualquer outra tigela, pode se partir em pedaços! Mas vamos deixar este assunto de lado!

Neste ponto, *pan* Zagloba teve um acesso de fúria, seu rosto ficou vermelho e seus olhos pareciam querer saltar das órbitas.

— E pensar que este patife é um deputado!

— Quem? — perguntou o espantado Ketling, cujos pensamentos ainda estavam em Olenka.

— Boguslaw Radziwill! Mas ainda podemos contar com a Comissão de Verificação do Senado! Afinal de contas, para que serve ela?! Ouça: você é um deputado e pode levantar este assunto, enquanto eu o apoiarei gritando das galerias. Não tenha medo. A lei está do nosso lado, mas se quiserem passar por cima da lei, eu posso criar um tumulto de tais proporções que sangue há de correr.

— Pelo amor de Deus, não faça isto! Pode deixar que eu levanto a questão, porque ela é pertinente, mas Deus o livre de tumultuar o Senado.

— Também falarei disto com Chrapowicki, embora ele seja um molenga, o que é uma pena, porque, na qualidade de futuro presidente do Senado, tem muita influência. Também atiçarei os Pacow. Pelo menos, lembraremos em público os seus atos infames. No meu caminho, alguém me disse que aquele patife está pensando em pôr as mãos na coroa!

— O país teria chegado ao fundo do poço e não teria mais o direito de existir, caso escolhesse um rei daquela espécie — respondeu Ketling. — Mas o senhor deve descansar um pouco, e depois, um dia destes, vamos visitar o senhor marechal-de-campo real e indagar pelo nosso amigo.

Capítulo 4

A CONVOCAÇÃO NO SENADO foi aberta poucos dias depois, cujo bastão de comando, como previra Ketling, foi entregue a *pan* Chrapowicki, na época um alto dignitário de Smolensk e, mais tarde, voivoda de Witebsk. Como se tratava apenas de definir a data da eleição e da escolha dos membros do "kaptur", que não eram temas que pudessem provocar quaisquer tipos de disputas ou intrigas, a Convocação iniciou-se em clima de calma aparente. Logo no início, ficou um tanto agitada pelo debate envolvendo a Comissão de Verificação. Assim que o deputado Ketling questionou a legitimidade de representação do secretário de Bielsk e do seu colega, o príncipe Boguslaw Radziwill, uma voz possante gritou das galerias: "Um traidor! Funcionário de um país estrangeiro!" O grito foi repetido por vários outros espectadores, inclusive alguns deputados e, surpreendentemente, o Senado se cindiu em dois grupos — um, querendo que os representantes de Bielsk não fossem reconhecidos como tais, e o outro, afirmando que eles tinham o direito de participar como deputados. Finalmente, foi decidido que o assunto seria levado à corte de apelação, a qual decidiu confirmá-los no cargo.

No entanto, o incidente foi um golpe brutal para o príncipe Boguslaw. Só o fato de ver questionado o seu direito de participar da Convocação, além de serem mencionados, de *corum publico*, os seus atos indignos e traiçoeiros durante a guerra com a Suécia, cobriu-o de infâmia perante toda a República e abalou severamente os alicerces dos seus ambiciosos planos.

O príncipe contava com a possibilidade de as inevitáveis e acirradas disputas entre os candidatos estrangeiros embaralharem a eleição de tal forma que a escolha poderia cair facilmente sobre alguém que fosse natural do país. E o seu orgulho, assim como os seus bajuladores, lhe diziam que, caso isto viesse a acontecer, o tal nativo não poderia ser ninguém que não fosse um dignitário dotado da maior genialidade, alguém mais poderoso de todos e proveniente da mais distinta de todas as famílias — ou seja, ele mesmo.

Mantendo seus planos em segredo por enquanto, o príncipe já havia começado a espalhar a sua rede sobre a Lituânia e, chegando a Varsóvia, pretendia fazer o mesmo, quando notou que, mal começara, já fizeram nela um buraco de tais dimensões que todos os peixes poderiam passar facilmente através dela. Ficou rangendo os dentes de raiva durante toda a seção do Senado e, não podendo fazer nada contra Ketling, já que este era um deputado, resolveu prometer um prêmio ao primeiro cortesão que lhe indicasse qual dos espectadores, logo após a objeção levantada por Ketling, gritara da galeria: "Traidor e vira-casaca!"

Pan Zagloba era por demais conhecido para que o seu nome permanecesse em segredo por muito tempo. Aliás, ele não fez qualquer esforço para mantê-lo oculto. O príncipe, ao ser informado de quem fora o ousado *szlachcic*, ficou ainda mais furioso e, também, deveras preocupado diante da perspectiva de ter contra si um homem tão popular.

Mas *pan* Zagloba também tinha ciência do seu poder e, quando começaram a circular ameaças à sua pessoa, disse, numa reunião da *szlachta*:

— Não sei quem poderia sentir-se seguro caso caísse um só fio da minha cabeça. A eleição está próxima e quando cem mil espadas fraternais se juntarem, não será difícil fazer um picadinho lituano...

Estas palavras chegaram aos ouvidos do príncipe, que apenas mordeu os lábios e deu um sorriso desdenhoso, mas que, no fundo da sua alma, sabia muito bem que *pan* Zagloba estava certo.

Diante disto, já no dia seguinte mudou a sua atitude em relação ao velho guerreiro e quando, num banquete realizado na sua residência, alguém mencionou o nome de Zagloba, Boguslaw respondeu:

O PEQUENO CAVALEIRO 35

— Pelo que ouvi dizer, o tal *szlachcic* nutre um profundo ódio a mim, mas eu adoro tanto homens valentes que, mesmo que ele continue a me atrapalhar, nunca deixarei de admirá-lo.

E, uma semana mais tarde, disse o mesmo diretamente a *pan* Zagloba, quando se encontraram na casa do grão-*hetman* Sobieski.

Ao ver o príncipe, *pan* Zagloba, embora mantivesse o rosto calmo e cheio de fantasia, sentiu o coração bater em ritmo acelerado, sabendo do imensurável poderio daquele canibal e do medo que ele inspirava em todos à sua volta. No entanto, o príncipe, sentado do outro lado da mesa, lhe disse:

— Sr. Zagloba, fui informado de que o senhor, embora não sendo um deputado, quis desqualificar a mim, um inocente, perante a Comissão de Verificação. Mas quero que o senhor saiba que, sendo um cristão, já lhe perdoei e, em caso de necessidade, o senhor poderá contar com a minha proteção.

— Eu estava apenas defendendo a Constituição — respondeu Zagloba —, algo que é um dever sagrado de todos os *szlachcic*. *Quod attinet* à proteção, na minha idade, vou precisar mais da divina, porque já tenho quase noventa anos.

— Bela idade, caso ela tenha sido tão digna quanto avançada, algo de que não desejo duvidar.

— Sempre lutei em defesa da minha pátria e do meu soberano, sem procurar outros deuses.

O príncipe franziu o cenho e disse:

— O senhor também lutou contra mim, estou ciente disto. Mas chegou a hora de fazermos as pazes. Vamos esquecer de tudo, inclusive do fato de o senhor ter protagonizado o papel de vingador pessoal de um outro, *contra me*. Ainda tenho contas a ajustar com aquele outro inimigo, mas, quanto ao senhor, estendo-lhe a minha mão e ofereço-lhe minha amizade.

— Eu não passo de um humilde servidor e não sou digno de uma *amicitia* deste porte. Para tanto, eu teria que ficar na ponta dos pés, ou dar pulinhos, algo que, na minha idade, já não posso mais fazer. Quanto ao ajuste de contas mencionado por Vossa Alteza, se ele se refere ao meu amigo, *pan* Kmicic, só posso aconselhar Vossa Alteza a desistir desta aritmética.

— E por quê? — perguntou o príncipe.

— Porque são quatro as suas operações. Embora *pan* Kmicic seja um homem de posses, ele não passa de uma mosca em comparação com a fortuna de Vossa Alteza, portanto, ele não poderá concordar com qualquer divisão. Quanto à multiplicação, ele já está se ocupando dela. Diminuição? Duvido que ele a permita. A única opção que resta é a de adição, mas duvido que Vossa Alteza vá querer isto.

Embora Boguslaw fosse um exímio duelista com palavras, a argumentação e a ousadia de *pan* Zagloba deixaram-no tão confuso que não soube o que responder. Os que entenderam o sentido das palavras de Zagloba mal conseguiam conter o riso, enquanto *pan* Sobieski soltava uma gargalhada e dizia:

— Eis um digno representante daqueles que resistiram ao cerco de Zbaraz! Sabe manejar uma espada, mas a sua língua é ainda mais afiada! É melhor deixá-lo em paz.

Boguslaw, tendo percebido que encontrara um adversário irreconciliável, desistiu de tentar cooptá-lo e passou a conversar com o comensal que estava ao seu lado, apenas lançando, vez por outra, olhares furiosos na direção do velho guerreiro.

Mas *pan* Sobieski não deu a questão por encerrada e, virando-se para Zagloba, disse:

— O senhor é o mestre dos mestres! Existe, em toda a República, quem possa ser comparado ao senhor?

— Com a espada — respondeu Zagloba, feliz com o elogio — Wolodyjowski chegou a me alcançar. Também consegui ensinar muito a Kmicic.

Ao dizer isto, Zagloba lançou um olhar para Boguslaw, mas este fingiu que não ouviu e continuou conversando animadamente com o seu vizinho.

— Ah! — disse o *hetman*. — Tive a oportunidade de ver Wolodyjowski em ação por mais de uma vez e depositaria nas suas mãos todas as nossas esperanças, mesmo se fosse pela salvação de toda a cristandade. É uma pena que um guerreiro desses tenha sido atingido, como por um raio, por uma desgraça de tais proporções.

— O que lhe aconteceu? — perguntou *pan* Sarbiewski, porta-espada de Ciechanow.

O PEQUENO CAVALEIRO   37

— A sua amada morreu, a caminho de Czestochowa — respondeu
Zagloba — e, o que é pior, não consigo descobrir por onde ele anda.

— Pois eu o vi! — exclamou *pan* Warszycki, castelão de Cracóvia. —
Quando estava vindo para cá, encontrei-o no caminho e ele me disse que
estava também se dirigindo a Czestochowa, pois estava desgostoso com o
mundo e suas *vanitates* e pretendia passar o resto dos seus dias no *Mons
Regius*, imerso em preces e meditações.

Zagloba parecia querer arrancar o resto dos seus cabelos.

— Meu Deus! Ele quer ser um camáldulo! — gritou, em desespero.

A notícia dada pelo castelão de Cracóvia causou grande comoção.

Pan Sobieski, que adorava guerreiros e era quem mais sabia o quanto a
pátria precisava de homens como Wolodyjowski, ficou profundamente
abalado e disse:

— Não podemos nos opor à livre vontade dos homens e à glória divina, mas devo confessar aos senhores que sinto muito a pátria não poder
contar mais com uma espada daquelas. *Pan* Wolodyjowski vem da escola
do príncipe Jeremi e se destacava em combate com qualquer inimigo, sendo
que, quando se tratava das hordas tártaras ou cossacas, ele era imbatível.
São poucos os que sabem tão bem preparar armadilhas nas estepes; talvez
os irmãos Piwo e *pan* Ruszczyc, mas mesmo eles não se podem comparar
a Wolodyjowski.

— Temos a sorte de estarmos vivendo momentos mais tranqüilos —
respondeu o porta-espada de Ciechanow — e que os pagãos mantenham
fielmente os termos do tratado de paz, obtido com a espada de Vossa
Excelência.

Neste ponto, o porta-espada se inclinou respeitosamente diante de *pan*
Sobieski que, contente com o elogio, respondeu:

— Em primeiro lugar, foi a graça divina que me permitiu estar nas fronteiras da República naquele momento e fazer um estrago nas forças inimigas,
mas em segundo, foi a dedicação e a valentia demonstradas pelos soldados. Que o *khan* queira manter os termos do tratado, eu sei; mas sei também
que ele sofre pressões contrárias a isto na própria Criméia e que as hordas
de Bialygrod recusam-se o obedecê-lo. Acabei de receber a notícia de que

nuvens negras estão se formando na fronteira com a Moldávia e que existe uma possibilidade concreta de sermos novamente invadidos. Ordenei que as fronteiras fossem vigiadas com atenção especial, mas me faltam soldados. Assim que transfiro alguns para um lugar, logo se abre um buraco onde eles estavam. E de qual tipo de homens mais preciso agora? Daqueles que conhecem a fundo os procedimentos das hordas — e é por isto que sinto tanto a falta de Wolodyjowski.

Ao ouvir isto, Zagloba afastou as mãos com as quais cobria o rosto e exclamou:

— Pois eu garanto que ele não vai ser um camáldulo, mesmo que seja preciso lançar um ataque ao *Montem Regium* e tirá-lo de lá à força! Por Deus! Amanhã mesmo vou ter com ele. Talvez ele dê ouvidos aos meus argumentos, caso contrário vou procurar o prior, o padre primaz e, se for preciso, vou até Roma! Não quero diminuir a glória divina, mas que tipo de monge seria ele se nem consegue que lhe cresça uma barba?! Ele é incapaz de rezar uma missa e, se o fizer, todos os ratos do mosteiro vão fugir, pensando que é um gato que está miando. Os senhores têm que perdoar as minhas palavras, mas digo aquilo que a dor me traz à língua! Se eu tivesse um filho, não o amaria mais do que amo aquele garoto. Que Deus o proteja! Que Deus o proteja! Pelo menos, se ele quisesse se tornar um beneditino, mas não um camáldulo! Não vou permitir uma coisa destas! Amanhã mesmo vou procurar o padre primaz, para que ele me dê uma carta ao prior.

— É verdade que ele ainda não teve tempo para fazer os votos — disse o marechal — mas o senhor não deve insistir em demasia, para não deixá-lo ainda mais obstinado. Além disto, não deveríamos considerar a possibilidade de esta ser a vontade divina?

— Vontade divina? A vontade divina não chega tão repentinamente e, como diz o ditado popular, "o apressado come cru". Caso houvesse nisto um pingo de vontade divina, eu teria notado uma inclinação dele naquela direção, mas ele não era um padre, mas um dragão. Se ele tivesse tomado esta decisão estando de posse de todas as suas faculdades mentais e após intensa reflexão, eu não diria uma palavra sequer; mas a vontade divina não desaba sobre um homem desesperado, como um falcão sobre um pato.

Não vou insistir com ele. Antes de ter com ele, vou pensar na melhor forma de tratar deste assunto, para que ele não me rejeite de cara. Tenho certeza de que hei de convencê-lo. Aquele soldadinho sempre confiou mais nos meus miolos do que nos dele e acho que também o fará desta vez; a não ser que ele tenha mudado completamente.

Capítulo 5

NO DIA SEGUINTE, munido de cartas do primaz e tendo estabelecido um plano junto com Hassling, Zagloba acionou o sino da portinhola do pátio do mosteiro *Mons Regius*. Não tinha a mais vaga idéia de como seria recebido por *pan* Wolodyjowski e, mesmo tendo preparado cuidadosamente o que ia lhe dizer, sabia que muita coisa dependeria da forma da recepção. Quando a portinhola foi finalmente aberta, enfiou-se com força através dela e disse para um espantado jovem monge:

— Estou ciente de que, para entrar aqui, é preciso ter uma permissão especial, mas estou trazendo uma carta de Sua Eminência, que peço ao *carissime frater* o favor de entregar ao prior.

— O que será feito de acordo com o desejo de Vossa Senhoria — respondeu o porteiro, curvando-se respeitosamente ao ver o selo do primaz.

Após o que, puxou por duas vezes a corda atada a um sino, para chamar alguém, já que não lhe era permitido afastar-se da portinhola. Em resposta às badaladas, surgiu um outro monge que, após pegar a carta, afastou-se em silêncio, enquanto Zagloba colocava num banco um pacote que trazia consigo e acomodava-se, arfando pesadamente.

— *Frater* — disse finalmente. — Há quanto tempo está no convento?...

— Cinco anos — respondeu o porteiro.

— Que coisa! Tão jovem e já está aqui há cinco anos! Agora, mesmo se quisesse sair, já não poderia mais! E a saudade do outro mundo deve tê-lo tocado, de vez em quando, porque saiba que, lá fora, há muitas atrações; alguns se deliciam com guerras, outros com banquetes, e outros ainda, com mulheres...

— *Apage*! — disse o mongezinho, fazendo o sinal-da-cruz.

— E então? Você nunca teve vontade de sair? — repetiu Zagloba.

O mongezinho olhou com desconfiança para tão estranho emissário do arcebispo e respondeu:

— Todo aquele que entra aqui nunca mais sai.

— Isto é algo que ainda vamos ver! Como está o sr. Wolodyjowski? Está bem de saúde?

— Aqui não há ninguém com este nome.

— E o irmão Michal? — tentou Zagloba. — Um ex-coronel de dragões que entrou no mosteiro recentemente.

— Aqui, nós o chamamos de irmão Jerzy, mas ele ainda não fez os seus votos e não poderá fazê-los antes do prazo.

— E eu acho que ele não vai fazê-los, porque o *frater* nem pode imaginar que mulherengo é ele! Você não encontraria um homem que atentasse mais ao pudor virginal do que ele, em nenhum mostei... quero dizer, exército...

— Não me cabe ouvir tais coisas — respondeu o monge, com cada vez maior espanto e desgosto.

— Então, escute-me, *frater*. Eu não sei *quo modo* vocês recebem as pessoas, mas se for aqui, então eu lhe recomendo que se afaste e se tranque naquela casinha, junto do portão, porque, quando chegar o irmão Jerzy, nós vamos falar de coisas mundanas.

— Pois eu prefiro me afastar desde já — respondeu o monge.

Enquanto isto, surgia Wolodyjowski, aliás o irmão Jerzy, mas Zagloba não o reconheceu de tanto que estava mudado.

Vestido com um longo hábito branco, parecia mais alto do que quando em um uniforme de dragões; além disso, os bigodinhos que, anteriormente, costumava usar aprumados e virados para cima, agora pendiam para baixo, junto com uma barba que formava dois penduricalhos amarelados, com menos de dois dedos de comprimento; também emagrecera e definhara bastante, seus olhos perderam o brilho de outrora e ele se aproximava lentamente, com as mãos escondidas no hábito e de cabeça baixa.

O PEQUENO CAVALEIRO

Zagloba, não tendo o reconhecido, pensou que fosse o próprio prior que se aproximava. Portanto, levantou-se do banco e começou a dizer:

— *Laudetur...*

De repente, olhou de mais perto, abriu os braços e gritou:

— Sr. Michal! Sr. Michal!

O irmão Jerzy permitiu que fosse abraçado e uma espécie de soluço pareceu agitar o seu peito, mas os seus olhos permaneceram secos. Zagloba o manteve abraçado por um longo tempo e finalmente começou a falar:

— Você não foi o único a prantear a sua desgraça. Chorei eu, choraram os Skrzetuski e os Kmicic. Deus quis que fosse assim! Conforme-se com a vontade divina, Michal! Que o Pai Misericordioso se apiede de você, o anime e recompense!... Você fez muito bem em se trancar por trás destes muros por um certo tempo. Quando somos atingidos por uma desgraça, não há nada melhor do que orações e pensamentos pios. Deixe que eu o abrace novamente. Meus olhos estão tão cheios de lágrimas que mal posso enxergá-lo!

E *pan* Zagloba chorava realmente, emocionado com a visão de Wolodyjowski. Depois, voltou a falar:

— Perdoe-me por interromper as suas meditações, mas não pude agir de outra forma e você há de me dar razão quando eu lhe apresentar os meus motivos. Ah, Michal! Por quantas coisas boas — e ruins — passamos juntos! Você conseguiu encontrar algum consolo por trás destas grades?

— Encontrei — respondeu *pan* Michal — naquelas palavras que ouço constantemente e que repetirei até o fim dos meus dias: *memento mori*. Somente na morte poderei encontrar um consolo.

— Hmm! É mais fácil encontrar a morte em um campo de batalha do que em um mosteiro, onde a vida passa como alguém desenrolando fios de um novelo de lã.

— Aqui não há vida por que não existem coisas mundanas e, mesmo antes de a alma abandonar o corpo, parece que vivemos num outro mundo.

— Se é assim, então nem vou lhe contar que as hordas de Bialygrod estão se preparando para atacar a República, porque como uma coisa dessas poderia interessá-lo?

Pan Michal agitou os bigodes e, involuntariamente, levou a sua mão direita à cintura, mas, não tendo encontrado a espada, recuou as mãos para dentro do hábito, abaixou a cabeça e disse:

— *Memento mori!*

— É verdade! É verdade! — disse Zagloba, piscando impacientemente com seu olho são. — Ainda ontem, o *hetman* Sobieski dizia: "Se Wolodyjowski pudesse, pelo menos, se atirar numa só destas avalanches, depois poderia ir para o mosteiro que quisesse. Deus, certamente, não o recriminaria por isto; pelo contrário, um monge desses teria ainda mais mérito diante Dele." Mas não se deve estranhar que você prefira dar mais importância à mitigação da sua dor do que à salvação da República, porque *prima charitas ab ego*.

Houve um longo momento de silêncio e apenas os bigodes de *pan* Michal se eriçaram e começaram a se agitar.

— Não é verdade que você ainda não fez os seus votos — perguntou finalmente Zagloba — e que pode sair daqui quando quiser?

— Ainda não sou um monge porque aguardava a graça divina e que todas as dores mundanas abandonassem a minha alma. Mas já sinto essa graça, sinto que está voltando a paz de espírito e, embora possa sair, não quero fazê-lo, porque está se aproximando o momento em que, com a consciência limpa e destituída de todas as ânsias mundanas, poderei fazer os votos.

— Não quero dissuadi-lo disto, pelo contrário, até louvo sua resolução, embora esteja lembrado de que, quando Skrzetuski também quis se tornar um monge, ele esperou até que a pátria ficasse livre das hordas inimigas. Mas você deve fazer o que lhe manda a consciência. Não quero fazer você mudar sua decisão, porque eu mesmo cheguei, em certo momento da minha vida, a ter uma vocação para a vida monástica. Há uns cinqüenta anos, cheguei a iniciar o noviciado. Quero ser um porco, se estiver mentindo! Mas Deus tinha outros planos para mim... Apenas lhe direi uma coisa, Michal: você precisa sair agora comigo, nem que seja por alguns dias.

— Por que eu deveria sair? Deixe-me em paz! — disse Wolodyjowski.

Zagloba levantou as abas do seu casaco, levou-as até os olhos e se pôs a chorar.

O PEQUENO CAVALEIRO   45

— Eu não vim pedir sua ajuda para mim — dizia com a voz entrecortada — muito embora o príncipe Boguslaw Radziwill queira se vingar de mim e tenha contratado assassinos para me perseguirem, e estou velho demais para me defender sozinho... Pensei que você pudesse! Mas vejo que foi uma bobagem minha!... Pode ter certeza de que continuarei amando você como sempre, mesmo que não queira nunca mais me ver... Apenas lhe peço que reze por minha alma, pois sei que não poderei escapar das mãos de Boguslaw!... Que aconteça comigo o que tem que acontecer! Mas um outro amigo seu, que dividiu com você o último pedaço de pão que tinha, está à beira da morte e não quer partir desta terra sem ver você antes, porque tem algo a lhe contar, do que depende a paz da sua alma.

Pan Michal, que já ouvira com preocupação o perigo que corria Zagloba, levantou-se de um pulo e, agarrando o braço de Zagloba, perguntou aflito:

— Skrzetuski?

— Não Skrzetuski, mas Ketling!

— Meu Deus! O que aconteceu a ele?

— Ele tentou me proteger dos facínoras do príncipe Boguslaw, levou um tiro e nem sei se sobreviverá por mais um dia. Foi por causa de você, Michal, que ambos caímos nesta desgraça, porque viemos a Varsóvia para tentar encontrar uma forma de lhe dar algum consolo. Saia, nem que seja por dois dias, e anime o moribundo. Depois, pode voltar e ser um monge... Eu trouxe comigo uma correspondência do primaz para o prior, para que não lhe apresentem qualquer impedimento... Apresse-se, pelo amor de Deus, porque cada minuto é precioso!...

— Por Deus! — exclamou Wolodyjowski. — De que você está falando? Não existe qualquer *impedimentum*, porque eu estou aqui apenas para meditar... Um pedido de um moribundo não pode ser ignorado! Não posso me negar a isto!

— Seria um pecado mortal! — exclamou Zagloba.

— Sim! E é sempre aquele maldito traidor Boguslaw!... Que eu não volte para cá, caso não consiga vingar Ketling!... Deus misericordioso! Já estou sendo assolado por pensamentos pecaminosos! *Memento mori!*... Espere aqui por um momento, até eu vestir os meus velhos trajes, porque não é permitido sair daqui com hábitos monásticos...

— Pois eu lhe trouxe roupa adequada! — exclamou Zagloba, levantando o embrulho que, até então, estava ao seu lado no banco. — Eu já preparei tudo: botas, espada e uma capa...

— Vamos até a minha cela — respondeu rapidamente o pequeno cavaleiro.

Foram até a cela e quando dela emergiram, *pan* Zagloba não estava mais acompanhado por um monge vestido de branco, mas por um oficial com botas amarelas que chegavam até os joelhos e uma espada presa a um cinturão de couro que atravessava o seu peito.

Zagloba piscou com o olho são e deu um sorriso maroto ao porteiro que, com visível desaprovação, abriu a portinhola para eles.

Ao pé da colina sobre a qual ficava o mosteiro, uma carruagem de *pan* Zagloba os aguardava com dois pajens. Um deles era o cocheiro, que segurava as rédeas de quatro cavalos de primeiríssima qualidade, que *pan* Wolodyjowski admirou com olhos de conhecedor, enquanto o outro estava postado junto do estribo, segurando em uma das mãos uma garrafa coberta de bolor e, na outra, dois cálices gigantescos.

— Mokotow fica bastante longe — disse Zagloba — e, junto do leito de Ketling, nos aguarda muita tristeza. Tome um trago, Michal, para que você possa suportar tudo isto, porque você está muito fraco.

E tendo dito isto, Zagloba pegou a garrafa das mãos do pajem e encheu os dois cálices com um vinho húngaro tão velho que chegava a estar viscoso.

— É um vinho excelente — disse, depositando a garrafa no chão e pegando os cálices. — Bebamos à saúde de Ketling!

— À saúde de Ketling! — repetiu Wolodyjowski, tomando o vinho de um só trago. — Vamos!

— Vamos! — repetiu Zagloba. — Sirva-nos mais uma dose, meu jovem, para brindarmos à saúde de Skrzetuski! E rápido, porque estamos com pressa!

E ambos verteram rapidamente os cálices, porque tinham pressa em partir.

— Entremos na carruagem! — gritou Wolodyjowski.

— E você não vai fazer um brinde à minha saúde?! — perguntou Zagloba, com voz tristonha.

O PEQUENO CAVALEIRO 47

— Desde que seja rápido!

E ambos beberam o vinho de um só gole, apesar de os cálices conterem quase um quarto de litro cada um. Zagloba, mal tendo tempo para enxugar os bigodes, começou a gritar para o pajem:

— Seria um ingrato se não brindasse você, Michal! Encha os cálices novamente, meu garoto!

— Obrigado! — disse o irmão Jerzy.

Quando o fundo da garrafa ficou visível, Zagloba pegou-a pelo gargalo e a quebrou em centenas de pedaços, porque odiava a visão de recipientes vazios. Em seguida, entraram na carruagem e partiram.

O nobre líquido encheu os seus corpos com um calor agradável e os seus corações, de ânimo. As bochechas do irmão Jerzy adquiriram uma tonalidade avermelhada e o seu olhar voltou a ter o brilho de outrora. Instintivamente, levava a mão aos bigodes, aprumando-os a ponto de suas pontas quase chegarem aos seus olhos. Depois, ficou olhando para as cercanias com grande curiosidade, como se as estivesse vendo pela primeira vez.

De repente, Zagloba bateu com as palmas das mãos nos joelhos e gritou:

— Ho! Ho! Acredito que Ketling, assim que o vir, ficará sarado! Ho! Ho!

E, agarrando o pescoço de Michal, apertou-o carinhosamente.

Wolodyjowski, não querendo ser seu devedor, fez o mesmo e os dois amigos ficaram se abraçando por muito tempo.

Viajaram por certo tempo em silêncio, mas felizes. Aos poucos, começaram a surgir as casinhas dos subúrbios e, diante delas, dezenas de pessoas em grande agitação: burgueses, lacaios com as mais diversas librés, soldados e *szlachcic* com trajes domingueiros.

— A *szlachta* veio em peso para a Convocação Geral — disse Zagloba — e embora muitos dos seus membros não sejam deputados, todos querem estar presentes e ver como se passam as coisas. As casas e as hospedarias estão tão cheias que não existe um só quarto disponível e há mais *szlachcianka* vagando pelas ruas do que fios na sua barba. E elas são tão bonitas que a gente chega a ter vontade de agitar os braços, como um *gallus* faz com suas asas, e cacarejar. Dê uma espiada naquela morena, com o lacaio carregando o seu casaco verde, não é uma belezoca?

Neste ponto, Zagloba cutucou Wolodyjowski com o cotovelo e este olhou, agitou seus bigodes e lançou um olhar apreciador, mas logo sentiu-se envergonhado, reassumiu o autocontrole e, abaixando a cabeça, murmurou após um momento de silêncio:

— *Memento mori!*

Ao que Zagloba voltou a abraçar o seu pescoço e disse:

— Se você me ama, se você nutre respeito por mim, *per amicitiam nostram*: case-se! Há tantas mulheres lindas no mundo, case-se!

O irmão Jerzy olhou com espanto para o seu amigo. *Pan* Zagloba não podia estar embriagado, porque já houve ocasiões em que bebera três vezes mais sem qualquer efeito aparente, portanto somente podia estar dizendo aquilo por pura emoção. Mas a idéia de se casar estava tão longe dos pensamentos de *pan* Michal que, no primeiro instante, o seu espanto sobrepujou à sua indignação. Em seguida, olhou severamente nos olhos de *pan* Zagloba e perguntou:

— O senhor está bêbado?

— Não! E lhe digo do fundo do meu coração: case-se!

Pan Wolodyjowski lançou-lhe um olhar ainda mais severo.

— *Memento mori!*

Mas Zagloba não era alguém de ficar embaraçado com facilidade.

— Querido Michal, se você me ama de verdade, mande às favas o seu tal de "*memento*". *Repeto* que você pode fazer o que quiser, mas antes, ouça o que eu tenho a lhe dizer: cada um deve servir a Deus da forma como Ele o fez, e Ele criou você para manejar uma espada, sendo que a Sua vontade é tão evidente que você, graças a este dom, conseguiu atingir o ápice daquela maestria. Se ele quisesse que você se tornasse um padre, o teria dotado de maior inteligência e o faria interessar-se mais por livros e estudos do latim. Além disto, é bom que você saiba que, lá no Céu, os santos guerreiros gozam do mesmo respeito que os santos monges, combatem as hostes diabólicas e, quando retornam com as bandeiras conquistadas, recebem *praemia* das mãos divinas... Você tem que concordar com isto, não é verdade?

— Sim, concordo e sei também que não é fácil debater qualquer assunto com o senhor. Mas deve também concordar que um mosteiro é mais adequado para mitigar a dor do que a vida mundana.

O PEQUENO CAVALEIRO

— Ah! Se ele é mais adequado, tanto mais deve ser evitado. Tolo é aquele que alimenta as tristezas; é muito mais sábio privá-las de alimento, para que aquelas *bestiae* morram de fome o mais rapidamente possível!

Pan Wolodyjowski não conseguiu encontrar um contra-argumento à altura, portanto ficou calado por um longo tempo, após o qual falou, com uma voz saudosa:

— O senhor não deve falar comigo sobre casamento, porque isto somente reaviva o meu sofrimento! Também já passou a vontade que sempre tive de me casar; ela se desmanchou junto com as minhas lágrimas. Não se esqueça de que se passaram muitos anos e os meus cabelos estão ficando grisalhos. Quarenta e dois anos, dos quais vinte e cinco passados em combate, não são uma brincadeira!

— Deus misericordioso, não o puna pelas blasfêmias! Quarenta e dois anos! Tfu! Carrego nos ombros mais do que o dobro disto e, de vez em quando, devo me disciplinar para expulsar os calores do corpo, assim como se tira a poeira das roupas. Respeite a lembrança daquela doce donzela, Michal! Você não era suficientemente bom para ela? Então, por que você se acha inadequado ou demasiadamente velho para outras?

— Pare com isto! Pare com isto! — disse Wolodyjowski com voz sofrida.

E um fio de lágrima começou a escorrer sobre os seus bigodes.

— Está bem! Não direi mais uma palavra! — disse Zagloba. — Somente quero que me dê a sua palavra de honra de que, haja o que houver com Ketling, você ficará conosco por um mês. É preciso que você veja Skrzetuski e se, depois disto, você quiser voltar ao hábito monástico, ninguém se oporá a isto.

— Dou-lhe a minha palavra de honra! — respondeu *pan* Michal.

Zagloba deu um suspiro de alívio e passou a falar de outros assuntos. Falou da Convocação Geral, de como levantara a questão da legitimidade de representação do príncipe Boguslaw e do incidente ocorrido com Ketling. De vez em quando, interrompia a sua narrativa para mergulhar em pensamentos. E estes deviam ser muito alegres, já que batia com as mãos nos joelhos e repetia:

— Ho! Ho!

No entanto, à medida que estavam se aproximando de Mokotow, o rosto de *pan* Zagloba começava a denotar uma certa preocupação. Virou-se repentinamente para Wolodyjowski e disse:

— Você não esqueceu que deu a sua palavra de honra de que, independentemente do que possa ter acontecido com Ketling, vai ficar conosco por um mês?

— Não esqueci, e pretendo mantê-la — respondeu Wolodyjowski.

— Olhe, estamos chegando à mansão de Ketling! — exclamou Zagloba. — Ele mora em grandè estilo!

Em seguida, gritou para o cocheiro:

— Açoite os cavalos! Vamos ter uma festa naquela casa!

Ouviu-se o silvo do chicote. A carruagem ainda não havia passado pelo portão do pátio, quando da varanda da mansão vieram correndo vários companheiros de armas de *pan* Wolodyjowski, entre eles alguns ainda dos tempos dos combates contra Chmielnicki e outros, mais jovens, como *pan* Wasilewski e *pan* Nowowiejski, ainda dois rapazolas, mas guerreiros destemidos que fugiram da escola e serviram sob as ordens de *pan* Michal por vários anos. O pequeno cavaleiro tinha um apreço especial por eles.

Dos mais antigos, encontravam-se *pan* Orlik, com o crânio remendado por uma camada de ouro porque fora atingido por uma granada sueca, assim como *pan* Ruszczyc, um guerreiro semi-selvagem das estepes e o único que podia se comparar a Wolodyjowski na arte de caçar tártaros e cossacos. Ao avistarem os dois ocupantes na carruagem, todos começaram a gritar:

— Chegaram! Chegaram! *Vicit* Zagloba! Ele conseguiu trazê-lo!

E, atirando-se sobre a carruagem, agarraram o pequeno cavaleiro, carregando-o nos seus braços até a varanda e repetindo sem cessar:

— Seja bem-vindo, querido companheiro! Agora que temos você em nossas mãos, não deixaremos que nos escape! *Vivat* Wolodyjowski, *primus inter pares*, orgulho de todos os exércitos! Iremos juntos para as estepes, irmão querido! Vamos até as *Dzikie Pola*, onde os ventos vão dissipar a sua tristeza!

E depuseram-no no chão somente quando chegaram à varanda, enquanto ele cumprimentava a todos, profundamente emocionado pela recepção, mas perguntando ao mesmo tempo:

O PEQUENO CAVALEIRO

— Como está Ketling? Ainda continua com vida?

— Está vivo! Está vivo! — responderam em coro os guerreiros, mal podendo esconder sorrisos por baixo dos bigodes. — Vá ter com ele, porque ele o aguarda ansiosamente.

— Vejo que ele não está tão gravemente ferido quanto me disse *pan* Zagloba — respondeu o pequeno cavaleiro.

Entraram todos na ante-sala e, dela, para o salão principal. No seu centro, havia uma mesa preparada para um banquete e, num canto, um sofá coberto de pele de cavalo, sobre o qual jazia Ketling.

— Amigo querido! — exclamou *pan* Wolodyjowski, encaminhando-se em sua direção.

— Michal! — gritou Ketling e, levantando-se de um pulo, atirou-se nos braços do pequeno cavaleiro.

E os dois guerreiros ficaram se abraçando de tal forma que se levantavam mutuamente, ora Ketling a Wolodyjowski, ora Wolodyjowski a Ketling.

— Me mandaram simular que estava ferido — disse o escocês — e fingir que estava morrendo, mas assim que vi você, não pude mais agüentar. Estou forte e sadio e não tive qualquer peripécia. Foi a única forma que encontramos para arrancá-lo daquele mosteiro!... Perdoe-nos, Michal, mas saiba que foi por amor a você que usamos este ardil!...

— Ele irá conosco para as *Dzikie Pola*! — voltaram a exclamar os guerreiros, batendo com suas mãos possantes nas espadas, a ponto de o salão ecoar com sons assustadores.

Pan Michal estava atordoado. Ficou em silêncio por um curto período de tempo, após o que passou a olhar para todos, principalmente para *pan* Zagloba. Finalmente, disse:

— Seus traidores! Eu achei que Ketling estivesse à beira da morte.

— O quê?! — urrou Zagloba. — Quer dizer que está furioso porque Ketling está sadio?! Você preferiria que ele estivesse doente e deseja a sua morte?! Será que o seu coração ficou tão empedernido que gostaria que todos nós estivéssemos mortos: Ketling, *pan* Orlik, *pan* Ruszczyc e estes garotos; talvez até Skrzetuski e eu, e eu, que o amo como se você fosse meu filho!?

Zagloba cobriu os olhos com as mãos e continuou a gritar de forma ainda mais magoada:

— Não vale a pena mais viver, meus senhores, porque não há mais gratidão neste mundo; apenas corações empedernidos!

— Pelo amor de Deus! — respondeu Wolodyjowski. — Não lhes desejo nada de mau, mas não posso me conformar com o fato de vocês não terem respeitado a minha tristeza...

— Ele gostaria que nós todos estivéssemos mortos! — repetia Zagloba.

— Pare com isto!

— Ele diz que nós não respeitamos a sua tristeza, sem saber o mar de lágrimas que vertemos pela sua infelicidade! Juro que é verdade! Invoco Deus por testemunha de que teríamos preferido dissipar a sua tristeza com as nossas espadas, como devem fazer os verdadeiros amigos. Mas, como você deu a sua palavra de honra de que ficará conosco por um mês, pelo menos continue nos amando durante este tempo!

— Eu vou continuar amando vocês pelo resto dos meus dias! — respondeu Wolodyjowski.

O resto da conversa foi interrompido pela chegada de um novo convidado. Os guerreiros, ocupados com *pan* Wolodyjowski, não ouviram a sua aproximação e somente o notaram quando ele apareceu na porta. Era um homem gigantesco, massudo e de porte quase majestático, com um rosto que lembrava os dos imperadores romanos, cheio de poder, misturado com bondade e benevolência. Destacava-se dos demais guerreiros por ser muito maior, parecendo um rei dos pássaros — uma águia, no meio de gaviões, falcões e melros...

— O grão-*hetman*! — exclamou Ketling e, na qualidade de anfitrião, correu para a porta, a fim de saudá-lo.

— *Pan* Sobieski! — repetiram os demais.

Todas as cabeças se inclinaram em sinal de profundo respeito.

Exceto Wolodyjowski, todos sabiam que o *hetman* viria, porque prometera a Ketling fazê-lo; no entanto a sua aparição causou tamanho impacto nos presentes que nenhum deles ousou abrir a boca primeiro. A sua aparição era um gesto extraordinário, mas *pan* Sobieski amava os soldados acima de tudo, principalmente aqueles que, sob o seu comando, fizeram

O PEQUENO CAVALEIRO

tantos estragos nas hordas tártaras; considerava-os como membros da sua família e foi em função disto que se prontificou a dar as boas-vindas a Wolodyjowski, incutir ânimo na sua alma sofrida e, ao demonstrar tal apreço, convencê-lo a permanecer nas fileiras do exército.

Sendo assim, depois de cumprimentar Ketling, estendeu os braços na direção do pequeno cavaleiro, e quando este se aproximou e abraçou os seus joelhos, agarrou a sua cabeça com as mãos e disse:

— E então, velho soldado! — disse. — A mão de Deus o comprimiu contra a terra, mas também será ela que o levantará de novo e lhe dará novo alento... Que Deus o proteja!... Espero que permaneça conosco...

O peito de *pan* Michal foi sacudido por soluços.

— Ficarei! — disse, por entre lágrimas.

— Era isto que eu esperava ouvir; queira Deus que eu possa contar com mais homens como você! E agora, velho companheiro, vamos relembrar os tempos em que ceávamos juntos nas tendas espalhadas pelas estepes da Rutênia. Como me sinto bem no meio de vocês! Senhor anfitrião, está na hora de iniciar o banquete!

— *Vivat Joannes dux!* — exclamaram todas as vozes. O banquete teve início e durou por muito tempo.

No dia seguinte, o grão-*hetman* enviou a Wolodyjowski um valioso puro-sangue pardo.

Capítulo 6

KETLING E WOLODYJOWSKI prometeram a si mesmos que, assim que surgisse uma oportunidade, os dois voltariam a cavalgar estribo a estribo, sentar junto da mesma fogueira e colocar suas cabeças sobre a mesma sela.

No entanto, menos de uma semana mais tarde, tiveram que se separar. Chegou um mensageiro da Curlândia, com a notícia de que Hassling, que adotara Ketling e lhe dera uma propriedade na Lituânia, caíra doente e desejava ver o seu filho adotivo. O jovem guerreiro nem hesitou; montou em seu cavalo e partiu.

Antes porém, pediu a *pan* Zagloba e a Wolodyjowski para que considerassem sua casa como se fosse deles e que permanecessem nela por todo o tempo que desejassem.

— Talvez os Skrzetuski venham a Varsóvia — disse-lhes. — Quando a eleição for anunciada, certamente ele virá, nem que seja sozinho, mas mesmo se vier com as crianças, aqui há lugar de sobra para abrigar toda a família. Não tenho parentes mas, mesmo que eu tivesse irmãos, eles não me seriam mais próximos do que vocês.

Pan Zagloba aceitou de bom grado o convite, porque se sentia muito bem na mansão de Ketling, além de ele ter-se revelado muito útil a *pan* Michal.

Embora os Skrzetuski não tivessem vindo, chegou um aviso da vinda da irmã de Wolodyjowski, casada com *pan* Makowiecki. Um emissário seu viera à corte do *hetman*, a fim de tentar descobrir junto dos cortesãos se algum deles teria alguma notícia do pequeno cavaleiro. Obviamente, logo foi lhe indicada a mansão de Ketling.

Wolodyjowski ficou muito feliz, pois não via a irmã há muitos anos, e ao ser informado de que ela estava acomodada numa modesta casinha em Rybaki, partiu imediatamente para lá, com o intuito de convidá-la para a propriedade do amigo.

Quando chegou à casa onde ela se hospedara, já estava escuro e, apesar de haver mais duas outras mulheres na sala, reconheceu-a de imediato, pois *pani* Makowiecki era baixinha e redonda como um novelo de lã.

Ela também o reconheceu e atirou-se nos seus braços. Mudos de emoção, ficaram abraçados por muito tempo, as lágrimas quentes escorrendo do rosto de ambos. Enquanto isto, as outras duas senhoras permaneciam imóveis, olhando para tão calorosos cumprimentos.

A sra. Makowiecki foi primeira a recuperar a voz e começou a exclamar, com uma voz fininha e um tanto estridente:

— Quantos anos! Quantos anos! Deus o tenha, querido irmão! Assim que soube da sua desgraça, parti à sua procura, e o meu marido não fez qualquer objeção, porque nuvens negras estão se formando na nossa região... Além disto, fala-se muito das hordas tártaras de Bialygrod. Os caminhos ficarão obscurecidos, porque o céu está coberto de bandos de pássaros selvagens, algo que sempre acontece quando um ataque é iminente. Que Deus alivie a sua dor, meu irmão adorado! Como o meu marido deverá vir para cá por ocasião da eleição, ele me disse: "Pegue as suas damas-de-companhia e vá ter com o seu irmão. Assim, você poderá consolar Michal e, ao mesmo tempo, encontrar um refúgio dos tártaros, porque o país vai voltar a ficar em chamas. Você poderá unir o útil ao agradável. Parta logo para Varsóvia e procure achar um lugar para se acomodar, antes que a capital fique repleta de gente." Ele ficou de olho, junto com os demais moradores da região, sobre as estradas, porque não há muitos soldados disponíveis; é sempre assim, no nosso país. Meu Michal adorado! Chegue até a janela para que eu possa olhar melhor para você. Vejo que emagreceu, mas isto é natural quando desaba sobre nós alguma desgraça. Lá, na Rutênia, foi fácil dizer: procure uma acomodação! Mas a realidade é outra, e você pode

O PEQUENO CAVALEIRO

ver que o máximo que conseguimos foi esta cabana, e estes três feixes de feno que nos servem de camas.

— Permita-me, irmã... — disse o pequeno cavaleiro.

Mas a irmã não queria permitir e continuava a matraquear:

— Estamos aqui porque não conseguimos achar nada melhor. Os donos das hospedarias têm uns olhos de lobos; devem ser pessoas de má índole. É verdade que temos quatro empregados — rapazes excelentes — e nós também não somos medrosas, porque, na nossa terra, também as mulheres têm que ter um espírito guerreiro, de outra forma, não poderiam viver naquelas bandas. Eu sempre carrego uma pistola comigo, e Baska tem até duas; somente Krzysia não tem apreço por armas de fogo... Mas como estamos numa cidade estranha, preferiríamos ficar numa pousada...

— Permita-me, irmã... — repetiu *pan* Wolodyjowski.

— E aonde você está alojado, Michal? Você precisa me ajudar a encontrar um lugar decente, você conhece Varsóvia tão bem...

— Pois eu já tenho um — interrompeu-a *pan* Michal. — E tão distinto que poderia abrigar uma corte senatorial. Estou morando na casa de um amigo, o capitão Ketling, e já vou levar você para lá...

— Mas você não pode esquecer que somos três, além de duas empregadas e quatro empregados. Meu Deus! Não é que me esqueci de apresentar-lhe as minhas companheiras?!

Neste ponto, virou-se para as suas duas acompanhantes.

— As senhoritas sabem quem é ele, mas ele não sabe quem são vocês; mesmo nesta escuridão, cabem as devidas apresentações. Que coisa! Até agora não acenderam a lareira... Esta aqui é a srta. Krystyna Drohojowski e, aquela lá, a srta. Bárbara Jeziorkowski. O meu marido é o seu tutor e administra as suas propriedades, porque elas são órfãs e moram conosco, já que não cabe a jovens solteiras morarem sozinhas.

Wolodyjowski se inclinou de forma militar, enquanto as jovens, pegando as pontas dos seus vestidos com os dedos, fizeram uma reverência, sendo que Basia acompanhou o cumprimento com uma sacudidela da cabeça, como um potro selvagem.

— Então partamos imediatamente! — disse o pequeno cavaleiro. — Moro junto com *pan* Zagloba, a quem pedi que mandasse preparar o jantar.

— O afamado *pan* Zagloba? — perguntou, com excitação, Basia.

— Comporte-se, Baska! — repreendeu-a a irmã de *pan* Michal. — Não gostaria de lhes dar muito trabalho.

— Pode ficar tranqüila, minha irmã — respondeu Wolodyjowski. — Já que é *pan* Zagloba que está organizando o jantar, haverá comida suficiente para um batalhão. Peço às senhoritas que mandem preparar as suas bagagens. Além da carruagem de Ketling, que é tão espaçosa que poderemos viajar nós quatro em pleno conforto, eu trouxe também uma carroça. Eis o que tenho em mente: se os empregados não são uns beberrões, eles poderão pernoitar aqui, com o grosso da bagagem, enquanto nós levaremos apenas aquilo que é mais necessário.

— Não vai ser preciso — respondeu a sra. Makowiecki — pois as nossas carroças ainda não estão descarregadas. Basta arrear os cavalos e eles poderão partir imediatamente. Baska, tome as devidas providências.

Basia saiu em disparada e, minutos depois, retornou com a informação de que tudo estava pronto.

— Então, a caminho! — disse Wolodyjowski.

Momentos depois, todos estavam acomodados na carruagem, a caminho de Mokotow. A sra. Makowiecki e Krzysia sentaram no banco de trás, enquanto o banco dianteiro foi ocupado por Basia e o pequeno cavaleiro. Como já estava bastante escuro, ele não conseguia ver os seus rostos.

— As senhoritas conhecem Varsóvia? — perguntou, inclinando-se para Krzysia e falando alto, querendo abafar o barulho das rodas da carruagem.

— Não — respondeu a jovem, com voz baixinha, mas melodiosa e agradável. — Não passamos de duas jovens do interior e, até o presente momento, nunca vimos, nem cidades grandes, nem pessoas famosas.

E, tendo dito isto, inclinou levemente a cabeça, querendo indicar que incluía *pan* Wolodyjowski no meio destes últimos. A resposta agradou imensamente a *pan* Michal. "Que jovem mais educada!", pensou e ficou quebrando a cabeça, imaginando uma resposta à altura.

— Mesmo que esta cidade fosse dez vezes maior — disse finalmente — as senhoritas seriam o seu mais belo ornamento.

O PEQUENO CAVALEIRO 59

— E como o senhor pode saber disto, se está tudo escuro? — perguntou imediatamente Basia.

"Que cabrita esperta!", pensou *pan* Wolodyjowski, mas não respondeu à pergunta e passaram a viajar em silêncio por um certo tempo. De repente, Basia se virou para o pequeno cavaleiro e perguntou:

— O senhor poderia nos dizer se lá há cocheiras espaçosas? Porque nós estamos viajando com dez cavalos e duas carruagens.

— Mesmo se fossem trinta, haveria espaço para eles.

— Oba! — exclamou a jovem.

— Baska! — disse a sra. Makowiecki, em tom de desaprovação.

— Por que "Baska! Baska!"? Quem foi que se ocupou dos cavalos durante toda nossa viagem? — respondeu a jovem.

E, conversando assim, chegaram à mansão de Ketling.

Todas as janelas estavam acesas para a recepção da visitante. A criadagem veio correndo, com *pan* Zagloba à frente que, ao ver três mulheres na carruagem, indagou de imediato:

— Qual das senhoras eu tenho a honra de cumprimentar como a irmã do meu melhor amigo, Michal?

— Sou eu! — respondeu a sra. Makowiecki.

Ao que Zagloba agarrou a sua mão e, beijando-a por repetidas vezes, ficou repetindo:

— Seja bem-vinda! Seja bem-vinda!

Em seguida, ajudou-a a sair da carruagem e a acompanhou, com toda atenção, até a ante-sala.

— Permita-me, nobre dama, que a cumprimente novamente quando entrarmos na sala — dizia pelo caminho.

Enquanto isto, *pan* Michal ajudava as duas jovens a descer. Como a carruagem era bastante alta e, na escuridão, não era fácil tatear o estribo com os pés, pegou Krzysia nos braços e, levantando-a, colocou-a no chão. Esta, por sua vez, não fez qualquer objeção, pesou por um momento sobre o seu peito e disse:

— Muito obrigada!

Pan Wolodyjowski se virou para Basia, mas esta já havia saltado da carruagem por conta própria. Diante disto, deu o braço à *panna* Drohojowski.

Uma vez na sala, travaram conhecimento com *pan* Zagloba que, diante da visão das duas jovens, ficou de excelente humor e logo convidou todos para a ceia.

A mesa já estava posta e leves nuvens de vapor se levantavam das travessas; como previra *pan* Michal, havia comida suficiente para mais do que o dobro das pessoas presentes. Portanto, sentaram-se à mesa. A sra. Makowiecki ocupou o lugar de honra, tendo *pan* Zagloba à sua direita, com Basia ao seu lado. Wolodyjowski sentou-se à sua esquerda, ao lado de Krzysia.

Foi somente então que o pequeno guerreiro pôde olhar claramente para as duas jovens.

Ambas eram bonitas, mas cada uma do seu jeito. Krzysia tinha os cabelos negros como asas de graúna, com sobrancelhas da mesma cor, olhos azulcelestes e a pele branca tão delicada e tão fina, que dava para se ver as finas veias azuladas das suas têmporas. Uma quase imperceptível camada de batom cobria a superfície dos seus lábios, embelezando o formato da sua boca sedutora, como se tivesse sido feita para ser beijada. Estava de luto, pois perdera o pai há pouco tempo, e os seus trajes escuros, aliados à delicadeza da pele e ao negro dos seus cabelos, conferiam-lhe uma aparência de tristeza e seriedade. À primeira vista, parecia ser mais velha que a sua companheira e foi somente depois de olhá-la com mais atenção que *pan* Michal percebeu quão jovem era o sangue que corria por trás daquela pele fina. E quanto mais olhava para ela, mais admirava a sua postura cheia de dignidade, seu pescoço como de um cisne e o seu corpo esguio, cheio de encanto feminil.

"Eis uma grande dama", pensava consigo mesmo, "que deve ter uma alma excepcional! Quanto à outra, mais parece um garoto travesso!"

A comparação era mais que verdadeira.

Basia era bem menor que Krzysia; miudinha, porém não magra, com pele que mais parecia um botão de rosa e cabelos louros que, provavelmente por causa de uma doença, eram curtos e protegidos por uma rede dourada. No entanto, estando numa cabeça em constante movimento, não queriam ficar quietos e saíam de forma ousada por todos os furos da rede, formando na testa uma franja desordeira que chegava até suas sobrancelhas. Com isto, tinha a aparência de um daqueles penachos de cabelos usados pelos cossacos, o que, aliado aos seus olhos vivos e agitados e à sua

O PEQUENO CAVALEIRO   **61**

expressão marota, fazia com que aquele rostinho cor-de-rosa mais parecesse o de um irrequieto rapazola, sempre pronto para uma impune traquinice.

Apesar disto, era tão linda e fresca, que não dava para se tirar os olhos dela. O seu nariz era fino, um tanto arrebitado e com narinas em movimento constante. Duas covinhas nas bochechas e uma no queixo indicavam ser ela uma pessoa de índole alegre.

Mas, naquele momento, estava sentada quietinha, comendo com gosto e lançando olhares, ora para *pan* Zagloba, ora para *pan* Wolodyjowski, com uma curiosidade quase infantil, como se eles fossem seres de um outro planeta.

Pan Wolodyjowski mantinha-se calado, pois sabendo que tinha a obrigação de entreter Krzysia, não sabia por onde começar. O pequeno cavaleiro nunca soubera ser bem-falante diante de mulheres, além do que a presença das duas jovens encheu a sua alma de tristeza, trazendo-lhe à lembrança a sua falecida Anusia.

Enquanto isto, *pan* Zagloba, totalmente à vontade, entretinha a sra. Makowiecki, contando-lhe os feitos de *pan* Michal e dele mesmo. No meio da ceia, começou a contar como ele, *pan* Michal, a princesa Kurcewicz e o jovem Rzedzian estavam fugindo de uma horda completa de tártaros e como, em desespero de causa, os dois guerreiros, querendo salvar a princesa e atrasar a perseguição, se lançaram, sozinhos, contra a horda.

Basia chegou a parar de comer e, apoiando o queixo nas mãos, ouvia o relato atentamente, sacudindo a cabeça e exclamando, nos momentos mais excitantes:

— E aí?! E aí?!

E quando o relato de *pan* Zagloba chegou ao ponto no qual os dragões de Kuszel chegaram a tempo de salvá-los e começaram a fazer um verdadeiro massacre no meio dos tártaros, Basia não conseguiu agüentar mais e, batendo palmas com toda força, exclamou:

— Por Deus! Como eu gostaria de ter estado lá!

— Baska! — repreendeu-a a gordinha sra. Makowiecki, com seu típico sotaque rutênio. — Você está num país civilizado e precisa desacostumar-se de usar expressões como "por Deus!". Só falta, valha-nos Deus, você exclamar "Que os raios me partam!"

A jovem soltou uma gargalhada alegre e descontraída e, batendo com a mão sobre os joelhos, gritou:

— Então, querida titia, "Que os raios me partam!"

— Meu Deus! Estou com os ouvidos ardendo! Peça desculpas já a todos os presentes! — exclamou a sra. Makowiecki.

Ao que Basia, querendo iniciar as desculpas pela sra. Makowiecki, levantou-se de um pulo, derrubando uma faca e uma colher para baixo da mesa e mergulhando imediatamente atrás delas.

A redondinha sra. Makowiecki não conseguiu mais conter o riso, aliás uma forma de rir muito estranha; iniciava-se com violentas sacudidelas do corpo e terminava com um pio agudo. Todos ficaram alegres e *pan* Zagloba estava encantado.

— Vejam, meus senhores, os problemas que tenho com esta menina!

— Não são problemas, prezada senhora; mas só alegrias, juro por Deus! — disse *pan* Zagloba.

Enquanto isto, Basia saía debaixo da mesa. Achara a faca e a colher, mas perdera a rede que prendia os seus cabelos, de modo que estes cobriam totalmente o seu rosto. Empertigando-se, dilatou as narinas e disse:

— Vejo que os senhores estão se divertindo à minha custa! Muito bem!

— Ninguém está rindo da senhorita — assegurou-lhe Zagloba. — Ninguém está rindo! Apenas estamos felizes por Deus, por meio da senhorita, nos ter devolvido a alegria.

Após a ceia, foram todos para o salão principal. Krzysia viu uma lira pendurada na parede e pegou-a, dedilhando suas cordas. Wolodyjowski pediu-lhe que cantasse algo e ela respondeu, com simplicidade e doçura:

— Terei o máximo prazer, se puder expulsar o sofrimento da sua alma...

— Obrigado! — respondeu o pequeno cavaleiro, olhando para ela com gratidão.

Momentos depois, a sala encheu-se de uma doce melodia:

De nada servem, nobres guerreiros
Sua armadura e seu escudo
Pois eles não podem protegê-los
Das flechas certeiras de Cupido

O PEQUENO CAVALEIRO

— Não tenho palavras para agradecer à senhora — dizia Zagloba, sentado ao lado da sra. Makowiecki e beijando-lhe as mãos — por ter vindo e trazido consigo duas jovens tão belas que, diante delas, as três Graças poderiam ser atiradas em uma lareira. Principalmente esta moleca, capaz de dissipar qualquer tristeza mais rapidamente que um gato elimina ratos. Pois o que são tristezas, senão ratos que roem os grãos de alegria depositados nos nossos corações? A senhora precisa saber que o nosso saudoso monarca, *Joannes Casimirus*, apreciava tanto as minhas *comparationes*, que não podia passar um dia sequer sem elas. Eu tinha que lhe compor provérbios e máximas inteligentes, que ele anotava e, depois, usava na condução da sua política. Mas estamos nos desviando do nosso assunto principal. Acredito que o nosso Michal, diante destas delícias, acabará se livrando por completo do seu infortúnio. A senhora não sabe, mas não faz ainda uma semana que eu consegui arrancá-lo do mosteiro dos camáldulos, onde ele queria fazer os seus votos. Eu consegui que o núncio em pessoa avisasse o prior que, caso não soltasse Michal, ele transformaria todo o mosteiro num destacamento de dragões. Aquilo lá não era um lugar adequado para Michal!... Graças a Deus! Graças a Deus!... Eu o conheço como a palma da minha mão. Se não for hoje, será amanhã, uma daquelas jovens o fará soltar tantas faíscas, que o seu coração pegará fogo, como um monte de lenha.

Enquanto isto Krzysia continuava a cantar:

> *Mas se mesmo uma couraça*
> *De um guerreiro de raça*
> *Não o consegue proteger —*
>
> *Como uma donzela*
> *Tão frágil e bela*
> *Poderá se defender?*

— As mulheres têm tanto medo destes golpes quanto um cachorro de uma salsicha — sussurrou Zagloba para a sra. Makowiecki. — Mas confesse, minha benfeitora, que a senhora não trouxe estes dois passarinhos sem uma razão oculta. Que meninas graciosas! Principalmente aquela que parece um moleque! Michal tem uma irmã pra lá de esperta, não é verdade?

Pani Makowiecki fez uma cara de sabichona, muito embora a expressão não combinasse com o seu rosto simples e bondoso, e respondeu:

— Pensou-se nisto e naquilo, como sempre sói acontecer com as mulheres, experientes nestes assuntos. O meu marido deverá vir para cá, na época da eleição, e eu resolvi trazer as meninas antes, porque, lá na nossa terra, os tártaros podem aparecer a qualquer momento. Por outro lado se, em função disto, algo de bom puder acontecer a Michal, estarei disposta a fazer uma peregrinação a pé, até alguma imagem sagrada.

— Pois saiba que há de acontecer; há de acontecer! — disse Zagloba.

— Ambas as jovens provêm de famílias distintas e abastadas, o que, nos dias de hoje, é de grande valia...

— A senhora não precisa me dizer isto de novo. Todos os bens de Michal foram consumidos pelas guerras, embora eu saiba que ele tem alguns trocados a receber dos grandes magnatas. Após as batalhas, nós nos apossávamos de muitos objetos preciosos e, embora eles fossem entregues à discrição dos *hetman*, uma parte deles era dividida entre nós "de acordo com as espadas", como se diz em linguagem militar. Se Michal tivesse guardado tudo que lhe coube, teria hoje uma bela fortuna. Mas, como todo soldado, ele não pensava no amanhã e gastava tudo imediatamente. E, se não fosse eu, que tinha que conter os seus excessos, ele teria ficado sem um tostão. Mas a senhora estava me dizendo que as meninas provêm de famílias distintas?

— Nas veias de *panna* Drohojowski corre sangue senatorial. É verdade que os nossos castelãos não podem se comparar aos de Cracóvia e os seus nomes são pouco conhecidos no resto da República, mas todo aquele que ocupou uma cadeira no Senado passa tal esplendor aos seus descendentes. Quanto a títulos de nobreza, os de *panna* Jeziorkowski ultrapassam os de Drohojowski.

— Não diga, não diga! Eu mesmo descendo de um certo rei dos Massagetas, portanto gosto de escutar sobre genealogia.

— Bem, os Jeziorkowski não descendem de tão alta linhagem, mas se o senhor quiser me ouvir... porque, lá na nossa terra, nós sabemos de cor e

O PEQUENO CAVALEIRO

salteado todas as ligações familiares... Ela é aparentada com os Potocki, os Jazlowiecki e os Laszcz. Foi assim...

Neste ponto, a gorda senhora ajeitou as fraldas do seu vestido e, acomodando-se confortavelmente na poltrona para evitar quaisquer empecilhos no seu adorado relato, estendeu os dedos de uma das mãos e, apontando-os um a um, se preparou para enumerar todos os avôs e avós:

— A filha do segundo casamento, com *pani* Jazwlowiecki, de *pan* Jakub Potocki, Elzbieta, casou com *pan* Jan Smiotanko, porta-bandeira de Podole...

— Sim! — disse Zagloba.

— Deste casamento resultou um filho, *pan* Mikolaj Smiotanko, também porta-bandeira de Podole.

— Um cargo a não ser desprezado!

— Ele casou duas vezes. A primeira com *panna* Dorohostaj... não! com Rozynski... não! com Woroniczow... Que coisa! Esqueci o seu sobrenome!

— Que Deus lhe dê o descanso eterno, independentemente do seu sobrenome! — disse Zagloba, com a cara mais séria do mundo.

— E a segunda vez com *panna* Laszczow...

— Era isto que eu queria ouvir! E qual foi o *effectum* deste matrimônio?

— Todos os seus filhos varões morreram...

— Neste mundo, todas as alegrias são efêmeras...

— E das quatro filhas, a mais jovem, Anna, casou com *pan* Jeziorkowski, comissário da comissão definidora das fronteiras de Podole e que depois, se não me engano, foi o porta-espada daquela província.

— É verdade. Foi mesmo; estou lembrado disto — disse-lhe Zagloba, com convicção.

— E Basia é o fruto deste casamento.

— E, pelo que vejo, ela está, neste instante, se divertindo com o mosquetão de Ketling.

E efetivamente, enquanto Krzysia e o pequeno cavaleiro estavam entretidos numa conversa, Basia apontava para eles o mosquetão.

Diante desta visão, a sra. Makowiecki começou a tremer e piar.

— O senhor nem pode imaginar o que eu tenho de problemas com esta menina! Um autêntico pajem; um *hajduk*, aliás ainda melhor na sua forma mais carinhosa e feminina — uma *hajduczek*!

HENRYK SIENKIEWICZ

— Se todos os *hajduk* fossem como ela, eu gostaria de me juntar a eles!

— Ela não pensa em mais nada, a não ser em armas, cavalos e guerras! Certa feita, fugiu de casa para caçar patos com uma espingarda. Chegou até um juncal e o que vê? Os juncos se afastando e, do meio deles, emergindo a cabeça de um tártaro que queria roubar algo no vilarejo... Uma outra qualquer teria ficado apavorada, mas esta mocinha, não; disparou a arma e o tártaro mergulhou na água. Imagine o senhor, derrubou-o de imediato... e com quê?... com chumbinhos para caçar patos...

Neste ponto, a sra. Makowiecki voltou a se sacudir e a piar, à guisa de riso, acrescentando logo em seguida:

— Tenho que admitir que, com isto, salvou-nos a todos, porque o tal tártaro fazia parte de uma horda inteira; mas como ela voltou correndo e soou o alarme, tivemos tempo de formar um grupo armado e botá-los para correr! Lá, na nossa região, isto acontece o tempo todo!...

O rosto de Zagloba cobriu-se de tal admiração que chegou a semicerrar o seu olho são. Em seguida, correu para a jovem e, antes que ela pudesse se aperceber do que estava acontecendo, plantou-lhe um beijo na testa.

— Receba isto de um velho soldado, por aquele tártaro no meio dos juncos! — disse.

A jovem sacudiu vigorosamente os seus cachos dourados.

— Aha! Aquele desgraçado não vai importunar mais ninguém! — exclamou com sua voz viçosa e infantil, que soou um tanto estranha, diante do sentido das suas palavras.

— Minha *hajduczek* querida! — exclamou o enternecido Zagloba.

— Mas o que significa um mísero tártaro?! Os senhores massacraram milhares deles, sem falar dos suecos, alemães e húngaros. O que eu represento, diante de dois guerreiros incomparáveis em toda a República? Nada! Estou ciente disto!

— Já que você tem tanto ânimo, nós vamos ensiná-la a manejar uma espadinha. Eu já estou um tanto velho, mas Michal também é um mestre-espadachim.

Ao ouvir tal proposta, a jovem chegou a dar um pulinho de alegria; depois, beijou o braço de *pan* Zagloba e fez uma reverência diante do pequeno cavaleiro, dizendo:

O PEQUENO CAVALEIRO

— Muito obrigada pela promessa! Eu até já sei um pouquinho!

Mas *pan* Wolodyjowski, totalmente absorto na conversa com Krzysia, respondeu distraidamente:

— Estou às ordens da senhorita!

Zagloba, com o rosto irradiando felicidade, voltou a se sentar junto da sra. Makowiecki.

— Minha prezada benfeitora — disse. — Eu sei muito bem como são deliciosos os doces turcos, porque passei muitos anos em Istambul; e também sei quanto eles são disputados. Como é possível que, até agora, ninguém não se sentiu tentado por esta garota maravilhosa?

— Por Deus! Não faltaram pretendentes para ambas. E nós costumamos brincar chamando Baska de "viúva de três maridos", porque três distintos cavalheiros fizeram-lhe a corte ao mesmo tempo: *pan* Swirski, *pan* Kondracki e *pan* Cwilichowski. Todos eles *szlachcic* da nossa região e homens de posses, cuja descendência posso expor minuciosamente ao senhor.

Tendo dito isto, *pani* Makowiecki estendeu os dedos da mão esquerda e preparou-se para apontar para eles com o indicador da mão direita, mas Zagloba, mais que rapidamente, perguntou:

— E o que aconteceu com eles?

— Todos os três morreram na guerra; e é por isto que nós apelidamos Baska de viúva.

— E como ela suportou essa perda?

— O senhor tem que entender que isto é algo corriqueiro na nossa região e que são poucos os que, tendo chegado à velhice, morrem de morte natural. Lá, nós costumamos dizer que um verdadeiro *szlachcic* só pode morrer num campo de batalha. Como Baska reagiu? Chorou um pouco, a coitadinha, sempre nas cocheiras, porque quando algo a entristece, ela logo corre para lá! Fui atrás dela e perguntei: "Qual deles você pranteia?" E ela me respondeu: "Todos os três!" Diante desta resposta, fiquei convencida de que ela não estava apaixonada por nenhum deles... E acho que, tendo a mente ocupada com outras coisas, ela ainda não encontrou o seu destino; Krzysia, talvez sim, mas Baska, ainda não!...

— Pois ainda há de encontrar! — disse Zagloba. — A senhora e eu sabemos melhor do que ninguém! Ela vai encontrar! Vai encontrar!

— É o que está predestinado para todos nós! — respondeu a dama.

— É isto mesmo! A senhora tirou as palavras da minha boca!

O resto da conversa foi interrompido pela chegada dos mais jovens.

O pequeno cavaleiro já perdera a sua timidez e se sentia à vontade junto de Krzysia que, provavelmente por ter um coração de ouro, ocupava-se dele e da sua dor, como um médico se ocupa de um doente. E talvez fosse por isto que lhe demonstrava mais amabilidade que lhe pudesse permitir uma convivência tão curta. Mas como *pan* Michal era irmão da sra. Makowiecki, e a jovem era parente do seu marido, ninguém achou aquilo estranho. Quanto à Baska, ninguém parecia dar-lhe atenção, exceto *pan* Zagloba. Na verdade, ela não dava a mínima importância ao fato de ser ou não notada. No começo, olhara com admiração para os dois guerreiros e para a exposição de armas de Ketling, pendurada nas paredes. Depois, começou a bocejar, seus olhos foram se fechando aos poucos e ela disse finalmente:

— Quando for me deitar, somente acordarei depois de amanhã...

Logo após as suas palavras, todos foram para os seus quartos, porque as viajantes estavam exaustas e apenas aguardavam que as camas fossem preparadas.

Quando, finalmente, *pan* Zagloba se viu a sós com Wolodyjowski, começou a piscar significativamente e em seguida cobriu o pequeno cavaleiro de leves cutucadas.

— E então Michal? Não são autênticas flores silvestres? E você ainda está pensando em se tornar um monge? Esta *panna* Drohojowski é uma fruta suculenta, não acha? E aquela *hajduczek* cor-de-rosa? Que tal? O que você tem a dizer?

— O que tenho a dizer? Nada! — respondeu o pequeno cavaleiro.

— Pois eu fiquei encantado com aquela *hajduczek* e posso lhe dizer que, quando estava sentado ao lado dela durante a ceia, senti um calor que emanava como se fosse uma lareira.

— Ela não passa de uma criança; a outra, não, já é uma dama.

— *Panna* Drohojowski é como uma ameixa húngara, mas a outra é uma avelã!... Quisera eu ainda ter os meus dentes!... quero dizer, se tivesse uma filha como ela, somente a daria a você. É uma amêndoa, lhe digo, uma autêntica amêndoa!

O PEQUENO CAVALEIRO

Wolodyjowski ficou triste de repente, porque se lembrou dos apelidos que *pan* Zagloba usara para descrever Anusia Borzobohata. Viu-a diante de si, com o seu rostinho miúdo, com suas tranças negras, sua alegria, sua tagarelice e seu jeito de olhar. É verdade que estas duas eram mais jovens, mas aquela foi muito mais cara do que todas as jovens do mundo...

O pequeno cavaleiro cobriu o rosto com as mãos e foi tomado de um sentimento de dor, tão mais profundo por ser inesperado.

Zagloba ficou espantado; ficou por certo tempo calado, olhando com preocupação para o amigo. Finalmente, disse:

— O que está acontecendo com você, Michal? Diga-me, pelo amor de Deus!

Wolodyjowski respondeu:

— Tantas estão vivas e tantas andam felizes sobre a terra; somente o meu cordeirinho não está mais entre nós e eu nunca mais a verei!...

A dor abafou a sua voz e ele apoiou a testa no braço do banco, repetindo por entre lábios semicerrados:

— Meu Deus! Meu Deus! Meu Deus!...

Capítulo 7

*P*ANNA BASIA NÃO DEIXOU Wolodyjowski escapar da promessa de ensinar-lhe a arte de manejar a espada e este, embora tivesse uma nítida predileção por Krzysia, também estava encantado por Baska, pois não havia quem pudesse deixar de se encantar com ela.

Assim sendo, certa manhã teve início a primeira aula, provocada pela gabolice de Basia, que insistia em afirmar que não era uma principiante e que não era qualquer um que pudesse enfrentá-la.

— Tive aulas com soldados experientes, o que não falta pelas nossas bandas, e é sabido que os nossos espadachins são os melhores do país... Ouso até afirmar que os senhores haveriam de encontrar, no meio deles, vários que lhes pudessem fazer frente.

— O que a senhorita está dizendo?! — exclamou Zagloba. — Não há um só, no mundo, que se possa igualar a nós!

— Como seria bom se eu pudesse mostrar-lhes que até eu estou à altura. Não imagino que isto seja possível, mas bem que gostaria!

— Se a disputa fosse em tiro ao alvo, até eu me candidataria — disse, rindo, a sra. Makowiecki.

— Por Deus! Parece que a sua região é habitada exclusivamente por amazonas — disse Zagloba.

Depois, virando-se para Krzysia, indagou:

— E qual é a arma que a senhorita maneja melhor?

— Nenhuma.

— Pois sim, "nenhuma"! — exclamou Baska. E, imitando a voz de Krzysia, se pôs a cantar:

De nada servem, nobres guerreiros
Sua armadura e seu escudo
Pois eles não podem protegê-los
Das flechas certeiras de Cupido

— É esta a arma que ela sabe manejar; podem estar certos disto! — acrescentou, virando-se para Wolodyjowski e Zagloba. — Nesta arte, ela é imbatível!

— Em posição, minha jovem! — disse *pan* Michal, querendo diminuir o embaraço criado pelas palavras de Basia.

— Meu Deus! Tomara que aconteça o que estou pensando! — exclamou Basia, enrubescendo de felicidade e colocando-se em posição.

Com uma leve espadinha polonesa na mão direita e com a mão esquerda às costas, peito estufado, cabeça levantada e narinas dilatadas, era tão linda e rósea, que Zagloba sussurrou para a sra. Makowiecki:

— Não há garrafa no mundo, mesmo que contivesse um vinho húngaro de cem anos, que pudesse me deliciar mais do que esta visão!

— Saiba, senhorita — disse Wolodyjowski —, que eu vou apenas me defender, sem atacá-la uma só vez. Portanto, cabe à senhorita me atacar e faça-o da melhor forma que puder.

— Muito bem. E quando o senhor quiser que eu pare, basta me avisar.

— Não será preciso, pois poderei pará-la à hora que quiser!...

— Ah, é? E de que modo?

— Fazendo com que a sua espada caia da sua mão.

— Vamos ver se o senhor consegue isto!

— Não vamos ver, porque não farei isto, por delicadeza.

— Pois eu não quero qualquer delicadeza da sua parte. Se o senhor acha que poderá fazê-lo, então faça. Sei que não sou tão adestrada quanto o senhor, mas pode ter certeza de que não permitirei que isto aconteça!

— Quer dizer que a senhorita está me autorizando?

— Autorizo!

O PEQUENO CAVALEIRO

— Pare com isto, minha *hajduczek* querida — disse Zagloba. — Ele já fez isto com os maiores espadachins do mundo.

— Vamos ver! — repetiu Basia.

— Comecemos! — disse Wolodyjowski, um tanto impaciente com a pretensão da jovem.

Basia se lançou ao ataque com fúria, saltitando como um potro selvagem.

Wolodyjowski, por sua vez, ficou parado no mesmo lugar, aparando os golpes com os seus costumeiros pequenos movimentos da mão, e sem dar qualquer importância ao ataque.

— O senhor duela comigo como se estivesse querendo afugentar uma mosca incômoda! — gritou, com fúria, Basia.

— Eu não estou duelando com a senhorita, mas dando uma aula! — respondeu o pequeno cavaleiro. — Para uma mulher, não está se saindo tão mal! Mas pare de agitar tanto a mão!

— Para uma mulher?! Então tome isto! E mais isto!

Mas *pan* Michal, embora Basia estivesse lhe aplicando os golpes mais impetuosos, não tomou nada. Pelo contrário, querendo mostrar como não dava a mínima atenção aos ataques de Basia, passou a conversar com Zagloba.

— Por favor, afaste-se da janela, porque a senhorita precisa de mais luz, e embora a espada seja maior do que uma agulha, esta jovem tem menos experiência com a primeira do que com a segunda.

As narinas de Basia dilataram-se ainda mais e os seus cachos caíram por completo sobre seus olhinhos brilhantes.

— O senhor está fazendo pouco de mim? — perguntou, arfando pesadamente.

— Deus me livre disto!

— Eu odeio o senhor!

— Eis o pagamento que tenho pela aula! — respondeu o pequeno cavaleiro.

Depois, disse para Zagloba:

— Parece que a neve está começando a cair.

— Então tome esta neve! Neve! Neve! — repetiu Basia, aplicando um golpe atrás de outro.

— Já basta, Baska! Você mal se agüenta em pé! — intrometeu-se a sua tutora.

— Segure a espada, senhorita, porque vou tirá-la da sua mão.

— Vamos ver!

— Pois veja!

E a espadinha se soltou da mão de Basia e, voando como um pássaro, foi cair com estrondo junto à lareira.

— Foi uma distração minha! Não foi o senhor; fui eu mesma que a soltei! — gritava a jovem com a voz entrecortada por lágrimas e, levantando rapidamente a espadinha, lançou-se ao ataque.

— Tente agora...

— Com prazer!

E, mais uma vez, a espadinha caiu junto da lareira, enquanto *pan* Michal dizia:

— Por hoje basta!

A sra. Makowiecki começou a se sacudir e a piar mais alto que de costume, enquanto Basia permanecia no meio da sala, confusa, envergonhada, arfante, mordendo os lábios e querendo reter as lágrimas que, apesar dos seus esforços, enchiam os seus olhos. Ciente de que seria ainda mais ridicularizada caso chorasse, queria retê-las a todo custo, mas, tendo se dado conta de que não ia conseguir, saiu correndo da sala.

— Meu Deus! — exclamou a sra. Makowiecki. — Ela deve ter fugido para as cocheiras... e está tão suada que é capaz de se resfriar. Alguém precisa ir atrás dela! Krzysia, fique aqui!

E tendo dito isto, pegou um grosso casaco forrado de pele e saiu atrás da sua tutelada, seguida por *pan* Zagloba, preocupado com a sua *hajduczek*.

Krzysia quis também ir com eles, mas o pequeno cavaleiro agarrou a sua mão.

— A senhorita não ouviu a proibição? Não soltarei a sua mão até eles retornarem.

E, efetivamente, não a soltou. E não se tratava de uma mão qualquer, mas macia, como fosse de cetim. *Pan* Michal teve a impressão de que um quente regato emanava daqueles dedos finos e penetrava nos seus ossos,

O PEQUENO CAVALEIRO

causando-lhe uma sensação de extraordinário prazer, razão pela qual segurava-os com ainda mais força.

O rosto de Krzysia enrubesceu.

— Pelo jeito, sou uma cativa sua — disse.

— Aquele que pudesse ter uma prisioneira destas, não teria nada a invejar ao sultão, que daria de bom grado a metade do seu reino para tê-la.

— Tomara que o senhor não me venda aos pagãos!

— Da mesma forma como não venderia a minha alma ao diabo!

Neste ponto, *pan* Michal se deu conta de que estava passando das medidas, de modo que se corrigiu:

— Como não venderia uma irmã!

Ao que a jovem respondeu com voz muito séria:

— Agora o senhor falou de forma acertada. Sinto um afeto fraternal pela minha tutora e poderei dedicar-lhe o mesmo sentimento.

— Agradeço-lhe, do fundo do coração — disse *pan* Michal, beijando a sua mão —, porque preciso de consolo.

— Eu sei — disse a jovem — pois também sou órfã!

E uma pequena lágrima escorreu pela sua face, parando na penugem que cobria o lábio superior.

Wolodyjowski ficou olhando para aquela lágrima e para os lábios umedecidos levemente e disse:

— A senhorita é boa como um anjo! Já estou me sentindo mais leve!

Krzysia sorriu docemente.

— Que Deus possa compensá-lo!

O pequeno cavaleiro estava convencido de que, caso beijasse novamente aquela mão, se sentiria ainda mais leve. Mas, naquele instante, a sra. Makowiecki retornou à sala.

— Baska aceitou o casaco — disse —, mas está tão envergonhada que não há forças no mundo que a faça voltar para cá. *Pan* Zagloba está correndo atrás dela, por toda a cocheira.

E era verdade. O velho guerreiro, não poupando argumentos e persuasões, não só perseguia Baska no interior da cocheira, como conseguiu fazer com que ela saísse para o pátio, na esperança de que o frio reinante a forçaria a retornar à mansão.

Mas a jovem se esquivava, repetindo sem cessar: "Não vou entrar! Não me importa o frio! Não vou entrar! Não vou! Não vou!..." e tendo notado uma escada apoiada na parede da casa, escalou-a como um esquilo até a borda do telhado. Uma vez lá, acomodou-se no último degrau da escada e disse, rindo, para Zagloba:

— Se o senhor subir aqui e conseguir me agarrar, prometo voltar.

— E você acha que eu sou um gato para andar atrás de você por cima dos telhados? É assim que você me paga por eu amá-la?

— E eu também amo o senhor, só que daqui de cima!

— Parece que estou falando com uma parede! Desça daí, imediatamente!

— Não!

— Chega até a ser engraçado você ficar envergonhada! Não foi só com você, sua fuinha atormentada, que Wolodyjowski fez a mesma coisa, mas com Kmicic, considerado o mestre dos mestres na arte da esgrima — e não foi brincando, mas num duelo de verdade. Os melhores espadachins italianos, alemães e suecos não conseguiram resistir-lhe por mais do que o tempo de uma prece, e uma mosca como você acha que poderia fazer melhor! Que vergonha! Pare com esta bobagem e desça daí! Não se esqueça de que você está apenas começando a aprender!

— Mas eu detesto *pan* Michal!

— Por quê? Por ele ser *exquisitissimus* naquilo que você gostaria de fazer? Você deveria amá-lo ainda mais!

Pan Zagloba estava certo. A adoração de Basia pelo pequeno cavaleiro aumentara, apesar da sua derrota, mas ela respondeu:

— Pois que a Krzysia o ame!

— Vamos, desça daí!

— Não!

— Então fique; apenas vou lhe dizer que ficar assim, numa escada, não é uma coisa muito digna para uma donzela, porque poderá alegrar a muitos com a visão que temos daqui debaixo!

— É mentira! — respondeu Basia, cobrindo as pernas com o casaco.

— Eu já estou velho e não consigo enxergar tão bem, mas já vou chamar todos para que se deliciem com esta visão!

O PEQUENO CAVALEIRO

— Já estou descendo! — gritou Basia.

De repente, Zagloba olhou para o lado e exclamou:

— Alguém está vindo!

E, efetivamente, de trás de um monte de carvão, caminhava em direção deles o jovem *pan* Nowowiejski que, tendo amarrado o cavalo no poste junto do portão, circundava a casa a pé para entrar pela porta principal.

Ao vê-lo, Basia desceu da escada de um pulo, mas não suficientemente rápida. *Pan* Nowowiejski viu quando ela saltou e parou, espantado, confuso e com o rosto enrubescido como o de uma jovem; Basia se encontrou diante dele em semelhante condição e exclamou:

— Uma segunda trapalhada!

Pan Zagloba, achando graça no embaraço dos jovens, ficou piscando com o seu olho são e, finalmente, disse:

— Permitam que os apresente: *pan* Nowowiejski, um amigo e subalterno do nosso Michal, e esta aí é *panna* Escadowski, quero dizer: Jeziorowski!

Nowowiejski se recuperou da surpresa e, sendo um soldado de mente aguçada, embora ainda muito jovem, fez uma mesura, ergueu os olhos para a deslumbrante aparição e disse:

— Meu Deus! Vejo que no jardim de Ketling florescem rosas!

Ao que Basia fez-lhe uma mesura e sussurrou para si mesma: "para serem cheiradas por um nariz que não é o seu!". Depois disse de forma bem-educada:

— Por favor, vamos até à mansão!

E foi correndo à frente, entrando na sala onde se encontrava *pan* Michal e as duas damas. Fazendo uma alusão sarcástica ao gibão vermelho trajado por *pan* Nowowiejski, exclamou:

— Chegou um pintassilgo!

Em seguida, sentou-se aprumada numa cadeira, apoiou as mãos no regaço e adotou uma postura séria e adequada a uma jovem de boas maneiras.

Pan Michal apresentou o seu jovem amigo à sua irmã e à *panna* Krzysia Drohojowski. O rapaz, ao ver outra jovem que, embora totalmente diversa da primeira, também era de extraordinária beleza, ficou encabulado pela segunda vez, ocultando o embaraço com uma reverência e, para causar maior impacto, levando a mão ao lábio superior, como se quisesse aprumar os ainda não existentes bigodes.

Em seguida virou-se para Wolodyjowski a fim de lhe dizer o motivo da sua vinda: o grão-*hetman* o convocava urgentemente à sua presença. Pelo que *pan* Nowowiejski supunha, tratava-se de uma função militar, pois o *hetman* recebera várias cartas de vários comandantes, espalhados pela Ucrânia e Podole, com notícias nada alvissareiras provenientes da Criméia.

— O próprio *khan*, assim como o sultão Galga, que assinaram conosco o tratado de Podhajec — dizia *pan* Nowowiejski —, querem se ater aos termos do acordo; mas Budziak está agitado como uma colméia; a horda de Bialygrod também está em pé de guerra, sendo que esta última não quer ouvir nem o *khan*, nem Galga...

— *Pan* Sobieski já me confidenciou isto, pedindo meus conselhos — disse Zagloba. — E o que eles andam comentando sobre a chegada da primavera?

— Dizem que, assim que brotar a primeira grama, todos aqueles vermes vão querer avançar, para termos que esmagá-los mais uma vez — respondeu *pan* Nowowiejski, adotando uma postura marcial e, à falta de bigodes, torcendo o lábio superior a ponto de ele ficar inchado.

Basia, sempre atenta a tudo, logo notou isto e, recuando um pouco, para ficar fora do campo de visão de *pan* Nowowiejski, passou a imitar o gesto do jovem, como se quisesse aprumar os seus bigodes.

Pani Makowiecki a fulminou com um olhar, mas, ao mesmo tempo, mal conseguia conter o riso; *pan* Michal, também, chegou a morder os lábios, enquanto Krzysia abaixou os olhos a ponto dos seus cílios cobrirem de sombra as suas bochechas.

— Pelo que vejo — disse Zagloba — o senhor, apesar de tão jovem, é um soldado experiente.

— Tenho vinte e um anos, dos quais sete, sem querer me gabar, passados servindo à pátria depois de fugir da escola aos quinze anos para me alistar! — respondeu orgulhosamente o jovem.

— E é um profundo conhecedor das estepes, capaz de se ocultar na mata e se atirar sobre o inimigo, como um falcão sobre perdizes — acrescentou *pan* Wolodyjowski. — É um mestre em emboscadas e, nas estepes, não há um tártaro que possa pegá-lo de surpresa!

Pan Nowowiejski mal cabia em si por ter ouvido este elogio, saído de uma boca tão famosa e diante das damas.

Além disto, ele não era apenas um falcão das estepes, mas um jovem de grande beleza e pele curtida pelo vento. Seu rosto era atravessado, da orelha até a boca, por uma cicatriz que, por ter sido provocada por um golpe de espada, era mais grossa de um lado do que do outro. Seus olhos eram penetrantes, acostumados a olhar para longe e, sobre eles, espessas sobrancelhas negras que quase se juntavam sobre o nariz, parecendo um arco tártaro. Segundo o costume da época, sua cabeça estava raspada, com apenas um longo penacho de cabelos negros no topo. Apesar da sua aparência, sua postura e sua maneira de falar terem agradado, e muito, a Basia, ela continuava a imitá-lo.

— Que beleza! — disse Zagloba. — Como é agradável para nós, mais velhos, vermos crescer uma nova geração tão digna.

— Ainda não tão digna assim! — respondeu Nowowiejski.

— Elogio a sua modéstia! Já posso antever que, em pouco tempo, o senhor receberá o comando de um destacamento qualquer.

— Pois saiba que ele já comandou alguns e saiu-se muito bem! — disse *pan* Michal.

Pan Nowowiejski se pôs a aprumar os bigodes, a ponto de quase arrancar fora o seu lábio, enquanto Basia, não tirando os olhos dele, levou também as duas mãos ao rosto, imitando os seus gestos.

Mas o esperto soldado logo notou que os olhares de todos estavam dirigidos para trás dele, para onde estava a tal donzela que vira em cima da escada, e logo adivinhou que ela estava aprontando algo às suas costas.

E assim, continuando a conversar e a procurar pelos bigodes, virou-se tão rapidamente que Basia não teve tempo, nem para tirar os olhos dele, nem para afastar as mãos do rosto.

Profundamente encabulada e com o rosto vermelho, não sabia o que fazer, levantando-se da cadeira e ficando de pé e sem graça diante do cavalheiro. Os demais ficaram também encabulados e seguiu-se um longo intervalo de silêncio, até que Basia bateu com as mãos na saia e exclamou, com sua voz argêntea:

— Uma terceira trapalhada!

— Prezada senhorita! — disse *pan* Nowowiejski. — Eu percebi imediatamente que algo de estranho estava se passando às minhas costas. Admito que anseio por bigodes e, se não consegui-los, será por ter morrido antes em defesa da pátria e — caso isto venha a acontecer — espero fazer jus a algumas lágrimas da senhorita, em vez de deboche.

Basia permaneceu com os olhos abaixados, sentindo-se profundamente envergonhada pelas sinceras palavras do cavalheiro.

— O senhor tem que perdoá-la — disse Zagloba. — Ela é travessa, por ser ainda muito jovem, mas tem um coração de ouro!

E Basia, como se quisesse confirmar as palavras de Zagloba, sussurrou baixinho:

— Peço perdão ao senhor... de todo o coração...

Pan Nowowiejski agarrou as suas mãos e se pôs a beijá-las, dizendo:

— Pelo amor de Deus! Não precisa levar isto tão a sério! Eu não sou um *barbarus* e, na verdade, cabe a mim pedir-lhe desculpas por ter ousado estragar a sua brincadeira. Nós, soldados, adoramos pilhérias! *Mea culpa!* Vou beijar ainda uma vez as suas mãozinhas e, caso tenha que beijá-las até que a senhorita me perdoe, pelas chagas de Cristo, imploro-lhe que não me perdoe até o anoitecer!

— Veja, Basia, como se comporta um cavalheiro bem-educado! — disse a sra. Makowiecki.

— Estou vendo! — respondeu Basia.

— Então podemos dar o incidente por encerrado! — exclamou *pan* Nowowiejski.

E tendo dito isto, empertigou-se e, instintivamente, levou a mão ao bigode, mas, tendo caído em si, soltou uma gostosa gargalhada, no que foi acompanhado por Basia e por todos os demais. Zagloba mandou imediatamente trazerem alguns garrafões da adega de Ketling e o ambiente ficou alegre e descontraído.

Pan Nowowiejski, chocalhando as suas esporas, ajeitava o penacho de cabelos no topo da cabeça e lançava olhares cada vez mais fogosos para

Basia. Estava encantado com ela. Tornou-se extremamente loquaz e, como servira sob as ordens do *hetman* em várias partes do mundo, tinha muito a contar. Falou da *convocationis* do Senado, de como ela terminara e de como a gigantesca estufa do salão senatorial explodira, para a grande alegria dos espectadores. Partiu após o almoço, tendo os olhos e a alma repletos com a visão de Basia.

Capítulo 8

NAQUELE MESMO DIA, o pequeno cavaleiro se apresentou ao quartel-general do *hetman*, que o chamou imediatamente à sua presença e lhe disse:

— Preciso enviar Ruszczyc para a Criméia, para tomar pé da situação e zelar para que o *khan* permaneça fiel aos termos do tratado. Você gostaria de voltar à ativa e assumir o comando do regimento dele? Você, Wilczkowski, Silnicki e Piwo terão que ficar de olho em Dorosz e nos tártaros, nos quais nunca é possível confiar por completo.

Pan Wolodyjowski se entristeceu. Deu-se conta de que passara a maior parte da sua vida em constantes combates, no meio de chamas e fumaça, sem um momento de descanso, sem um teto para se abrigar, sem um punhado de feno para se deitar. Só Deus sabia quanto sangue escorrera pela sua espada. Não tinha um canto que pudesse chamar de seu, nem se casara. Muitos outros *szlachcic*, cem vezes menos meritórios do que ele, já desfrutavam de *panem bene merentium*, tornaram-se dignitários, estarostes e receberam outros títulos honoríficos. Quanto a ele, apenas empobrecera. E, apesar disto tudo, estavam querendo usá-lo novamente, como uma vassoura, para varrer os inimigos do país. Sua alma estava partida; mal acabara de encontrar mãos amigas e doces que estavam começando a fazer curativos nos seus ferimentos e já estavam ordenando-lhe que os arrancasse e se dirigisse para as estepes, para os mais distantes recantos da República, sem se importarem com sua exaustão, tanto do corpo como da alma. Pois não fosse este arrancar das ataduras e a incessante necessidade de permanecer em constantes combates, ele poderia, pelo menos, ter desfrutado alguns anos na companhia da sua doce Anusia.

Quando pensou nisto, seu coração encheu-se de amargura, mas como não cabia a um cavaleiro recusar-se a lutar pela sua pátria, respondeu de imediato:

— Às ordens!

Mas o próprio *hetman* lhe disse:

— Você não está na ativa, portanto pode recusar. Ninguém melhor do que você para saber se ainda não é cedo demais para voltar ao serviço.

Ao que Wolodyjowski respondeu:

— Para mim nunca é cedo demais para morrer!

Pan Sobieski caminhou lentamente pela sala. Finalmente, colocou a mão afetuosamente sobre o ombro do pequeno cavaleiro e disse:

— Se as suas lágrimas ainda não secaram até agora, pode estar certo de que o vento das estepes há de secá-las. Você lutou a vida inteira, meu soldado, lute mais um pouco. E quando começar a pensar que foi esquecido, que não o recompensaram, não lhe deram um minuto de descanso, que, pelos seus esforços, você não recebeu torradas com manteiga, mas apenas um pedaço de pão seco e duro, que você recebeu ferimentos, em vez de propriedades, e sofrimentos, em vez de descanso, cerre os dentes e diga: "A ti, pátria minha!" Não lhe darei qualquer outro consolo, porque não o tenho, mas quero que saiba que eu, embora não seja um padre, posso lhe garantir que, servindo desta forma, você chegará mais longe sentado naquela sela gasta, do que outros, sentados confortavelmente numa carruagem puxada por seis cavalos — e que haverá portões que se abrirão para você, portões que os outros vão encontrar fechados.

— A ti, pátria minha! — murmurou *pan* Wolodyjowski, espantado com o fato de o *hetman* ter adivinhado com tamanha precisão os seus mais profundos sentimentos.

Enquanto isto, *pan* Sobieski se sentava diante dele e dizia:

— Não quero conversar com você como de chefe para subalterno, mas como um amigo... mais do que isto, como um pai com o filho! Ainda naqueles tempos em que nós vivíamos combatendo em Podhajec e, mais antes ainda, na Ucrânia, onde mal conseguimos reter as hostes inimigas, enquanto aqui, no coração da República e protegidos atrás das nossas costas, homens vis faziam intrigas e cuidavam dos seus assuntos pessoais — passava-me pela cabeça a idéia de que esta República tinha que morrer. Os excessos sobrepujam a ordem e os interesses privados sobrepujam a causa pública... Isto ultrapassa, e muito, o que ocorre em outros países... Tais considerações corroíam o meu coração, de dia, no campo de batalha, e de noite, na minha tenda, porque pensava comigo mesmo: "Somos soldados, e esta é a nossa sina! Mas, se pelo menos, pudéssemos saber que o nosso sangue não está sendo derramado em vão! Mas, não! Não podemos contar nem mesmo com este consolo." Vocês não podem imaginar como me foram pesados aqueles dias, em Podhajec, porque eu tinha que mostrar um rosto confiante, para que vocês não pensassem que eu não acreditava numa vitória. "Nesta terra", pensei comigo mesmo, "não há homens que amem realmente a sua pátria!" E eu me sentia como se alguém estivesse cravando uma faca no meu peito. E foi aí... no último dia em Podhajec... quando eu mandei dois mil de vocês contra uma horda de duzentos e seis mil, e vocês partiram para a morte certa com tal disposição e bravura como se estivessem indo para um casório, um pensamento percorreu a minha mente: "E estes meus soldados?" E Deus, imediatamente, removeu a pedra que esmagava o meu peito. "Estes aí", disse a mim mesmo, "estão morrendo por amor à pátria; eles jamais participarão de complôs ou traições; com eles hei de formar uma irmandade; uma escola na qual as futuras gerações poderão estudar. Será graças a eles que este país infeliz renascerá, despido de vaidades e sem desmandos, que se levantará como um leão ciente da sua força, capaz de assombrar o mundo todo! É este tipo de irmandade que criarei com os meus soldados!"

Neste ponto, *pan* Sobieski se exaltou, ergueu a cabeça parecida com a de um césar romano e, elevando os braços, exclamou:

— Deus poderoso! Não escreva nos nossos muros: *Mane, Tekel, Fares!* e permita que eu possa fazer com que a minha pátria renasça!

Seguiu-se um longo período de silêncio.

O pequeno cavaleiro permanecia sentado, com a cabeça abaixada e sentindo um tremor percorrer todo o seu corpo.

O *hetman* voltou a caminhar pelo aposento, com passos curtos e apressados. Finalmente, parou diante do pequeno cavaleiro.

— Precisamos de exemplos, exemplos constantes, que sejam vistos por todos. Wolodyjowski! Você seria o primeiro a quem eu convidaria para ingressar nesta irmandade. Você quer fazer parte dela?

O pequeno cavaleiro se levantou e abraçou os joelhos do *hetman*.

— Meu senhor! — disse, com voz emocionada. — Ao receber a ordem de partir novamente, pensei que estava sendo injustiçado mais uma vez e que merecia dispor de mais tempo para sanar a minha dor, mas agora vejo que pequei... e arrependo-me destes pensamentos e não sei o que dizer, porque estou envergonhado...

O *hetman* o abraçou contra o peito.

— Somos apenas um poucos — disse — mas outros hão de seguir o nosso exemplo.

— Quando devo partir? — perguntou o pequeno guerreiro. — Posso ir até mesmo à Criméia, porque já estive lá diversas vezes.

— Não — respondeu o *hetman*. — Para lá, estou enviando Ruszczyc, porque ele tem parentes naquelas bandas, e até homônimos seus, que são seus primos e que foram aprisionados pela horda quando ainda eram crianças. Eles adotaram a fé muçulmana e chegaram a exercer cargos importantes no meio dos pagãos. Portanto, ele poderá contar com pessoas que estarão dispostas a ajudá-lo, enquanto eu preciso de você nas estepes, já que não há quem se possa comparar quando se trata dos procedimentos dos tártaros.

— Quando devo partir? — repetiu o pequeno cavaleiro.

— Dentro de duas semanas. Ainda tenho que discutir alguns assuntos como o vice-chanceler real e com o tesoureiro, além de escrever cartas e dar instruções a Ruszczyc.

— Estarei pronto a partir de amanhã!

— Deus lhe pague pela sua intenção, mas não precisa se apressar. Além disso, quero que saiba que não ficará lá por muito tempo, porque, na hora da eleição, se tudo estiver em calma, vou precisar de você aqui, em Varsóvia. Você já sabe quem são os candidatos? O que andam comentando no meio da *szlachta*?

O PEQUENO CAVALEIRO

— Eu acabei de sair do mosteiro e por lá não se comenta assuntos mundanos. Só sei o que me contou *pan* Zagloba.

— É verdade. Posso obter as informações diretamente dele, que tem um peso considerável entre os *szlachcic*. E quanto a você; em quem pensa votar?

— Ainda não sei, mas sou de opinião de que precisamos de um rei que saiba combater.

— É isto mesmo! Já tenho um candidato na cabeça, cujo nome incutiria pavor nos nossos inimigos. Precisamos de um rei guerreiro, como Stefan Batory. Que Deus o proteja, meu soldado!... Precisamos de um rei guerreiro! Repita isto a todos!... Vá com Deus!... e que Deus lhe pague pela sua dedicação...

Pan Michal se despediu e saiu.

Pelo caminho, ficou matutando. Sentia-se feliz por poder desfrutar ainda uma ou duas semanas da companhia de Krzysia Drohojowski, cuja amizade lhe trazia alívio e alento. Também estava contente com a idéia de que ia retornar para a eleição e, desta forma, voltava à casa contente da vida. Na verdade, as estepes o encantavam e ele estava, mesmo de forma inconsciente, saudoso delas. Havia se acostumado àqueles descampados intermináveis, onde um cavaleiro se sentia mais um pássaro do que um ser humano.

— Pois bem — dizia a si mesmo —, voltarei àqueles campos sem fim, para levar o velho estilo de vida, estar no meio de soldados, preparar ciladas, zelar pelas fronteiras e rastejar na grama... É isto mesmo; está na hora de voltar!

E, pensando assim, esporeou o cavalo, passando a galopar, saudoso do som do vento nos seus ouvidos. O dia estava lindo, seco e frio. Uma camada de neve congelada cobria a terra, estalando sob as patas do cavalo e soltando fragmentos em torno das ferraduras. *Pan* Wolodyjowski galopava com tamanha rapidez que o seu pajem, montado num cavalo inferior, ficou bem para trás.

Estava anoitecendo; os últimos raios solares ainda iluminavam o céu, lançando reflexos cor de violeta sobre os campos cobertos de neve. Surgiram as primeiras estrelas e a lua crescente começou a emergir da linha do horizonte. O caminho estava praticamente deserto e o guerreiro apenas ultrapassou uma ou outra carroça, galopando sem cessar. Somente quando chegou perto da mansão de Ketling é que diminuiu a marcha e permitiu que o pajem o alcançasse.

De repente, viu diante de si um vulto esguio, caminhando em sua direção.

Era Krzysia Drohojowski.

Ao reconhecê-la, *pan* Michal saltou do cavalo, entregou as rédeas ao pajem e foi ter com ela, um tanto espantado, mas muito feliz com aquela visão.

— Os soldados costumam dizer — disse — que ao anoitecer pode-se encontrar seres extraordinários, que podem ser bons ou maus presságios; mas, para mim, não poderia haver um presságio melhor do que o de ver a senhorita.

— *Pan* Nowowiejski está aqui — respondeu Krzysia —, conversando com Basia e com minha tutora. Quanto a mim, saí de propósito ao encontro do senhor, pois estava preocupada com o que o *hetman* tinha a lhe dizer.

A sinceridade daquelas palavras calou fundo no coração do pequeno cavaleiro.

— Devo acreditar que a senhorita está, de verdade, preocupada comigo? — indagou, olhando para o seu rosto.

— Sim! — respondeu baixinho Krzysia.

Wolodyjowski não tirava os olhos dela, pois nunca lhe parecera mais bela. Sua cabeça estava coberta por um pequeno capuz de cetim com bordas de penas de cisne, que adornava o seu rosto pálido e diminuto. Os raios lunares pousavam suavemente sobre as nobres sobrancelhas, olhos abaixados, cílios compridos e aquela escura, quase imperceptível, penugem sobre o lábio superior. Havia tanta paz e bondade naquele rosto deslumbrante que *pan* Michal sentiu-o como amigo e querido, e disse:

— Se não fosse este pajem que está ao nosso lado, eu cairia de joelhos na neve, aos pés da senhorita, para lhe agradecer, do fundo do meu coração.

Ao que a jovem respondeu:

— Não diga estas coisas, prezado senhor, porque eu não sou digna disto. Mas, em troca, diga-me que vai ficar conosco por mais tempo, para que eu possa continuar a consolá-lo!

O PEQUENO CAVALEIRO

— Infelizmente, recebi ordens de partir — respondeu *pan* Wolodyjowski.
O rosto de Krzysia ficou ainda mais pálido.

— Apenas uma simples expedição militar! Vou para a Rutênia, para as
Dzikie Pola...

— Uma simples expedição militar... — repetiu Krzysia e, sem dizer
mais nada, encaminhou-se para a mansão.

Pan Michal, meio sem jeito, caminhou ao seu lado. Sentia-se deprimido e tolo; queria dizer algo, retomar a conversa, mas faltavam-lhe as palavras adequadas. E, no entanto, tinha a nítida sensação de que havia milhares de coisas que queria lhe dizer e que aquele era o momento mais adequado para isto, enquanto estavam sozinhos, sem ninguém para atrapalhá-los.

"O importante é começar!", pensou, "depois, o resto virá facilmente..."
Diante disto, perguntou:

— Faz muito tempo que *pan* Nowowiejski chegou?

— Não, ainda há pouco — respondeu Krzysia

E a conversa se interrompeu novamente.

"Não é por aí", pensou Wolodyjowski. "Se eu começar desta forma, nunca poderei dizer-lhe algo. Pelo jeito, a tristeza bloqueou a minha mente."

E continuou andando ao seu lado, em silêncio. Apenas os seus bigodinhos se agitavam com força cada vez maior.

Finalmente, quando já estavam diante da porta da mansão, parou e disse:

— Pense comigo, senhorita! Se eu, durante estes anos todos, adiei a minha felicidade para servir à pátria, como poderia eu deixar prevalecer o meu consolo sobre o meu dever?

Wolodyjowski achara que este simples argumento deveria ter convencido Krzysia de imediato, no que não estava errado, já que a jovem respondeu, com voz cheia de bondade e tristeza:

— Quanto mais se conhece *pan* Michal, mais se o respeita e admira...

E, ao dizer isto, entrou na mansão. Já na antecâmara, podia-se ouvir gritos de Basia: "*Halla! Halla!*" e, quando entraram na sala, viram *pan* Nowowiejski que, com os olhos vendados, corpo inclinado e braços estendidos, tentava desesperadamente agarrar Basia que, com o grito "*Halla!*", indicava a sua localização. Enquanto isto, *pani* Makowiecki e *pan* Zagloba conversavam calmamente, sentados junto da janela.

A entrada de Krzysia e do pequeno cavaleiro interrompeu a brincadeira. Nowowiejski arrancou a venda dos olhos e veio correndo cumprimentá-los, no que foi seguido pela sra. Makowiecki, Zagloba e por uma ofegante Basia.

— E então? O que o *hetman* queria? — perguntaram todos ao mesmo tempo.

— Querida irmã! — respondeu Wolodyjowski. — Se você quer enviar uma carta ao seu marido, eis uma oportunidade, porque estou partindo para a Rutênia!...

— Já estão enviando você para uma missão? Por tudo que é mais sagrado, não volte à ativa e se recuse a partir! — exclamou tristemente a sra. Makowiecki. — Que coisa! Não lhe dão nem um momento de sossego!

— Quer dizer que já lhe deram uma função? — perguntou Zagloba, de forma indignada. — Sua irmã está coberta de razão quando diz que isto é um abuso.

— Ruszczyc está partindo para a Criméia e eu vou assumir o comando do seu regimento, pois, como bem disse *pan* Nowowiejski, assim que começar a primavera, as estradas ficarão repletas de inimigos.

— O que quer dizer que nós, sozinhos, teremos que defender a República dos seus inimigos, como cães diante de uma porteira! — exclamou Zagloba. — Enquanto outros nem sabem distinguir uma ponta do mosquetão da outra, nós não temos um minuto de descanso.

— Basta! Não há o que discutir! — respondeu Wolodyjowski. — O nosso dever está acima de tudo. Dei a minha palavra ao *hetman* de que voltarei à ativa e, se isto acontecer agora, ou mais tarde, não faz qualquer diferença...

Neste ponto, *pan* Wolodyjowski colocou o dedo na testa e repetiu o mesmo argumento que usara antes, diante de Krzysia:

— Se eu adiei a minha felicidade por tantos anos, somente para poder ser útil à República, com que cara poderia não renunciar ao consolo que tenho na companhia de vocês?

Ninguém soube responder àquela indagação; apenas Basia se aproximou do pequeno cavaleiro e, com uma expressão de uma criança rabugenta, disse:

— Estou com pena de *pan* Michal!

Wolodyjowski soltou uma gargalhada.

O PEQUENO CAVALEIRO

— Mas que coisa, senhorita! Pois não foi ainda ontem que a senhorita me disse que me odeia mais do que o mais selvagem dos tártaros?

— Sim, caso o senhor fosse um tártaro! Mas o senhor não é! Agora o senhor vai se divertir com os tártaros, enquanto nós vamos ficar morrendo de saudades do senhor!

— Não fique triste, minha *hajduczek*, perdoe-me, senhorita, por chamá-la assim, mas nunca ouvi um apelido mais adequado. O *hetman* me assegurou de que estarei assumindo o comando apenas temporariamente. Devo partir dentro de uma ou duas semanas e tenho que voltar a Varsóvia, para a eleição. Este é um desejo expresso do *hetman* e eu devo regressar, mesmo que Ruszczyc não volte da Criméia, em maio.

— Que ótimo!

— E eu acompanharei o coronel nesta empreitada! — disse Nowowiejski, olhando com ênfase para Basia, que respondeu:

— Haverá muitos como o senhor! Como deve ser maravilhoso para um soldado servir sob um comandante deste calibre! Vá com ele, cavalheiro! Tenho certeza de que sua companhia alegrará a missão de *pan* Michal.

O jovem apenas deu um profundo suspiro, alisou o topo da sua cabeça com sua mão gigantesca e, esticando os braços, como fez quando brincava de cabra-cega, gritou:

— Mas antes vou agarrar *panna* Basia!

— *Halla! Halla!* — gritou Basia, recuando para o fundo da sala.

Enquanto isto, Krzysia aproximou-se de Wolodyjowski e, com o rosto cheio de alegria, disse:

— O senhor foi muito cruel comigo; com Basia, o senhor foi muito mais gentil!

— O quê?! Eu fui cruel com a senhorita? Fui mais gentil com Basia? — perguntou o espantado pequeno cavaleiro.

— O senhor disse a Basia que retornaria para a eleição e, se eu soubesse disto, não teria ficado tão desolada com a sua partida.

— Meu tesou... — exclamou *pan* Michal.

Mas logo se refreou e disse:

— Minha amiga querida! Se eu lhe disse tão pouco, foi porque perdi totalmente a cabeça!

Capítulo 9

*P*AN MICHAL COMEÇOU os preparativos para a partida sem interromper suas aulas de esgrima para Basia, de quem gostava cada vez mais, e seus passeios a sós com Krzysia Drohojowski, em cuja presença esperava encontrar consolo para o seu sofrimento. E parecia que o encontrava, pois o seu humor melhorava a cada dia, a ponto de, de vez em quando, participar das brincadeiras vespertinas com Basia e *pan* Nowowiejski.

O cavalheiro em questão tornou-se um visitante agradável e constante da mansão de Ketling. Chegava de manhã, ou logo após o almoço, e ficava até o anoitecer, tendo encantado a todos, a ponto de ser considerado como um membro da família. Era ele quem levava as senhoras para Varsóvia, fazia suas compras e, no fim do dia, brincava apaixonadamente de cabra-cega, repetindo sem cessar de que precisava, antes da sua partida, agarrar a inalcançável Basia.

Mas esta sempre conseguia lhe escapar, apesar de *pan* Zagloba lhe dizer:

— Se não for este, será um outro; mas você acabará sendo agarrada!

No entanto, estava mais do que evidente de que era este quem queria agarrá-la. E a própria "*hajduczek*" deve ter se apercebido disto, porque ficava pensativa às vezes, a ponto de seus cachos cobrirem os olhos.

Mas *pan* Zagloba tinha lá as suas razões para se opor a isto. Certa noite, quando todos já se haviam recolhido, bateu na porta do pequeno cavaleiro.

— Estou tão triste com a perspectiva de nos separarmos — disse —, que vim aqui para alegrar os meus olhos com a sua visão. Só Deus sabe quando voltaremos a nos encontrar!

— Mas eu já lhe disse que vou voltar para a eleição — respondeu *pan* Michal, abraçando-o efusivamente. — E vou lhe confidenciar por que: o *hetman* quer ter, em Varsóvia, o maior número possível de pessoas amadas pela *szlachta*, para poder contar com eles na hora da votação. E como, graças ao bom Deus, o meu nome tem certo peso, ele não abrirá mão da minha presença; aliás, ele também conta com a sua.

— Aha! Já vejo que ele está querendo me envolver na sua rede, mas algo me diz que, mesmo sendo gordo, conseguirei escapar dela, porque não pretendo votar naquele francês.*

— E por quê?

— Porque isto resultaria em *absolutum dominium*.

— Mas Condé terá que jurar os *pacta*, assim como todos os demais candidatos, e é um reconhecido líder militar, famoso pelas suas vitórias nos campos de batalha.

— Graças a Deus, nós não precisamos procurar líderes militares na França. O próprio *pan* Sobieski não é pior do que Condé. Você não deve esquecer, Michal, que os franceses andam com meias de seda, assim como os suecos e, portanto, também não devem cumprir os compromissos assumidos. *Carolus Gustavus* era capaz de fazer uma promessa a cada dia; para eles, isto é como mastigar uma noz. De que servem os *pacta*, se não há sinceridade?

— Mas a República precisa ser defendida! Se o príncipe Jeremi Wisniowiecki ainda estivesse vivo, seria eleito por *unanimitate*!

— Há o seu filho; sangue do seu sangue!

— Mas outra disposição! Dá pena de olhar para ele, porque ele mais parece um lacaio do que um príncipe com tal sangue nas veias. Se estivéssemos em outros tempos, daria para votar nele, mas agora, a sobrevivência da nossa pátria está em jogo. Pode perguntar a Skrzetuski e ele lhe dirá o mesmo. Da minha parte, farei o que o *hetman* determinar, pois acredito no seu amor à pátria, como nos Evangelhos.

---

*François Louis de Bourbon, príncipe de Condé, primo de Luís XIV e detestado por este em função de sua popularidade no meio dos seus conterrâneos, principalmente soldados. Para livrar-se do incômodo primo, Luís XIV o indica como candidato da França ao trono polonês, embora o jovem príncipe, com apenas trinta anos de idade, não demonstrasse o menor interesse pela coroa da Polônia. (*N. do T.*)

O PEQUENO CAVALEIRO

— Ainda temos muito tempo para pensar nisto. O pior de tudo é o fato de você ter que partir.

— E o senhor, o que pretende fazer?

— Vou voltar para a casa dos Skrzetuski. Aqueles diabinhos me esgotam fisicamente, mas quando fico muito tempo longe deles, morro de saudades.

— Se, depois da eleição, houver uma guerra, Skrzetuski certamente voltará à ativa e quem sabe o senhor também não queira voltar a combater. Talvez guerrearemos juntos novamente, lá na Rutênia. Ah! Quantas coisas, boas e ruins, nós passamos juntos naquelas bandas!

— É verdade! Aqueles foram os melhores anos das nossas vidas! De vez em quando tenho vontade de rever aqueles lugares que testemunharam a nossa glória.

— Então, por que o senhor não vem comigo, agora? Nos divertiremos à beça e retornaremos em cinco meses para a mansão de Ketling, onde já encontraremos os Skrzetuski...

— Não, Michal, ainda não é hora para isto, mas prometo-lhe solenemente que, caso você encontre uma jovem e se case com ela na Rutênia, eu irei correndo para o seu casório...

Wolodyjowski ficou embaraçado e respondeu de imediato:

— Pode estar certo de que a idéia de casar não me passa pela cabeça! E a maior prova disto é o fato de ter voltado à ativa.

— Pois é isto que me preocupa, porque pensei com os meus botões: se não for uma, seria a outra. Michal, pelo amor de Deus, pense por um instante onde você iria encontrar novamente uma outra oportunidade destas. Compreenda que chegará um momento em que você dirá a si mesmo: todos têm esposa e filhos, enquanto eu continuo sozinho, como uma árvore solitária num descampado. E aí você ficará entristecido e arrependido. Se você tivesse se casado com aquela pobrezinha e ela lhe tivesse dado filhos, eu o deixaria em paz; você já teria alguém a quem dedicar o seu afeto e uma esperança de consolo na velhice; mas do jeito que as coisas estão, vai chegar um momento em que você olhará em volta e procurará em vão por alguém ao seu lado. E aí você se indagará: será que estou vivendo num país estrangeiro?

Wolodyjowski permaneceu em silêncio, imerso nos seus pensamentos, enquanto Zagloba voltava a insistir, olhando diretamente nos olhos do amigo:

— Tanto na minha mente, quanto no meu coração, a minha escolha para uma companheira ideal para você é aquela *hajduczek* rosada, porque, *primo*: ela é uma jóia rara, e *secudo*: não haveria em toda a terra soldados mais aguerridos do que os que vocês poderiam trazer ao mundo...

— Ela não passa de uma cabeça-de-vento; além do mais, Nowowiejski já está fazendo de tudo para avivar o seu fogo.

— Pois é exatamente isto que me preocupa! Hoje, ela certamente preferiria você, porque está apaixonada pela sua fama; mas quando você partir e ele ficar, e estou convencido que aquele desgraçado vai ficar, porque ainda não estamos em guerra, aí, ninguém sabe o que poderá acontecer.

— Basia não passa de uma doidivanas! Que Nowowiejski fique com ela; desejo-lhe toda a sorte, porque ele é um rapaz de primeiríssima qualidade!

— Michal! — disse Zagloba, juntando as mãos como numa prece. — Pense nos filhos que vocês poderiam ter!

O pequeno cavaleiro respondeu, de forma ingênua:

— Eu conheci dois jovens irmãos Bal, cuja mãe foi uma Drohojowski, e posso lhe assegurar que foram soldados excelentes.

— Aha! Então é isto? É para lá que você está caminhando? — exclamou Zagloba.

Wolodyjowski ficou sem graça. Ficou, por muito tempo, agitando os seus bigodinhos, querendo, com isto, ocultar o seu embaraço. Finalmente, virou-se para Zagloba e disse:

— De que o senhor está falando? Não estou caminhando em direção alguma; apenas, quando o senhor começou a elogiar a índole de Basia, efetivamente comparável à de um guerreiro, veio-me à mente a imagem de Krzysia, na qual a natureza feminina fixou a sua residência. Quando se fala de uma delas, automaticamente se pensa na outra, pois ambas estão sempre juntas.

— Está bem! Está bem! Que seja Krzysia, muito embora eu, se fosse mais jovem, teria me apaixonado perdidamente por Basia. Com uma

O PEQUENO CAVALEIRO

esposa como ela, você não teria que deixá-la em casa quando partisse para uma guerra, poderia levá-la consigo, tendo-a sempre ao seu lado. Ela poderia lhe agradar na tenda e, se fosse preciso, poderia acompanhá-lo nos campos de batalha, disparando o seu mosquetão. E como ela é valorosa, sem falar do coração, que é ouro puro! Ah, minha *hajduczek* querida! Não lhe deram o devido valor e a alimentaram com ingratidão! Mas de uma coisa você pode estar certo: se eu tivesse um monte de anos a menos, saberia muito bem a quem escolher para ser a minha esposa!

— Mas eu não estou depreciando Basia!

— Não se trata de depreciá-la, mas de esposá-la! Mas você prefere Krzysia!

— Krzysia não passa de um amigo.

— Um amigo, e não uma amiga? Só se for por ter bigodes! Seus amigos são Skrzetuski, eu e Ketling. Você não precisa de amigos, mas de uma amiga! Meta isto na sua cabeça e não tape o sol com a peneira. Saiba, meu caro Michal, que um amigo do sexo feminino, mesmo tendo bigodes, acabará sendo traído por você, ou vice-versa. O diabo não fica dormindo e adora se meter neste tipo de amizades. Veja o exemplo de Adão e Eva, ficaram tão amigos que esta amizade ficou atravessada como um osso na garganta de Adão.

— Não permito que o senhor menospreze Krzysia!

— Que Deus a guarde! Não há quem possa ser igual à minha *hajduczek*, mas admito que Krzysia também tem as suas qualidades. Não a estou menosprezando de forma alguma, mas quero lhe dizer que, quando você está ao lado dela, você fica todo agitado, suas bochechas ficam tão vermelhas como se alguém as tivesse beliscado, seus bigodinhos se agitam como num furacão e você não consegue se conter, tudo isto são claros *signa* de desejo. Portanto, conte a um outro sobre "amizade", porque eu sou um macaco velho demais para este tipo de papo!

— Tão velho que chega a ver algo que não existe.

— Tomara que eu esteja enganado! Tomara que a minha *hajduczek* ainda tenha uma chance! Boa noite, Michal! Case com a *hajduczek*! Case com a *hajduczek*!

E, tendo dito isto, Zagloba se levantou e saiu do aposento.

Pan Michal teve dificuldade em adormecer, agitando-se na cama e com a mente cheia de pensamentos confusos. Via diante de si o rosto de Krzysia, seus olhos, seus cílios longos e a plumagem sobre o seu lábio. De vez em quando chegava a dormitar, mas, mesmo assim, as visões não o abandonavam. Ao despertar, vinham-lhe à mente as palavras de Zagloba e se lembrava de quão poucas vezes o velho guerreiro se enganara nos seus julgamentos. Vez por outra, passava diante dos seus olhos a imagem do rosto de Basia e tal visão o acalmava; mas, logo em seguida, voltava a ver o rosto de Krzysia. O coitado guerreiro virava para a parede e o que via? Os olhos de Krzysia. Virava-se para a escuridão no centro do aposento — e voltava a ver aqueles olhos, cheios de promessas. Havia momentos em que os tais olhos se semicerravam, como se quisessem dizer: "Seja feita a sua vontade!" *Pan* Michal chegava a sentar na beira da cama e persignar-se.

De madrugada, o sono o abandonou por completo. Em contrapartida, sentia-se pesado e inconfortável. Estava envergonhado e começou a recriminar-se pesadamente, por não ter visto diante de si o querido vulto da falecida Anusia e que a sua alma e o seu coração não estavam cheios dela, mas da outra, viva. Pareceu-lhe que estava pecando contra a memória de Anusia, de modo que se levantou de um pulo e, apesar de o dia ainda não ter raiado, pôs-se a rezar as preces matinais.

Quando terminou, levou o dedo à testa e disse:

— Tenho que partir o mais rapidamente possível e frear essa amizade, porque *pan* Zagloba pode estar certo...

Pouco depois, já de melhor humor, desceu para o café-da-manhã. Após o desjejum, esgrimiu com Basia e notou, provavelmente pela primeira vez, quão deslumbrante ela era, com suas narinas dilatadas e peito arfante.

Quanto a Krzysia, esforçou-se para evitá-la, algo que ela notou de imediato, seguindo-o com olhos arregalados de espanto. O pequeno cavaleiro estava com o coração partido, mas conseguiu resistir.

Após o almoço, foi com Basia para a armaria, onde Ketling mantinha uma segunda coleção de armas. Mostrou-lhe os diversos objetos bélicos lá expostos, explicando a finalidade de cada um. Depois, foram disparar flechas de arcos tártaros.

O PEQUENO CAVALEIRO

A jovem estava feliz com a atenção que lhe era dispensada e ficou tão agitada que *pani* Makowiecki teve que refreá-la.

E assim se passou a segunda semana. Na terceira, o pequeno cavaleiro e Zagloba foram para Varsóvia, para colherem algumas informações sobre a data da partida do primeiro e, ao anoitecer, *pan* Michal informou às damas que partiria na semana seguinte.

Ao dar esta notícia, esforçou-se para fazê-lo de forma alegre e despreocupada, sem sequer lançar um olhar para Krzysia.

A preocupada jovem tentava cobri-lo de perguntas sobre os mais diversos assuntos; ele respondia polidamente e de forma amigável, mas passava mais tempo na companhia de Basia.

Zagloba, achando que tal atitude era fruto dos seus conselhos, esfregava as mãos de contentamento. Mas como nada lhe passava despercebido, notou logo a tristeza de Krzysia.

"Está perturbada!", pensou consigo mesmo. "Não há de ser nada; isto é típico da natureza feminina. Mas este Michal é incorrigível! Mudou de rumo mais cedo do que eu esperava. Eu o adoro, mas tenho que admitir que, em questões do coração, ele sempre foi, e sempre será, muito volúvel!"

No entanto, *pan* Zagloba tinha um coração de ouro e imediatamente ficou com pena de Krzysia.

— Não lhe direi nada *directe* — disse a si mesmo, mas terei que inventar algo para alegrá-la.

E, aproveitando-se do privilégio dado pela sua idade e sua cabeça grisalha, foi ter com ela e se pôs a acariciar os seus sedosos cabelos negros. A jovem permaneceu calada, apenas olhando para ele com seus olhos doces, espantada e grata pelo carinho.

Ao se recolherem, Zagloba parou junto à porta do aposento de Wolodyjowski e, cutucando suas costelas, disse:

— E então? Não há quem possa se igualar à nossa *hajduczek*!

— É uma jovem simpática! — respondeu Wolodyjowski. — Ela é capaz de, sozinha, fazer mais algazarra do que quatro soldados. Um autêntico tamborileiro.

— Um tamborileiro? Queira Deus que ela possa andar logo com um tambor seu!

— Desejo-lhe uma boa noite!

— Boa noite! Como são estranhas as mulheres! Você notou que bastou você dar um pouco mais de atenção a Basia para Krzysia ficar toda alterada?

— Não... não notei! — respondeu o pequeno cavaleiro.

— Como se tivesse sido atingida por um raio!

— Desejo-lhe uma boa noite! — respondeu Wolodyjowski, entrando rapidamente no seu quarto.

Pan Zagloba, ao contar com a volubilidade do pequeno cavaleiro, agiu de forma canhestra ao mencionar a alteração de Krzysia, porque *pan* Michal ficou tão comovido com isto que chegou a ficar com os olhos marejados.

— É assim que eu lhe retribuo pelo afeto fraternal que ela demonstrou diante do meu sofrimento? — disse a si mesmo.

Mais tarde, tendo meditado bastante, voltou a se indagar no seu íntimo: "O que eu fiz de errado? Deixei de lhe dar atenção por uns três dias e isto não foi educado! Desdenhei aquela querida e doce jovem que queria sarar as minhas *vulnera*! Alimentei-a com a ingratidão... Ah, se eu soubesse como controlar esta amizade perigosa, saberia muito bem como mostrar a minha estima; mas está evidente que não tenho talento para este tipo de comportamento..."

E, furioso consigo mesmo, sentiu o peito se encher de piedade, passando, involuntariamente, a pensar em Krzysia como num querido ser injustiçado. A sua ira contra si foi aumentando.

— Sou um *barbarus*! Um *barbarus* infame! — repetia.

E, nos seus pensamentos, Krzysia sobrepujou por completo Basia.

— Que um outro fique com aquela moleca, aquele cata-vento, aquela aldrava! Pode ser Nowowiejski ou um outro diabo qualquer! Para mim, tanto faz!

Estava ficando cada vez com mais raiva da coitada e inocente Basia, sem lhe passar pela cabeça, nem por um segundo sequer que, com isto, estava magoando-a muito mais do que a Krzysia, com a sua indiferença.

Quanto a esta última, graças ao instinto feminino, adivinhou imediatamente que estava ocorrendo alguma mudança em *pan* Michal. Estava sentida pelo fato de o pequeno cavaleiro tentar evitá-la e, ao mesmo tempo,

O PEQUENO CAVALEIRO

101

sabia que algo mudara entre eles e que não voltariam a ser os amigos de outrora, e que o seu relacionamento ou se estreitaria ainda mais, ou cessaria de existir de todo.

Portanto, estava apreensiva e a sua preocupação aumentava com a idéia da iminente partida de *pan* Michal. Não havia amor no seu coração — um sentimento que a jovem ainda não conhecia, mas ansiava por conhecer.

Havia, também, a possibilidade de a jovem estar deslumbrada. Afinal de contas, Wolodyjowski era cercado pela auréola da fama de maior guerreiro de toda a República e todas as bocas repetiam o seu nome com admiração e respeito. Sua irmã elevava seus méritos aos céus; a sua desgraça não deixava de ter um certo charme e, vivendo sob o mesmo teto, ela se acostumara à sua aparência física.

Fazia parte da natureza de Krzysia o desejo de ser amada. Assim sendo, quando *pan* Michal a ignorou nos últimos dias, seu amor-próprio ficou bastante ferido, mas, dotada de um coração caridoso, a jovem decidiu não lhe demonstrar qualquer indício de raiva ou impaciência, quis reconquistá-lo por meio da brandura.

Sua tarefa foi facilitada por ter *pan* Michal, no dia seguinte, aparecido com um ar humilde e, em vez de evitar o olhar de Krzysia, fitá-la nos olhos, como se quisesse dizer: "Ontem eu a negligenciei, mas hoje peço o seu perdão."

E dizia tanto com os seus olhos, que, sob o efeito daquele olhar, a face da jovem enrubesceu e a sua inquietação aumentou ainda mais, como se pressentisse que algo de muito importante estava por acontecer. E estava com razão. Logo após o almoço, a sra. Makowiecki e Basia foram a Varsóvia, para visitar uma parenta desta última, esposa do vice-chanceler de Lwow, que estava na capital. Krzysia, inventando uma dor de cabeça, resolveu não acompanhá-las, curiosa para saber o que ela e *pan* Michal diriam um ao outro quando ficassem a sós.

É verdade que *pan* Zagloba também permaneceu na mansão, mas tinha o costume de tirar uma soneca à tarde, às vezes até de algumas horas porque, conforme dizia, ela lhe restituía as forças e permitia ser divertido à noite. Sendo assim, depois de tagarelar por uma hora, recolheu-se ao seu aposento. O coração de Krzysia passou a bater mais forte.

Mas qual não foi o seu desapontamento ao notar que *pan* Michal saiu da sala junto com ele.

"Vai retornar em breve", pensou Krzysia e, pegando um novelo de fios de seda, se pôs a bordar um adorno dourado no topo do gorro com o qual queria presentear o pequeno cavaleiro na hora da sua partida.

No entanto, seus olhos se levantavam a toda hora para um pesado relógio de Gdansk que, encostado num canto da sala de estar de Ketling, tique-taqueava solenemente.

Mas passou-se uma hora, depois, mais duas, e nada de *pan* Michal aparecer.

A jovem depositou o novelo no seu regaço e, cruzando os braços, murmurou baixinho:

— Ele está com medo e, antes que crie coragem suficiente, os outros já terão retornado ou então *pan* Zagloba vai despertar...

Naquele momento, ela achava que havia algo de muito importante a ser dito entre os dois e que a oportunidade seria perdida por culpa de Wolodyjowski.

— Aha! Ele está andando em círculos — murmurou a jovem, voltando a bordar com afinco.

Wolodyjowski estava, realmente, andando em círculos no salão, sem ter coragem de entrar na sala de estar. Enquanto isto, o sol estava ficando cada vez mais vermelho, aproximando-se da linha do horizonte.

— Sr. Michal! — chamou repentinamente Krzysia.

Wolodyjowski entrou imediatamente na sala.

— A senhorita me chamou?

— É que ouvi os seus passos e queria saber se eram de algum desconhecido... Estou aqui, sozinha, por mais de duas horas...

Wolodyjowski puxou uma cadeira e se sentou na sua beirada.

Ficou em silêncio por um longo tempo, mexendo as pernas e enfiando-as cada vez mais por baixo da cadeira, sem parar de agitar os seus bigodinhos. Krzysia parou de bordar e levantou os olhos em sua direção; os olhares se cruzaram e ambos baixaram os olhos...

Quando Wolodyjowski levantou-os novamente, caíam sobre o rosto de Krzysia os últimos raios solares, tornando-o ainda mais lindo, com reflexos dourados nas mechas dos seus cabelos.

O PEQUENO CAVALEIRO

— Então o senhor vai partir em poucos dias? — disse tão baixinho que *pan* Michal mal pôde ouvi-la.

— Sim!

Houve um novo silêncio, após o qual Krzysia voltou a falar:

— Nos últimos dias, tive a impressão de que o senhor está zangado comigo...

— De jeito nenhum! — exclamou Wolodyjowski. — Caso isto fosse verdade, eu não seria digno de estar na presença da senhorita. Não foi nada disto...

— E o que foi? — perguntou Krzysia, olhando fixamente para ele.

— Quero ser sincero com a senhorita, porque sou de opinião que a sinceridade é muito mais valiosa do que qualquer simulação... A verdade é... que eu não tenho palavras para descrever a gratidão que tenho à senhorita, por ter me consolado tanto!

— Como seria bom se este seu sentimento permanecesse para sempre! — respondeu Krzysia, enrolando o novelo.

Ao que *pan* Michal respondeu, com voz pesarosa:

— Como seria bom!... Mas acontece que *pan* Zagloba me disse... e estou falando com a senhorita como se estivesse diante de um padre confessor... *pan* Zagloba me disse que uma amizade entre um homem e uma mulher é como uma brasa coberta por cinzas, que podem ocultar nelas um afeto mais ardente... e eu pensei que talvez ele tivesse razão e, perdoe, senhorita, a minha forma soldadesca de me expressar, um outro saberia dizer isto de uma forma mais adequada, mas quero que saiba que o meu coração está sangrando, por ter agido daquela forma com a senhorita... e que me sinto muito amargurado...

Ao dizer isto, *pan* Michal agitava seus bigodinhos de uma forma tão rápida que não havia um inseto que pudesse igualá-lo.

Krzysia abaixou a cabeça e duas pequenas lágrimas escorreram pelo seu rosto.

— Se isto for um alívio para o senhor, eu posso ocultar o meu afeto fraternal...

E mais duas lagrimazinhas, seguidas de mais duas, caíram, gota a gota, sobre suas bochechas.

Diante de tal visão, o coração de *pan* Michal se partiu de vez; correu para Krzysia e agarrou as suas mãos. O novelo caiu do seu colo e rolou para o meio da sala, mas o guerreiro não lhe deu a mínima atenção, beijando aquelas sedosas mãos quentes e macias, repetindo sem cessar:

— Não chore, senhorita! Pelo amor de Deus! Não chore!

E não parou de beijar aquelas mãos, mesmo quando Krzysia, como costumam fazer as pessoas pegas de surpresa, as levou à cabeça; pelo contrário, continuou beijando-as efusivamente, até o calor emanante da sua cabeleira e da sua fronte o ter embriagado como vinho e tê-lo deixado totalmente aturdido.

Aí, sem ele mesmo se dar conta de quando e como, os seus lábios desceram até a testa da jovem e passaram a beijá-la com mais ardor ainda; depois, desceram até os seus olhos cheios de lágrimas e o mundo pareceu-lhe estar girando rapidamente. Em seguida, sentiu a delicada penugem sobre os lábios de Krzysia, juntando os seus aos dela e permanecendo assim, colados com sofreguidão. A sala ficou em silêncio e apenas o grande relógio continuava a tiquetaquear solenemente.

De repente, ouviram-se passos na ante-sala seguidos pela voz quase infantil de Basia:

— Brrr! Que frio! Que frio!

Wolodyjowski afastou-se rapidamente de Krzysia, como um lince assustado e, no mesmo instante, Basia entrou no aposento, repetindo sem cessar:

— Que frio! Que frio! Que frio!

De repente, tropeçou no novelo de fios de seda caído no meio da sala. Parou e olhou com espanto, ora para o novelo, ora para Krzysia, ora para o pequeno cavaleiro;

— O que houve? — perguntou. — Vocês andaram atirando este novelo um no outro, como se fosse uma granada?...

— E onde está a titia? — perguntou Krzysia, esforçando-se para emitir uma voz normal do seu peito arfante.

— A titia está saindo lentamente do trenó — respondeu Basia, com a voz também alterada, enquanto as suas inquietas narinas se agitavam rapidamente.

O PEQUENO CAVALEIRO 105

Em seguida, olhou mais uma vez para Krzysia e *pan* Wolodyjowski que, entrementes, levantara do chão o novelo e saíra rapidamente da sala.

Momentos depois, entravam na sala a sra. Makowiecki e *pan* Zagloba, que despertara da sua sesta, e ambos começaram a conversar sobre a esposa do vice-chanceler de Lwow.

— Eu não sabia que ela era madrinha de batismo de *pan* Nowowiejski — dizia a sra. Makowiecki — que deve ter trocado com ela algumas confidências, porque ela não parou de atormentar Basia, falando todo tempo dele.

— E qual foi a reação de Basia? — perguntou Zagloba.

— O senhor sabe como é Basia. Ela virou para a esposa do chanceler e disse: "Ele não tem bigodes, e eu não tenho juízo — e ninguém sabe qual de nós dois os terá primeiro."

— Eu sabia que ela não tem papas na língua, mas o que realmente sente ninguém é capaz de descobrir. Típica esperteza feminina.

— Pois saiba que Basia é assim mesmo, diz o que pensa. Além disto, eu já disse ao senhor que ela ainda é incapaz de se apaixonar; já Krzysia é bem diferente!

— Titia! — exclamou repentinamente Krzysia.

O resto da conversa foi interrompido pela chegada do serviçal, que anunciou que o jantar estava servido. Diante disto, todos foram para a sala de jantar, mas Basia não se encontrava no meio deles.

— Onde está *panna* Basia? — indagou a sra. Makowiecki ao serviçal.

— A *panna* está nas cocheiras. Eu lhe disse que o jantar estava servido e ela respondeu: "Muito bem", e foi para as cocheiras.

— Será que algo a aborreceu? Ela estava tão alegre! — disse a sra. Makowiecki a *pan* Zagloba.

Ao que o pequeno cavaleiro, visivelmente preocupado, disse:

— Vou procurá-la!

E foi. Encontrou-a imediatamente, sentada num monte de feno, junto da porta de uma das cocheiras. Estava tão entretida nos seus pensamentos que não notou a sua chegada.

— Srta. Bárbara! — disse o pequeno cavaleiro, inclinando-se sobre ela.

Basia pareceu despertar e olhou para ele. Wolodyjowski viu, mudo de espanto, duas lágrimas grossas como pérolas.

— Pelo amor de Deus! O que aconteceu? A senhorita está chorando?

— Não tenho a mínima intenção de chorar! — exclamou Basia, levantando-se de um pulo. — Nem pense nisto! Deve ser o efeito do frio!

E soltou uma gargalhada que, no entanto, soou muito forçada.

Em seguida, querendo desviar a atenção de si, apontou para a baia onde estava o garanhão dado pelo *hetman* a Wolodyjowski e disse:

— O senhor não disse que ninguém pode se aproximar deste cavalo? Pois vamos ver!

E, antes que *pan* Michal pudesse fazer um gesto para retê-la, pulou para dentro da baia. O potro selvagem logo se empinou, encolhendo as suas orelhas.

— Meu Deus! Ele é capaz de matar a senhorita! — gritou Wolodyjowski, pulando na baia, atrás dela.

Mas Basia começou a dar tapinhas com a palma da mão no pescoço do ginete, repetindo:

— Pois que me mate! Me mate! Me mate!

E o cavalo virou para ela as suas narinas enfumaçadas, relinchando baixinho, como se estivesse apreciando as carícias.

Capítulo 10

NENHUMA DAS NOITES passadas por Wolodyjowski podiam se comparar àquela após o incidente com Krzysia. O pequeno cavaleiro sentia que havia traído a lembrança daquela que morrera e cuja memória ainda amava; abusara da confiança daquela que estava viva, ultrapassara os limites da amizade, assumira alguns compromissos — em suma, agira como um homem sem consciência. Um outro soldado qualquer não teria dado tanta importância a apenas um beijo, chegando a aprumar os seus bigodes ao relembrá-lo; mas *pan* Wolodyjowski, especialmente depois da morte de Anusia, era um homem cheio de escrúpulos, como sói acontecer com todos aqueles que têm a alma sofrida e o coração despedaçado. E, diante disto, indagava-se como deveria se comportar. Que procedimento deveria adotar?

Faltavam poucos dias para a sua partida, que poderia romper tudo. Mas era cabível partir sem dizer uma palavra sequer a Krzysia, deixando-a como se deixa uma garota qualquer a quem se roubara um beijo? Só de pensar nisto, o coração do nobre guerreiro ficava revoltado. Mesmo naquele estado de desespero, a imagem de Krzysia enchia-o de doçura, e a lembrança daquele beijo fazia-o fremir de prazer.

Por isto, sentia raiva de si mesmo e, ao mesmo tempo, não conseguia se livrar dos sentimentos de doçura e deleite que o assolavam. De qualquer modo, assumia por completo a culpa pelo que acontecera.

— Fui eu quem a levou a isto — repetia a si mesmo, com dor e amargura. — Sendo assim, não me cabe partir sem antes falar com ela.

Mas dizer o quê? Pedir a sua mão e partir como seu noivo?

Neste ponto, surgia, diante dos seus olhos, a figura de Anusia Borzobohata, pálida como se fosse feita de cera e vestida de branco, como ele a vira pela última vez, dentro de um caixão.

— O mínimo que eu mereço — dizia a tal aparição — é que você me pranteie e sinta a minha falta. De início, você quis tornar-se um monge, passando o resto da vida a me prantear; e agora, ainda antes da minha alma chegar aos portões celestes, você já está querendo ficar noivo de outra. Espere, pelo menos, que eu chegue até os céus e deixe de olhar para a terra...

E o guerreiro tinha a nítida sensação de que estava blasfemando contra aquela alma tão pura, cuja memória devia preservar e respeitar como algo sagrado. Nestas horas, era dominado por um sentimento de vergonha e dor. Desprezando a si mesmo, ansiava por morrer.

— Anusia! — repetia ajoelhado. — Eu jamais deixarei de chorá-la, mas agora, o que devo fazer?

A pálida imagem não respondeu, dissipando-se como uma névoa e, na mente do guerreiro, apareceram os olhos de Krzysia e a plumagem sobre os seus lábios, junto de tentações das quais o coitado guerreiro queria se esquivar, como de flechas tártaras. E embora ele pudesse se livrar por si mesmo daquelas tentações, a sua consciência lhe dizia: será um ato indigno abandonar uma jovem tão honesta, a quem você seduziu e pretende deixar mergulhada em vergonha.

E o coração do guerreiro balançava, ora numa ora noutra direção, imerso em incerteza, consternação e sofrimento. Havia momentos em que achava que deveria procurar *pan* Zagloba e revelar-lhe tudo, pedindo o conselho daquele a quem considerava capaz de resolver todos os problemas do mundo. Pois não fora ele que previra tudo e não o alertara dos perigos envolvidos numa "*amicitia*" com uma mulher?...

Mas era exatamente em função disto que o pequeno cavaleiro hesitava em fazê-lo, lembrando-se de como gritou para *pan* Zagloba: "Não permito que o senhor menospreze Krzysia!" E quem acabou a menosprezando? Quem estava avaliando se não era melhor abandoná-la, como a uma empregada qualquer?

— Não fosse a memória de Anusia, eu não hesitaria nem por um instante — disse o pequeno cavaleiro a si mesmo. — Não estaria me questionando, mas, pelo contrário, estaria feliz do fundo da minha alma por ter degustado aquela delícia!

Depois murmurou novamente:

— Teria degustado com prazer, e por centenas de vezes!

No entanto, tendo notado que as tentações voltavam a atacá-lo, fez um esforço para se libertar delas e adotou o seguinte raciocínio:

— Está feito! Já que eu agi como quem não procura *amicitia* mas deseja seguir as ordens de Cupido, devo continuar neste caminho e, amanhã mesmo, pedir a mão de Krzysia em casamento.

Neste ponto, voltou a matutar: "...Com esta declaração, o que se passou hoje adquirirá uma conotação mais digna e, amanhã, poderei me permitir fazer novos avanços..."

No mesmo instante, bateu na sua boca com a mão.

— *Vade retro!* — disse. — É como se um batalhão de demônios estivesse me soprando no ouvido!

Mas não abandonou a idéia de se declarar, raciocinando que, caso com isto viesse a ferir a memória da sua amada, poderia saná-la por meio de missas e de um comportamento pio, o que lhe mostrará que não a esqueceu e que manterá a sua imagem permanentemente gravada no seu coração.

Além disso, se as pessoas ficarem espantadas e acharem graça no fato de ele, que, de tristeza, queria tornar-se um monge, em tão pouco tempo se declarasse a uma outra, toda a gozação seria dirigida a ele; caso contrário, a inocente Krzysia teria que compartilhar aquela vergonha.

— Então está decidido! Amanhã, vou pedir a sua mão! Não há outro jeito! — disse finalmente.

E, tendo-se acalmado, rezou piamente pela alma de Anusia e adormeceu.

Ao despertar na manhã seguinte, repetiu:

— Hoje vou me declarar!...

Mas a tarefa não era tão simples assim, porque *pan* Michal não queria fazê-lo diante de todos. A sua intenção era a de ter uma conversa particular com Krzysia e, depois, agir de acordo com as circunstâncias. Enquanto isto, *pan* Nowowiejski chegara logo de manhã e estava por toda parte.

O comportamento de Krzysia também não ajudava; estava soturna, pálida, com aparência de cansada e andava com os olhos abaixados; vez por outra, enrubescia a ponto de o seu pescoço ficar avermelhado; em outras ocasiões seus lábios tremiam, como se fosse explodir em choro.

Desta forma, o pequeno cavaleiro não teve muitas chances de se aproximar dela e, muito menos, ficar com ela a sós por muito tempo. E embora pudesse convidá-la simplesmente para um passeio, já que o dia estava lindo e o que, dois dias antes, teria feito sem quaisquer escrúpulos, agora não ousava fazê-lo, por achar que todos saberiam o que tinha em mente e adivinhariam que ia pedir a sua mão.

Por sorte, Nowowiejski prestou-lhe um grande serviço. Tendo levado a sra. Makowiecki para um canto, o jovem ficou conversando com ela por muito tempo. Logo depois, ambos retornaram para o salão, onde estavam as duas jovens, o pequeno cavaleiro e *pan* Zagloba, e a sra. Makowiecki disse:

— Por que os dois casais não vão dar um passeio de trenó? O dia está lindo e a neve parece faiscar.

Wolodyjowski se inclinou imediatamente junto do ouvido de Krzysia e disse:

— Imploro à senhorita que aceite... Tenho muito a lhe dizer.

— Muito bem — respondeu *panna* Drohojowski.

Imediatamente, o pequeno cavaleiro, Nowowiejski e Basia foram até as cocheiras e, poucos minutos depois, dois trenós estavam parando diante da mansão. Wolodyjowski e Krzysia sentaram num, Nowowiejski e Basia no outro, e partiram, sem levar cocheiros.

Mal os trenós se afastaram da mansão, a sra. Makowiecki virou-se para Zagloba e disse:

— *Pan* Nowowiejski pediu a mão de Basia em casamento.

— O quê?! — exclamou Zagloba, visivelmente perturbado.

— A esposa do chanceler, sua madrinha, ficou de vir aqui amanhã para conversar comigo. Mas antes, *pan* Nowowiejski me pediu para ter uma conversa franca, e a sós, com Basia, porque, caso ela não esteja propensa a aceitar a sua proposta, a visita da madrinha não faria qualquer sentido.

— Então, foi por isto que a senhora sugeriu este passeio de trenó?...

O PEQUENO CAVALEIRO 111

— Sim. O meu marido é muito escrupuloso. Ele já me disse várias vezes: "Eu posso me ocupar das suas propriedades, mas a escolha de um marido cabe a elas mesmas; desde que seja um homem honesto, não farei qualquer objeção, muito embora daria preferência a alguém que fosse rico." Além disto, as duas já são maiores de idade e podem decidir por si mesmas.

— E o que a senhora pretende dizer à esposa do chanceler?

— Meu marido deverá estar aqui em maio; deixarei a decisão nas mãos dele, mas acho que, caso Basia esteja de acordo, ele não vai se opor.

— Mas Nowowiejski não passa de um garoto!

— O que não deve ser levado em consideração, já que o próprio Michal nos disse que ele é um soldado experiente que se distinguiu em várias batalhas. Além disto, é muito rico e a esposa do chanceler me explicou todos os seus parentescos. Ela me disse que o seu bisavô, filho da princesa de Snietow, era casado, *primo voto*, com...

— Eu não estou interessado nos seus parentescos! — interrompeu-a Zagloba, sem esconder o seu mau humor. — Ele não é meu irmão, nem primo distante, e quero lhe dizer que eu quero que Michal case com a *hajduczek*, porque se há, entre todas as jovens que andam sobre duas pernas, uma só que possa se comparar a ela, eu estarei disposto, a partir de agora, a andar sobre quatro patas, como um *ursus*!

— Michal ainda não está pensando nestas coisas e, caso estivesse, acho que Krzysia lhe agrada mais... Mas só Deus sabe decidir estas coisas, e os Seus veredictos são um mistério para nós, simples mortais!

— Mas se este careca, com um penacho no cocuruto, partisse, eu ficaria muito feliz! — disse Zagloba.

Enquanto isto, nos dois trenós, estava sendo decidido o futuro de ambos os guerreiros. *Pan* Wolodyjowski ficou muito tempo sem saber como começar. Finalmente, disse para Krzysia:

— Não quero que a senhorita pense que eu sou um homem leviano, ou um janota qualquer, porque já nem tenho idade para isto.

Krzysia permaneceu calada.

— E quero que a senhorita me perdoe por aquilo que fiz ontem, mas foi devido à extraordinária benquerença que sinto pela senhorita que eu não consegui me controlar... Prezada senhorita, minha querida Krzysia, avalie quem eu sou, um simples soldado que passou a vida toda metido em guerras... Um outro qualquer teria antes usado de belas palavras, mas eu fui logo começando com intimidade. Saiba também que, se um cavalo, por mais adestrado que seja, vez por outra se excita e parte a pleno galope, malgrado os esforços do seu cavaleiro, como pode ser contida a excitação provocada pelo afeto, algo muito mais forte e poderoso? E foi esta excitação que me levou a fazer o que fiz, movido pelo afeto que nutro pela senhorita... Minha querida Krzysia! Você é digna de castelãos e senadores; mas se você não desprezar um simples soldado que, embora nesta humilde posição, serviu à pátria e mereceu um certo reconhecimento, estarei pronto a me atirar aos seus pés e lhe indagar: você me aceitaria? Você seria capaz de pensar em mim sem abominação?

— Sr. Michal!... — respondeu Krzysia, tirando a mão do seu colo e colocando-a na mão do pequeno cavaleiro.

— Isto é um "sim"? — perguntou Wolodyjowski.

— Sim! — respondeu Krzysia. — E estou convencida de que não encontraria alguém mais digno em toda a República!

— Que Deus lhe pague! Que Deus lhe pague, Krzysia querida! — dizia o guerreiro, cobrindo de beijos a sua mãozinha. — Eu não poderia estar mais feliz! Mas diga-me ainda uma coisa: que você não está zangada com o meu comportamento de ontem, para que eu não precise carregar este peso na minha consciência!

Krzysia semicerrou os olhos:

— Não estou zangada — respondeu.

Por um certo tempo, ambos ficaram calados. Apenas ouvia-se o som dos esquis do trenó deslizando sobre a neve e viam-se nacos de neve se desprendendo dos cascos dos cavalos.

— Chego a ficar espantado por você não estar furiosa comigo — disse, finalmente, Wolodyjowski.

— Pois o que é mais espantoso — respondeu Krzysia — é o fato de o senhor ter se apaixonado por mim tão rapidamente...

O rosto de Wolodyjowski adquiriu um ar sério e o pequeno cavaleiro disse o que se segue:

O PEQUENO CAVALEIRO   **113**

— Querida Krzysia, é possível que você também ache estranho que eu, ainda não totalmente liberto da minha perda, já possa ter me apaixonado por outra. Vou lhe dizer, como em um confessionário, que, no passado, eu fui muito volúvel; mas agora a situação é diferente. Eu não esqueci aquela pobrezinha, e nunca hei de esquecê-la... e, se soubesse quantas lágrimas por ela guardo no meu coração, você choraria comigo...

Neste ponto, o pequeno cavaleiro ficou tão emocionado que não chegou a notar que Krzysia não parecia ter ficado impressionada com as suas palavras. Portanto, houve um novo período de silêncio, interrompido, desta vez, por Krzysia:

— Farei todo o possível para minimizar a sua dor.

Ao que o pequeno cavaleiro respondeu:

— Pois foi exatamente por isto que eu me apaixonei por você. Pelo fato de você ter cuidado tanto de minhas feridas. Quem era eu para você? Ninguém! Mas você, graças ao seu coração de ouro, ocupou-se imediatamente deste infeliz. Ah! Nem pode imaginar como lhe sou grato! Os que não sabem disto hão de estranhar que eu, ainda em novembro, queria entrar num mosteiro e, em dezembro, já queira me casar. *Pan* Zagloba será o primeiro a troçar de mim, porque ele adora zombar de todos; mas ele pode zombar à vontade! Não dou a mínima importância a isto, principalmente por eu, e não você, ser o alvo dos seus gracejos...

Neste ponto, Krzysia ficou olhando para o céu por certo tempo e, depois de refletir bastante, disse:

— O senhor acha que é necessário dar, desde já, conhecimento a todos da nossa decisão?

— O que a senhorita quer dizer com isto?

— Não é verdade que o senhor tem que partir imediatamente?

— Mesmo se não quisesse, preciso.

— E eu ainda estou de luto pelo meu pai. Por que deveríamos nos expor agora à curiosidade de todos? Vamos manter o nosso acordo em segredo e deixar que os outros venham a saber dele após o seu retorno da Rutênia. O que o senhor acha?

— E quanto à minha irmã? Também devo ocultar isto dela?

— Eu mesma lhe direi, mas após a sua partida.

— E *pan* Zagloba?

— Aí mesmo que *pan* Zagloba vai infernizar a minha vida. Acho melhor não falar disto com ninguém! Basia já andou fazendo uns comentários e o seu comportamento para comigo mudou muito nestes últimos dois dias. Na minha opinião, não devemos comentar este assunto com quem quer seja!

Neste ponto, Krzysia elevou ao céu os seus olhos azul-escuros:

— Temos Deus por testemunha, portanto podemos deixar que os outros fiquem sem saber das nossas intenções.

— Posso ver que a sua inteligência está à altura da sua beleza. Concordo plenamente! Com Deus como testemunha, não precisamos de mais ninguém! E agora, encoste no meu ombro, pois o nosso acordo está de pé e, diante disto, não há qualquer mal nisto. Não precisa ter medo! Mesmo se quisesse, não poderia repetir a minha atitude de ontem, porque tenho que conduzir os cavalos.

Krzysia atendeu ao pedido do pequeno cavaleiro, que disse:

— Quando estivermos a sós, podemos nos tratar por "você".

— Acho que não vou conseguir — respondeu a jovem, com um sorriso. — Nunca terei coragem para isto!

— Mas eu tive!

— Porque o senhor é um guerreiro valente, o mais valente dos guerreiros de toda a República...

— Minha Krzysia querida!

— Mich...

Mas Krzysia não ousou concluir, e cobriu o rosto com a mão.

Algum tempo depois, *pan* Michal deu meia-volta no trenó e eles ficaram em silêncio pelo resto do retorno. Somente quando estavam chegando perto do portão, o pequeno cavaleiro perguntou:

— E quanto ao que se passou ontem... você sabe!... Você ficou triste?

— Envergonhada e triste, mas... também esquisita! — acrescentou baixinho.

Em seguida, ambos assumiram um ar desinteressado, para que ninguém pudesse suspeitar do que se passara entre eles.

O PEQUENO CAVALEIRO   115

O seu cuidado foi totalmente desnecessário, porque ninguém estava interessado neles.

Embora Zagloba e *pani* Makowiecki tivessem vindo correndo para a ante-sala, ao encontro dos dois casais, os seus olhos estavam virados exclusivamente para Basia e Nowowiejski.

O rosto de Basia estava vermelho — não se sabia se de frio, ou de emoção —, enquanto o de Nowowiejski estava soturno. Ainda na ante-sala, começou a se despedir da sra. Makowiecki. De nada adiantaram os seus esforços em retê-lo, assim como as tentativas de Wolodyjowski, que estava de excelente humor. O jovem lançou mão do argumento de que estava de serviço para partir imediatamente. Diante disto, *pani* Makowiecki beijou a testa de Basia, que foi correndo para o seu quarto, ficando trancada nele, sem mesmo descer para o jantar.

E foi somente no dia seguinte que *pan* Zagloba conseguiu vê-la, perguntando imediatamente:

— E aí, minha *hajduczek*, Nowowiecki parecia ter sido atingido por um raio, não é verdade?

— Aha! — respondeu a jovem.

— O que você lhe disse?

— O seu pedido foi rápido e direto, porque ele é um homem decidido, e a resposta foi rápida, porque eu, também, sou arrojada: não!

— Você fez muito bem! Deixe que eu a abrace! E ele? Não continuou insistindo?

— Perguntou-me se podia manter alguma esperança! Cheguei a ficar com pena dele, mas disse-lhe que a minha decisão era irrevogável!...

— E posso saber o motivo desta sua atitude?

— Ele também quis saber, mas em vão; não o disse a ele e não direi a quem quer que seja.

— Não é possível — disse Zagloba, olhando diretamente nos seus olhos — que você esteja nutrindo afeto por um outro?

— O senhor deve estar brincando! — exclamou Basia.

Em seguida, levantou-se de um pulo e ficou repetindo, como se quisesse ocultar o seu embaraço:

— Não quero me casar com *pan* Nowowiejski! Não quero me casar com *pan* Nowowiejski! Não quero me casar com ninguém! Por que o senhor me atormenta tanto? Por que todos me importunam?

E se pôs a chorar.

Pan Zagloba fez de tudo para alegrá-la, mas todos os seus esforços foram em vão. Basia permaneceu triste e aborrecida pelo resto do dia.

— Sr. Michal — disse Zagloba, por ocasião do almoço —, você está partindo e Ketling vai logo aparecer por aqui. Não se esqueça de que ele é um dos homens mais atraentes do mundo! Não sei como estas jovens poderão lhe resistir, mas acho que, quando ele retornar, ambas ficarão apaixonadas por ele.

— Que ótimo! — respondeu Wolodyjowski. — Vamos fazer de tudo para que ele case com Basia!

Basia lançou-lhe um olhar de lince e perguntou:

— E por que o senhor está menos preocupado com o destino de Krzysia?

O pequeno cavaleiro ficou sem graça e apenas respondeu:

— A senhorita ainda não foi exposta ao poder de sedução de Ketling, mas vai ter oportunidade de conhecê-lo!

— E por que Krzysia não corre o mesmo perigo? Afinal, não fui eu que andei cantando por aí:

> *Como uma donzela*
> *Tão frágil e bela*
> *Poderá se defender?*

Foi a vez de Krzysia ficar encabulada, enquanto a pequena víbora continuava:

— Em caso de necessidade, eu sempre posso pedir o escudo de *pan* Nowowiejski para me proteger, enquanto Krzysia, após a sua partida, não poderá contar com qualquer tipo de proteção.

Mas Wolodyjowski já se recuperara do embaraço e respondeu, um tanto severamente:

— Talvez ela encontre algo que a possa defender ainda melhor que a senhorita.

O PEQUENO CAVALEIRO

— E por que o senhor acha isto?

— Porque ela é mais sensata e tem menos fogo nas ventas...

Pan Zagloba e *pani* Makowiecki estavam convencidos que a agitada *hajduczek* responderia à altura. Mas, para a sua grande surpresa, a *hajduczek* abaixou a cabeça sobre o prato e disse baixinho:

— Se eu ofendi o senhor, peço-lhe desculpas, assim como a Krzysia...

Capítulo 11

COMO *PAN* MICHAL TINHA a permissão de partir quando quisesse, ele decidiu fazê-lo de imediato, indo primeiro a Czestochowa para visitar o túmulo de Anusia. Tendo derramado sobre ele o resto das suas lágrimas, seguiu adiante. Sob o efeito das recentes lembranças, chegou à conclusão de que o seu noivado secreto com Krzysia fora prematuro. Sentiu que a dor e o luto continham em si algo de sagrado e intocável, e que deviam ser deixados em paz, até que se dissipassem por si mesmos, como a neblina, e desaparecessem para sempre no espaço ilimitado.

Embora houvesse exemplos de outros que, tendo enviuvado, voltaram a casar-se pouco tempo depois, nenhum deles tentara ser um monge, nem fora atingido pela desgraça no limiar da felicidade, após tantos anos de espera. Além disto, se as pessoas mais simples respeitavam a santidade do luto, não devia-se seguir o seu exemplo?

Portanto, *pan* Michal seguia para a Rutênia com remorsos por companhia. Era honesto o suficiente para assumir toda a culpa, poupando Krzysia do seu compartilhamento. Pelo contrário, junto às suas inúmeras preocupações, juntava-se a possibilidade de Krzysia vir a sentir mágoa dele pelo seu gesto precipitado.

— Por certo, ela não teria agido da forma como eu agi — dizia a si mesmo — e, tendo uma natureza nobre e delicada, esperava o mesmo comportamento por parte de outros.

E estava assustado com a idéia de lhe ter dado a impressão de ser alguém insensível.

Mas o seu medo não tinha razão de ser. Krzysia não nutria grande simpatia pelo luto de *pan* Michal e, quando ele o mencionava com freqüência, não despertava nela qualquer sentido de compaixão, mas sim uma afronta ao seu amor-próprio. Então ela, viva, não valia tanto quanto a outra, morta? Ou então, será que ela era tão pouco importante que a falecida Anusia pudesse ser sua rival? Se *pan* Zagloba estivesse a par do seu segredo, poderia facilmente tranqüilizar o pequeno cavaleiro, dizendo-lhe que as mulheres, via de regra, não costumam mostrar muita compaixão uma pela outra.

Não obstante, após a partida de *pan* Michal, Krzysia estava espantada com o que acontecera e preocupada por ter o seu destino selado.

Ao viajar para Varsóvia, cidade na qual nunca estivera, jamais imaginara que as coisas se passariam daquela forma. Com a convocação, seguida de eleição, esperava ver cortes e mais cortes dos mais altos dignitários da República, além dos mais afamados guerreiros, no meio dos quais haveria de aparecer "Ele" — um guerreiro desconhecido, do tipo daqueles com o qual as donzelas costumam sonhar. "Ele" se apaixonaria perdidamente por ela e, com uma cítara na mão, faria-lhe serenatas debaixo da sua janela, organizaria cavalgadas em sua homenagem, carregaria uma echarpe sua atravessada na armadura e somente depois, após meses de suspiros e gemidos dolorosos, cairia aos seus pés, declarando o seu amor.

E eis que nada disto acontecera. As imagens previstas se dissiparam, e embora tivesse aparecido um guerreiro — e não um guerreiro qualquer, mas o mais afamado guerreiro de toda a República — ele era totalmente diverso "daquele". Também não houve cavalgadas, serenatas ou torneios, nem echarpes na armadura, nem festas; em suma — nada daquilo com que havia sonhado que, como um conto de fadas, tonteava os sentidos como o perfume das flores, atraía como uma isca a um pássaro, enrubescia as faces, acelerava o coração e fazia o corpo tremer de felicidade... Houve uma mansão nos subúrbios da cidade, e nela, *pan* Michal. Depois, um beijo — e pronto! — todo o resto perdeu-se para sempre, como uma lua coberta por nuvens... Se *pan* Wolodyjowski tivesse aparecido depois daquele conto de fadas, teria sido bem-vindo. Krzysia, ao pensar na sua fama e na sua

O PEQUENO CAVALEIRO

valentia, que o fizeram o orgulho de toda a nação e o terror dos seus inimigos, chegava a sentir amor por ele, mas achava que algo lhe fora tomado, que perdera algo e que fora injustiçada — um pouco por ele — mas, principalmente, pela pressa com que tudo se passara...

E foi esta pressa que plantou uma sementinha, tanto no coração de Krzysia quanto no do pequeno cavaleiro e, como estavam longe um do outro, a tal sementinha passou a incomodar a ambos. São freqüentes os casos em que, no meio dos sentimentos humanos, encrava-se uma farpa que, ou desaparece por si mesma, ou provoca uma infecção, trazendo dor e amargura mesmo aos corações mais apaixonados. Mas, no caso deles, ainda faltava muito para sentirem as tais dores e amarguras. Principalmente a *pan* Michal, a quem a lembrança de Krzysia era um doce bálsamo e cuja imagem o acompanhava, como uma sombra segue uma pessoa.

O pequeno cavaleiro estava convencido de que, quanto mais se afastasse, mais cara lhe seria aquela imagem e mais saudades dela sentiria. Quanto a ela, sentia-se sozinha e desamparada, pois desde a partida de *pan* Michal ninguém mais vinha à mansão de Ketling e os dias se passavam em tédio infindável.

Pani Makowiecki aguardava a chegada do marido, contando os dias que faltavam para a eleição e só falava nele, enquanto Basia perdera muito da sua costumeira alegria. *Pan* Zagloba implicava com ela, dizendo que, tendo despachado Nowowiejski, agora sentia saudades dele. E, efetivamente, Basia gostaria que ele voltasse a visitá-la, mas ele disse a si mesmo: "Não tenho nada a fazer naquela casa" e, pouco tempo depois da partida de Wolodyjowski, também partiu numa missão militar.

Pan Zagloba também se preparava para retornar à casa dos Skrzetuski, dizendo sentir saudades dos "diabinhos" mas, sentindo-se pesado, adiava a partida a cada dia, dizendo a Basia que estava apaixonado por ela e que pretendia fazer de tudo para obter a sua mão. Também fazia companhia a Krzysia nos dias em que a sra. Makowiecki e Basia iam a Varsóvia para visitar a esposa do chanceler. Krzysia nunca as acompanhava naquelas visitas, pois a esposa do chanceler, apesar de toda a dignidade da jovem, não a suportava.

HENRYK SIENKIEWICZ

Mas havia dias, aliás freqüentes, em que *pan* Zagloba também ia a Varsóvia e, em alegre companhia, ficava por muito tempo, retornando somente no dia seguinte... e embriagado. Nestas ocasiões, Krzysia ficava totalmente só, passando os momentos de solidão pensando no que poderia ter acontecido se não tivesse assumido aquele compromisso solene e, freqüentemente, imaginando como seria aquele imaginário rival de *pan* Michal, aquele príncipe encantado...

Estava ela, num daqueles dias, sentada junto à janela e olhando distraidamente para a porta banhada pelos raios dourados do sol poente. De repente, ouviu um tilintar de sininhos de um trenó, vindo do lado de fora. Krzysia achou que a sra. Makowiecki e Basia estavam retornando, portanto não interrompeu os seus pensamentos, nem tirou os olhos da porta, que se abriu e apareceu, no seu umbral, um homem totalmente desconhecido.

No primeiro instante, Krzysia achou que estava vendo um quadro, ou então que estava sonhando, tão bela era a imagem que tinha diante dos olhos. O desconhecido era um homem assaz jovem, com negros trajes estrangeiros e adornados por uma gola de renda branca que lhe caía até os ombros. Krzysia, quando ainda criança, vira um retrato de *pan* Arciszewski, general da artilharia real, também vestido de forma semelhante. Fosse pela semelhança dos trajes, fosse por sua extraordinária beleza, a imagem ficou permanentemente gravada na sua lembrança. Mas, embora os trajes do desconhecido fossem parecidos, a sua beleza ultrapassava não só a de *pan* Arciszewski, como também a de todos os demais homens sobre a face da terra. Seus cabelos, cortados rente na testa, caíam em cachos dourados de ambos os lados do seu rosto, efetivamente deslumbrante. Suas sobrancelhas eram negras, destacando-se claramente na testa marmórea. A isto, juntava-se um par de olhos doces e tristes, um bigode louro e uma barba pontuda da mesma cor. Tratava-se de uma cabeça incomparável a qualquer outra, na qual bondade juntava-se a bravura — uma cabeça angelical e guerreira, ao mesmo tempo. Krzysia sentiu faltar de ar, pois, ao olhar para aquela aparição, não sabia se tinha diante de si um ser divino ou um simples mortal. Quanto a ele, ficou parado espantado, ou fingindo espanto por boa educação, com a beleza de Krzysia. Finalmente, entrando na sala, abaixou

O PEQUENO CAVALEIRO

o chapéu e se pôs a varrer o chão com as plumas que o adornavam. Krzysia levantou-se, sentindo as pernas bambas e, ora enrubescendo ora empalidecendo, cerrou os olhos.

No mesmo instante, ouviu a voz do desconhecido; uma voz baixa e suave como cetim:

— Sou Ketling de Elgin. Um amigo de *pan* Wolodyjowski e seu companheiro de armas. Os empregados já me informaram que tenho a indescritível honra de hospedar, sob o meu teto, a irmã e parentes do meu Pallas, mas perdoe-me gentil donzela, pelo meu espanto, pois os empregados não me preveniram do que meus olhos contemplam, e que mal podem suportar o brilho que emana da senhorita...

Este foi o elogio com qual Ketling cumprimentou Krzysia, enquanto esta não teve condições de retribuir à altura, simplesmente por lhe faltarem palavras para tanto. Apenas adivinhou que o jovem lhe fez uma nova reverência, por ter ouvido novamente o som de plumas varrendo o assoalho. Ao mesmo tempo, sentiu que era imprescindível dizer algo e retribuir o cumprimento com um outro, caso contrário poderia ser percebida como uma simplória qualquer. No entanto, sentia falta de ar, seu coração batia em disparada e seu peito arfava, como se estivesse exausta. Abriu os olhos: diante dela, o desconhecido permanecia curvado, com um ar de admiração e respeito estampado em seu rosto deslumbrante. Com os dedos trêmulos, pegou as abas do seu vestido querendo, pelo menos, fazer uma reverência diante do cavalheiro, mas, para sua sorte, ouviu gritos de: "Ketling! Ketling!", seguidos da entrada de um arfante Zagloba, com os braços estendidos.

Ketling se atirou neles e os dois amigos ficaram se abraçando por muito tempo. Krzysia aproveitou o momento para tentar recuperar-se do choque e poder olhar com mais atenção para o jovem guerreiro que abraçava Zagloba com grande empenho e, ao mesmo tempo, com uma dignidade em todos os seus movimentos que somente poderia ser inata ou então adquirida nas mais refinadas cortes de reis ou de grandes magnatas.

— Como está você? — perguntava *pan* Zagloba. — Saiba que me senti na sua casa como se estivesse na minha própria. Deixe-me olhá-lo! Hmm! Você emagreceu! Algum amor novo? Porque você está muito abatido!

Michal partiu com um destacamento. Que bom que você voltou! Ele já nem pensa em voltar àquele mosteiro. Estão aqui a irmã dele e duas jovens, lindas como flores! Uma se chama Jeziorkowski e a outra Drohojowski. Mas que tolo estou sendo! *Panna* Krzysia está aqui! Desculpe-me, senhorita, mas que fique cego todo aquele que não se encantar com a sua beleza e, pelo jeito, este cavalheiro já se deu conta disto!

Ketling se curvou pela terceira vez e disse, sorrindo:

— Deixei a minha casa mais parecendo um depósito de armas e, ao retornar, encontra-a transformada no Olimpo, com uma deusa à sua porta.

— Pois você ainda não viu nada! — exclamou Zagloba. — Espere até ver a *hajduczek*! Uma é bonita, mas a outra é um verdadeiro néctar dos deuses! Como você está, Ketling? Que Deus lhe dê muita saúde! Vou tratá-lo por "você", está bem? Minha idade permite esta intimidade... E então, está contente com os seus hóspedes?... *Pani* Makowiecki se instalou aqui porque não conseguia encontrar um lugar adequado por causa da convocação, mas agora a situação melhorou e tenho certeza de que vai se mudar logo, porque não cabe morar com duas senhoritas na casa de um solteiro, senão as pessoas vão achar isto estranho e sair comentando por aí...

— Por Deus! Jamais permitirei uma coisa destas! Eu sou mais do que um amigo de Wolodyjowski, sou seu irmão, portanto tenho todo o direito de hospedar a sua irmã. Peço à senhorita que apóie este meu pedido e, se for necessário, vou implorar-lhe de joelhos!

Ao dizer isto, Ketling se ajoelhou diante de Krzysia e, agarrando sua mão, levou-a aos lábios, olhando para ela de forma implorante, com seus olhos tristes e alegres ao mesmo tempo. A jovem voltou a enrubescer, principalmente por Zagloba ter exclamado:

— Pronto! Mal chegou e já está de joelhos diante dela! Vou dizer para *pani* Makowiecki que foi assim que os encontrei!... Vá em frente, Ketling!... Quanto a você, Krzysia, veja como um autêntico cortesão se comporta!

— Eu não tive a oportunidade de freqüentar as cortes! — murmurou a encabulada jovem.

— Posso contar com o apoio da senhorita? — insistiu Ketling.

— Cavalheiro... por favor... levante-se!...

O PEQUENO CAVALEIRO

— Posso contar com o apoio da senhorita? Eu sou como um irmão de *pan* Michal e sei que ele ficaria muito triste se esta casa ficasse vazia!...

— Eu não tenho qualquer poder de decisão! — respondeu Krzysia, já um pouco recuperada do seu deslumbramento. — Mas, de qualquer forma, fico-lhe grata pela atenção.

— Obrigado! — respondeu Ketling, beijando, mais uma vez, a mão da jovem.

— Aha! — exclamou Zagloba. — Lá fora está um frio danado e Cupido anda nu, mas tenho certeza de que, caso entrasse nesta sala, não sentiria mais frio!

— Por favor, pare com isto! — disse Krzysia.

— Pois eu já vejo que só pelos suspiros, a neve vai se derreter!... Só pelos suspiros!...

— Dou graças a Deus pelo senhor não ter perdido o seu humor jovial — disse Ketling — porque a alegria é um sinal de boa saúde.

— E de consciência limpa; de consciência limpa! — respondeu Zagloba. — O sábio dos sábios disse: "Coça-se somente aquele que sente coceira" e, como nada me coça, vivo contente! Mas, espere um momento! O que estou vendo? Da última vez que nos vimos, você estava vestido à polonesa, com um gorro de lince na cabeça e uma espada na cintura! Por que você se transformou num inglês e anda sobre pernas tão finas que mais parece uma cegonha!

— Porque estive na Curlândia, onde não é costume usar trajes poloneses. Além disto, passei os últimos dois dias na casa de um inglês que mora em Varsóvia.

— Quer dizer que você está voltando da Curlândia?

— Sim. O meu pai adotivo faleceu e deixou-me uma outra propriedade naquele país.

— Que a sua alma descanse em paz! Ele era católico?

— Sim.

— Ainda bem. E agora, o que você vai fazer: mudar-se para a sua nova propriedade na Curlândia, ou ficar conosco?

— Sou polonês e pretendo ficar aqui até o fim dos meus dias — respondeu Ketling, lançando um olhar para Krzysia.

E esta, de imediato, abaixou seus longos cílios sobre os olhos.

Pani Makowiecki retornou somente ao anoitecer e Ketling foi ao seu encontro, ainda no portão, conduzindo-a à mansão com tal respeito como se ela fosse uma princesa. A dama quis se mudar já no dia seguinte, mas não conseguiu resistir aos pedidos de Ketling, que ficou implorando de joelhos e usando o argumento de ser praticamente um irmão de Wolodyjowski, e acabou concordando em permanecer na mansão. Ficou acertado que *pan* Zagloba também não partiria logo, para que, com sua dignidade e anos, protegesse as mulheres das más línguas. Na verdade, Zagloba não estava com pressa de partir, porque se afeiçoou muito à *hajduczek*, além de nutrir certos planos que exigiriam a sua presença. As duas jovens ficaram felicíssimas, tendo Basia, abertamente, apoiado o pleito de Ketling.

— Não há como sairmos daqui ainda hoje — disse à ainda hesitante tutora — e, depois, já não fará qualquer diferença quantos dias ficaremos!

Ketling lhe agradara, assim como a Krzysia, o que não era de se estranhar, já que ele agradava a todas as mulheres. Além disto, Basia jamais vira um cavalheiro de um outro país, exceto alguns oficiais de infantaria estrangeira, homens de patentes inferiores e simplórios; portanto, circundava-o e, sacudindo a cabeleira e dilatando as narinas, examinava-o com curiosidade infantil e com tanta insistência que chegou a ser reprimida pela sua tutora. Mas, apesar da reprimenda, não parou de examiná-lo, como se quisesse avaliar a sua capacidade militar. Finalmente, resolveu desvendar o mistério por intermédio de *pan* Zagloba.

— Ele é um bom soldado? — sussurrou baixinho ao velho *szlachcic*.

— Dificilmente você encontraria um melhor. Ele tem vasta experiência nesse campo, já que, desde os quatorze anos de idade, andou combatendo os rebeldes ingleses, protegendo a Fé Verdadeira. Além disto, ele descende de uma família nobre, o que você mesma pode constatar, tanto pelo seu porte quanto pelas suas maneiras.

— O senhor já o viu combatendo?

— Milhares de vezes! Diante do fogo inimigo, ele nem chega a franzir o cenho; de vez em quando, dá uns tapas no pescoço do cavalo e fica falando de amores.

O PEQUENO CAVALEIRO

— E é costume falar de amores numa hora dessas?

— É costume fazer o que se tem vontade, mostrando assim o desprezo que se nutre pela balas inimigas.

— E como espadachim? Ele é bom?

— Bom? Não, ele é ótimo! Isto é inegável!

— Ele seria capaz de derrotar *pan* Michal?

— De jeito nenhum!

— Ah! — exclamou Basia, com o rosto radiante. — Eu logo vi que ele
não seria capaz disto!

— Por quê? Será que Michal a impressionou tanto assim? — perguntou Zagloba.

Basia sacudiu a cabeça e calou-se; um silencioso suspiro sacudiu o seu
peito.

— Não é nada disto! Estou contente, porque ele é um dos nossos!

— Mas o que você tem que saber e anotar — disse Zagloba — é o fato
de além de ser difícil encontrar alguém que se lhe possa comparar num
campo de batalha, na área de conquistas amorosas ele é muito mais *peri-*
culosus, graças à sua beleza. Além disto, ele é um grande amante!

— Então, o senhor deve dizer isto a Krzysia, porque o amor é algo que
nem passa pela minha cabeça — respondeu Basia e, virando-se para a amiga, chamou: — Krzysia! Chegue aqui; temos algo a lhe dizer!

— O que foi? — perguntou Krzysia.

— *Pan* Zagloba acaba de dizer que não existe uma só mulher que não
se apaixone por Ketling à primeira vista. Pois eu já o examinei por todos os
lados e não senti nada; e você, já está apaixonada?

— Baska! Baska! — respondeu Krzysia, em tom de recriminação.

— Aha! Quer dizer que ele lhe agradou, não foi?

— Pare com isto! E para de falar bobagens, porque eis que *pan* Ketling
em pessoa está se aproximando.

E, efetivamente, mal Krzysia teve tempo de se sentar, Ketling já se
juntara ao grupo, perguntando:

— Posso fazer-lhes companhia?

— Nada nos daria maior prazer! — respondeu Basia.

— Diante disto, ouso fazer uma pergunta mais ousada: qual é o assunto que estavam discutindo?

— Amores! — exclamou Basia, sem um momento de reflexão.

Ketling sentou-se ao lado de Krzysia. Por certo tempo, ficaram em silêncio, porque Krzysia, normalmente composta e cheia de autoconfiança, parecia intimidada perante aquele cavalheiro. Diante disto, coube a ele iniciar a conversação.

— Quer dizer que era este delicioso assunto que estava sendo discutido?...

— Sim! — sussurrou Krzysia.

— Pois eu, acima de tudo, gostaria de ouvir a opinião da senhorita.

— Espero que o senhor me perdoe, mas faltam-me ousadia e percepção para tanto, e tenho certeza de que o senhor poderá me falar disto com muito maior conhecimento de causa.

— Krzysia está coberta de razão! — meteu-se Zagloba. — Somos todos ouvidos!...

— Pode perguntar-me à vontade, senhorita! — disse Ketling para Krzysia.

E, embora ela não lhe tivesse feito qualquer pergunta, elevou seus olhos, pensou um pouco e começou a falar, como se para si mesmo:

"O amor é uma desgraça, porque, em função dele, um homem livre torna-se um escravo. Assim como uma ave abatida por uma flecha cai aos pés do caçador, um homem ferido pelo dardo do amor não tem mais forças para se afastar dos pés daquela pela qual se apaixonou...

"O amor é como uma invalidez, porque um homem apaixonado é como um cego, que não consegue ver mais nada, a não ser aquela a quem ama...

"O amor é tristeza, pois quando se vertem mais lágrimas e mais se suspira do que quando se está apaixonado? Um homem apaixonado não liga para mais nada, nem para trajes, nem para danças, nem para jogos de dados, nem para caçadas; ele é capaz de ficar sentado abraçado aos joelhos, sentindo saudades como se tivesse perdido um parente próximo...

"O amor é como uma doença, em função da qual uma pessoa fica empalidecida, com os olhos encovados, as mãos trêmulas e os dedos emaciados, e fica pensando em morrer, ou anda como se estivesse tresloucado, conversando com a lua e pronto para escrever o nome amado na areia — e quando o vento o dissipa, diz para si mesmo: 'que desgraça!'... e se põe a chorar..."

Neste ponto, Ketling interrompeu seu discurso; dir-se-ia que mergulhara nos seus mais profundos sentimentos. Krzysia ouvia as palavras do guerreiro, como a uma música que penetrava na sua alma. Com os lábios semicerrados, não desgrudava os olhos do jovem guerreiro. Quanto a Basia, seus cabelos cobriam seus olhos, de modo que não se podia saber o que estava pensando; mas permanecia sentada e em silêncio.

Pan Zagloba soltou um bocejo, esticou as pernas e disse:

— Pois para mim, um amor destes só serve para fazer botas para cachorros!

— E no entanto — continuou o guerreiro —, se é difícil amar, ainda mais terrível é não amar porque, quem, sem estar apaixonado, pode se saciar com deleites, fama, riqueza ou jóias? Quem não quer dizer à sua amada: "Você é mais preciosa para mim do que qualquer reino, cetro, saúde ou longevidade?"... E, como qualquer um está disposto a sacrificar sua vida pela sua amada, o amor vale mais do que a própria vida...

Ketling terminou.

As duas jovens permaneciam abraçadas uma à outra, fascinadas pelas suas palavras, tão incomuns no meio dos cavalheiros poloneses. *Pan* Zagloba, que adormecera no final da preleção, acordou repentinamente e, piscando os olhos, ficou olhando, ora para um, ora para outro, ora para o terceiro. Finalmente, tendo despertado por completo, perguntou:

— O que vocês estão dizendo?

— Para o senhor, temos que dizer apenas uma coisa: boa noite! — disse Basia.

— Ah! Já sei: estávamos falando do amor. E qual foi a conclusão final?

— Que o forro é melhor do que o casaco.

— Tenho que admitir que fiquei entediado com esta história de amar, chorar e suspirar! Pois encontrei mais uma rima: "dormitar...", a melhor de todas, porque já é tarde. Boa noite a todos, e me deixem em paz com esta conversa sobre amores... Meu Deus! O gato não vai parar de miar até comer o torresmo e, depois, lamber os beiços... Podem acreditar que eu, quando jovem, era igualzinho a Ketling e vivia tão apaixonado que um bode podia me cutucar com seus chifres que eu não sentiria coisa alguma. Mas agora, com a chegada da idade, prefiro descansar à vontade, principalmente quando temos um anfitrião tão polido, que não só me acompanhará ao meu aposento, como ainda tomará uns tragos comigo até eu adormecer.

— Estou às ordens do senhor! — disse Ketling.

— Então vamos! Olhem só como a lua está alta no céu. Uma noite tão clara assim prenuncia um dia lindo para amanhã. Ketling é capaz de falar de amor a noite inteira, mas vocês devem levar em conta que ele deve estar cansado.

— Não estou cansado porque passei dois dias descansando em Varsóvia. Apenas temo que as senhoritas não estejam acostumadas a ficarem acordadas até tão tarde.

— Ouvindo o senhor, a noite passaria rápido — disse Krzysia.

— Não pode haver noite diante de um sol tão brilhante! — respondeu Ketling.

E assim todos se recolheram, porque era efetivamente muito tarde. As duas jovens dormiam no mesmo aposento e costumavam tagarelar por horas antes de adormecer. Mas, naquela noite, Basia não conseguiu arrancar uma só palavra de Krzysia. Embora a primeira quisesse conversar, a segunda permanecia em silêncio, respondendo apenas com monossílabos. Em alguns momentos, quando Basia, referindo-se a Ketling, emitia conceitos, ora o imitando, ora troçando dele, Krzysia abraçava o seu pescoço com inesperada afeição, pedindo que não zombasse dele.

— Ele é o nosso anfitrião, Basia, e nós estamos hospedadas sob o seu teto... e pude perceber que ele gostou muito de você.

— Por que acha isto? — perguntou Basia.

— E há alguém no mundo que possa não gostar de você? Todos a amam... e eu... também.

E, dizendo isto, aproximou o seu lindo rosto do rosto de Basia, abraçando-a e beijando os seus olhos.

Finalmente, ambas entraram nas suas respectivas camas, mas Krzysia levou muito tempo para adormecer. Estava agitada. Seu coração batia com tanta força que, vez por outra, levava as mãos aos seus seios acetinados para abafar suas batidas. Em outros momentos, principalmente quando tentava cerrar os olhos, parecia-lhe que uma cabeça deslumbrante se inclinava sobre ela e uma voz suave lhe sussurrava no ouvido:

— Prefiro você a um reino, a um cetro, à saúde, à longevidade e... à própria vida!

Capítulo 12

ALGUNS DIAS MAIS TARDE, Zagloba escreveu uma carta para Skrzetuski com o seguinte final:

"Não fiquem espantados se eu não retornar à casa antes da eleição. Não é que eu não sinta saudades de vocês, mas como o diabo não costuma dormir, eu não quero acabar com algo indesejável na mão, em vez de um pássaro. Seria um desastre se eu não puder, assim que Michal retornar, dizer a ele: 'Aquela outra já está noiva, enquanto a hajduczek *continua vacant!' Tudo está nas mãos de Deus, mas acho que, neste caso, não será preciso fazer grandes preparações para Michal se declarar. Enquanto isto, fico me inspirando em Ulisses para montar uma estratégia, inventar alguns fatos e colorir outros, o que é algo difícil para mim, já que sempre pautei a minha vida pela verdade e vivi em função dela. No entanto, para o bem de Michal e da* hajduczek, *estou disposto a quaisquer sacrifícios, porque ambos são ouro puro. Aproveito a ocasião para abraçar você, Helena, e os diabinhos e pedir proteção divina a todos vocês."*

Uma vez terminada a carta, *pan* Zagloba salpicou-a com areia, bateu nela com a mão, leu-a mais uma vez, mantendo-a longe dos olhos. Finalmente, dobrou-a e, tirando o sinete do dedo, umedeceu-o com saliva a fim de selá-la, atividade na qual foi encontrado por Ketling.

— Bom dia! — disse o jovem guerreiro.

— Bom dia! Bom dia! — respondeu *pan* Zagloba. — Graças a Deus, o tempo está maravilhoso e eu quero despachar um mensageiro para os Skrzetuski.

— Por favor, mande recomendações minhas.

— Já fiz isto. Eles vão ficar felizes ao receberem esta carta. Não só mandei recomendações suas, como lhes relatei todo o episódio de ontem, sobre você e as duas jovens.

— De qual episódio está falando? — perguntou Ketling.

Zagloba colocou as mãos nos joelhos e começou a tamborilar os dedos, inclinando a cabeça e olhando para Ketling de soslaio.

— Meu caro Ketling! — disse. — Não é preciso ser um profeta para prever que onde há um fragmento de aço e uma pederneira, mais cedo ou mais tarde, haverá faíscas. Você é um dos homens mais belos que conheço, mas tem que admitir que as duas jovens estão à sua altura.

Ketling ficou profundamente embaraçado.

— Teria que ser cego, ou um bárbaro, para não notar e apreciar a beleza das duas!

— Pois é! — disse Zagloba, olhando com um sorriso para o enrubescido rosto de Ketling. — E já que você não é um *barbarus*, não lhe cabe mirar nas duas, o que somente os turcos fazem.

— Como o senhor pode sequer supor uma coisa destas?!

— Eu não estou supondo nada, apenas falando com os meus botões... Ah! Seu traidor! Você as encantou tanto com as suas tiradas sobre o amor, que Krzysia, nestes últimos três dias, anda por aí com o rosto tão pálido como se tivesse tomado um remédio. Mas isto não me espanta, porque, quando jovem, eu mesmo fiquei por horas a fio, em noites geladas, sob a janela de uma morena, aliás muito parecida com *panna* Drohojowski, fazendo serenatas. Se você quiser, posso emprestar-lhe os seus versos ou, melhor ainda, comporei uns novos, já que não me falta talento para isto. Não sei se você notou, mas *panna* Drohojowski lembra muito *panna* Billewicz, embora esta tivesse os cabelos louros e não tivesse aquela penugem sobre o lábio superior, algo que muitos acham lindo e consideram uma *raritas*. Pude notar que ela ficou muito bem impressionada com você, fato que acabei de escrever aos Skrzetuski. Você não concorda que ela é parecida com *panna* Billewicz?

— À primeira vista, não vi tal semelhança, mas talvez o senhor tenha razão. Ela a lembra pelo seu porte e altura.

O PEQUENO CAVALEIRO

— Agora, ouça bem o que eu tenho a lhe dizer. Vou lhe revelar *arcana* familiares, mas como você é nosso amigo, não quero que venha a magoar Wolodyjowski, porque *pani* Makowiecki e eu pretendemos que Michal case com uma delas.

Neste ponto, Zagloba fixou os olhos nos olhos de Ketling, que empalideceu e perguntou:

— Qual delas?

— Dro-ho-jow-ski — cadenciou lentamente Zagloba.

E, esticando o beiço inferior, começou a piscar com o seu olho são.

Ketling ficou calado e permaneceu assim por tanto tempo que Zagloba teve que perguntar:

— E então? O que tem a dizer sobre isto?

E o guerreiro respondeu, com voz alterada, porém firme:

— O senhor pode ficar tranqüilo de que não permitirei que os meus sentimentos interfiram na felicidade de Michal.

— Você tem certeza disto?

— Já sofri muito nesta vida e lhe dou a minha palavra de honra de que não materializarei os meus sentimentos.

Foi somente então que Zagloba abriu os seus braços e disse:

— Pois pode materializá-los, meu querido rapaz! Esteja à vontade; eu apenas o estava testando. Não é *panna* Drohojowski que temos em mente para Michal, mas a *hajduczek*.

O rosto de Ketling se iluminou e ele abraçou firmemente Zagloba, perguntando:

— Mas já é certo que os dois se amam?

— E quem poderia não se apaixonar pela minha *hajduczek*? — respondeu Zagloba.

— E o noivado já foi oficializado?

— Ainda não, porque Michal mal se curou da sua tristeza; mas pode estar certo de que será... pode deixar isto por minha conta! É verdade que a garota é mais esquiva que uma doninha, mas, para ela, a espada é a coisa mais importante do mundo...

— Algo que já percebi! — interrompeu-o o sorridente Ketling.

— Aha! Você também notou? Michal ainda pranteia aquela outra, mas, se tiver que escolher uma das duas, certamente optará pela *hajduczek*, porque ela é mais parecida com aquela pobrezinha, embora não lance aqueles olhares provocadores. As coisas estão se encaminhando muito bem, você não acha? Pode deixar que eu farei com que haja dois casamentos ainda antes da eleição!

Ketling não respondeu; apenas abraçou novamente Zagloba, encostando o seu belo rosto nas bochechas vermelhas do velho *szlachcic* com tanta força, que este teve que afastá-lo, para poder respirar melhor. Em seguida, perguntou:

— Quer dizer que *panna* Drohojowski já o enfeitiçou a tal ponto?

— Não sei, não sei — respondeu Ketling. — Só posso dizer que quando vi a sua imagem celeste, disse a mim mesmo que ela seria provavelmente a única que o meu coração sofrido poderia amar e, naquela mesma noite, afastando o sono com meus suspiros, me entreguei a pensamentos agradáveis. A partir daquele momento, ela ocupou por completo o meu ser, como uma rainha reina sobre um país leal e dedicado. Se isto é amor, ou outra coisa, aí eu não sei!

— Mas saiba que isto não é um chapéu, nem três metros de pano para coser um par de calças, nem uma cilha, nem uma sela, nem ovos mexidos com presunto, nem um cantil de vodca. Se você está certo disto, pergunte o resto a Krzysia, ou você prefere que eu a sonde primeiro?

— Por favor, não faça isto ainda — respondeu Ketling, com um sorriso estampado na face. — Se o meu destino é morrer afogado, prefiro ficar ainda alguns dias achando que estou nadando.

— Já vejo que os escoceses são muito bons nos campos de batalha, mas quando se trata de conquistas amorosas, não têm qualquer serventia. Uma mulher tem que ser conquistada com o mesmo ímpeto usado contra um inimigo. *Vini, vidi, vinci!*, esta foi sempre a minha máxima.

— Mais tarde, caso o meu mais profundo desejo venha a se realizar, talvez eu venha a pedir *auxilium* ao senhor. Embora eu tenha obtido a nacionalidade polonesa e tenha sangue de *szlachta* nas minhas veias, o meu sobrenome não é suficientemente conhecido e não sei se a sra. Makowiecki...

O PEQUENO CAVALEIRO

— *Pani* Makowiecki? — interrompeu-o Zagloba. — Não precisa ter medo dela. Ela é como uma caixinha de música. Basta eu lhe dar corda e ela tocará a melodia que eu quiser. Vou falar com ela agora mesmo. Tenho que preveni-la, para que ela não veja com maus olhos o seu comportamento para com Krzysia, já que os procedimentos escoceses diferem dos nossos. Pode deixar que eu não vou pedir a mão de Krzysia desde já, em seu nome, mas apenas dizer-lhe que você está encantado com ela e que seria bom se saísse um pão desta farinha. É isto mesmo! Vou ter com ela agora! Quanto a você, não precisa ficar preocupado, porque eu tenho o direito de falar o que quiser.

E, apesar dos veementes esforços de Ketling em detê-lo, Zagloba se levantou e saiu do quarto.

No caminho, encontrou Basia que, como sempre, estava correndo.

— Ei, Basia! — disse-lhe. — Quer saber de uma coisa? Krzysia fascinou Ketling a tal ponto que o pobre rapaz anda sobre as nuvens.

— Não seria o primeiro! — respondeu Basia.

— E você não está chateada com isto?

— Ketling não passa de um fantoche! Um cavalheiro muito distinto, mas uma marionete! Machuquei o meu joelho e tenho que fazer um curativo.

Neste ponto, Basia se abaixou e ficou esfregando o joelho machucado.

— Pelo amor de Deus! Você tem que tomar mais cuidado! Para onde está indo agora?

— Ver Krzysia.

— E o que ela tem feito de bom?

— Ela? De um certo tempo para cá, não pára de me beijar e se aninhar comigo, como uma gata.

— Não lhe diga que ela conquistou o coração de Ketling.

— E o senhor acha que eu sou capaz de guardar um segredo destes?!

Pan Zagloba sabia muito bem que ela não era capaz, e foi exatamente por isto que lhe pediu para não revelar o segredo. Contente com a sua esperteza, seguiu em frente, enquanto Basia entrava, feito uma bomba, no quarto de *panna* Drohojowski.

— Arrebentei o meu joelho e Ketling está perdidamente apaixonado por você! — gritou, já no umbral da porta. — Não notei que havia uma tábua solta na carroça... e bumba! Cheguei a ver estrelas, mas vai passar logo! *Pan* Zagloba pediu para que eu não lhe contasse. Eu não lhe disse logo que isto ia acontecer? Percebi isto, logo no primeiro instante, mas você queria me empurrar para os braços dele! Eu não fiz isto com você, quando *pan* Nowowiejski me lançava aqueles olhares, mas agora, com Ketling, a história é outra! O coitado anda pela casa com as mãos na cabeça e falando sozinho! Muito bem, Krzysia, você pegou um escocês!

— Meu Deus! Como sou infeliz! — gritou Krzysia, cobrindo-se de lágrimas.

Basia tentou consolá-la, mas todos os seus esforços foram em vão. A pobre jovem chorava como nunca chorara antes em toda a sua vida.

Realmente, ninguém na casa sabia quão infeliz ela se sentia. Estava com febre há vários dias, seu rosto empalideceu, seus olhos encovaram, seu peito se movia com uma respiração curta e entrecortada e percebia-se claramente que algo estranho se passava com ela. A jovem ficara prostrada, e isto não ocorreu de uma forma gradativa, mas de um só golpe, como se estivesse no meio de um tufão. Seu sangue fervilhava e ela não conseguia se opor a esta força esmagadora, tão forte e implacável. Não tinha um momento de tranqüilidade e sentia-se como um pássaro com asas quebradas...

Era incapaz de saber se amava ou se odiava Ketling e sentia um terrível pavor daquela dúvida; mas sabia que o seu coração batia com mais força exclusivamente por causa dele, que a sua cabeça estava repleta com pensamentos sobre ele, que o sentia em toda parte: dentro, acima, e ao seu lado. E não havia jeito de se livrar daquela sensação! Era-lhe mais fácil não amá-lo do que não pensar nele, porque seus olhos se saciavam com a visão dos seus, seus ouvidos ouviam apenas a sua voz e sua alma estava tomada pela sua imagem... O sono não a libertava daquele assaltante, pois bastava cerrar os olhos para ver imediatamente o seu rosto inclinado sobre o dela e ouvir as suas palavras: "Prefiro você a todos os reinos, cetros, fama e riqueza..." E a sua cabeça estava tão próxima, mas tão próxima, que manchas cor de sangue cobriam a testa da donzela. Krzysia era rutênia, com o sangue quente dos habitantes daquela região e, em função disto, sentia um

O PEQUENO CAVALEIRO 139

fogo interior, um fogo que ela não sabia que pudesse existir e sob cujo efeito sentia um misto de medo, vergonha, impotência e uma sensação de debilidade dolorosa e agradável ao mesmo tempo. As noites não lhe traziam consolo e ela despertava exausta, como se tivesse trabalhado duramente durante o dia.

"Krzysia! Krzysia! O que está acontecendo com você?!," gritava no seu íntimo, mas a pergunta não tinha resposta.

Na verdade, nada acontecera até então. Krzysia não trocou quaisquer palavras a sós com Ketling e, embora a sua mente estivesse ocupada por ele, um instinto lhe sussurrava constantemente: "Fique atenta! Evite-o!..." E ela o evitava...

Para sua sorte, em nenhum momento ela pensou no seu compromisso com Wolodyjowski. Isto porque ela não pensava em ninguém; nem em si, nem nos outros — apenas em Ketling!

O fato de achar que ninguém pudesse suspeitar de algo relacionado a ela e Ketling era um bálsamo para a sua alma, e eis que as palavras de Basia revelaram-lhe que não era bem assim; que as pessoas já estão olhando para eles, unindo-os nos seus pensamentos e adivinhando o que se passava. Diante disto, o seu infortúnio, sua vergonha e sua dor se juntaram de vez, e ela se pôs a chorar como uma criancinha.

Mas as palavras de Basia foram apenas um prenúncio daquelas incontáveis indiretas, olhares significativos, piscadelas de olhos e de palavras com duplo sentido, que ela teria que suportar e que já se iniciaram na hora do almoço. Notou que a sra. Makowiecki lançava olhares, ora para ela, ora para Ketling — algo que nunca fizera antes. *Pan* Zagloba pigarreava significativamente. Houve momentos em que, sem qualquer motivo aparente, a conversa se interrompia, sendo que, num daqueles momentos, a distraída Basia anunciou em alto e bom som:

— Sei de algo, mas não vou contar!

O rosto de Krzysia ficou vermelho, para empalidecer logo em seguida, como se estivesse diante de um perigo iminente. Ketling, por sua vez, baixou a cabeça. Ambos sentiram instintivamente que se tratava de algo que tinha a ver com eles, e embora evitassem conversar entre si e ela se esforçasse para não olhar para ele, estava claro que havia algo entre eles, que os deixava confusos, unindo-os e afastando-os ao mesmo tempo e que, em função disto, não conseguiam mais se sentir livres e despreocupados para manterem um relacionamento de simples amigos. Por sorte, ninguém deu atenção às palavras de Basia, pois *pan* Zagloba estava indo para a cidade, da qual voltaria acompanhado de vários guerreiros, e todos estavam ocupados com as devidas preparações.

E, efetivamente, quando anoiteceu, a mansão de Ketling ficou toda iluminada; vieram diversos oficiais, bem como uma pequena orquestra, que o hospitaleiro anfitrião contratara para divertir as damas. Embora ninguém pudesse dançar por causa do Advento e do luto de Ketling pelo seu falecido benfeitor, todos ficaram conversando e ouvindo música. As damas se vestiram à altura — *pani* Makowiecki trajando um vestido oriental, enquanto a *hajduczek*, em trajes domingueiros, fazia brilhar os olhos dos guerreiros, diante do seu rosto rosado e dos cabelos louros caindo incessantemente sobre os olhos. A sua forma de se expressar, aliada ao seu comportamento no qual uma ousadia cossaca se misturava a um encanto inato, deixara os guerreiros boquiabertos.

Krzysia, já tendo passado pelo luto por seu pai, trajava um vestido branco adornado com fios de prata. Os guerreiros comparavam-na a duas deusas romanas — uns, a Juno, e outros, a Diana — mas nenhum deles aproximava-se dela em demasia, nem aprumava os bigodes ou lhe dirigia galanteios; nenhum dos guerreiros lançava-lhe olhares incandescentes, nem lhe falava de amor. Por outro lado, ela pôde notar que todos aqueles que a olhavam com admiração e reverência viravam imediatamente os olhos na direção de Ketling, sendo que alguns se aproximavam dele e apertavam a sua mão como se estivessem lhe dando parabéns por alguma coisa, enquanto ele levantava os ombros e fazia um gesto com as mãos como se estivesse negando algo.

Krzysia, dotada de uma perspicácia inata, estava quase certa de que estavam falando dela, quase como se já a considerassem sua noiva. E como não podia saber que *pan* Zagloba sussurrara algo nos ouvidos de todos os guerreiros, não conseguia compreender o motivo deles a considerarem com tal.

"Será que tenho algo escrito na testa?", perguntava-se, com vergonha e preocupação.

O PEQUENO CAVALEIRO 141

Seus ouvidos começaram a captar palavras soltas ao vento que, apesar de aparentemente não dirigidas a ela, eram ditas em voz alta: "Como é sortudo este Ketling!"... "Ele nasceu com o traseiro virado para a lua"... "Também, com a sua pinta, não é de estranhar..." e outras de semelhante teor.

Alguns, querendo ser gentis e dizer-lhe algo agradável, falavam-lhe de Ketling, elogiando a sua coragem, eterna disposição de vir em ajuda a um amigo, suas maneiras polidas e sua nobre descendência. E Krzysia, querendo ou não, tinha que ouvir tudo aquilo enquanto seus olhos, de forma inconsciente, procuravam os daquele que era o objeto de todos estes elogios. Nestas horas, havia momentos em que os seus olhares se cruzavam e ela se sentia embevecida e, mesmo sem se dar conta disto, encantava-se com aquela visão. Como Ketling se diferenciava de todos aqueles rudes soldados! "Um príncipe, no meio dos seus cortesãos", pensava Krzysia, olhando para aquele rosto aristocrático, aqueles olhos angelicais cheios de uma espécie de melancolia inata, e para aquela testa sombreada pela vasta cabeleira. Seu coração parecia parar de bater, como se aquele rosto fosse a coisa mais preciosa do mundo. E ele, notando isto e não querendo aumentar ainda mais o seu embaraço, evitava aproximar-se dela, a não ser que houvesse alguém ao seu lado. Mesmo se ela fosse uma rainha, não poderia cercá-la de maior atenção e respeito. Ao falar com ela, puxava uma perna para trás, como se quisesse mostrar que estava pronto para ajoelhar-se a qualquer momento. O seu modo de falar era sempre sério e respeitoso, jamais ousando ser jocoso, embora adorasse brincar com Basia. O seu comportamento para com ela, além de profundo respeito, era permeado por uma doce tristeza. Graça a esta sua atitude, ninguém ousou falar com ela de uma forma desembaraçada ou fazer um gracejo demasiadamente atrevido, como se todos estivessem convencidos que estavam diante de uma dama mais distinta do que eles, com a qual deve-se agir de forma polida.

Krzysia era profundamente grata a ele por isto. De uma maneira geral, para ela o jantar correu de uma forma embaraçosa e, ao mesmo tempo, doce. Perto da meia-noite, a capela parou de tocar e as damas se retiraram. Então, os cálices passaram a ser esvaziados com maior rapidez e teve início uma festa mais agitada, na qual *pan* Zagloba assumiu a postura de um autêntico *hetman*.

Baska subiu ao seu quarto de excelente humor, porque se divertira à beça. Sendo assim, antes de se ajoelhar e rezar as suas preces, ficou tagarelando sem parar, andando sem cessar pelo quarto, imitando o jeito de alguns dos convivas e, finalmente, dizendo para Krzysia:

— Como foi providencial a chegada do seu Ketling! Agora, pelo menos, não faltarão soldados para nos fazer companhia! Assim que terminar o Advento, vou dançar até me acabar! Isto sem falar na festa do seu noivado com Ketling e na festança que vai ser o casamento de vocês! Que os tártaros me aprisionem se eu não virar esta casa de pernas pro ar! Ketling é um amor! Foi por sua causa que ele trouxe os músicos, mas eu me aproveito disto. Você pode estar certa de que ele ainda vai fazer muitas coisas em sua homenagem, até que possa fazer... assim!...

E, ao dizer isto, Basia caiu de joelhos diante de Krzysia e, tendo abraçado as suas pernas, começou a falar, imitando a voz de Ketling:

— Senhorita! Eu a amo tanto que mal consigo respirar... Eu amo a senhorita quando estou a pé, a cavalo, em jejum, depois de almoçar, para sempre e de forma escocesa... Me aceitaria por esposo?...

— Baska! Pare com isto, senão vou ficar zangada! — exclamou Krzysia.

Mas, em vez de se zangar, abraçou-a fortemente e se pôs a beijar os seus olhos.

Capítulo 13

*P*AN ZAGLOBA SABIA muito bem que o pequeno cavaleiro nutria uma clara preferência por Krzysia e foi exatamente por isto que decidiu afastá-la. Conhecendo Wolodyjowski como a palma de sua mão, estava convencido de que ele, não tendo escolha, se tomaria de amores por Basia, pela qual o velho *szlachcic* estava tão encantado que não conseguia nem imaginar como alguém pudesse preferir outra. Também estava convencido de que não poderia prestar um serviço maior a Wolodyjowski do que o de fazê-lo se casar com a sua *hajduczek* e só pensava nisto. Estava zangado com Wolodyjowski e com Krzysia e, embora preferisse que *pan* Michal se casasse com Krzysia do que com mais ninguém, resolveu fazer de tudo para que ele se casasse com Basia.

E era por saber da atração que o pequeno cavaleiro sentia por *panna* Drohojowski que ele resolveu transformá-la em sra. Ketling o mais rapidamente possível.

No entanto, a resposta que recebeu de Skrzetuski algumas semanas depois abalou bastante as suas intenções.

Skrzetuski lhe recomendava para não interferir, temendo que sua interferência pudesse resultar em sérias divergências, divergências estas que poderiam abalar a amizade que os unia. Como isto era algo que *pan* Zagloba não desejava de forma alguma, começou a sentir certos remorsos, que aplacava raciocinando de seguinte forma:

— Se Michal e Krzysia já estivessem comprometidos um com o outro e Ketling, qual uma cunha, fosse se meter entre eles, eu jamais me intrometeria, porque Salomão já dizia: "Não meta o nariz onde não é chamado", no que estava coberto de razão. Mas ter seus anseios é um direito de todos os seres humanos. Além disso, o que eu fiz demais? Que alguém me diga!

E tendo dito isto, *pan* Zagloba colocou as mãos nos quadris e olhou desafiadoramente para as paredes, como se esperasse delas algum tipo de recriminação. Mas como as paredes permaneceram em silêncio, voltou a falar consigo mesmo:

— Tudo o que fiz foi dizer a Ketling que eu predestinei a *hajduczek* a Michal. Não tenho o direito de dizer isto? Não é a mais pura verdade? Que eu sofra um ataque de gota, caso desejasse alguma outra mulher para Michal...

As paredes, com o seu silêncio, reconheceram o acerto das palavras de *pan* Zagloba, que continuou com o seu discurso solitário:

— Disse à *hajduczek* que Ketling se apaixonou por Krzysia, e daí? Estava mentindo, por acaso? Não foi ele mesmo que admitiu isto e ficou suspirando junto à lareira a ponto de toda a sala ficar coberta de cinzas? Portanto, tudo que fiz foi apenas repetir aos outros aquilo que vi. Skrzetuski é um homem sensato, mas eu também tenho os meus miolos que servem para algo. Sei muito bem o que pode ser dito e o que deve permanecer em segredo... Hmm! Ele me escreve para eu não me meter. Pois bem! Vou fazer exatamente como ele pede e, quando encontrar Krzysia e Ketling sozinhos, vou me afastar. Que se virem por si mesmos... Aliás, tenho certeza de que eles saberão o que fazer; não precisam de qualquer ajuda, porque é evidente que estão apaixonados. Além disso, está chegando a primavera, época na qual não é apenas o sol que aquece os corações... Muito bem! Não vou mais interferir e ficarei apenas observando qual vai ser o resultado desta confusão toda...

E, com efeito, o resultado não demorou a aparecer. Na Semana Santa, todos os hóspedes de Ketling se mudaram para Varsóvia, onde se instalaram numa estalagem na rua Dluga para ficarem próximos das igrejas e assistirem às missas à vontade, além de saciarem os seus olhos com o festivo ambiente da cidade grande.

Também lá, Ketling fazia as honras da casa pois, embora fosse estrangeiro, era quem melhor conhecia a capital e tinha muitos amigos que facilitavam as coisas. Desdobrava-se em atenções, parecendo adivinhar os mínimos desejos dos seus convidados, especialmente os de Krzysia. As damas estavam encantadas e a sra. Makowiecki, previamente avisada por *pan* Zagloba, olhava para ele e Krzysia com cada vez maior satisfação e ainda não falara nada com a jovem simplesmente por esta, até então, não ter tocado no assunto. Quanto a Ketling, a distinta "titia" achava que era mais do que natural a atenção com que ele cobria Krzysia, feliz por ela ter encontrado um cavalheiro tão extraordinário e cercado do respeito geral, tanto no meio de gente simples quanto entre os mais altos dignitários, motivado por sua indescritível beleza, seus modos educados, seu ar severo e sua generosidade, e por sua doçura nos tempos de paz e sua valentia em tempos de guerra.

"Será como Deus quiser e o que meu marido decidir", pensava a tutora. "Eu não vou atrapalhá-los em nada."

E graças a esta decisão, Ketling podia passar mais tempo junto de Krzysia, muito mais do que na sua própria casa. Na verdade, todo o grupo se mantinha junto quase todo o tempo. Nestas ocasiões, Zagloba conduzia a sra. Makowiecki, Ketling dava o seu braço a Krzysia, e Basia, sendo a mais jovem, corria sozinha na frente, parando freqüentemente diante dos bazares para apreciar as mercadorias e diversos objetos estranhos de além-mar que nunca tivera a oportunidade de ver antes. Aos poucos, Krzysia foi se acostumando com a constante presença de Ketling e agora, quando se apoiava no seu braço e ouvia o que ele contava ou olhava para o seu rosto distinto, seu coração já não batia com a antiga preocupação, não sentia que ia desfalecer a qualquer momento, não ficava mais tão confusa. Pelo contrário, sentia-se envolta num doce ambiente de paz. Estavam sempre juntos; juntos se ajoelhavam nas igrejas e as suas vozes se misturavam nas suas preces e cantos religiosos.

Ketling estava seguro em relação aos seus sentimentos, enquanto Krzysia, fosse por falta de coragem ou pelo desejo de querer enganar a si mesma, não dissera ainda: "Eu o amo" — mas o afeto mútuo era evidente. E como, além destes sentimentos amorosos, eles desenvolveram uma profunda amizade e se gostavam sem terem, até então, falado de amor, os seus dias passavam como num sonho. Até os lindos dias primaveris reforçavam aquele bem-estar.

Para Krzysia, em pouco tempo, aqueles dias seriam escurecidos por nuvens negras de remorsos, mas, por ora, ela estava em paz. Ao se tornar mais próxima de Ketling e tendo se acostumado à sua presença e desfrutado daquela amizade misturada com amor, Krzysia sentia-se mais livre e desprovida daquelas sensações de preocupação e pensamentos funestos. Estava feliz ao lado dele e, em função disto, entregou-se de corpo e alma àquele prazer sem querer pensar que ele ia terminar um dia e que para quebrar aquele encanto bastavam duas palavras de Ketling: "Te amo!"

Mas essas duas palavras foram pronunciadas pouco tempo depois. Certa vez, quando a sra. Makowiecki e Basia foram visitar uma parenta enferma, Ketling convenceu Krzysia e *pan* Zagloba a visitarem o castelo real, que Krzysia ainda não conhecia e sobre o qual falavam-se maravilhas por todo o país. O fato de Ketling ser generoso e gastador por natureza, abria-lhes todas as portas e fez com que todos se curvassem à sua passagem, como se ela fosse a rainha em pessoa entrando na sua residência. Ketling, conhecedor de todos os cantos do palácio, mostrava-lhe os deslumbrantes aposentos e salões. Visitaram o *teatrum*, os banheiros reais; pararam diante de quadros representando batalhas e vitórias dos reis Sigismundo e Ladislau; atravessaram os terraços, de onde a vista podia alcançar grande parte da região. Krzysia estava deslumbrada, enquanto ele lhe explicava os mínimos detalhes, calando-se de vez em quando e, olhando para os seus olhos azul-escuros, parecendo dizer com o seu olhar: "O que podem significar estas coisas todas, comparadas a você, meu tesouro!"

A jovem entendeu aquelas palavras não-ditas, enquanto ele, conduzindo-os para um dos aposentos reais, parou diante de uma porta oculta na parede e disse:

— Daqui pode-se chegar diretamente à catedral. Atrás desta porta há um longo corredor, que termina numa espécie de camarote, junto do altar principal, do qual os monarcas costumam assistir às missas.

— Conheço este caminho muito bem — respondeu Zagloba — porque fui confidente de João Casimiro e Maria Ludwika me amava de paixão. Sendo assim, o casal real me convidava freqüentemente para assistir à missa com eles e para poder gozar da minha companhia e fortalecer a sua fé, mirando-se na minha religiosidade.

O PEQUENO CAVALEIRO   147

— A senhorita gostaria de entrar? — perguntou Ketling, chamando um
serviçal para que lhes abrisse a porta.

— Muitíssimo — respondeu Krzysia.

— Então, vão sozinhos — disse *pan* Zagloba. — Vocês são jovens e
têm pernas fortes, enquanto eu já andei o suficiente. Podem ir tranqüilos,
enquanto eu fico aguardando aqui, junto com este jovem pajem. Mesmo
que vocês fiquem rezando por muito tempo, eu não vou ficar chateado,
porque aproveitarei o tempo para descansar.

Ketling pegou na mão de Krzysia e conduziu-a pelo longo corredor. Sem
apertar aquela mão contra o seu coração, caminhou ao lado da jovem, calmo e compenetrado. As pequeninas janelas existentes nas paredes, ora os
cobriam de luz, ora os mergulhavam na escuridão. O coração de Krzysia
batia com mais força, já que aquele era o primeiro momento em que se
encontravam a sós, mas a calma e a doçura do cavalheiro a acalmaram por
completo. Finalmente, chegaram ao tal camarote, instalado do lado direito do altar.

Imediatamente se puseram de joelhos e começaram a rezar. A igreja
estava vazia e silenciosa. Duas velas ardiam diante do altar-mor, mas a maior
parte da nave estava envolta numa penumbra solene. Apenas raios de luz
atravessavam os vitrais, iluminando aqueles dois rostos lindos, imersos em
preces e mais parecidos com querubins.

Ketling foi o primeiro a se levantar e começou a sussurrar, já que não
ousava falar em voz alta dentro de uma igreja:

— Repare, senhorita, nestes encostos de cetim. Dá para notar as marcas deixadas pelas cabeças do rei e da rainha. A rainha sentava do lado de
cá, mais perto do altar. Descanse um pouco na sua poltrona...

— É verdade que ela passou a vida toda infeliz? — sussurrou Krzysia,
sentando na poltrona real.

— Ouvi a história dela quando eu era ainda criança, porque foi repe-
tida em todos os castelos. É bem possível que tenha sido infeliz, porque
não pôde se casar com aquele a quem amava.

Krzysia apoiou a cabeça no mesmo lugar onde havia uma mossa provocada pela cabeça de Maria Ludwika e semicerrou os olhos; um sentimento
de dor se alojou no seu peito e uma espécie de brisa gélida parecia emanar

da nave vazia, congelando a paz interior que, ainda há pouco, envolvia o seu ser. Ketling olhava para ela calado e fez-se um silêncio verdadeiramente sacro.

Em seguida, ajoelhou-se aos pés de Krzysia e começou a falar, com voz emocionada, porém calma:

— Não é um pecado ajoelhar-se diante da senhorita numa igreja, pois onde mais, a não ser de uma igreja, poderia vir uma bênção para um amor sincero. Amo-a mais do que a saúde, do que todos os bens terrestres... Amo-a de todo coração, e é aqui, diante deste altar, que lhe declaro este amor!...

O rosto de Krzysia ficou branco como uma folha de papel. Com a cabeça apoiada no encosto de cetim, não esboçou nenhum gesto, enquanto ele continuava:

— Portanto, abraço as suas pernas e imploro pelo seu veredicto: devo sair daqui repleto de felicidade celeste, ou com um pesar tão profundo que não sei se poderia suportar?...

Neste ponto, o guerreiro ficou aguardando pela resposta e, como esta não vinha, abaixou a cabeça a ponto de tocar com a testa os pés de Krzysia e, com a voz entrecortada de emoção, disse:

— Coloco a minha vida e minha felicidade nas suas mãos. Anseio pela sua mercê, pois o meu fardo é imenso...

— Rezemos pela misericórdia divina! — exclamou Krzysia repentinamente, caindo de joelhos.

Ketling não compreendeu o seu gesto mas, não querendo contrariá-la e, cheio de esperança e preocupação, ajoelhou-se ao seu lado e ambos se puseram a rezar.

No interior da deserta igreja, ouviam-se apenas vozes, às quais o eco dava uma conotação estranha e funesta.

— Deus, sede misericordioso! — disse Krzysia.

— Deus, sede misericordioso! — repetiu Ketling.

— Tende piedade de nós!

— Tende piedade de nós!

O resto da prece foi conduzido em silêncio, mas Ketling notou que o corpo de Krzysia era sacudido por soluços. A jovem levou muito tempo para se acalmar, e quando finalmente o fez, levantou-se e disse:

O PEQUENO CAVALEIRO

— Vamos...

Saíram para o longo corredor. Ketling nutria a esperança de que, pelo caminho, receberia alguma resposta e olhava atentamente para os olhos da jovem, mas em vão. Ela caminhava rapidamente, querendo retornar o mais rápido possível ao aposento em que se encontrava *pan* Zagloba.

Diante disto, quando estavam chegando ao fim do corredor, o guerreiro agarrou a borda do vestido de Krzysia.

— Senhorita! — disse. — Por tudo que é mais sagrado.

Ao que Krzysia se virou para ele e agarrando a sua mão antes que ele pudesse esboçar qualquer reação, elevou-a aos lábios.

— Amo-o do fundo da minha alma, mas jamais serei sua! — disse.

E, antes que o espantado Ketling emitisse qualquer som, acrescentou:

— Esqueça tudo que se passou!...

Momentos depois, ambos se encontraram dentro do aposento.

O serviçal dormia numa cadeira e *pan* Zagloba, numa outra. A chegada do casal os despertou e Zagloba abriu o seu olho são, piscando com ele como se não soubesse onde se encontrava. Aos poucos, recuperou a lembrança de onde e com quem estava.

— Ah! São vocês! — disse, apertando o cinturão. — Sonhei que já tínhamos um novo rei, e que era um polonês. Vocês estiveram no camarote real?

— Sim.

— E, por acaso, não chegaram a ver o fantasma de Maria Ludwika?

— Sim! — respondeu secamente Krzysia.

Capítulo 14

A SSIM QUE SAÍRAM do castelo, Ketling, precisando se recuperar do choque para tentar entender o comportamento de Krzysia, se despediu dela e de *pan* Zagloba, logo no portão, deixando que eles fossem sozinhos até a estalagem. Basia e *pani* Makowiecki já haviam retornado da sua visita e a gorduchinha tutora cumprimentou *pan* Zagloba com as seguintes palavras:

— Acabei de receber uma carta do meu marido que está num posto fronteiriço, junto com Michal. Também chegou uma carta de Michal para o senhor e um *post-scriptum* dele para mim, na carta do meu marido, que me escreve que conseguiu resolver a contento um litígio envolvendo uma propriedade de Basia. Prece que os conselhos provinciais estão por se reunir em breve... de acordo com ele, o nome de *pan* Sobieski tem grande peso entre os conselheiros, portanto é de se esperar que as decisões sigam sua orientação. Todos estão ansiosos para vir à eleição e está claro que a nossa província ficará do lado do marechal real. Faz muito calor e cai uma chuva fina... Houve um incêndio em Werhutc... um dos empregados acendeu uma fogueira e como o vento estava...

— Onde está a carta de Michal para mim? — perguntou *pan* Zagloba, interrompendo a torrente de informações prestadas pela sra. Makowiecki.

— Aqui! — respondeu ela, entregando-lhe a carta. — E como o vento estava...

— E como estas cartas chegaram até aqui? — interrompeu-a novamente Zagloba.

— Elas foram entregues na mansão de *pan* Ketling e um dos seus empregados trouxe-as para cá. Mas, como eu ia dizendo, o vento estava...

— A senhora gostaria de ouvir o seu conteúdo?

— Sim, com grande prazer.

Pan Zagloba quebrou o selo e começou a ler, primeiro baixinho para si mesmo e, depois, em voz alta:

"Esta é a primeira carta que escrevo a vocês e imagino que será a última, já que o serviço postal daqui é muito precário e eu espero estar pessoalmente com vocês em pouco tempo. Embora seja muito agradável estar de volta aos campos, sinto muitas saudades de vocês e ando tão pensativo que prefiro a solidão a qualquer companhia. Já terminei o que tinha que fazer, porque as hordas permanecem quietas e somente aqui e ali alguns grupos ousam fazer alguns distúrbios, sendo que pude exterminar dois deles de tal forma que não sobrou um só para contar a história."

— Ele deve ter-lhes dado uma lição daquelas! — exclamou Basia, com o rosto iluminado. — Não há uma profissão melhor do que a de um soldado!

"A ralé de Doroszenko bem que gostaria de nos combater, mas sem o apoio da horda, não tem como. Os prisioneiros nos informaram de que não há quaisquer planos dos tártaros nos atacarem, opinião da qual eu compartilho, pois, caso fossem fazê-lo, já o teriam feito, uma vez que os campos estão cheios de grama fresca e, graças a isto, eles têm condições de alimentar os seus cavalos. Nas florestas, aqui e ali, pode-se ver ainda um pouco de neve, mas as estepes estão verdes e sopra um vento quente que faz os cavalos perderem os pêlos, o que é o maior dos indícios da chegada da primavera. Já pedi permissão para retornar e espero recebê-la em breve... Pan Nowowiejski vai me substituir no posto, onde não temos nada a fazer, a ponto de eu e Makowiecki passarmos os dias caçando raposas, apenas por pura diversão, já que, com a chegada da primavera, não vamos precisar de casacos de peles. O céu está cheio de bandos de grous e um dos meus homens abateu um pelicano. Mando-lhes um forte abraço e beijo as mãos da minha irmã, assim como as de panna Krzysia, pedindo a Deus que a encontre da mesma forma em que a deixei e que possa voltar a encontrar nela o conforto que ela me

proporciona. Por favor, cumprimente panna *Basia da minha parte. Nowo-*
wiejski andou descarregando na cabeça dos bandidos a sua frustração por
ter sido rejeitado, mas continua soturno, um claro sinal de que ainda não
está conformado. Recomendo-os todos à graça divina.

Post-scriptum: Encontrei uns comerciantes armênios, dos quais comprei
uma bela pele de arminho para panna *Krzysia, além de deliciosos doces turcos*
para a nossa hajduczek.*"*

— Que *pan* Michal os coma sozinho, porque eu não sou uma criancinha!
— disse Basia, com o rosto enrubescido e tristeza na voz.

— Quer dizer que você não está contente por poder revê-lo logo? Você
está zangada com ele? — perguntou Zagloba.

Mas ela apenas sussurrou algo inaudível e manteve o ar aborrecido, pensando em como *pan* Michal não a levava a sério e, ao mesmo tempo, com
a curiosidade despertada pela referência aos grous e pelicanos.

Enquanto *pan* Zagloba lia a carta, Krzysia permaneceu de olhos
fechados e com o rosto na sombra, o que foi realmente muito afortunado
para ela, já que os demais não podiam ver o seu rosto; caso contrário,
teriam notado que algo de extraordinário estava se passando com ela. O
que se passara na igreja e, logo em seguida, a carta de *pan* Wolodyjowski
a atingiram como dois petardos. O seu sonho se desfez por completo e a
jovem se viu face a face com a dolorosa realidade. No início, ela não teve
condições de coordenar os pensamentos e apenas uns tênues sentimentos
envolviam-lhe o coração. Wolodyjowski, com a sua carta anunciando o
seu retorno e com aquela pele de arminho, pareceu-lhe ignóbil e detestável, enquanto Ketling nunca lhe fora mais caro. Deleitava-se só de pensar
nele, nas suas palavras e no seu rosto. Como lhe era cara a sua tristeza! E
eis que se aproximava o momento em que ela teria que se separar daquele amor, daquele por quem ansiavam seus braços; deixando aquele
homem adorado em desespero e mergulhado em tristeza permanente e
entregando-se, de corpo e alma, a um outro que, unicamente pelo fato
de ser outro, tornava-se quase detestável.

"Não posso fazê-lo! Não posso fazê-lo!", gritava Krzysia, no fundo da
sua alma.

E sentia-se como uma prisioneira a quem estavam amarrando as mãos, sabendo, no fundo da sua alma, que fora ela mesma quem as amarrara, pois poderia ter dito a Wolodyjowski, lá no trenó, que queria ser apenas uma irmã sua — e nada mais do que isto.

No mesmo instante, veio-lhe à mente aquele beijo — recebido e retribuído — e a jovem sentiu vergonha e desprezo por si mesma. Ela estava apaixonada por Wolodyjowski naquela hora? Não! Naquele dia, no seu coração não havia qualquer sentimento de amor — apenas um misto de simpatia, curiosidade e um despreocupado capricho, oculto sob a máscara de um afeto fraternal. Foi somente agora que ela se deu conta de que, entre um beijo resultante de um grande amor e um provocado apenas por um impulso, havia uma diferença tão grande quanto entre um anjo e um diabo. Além do autodesprezo, Krzysia começou sentir raiva e sua alma foi tomada por ódio a Wolodyjowski. Por que a desilusão, a contrição e a amargura deviam ser suportadas somente por ela? Afinal de contas, ele também teve a sua parcela de culpa, portanto não deveria ele também beber daquele cálice de fel? Não tinha ela o direito de dizer-lhe, assim que ele retornasse:

"Me enganei... confundi a piedade que sentia com um sentimento de amor verdadeiro. O senhor também se enganou... portanto, desista de mim, assim como eu desisto do senhor!...

De repente, sentiu um medo terrível, a ponto de seus cabelos se arrepiarem; medo da vingança daquele temível guerreiro, que não desabaria sobre ela, mas certamente sobre aquela cabeça adorada. Na sua imaginação, viu Ketling duelando com aquele mestre dos mestres — e caindo como uma flor decepada por uma foice; viu seu sangue, seu rosto empalidecido, seus olhos cerrados para sempre — e seu sofrimento não teve limites.

Diante disto, levantou-se e foi para o seu quarto, para sumir de vista e não ouvir mais conversas sobre Wolodyjowski e o seu próximo retorno. Seu coração foi se enchendo de cada vez maior animosidade para com o pequeno cavaleiro.

Mas o pesar e o remorso não a deixavam, permanecendo com ela durante as preces e sentando na sua cama quando ela, exausta, se deitou nela.

— Por onde anda ele? — perguntava-lhe o pesar. — Veja, ele não retornou à estalagem; deve estar andando por aí, com o coração despedaçado.

Você, que queria dar-lhe a lua e estava disposta a verter todo o seu sangue por ele, lhe deu veneno para beber e tornou a sua vida miserável...

— Não fosse a sua leviandade e o seu desejo de seduzir o primeiro homem que encontrasse — dizia o remorso — tudo se teria passado de forma diferente! E agora? Só lhe restam a dor e o desespero. Você é a única culpada! Não há mais salvação para você, apenas vergonha, dor e choro...

— E naquela hora, quando ele se ajoelhou diante de você, na igreja — voltou a falar o pesar. — Não dá para entender como seu coração não se partiu ao vê-lo diante de si, implorando pelo seu amor. Se você teve pena de um desconhecido, quanto mais deveria ter pena dele, seu ser amado e adorado! Que Deus possa se apiedar dele e aliviar a sua dor!

— Não fosse a sua leviandade, ele poderia agora ser o homem mais feliz do mundo — repetia o remorso — e você poderia se jogar nos seus braços e tornar-se sua esposa...

— E viver sempre ao seu lado! — acrescentou o pesar.

Ao que, o remorso disse:

— A culpa é sua!

E o pesar:

— Chore, Krzysia!

E, novamente, o remorso:

— Para quê, se suas lágrimas não poderão lavar a sua culpa?

Ao que o pesar respondeu:

— Faça o que quiser, mas você tem que consolá-lo.

— E Wolodyjowski não vai matá-lo? — respondeu imediatamente o remorso.

Um suor frio cobriu o corpo de Krzysia e ela sentou-se na cama. Os fortes raios da lua entravam no aposento que, no meio daquele brilho azulado, tinham uma aparência estranha e assustadora.

"O que está acontecendo comigo?", perguntou-se Krzysia. "Posso ver Basia dormindo na cama ao lado, porque o luar ilumina o seu rosto, e eu nem notei quando ela entrou e se despiu... Mas eu nem cochilei... Pelo jeito, minha cabeça já não serve para mais nada..."

E pensando assim, voltou a se deitar, mas o pesar e o remorso tornaram a se sentar na beira da cama, como dois deuses que, por sua própria conta, ora apareciam banhados pelo luar, ora mergulhavam na penumbra.

— Não vou conseguir dormir! — disse Krzysia para si mesma.

E começou a pensar em Ketling, aumentando assim a sua dor.

De repente, do meio da escuridão emergiu a voz lamuriante de Basia:

— Krzysia!

— O que foi? Por que você não está dormindo?

— Porque tive um pesadelo, no qual vi um turco atravessando *pan* Michal com uma flecha. Jesus Cristo! Que pesadelo! Estou tremendo, como se estivesse com febre. Vamos rezar uma ladainha, para que Deus não permita que isto aconteça!

Pela mente de Krzysia passou um pensamento, rápido como um raio: "Tomara que ele seja atravessado por uma flecha!" Mas, imediatamente, ficou assustada com a sua raiva e, apesar de ter que fazer um esforço sobre-humano para, naquele momento, rezar pedindo que Wolodyjowski retornasse são e salvo, respondeu:

— Sim, Basia!

E ambas se levantaram da cama e, ajoelhando sobre o piso banhado pelo luar, começaram a rezar a ladainha. Suas vozes respondiam-se mutuamente, ora se elevando ora se abaixando; dir-se-ia que o aposento se transformara numa cela de um mosteiro, na qual duas freiras vestidas de branco rezavam preces noturnas.

Capítulo 15

No DIA SEGUINTE, Krzysia já estava mais calma, tendo escolhido, no meio do emaranhado de trilhas e veredas, um caminho extremamente doloroso, porém o certo. Ao trilhá-lo, pelo menos ela sabia para onde estava indo. No entanto, antes de tudo, desejava encontrar-se mais uma vez com Ketling e ter com ele uma conversa definitiva, a fim de protegê-lo de qualquer mal-entendido. A tarefa revelou-se difícil, já que Ketling não voltara a aparecer de dia e passava as noites fora.

Krzysia passou a freqüentar diariamente a igreja dos dominicanos, que ficava próxima à estalagem, na esperança de encontrá-lo e poder conversar com ele a sós.

E, com efeito, alguns dias mais tarde, viu-o diante do portão. Ketling, ao vê-la, tirou o chapéu e, abaixando a cabeça, permaneceu calado; seu rosto apresentava cansaço e sofrimento e, com os seus olhos encovados e a pele cor de cera, parecia uma linda flor que murchava. Diante dessa visão, o coração de Krzysia se partiu em pedaços e, embora cada passo decisivo lhe fosse penoso por ser tímida de natureza, fez um esforço e, estendo-lhe a mão, disse:

— Que Deus possa alegrar o senhor e trazer-lhe o esquecimento.

Ketling pegou a mão, levou-a até a sua testa febril, depois aos seus lábios, mantendo-a junto deles com força e por muito tempo. Finalmente respondeu, com uma voz cheia de dor e resignação:

— Não há mais alegria e esquecimento para mim!...

Naquele momento, Krzysia precisou de todas as suas forças para não se atirar sobre o seu pescoço e não exclamar: "Amo-o acima de tudo! Sou sua!" Sentiu que, caso fosse chorar, faria exatamente aquilo; portanto, permaneceu em silêncio por um longo tempo, retendo as lágrimas que queriam aflorar nos seus olhos. Por fim, conseguiu se controlar e passou a falar com voz calma, porém apressada, pois sentia falta de ar no peito:

— Talvez isto possa lhe servir de algum consolo: não serei de ninguém... Vou recolher-me em um convento... Não me julgue mal, porque estou sofrendo tanto quanto o senhor! Quero a sua palavra de honra de que jamais revelará o seu afeto por mim, a quem quer que seja... nem a um amigo ou parente. Este é o meu último pedido. Chegará um momento em que o senhor saberá o motivo desta minha decisão... e quando isto acontecer, tente me compreender. Hoje não lhe direi mais nada, porque tudo isto é por demais doloroso para mim. Se o senhor me prometer isto, sentirei certo alívio, caso contrário, acho que vou morrer!

— Prometo e dou-lhe a minha palavra de honra! — respondeu Ketling.

— Que Deus lhe pague e eu agradeço, do fundo do coração! Agora, o senhor deve abandonar este ar de tristeza para que as pessoas não possam desconfiar de algo. Tenho que ir. O senhor é tão magnânimo que eu não tenho palavras para lhe agradecer o suficiente. A partir deste momento, não poderemos mais estar juntos a sós, mas sempre em companhia de outros. Diga-me ainda que não me tem rancor... pois o sofrimento é uma coisa, e o rancor, outra... O senhor está me cedendo a Deus e não a um outro homem... não se esqueça disto!

Ketling quis dizer algo mas, em função do seu sofrimento, emitiu apenas alguns sons que mais pareciam gemidos; em seguida, colocou os seus dedos na fronte de Krzysia e manteve-os lá por um certo tempo, como um sinal de que a perdoava e abençoava.

E assim se separaram; ela indo para a igreja e ele, para a rua, para não encontrar algum conhecido na estalagem.

Krzysia retornou somente ao meio-dia, encontrando na estalagem um visitante inesperado: o príncipe-bispo Olszowski, vice-chanceler da República. O dignitário viera fazer uma visita a *pan* Zagloba para, segundo as suas palavras, conhecer um cavalheiro "cujas proezas guerreiras eram um

O PEQUENO CAVALEIRO

exemplo e cuja inteligência deveria servir de guia para todos os guerreiros desta magnífica República".

O profundamente espantado *pan* Zagloba ficou imensamente orgulhoso por aquela honraria demonstrada perante as senhoras e, parecendo um pavão, suava e enrubescia, embora fizesse um grande esforço para mostrar a *pani* Makowiecki que estava acostumado a receber visitas dos mais altos dignitários do país, sem lhes dar maior importância.

Krzysia, depois de apresentada ao prelado, beijou respeitosamente a sua mão, sentou-se junto de Basia, feliz por ninguém prestar atenção nela e, conseqüentemente, não poder notar qualquer sinal das emoções pelas quais passara há pouco.

Enquanto isto, o vice-chanceler cobria Zagloba de elogios com tanto empenho que parecia que tinha um inesgotável estoque deles sob suas mangas púrpuras, com punhos de fina renda branca.

— O senhor não deve pensar — dizia — que foi apenas a mera curiosidade por conhecer o mais valoroso dos guerreiros deste país que me trouxe aqui, pois embora os heróis sejam dignos de admiração, no seu caso, além de coragem, a experiência e o raciocínio rápido também resolverem escolher a sua *sedes* e, diante disto, as pessoas devem peregrinar até o senhor, em seu próprio benefício.

— A experiência — disse modestamente *pan* Zagloba —, principalmente em assuntos guerreiros, é apenas um fruto da minha idade avançada, e talvez fosse em função dela que o falecido *pan* Koniecpolski freqüentemente se aconselhava comigo, assim como, mais tarde, *pan* Mikolaj Potocki, o príncipe Jeremi Wisniowiecki, *pan* Sapieha e *pan* Czarniecki; no entanto, em função da minha modéstia, nunca aprovei a idéia de ser comparado a Ulisses.

— E, no entanto, o seu nome é tão ligado a ele que muitas pessoas, em vez de dizerem "Zagloba", dizem "O nosso Ulisses," e todos já sabem a quem o orador está se referindo. Sendo assim, e vivendo nestes momentos conturbados, quando muitas pessoas não sabem que direção tomar e ao lado de quem se colocar, disse para mim mesmo: "Pois eu vou visitá-lo, ouvir o que tem a dizer, dissipar as minhas dúvidas e iluminar a minha mente com os seus sábios conselhos." O senhor já deve ter adivinhado que estou me referindo à eleição, para a qual quaisquer *censura candidatorum* são de grande valia, principalmente se forem emitidas por uma boca tão famosa quanto a sua. Já ouvi vários guerreiros mencionarem, com grande entusiasmo, o fato de o senhor não ver com bons olhos aqueles estrangeiros que desejam sentar-se no nosso magnífico trono. Nas veias dos Waza, o senhor teria dito, corria o sangue dos Jagiello,* portanto, eles não podiam ser considerados estrangeiros, mas estes de agora não conhecem os nossos costumes nem saberão honrar as nossas liberdades e, com isto, poderiam se inclinar para um *absolutum dominium.* Tenho que admitir que este é um conceito de grande profundeza, mas peço-lhe perdão por perguntar: o senhor realmente o emitiu, ou a *opinio publica* o considera como seu e já costuma atribuir ao senhor todas as opiniões de grande relevância?

— Estas senhoras poderão testemunhar — respondeu Zagloba — embora tal *matéria* não seja adequada às suas cabeças; mas já que a Providência lhes deu o mesmo dom da fala, que elas respondam por mim.

O vice-chanceler olhou involuntariamente para *pani* Makowiecki e para as duas jovens.

Houve um momento de silêncio.

De repente, se ouviu a voz argêntea de Basia:

— Eu não ouvi!

Ao mesmo tempo, o seu rosto ficou vermelho até as orelhas, principalmente por *pan* Zagloba dizer imediatamente:

— Perdoe-a, Excelência! Ela é muito jovem e, portanto, frívola! Mas *quod attinet* aos candidatos, eu já expressei em diversas ocasiões a minha preocupação de que os estrangeiros representam uma ameaça à liberdade polonesa.

— É o que eu também temo — respondeu o padre Olszowski. — Mas mesmo se nós escolhêssemos um Piast,** sangue do nosso sangue e carne da nossa carne, em qual direção devemos virar os nossos corações? A sua idéia de escolhermos um Piast foi adotada por muitos e se espalha, qual

---

*O último rei da Polônia, Jan Kazimierz, era da dinastia Waza, que, embora fosse sueca, tinha parentesco direto com os Jagiello, membros de uma das primeiras dinastias da Polônia. (*N. do T.*)
**A dinastia dos Piast foi a primeira dinastia polonesa. (*N. do T.*)

O PEQUENO CAVALEIRO

uma chama, por todo o país. Em todos os conselhos provinciais — pelo menos naqueles onde não houve qualquer corrupção — só se ouve uma voz: Piast! Piast!...

— No que estão cobertos de razão — interrompeu-o Zagloba.

— No entanto, é muito mais fácil clamar por um Piast do que encontrar alguém que seja digno deste nome; portanto, o senhor não se deve espantar por eu perguntar: quem o senhor tinha em mente?

— Quem eu tinha em mente? — repetiu Zagloba, pego de surpresa.

E, esticando o beiço inferior, enrugou a testa. Não era fácil responder rapidamente àquela pergunta, uma vez que, até então, não pensara em ninguém — aliás não se ocupara com a eleição —, e agora o esperto padre o colocara contra a parede. Além disto, sabia e compreendia que o vice-chanceler estava conduzindo-o a certa direção e ele se deixara conduzir, sentindo-se lisonjeado.

— A afirmação de que precisamos de um Piast era apenas *in principio* — respondeu finalmente. — Na verdade, ainda não mencionei qualquer nome.

— Ouvi falar das ambições do príncipe Boguslaw Radziwill — murmurou o padre Olszowski, como se fosse para si mesmo.

— Enquanto houver um sopro de ar nas minhas narinas ou tiver uma só gota de sangue nas veias — exclamou Zagloba com convicção —, isto não acontecerá! Não poderia viver num país capaz de eleger como rei um Judas e um traidor!

— Eis uma voz cheia não só de razão, como dos mais dignos sentimentos de cidadania! — murmurou novamente o vice-chanceler.

"Aha!", pensou Zagloba. "Se você está querendo me levar a um lugar, vamos inverter a situação e deixar que eu o conduza."

Enquanto isto, Olszowski dizia:

— Ah! Quando que a nave destroçada da minha pátria poderá chegar a um porto seguro? Quantas tempestades e rochas ocultas ainda a aguardam? É verdade que ter um estranho por timoneiro não é uma boa coisa, mas tudo indica que esta será a única solução, já que não há ninguém digno disto no meio dos seus filhos!

Neste ponto, abriu as mãos cobertas de anéis e, abaixando a cabeça em sinal de resignação, disse:

— Será que só nos restam os príncipes de Condé, da Lotarínia e de Neyburg?... Não vejo outra saída!

— Não! Precisamos de um Piast! — respondeu Zagloba.

— E quem seria ele? — perguntou o padre.

Como ninguém respondeu, o vice-chanceler voltou a falar:

— Existirá alguém que possa contar com o apoio de todos? Onde poderemos encontrar um homem que gozasse de tanto prestígio junto dos guerreiros que ninguém ousaria se lhe opor?... Tivemos um, o maior de todos, merecedor de todo nosso respeito e que, digno guerreiro, foi um amigo seu e cuja fama brilhava como o sol... Sim, tivemos um destes!...

— O príncipe Jeremi Wisniowiecki! — interrompeu-o Zagloba.

— Sim, mas ele jaz num túmulo...

— Mas o seu filho está vivo! — respondeu Zagloba.

O vice-chanceler semicerrou os olhos e ficou por certo tempo em silêncio; de repente, ergueu a cabeça, olhou para *pan* Zagloba e começou a falar, lenta e pausadamente:

— Agradeço a Deus por ter me inspirado a procurar o senhor. É verdade! O filho do grande Jeremi está vivo, um príncipe jovem e cheio de esperanças, e a cujo pai a pátria tem uma dívida de gratidão. Só que nada mais sobrou da sua fortuna e ele teve apenas a glória paterna por herança. Sendo assim, nestes dias ignóbeis, quando todos viram os seus olhos para onde está o ouro, quem pronunciará o seu nome; quem terá a coragem de anunciar a sua candidatura? O senhor? Por que não! Mas será que encontraremos outros como o senhor? Não é de se estranhar que alguém que passou a vida em campos de batalha tenha a coragem de se levantar na hora da eleição e lançar o nome do príncipe... Mas quantos o seguirão neste ato de coragem?

Neste ponto, o vice-chanceler elevou os olhos aos céus e continuou:

— Deus é onipotente e ninguém sabe quais são os seus desígnios. Mas posso dizer uma coisa para o senhor: quando penso que todos os guerreiros têm absoluta confiança no seu julgamento, começo a ter alguma esperança no meu coração. Responda-me, por favor, com toda sinceridade: alguma vez o senhor se sentiu incapaz de realizar aquilo que desejava?

O PEQUENO CAVALEIRO

— Nunca! — respondeu Zagloba, de forma incisiva.

— Não se deve anunciar esta candidatura em altos brados. Que este nome comece a ecoar nos ouvidos das pessoas, mas que não pareça um candidato imbatível; seria melhor que fosse considerado uma piada e motivo de chacotas, para que não surjam impedimentos imediatos... Talvez Deus faça com que as desavenças entre os concorrentes os tornem impotentes... Quanto ao senhor, sugiro-lhe que plante esta semente com cuidado e a faça germinar, pois se trata de um candidato seu, digno da sua sabedoria e experiência... Que Deus o ajude nesta tarefa...

— Devo supor — disse Zagloba — que Vossa Excelência também tinha o príncipe Michal em mente?

O padre vice-chanceler tirou da manga um livrinho, com o título *Censura candidatorum* impresso na capa, e disse:

— Que este documento responda por mim!

E, tendo dito isto, começou a se preparar para sair, mas *pan* Zagloba o reteve, dizendo:

— Permita-me, Excelência, acrescentar algo. Em primeiro lugar, dou graças a Deus por ter colocado o selo da República em mãos tão capazes de moldar as pessoas como se fossem feitas de cera.

— Como?! — perguntou o espantado vice-chanceler.

— Em segundo lugar, digo a Vossa Excelência que me agrada a candidatura do príncipe Michal, porque conheci o seu pai, sob cujas ordens combati, junto com meus amigos. Posso garantir a Vossa Excelência que eles ficarão felizes em apoiar a candidatura, em função do amor que nutriam pelo seu pai. Portanto, abraço este encargo de todo coração e, hoje mesmo, vou procurar o vice-tesoureiro real, *pan* Krzycki, amigo fraternal meu e que conta com grande prestígio no meio da *szlachta*, o que não é de se estranhar, sendo ele uma pessoa tão querida. Junto com ele, faremos todo o possível e, se Deus quiser, poderemos ter sucesso.

— Que os anjos os guiem nesta empreitada — respondeu o padre. — Era somente isto que eu queria ouvir.

— Pois eu gostaria que Vossa Excelência ouvisse ainda uma outra coisa, para que não ache que veio aqui pensando o seguinte: "Coloquei os meus *desiderata* na sua boca e o convenci de que foi ele mesmo que inventou a candidatura do príncipe Michal", ou seja, "moldei aquele idiota como se ele fosse de cera..." Excelência! Vou promulgar a candidatura do príncipe Michal porque ela me agrada, é isto... e, considerando que vejo a minha escolha ser do agrado de Vossa Excelência, tanto melhor!... Vou promulgá-la por causa da viúva do príncipe Jeremi, por causa dos meus amigos e pela confiança que tenho nesta inteligência da qual emergiu Minerva, mas não por ter permitido que alguém enfiasse esta idéia na minha cabeça, achando que eu, como uma criança, assumiria e que a idéia era minha; e nem por alguém inteligente ter dito algo inteligente e o velho Zagloba ter respondido de imediato: "De acordo!"

Neste ponto, o velho *szlachcic* se inclinou respeitosamente e permaneceu calado. O vice-chanceler ficou profundamente vexado mas, ao ver o bom humor do *szlachcic* e que a questão fora apresentada de uma forma tão divertida, soltou uma gargalhada e, levando as mãos à cabeça, exclamou:

— Não é à toa que o chamam de Ulisses. Prezado senhor, todo aquele que deseja fazer algo de bom tem que abordar as pessoas das formas mais diferentes, mas vejo que me enganei quanto ao senhor e que, no seu caso, deve-se falar abertamente, olho no olho. Devo confessar que estou encantado com o senhor!

— Assim como eu estou encantado com o príncipe Michal!

— Que Deus mantenha o senhor e o príncipe com saúde! Saio daqui derrotado, porém feliz!!... Permita que este anel sirva de lembrança do nosso *colloquium*...

— De modo algum, Excelência, ele deve permanecer onde está...

— Por favor, aceite-o para me dar este prazer...

— De forma alguma! Talvez numa outra ocasião... após a eleição...

O vice-chanceler não insistiu mais, saindo com o rosto radiante.

Pan Zagloba acompanhou-o até o portão, murmurando ao retornar:

— Aha! Dei-lhe uma lição! Foi um encontro de dois espertalhões... mas não deixou de ser uma honra o fato de ele ter me visitado. Agora haverá uma fila de dignitários na minha porta... Estou curioso de saber o que as senhoras acharam disto tudo...

As senhoras, efetivamente, estavam impressionadíssimas e a figura de *pan* Zagloba cresceu, principalmente aos olhos da sra. Makowiecki,

O PEQUENO CAVALEIRO

até bater no teto com a cabeça. Sendo assim, logo que ele retornou, a tutora exclamou:

— O senhor ultrapassou o próprio Salomão, com a sua sabedoria!

E Zagloba, feliz consigo mesmo, disse:

— A quem a senhora disse que ultrapassei? A senhora ainda não viu nada! Em poucos dias, a senhora verá aqui o *hetman*, bispos e senadores; nem sei como conseguirei me desvencilhar deles... talvez tenha que me esconder atrás das cortinas...

O resto da conversa foi interrompido pela chegada de Ketling.

— Ketling, você quer uma promoção? — exclamou Zagloba, ainda repleto da própria importância.

— Não! — respondeu tristemente o guerreiro. — Deverei partir em breve.

Zagloba olhou para ele com mais atenção.

— Por que você está com este aspecto, como se tivesse visto um fantasma?

— Exatamente por ter que partir.

— Para onde?

— Recebi cartas da Escócia, da parte dos amigos do meu pai, informando-me que a minha presença lá é indispensável para resolver alguns problemas, o que poderá demandar muito tempo... Sinto muito ter que deixá-los, mas preciso!

Zagloba se colocou no meio da sala e olhando, primeiro para *pani* Makowiecki e depois para as duas jovens, perguntou:

— Vocês ouviram isto? Em nome do Pai, do Filho e do Espírito Santo. Amém!

Capítulo 16

EMBORA *PAN* ZAGLOBA tivesse recebido com espanto a notícia da partida de Ketling, não lhe passou pela cabeça qualquer suspeita, já que era bastante plausível que Carlos II tenha se lembrado dos serviços prestados pelos Ketling durante a tempestade que desabara sobre o trono escocês e quisesse demonstrar a sua gratidão ao último descendente dessa família. Qualquer outro motivo pareceria mais estranho, principalmente por Ketling ter mostrado a *pan* Zagloba algumas "cartas vindas do além-mar" que eliminaram por completo quaisquer dúvidas que ele pudesse ter.

No entanto, a partida do jovem guerreiro atrapalhava os planos do velho *szlachcic*, que ficou preocupado e sem saber como agir. De acordo com a carta de Wolodyjowski, ele poderia retornar a qualquer momento e, segundo *pan* Zagloba, os ventos das estepes já deveriam ter dissipado quaisquer restos de tristeza que ele pudesse ainda ter. Portanto, era de se supor que o pequeno cavaleiro voltaria com o espírito mais renovado do que quando partira e, considerando que ele nutria uma visível preferência por Krzysia, seria capaz de se declarar a ela... — E aí?... Aí, Krzysia dirá "sim", pois como poderia ela recusar um cavaleiro de tal importância e irmão de *pani* Makowskiecki — e a pobre e amada *hajduczek* ficaria sobrando.

Com a teimosia característica das pessoas mais velhas, *pan* Zagloba estava decidido a unir Basia e o pequeno cavaleiro a qualquer custo.

De nada adiantaram as persuasões de Skrzetuski, nem mesmo as que ele mesmo levantava, vez por outra, para si. E embora fosse verdade que, de vez em quando, ele prometia a si mesmo não mais se meter, logo voltava à carga com ímpeto ainda maior. Passava dias inteiros pensando nos meios de concretizar este seu sonho, traçando planos e montando estratégias. E mergulhava tão profundamente neles, a ponto de, quando achava que encontrara um meio, exclamar em voz alta, como se tudo já estivesse resolvido:

— Que Deus os abençoe!

Mas eis que, sem mais nem menos, ele via o seu desejo desmoronar. Não lhe restava mais nada a não ser parar de agir e entregar o futuro a Deus, pois a tênue esperança de Ketling tomar uma atitude e se declarar a Krzysia antes da partida não saía de sua cabeça. Diante disto, abatido e movido pela curiosidade, resolveu ter uma conversa com o jovem guerreiro, para saber quando ele ia partir e, também, o que ele pretendia fazer antes de abandonar a República.

Chamou-o para uma conversa e, com o rosto triste e preocupado, lhe disse:

— Cada um sabe o que é melhor para si, portanto não vou insistir para que fique aqui, mas gostaria de saber, pelo menos, quando você pretende retornar...

— E como posso saber o que me aguarda lá, para onde estou indo? — respondeu Ketling. — Se puder, voltarei; se não, ficarei lá para sempre.

— Você vai sentir muitas saudades daqui.

— Tudo que espero é que o meu túmulo seja aqui, nesta terra que me deu tudo que podia.

— Está vendo? Em outros países, um estrangeiro sempre será visto como um enteado, enquanto a nossa mãe lhe estende os braços e o chama de "filho".

— Santa verdade! Ah! Se eu apenas pudesse... porque lá, na minha pátria de origem, poderei encontrar tudo, menos a felicidade.

— E eu já não lhe falei para se casar e se estabelecer aqui para sempre? E se estivesse casado, então, mesmo se tivesse que partir, teria que retornar, a não ser que você quisesse levar sua esposa através daquele mar perigoso, algo que duvido que você fizesse. Eu o aconselhei tanto, mas você não quis me ouvir!

Zagloba olhou atentamente para o rosto de Ketling, querendo detectar alguma explicação, mas Ketling permanecia mudo, tendo apenas abaixado a cabeça e fixado os olhos no chão.

O PEQUENO CAVALEIRO 169

— Então, o que você tem a dizer? — perguntou Zagloba.

— Não tive a oportunidade de seguir o seu conselho — respondeu o guerreiro.

Zagloba passou a andar pelo aposento, depois plantou-se diante de Ketling, colocou as mãos às costas e disse:

— Pois eu lhe digo que teve! Se não teve, que eu nunca mais consiga colocar este cinturão na minha cintura! Krzysia lhe quer bem!

— E queira Deus que continue querendo, mesmo com mares nos separando!

— O que quer dizer com isto?

— Nada! Nada!

— Você se declarou a ela?

— Por favor, sr. Zagloba, não toque mais neste assunto. Já estou por demais triste por ter que partir!

— Ketling! Você não gostaria que eu, enquanto ainda há tempo, fale com ela?

Pela cabeça de Ketling passou a idéia de que, se Krzysia fazia tanta questão que o afeto que os unia ficasse em segredo, talvez ficaria contente em poder negá-lo abertamente, portanto respondeu:

— Posso garantir ao senhor que isto não terá qualquer resultado e estou convencido de que fiz de tudo para me livrar deste afeto, mas se o senhor acredita em milagres, pode falar com ela à vontade!

— Se é verdade que você já não sente mais nada por ela — disse *pan* Zagloba, com amargura na voz —, então realmente não há o que se fazer. Apenas gostaria de lhe dizer que eu o tinha em conta como um cavalheiro mais constante.

Ketling levantou-se e, estendendo os braços febrilmente para o alto, respondeu com uma veemência com a qual não costumava se expressar:

— De que adianta ansiar por uma dessas estrelas? Não tenho condições de alcançá-la, nem ela pode descer até aqui! Não existe uma pessoa mais infeliz do que aquela que anseia por uma lua argêntea!

Mas *pan* Zagloba, também, ficou exaltado e começou a arfar pesadamente. Durante certo tempo, nem conseguiu dizer uma só palavra e foi somente depois, quando a sua ira aplacou-se um pouco, que começou a falar com voz entrecortada:

— Meu caro Ketling! Não me trate como a um bobo e se tem algo a me dizer, não fale comigo por charadas, mas como se deve falar com pessoas normais que se alimentam de pão e carne... Porque se eu achasse que este meu gorro é a lua e que eu não consigo alcançá-la, andaria pela cidade com a cabeça descoberta, com as orelhas congeladas, como as de um cachorro. Não sei lidar com este tipo de abstrações e só sei de uma coisa: que esta jovem está num aposento desta estalagem, que come, que bebe e que, quando anda, tem que mover as pernas; sei também que o seu nariz fica avermelhado quando exposto ao frio, que sente calor nos dias quentes, que sente coceira quando é mordida por um mosquito e que a única semelhança que ela tem com a lua é o fato de não ter uma barba. Mas do jeito que você fala, pode-se dizer que um nabo é um astrólogo! No que se refere a Krzysia, se você não se declarou a ela, se não perguntou se ela o ama, isto é um assunto seu, mas se está apaixonado por ela e está partindo agora achando que ela é a lua, só posso dizer que a sua honestidade e a sua inteligência podem ser alimentadas com a primeira grama que você encontrar! É isto que tenho a lhe dizer!

— Não é doce, mas muito amargo, o que eu como! — respondeu Ketling. — Estou partindo porque tenho que partir, e se não falo com ela, é porque não tenho nada mais a lhe perguntar. Quanto ao senhor, está sendo muito injusto comigo... Só Deus sabe quão injusto!

— Ketling! Eu sei que você é um rapaz decente; é que eu não consigo compreender estes comportamentos estrangeiros. Na minha época, ia-se até uma garota e se dizia: "Se você quiser, vamos viver juntos, se não quiser, tratarei de outros assuntos!" E todo mundo sabia do que se estava falando... Quando se tratava de alguém tímido demais para isto, ele procurava alguém que era mais despachado para transmitir o recado. Eu já me ofereci uma vez e volto a me oferecer. Vou ter com ela, perguntarei, e lhe trarei a sua resposta. Aí, você poderá decidir se deve partir ou ficar...

— Eu não tenho escolha! Tenho que partir! Não há outra saída!

— Mas vai voltar.

O PEQUENO CAVALEIRO   171

— Não! Por favor, não me atormente mais com isto. Se o senhor quiser satisfazer a sua curiosidade, pode falar com ela em seu nome, não no meu...

— Quer dizer que você já perguntou a ela?

— Não falemos mais disto! Faça-me este favor!

— Muito bem, vamos conversar sobre a aurora... Que os diabos os partam, junto com as suas maneiras! Sim! É isto mesmo: você tem que partir, e eu, blasfemar!

— Desejo-lhe boa noite!

— Espere! Espere! Já, já a minha raiva vai passar! Não vá embora, meu Ketling querido, porque eu queria conversar ainda. Quando você pensa partir?

— Assim que resolver uns assuntos pendentes. Tenho que receber o aluguel da minha propriedade na Curlândia e gostaria de vender esta pequena propriedade daqui, assim que encontrar um comprador.

— Venda-a para Makowiecki, ou então para Michal! Pelo amor de Deus! Como você pode pensar em partir sem se despedir de Michal?

— Gostaria muitíssimo de poder me despedir dele!

— Pois ele deve chegar a qualquer momento! Talvez ele consiga convencê-lo a respeito de Krzysia...

Neste ponto, *pan* Zagloba interrompeu a si mesmo, pois foi tomado por uma repentina preocupação.

"Estou fazendo isto tudo para o bem de Michal", pensou, "mas parece que o diabo está atrapalhando tudo; se isto resultar numa *discórdia* entre ele e Ketling, é melhor que Ketling parta logo..."

Pan Zagloba começou a esfregar a sua careca e, finalmente, disse:

— Eu não quis ser grosseiro com você, e se disse algo que não devia, foi por pura amizade. Eu gosto tanto de você que estou fazendo de tudo para retê-lo, até usando Krzysia como uma isca... Mas é por amor a você... Por que eu, um velho, deveria me meter nestes assuntos?... Juro que é só pelo afeto que tenho por você... nada mais do que isto. Não quero fazer o papel de um casamenteiro, porque se quisesse, estaria procurando uma esposa para mim... Vamos, Ketling, me dê um abraço e não fique mais zangado...

Ketling abraçou Zagloba efusivamente, que ficou realmente enternecido e, ordenando que trouxessem uma garrafa de vinho, disse:

— Vamos beber uma garrafa destas todos os dias, em sua homenagem. Esvaziaram a garrafa, após o que Ketling se retirou, mas o vinho reanimou as fantasias de *pan* Zagloba, que começou a pensar em Basia, Krzysia, Wolodyjowski e Ketling, unindo-os em pares e os abençoando. Sentiu saudades das duas jovens e disse para si mesmo:

— Muito bem! Vou ver como elas estão...

As jovens estavam sentadas num canto do salão, bordando. *Pan* Zagloba começou a andar em círculos, arrastando um pouco as pernas que, especialmente depois de uma garrafa de vinho, já não funcionavam tão bem como antigamente. Andando, olhava para as donzelas, que estavam sentadas tão próximas uma da outra que a loura cabecinha de Basia parecia encostar-se à morena de Krzysia. Basia seguia-o com os olhos, enquanto Krzysia bordava com tanta rapidez que não dava para seguir o movimento da agulha.

— Hmm! — falou Zagloba.

— Hmm! — repetiu Basia.

— Não me imite, porque estou zangado!

— E vai cortar fora a minha cabeça! — exclamou Basia, fingindo-se de assustada.

— Antes a língua que a cabeça!

Então, Zagloba aproximou-se das jovens e, apoiando as mãos nos quadris, perguntou, sem qualquer preâmbulo:

— Você gostaria de ter Ketling por marido?

— Ele e mais cinco como ele! — respondeu imediatamente Basia.

— Cale-se, sua mosca, porque não é a você que estou perguntando! Krzysia, a pergunta foi dirigida a você: gostaria de ter Ketling por marido?

Krzysia empalideceu, embora tivesse achado que *pan* Zagloba perguntara a Basia e não a ela; em seguida, ergueu seus lindos olhos azuis-escuros para o velho *szlachcic* e respondeu calmamente:

— Não!

— Isto sim é uma resposta! Curta e grossa! Muito bem! E posso perguntar por que não quer?

— Porque não quero ninguém.

— Krzysia! Vá contar isto a um outro! — intrometeu-se Basia.

O PEQUENO CAVALEIRO

— E por que a idéia de matrimônio lhe parece tão abominável? — continuou a perguntar *pan* Zagloba.

— Não tem nada a ver com abominação; é que eu tenho vontade de entrar para um convento — respondeu Krzysia.

Havia tanta dignidade e tristeza na sua voz que nem Basia nem *pan* Zagloba duvidaram, nem por um momento, da sua sinceridade; apenas ficaram tão espantados que, sem saber o que dizer, olhavam para Krzysia.

— O quê?! — Zagloba foi o primeiro a falar.

— Quero entrar para um convento — repetiu docemente Krzysia.

Basia olhou para ela e, em seguida, abraçou o seu pescoço e, colando seus lábios rosados na bochecha da amiga, começou a falar rapidamente:

— Krzysia! Não me faça chorar! Diga logo que você está dizendo palavras ao vento, senão vou abrir um berreiro! Juro por Deus que vou berrar!

Capítulo 17

DEPOIS DA CONVERSA com *pan* Zagloba, Ketling esteve uma vez com a sra. Makowiecki, a quem informou que, devido a assuntos importantes, teria que permanecer na cidade e, até, partir para a Curlândia, antes da longa viagem para a Escócia. Desculpou-se por não poder mais servir de anfitrião na sua casa nos subúrbios da cidade, pedindo-lhe que considerasse a propriedade como se fosse sua, permanecendo nela, junto com *pan* Makowiecki e *pan* Michal, durante a eleição. A sra. Makowiecki aceitou o convite pois, caso contrário, a mansão ficaria deserta e não teria qualquer serventia a quem quer que fosse.

Depois desta conversa, Ketling sumiu e não voltou a aparecer, nem na estalagem, nem mais tarde no subúrbio de Mokotowiec, quando *pani* Makowiecki, junto com as duas jovens, retornou à mansão. Mas somente Krzysia sentia a sua ausência, pois *pan* Zagloba estava totalmente envolvido na eleição cuja data estava se aproximando, enquanto Basia e sua tutora ficaram tão abaladas com a decisão de Krzysia que não falavam de outra coisa.

No entanto, a sra. Makowiecki não tentava dissuadir Krzysia do seu intento e estava convicta de que o seu marido adotaria a mesma posição, já que, naqueles tempos, qualquer objeção a esta nobre intenção era considerada por todos como uma ofensa a Deus.

Somente *pan* Zagloba, apesar de toda sua religiosidade, teria a coragem de protestar, caso tivesse interesse em fazê-lo, mas como não o tinha, permaneceu calado. Na verdade, estava até contente com o desenrolar dos acontecimentos. A sua intenção era a de unir Wolodyjowski à sua *hajduczek*, e estando convencido de que o seu maior desejo secreto ia se concretizar, pôde dedicar-se de corpo e alma às manobras eleitorais; visitava os *szlachcic* que vieram à capital, ou passava horas conversando com o padre Olszowski, de quem passou a gostar imensamente e com quem formara uma cumplicidade.

Após cada conversa destas, retornava como o mais aguerrido dos partidários de "Piast" e o mais ferrenho opositor dos estrangeiros. Seguindo as instruções do padre vice-chanceler, não alardeava a sua posição, mas não havia um dia sequer em que não tivesse cooptado alguém para aquela candidatura secreta e ocorreu aquilo que costuma acontecer em ocasiões semelhantes: envolveu-se tanto no assunto que a candidatura do príncipe Michal passou a ser, depois do desejo de unir Basia com Wolodyjowski, a segunda meta na sua vida.

Enquanto isto, a eleição estava se aproximando.

A primavera já derretera o gelo que cobria os rios; sopravam brisas quentes, sob cujo bafo as árvores se cobriram de brotos e bandos de andorinhas formavam correntes com suas asas para, conforme a crença popular, emergir das profundezas do frio para um mundo ensolarado. E, junto com as andorinhas e outras aves migratórias, começaram a chegar as pessoas para a eleição.

Os primeiros a chegar foram os negociantes, contando com grandes lucros num lugar onde se juntariam mais de meio milhão de pessoas, entre dignitários, *szlachcic*, seus empregados e soldados. Depois, chegaram ingleses, holandeses, alemães, russos, tártaros, turcos, armênios e até persas, trazendo consigo panos e tecidos das mais diversas espécies, roupas de cama e mesa, peles, jóias, perfumes e frutas secas. Montaram tendas nas ruas da cidade e também fora dos seus muros, expondo as suas mercadorias. Alguns destes "bazares" eram instalados nos vilarejos próximos da capital, pois era sabido que as estalagens da cidade não teriam condições de acomodar nem mesmo um décimo dos eleitores e que a maioria deles teria que encontrar um lugar nas redondezas, o que, aliás, ocorria sempre em todas as eleições.

Os *szlachcic* foram chegando em grande número, eram tantos que, caso se juntassem nas ameaçadas fronteiras de República, nenhum inimigo poderia atravessá-las.

Corriam rumores de que a eleição seria tumultuada, pois o país estava dividido entre os três candidatos principais: os príncipes de Condé, de Neybursk e da Lotarínia. Comentava-se que cada facção faria de tudo, inclusive apelaria para a violência para que fosse eleito o seu candidato.

Os corações se encheram de preocupações e as almas se inflamaram com amargas rivalidades. Havia pessoas que previam uma guerra civil, o que era bastante plausível diante da quantidade de soldados que os magnatas trouxeram consigo. Estes últimos chegaram mais cedo, para terem tempo de tramar as suas maquinações.

Quando a República estava em perigo e o inimigo lhe encostava uma faca na garganta, nem o rei nem os *hetman* conseguiam agrupar em torno de si mais do que um punhado de guerreiros para defendê-la; e agora, somente os Radziwill trouxeram consigo — contra as leis e os dispositivos que regiam a eleição — um exército de mais de alguns milhares de homens. Os Pac vieram acompanhados de quase o mesmo número de soldados, assim como os poderosos Potocki e outros "principezinhos" poloneses, lituanos e rutênios. "Ah! Quando que a nave destroçada da minha pátria poderá chegar a um lugar seguro?," repetia cada vez mais o padre Olszowski, embora seu coração também abrigasse sentimentos egoístas. Os aristocratas, com apenas algumas raras exceções, estavam corrompidos até os ossos e dispostos a provocar uma guerra civil.

Os membros da *szlachta* vinham em grupos cada vez maiores, e já estava patente que, quando terminassem as deliberações do Senado e chegasse a hora da eleição, eles poderiam prevalecer sobre os mais poderosos magnatas. No entanto, mesmo esta multidão não estava em condições de guiar a nave da República para águas calmas; as suas cabeças estavam mergulhadas em escuridão, e os seus corações, na maioria das vezes, deteriorados.

Portanto, a eleição prometia ser trágica, e ninguém previa que terminaria de forma satisfatória, já que, exceto *pan* Zagloba, e mesmo aqueles partidários de um "Piast", não podiam saber em que a ignorância da *szlachta* e as maquinações dos magnatas poderiam lhes ser úteis. Diante disto, poucos acreditavam que teriam condições de manter a candidatura do príncipe Michal. Mas, neste mar de agitações, *pan* Zagloba nadava como um peixe. Assim que se iniciaram as sessões do Senado, mudou-se de vez para a cidade e vinha à propriedade de Ketling somente quando era tomado de saudades da sua *hajduczek*. Mas Basia, diante da decisão de Krzysia, perdera a sua alegria, e *pan* Zagloba passou a levá-la consigo para a cidade, esperando que a visão do movimento nos bazares pudesse distraí-la e devolver-lhe a antiga vivacidade.

Costumavam partir de madrugada e *pan* Zagloba trazia-a de volta somente ao anoitecer. Pelo caminho, e na própria cidade, o coração da jovem se deleitava com a visão de coisas e gente que nunca vira antes, a movimentação das multidões e regimentos das mais diversas espécies.

Nestas horas, seus olhos brilhavam como dois pedacinhos de carvão em brasa e sua cabeça girava como se estivesse presa a um eixo móvel; olhava para tudo com atenção e cobria *pan* Zagloba com milhares de perguntas, às quais ele respondia com satisfação, podendo com isto demonstrar o seu conhecimento e a sua erudição. Freqüentemente, a carruagem que os transportava era cercada por cavaleiros dos mais diversos regimentos, que admiravam a beleza e a rapidez de raciocínio de Basia, e *pan* Zagloba não se cansava de repetir a história do tártaro abatido por chumbinhos de caçar pássaros para que eles ficassem ainda mais estupefatos e encantados.

Certa feita, retornaram já muito tarde pois ficaram por muito tempo admirando a corte de *pan* Feliks Potocki. A noite estava quente e clara e os campos cobertos por uma tênue neblina branca. *Pan* Zagloba, embora sempre dissesse a Basia que, em noites assim, era preciso ficar muito atento por causa de assaltantes, caíra em sono profundo e o cocheiro dormitava, de modo que a única pessoa desperta era Basia, pois sua cabeça estava repleta de imagens e pensamentos.

De repente, chegou aos seus ouvidos o som de tropel de cavalos. Imediatamente, puxou a manga de *pan* Zagloba, dizendo:

— Estamos sendo perseguidos por homens a cavalo!

— O quê? Como? Quem? — perguntou o semi-adormecido *pan* Zagloba.

— Estamos sendo perseguidos por homens a cavalo!

Pan Zagloba acordou por completo.

— Como "estamos sendo perseguidos"? Também ouço um tropel, mas devem ser alguns cavaleiros cavalgando pela mesma estrada...

— Pois eu tenho certeza que são bandidos!

O PEQUENO CAVALEIRO

Basia estava convencida disto, porque ansiava no fundo da sua alma por aventuras e pela oportunidade de demonstrar a sua coragem. Portanto, quando *pan* Zagloba, arfando e resmungando, começou a tirar debaixo do banco as pistolas que "somente por segurança" sempre levava consigo, ela imediatamente passou a implorar para que lhe entregasse uma.

— Pode estar certo de que eu derrubarei o primeiro que aparecer. Estou convencida de que se trata de assaltantes! Queira Deus que eles nos ataquem! Vamos, sr. Zagloba, passe logo esta pistola!

— Muito bem — respondeu Zagloba. — Mas você terá que me prometer não disparar enquanto eu não disser "fogo!". Você, com uma arma na mão, é capaz de disparar no primeiro *szlachcic* que aparecer, mesmo sem perguntar "quem vem lá."

— Eu prometo perguntar antes.

— E se for um bando de bêbados que, ao ouvir uma voz feminina, lhe respondam com uma grosseria?

— Aí, eu meto bala neles!

— Eis o resultado de levar a uma cidade civilizada alguém doido por atirar na primeira oportunidade. Vou repetir mais uma vez: não dispare enquanto eu não lhe der uma ordem para isto. De qualquer modo, duvido muito que esta ordem seja necessária, porque estes cavaleiros estão vindo às claras, enquanto, caso fossem bandidos, nos atacariam de surpresa.

Mas, apesar da aparente calma de *pan* Zagloba, ele ordenou ao cocheiro que parasse os cavalos antes de entrarem no meio da floresta próxima, retendo a carruagem numa clareira.

Enquanto isto, quatro cavaleiros aproximaram-se da carruagem. Imediatamente, Basia perguntou, com uma voz que imaginava ser igual à de um dragão: "Quem vem lá?"

— E por que vocês estão parados nesta clareira? — perguntou um dos cavaleiros, que deveria ter achado que os viajantes estavam com um problema ou que algo se quebrara nos arreios do coche.

Mas Basia reconheceu aquela voz e, virando-se para *pan* Zagloba, falou rapidamente:

— Por tudo que é mais sagrado! É o titio!

— Que titio?

— Makowiecki...

— Ei, vocês! — gritou Zagloba. — Vocês não seriam *pan* Makowiecki e *pan* Wolodyjowski?

— *Pan* Zagloba? — gritou o pequeno cavaleiro.

— Michal! — exclamou Zagloba e começou a sair do coche, mas antes que pisasse no solo, Wolodyjowski já saltara do cavalo e estava ao seu lado. Ao reconhecer o rosto de Basia, agarrou as suas mãos e exclamou:

— Salve, senhorita! Estou felicíssimo em vê-la! Como está *panna* Krzysia? E a minha irmã? Estão todas com saúde?

— Sim, com a graça de Deus! Como estou ·feliz por ter finalmente retornado! — respondeu Basia, com o coração batendo em ritmo acelerado. — E o titio está com o senhor? Titio!

E, dizendo isto, atirou-se no pescoço de *pan* Makowiecki, que acabara de se aproximar enquanto Zagloba abraçava efusivamente Wolodyjowski. Após as prolongadas saudações, *pan* Makowiecki foi apresentado formalmente a Zagloba e os dois cavaleiros recém-chegados entregaram os seus cavalos aos seus cavalariços e instalaram-se na carruagem, com Makowiecki e Zagloba ocupando os lugares de honra e Basia com Wolodyjowski no assento em frente.

Seguiu-se uma série de perguntas e respostas curtas, como costuma acontecer entre pessoas que não se vêem há muito tempo. *Pan* Makowiecki perguntava sobre sua esposa, enquanto Wolodyjowski, mais uma vez, indagava pela saúde de *panna* Krzysia. O pequeno cavaleiro ficou espantado com a notícia da próxima partida de Ketling, mas não teve tempo para tentar desvendar esse mistério, pois teve que contar o que andou fazendo na fronteira, quantos grupos tártaros andou combatendo, quanta saudade sentira e de como lhe fora agradável voltar a levar uma vida soldadesca.

— Parecia — dizia — que os tempos de outrora retornaram e que eu estava na companhia de Skrzetuski, Kuszel e Wierszul... E somente de manhã, quando me traziam um balde de água para minhas abluções matinais, é que eu via meus cabelos brancos e me dava conta de que não era mais o mesmo daqueles tempos, muito embora esteja convencido de que, se a disposição continua a mesma, então continuamos sendo a mesma pessoa.

— No que você está coberto de razão! — respondeu Zagloba. — Posso ver que o ar do campo aguçou a sua inteligência, porque antes você não

O PEQUENO CAVALEIRO 181

era capaz de ter pensamentos tão filosóficos. Uma boa disposição é fundamental e é o melhor remédio para a melancolia.

— É verdade, é verdade — acrescentou *pan* Makowiecki. — Naquele posto avançado de *pan* Michal, há muitos poços, porque não tem água na superfície. Pois lhes digo que quando, de madrugada, os soldados começavam a tirar água deles, nos despertávamos com o barulho que eles faziam e logo dávamos graças a Deus apenas por estarmos vivos.

— Ah! Se eu pudesse passar pelo menos um dia sequer num posto destes! — exclamou Basia.

— A única forma de você conseguir isto — respondeu Zagloba — é se casando com o comandante de um deles.

— É apenas uma questão de tempo para *pan* Nowowiejski receber o comando de um posto avançado — acrescentou o pequeno cavaleiro.

— Não diga! — respondeu Basia, com voz zangada. — Não pedi ao senhor que me trouxesse *pan* Nowowiejski como um suvenir da sua viagem.

— Pois eu trouxe algo diferente: doces de frutas secas que só existem no Oriente. A senhorita vai se deliciar com a sua doçura, enquanto aquele pobre-coitado ficará ruminando a sua amargura.

— Então o senhor deveria ter dado estes doces a ele, para que ele os comesse até crescerem os bigodes.

— Imagine o senhor — disse Zagloba para Makowiecki — que estes dois vivem brigando o tempo todo! Ainda bem que há um *proverbium* que diz: "Quem ama, briga."

Basia não fez qualquer comentário, enquanto *pan* Wolodyjowski, como se quisesse ouvir uma resposta da parte dela, olhou para o seu rostinho iluminado pelo luar e achou-o tão lindo que, involuntariamente, pensou:

"Esta moleca é tão linda que chega a ofuscar!..."

Mas, aparentemente, um outro pensamento passou pela sua cabeça, porque se virou para o cocheiro e disse:

— Açoite os cavalos, porque estamos com pressa!

As rodas da carruagem passaram a girar mais rapidamente e sua velocidade impediu que continuassem a conversar. Foi somente quando chegaram na parte arenosa da estrada que Wolodyjowski voltou a falar:

— Não consigo entender este negócio de Ketling ter que partir tão repentinamente! Logo agora, quando eu estou voltando e nas vésperas da eleição...

— Para você ver como esses ingleses se importam com a nossa eleição, ainda menos com o fato de você estar retornando — respondeu Zagloba.

— É verdade que Ketling está abalado com a perspectiva de partir e nos deixar...

Basia já tinha na ponta da língua: "principalmente Krzysia", mas teve um pressentimento de que não devia dizer nada, nem mencionar a decisão da amiga de entrar para a vida monástica. O seu instinto feminino lhe dizia que tanto a sua observação quanto a decisão de Krzysia poderiam entristecer *pan* Michal e, apesar da sua costumeira impetuosidade, permaneceu calada.

"Ele vai tomar conhecimento da intenção de Krzysia de qualquer forma", pensou, "mas tudo indica que não se deve falar disto agora, principalmente por *pan* Zagloba não ter sequer tocado no assunto."

Enquanto isto, Wolodyjowski se virava novamente para o cocheiro e dizia:

— Vamos, acelere os cavalos!

— Deixamos os cavalos e a nossa bagagem em Praga — dizia *pan* Makowiecki para *pan* Zagloba — e viemos apenas a galope, nós quatro, porque tanto eu quanto Michal estávamos ansiosos para chegar o mais rapidamente possível.

— Acredito — respondeu Zagloba. — O senhor viu as multidões que chegaram à capital? A cidade está cercada por acampamentos, a ponto de ser difícil entrar e sair dela. Fala-se de coisas muito estranhas, desta eleição, que vou contar ao senhor, no momento oportuno...

Em seguida, passaram a falar de política. *Pan* Zagloba, querendo descobrir qual era a posição do tio de Basia, virou-se para Wolodyjowski e perguntou de chofre:

— E você, Michal, a quem dará o seu voto?

Mas Wolodyjowski, parecendo despertar de um sonho, apenas respondeu:

— Será que elas estão dormindo, ou vamos vê-las ainda hoje?

O PEQUENO CAVALEIRO   183

— Devem estar dormindo — respondeu Basia, com uma voz doce e quase sonolenta. — Mas vão acordar para saudar os senhores.

— A senhorita acha isto? — perguntou, com satisfação, o pequeno guerreiro.

E mais uma vez olhou para Basia, e mais uma vez, involuntariamente, pensou:

"Como é linda esta moleca iluminada pelo luar!"

Poucos minutos depois chegaram na mansão de Ketling.

Pani Makowiecki e Krzysia já estavam dormindo e aguardavam-nos apenas uns poucos empregados para servir o jantar a Basia e *pan* Zagloba. Este mandou que os demais serviçais fossem despertados e que fosse preparado um prato quente para os viajantes.

Pan Makowiecki queria seguir imediatamente para os aposentos da sua esposa, mas esta, acordada pela inesperada movimentação e tendo adivinhado quem chegara, desceu correndo as escadas, com um vestido colocado às pressas, arfante, com lágrimas de alegria nos olhos e os lábios entreabertos num sorriso. Imediatamente, iniciaram-se os cumprimentos, interrompidos por gritos e exclamações de alegria.

Pan Wolodyjowski não desgrudava os olhos da porta pela qual desaparecera Basia, esperando ver nela a sua querida Krzysia, resplandecente de felicidade, com olhos brilhantes e cabelos desalinhados; no entanto, o grande relógio de Gdansk da sala de jantar tiquetaqueava e o tempo foi passando, o jantar foi servido — e a querida de *pan* Michal não aparecia.

Finalmente, apareceu Basia, porém sozinha, com ar sério e sombrio. Tendo se aproximado da mesa e protegido a chama da vela com sua mãozinha, inclinou-se junto de *pan* Makowiecki.

— Titio! Krzysia não está se sentindo bem e não poderá descer, mas pediu para que o senhor subisse pelo menos até a sua porta, para que ela possa cumprimentá-lo.

Pan Makowiecki se levantou imediatamente e saiu da sala, junto com Basia.

O pequeno cavaleiro ficou abalado e disse:

— Estou desapontado por não poder ver a srta. Krzysia ainda hoje. Ela realmente está passando mal?

— Que nada! — respondeu a sra. Makowiecki. — Ela não está mais interessada nas pessoas.

— Por quê?

— Então o sr. Zagloba não lhe falou da intenção dela?

— Que intenção, pelo amor de Deus?!

— A de entrar para um convento...

Pan Michal começou a piscar, como alguém que não está ouvindo direito; depois empalideceu, levantou-se e voltou a se sentar; sua fronte se cobriu de suor que ele tentava enxugar com as mãos. A sala mergulhou num silêncio sepulcral.

— Michal! — exclamou a sra. Makowiecki.

E o pequeno guerreiro, olhando de forma atordoada, ora para ela ora para *pan* Zagloba, disse finalmente, numa voz irreconhecível:

— Será que sou um amaldiçoado?!

— Mantenha a fé em Deus! — exclamou Zagloba.

Capítulo 18

AQUELA DOLOROSA EXCLAMAÇÃO fez com que Zagloba e a sra. Makowiecki adivinhassem imediatamente o que se passava no coração do pequeno cavaleiro e quando ele, levantando-se repentinamente, saiu da sala, ficaram entreolhando-se, estupefatos e preocupados. Por fim a sra. Makowiecki disse:

— Pelo amor de Deus! Vá ter com ele, sr. Zagloba, e tente consolá-lo de alguma forma; se o senhor não for, irei eu.

— Não faça isto — respondeu Zagloba. — Ele não precisa de nenhum de nós dois, mas de Krzysia. Como isto é impossível, é melhor deixá-lo sozinho, porque palavras de consolo, ditas fora de hora, podem levar a um desespero ainda maior.

— Agora está claro que ele apaixonou-se por Krzysia. Que coisa! Eu vi que ele gostava muito dela e que lhe agradava muito a sua companhia, mas que se apaixonasse por ela... isto nunca me passou pela cabeça.

— Ele deve ter retornado com um plano já montado, no qual esperava encontrar a felicidade que tanto buscava... e o que aconteceu? Foi atingido por um raio!

— Mas então, por que ele não falou disto com ninguém, nem comigo, nem com o senhor, nem mesmo com a própria Krzysia? Tivesse-o feito, talvez a menina não tivesse tomado essa decisão...

— É muito estranho — respondeu Zagloba — porque sempre fui seu confidente e ele confia mais na minha cabeça no que na dele e, no entanto, não só não me disse nada daquele afeto, como ainda afirmou que sentia por ela apenas *amicitia*.

— Ele sempre foi fechado em si mesmo!

— Se a senhora diz isto, então, mesmo sendo sua irmã, não o conhece o suficiente. Seu coração é como os olhos de um linguado, salientes e expostos. Jamais encontrei um homem mais sincero, mas agora tenho que admitir que ele agiu de uma forma diferente. A senhora tem certeza de que ele e Krzysia não combinaram algo entre si?

— Meu Deus! Krzysia é adulta e pode fazer o que quiser, porque meu marido, que é o seu tutor, lhe disse: "Desde que você escolha um homem digno e descendente de uma família distinta, a questão de ele ser rico ou pobre não tem qualquer importância." Se Michal tivesse falado com ela antes de partir, ela lhe diria "sim" ou "não" e nós saberíamos o que esperar.

— É evidente que a notícia pegou-o de surpresa. Os argumentos femininos da senhora fazem todo sentido.

— Eu não ligo para estar certa ou errada! O que quero é um conselho de como agir nesta situação!

— Que ele se case com Basia!

— E como ele poderia fazer isto, se prefere Krzysia?... Meu Deus! Se, pelo menos, esta idéia tivesse passado pela minha cabeça!

— É uma pena que não tenha passado.

— Como poderia, se não passou pela cabeça de um Salomão como o senhor?

— E como a senhora pode estar certa de que não me passou?

— Porque o senhor fez de tudo para unir Krzysia a Ketling.

— Eu? Deus é testemunha de que não fiz nada disto. Tudo o que disse foi que ele sentia uma queda por ela, porque era a mais pura verdade; disse também que Ketling é um cavalheiro distinto, o que também é verdade. Quanto à função de casamenteiro, deixo-a para as mulheres. A senhora não pode esquecer que o destino da nossa República repousa sobre a minha cabeça! Diante disto, como poderia eu pensar em algo que não fosse política! Ando tão ocupado que há dias em que nem tenho tempo para colocar uma colher de comida na boca...

O PEQUENO CAVALEIRO

— Pois trate de pensar neste imbróglio, pelo amor de Deus! Todos dizem que não existe uma cabeça melhor que a sua.

— Pois, não param de falar da minha cabeça, o que não me agrada. Só vejo duas saídas: ou Michal se casa com Basia, ou Krzysia abandona esta idéia de entrar num convento. Afinal de contas, uma intenção não é um voto!

O resto da conversa foi interrompido pela chegada de *pan* Makowiecki, a quem a esposa contou tudo. O *szlachcic* ficou profundamente abalado, pois gostava imensamente de Michal e não tinha qualquer idéia de como ajudá-lo.

— Se Krzysia não quiser mudar de intenção — disse, esfregando a testa — como vamos persuadi-la?...

— Krzysia não voltará atrás! — respondeu a sua esposa. — Ela sempre foi uma jovem determinada!

Ao que *pan* Makowiecki disse:

— O que Michal tinha na cabeça ao partir, sem se assegurar de que o seu amor era correspondido? Pois algo de pior poderia ter acontecido: um outro ter conquistado o coração da menina...

— Aí ela não teria motivos para querer entrar para um convento — respondeu sua esposa —, porque ela tem todo direito de apaixonar-se por quem quiser.

— É verdade — respondeu *pan* Makowiecki.

No mesmo instante, a cabeça de Zagloba começou a clarear. Se ele tivesse conhecimento do segredo de Krzysia e Wolodyjowski, tudo estaria claro como água, mas, sem conhecê-lo, era realmente muito difícil imaginar o que estava se passando.

No entanto, a aguçada mente de *pan* Zagloba começou a penetrar naquela neblina e a adivinhar os verdadeiros motivos, tanto da intenção de Krzysia quanto do desespero de Wolodyjowski. Estava começando a achar que Ketling tinha algo a ver com tudo aquilo e apenas precisava de uma confirmação das suas suspeitas.

Sendo assim, resolveu procurar Michal para sondá-lo.

Pelo caminho, foi assolado por preocupações enquanto pensava:

"Tenho uma boa parte de culpa por tudo isto. Quis fermentar um mel doce para o casamento de Basia com Michal, mas não sei se, em vez de mel, preparei uma cerveja amarga, pois quem pode me garantir que Michal, seguindo os passos de Krzysia, não vai querer retomar o seu desejo de ingressar num mosteiro..."

Neste momento, *pan* Zagloba sentiu um arrepio gélido e apressou o passo para chegar logo no aposento de *pan* Michal.

O pequeno cavaleiro andava em círculos pelo quarto, como uma fera selvagem dentro de uma jaula. Sua testa estava franzida e seus olhos, opacos. Era evidente que sofria muito. Ao ver *pan* Zagloba, parou diante dele e, cruzando os braços sobre o peito, exclamou:

— Talvez o senhor possa me explicar o que significa tudo isto!

— Michal! — respondeu Zagloba. — Pense, por um momento, em quantas jovens entram anualmente nos conventos. É algo muito comum. Se algumas chegam a ingressar contra a vontade dos pais, confiantes de que o Senhor Jesus ficará do seu lado, quanto mais uma que está livre e desimpedida...

— Pois vou revelar-lhe um segredo! — exclamou *pan* Michal. — Ela não está livre porque, antes da minha partida, me jurou amor e me prometeu a sua mão!

— Ah! — disse Zagloba. — Isto eu não sabia.

— Pois agora sabe! — respondeu o pequeno cavaleiro.

— Talvez ela possa ser persuadida desta intenção?

— Ela não dá a mínima para mim! Não quis me ver! — exclamou Wolodyjowski, com voz amargurada. — Eu vim galopando para cá dia e noite, e ela nem quer me ver! O que eu lhe fiz? Que pecados eu cometi para que a fúria divina me persiga tanto e faça com que eu pareça uma folha apodrecida agitada pelo vento? Uma morreu e a segunda vai ingressar em um convento; foi Deus quem as tirou, porque devo estar amaldiçoado e Ele demonstra Sua graça e misericórdia a todos, menos a mim!...

Pan Zagloba se assustou com a idéia de que o pequeno cavaleiro, tomado de desespero, voltasse a blasfemar, como já fizera logo após a morte de Anusia Borzobohata e, para desviar a mente do infeliz para outro sentido, disse:

O PEQUENO CAVALEIRO

— Michal! Não duvide da misericórdia divina, porque isto é um pecado, além do mais você não pode saber o que o aguarda. Quem sabe se Krzysia, lembrando-se da sua solidão, não desista deste seu intento e volte para os seus braços? Além disto, diga-me, com toda sinceridade, não é melhor que esta pomba esteja sendo levada por Deus, nosso Pai misericordioso, e não por um homem nesta terra? Vamos, diga-me, você teria preferido isto?

Ao que o pequeno cavaleiro começou a agitar os bigodes e arreganhar os dentes, dizendo com voz abafada e entrecortada:

— Se fosse um homem vivo?... Teria preferido, porque teria o consolo da vingança!...

— Há um outro consolo: as orações! — respondeu Zagloba. — Ouça-me, meu velho amigo, porque ninguém poderá lhe dar um conselho melhor... Pode até ser que Deus ainda mude as coisas... Como você sabe... eu desejava uma outra para você mas, vendo o seu sofrimento, sofro também e vou implorar a Deus para que Ele o console e faça o coração daquela jovem ansiar novamente por você.

Ao dizer isto, *pan* Zagloba enxugava as lágrimas de amizade e piedade que afloraram aos seus olhos. Se tivesse poder para tanto, teria desfeito imediatamente tudo que fizera para afastar Krzysia e seria o primeiro a atirá-la nos braços de Wolodyjowski.

— Escute! — disse, após certo tempo. — Tente ter uma conversa franca com Krzysia; mostre-lhe como você está abalado, como está sofrendo, e que Deus o abençoe. Ela teria que ter um coração de pedra para não se apiedar de você e algo me diz que ela não faria isto. O traje de uma freira é algo que inspira respeito, mas não quando é costurado com o sacrifício de um outro ser humano, diga isto a ela. Você vai ver... hoje estamos chorando e amanhã estaremos comemorando as suas bodas! A jovem ficou com saudades e isto deve ter-lhe trazido a idéia de entrar para um convento. Não se esqueça de que você não ouviu isto da sua boca e, se Deus quiser, jamais ouvirá! Vocês combinaram manter este assunto em segredo e ela, não querendo dar na vista, inventou esta história toda para nos confundir! Só pode ser isto! Trata-se de um típico ardil feminino!

As palavras de *pan* Zagloba agiram como um bálsamo no coração do pequeno cavaleiro; seu coração se encheu de esperança e os seus olhos, de lágrimas. Ficou calado por um longo tempo e, somente quando conseguiu secar as lágrimas, se atirou nos braços de *pan* Zagloba, dizendo:

— Como é bom poder contar com amigos como o senhor! O senhor tem certeza de que vai acontecer tudo o que está dizendo?

— Eu só desejo a sua felicidade! Pode estar certo que sim! Você consegue se lembrar de eu ter falhado alguma vez nas minhas profecias? Não confia mais na minha mente e na minha experiência de vida?

— É que o senhor nem pode imaginar como eu amo essa jovem. Não pense que eu já me esqueci de Anusia, por cuja alma rezo todas as noites! Mas meu coração se grudou nesta outra, como o musgo se gruda ao tronco de uma árvore! Quanto pensei nela, no meio daqueles campos, de manhã, ao meio-dia, à tarde e à noite! Acabei conversando comigo mesmo, já que não tinha um confidente. Juro para o senhor que, quando estava perseguindo um tártaro, mesmo a pleno galope e com a espada empunhada, continuava a pensar nela.

— Acredito. Quando jovem, derramei tantas lágrimas por uma jovem que quase perdi um dos olhos, que acabou se cobrindo de catarata.

— O senhor não se deve espantar com a minha reação, mas eis que chego, mal tenho tempo para recuperar o fôlego e o que ouço? Uma só palavra: convento. Mas acredito no meu poder de persuasão. Como foi mesmo que o senhor falou? "O traje de uma freira é algo que inspira respeito, mas não quando é costurado com..." o quê?

— Com o sacrifício de um outro ser humano.

— Que frase maravilhosa! Por que será que nunca sou capaz de criar uma máxima? Naquele posto avançado, teria sido uma excelente diversão. Ainda continuo preocupado, mas o senhor me devolveu as esperanças. É verdade que nós combinamos manter os nossos planos em segredo, portanto é muito provável que tenha inventado esta história de convento para deixar a todos no escuro... O senhor ainda apresentou alguns outros *argumentum* de grande valia, mas não consigo me lembrar deles... De qualquer forma, já me sinto melhor.

— Então, venha ao meu quarto, ou então mandemos trazer uma garrafa para cá, porque temos que brindar o seu retorno.

O PEQUENO CAVALEIRO

E foram para o quarto de *pan* Zagloba, onde beberam até altas horas da noite.

No dia seguinte, *pan* Wolodyjowski se vestiu com seus melhores trajes, adotou uma postura digna e se muniu de todos os argumentos que lhe vieram à cabeça, além daqueles que *pan* Zagloba lhe dera e, assim armado, foi para a sala de jantar, na qual todos costumavam se reunir para o desjejum. De todos, apenas Krzysia não estava presente, mas ela não se fez esperar muito tempo e, mal o pequeno cavaleiro sorvera duas colheres, ouviu-se o rufar da sua saia na porta.

A jovem entrou rapidamente, com as faces enrubescidas, olhos abaixados e um misto de obrigação e medo estampado no rosto.

Ao se aproximar de Wolodyjowski, estendeu-lhe as mãos, mas não levantou os olhos para ele, e quando ele se pôs a beijá-las ardentemente, empalideceu e não conseguiu balbuciar sequer uma palavra de boas-vindas.

Quanto a ele, seu coração se encheu de amor, preocupação e deslumbramento diante do rosto delicado que mais parecia uma pintura e do corpo esbelto, do qual emanava ainda o calor do sono recente; sentiu-se comovido até pelo embaraço e medo estampados no rosto da jovem.

"Minha florzinha adorada!," pensou, "por que está com medo? Eu seria capaz de sacrificar a última gota do meu sangue por você..."

Mas não expressou seu pensamento em voz alta, apenas apertou os seus bigodes pontudos contra aquelas mãos de cetim, a ponto de deixá-las com marcas avermelhadas.

Basia, olhando para a cena, havia propositadamente atirado a cabeleira sobre o seu rosto, para que ninguém pudesse notar sua emoção, mas não precisava ter feito isto, porque ninguém olhava para ela — todos os olhos estavam fixos naquele par e a sala mergulhou num silêncio embaraçoso.

Pan Michal foi o primeiro a rompê-lo.

— Passei a noite toda preocupado e triste por ter visto a todos, menos a senhorita, e por terem me contado uma notícia que me fez querer chorar, em vez de dormir.

Ao ouvir estas palavras, ditas tão abertamente, Krzysia empalideceu ainda mais, a ponto de Wolodyjowski achar que ela fosse desmaiar. Diante disto, acrescentou rapidamente:

HENRYK SIENKIEWICZ

— Teremos que nos aprofundar neste assunto, mas não vou lhe perguntar nada agora, para que a senhorita possa respirar aliviada. Não sou um *barbarus* nem um lobo e Deus pode ver quanto bem lhe quero.

— Obrigada! — sussurrou Krzysia.

Pan Zagloba e o casal Makowiecki ficaram trocando olhares, como se quisessem se animar mutuamente a iniciar uma conversação normal, mas passou-se muito tempo até um deles criar a necessária coragem para isto. Finalmente, *pan* Zagloba achou que tinha que dizer algo.

— Temos — disse aos recém-chegados — que ir até a cidade, que está fervilhando com a proximidade da eleição e com cada candidato brigando pelos seus votos. Pelo caminho, direi aos senhores quem, na minha opinião, deveria receber os nossos.

Como ninguém reagiu, *pan* Zagloba passou seu olho são sobre os rostos de todos, parando no de Basia:

— E você, meu besourinho, irá conosco?

— Sim, mesmo que seja até a Rússia! — respondeu asperamente Basia.

E o silêncio voltou a reinar, passando o desjejum em patéticas tentativas de conversas.

Assim que terminou, Wolodyjowski aproximou-se de Krzysia e disse:

— Preciso falar a sós com a senhorita.

Em seguida, ofereceu-lhe o braço e ambos saíram para a sala adjacente, a mesma que testemunhara o seu primeiro beijo.

Tendo conduzido Krzysia a um sofá, sentou-se ao seu lado e começou a alisar os seus cabelos, como se acariciasse uma criança.

— Krzysia! — falou com voz mansa e doce. — Você está se sentindo melhor e está em condições de responder calma e objetivamente?

O tom da voz do pequeno cavaleiro comoveu Krzysia e ela, pela primeira vez, conseguiu elevar seus olhos para ele.

— Posso — respondeu baixinho.

— E é verdade que você se ofereceu para entrar para um convento?

Ao que Krzysia juntou as mãos e se pôs a implorar:

— Não fique zangado e não me amaldiçoe por isto, mas é verdade!

— Krzysia! — disse Wolodyjowski. — Como você pode pisar sobre a felicidade de um homem? Onde está a sua palavra e o nosso acordo? Não

O PEQUENO CAVALEIRO

tenho como lutar com Deus, mas quero lhe repetir o que *pan* Zagloba me disse ontem: um hábito de freira não pode ser costurado com a infelicidade de um outro ser humano. O meu sacrifício não aumentará o poder divino, porque Deus reina sobre o mundo todo; são Seus todos os países, terras e mares, todos os rios, aves e feras das florestas, planetas e estrelas; Ele tem tudo que você possa imaginar, e mais ainda, enquanto eu, coitado, só tenho você, minha adorada; você é a minha vida e a razão da minha existência. Como pode sequer pensar que Deus, um ricaço como ele, queira tirar o único tesouro de um pobre soldado?... O que você está oferecendo a Ele — a si própria? Mas você é minha, porque prometeu ser minha; portanto está oferecendo a Deus algo que não é mais seu, mas de um outro; está oferecendo o meu choro, a minha dor e a minha vida. E você acha que tem o direito a isto? Pense, no fundo da sua mente e do seu coração, e pergunte à sua consciência... Porque, se eu a tivesse ofendido, traído o amor que sinto por você; se eu a tivesse esquecido e tivesse feito algo indigno, aí eu não diria mais nada! Mas eu parti para combater os tártaros, oferecendo meu braço e meu sangue para a defesa da pátria, sem esquecer de você por um momento sequer, ansiando por você como um cervo por uma fonte de água, como um pássaro pelo ar, uma criança pela mãe e um pai pelo filho! Era assim que ansiava por você!... E, em troca, é este o prêmio que você resolveu me dar? Krzysia, minha adorada, diga-me como isto é possível? Seja sincera comigo e exponha os seus motivos, assim como eu estou sendo sincero com você. Não me abandone, deixando-me só e infeliz. Foi você mesma que me deu o direito a isto, portanto não me transforme em um banido!...

O infeliz *pan* Michal não sabia que há um direito mais forte e mais antigo que todos os direitos humanos — um direito que faz com que os corações só possam ser guiados pelo amor e seguir na direção por ele indicada; e quando este amor se extingue, um coração é capaz de renegar quaisquer promessas, embora muitas vezes inocentemente, como a chama de uma lamparina que se apaga por falta de óleo.

Portanto, sem saber disto, Wolodyjowski abraçou os joelhos de Krzysia e ficou pedindo, implorando, suplicando, enquanto ela lhe respondia com uma torrente de lágrimas, pois já não podia mais responder com o coração.

— Krzysia! — disse finalmente o guerreiro. — A minha felicidade é capaz de morrer afogada em suas lágrimas, mas não é isto que lhe peço, mas a minha salvação!

— Não queira saber as minhas razões! — respondeu Krzysia, com a voz entrecortada por soluços. — Não pergunte os motivos, porque tem que ser assim e não pode ser de forma diferente. Eu não sou digna de um homem como o senhor, e nunca fui digna disto... Sei da dor que estou lhe causando e isto me faz sofrer tanto que mal consigo suportar!... Meu Deus! Estou com o coração partido!... E só posso pedir ao senhor para que não parta com ódio no seu coração; perdoe-me e não me amaldiçoe!

Ao dizer isto, Krzysia atirou-se de joelhos diante de Wolodyjowski.

— Sei que o estou magoando, mas imploro pela sua graça e misericórdia!

Neste ponto, a cabecinha morena de Krzysia inclinou-se, chegando a tocar no piso da sala. Wolodyjowski levantou imediatamente a chorosa donzela e colocou-a de volta no sofá, voltando a andar pela sala, sem saber o que dizer. Parava de vez em quando, encostando seus punhos cerrados nas suas têmporas, para voltar a caminhar em círculos. Finalmente, parou diante de Krzysia.

— Dê um pouco de tempo para si e alguma esperança para mim — disse. — Leve em conta que eu não sou feito de pedra. Por que, sem um pingo de misericórdia, você encosta um ferro em brasa no meu peito? Pois, por mais resistente que eu seja, quando a pele começar a chiar, a dor será insuportável... Faltam-me palavras para descrever o quanto estou sofrendo... Sou um simples soldado que passou a vida toda em guerras... Meu Deus! Foi aqui mesmo, nesta sala, que nós nos amamos! Krzysia! Krzysia querida! Eu achei que você seria minha para sempre, e o que ouço agora? Que aquilo não passava de um sonho? O que aconteceu? Quem provocou esta mudança no seu coração? Krzysia! Eu continuo sendo o mesmo!... E você precisa saber que este golpe é pior para mim do que para qualquer outro, porque eu já perdi uma a quem amava. Jesus, o que eu posso lhe dizer que possa tocar o seu coração?... Não me deixe neste desespero e permita que eu ainda possa nutrir alguma esperança! Não me prive de tudo de uma só vez!...

O PEQUENO CAVALEIRO

Krzysia não respondeu e ficou apenas soluçando, enquanto o pequeno cavaleiro ficou em pé diante dela, refreando a dor e, depois, uma fúria aparentemente incontrolável. E foi somente quando conseguiu refreá-la que ele repetiu:

— Pelo menos deixe-me um fio de esperança! Está me ouvindo?

— Não posso! Não posso! — respondeu Krzysia.

Pan Wolodyjowski foi até a janela e encostou a testa no vidro gelado. Ficou assim parado por muito tempo; finalmente se virou, caminhou até Krzysia e disse baixinho:

— Pois bem, senhorita, vejo que de nada adiantam os meus argumentos. Espero que a senhorita seja feliz tanto quanto eu me sinto desgraçado! Saiba que eu a perdôo com a minha boca e, se Deus quiser, perdoar-lhe-ei de coração... Apenas tenha mais misericórdia pelo sofrimento humano e não volte a prometer novamente algo que não pretende cumprir. Passe bem!

E tendo dito isto, agitou os bigodes, fez uma reverência e saiu. Na sala adjacente, viu o casal Makowiecki e *pan* Zagloba, que se levantaram imediatamente, como se quisessem indagar como fora a sua conversa com Krzysia, mas ele apenas fez um gesto desolado com a mão.

— Não adiantou nada! — disse. — Deixem-me em paz!...

A sala de jantar era ligada ao seu aposento por um estreito corredor e foi nele, junto da escada, que Basia bloqueou a sua passagem.

— Que Deus lhe devolva a sua alegria e amoleça o coração de Krzysia! — ela exclamou com voz entrecortada.

Mas ele passou por ela sem lançar-lhe um olhar ou dirigir-lhe uma só palavra. De repente, foi assolado por um ataque de fúria e plantou-se diante da inocente Basia, com o rosto transtornado.

— Prometa a sua mão a Ketling — disse, de forma sarcástica —, faça com que ele se apaixone por você, parta o seu coração e depois vá para um convento!

— Sr. Michal! — exclamou Basia, cheia de espanto.

— Delicie-se por alguns momentos, saboreie beijos e depois vire uma santa!... Quero que vocês todas morram!...

Isto foi demais para Basia. Só Deus sabia quanta abnegação havia naquele desejo que expressara a Wolodyjowski para que Krzysia mudasse de idéia — e, em troca, recebeu uma acusação infundada, sarcasmo e desaforos — exatamente no momento em que estava disposta a doar o seu sangue para animar o infeliz pequeno cavaleiro.

Portanto, a sua alma entrou em ebulição, suas bochechas ficaram vermelhas, suas narinas se dilataram e, sem refletir, exclamou, sacudindo a cabeleira:

— Pois quero que o senhor saiba que não sou eu que estou indo para um convento por causa de Ketling!

E tendo dito isto, subiu correndo as escadas, desaparecendo das vistas do guerreiro.

Quanto a este, ficou paralisado como uma estátua de pedra. Em seguida, passou a esfregar o rosto com as mãos, como um homem que acaba de despertar.

Seu sangue ferveu e ele, agarrando a espada, gritou de forma aterradora:

— Morte ao traidor!

Quinze minutos depois galopava na direção de Varsóvia, com tanto ímpeto que o vento uivava nos seus ouvidos e pedaços de terra voavam dos cascos do seu cavalo.

Capítulo 19

SUA PARTIDA FOI VISTA pelo casal Makowiecki e *pan* Zagloba, cujos corações foram tomados de preocupação e que se entreolhavam, como se perguntassem o que acontecera e para onde ele estava indo.

— Meu Deus! — exclamou a sra. Makowiecki. — Ele é capaz de partir para as *Dzikie Pola* e nós nunca mais o veremos!

— Ou vai se trancar num convento, seguindo o exemplo daquela palhaça! — gritou Zagloba, com desespero na voz.

— Temos que encontrar uma solução para isto! — acrescentou *pan* Makowiecki.

No mesmo instante, a porta se abriu com um estrondo e Basia, qual um tufão, entrou na sala. Estava pálida e, cobrindo os olhos com os dedos, começou a choramingar como uma criancinha:

— Socorro! *Pan* Michal partiu para matar Ketling! Quem tem fé em Deus tem que partir imediatamente atrás dele! Socorro! Socorro!...

— O que se passou, pelo amor de Deus? — perguntou Zagloba, agarrando suas mãos.

— *Pan* Michal vai matar Ketling! Por minha culpa sangue será derramado e Krzysia vai morrer de desgosto! Tudo isto por minha culpa!

— Fale logo! — gritou Zagloba, sacudindo violentamente a jovem. — Como você sabe disto? E por que por sua culpa?

— Porque, num ataque de raiva, eu disse a ele que Krzysia e Ketling se amam e que é por causa disto que Krzysia vai para um convento. Pelo amor de Deus, temos que impedi-lo. Sr. Zagloba, vá logo para Varsóvia; aliás, vamos todos!

Pan Zagloba não costumava perder tempo em tais situações, portanto saiu correndo e ordenou que fosse atrelada a carruagem.

A sra. Makowiecki queria interrogar Basia sobre esta inesperada notícia, pois nem lhe passara pela cabeça a idéia de que pudesse haver algo entre Krzysia e Ketling, mas a jovem saiu correndo atrás de *pan* Zagloba para ajudar na preparação da carruagem. Em questão de minutos, a carruagem estava diante da casa — com Basia sentada no lugar do cocheiro — onde era aguardada pelos dois homens.

— Desça! — disse-lhe Zagloba.

— Não vou descer!

— Desça! Estou mandando!

— Não! Se quiserem, vocês podem entrar, caso contrário vou sozinha! — respondeu Basia, puxando pelas rédeas.

Diante disto, os dois senhores, notando que a teimosia da jovem retardaria a partida, pararam de insistir para que ela descesse.

Enquanto isto, chegou um empregado com um chicote e *pani* Makowiecki, trazendo um casaco e um gorro para Basia, porque fazia muito frio. Logo em seguida, partiram.

Basia permaneceu no assento do cocheiro; *pan* Zagloba, querendo interrogá-la, pediu-lhe para que se sentasse ao seu lado, mas ela se recusou, talvez por medo de ser recriminada. Diante disto, o velho *szlachcic* teve que gritar as suas perguntas, enquanto ela as respondia sem se virar.

— De onde você sabe daquilo que contou para Michal?

— Eu sei de tudo!

— Foi Krzysia quem lhe contou?

— Não, ela não me disse nada.

— Então, foi aquele escocês?

— Não, mas eu sei que é por causa dela que ele está partindo para a Inglaterra. Ele conseguiu enganar a vocês todos, menos a mim.

— Que coisa mais extraordinária! — disse Zagloba.

Ao que Basia respondeu:

O PEQUENO CAVALEIRO

— Este é o resultado dos seus esforços; o senhor jamais deveria tê-los atirado um nos braços do outro.

— Cale a boca e não se meta onde não é chamada! — respondeu Zagloba, a quem a reprimenda doera ainda mais por ter sido feita na presença de *pan* Makowiecki.

Zagloba ficou calado por certo tempo, após o que acrescentou:

— Quer dizer que eu os atirei um nos braços do outro? Não sei de onde você tirou esta idéia!

— E não é a mais pura verdade? — respondeu a jovem.

O resto da viagem foi percorrido em silêncio.

No entanto, *pan* Zagloba não podia deixar de admitir que Basia estava com a razão e que detinha uma grande parcela de culpa por tudo que ocorrera. Tal idéia o torturava imensamente e, como a carruagem sacudia violentamente, o velho *szlachcic* ficou de péssimo humor e não se poupava dos mais profundos remorsos.

"Seria justo e compreensível", pensava, "se Wolodyjowski, junto com Ketling, me cortassem aos pedacinhos. Querer que alguém se case contra a vontade é o mesmo que cavalgar com o corpo virado para a cauda do cavalo. Essa espertalhona tem razão! Se os dois duelarem, o sangue de Ketling cairá sobre mim. Por que fui, já na velhice, meter-me nestes assuntos? Além do mais, enquanto aqueles dois me enganaram e não me deixaram adivinhar por que Ketling queria voltar para a sua terra e Krzysia decidiu entrar para um convento, a *hajduczek*, como ficou evidente, não conseguiu ser enganada..."

Quando chegaram à capital, começaram as dificuldades, já que nenhum deles sabia onde Ketling estava alojado, nem onde estaria Wolodyjowski — e tentar achar alguém naquela multidão era como procurar uma agulha em um palheiro.

Começaram a busca pela corte do *hetman* real, onde foram informados de que Ketling estava partindo, exatamente naquele dia, para o estrangeiro. Disseram-lhes também que Wolodyjowski passara por lá, à procura de Ketling, mas não sabiam informar para onde ele foi em seguida. Aventaram a hipótese de ele ter ido para um regimento acampado fora dos muros da cidade.

Pan Zagloba decidiu averiguar, mas, no acampamento, ninguém vira o pequeno cavaleiro. Visitaram todas as estalagens da rua Dluga e, até, em Praga, mas em vão.

Como já caíra a noite, e nem se podia pensar em encontrar um lugar para pernoitar na cidade, tiveram que retornar para casa.

Retornavam abalados; Basia choramingando, o pio *pan* Makowiecki rezando e *pan* Zagloba, embora deveras preocupado, tentando incutir ânimo nos seus companheiros.

— Pode ser que estejamos nos preocupando à toa — disse. — Quem sabe se Michal já não está em casa?

— Ou morto! — disse Basia.

Após o que, começou a chorar copiosamente, repetindo, por entre as lágrimas:

— Que cortem fora a minha língua! Sou culpada por tudo isto! A culpa é toda minha! Meu Jesus! Acho que vou enlouquecer!

Ao que Zagloba respondeu:

— Acalme-se, garota! Você não tem culpa alguma! E saiba que, se alguém estiver morto, este alguém não é Michal.

— Mas eu tenho pena também daquele outro! Que forma mais bela de retribuir pela sua hospitalidade!

— É verdade! — acrescentou *pan* Makowiecki.

— Parem com isto! Ketling deve estar mais perto da Prússia do que de Varsóvia. Vocês ouviram que ele partiu. Tenho fé em Deus de que, mesmo que ele se encontrasse com Wolodyjowski, os dois levariam em conta a amizade que os une e os tempos que passaram guerreando, lado a lado. Não se esqueçam de que eles cavalgaram juntos, dormiram com as cabeças apoiadas na mesma sela e lambuzaram suas mãos com o mesmo sangue. A amizade que eles nutriam, um pelo outro, era conhecida em todo o exército, a ponto de chamaram Ketling, por causa da sua beleza, de "a esposa de Wolodyjowski". É impossível que eles, caso se encontrem, não levem isto em consideração!

— No entanto, não são raros os casos — disse *pan* Makowiecki — em que uma grande amizade pode se transformar em ódio ainda mais aguça-

O PEQUENO CAVALEIRO

do. Foi isto que aconteceu na minha região, onde *pan* Deyma matou *pan* Ubysz, com quem viveu em maior concórdia por mais de vinte anos. Se o senhor quiser, posso contar-lhe toda a história nos mínimos detalhes.

— Se a minha cabeça estivesse menos ocupada, eu teria o máximo prazer em ouvi-la, assim como tive o prazer de ouvir os relatos da sua esposa, que tem o costume de entrar em todos os detalhes, sem omitir a questão genealógica; mas devo confessar que fiquei muito preocupado com o que o senhor falou sobre uma amizade se transformar em ódio. Queira Deus que este não seja um caso destes! Queira Deus!

Mas *pan* Makowiecki não se deu por achado e começou:

— Foi assim: um se chamava Deyma, e o outro, Ubysz, ambos homens dignos e respeita....

— Oh! Oh! Oh! — disse Zagloba soturnamente. — Temos que confiar em Deus que este não seja um caso parecido, mas se for, então Ketling já é um cadáver!

— Que desgraça! — disse *pan* Makowiecki. — Sim! Sim!... Deyma e Ubysz! Lembro-me do caso, como se fosse ontem! E, também, tudo por causa de uma mulher!

— Sempre as mulheres! Qualquer uma destas gralhas é capaz de lhe servir uma cerveja tão amarga que você fica doente! — rosnou Zagloba.

— O senhor não fale mal de Krzysia! — exclamou repentinamente Basia.

Ao que Zagloba respondeu:

— Se Michal tivesse se apaixonado por você, nada disto teria acontecido...

E, conversando assim, chegaram à mansão. Ao verem as janelas iluminadas, seus corações dispararam, na esperança de Wolodyjowski ter voltado.

No entanto, foram recebidos pela sra. Makowiecki que, ao ser informada de que as buscas foram infrutíferas, se pôs a chorar, afirmando que nunca mais veria o seu irmão; Basia acompanhou os seus lamentos e o próprio *pan* Zagloba não conseguia ocultar a sua ansiedade.

— Voltarei a Varsóvia amanhã cedo, mas sozinho. Talvez consiga descobrir algo.

— Seria melhor que eu o acompanhasse — disse *pan* Makowiecki. —
É sempre mais fácil procurar em dois.

— Não! O senhor deve ficar com as damas. Se Ketling estiver vivo,
avisarei vocês.

— Por Deus! Nós estamos morando na casa dele! — voltou a falar *pan*
Makowiecki. — Amanhã mesmo vamos procurar uma pousada e, se não
conseguirmos, será melhor armar umas tendas no campo para não conti-
nuarmos aqui!

— Aguardem por notícias minhas, senão vamos nos perder de novo!
— disse Zagloba. — Se Ketling foi morto...

— Pelas chagas de Cristo! Fale mais baixo! — exclamou a sra. Makowiecki. — Para que a criadagem não nos ouça e comente o que está se
passando com Krzysia, que já está mais morta do que viva.

— Vou ter com ela! — disse Basia.

E subiu correndo as escadas, enquanto os demais permaneceram preocupados e temerosos. Ninguém pregou o olho naquela noite. A idéia de
que Ketling já estivesse morto, atemorizava seus corações. Para piorar as
coisas, a noite se tornara abafada e escura, ouvia-se o som surdo de trovões
e, mais tarde, raios brilhantes passaram a cruzar os céus, rompendo, vez
por outra, a escuridão. À meia-noite eclodiu a primeira tempestade da
primavera, que chegou a acordar a criadagem.

Krzysia e Basia saíram do seu aposento e desceram para a sala de jantar,
onde, junto com todos os demais, começaram a rezar, respondendo em
coro, como era de costume, a cada raio: "E o verbo se fez carne!"

No meio do uivo do vento, parecia-lhes ouvir, de vez em quanto, um
tropel. Nestes momentos, os cabelos se arrepiavam na cabeça de Basia,
pani Makowiecki e dos dois *szlachcic*, que temiam ver a porta se abrir e
surgir nela Wolodyjowski, lambuzado com o sangue de Ketling.

O normalmente calmo e doce *pan* Wolodyjowski pesou-lhes no coração pela primeira vez nas suas vidas, a ponto de só de pensarem nele, ficarem aterrorizados.

No entanto, a noite transcorreu sem qualquer notícia do pequeno cavaleiro. Assim que amanheceu e a tempestade diminuiu sua fúria, *pan*
Zagloba partiu novamente para a cidade.

O PEQUENO CAVALEIRO

O dia se passou em clima de tensão, com Basia grudada na janela, ou junto do portão, olhando para a estrada.

Enquanto isto, a criadagem, seguindo as ordens de *pan* Makowiecki, começou a lentamente empacotar os pertences dos hóspedes.

Krzysia se ocupou com a supervisão dessa tarefa, querendo se manter longe do casal Makowiecki e de *pan* Zagloba.

Embora a sua tutora ainda não tivesse lhe dito uma palavra sequer sobre o irmão, esse silêncio era para Krzysia uma prova de que o amor de *pan* Michal por ela e a promessa que ela não cumpriu já eram do conhecimento de todos. Diante disto, não lhe era difícil imaginar que aquelas pessoas, as mais próximas do pequeno cavaleiro, deveriam estar magoadas e sentidas com ela. A pobre jovem sentia que tinha que ser assim, que se afastaram dela aqueles corações que a amavam até então e, diante disto, preferiu ficar afastada e sofrer sozinha.

Ao anoitecer, as bagagens já estavam prontas e, em caso de necessidade, poderiam partir naquela mesma noite. Mas *pan* Makowiecki aguardava ainda por notícias de Zagloba. Foi servido o jantar, que ninguém quis comer, e a noite começou tão silenciosa e pesada, como se todos estivessem atentos aos sussurros do grande relógio de Gdansk.

— Vamos para a outra sala — disse finalmente *pan* Makowiecki. — O ar aqui está irrespirável.

Assim, todos foram para a sala de estar, mas, logo que se sentaram nos sofás, ouviram-se latidos de cães.

— Os cães latem como se fosse para alguém que lhes é conhecido! — observou a sra. Makowiecki...

— Cale-se! — disse o seu marido. — Ouço um tropel!...

— Silêncio! — repetiu Basia. — Está chegando cada vez mais perto... deve ser *pan* Zagloba.

Basia e seu tutor saíram correndo, enquanto a sua tutora, embora com o coração batendo em ritmo acelerado, resolveu ficar junto de Krzysia, para que ela não pensasse que *pan* Zagloba estaria trazendo alguma notícia de excepcional importância.

Enquanto isto, o tropel dos cavalos já podia ser ouvido junto das janelas e, de repente, cessou.

Ouviram-se algumas vozes na ante-sala e, no mesmo instante, entrou Basia, como um furacão e com o rosto tão mudado como se tivesse visto um fantasma.

— Basia! O que foi?! Quem chegou?! — perguntou *pani* Makowiecki.

Mas antes que Basia pudesse recuperar o fôlego e responder, a porta se abriu e entraram na ante-sala *pan* Makowiecki, seguido de Wolodyjowski e, logo atrás, Ketling.

Capítulo 20

K ETLING ESTAVA TÃO desconcertado, que mal conseguiu fazer uma reverência às damas. Ficou imóvel, com o chapéu encostado no peito e com os olhos semicerrados, mais parecendo um quadro deslumbrante. Quanto a Wolodyjowski, abraçou a irmã e aproximou-se de Krzysia.

O rosto da jovem estava branco como um lençol, a ponto de a penugem sobre o seu lábio superior parecer ainda mais escura; seu peito se agitava violentamente, mas Wolodyjowski pegou carinhosamente a sua mão e levou-a aos lábios; em seguida, ficou agitando os bigodinhos, como se quisesse achar as palavras adequadas e, por fim, falou, com uma voz triste, porém calma:

— Prezada senhorita... Não!... Minha Krzysia querida! Ouça-me sem medo, pois eu não sou um tártaro ou um animal selvagem, mas um amigo, que embora esteja infeliz, deseja a sua felicidade. Já é sabido por todos nós que você e Ketling se amam. *Panna* Basia, num acesso de raiva mais do que justificado, me disse isto na cara e eu devo confessar que parti daqui furioso, querendo me vingar de Ketling... Aquele que perde tudo tende a querer se vingar — e eu, juro por Deus, eu a amava do fundo do meu coração, e não só como um homem ama uma mulher... porque, caso fosse casado e Deus me tivesse abençoado com um filho e, depois, o tivesse tirado de mim, acho que não o prantearia mais do que a você...

Neste ponto, a voz de *pan* Michal lhe faltou, mas ele conseguiu se controlar e, tendo agitado novamente os bigodes, voltou a falar:

— Mas, diante de uma situação irreparável, não há o que fazer. Que Ketling se apaixonou por você, não é de se estranhar! Quem poderia resistir aos seus encantos?! Quanto a você ter se apaixonado por ele... bem... este é o meu destino... e também não deve causar espanto, pois quem sou eu para me comparar a ele! Num campo de batalha, ele mesmo poderá confirmar que não sou pior do que ele; mas estamos falando de algo diferente!... Deus deu beleza a um mas, em compensação, doou a outro o dom do raciocínio. Portanto, assim que o vento esfriou a minha cabeça e o acesso de fúria passou, a minha consciência logo me perguntou: por que quer puni-los? Que crime eles cometeram para você querer derramar o sangue de um amigo fraternal? Se eles se apaixonaram, foi porque Deus assim quis. Os antigos guerreiros costumavam dizer que contra os desejos do coração nem uma ordem de um *hetman* tem o poder de contrariar. O fato de se terem apaixonado foi um desígnio divino, mas o fato de não terem me traído é um mérito só deles... Se, pelo menos, Ketling soubesse que você estava comprometida comigo, provavelmente eu teria pedido satisfações, mas ele não sabia. Portanto, qual é a sua culpa? Nenhuma! E de que você é culpada? De nada! Ele resolveu partir para longe e você decidiu entrar para um convento... O único culpado é o meu destino, somente ele, porque vejo o dedo de Deus no fato de eu ter que permanecer órfão... Diante disto, consegui superar a minha dor!...

Pan Michal interrompeu novamente a sua fala e começou a aspirar o ar com dificuldade, como um homem submerso por muito tempo que acaba de chegar à superfície. Em seguida, pegou a mão de Krzysia.

— Amar querendo tudo para si não requer muito empenho. Mas quando me dei conta de que havia três corações partidos, cheguei à conclusão de que é melhor que um só sofra e que os outros dois possam ficar curados. Que Deus a faça feliz, Krzysia, com Ketling!... Amém... Que Deus a faça feliz, Krzysia, com Ketling!... Eu estou sofrendo um pouco, mas isto não é nada... Que Deus... Juro que não é nada!... Vou superar este sofrimento!...

O pobre soldado dizia "não é nada", mas estava com os dentes cerrados e mal conseguia respirar. O choro incontrolável de Basia podia ser ouvido no outro canto da sala.

O PEQUENO CAVALEIRO

— Ketling, meu irmão, chegue para cá! — gritou Wolodyjowski.

Ketling aproximou-se, ajoelhou-se e, sem dizer nada, abraçou com respeito e amor os joelhos de Krzysia, enquanto o pequeno cavaleiro voltou a falar, com a voz entrecortada:

— Abrace a cabeça dele! O coitado também sofreu muito... Que Deus os abençoe!... Você não precisa mais entrar para o convento... prefiro que me abençoem, em vez de me amaldiçoar... Sinto que Deus zela por mim, embora este momento seja muito difícil para mim...

Basia, não conseguindo agüentar mais, saiu correndo da sala, e Woloyjowski, que notou a sua saída repentina, virou-se para a irmã e o cunhado e disse:

— Saiam vocês também e os deixem a sós... Eu também vou sair e procurar um cantinho qualquer e me encomendar com Jesus Cristo...

E saiu.

Junto da escada no fim do pequeno corredor, encontrou Basia, exatamente no mesmo lugar onde, transtornada pela fúria, ela traíra o segredo de Krzysia e Ketling. Mas, desta vez, Basia estava encostada na parede e chorava copiosamente.

Diante dessa visão, *pan* Michal se compadeceu do seu próprio destino; até então conseguira manter o seu autocontrole, mas não pôde contê-lo mais, a represa da dor se rompeu e uma torrente de lágrimas escorreu dos seus olhos.

— Por que a senhorita está chorando? — perguntou, com voz dolorosa.

Basia levantou a cabecinha e levando ora um punho ora outro aos olhos, como uma criança, respondeu-lhe, por entre soluços:

— Eu sinto tanto!... Meu Deus!... Jesus!... O senhor é tão nobre e tão bondoso!... Meu Deus!...

Pan Michal pegou as suas mãos e se pôs a beijá-las, movido pela gratidão e enternecimento.

— Deus lhe pague! Deus lhe pague pelo seu coração! — disse. — Não chore mais!

Mas Basia, ao contrário, começou a chorar ainda mais. Todas as veias do seu corpo tremiam e sua boca sorvia o ar com grande dificuldade. Finalmente, batendo os pés no chão, começou a gritar tão alto que podia ser ouvida em toda a extensão do corredor:

— Krzysia é uma idiota! Eu teria preferido um *pan* Michal a cem Ketlings! Eu amo *pan* Michal de paixão... mais do que a titia... o titio... e, até, Krzysia...

— Pelo amor de Deus, Basia! O que está dizendo? — exclamou o pequeno cavaleiro.

E, querendo acalmá-la, pegou-a nos seus braços, enquanto ela se aninhava neles com toda força, a ponto de ele sentir o seu coraçãozinho batendo como o de um passarinho exausto. Diante disto, abraçou-a ainda mais fortemente, e ambos permaneceram assim, juntinhos, por muito tempo.

O corredor ficou em silêncio.

— Basia! Você me quer? — perguntou o pequeno cavaleiro.

— Sim! Sim! Sim! — respondeu Basia.

Diante daquela resposta, foi a vez de *pan* Michal ficar arrebatado e, colando os seus lábios nos lábios rosados da jovem, manteve-a abraçada por muito tempo.

Enquanto isto, ouviu-se o som de uma carruagem parando na porta da mansão e um esbaforido *pan* Zagloba atravessou correndo a ante-sala, entrando na sala de jantar, onde estava sentado o casal Makowiecki.

— Michal sumiu! — gritou. — Procurei por ele por toda Varsóvia. *Pan* Krzycki me disse que o viu junto com Ketling. Estou convencido de que eles duelaram!

— Michal está aqui — respondeu a sra. Makowiecki. — Veio junto com Ketling e entregou-lhe Krzysia!

Nem a estátua de sal em que foi transformada a esposa de Ló poderia ter uma expressão mais espantada do que o rosto de *pan* Zagloba. Ficou calado por um longo tempo, após o que esfregou os olhos e perguntou:

— O quê?!

— Krzysia e Ketling estão na sala ao lado, e Michal foi rezar num canto — disse o sr. Makowiecki.

Pan Zagloba, sem um momento de hesitação, abriu a porta da sala adjacente e, embora já soubesse de tudo, voltou a se espantar diante da visão de Krzysia e Ketling sentados lado a lado e com as cabeças encostadas uma na outra. O casal se levantou de um pulo, encabulado e incapaz de pronunciar uma só palavra, principalmente por, logo atrás de Zagloba, terem entrado também o sr. e a sra. Makowiecki.

O PEQUENO CAVALEIRO

— Não temos palavras para descrever a gratidão que temos para com Michal! — disse, finalmente, Ketling. — É graças a ele que podemos desfrutar esta felicidade.

— Que Deus os abençoe! — disse o sr. Makowiecki. — Não temos qualquer intenção de nos opormos ao seu desejo!

Krzysia se atirou nos braços da sua tutora e ambas se puseram a chorar. *Pan* Zagloba continuava estupefato. Ketling se inclinou diante dos joelhos do sr. Makowiecki, como um filho diante do pai; este o levantou e, provavelmente por estar com a cabeça confusa, disse:

— Mas *pan* Deyma acabou matando *pan* Ubysz num duelo! Agradeça a Michal, não a mim!

Em seguida, virou-se para a esposa e perguntou:

— Como era mesmo o nome daquela mulher que provocou o tal duelo?

Mas a sra. Makowiecki não teve tempo para responder, porque, no mesmo instante, entrou correndo na sala Basia, mais arfante que de costume, mais rosada do que nunca, com os cabelos caindo sobre os olhos ainda mais do que de costume e, pulando para junto de Krzysia e Ketling e apontando o dedinho, ora para um ora para outro, começou a gritar:

— Muito bem! Amem-se! Casem-se! Vocês acham que *pan* Michal vai ficar só e abandonado?! Pois saibam que isto não vai acontecer, porque eu vou me casar com ele, porque o amo, algo que lhe disse diretamente. Disse assim mesmo, e ele me perguntou se eu o aceitaria como esposo, e eu lhe respondi que o preferia a uma dezena de outros, porque o amo e porque serei a mais perfeita das esposas, porque jamais o abandonarei e nós vamos combater juntos. Eu estou apaixonada por ele há muito tempo, mas mantive isto em segredo, porque ele é o mais nobre, o mais digno, o mais generoso e o mais querido de todos os homens do mundo... Portanto, podem casar-se à vontade, porque eu vou me casar com *pan* Michal, nem que seja amanhã... porque...

Neste ponto, Basia parou de falar por completa falta de fôlego.

Todos ficaram olhando para ela sem saber se ela enlouquecera ou se estava falando a verdade; em seguida, ficaram se entreolhando, até o momento em que Wolodyjowski surgiu no umbral da porta.

— Michal! — perguntou sra. Makowiecki, assim que recuperou a voz.
— É verdade o que acabamos de ouvir?

Ao que o pequeno cavaleiro respondeu com voz solene:

— Deus fez um milagre e este é o meu consolo, meu amor e o meu maior tesouro!

A máscara de espanto caiu do rosto de *pan* Zagloba, enquanto sua barba branca começou a tremer convulsivamente. Abriu os braços o mais que pôde e disse:

— Por tudo que é mais sagrado!... Juro que vou chorar!... Minha *hajduczek* querida, e você, Michal, venham dar-me um abraço!...

Capítulo 21

ELE AMAVA-A PERDIDAMENTE, e ela a ele, eram felizes por estar juntos, muito embora já tivessem se passado quatro anos e ainda não tivessem filhos. Em compensação, administravam com afinco as suas propriedades. Com o dinheiro dele e de Basia, Wolodyjowski comprou alguns vilarejos nas cercanias de Kamieniec por um preço bastante baixo, já que as pessoas mais temerosas queriam desfazer-se deles em função da ameaça tártara. O pequeno cavaleiro introduziu ordem e disciplina militar nas propriedades, tranqüilizou seus inquietos habitantes, transformou as choupanas consumidas pelo fogo em pequenos fortes, ocupando-os com guarnições militares, e, assim como no passado defendera valentemente a sua pátria, agora, com a mesma coragem e dedicação e sempre com a espada na mão, passou a dedicar-se à administração das suas terras.

A fama do seu nome era a sua maior proteção. O guerreiro derramou água sobre a lâmina da sua espada com alguns líderes tártaros, fazendo-os coirmãos. A outros combatia implacavelmente. As *wataha*, denominação das corjas de bandidos independentes de hordas tártaras, os saqueadores das estepes e os bandidos das planícies da Bessarábia tremiam de medo diante da menção do nome do "Pequeno Falcão", de modo que suas manadas de cavalos e rebanhos de ovelhas, búfalos e camelos podiam pastar tranqüilamente nas estepes. Até os seus vizinhos eram respeitados. Suas propriedades, graças à ajuda da sua valente esposa, cresciam a olhos vistos. Estava cercado de respeito e afeto. Sua pátria agraciara-o com um cargo público, o *hetman* amava-o como se fosse o seu filho e o paxá de Chocim, na distante Criméia, estalava a língua de admiração ao ouvir o seu nome.

A administração das propriedades, a guerra e o amor — estas eram as três prioridades da sua vida.

O abafado verão de 1671 encontrou o casal Wolodyjowski em Sokól, o vilarejo no qual Basia passara a infância e que era a pérola das suas propriedades. *Pan* Michal e Basia foram para lá especialmente para recepcionar *pan* Zagloba que, sem ligar para o desconforto da viagem nem para a sua avançada idade, viera visitá-los e cumprir assim a promessa solene feita por ocasião da cerimônia de casamento.

No entanto, o deleite e a alegria de ter o tão querido hóspede foram logo interrompidos com a chegada de uma carta do *hetman* ordenando a Wolodyjowski que assumisse o comando em Chreptiów, onde deveria observar atentamente a fronteira com a Moldávia, ouvir as vozes do deserto e limpar a área de bandos armados.

O pequeno cavaleiro, sendo um soldado sempre pronto para servir à República, ordenou imediatamente aos empregados que recolhessem as manadas dos pastos, se armassem e ficassem de prontidão. Seu coração estava partido diante da perspectiva de ter que deixar a esposa a quem amava como um marido e um pai, quase não podendo respirar sem a sua presença. No entanto, não queria levá-la consigo e expô-la aos inevitáveis perigos nas estepes e selvas de Uszyc.

Mas ela insistia em acompanhá-lo.

— Você não acha que eu estaria mais segura lá, ao seu lado e sob a proteção dos soldados, do que ficando aqui? Não quero qualquer outro teto a não ser o da sua tenda, porque me casei para compartilhar com você todas as agruras e todos os perigos. Permanecendo aqui, ficaria vivendo em constante estado de preocupação, enquanto lá, ao lado de um soldado como você, sentir-me-ia mais protegida do que a rainha, em Varsóvia e, caso for preciso partir em uma surtida, partirei com você. Aqui, sem você, não serei capaz de dormir nem de colocar qualquer alimento na boca, até que, finalmente, acabarei partindo para Chreptiów de qualquer modo. E saiba que, caso você não me deixe entrar, ficarei dormindo ao relento diante do portão até você apiedar-se de mim.

O PEQUENO CAVALEIRO   213

Ao ver tanto afeto, Wolodyjowski abraçou a esposa e cobriu de beijos o seu rosto rosado.

— Eu não teria qualquer objeção — disse finalmente — se tratasse apenas de vigiar a fronteira e de eventuais surtidas contra as *wataha*. Para isto, terei tropas suficientes, já que levarei comigo dois destacamentos poloneses, além de um de cossacos e um de dragões de Linkhaus. Ao todo, serão mais de seiscentos homens. O que eu temo é algo que aqueles boquirrotos de Varsóvia não conseguem enxergar e que nós, aqui na fronteira, aguardamos a qualquer momento: uma grande guerra com toda a potência turca. *Pan* Mysliszewski confirma, o paxá de Chocim repete a toda hora e o *hetman* está convencido de que o sultão não vai deixar de vir em ajuda a Doroszenko e, em função disto, declarará uma guerra total à República. Caso isto venha a acontecer, o que poderei fazer com você, minha florzinha adorada, meu *praemium* recebido das mãos de Deus?

— O que acontecer a você acontecerá também a mim. Não quero qualquer outro destino a não ser aquele que é lhe reservado...

Neste ponto, *pan* Zagloba meteu-se na conversa e disse para Basia:

— Se vocês forem pegos pelos turcos, o seu destino, queira você ou não, será bem diferente do de Michal. Ah! Depois dos cossacos, suecos, russos e aqueles cães de Brandemburgo, agora temos os turcos! Cansei de alertar o padre Olszowski: "Não levem Doroszenko ao desespero, porque ele poderá aliar-se aos turcos." E o que aconteceu? Ele não levou as minhas ponderações a sério. Enviaram Hanenko para combater Dorosz, e agora Dorosz, querendo ou não, tem que pedir ajuda aos turcos e fazer com que eles nos ataquem. Você está lembrado, Michal, de quando eu alertei o padre Olszowski?

— O senhor deve ter feito isto numa outra ocasião, porque não me lembro disto ter ocorrido na minha presença — respondeu o pequeno cavaleiro. — Mas o que o senhor está falando a respeito de Doroszenko é a mais pura verdade, sendo que o próprio senhor *hetman* compartilha da sua opinião e comenta-se que ele está de posse de cartas de Doroszenko escritas neste sentido. De qualquer modo, o que está feito está feito e agora é tarde demais para qualquer tipo de acordo. O que eu gostaria de perguntar ao senhor, já que a sua mente é muito mais aguçada que a minha, é o seguinte: devo levar Basia para Chreptiów, ou devo deixá-la aqui? Devo acrescentar que aquilo lá é um verdadeiro deserto. Aquela região sempre foi miserável, mas nos últimos vinte anos ela foi tão devastada pelas *wataha* e pelos destacamentos tártaros que não creio que poderei achar duas tábuas juntas. Só há ravinas cobertas de vegetação, esconderijos, cavernas e todo tipo de tocas que podem abrigar centenas de facínoras.

— Com tantos homens sob o seu comando, estes bandidos não representam qualquer ameaça — respondeu Zagloba. — Quanto aos destacamentos tártaros, também não vejo qualquer perigo, porque se eles forem muito grandes, você saberá com antecedência e poderá tomar ações preventivas, e se forem pequenos, você acabará com eles num piscar de olhos.

— Está vendo?! — exclamou Basia. — Nem as *wataha* nem os destacamentos tártaros representam qualquer perigo. Com um exército destes, Michal será capaz de me proteger até de toda a potência da Criméia!

— Não atrapalhe a minha deliberação — respondeu *pan* Zagloba — porque poderei pronunciar-me contra você.

Basia tapou imediatamente a boca com as duas mãos e encolheu a cabecinha entre os ombros, fingindo que morria de medo de *pan* Zagloba — e ele, embora soubesse que ela estava fingindo, não deixou de ficar lisonjeado. Assim, colocou a sua mão enrugada sobre a loura cabecinha de Basia e disse:

— Não tema, vou fazê-la feliz.

Basia agarrou a sua mão e a beijou, sabendo que muito dependia do veredicto do velho *szlachcic*, já que todos os seus conselhos sempre foram acertados e nunca desapontaram quem quer que fosse. Ele então apoiou as mãos nos quadris e, olhando com o seu olho são ora para Basia ora para *pan* Michal, disse repentinamente, esticando para fora o lábio inferior:

— E quanto a descendentes, nada feito, não é isto?

— É o desígnio divino, apenas isto! — respondeu Wolodyjowski, erguendo os olhos ao céu.

— É o desígnio divino, apenas isto! — repetiu Basia, baixando os olhos.

— E vocês gostariam de tê-los? — perguntou Zagloba.

Ao que o pequeno cavaleiro respondeu:

— Vou ser sincero com o senhor: não sei o que estaria disposto a dar para tê-los, mas às vezes chego a pensar que as minhas preces seriam em vão. O Nosso Senhor Jesus Cristo encheu-me de felicidade ao presentear-me com esta gatinha que o senhor apelidou tão acertadamente de *hajduczek*. Além disto, Ele abençoou-me com fama e fortuna e, diante disto, não ousaria molestá-Lo com mais pedidos. Já pensei com os meus botões que, caso todos os desejos dos homens fossem cumpridos, não haveria qualquer diferença entre esta República terrestre e a celeste, que é a única que pode oferecer a felicidade completa. Portanto, cheguei à conclusão de que, caso não consiga ter um ou dois filhos aqui na terra, certamente tê-los-ei no outro mundo onde, sob o comando do *hetman* celeste, o Arcanjo Miguel, eles poderão cobrir-se de glória combatendo as forças do Mal e serem promovidos a postos de comando nos exércitos celestes.

Neste ponto, o pio guerreiro comoveu-se com as suas próprias palavras e voltou a erguer os olhos ao céu. Mas *pan* Zagloba ouviu-o com indiferença, piscando severamente com o seu olho são. Finalmente, disse:

— Tome cuidado para não blasfemar. O fato de gabar-se de que você conhece os desígnios divinos tão bem pode ser considerado um pecado pelo qual você acabará pulando como ervilhas numa chapa de ferro aquecida. Deus tem mangas mais largas do que o bispo de Cracóvia, mas Ele não gosta que se espie nelas. O que Ele tem em mente é uma questão que é só Dele, e Ele fará o que quiser. Quanto a você, faça o que lhe cabe e se quer ter filhos é melhor não ficar separado da sua mulher, mas ficar junto dela.

Ao ouvir isto, Basia deu um pulo de alegria e, saltitando como uma moleca e batendo palmas, começou a exclamar:

— Eu tinha certeza de que o senhor ficaria do meu lado! Michal, vamos juntos para Chreptiów e, pelo menos uma vez, você vai me levar para combater os tártaros! Uma vezinha só, meu Michal adorado!

— Pronto! Ela já está querendo participar de batalhas! — exclamou o pequeno cavaleiro.

— Porque ao seu lado eu não teria medo de nada, nem mesmo de toda a horda turca!...

— *Silentium!* — exclamou Zagloba, olhando apaixonadamente para Basia, de quem gostava imensamente. — Imagino que Chreptiów, que não fica tão longe assim, não seja o último posto antes das *Dzikie Pola*.

— Não! Haverá postos mais avançados, em Mohilów e Jampol, sendo que o mais avançado de todos ficará em Raszków — respondeu o pequeno cavaleiro.

— Raszków! Nós estivemos lá! Foi de lá, daquela floresta infernal, que libertamos Helena Skrzetuski, você está lembrado, Michał? Lembra-se de como eu acabei com aquele *monstrum*, Czermis, ou algo parecido com isto, que tomava conta dela? Se o último *praesidium* for Raszków, então, se os tártaros ou toda a potência turca avançar, a guarnição de lá poderá avisálos a tempo e Chreptiów não poderá ser cercada de surpresa. Portanto, não vejo qualquer *impedimentum* para que Basia não possa ir com você. Estou sendo absolutamente sincero, e você sabe muito bem que eu preferiria pôr a minha cabeça em risco a expor a minha *hajduczek* a qualquer perigo. Leve-a consigo! No entanto, Basia terá que prometer que, em caso de eclosão de uma grande guerra, ela não se oporá de forma alguma a ser enviada até Varsóvia, se necessário, porque haverá batalhas terríveis, cercos e até fome, como em Zbaraz. Se, nessas circunstâncias já é difícil para um homem proteger a si mesmo, mais difícil ainda seria para uma mulher.

— Eu até não me incomodaria de morrer ao lado de Michał — respondeu Basia —, mas tenho bom senso e sei que quando algo é impossível, é impossível. Quando ele partiu para lutar com *pan* Sobieski este ano, por acaso eu insisti para ir com ele? Não. Muito bem! Desde que vocês não me impeçam de seguir para Chreptiów com Michał, eu prometo que, em caso de uma grande guerra, os senhores poderão despachar-me para onde bem entenderem.

— *Pan* Zagloba vai levá-la até Podlasie, onde moram os Skrzetuski — disse o pequeno cavaleiro. — Por certo, os turcos não conseguirão chegar até lá!

— *Pan* Zagloba! *Pan* Zagloba! — respondeu o velho *szlachcic*, macaqueando o pequeno cavaleiro. — Não confiem suas esposas a *pan* Zagloba pensando que ele é um velho senil, porque ainda poderão ter uma surpresa. Além disto, por acaso você acha que, caso haja uma guerra contra os turcos, eu vou ficar em Podlasie observando o forno para que o pão não fique tor-

O PEQUENO CAVALEIRO

rado? Ainda não sou um trapo inútil e posso ser de alguma serventia. É verdade que preciso de um tamborete para montar num cavalo, mas uma vez montado, posso atirar-me sobre o inimigo da mesma forma que um jovem qualquer! Graças a Deus, ainda não estou me desfazendo em pó nem em serragem. Não vou participar de emboscadas a tártaros nas *Dzikie Pola*, porque não sou um recruta, mas numa carga de cavalaria, mantenha-se perto de mim se for capaz e você presenciará feitos impressionantes.

— O senhor gostaria de voltar a combater?

— E por acaso você acha que eu, depois de tantos anos de serviço à pátria, não queira selar a minha fama com uma morte gloriosa? Existe algo mais glorioso do que isto? Você chegou a conhecer *pan* Dziewiatkiewicz? Ele, embora aparentasse não ter mais do que cento e quarenta anos, tinha cento e quarenta e dois — e ainda servia.

— Ele não tinha esta idade toda.

— Tinha! Que eu nunca mais me levante deste banco se não tinha. Vou para a grande guerra e basta! Mas agora irei com vocês para Chreptiów, porque estou apaixonado por Basia!

Basia, encantada, abraçou *pan* Zagloba, que levantava a cabeça e repetia:

— Mais forte! Mais forte!

Wolodyjowski ficou matutando por um certo tempo e disse finalmente:

— Não faz qualquer sentido partirmos todos de imediato porque aquilo lá é um deserto e não encontraremos um teto para nos abrigar. Portanto, eu irei antes, encontrarei um lugar adequado, construirei um pequeno fortim, alojamentos para soldados e estrebarias para cavalos que, sendo puros-sangues, poderiam adoecer em função da mudança de clima. Depois cavarei uns poços, abrirei uma estrada e expulsarei parcialmente os bandidos das florestas. Uma vez feito isto, despacharei uma escolta para cá e vocês virão ter comigo. Pelos meus cálculos, vocês terão que esperar aqui por cerca de três semanas.

Basia quis protestar, mas *pan* Zagloba reconheceu o mérito das palavras de Wolodyjowski e disse:

— Michal está certo! Basia e eu ficaremos aqui juntinhos e vamos nos sentir muito bem. Além disto, temos que preparar provisões e, caso vocês não saibam, não existe um lugar melhor do que uma caverna para conservar vinho e mel...

Capítulo 22

WOLODYJOWSKI MANTEVE sua palavra; concluiu as edificações em três semanas e enviou uma magnífica escolta formada por uma centena de dragões comandados por *pan* Snitko e uma centena de tártaros lituanos, conhecidos como *lipki*, comandados por Azja Mellechowicz, um tártaro lituano de apenas vinte anos. Foi este quem trouxe a seguinte carta do pequeno cavaleiro à esposa:

"Minha querida Basia! Venha o mais rápido possível, pois estar sem você ao meu lado é como estar sem pão e, caso eu ainda não tenha morrido de saudades até o nosso encontro, hei de cobrir o seu rostinho querido com milhares de beijos. Envio-lhe uma escolta adequada, comandada por oficiais qualificados. Mostre uma deferência especial a pan Snitko, pois se trata de um homem bene natus. Quanto a Mellechowicz, apesar de ser um soldado experiente, ninguém sabe quem é e somente pôde chegar ao posto de oficial num destacamento de lipki, *já que, em qualquer outro, poderia encontrar imparitatatem. Construí um fortim com mais de cem seteiras e chaminés enormes. Para nós, separei alguns quartos numa casa vizinha. O ar está repleto de cheiro de resina e há tantos grilos que, quando eles se põem a cricrilar à noite, chegam a acordar os cachorros. Se tivéssemos um pouco de palha de ervilha, certamente poderíamos livrar-nos deles, mas acho que você vai querer usá-la para forrar carroças. Não temos vidros e tivemos que tapar as janelas com musgo. No entanto, um dos dragões de* pan Bialoglowski é *um vidraceiro e você poderia comprar alguns vidros dos armênios quando passar por Kamieniec, mas, pelo amor a Deus, traga-os com cuidado, para*

que não se quebrem na viagem. Mandei forrar o seu quarto com tapeçarias e ele ficou muito agradável. Já enforquei dezenove bandidos que encontramos nas ravinas e, até você chegar, já terei enforcado mais de trinta. Pan Snitko poderá contar-lhe como vivemos aqui. Encomendo-a à proteção de Deus e da Virgem Santíssima, meu anjo querido."

Basia, assim que terminou a leitura da carta, passou-a a *pan Zagloba* que, depois de ler, apressou-se em tratar *pan* Snitko com mais respeito, mas não a ponto de este não deixar de notar que estava diante de alguém mais importante do que ele e que o tratava assim somente por delicadeza. Aliás, uma preocupação totalmente desnecessária, já que *pan* Snitko era um soldado afável que passara grande parte da sua vida em campanhas militares. Tinha um profundo respeito por Wolodyjowski e, diante da fama de *pan* Zagloba, sentia-se diminuto e nem pensava em dar-se ares.

Mellechowicz não esteve presente durante a leitura da carta, tendo-se retirado logo após tê-la entregue, sob o pretexto de ter que supervisionar os seus homens, mas, na verdade, com medo de mandarem-no aquartelar-se nos alojamentos dos empregados. A sua saída não foi suficientemente rápida para Zagloba não poder observá-lo e, tendo em mente o que Wolodyjowski escrevera, virou-se para *pan* Snitko e disse:

— Seja bem-vindo! Já ouvi muito sobre o senhor! Mas qual é mesmo o nome daquele tártaro?

— Mellechowicz.

— Pois este tal Mellechowicz tem um olhar de lobo selvagem. Michal nos escreve dizendo que se trata de alguém de procedência desconhecida, o que me causa espécie, já que todos os nossos tártaros são *szlachcic*, mesmo sendo muçulmanos. Quando estive na Lituânia, vi vários vilarejos habitados exclusivamente por eles. Lá eles eram chamados de *lipki*, enquanto aqui costumamos chamá-los de *czeremisy*. Eles serviram lealmente à República por muitos anos, mas desde o levante dos cossacos, muitos deles passaram para o lado de Chmielnicki, e ultimamente, pelo que ouvi dizer, começam a engraçar-se com a horda... Este Mellechowicz tem um olhar de lobo... Wolodyjowski o conhece há muito tempo?

O PEQUENO CAVALEIRO

— Desde os tempos da última campanha — respondeu *pan* Snitko — quando, sob o comando de *pan* Sobieski, atravessamos a Ucrânia combatendo Doroszenko e a horda.

— Dos tempos da última campanha! Não pude tomar parte nela porque *pan* Sobieski confiou-me uma outra missão, embora depois viesse a sentir minha falta... Mas voltemos a este Mellechowicz. Qual é a sua origem?

— Ele afirma ser um tártaro lituano, o que é estranho, pois não conhece qualquer outro tártaro lituano, embora sirva num dos seus batalhões. *Ex quo* as suspeitas sobre a sua origem, apesar das suas boas maneiras e comportamento exemplar. Além disto, é um soldado destemido, mas pouco falante. Destacou-se tanto nas batalhas de Braclaw e Kalnik que o senhor *hetman* nomeou-o capitão de uma companhia de *lipki*, apesar de ele ser o mais jovem dos seus componentes. É muito respeitado pelos *lipki*, mas não entre nós, por ser um tipo soturno e, como o senhor mesmo disse, ter um olhar de lobo selvagem.

— Considerando que ele demonstrou ser um soldado valente e derramou o seu sangue — falou Basia — deveríamos convidá-lo a juntar-se a nós, algo que o meu marido não proibiu na sua carta.

Neste ponto, virou-se para *pan* Snitko e perguntou:

— O senhor tem alguma objeção a isto?

— Sou um servo de Vossa Senhoria — respondeu Snitko.

Basia saiu imediatamente e *pan* Zagloba soltou um suspiro, perguntando a *pan* Snitko:

— E então, o que o senhor achou da esposa do nosso coronel?

Em vez de responder, o velho soldado fechou os olhos e, inclinando-se na cadeira, apenas gemeu:

— Ai! Ai! Ai!

Em seguida, tapou a boca com as mãos, como se estivesse envergonhado pelo seu encantamento.

— Um autêntico bombonzinho, o senhor não acha?

Entrementes, o "bombonzinho" aparecia no umbral da porta, trazendo consigo um Mellechowicz eriçado como uma ave de rapina e dizendo:

— Pelo que me escreve o meu marido e por tudo que ouvimos de *pan* Snitko sobre os grandes feitos militares do senhor, gostaríamos de conhecê-lo melhor. Portanto, pedimos que o senhor almoce conosco.

— Por favor, junte-se a nós! — disse *pan* Zagloba.

O soturno, embora belo, rosto do jovem tártaro não se desanuviou por completo, mas era visível que estava grato por ser recebido tão cordialmente e por não lhe ter sido ordenado que permanecesse nos alojamentos da criadagem.

Basia, por sua vez, fez questão de ser o mais amável possível, pois o seu instinto feminino lhe dizia que o jovem guerreiro era desconfiado e orgulhoso e que devia sofrer muito pelas humilhações às quais era exposto em virtude da sua origem desconhecida. Sendo assim, tratou-o da mesma forma que a *pan* Snitko, exceto quanto à deferência devida a este pela sua idade avançada, e cobriu o jovem capitão de perguntas sobre os seus feitos, especialmente os perpetrados na batalha de Kalnik e que resultaram na sua promoção.

Pan Zagloba, adivinhando as intenções de Basia, também participou ativamente da conversa, enquanto Mellechowicz, mantendo-se cauteloso, respondia com precisão e de uma forma que não indicava que fosse um simplório, chegando a surpreender pelas suas maneiras refinadas.

"O seu comportamento não é de um simples campônio", pensou Zagloba consigo mesmo.

Em seguida, perguntou em voz alta:

— Onde vive o seu pai?

— Na Lituânia — respondeu Mellechowicz, com o rosto enrubescido.

— A Lituânia é um país muito grande. O senhor poderia ter dito igualmente "na República".

— Agora aquela região não faz mais parte da República. A propriedade do meu pai fica perto de Smolensk.

— Eu também tive umas propriedades por lá que herdei de um parente que não tinha descendentes. No entanto, preferi abandoná-las em prol da República.

— Pois eu fiz o mesmo — respondeu Mellechowicz.

— O que foi muito nobre da sua parte! — aparteou Basia.

O PEQUENO CAVALEIRO 223

Pan Snitko, que escutava atentamente a conversa, fez um movimento com os ombros como se quisesse dizer: "Só Deus sabe quem é você e de onde provém!", ao que *pan* Zagloba, tendo intuído o significado daquele movimento, virou-se para Mellechowicz e perguntou:

— E o senhor crê em Jesus Cristo ou, sem qualquer intenção de ofendê-lo, permanece vivendo em pecado?

— Adotei a fé cristã e, por causa disto, tive que abandonar o meu lar paterno.

— Se você o abandonou por causa disto, pode estar certo de que Deus não vai abandoná-lo, e a primeira prova disto é que você pôde travar conhecimento com vinho, pois, caso tivesse permanecido em pecado, não teria tido esta oportunidade.

Snitko soltou uma gargalhada, mas, aparentemente, Mellechowicz não achara graça alguma, porque voltou a ficar todo eriçado.

Pan Zagloba não deu qualquer importância a isto, principalmente por ter antipatizado com o jovem tártaro, já que a sua postura e o seu olhar lembravam-lhe o famoso líder cossaco, Bohun.

O resto do dia foi tomado pelos preparativos finais para a viagem, que teve início antes do sol raiar para poderem chegar a Chreptiów antes de findar o dia.

Basia decidira abastecer regiamente as dispensas de Chreptiów, de modo que se formou uma autêntica caravana, composta de carroças, cavalos e camelos curvados sob o peso de fardos, duas dezenas de bois e um pequeno rebanho de ovelhas. Mellechowicz e os seus *lipki* cavalgavam na frente, enquanto os dragões cercavam a carruagem com Basia e *pan* Zagloba instalados confortavelmente no seu interior. Basia queria viajar montada no seu cavalo, mas o velho *szlachcic* lhe pediu para que não fizesse isto, pelo menos no início e no fim da viagem.

— Eu não me oporia a isto se tivesse a certeza de que você cavalgaria calmamente; mas sei que você logo começaria a galopar e a empinar o seu cavalo, algo que é contrário à dignidade da esposa de um coronel.

Basia estava feliz e alegre como um passarinho. Desde o seu casamento tinha ela dois grandes desejos: o de dar um filho a Michal e o de passar pelo menos um ano morando com o pequeno cavaleiro num dos postos avançados junto das *Dzikie Pola*, levando uma vida de soldado, vendo as estepes selvagens com seus próprios olhos e participando das aventuras das quais tanto ouvira falar desde a mais tenra idade. Sonhara com isto desde a adolescência, e eis que os seus sonhos estavam por se materializar, com a vantagem de estar junto do seu bem-amado, o mais famoso de todos os cavaleiros da República, de quem, conforme se dizia, nenhum inimigo conseguiria escapar.

A "senhora coronel", como costumavam chamá-la, sentia-se como se tivesse asas às costas e estava tão exultante que, volta e meia, tinha vontade de gritar e pular, retendo-se apenas por questão de dignidade da sua posição. O seu desejo era o de demonstrar serenidade e conquistar os corações de todos os soldados. Confidenciou esta intenção a *pan* Zagloba que, sorrindo ironicamente, disse:

— Que você vai causar um grande impacto, isto é inegável! Uma mulher num posto avançado é uma *avis rara*!...

— E, em caso de necessidade, dar-lhes-ei um exemplo.

— Exemplo de quê?

— De coragem! A única coisa que me preocupa é o fato de Chreptiów não ser o posto mais avançado de todos e que dificilmente vamos encontrar bandos de tártaros.

— Pois o que me preocupa, obviamente não por mim, mas por você, é que vamos encontrá-los em demasia. Por que acha que eles têm a obrigação de atacar os postos mais avançados? Eles podem vir diretamente do leste, das estepes, seguindo a margem do Dniestr, e atravessar a fronteira da República onde bem entenderem, mesmo nas colinas perto de Chreptiów; a não ser que a notícia de minha presença em Chreptiów já tenha se espalhado, eles tentarão evitar-me ao máximo, porque me conhecem de longa data.

— E por acaso eles não conhecem Michal? Não vão querer evitar Chreptiów por causa da sua presença?

— Também por causa dele, a não ser que venham em grupos muito grandes, algo que não é de todo impossível. Mas se não vierem, você pode estar certa de que Michal sairá à procura deles.

— Estou certa disso! Mas diga-me, Chreptiów é realmente um deserto?

O PEQUENO CAVALEIRO

— Não existe região mais deserta. Há muitos anos, quando eu era jovem, não era assim; havia vilarejos e até pequenas cidades. Estive aqui várias vezes, na época em que Uszyc era uma cidade fortificada. O velho *pan* Koniecpolski chegou a nomear-me o estaroste de Uszyc. Depois tudo foi transformado em ruínas pela guerra. Quando estivemos aqui em busca da Helena Skrzetuski, já era um deserto e, depois disto, as hordas tártaras passaram por aqui mais de vinte vezes... Finalmente, *pan* Sobieski arrancou esta região dos cossacos e dos tártaros, mas as pessoas de bem não retornaram ainda e só há bandidos escondidos nas florestas...

Neste ponto, *pan* Zagloba começou a olhar em volta, meneando a cabeça e lembrando-se dos tempos passados.

— Meu Deus, quando viemos para cá em busca de Helena, eu achava que estava ficando velho, mas agora vejo que era jovem, porque isto foi há vinte e quatro anos. Michal era quase um rapazola e tinha menos pêlos na cara do que eu no braço. Lembro-me de tudo como fosse ontem! Apenas as florestas ficaram maiores, desde que os agricultores partiram...

Com efeito, assim que passaram de Kitajgród, logo penetraram numa densa floresta. No entanto, às vezes encontravam campos descobertos, quando podiam enxergar as margens do Dniestr e as terras do outro lado do rio, que se estendiam até onde a vista podia alcançar, até as colinas da Moldávia.

Ravinas profundas, covis de animais selvagens e de homens mais selvagens ainda cortavam o seu caminho, às vezes estreitas e íngremes, às vezes mais largas e com paredes levemente inclinadas e cobertas de musgo silvestre. Os *lipki* de Mellechowicz penetravam nelas com extremo cuidado, e quando o fim do comboio ainda estava no topo da ravina, o seu começo parecia ter sido tragado por elas. Freqüentemente, Basia e *pan* Zagloba tinham que descer da carruagem, pois embora Wolodyjowski tivesse preparado uma espécie de estrada, algumas passagens não eram suficientemente seguras. No fundo das ravinas, havia muitas fontes e murmurantes riachos alimentados na primavera pela neve derretida das estepes. Embora as florestas e ravinas ainda estivessem aquecidas pelo sol, um frio severo escondia-se naqueles desfiladeiros rochosos e atacava viajantes desprevenidos. Florestas de pinheiros cobriam o alto das paredes rochosas, soturnas e escuras, como se quisessem evitar que as profundezas das ravinas fossem aquecidas pelos raios dourados do sol. No entanto, algumas delas tinham árvores quebradas, derrubadas, empilhadas umas sobre as outras em desordem, ressecadas ou cobertas de folhas avermelhadas.

— O que aconteceu a estas florestas? — perguntava Basia a *pan* Zagloba.

— Algumas das árvores foram cortadas pelos antigos habitantes daqui para se protegerem das hordas tártaras, enquanto outras, pelos bandidos que viviam nas florestas, no intuito de dificultar a ação das nossas tropas. Outras ainda foram derrubadas pelos ventos que fustigam estas florestas e que, conforme dizem os mais velhos, costumam ser acompanhados por fantasmas e demônios que dançam no meio dos redemoinhos.

— E o senhor chegou a ver alguns destes demônios?

— Ver, eu não vi, mas os ouvi dando gritos de alegria. Você pode perguntar a Michal, porque ele também ouviu.

Basia, embora valente, tinha medo de maus espíritos e começou imediatamente a benzer-se.

— Que lugar mais aterrador! — disse.

Com efeito, algumas partes das florestas eram assustadoras, tanto por serem escuras quanto silenciosas. Não ventava; as folhas e os galhos não sussurravam e os únicos sons eram os dos cascos dos cavalos sobre o terreno rochoso, o ranger das rodas das carroças, relinchos de cavalos e gritos dos cocheiros nas passagens mais perigosas. Vez por outra, podiam ouvir-se canções entoadas pelos tártaros ou pelos dragões, mas a densa vegetação não emitia qualquer som, fosse humano ou de animais.

Enquanto as soturnas florestas incutiam medo nos viajantes, a parte montanhosa do caminho, mesmo naqueles lugares onde havia florestas, parecia abrir os seus braços dando boas-vindas à caravana. O disco solar deslocava-se calmamente num céu sem uma nuvem sequer, cobrindo rochas, campos e bosques com seus raios brilhantes. À sua luz, os pinheiros adquiriam uma coloração vermelho-dourada e as teias de aranha pendentes dos galhos das árvores brilhavam tão fortemente como se tivessem sido tecidas com raios do sol. O mês de outubro estava por terminar e os pássaros, especialmente os mais suscetíveis ao frio, começavam a deixar a

O PEQUENO CAVALEIRO

República, migrando em direção ao mar Negro. Olhando para o céu, podiam-se ver bandos de cegonhas, marrecos e gansos selvagens.

Aqui e ali, no alto, muito alto, águias, tão temidas pelos habitantes dos ares, planavam com suas asas estendidas; em outros pontos, falcões, sempre ansiosos por caça, descreviam círculos suaves. Na terra, principalmente nas planícies, também não faltavam aquelas aves que se mantinham no chão e viviam contentes e escondidas no meio dos juncais. A todo instante, bandos de perdizes levantavam vôo diante das patas dos cavalos dos *lipki*, e Basia chegou a ver, embora de longe, um grupo de grous postados como sentinelas, cuja visão enrubesceu suas bochechas e fez seus olhos brilharem.

— Já me vejo caçando-os, junto com Michalek! — exclamava, batendo palmas.

— Se o seu marido fosse um daqueles que gosta de ficar em casa — disse Zagloba — certamente a sua barba embranqueceria em pouco tempo. Mas eu tive o cuidado de escolher acertadamente a quem deveria entregar você. Outras mulheres ficar-me-iam muito gratas por isto, você não acha?

Basia, imediatamente, salpicou dois beijos nas bochechas de *pan* Zagloba, e este, enternecido, disse:

— Quando se fica velho, tal demonstração de afeto é tão agradável quanto um cantinho aquecido junto de uma lareira.

Depois ficou matutando por muito tempo e acrescentou finalmente:

— É de espantar como eu sempre gostei de mulheres em toda a minha vida. Por quê? Nem eu mesmo sei, já que elas costumam ser más, falsas e bobas... Mas como elas são tão indefesas como crianças, basta que sofram alguma desgraça para que o nosso coração chegue a piar de tanta piedade. Vamos, abrace-me mais uma vez!

Basia estava pronta para abraçar o mundo todo, de modo que atendeu de imediato o desejo de *pan* Zagloba e ambos prosseguiram a viagem de excelente humor. Deslocavam-se lentamente, pois os bois não podiam avançar com velocidade maior, e a opção de deixá-los para trás, naquelas florestas e com poucos homens, não era recomendável.

Quanto mais se aproximavam de Ujsc, mais o terreno ficava irregular e as florestas mais profundas e mais silenciosas. A antiga estrada que, anos atrás, levava até Mohilów, estava tão coberta de vegetação que mal se podia distinguir os seus restos. Diante disto, tiveram que utilizar trilhas abertas pelas tropas, não raramente traiçoeiras e sempre perigosas.

Numa das passagens, o cavalo de Mellechowicz, que cavalgava à testa dos *lipki*, tropeçou e despencou desfiladeiro abaixo, com sérios danos ao seu cavaleiro, que sofreu uma pancada tão forte na cabeça que chegou a perder os sentidos. Basia e Zagloba imediatamente montaram em seus cavalos e Basia ordenou que o tártaro fosse colocado na carruagem. A partir daí, toda vez que se aproximavam de uma fonte ou um riacho, ela mandava parar a caravana e, com suas próprias mãos, envolvia a cabeça do jovem capitão com panos umedecidos em água cristalina. O rapaz ficou com os olhos fechados por muito tempo e, quando finalmente os abriu e viu Basia inclinada sobre ele perguntando como estava se sentindo, em vez de responder, pegou a sua mão e levou-a aos seus lábios empalidecidos.

Somente alguns minutos depois, como se estivesse recuperando a consciência e elaborando uma resposta adequada, disse:

— Oh! Muito bem... há muito tempo que não me sentia tão bem!

O dia estava se aproximando do seu fim. O sol ficou avermelhado, o leito do Dniestr passou a brilhar como uma faixa de fogo, e do leste, das *Dzikie Pola*, começou a aproximar-se o manto da escuridão.

Chreptiów não estava distante, mas os cavalos precisavam descansar, de modo que a caravana teve que parar.

Alguns dragões começaram a cantar as vésperas, enquanto os *lipki*, após desmontarem e estenderem no chão pequenos tapetes de pele de ovelha, ajoelharam-se sobre eles e puseram-se a orar, com o rosto virado para o leste. Ora soltavam gritos: "Allá! Allá!", ora ficavam em silêncio, se levantavam e, com as palmas das mãos viradas para cima e junto dos seus rostos, permaneciam imersos em suas orações, repetindo vez por outra, de forma sonolenta e com uma espécie de suspiro: "Lohichmen ah lohichmen". Os avermelhados raios solares caíam sobre eles, uma leve brisa começou a soprar do oeste e, junto com ela, ouviu-se o murmúrio das árvores, como se elas, também, quisessem honrar Aquele que, ao anoitecer, cobria o negro céu de milhares de estrelas cintilantes.

Basia olhava com curiosidade para aquelas rezas dos *lipki*, mas o seu coração ficava apertado só de pensar naqueles homens que, tendo passado a vida toda em privações, estavam condenados às chamas do inferno, principalmente por estarem em contato diário com pessoas da Fé Verdadeira e, assim mesmo, terem decidido, de livre e espontânea vontade, permanecer vivendo em pecado.

Pan Zagloba, mais acostumado com este tipo de coisas, apenas dava de ombros às observações religiosas de Basia, dizendo:

— De qualquer modo, estes filhos de cabras não teriam sido admitidos no céu, para que não o infectassem com insetos nocivos.

Depois, com a ajuda de um pajem, vestiu um grosso casaco de lã por causa do frio noturno e ordenou que a caravana seguisse em frente. Mas assim que se puseram em marcha, surgiram cinco cavaleiros no topo da colina mais próxima.

Os *lipki* afastaram-se imediatamente, deixando o caminho livre.

— Michal! — gritou Basia, ao ver o cavaleiro à testa dos demais.

Com efeito, era *pan* Wolodyjowski que, acompanhado de alguns cavaleiros, vinha ao encontro da esposa.

Atirando-se nos braços um do outro, saudaram-se efusivamente e passaram a contar, um ao outro, tudo o que lhes acontecera enquanto estiveram separados.

Basia contou como foi a viagem e como *pan* Mellechowicz sofrera um acidente e ficara desacordado. O pequeno cavaleiro, por sua vez, fez um relatório das suas atividades em Chreptiów, onde, conforme assegurava, tudo estava pronto, já que mais de quinhentos machados trabalharam por três semanas na edificação dos prédios.

Durante a conversa, o apaixonado *pan* Michal inclinava-se a cada momento na sela e abraçava a sua jovem esposa, que não parecia incomodada com isto e cavalgava tão próxima dele que seus cavalos chegavam a roçar.

A viagem chegava ao fim e a noite estava linda e iluminada por uma lua dourada que emergira do horizonte e que aos poucos foi perdendo o brilho, a ponto de ficar quase apagada por causa de um clarão que surgiu diante da caravana.

— Que clarão é este? — perguntou Basia.

— Você já vai ver — disse Wolodyjowski, agitando os bigodinhos. — Assim que atravessarmos este bosque que nos separa de Chreptióv.

Entraram no bosque, mas antes de chegarem à sua metade, surgiram na outra extremidade milhares de luzes que mais pareciam um enxame de vaga-lumes ou estrelas cintilantes. As estrelas em questão começaram a aproximar-se rapidamente e, de repente, o bosque todo tremeu diante de gritos retumbantes:

— Viva a nossa *pani*! *Vivat* Sua Excelência, a senhora coronel! *Vivat! Vivat!*

Eram os soldados que vinham saudar Basia. Eram centenas, cada um portando uma longa vara com uma tocha acesa na ponta. Alguns traziam *kagance*, espécie de gaiolas de ferro das quais resina em chamas caía por terra, parecendo lágrimas de fogo.

Pouco tempo depois, Basia se viu cercada por uma multidão de rostos bigodudos, selvagens, porém radiantes de felicidade. A maioria deles nunca vira Basia e esperava encontrar uma matrona; portanto, a sua alegria foi ainda maior ao ver uma mulher tão jovem que, cavalgando no seu cavalinho branco, inclinava o seu belo e rosado rostinho infantil em agradecimento por uma recepção tão inesperada.

— Agradeço aos senhores, não mereço tamanha homenagem...

Mas a sua voz argêntea perdia-se no meio dos gritos que agitavam o bosque.

Cavalarianos poloneses, cossacos de Motowidlo, *lipki* e *czeremisy* formaram uma massa compacta e misturada. Todos queriam ver de perto a jovem "senhora coronel" e alguns, mais ousados, beijavam as bordas da sua pelerine ou os seus pés enfiados nos estribos. Pois, para aqueles guerreiros semi-selvagens, acostumados a emboscadas, derramamentos de sangue e massacres, ela era uma visão tão nova e tão extraordinária que, diante dela, seus duros corações amoleceram e sentimentos desconhecidos despertaram em seus peitos. Vieram ao seu encontro em função do amor e respeito que tinham por Wolodyjowski e querendo fazê-lo feliz, ou até bajulá-lo;

O PEQUENO CAVALEIRO

e eis que foram tomados por uma sensação de enternecimento. Aquele rostinho sorridente, doce e inocente, com olhos brilhantes e narinas dilatadas conquistou de imediato a todos. "Nossa criança querida!", gritavam os velhos cossacos, autênticos lobos das estepes. "Um verdadeiro querubim, senhor comandante!" "Uma aurora!" "Florzinha adorada!" "Estamos prontos para sacrificar nossas vidas por ela!" — exclamavam os cavalarianos poloneses, enquanto os *czeremisy* estalavam as línguas e, colocando as palmas das mãos sobre seus largos peitos, murmuravam: "Allá! Allá..."

Wolodyjowski parecia explodir de felicidade e, com as mãos nos quadris, olhava em volta, orgulhoso da sua Basia.

Os gritos não cessavam. Finalmente, a caravana saiu do bosque e apareceu diante dos olhos dos recém-chegados um grupo de sólidas construções de madeira erguidas sobre uma colina. Era o posto avançado de Chreptiów, visível como se fosse de dia, por estar cercado por enormes pilhas de troncos inteiros de árvores transformadas em fogueiras. Havia também fogueiras no pátio do posto em si, mas estas eram menores, para evitar incêndios.

Os soldados apagaram as pilhas externas e, em seguida, pegaram seus mosquetões, espingardas e pistolas e começaram a disparar em homenagem à *pani*. Logo surgiu uma "orquestra": trombetas dos cavalarianos poloneses, tambores e diversos instrumentos de cordas dos cossacos e, por fim, agudos apitos tártaros dos *lipki*. Os latidos dos cachorros, aliados aos mugidos do gado apavorado, serviram para aumentar ainda mais a balbúrdia.

A caravana ficara para trás e Basia cavalgava à frente, tendo o marido de um lado e *pan* Zagloba do outro.

Sobre o portão de entrada, lindamente adornado com ramos de abeto, via-se uma inscrição pintada sobre uma bexiga de boi coberta de banha e iluminada por dentro:

> *Que Cupido os receba, acolha e os encha de cuidados*
> Crescite et multiplicamini, *queridos recém-chegados!*

— *Vivant! Floreant!* — gritaram os soldados quando o pequeno cavaleiro e Basia detiveram-se para ler a inscrição.

— Por Deus! — disse *pan* Zagloba. — Eu também sou um recém-chegado, e se aqueles votos de multiplicação aplicam-se a mim, então quero ser bicado por corvos se eu souber como realizá-los.

Mas *pan* Zagloba encontrou uma outra bexiga, destinada a ele, na qual leu, com grande satisfação, o seguinte:

Vivat Onofre Zagloba, guerreiro mais afamado
Que sirva de exemplo a quem quer ser soldado!

Wolodyjowski estava radiante e convidou os cavalarianos e os oficiais para jantarem com ele, ordenando que fossem abertos alguns barris de vodca para os soldados. Foram abatidos também alguns bois, imediatamente postos para assar nas fogueiras. Houve comida e bebida suficiente para todos, e Chreptiów passou a noite em meio a gritos e disparos, a ponto de incutir medo nos bandos de assaltantes ocultos nas florestas.

Capítulo 23

P AN WOLODYJOWSKI NÃO folgava nas suas atividades e os seus homens viviam permanentemente ocupados. Apenas cem, ou até menos homens, permaneciam em Chreptiów, enquanto os demais participavam de incessantes expedições. Os batalhões mais aguerridos eram enviados para as densas florestas de Uszyc, onde viviam em estado de guerra permanente, já que bandos de facínoras, freqüentemente muito numerosos, ofereciam forte resistência e, vez por outra, tinha-se que travar com eles autênticas batalhas. Destacamentos menores eram despachados para os mais diversos lugares; uns para bem longe, até Braclaw, para observar as hordas tártaras e as tropas de Doroszenko, e outros ao longo da margem do Dniestr, até Mohilów e Jampol, para fazer contato com os comandantes daqueles postos mais avançados; outros ainda para lugares mais próximos, a fim de construir pontes e consertar estradas.

Diante de tamanha movimentação militar, a região começou a acalmar-se. Seus habitantes mais pacíficos retornavam lentamente aos vilarejos abandonados — de início, com grande cautela, e depois com ousadia cada vez maior. Alguns deles vinham a Chreptiów: artesãos judeus, negociantes armênios e comerciantes dispostos a abrir lojas. Desta forma, *pan* Wolodyjowski tinha razões de sobra para nutrir esperanças de que, com a ajuda de Deus e com a permissão do *hetman* para permanecer por um longo tempo no comando, aquela parte selvagem do país voltaria a ter um outro aspecto. Por enquanto, aquilo era apenas um começo e havia ainda muito a fazer: as estradas ainda não estavam seguras, o desenfreado populacho estava mais propenso a confraternizar com bandidos do que com soldados e, à menor provocação, voltava a esconder-se nos desfiladeiros rochosos; os pântanos do Dniestr eram freqüentemente atravessados pelas *wataha* cossacas, húngaras, tártaras e só Deus sabe quem mais. Estes bandos ameaçadores, usando táticas tártaras, atacavam vilarejos e cidadezinhas, promovendo saques e levando consigo tudo em que conseguiam pôr as mãos. Portanto, ainda não chegara a hora de largar a espada e pendurar o mosquetão no prego na parede; mas o primeiro passo havia sido dado e o futuro apresentava-se promissor.

Enquanto isto, Basia assumia as funções de primeira-dama de Chreptiów. Agradava-lhe imensamente aquela vida entre soldados que nunca ainda havia experimentado: a constante agitação, expedições militares, a visão de prisioneiros. Dizia a Wolodyjowski que iria participar de pelo menos um dos cercos, mas, por enquanto, tinha que se satisfazer em montar o seu cavalinho e, acompanhada pelo seu marido e *pan* Zagloba, visitar as redondezas de Chreptiów. Nestas ocasiões, costumavam caçar raposas e grous. De vez em quando, um jovem lobo emergia da vegetação e corria pela estepe, quando eles partiam em sua perseguição com Basia à frente, logo depois dos cães, para ser a primeira a chegar junto do exausto animal e disparar a pequena espingarda entre seus olhos avermelhados.

Pan Zagloba preferia caçar com falcões, emprestados pelos oficiais que os trouxeram consigo para Chreptiów. Basia acompanhava-o nestas caçadas, sendo que *pan* Michal despachava atrás dela uma dezena de soldados para ajudá-la em caso de necessidade. Muito embora Chreptiów fosse um lugar seguro, *pan* Michal preferia ser cauteloso.

A cada dia, os soldados enamoravam-se mais e mais de Basia, e esta, da sua parte, ocupava-se deles com afinco, assegurando que tivessem comida e bebida suficiente e visitando os feridos e os adoentados. Até o soturno Mellechowicz, que continuava a sentir fortes dores de cabeça e tinha o coração mais duro e mais selvagem do que os demais, desanuviava o seu rosto ao vê-la. Os soldados mais antigos admiravam-se com o seu espírito audacioso e com o seu conhecimento de assuntos militares.

— Caso o Pequeno Falcão viesse a nos faltar — diziam — ela poderia assumir o comando, e não seria penoso para nós morrer sob um tal comandante.

O PEQUENO CAVALEIRO

235

Além do mais, quando ocorriam algumas desordens no meio dos soldados na ausência de Wolodyjowski, Basia passava-lhes uma descompostura
e era obedecida imediatamente. Os velhos guerreiros temiam mais uma
reprimenda saída dos seus lábios do que o mais severo dos castigos que o
rigoroso *pan* Michal não poupava diante de qualquer quebra de disciplina.

Uma rígida ordem militar reinava no posto, já que Wolodyjowski, educado na escola do príncipe Jeremi, sabia comandar com mão de ferro os
seus subordinados. Além disto, a presença de Basia mitigara um pouco
os modos selvagens da soldadesca. Todos queriam agradá-la e zelar por sua
paz e conforto, evitando qualquer ato que pudesse aborrecê-la.

No destacamento da cavalaria ligeira de *pan* Michal Potocki havia vários
guerreiros viajados e refinados que, embora tivessem se embrutecido em
tantas guerras e aventuras, formavam uma companhia assaz agradável. Estes, junto com os oficiais dos demais destacamentos, costumavam reunir-
se ao anoitecer na casa do coronel, falando sobre as guerras passadas nas
quais tomaram parte. *Pan* Zagloba era quem mais se destacava. Era o mais
velho, quem mais vira e mais fizera, mas, depois de ter tomado um ou dois
cálices e adormecer na confortável poltrona trazida especialmente para ele,
os outros tinham a oportunidade de falar das suas próprias experiências.

E como tinham histórias para contar! Alguns estiveram na Suécia e em
Moscou; outros passaram a juventude em Sicz, ainda antes do levante de
Chmielnicki; outros, aprisionados e transformados em escravos, pasto-
rearam ovelhas na Criméia, cavaram poços na Bachkíria, estiveram na Ásia
Menor e remaram nas galeras turcas no mar Egeu; outros ainda estiveram
em Jerusalém, prostrados diante do túmulo de Cristo — todos haviam
experimentado as mais terríveis aventuras e desgraças e, após retornarem
aos seus destacamentos, estavam prontos para defender, até a última gota
do seu sangue e o seu último suspiro, aquelas fronteiras ensangüentadas.

Quando, com a chegada de novembro, o entardecer tornava-se mais
longo e as estepes ficavam calmas por falta de pasto que pudesse alimentar os cavalos das hordas tártaras, as reuniões na casa do coronel passaram
a ser diárias. Iam até lá *pan* Motowidlo, líder dos cossacos e russo de nascen-
ça, magro como uma vara e comprido como uma lança; *pan* Deyma, irmão
daquele que matara *pan* Ubysz; *pan* Muszalski, um arqueiro inigualável,

capaz de atravessar um pássaro com uma flecha sem errar o alvo uma só vez e que já fora rico, mas, após ser aprisionado na sua juventude, passou anos remando nas galeras turcas e, tendo escapado, abandonou as suas propriedades e, com espada na mão, vingava-se dos seguidores de Maomé; *pan* Wilga, *pan* Nienaszyniec e muitos outros guerreiros famosos. E quando eles se punham a falar, podia-se ver, por seus relatos, todo o mundo oriental: Bachkíria e Istambul, os minaretes e as mesquitas do falso profeta, as águas turquesas do Bósforo, os chafarizes e a corte do sultão, os exércitos, os dervixes e toda aquela gente assustadora e multicolorida como um arco-íris, da qual a República defendia as cruzes e as igrejas de toda a Europa com o peito ensangüentado dos seus guerreiros.

Os velhos soldados formavam um círculo no grande salão como bandos de cegonhas que, cansadas de um vôo prolongado, pousavam numa elevação nas estepes e gralhavam sem cessar.

Toras de pinheiros ardiam na lareira. Seguindo ordens de Basia, vários pajens aqueciam vinho de Moldávia junto à lareira, servindo-o aos guerreiros. Do lado de fora, podiam ouvir-se os gritos dos sentinelas; os grilos, que tanto incomodavam *pan* Wolodyjowski, cricrilavam dentro do salão e, vez por outra, através das frestas tapadas por musgo, soprava um vento outonal que, vindo do norte, ficava cada vez mais frio. Nestas horas, não havia nada mais agradável do que ficar sentado num lugar protegido e iluminado, ouvindo as peripécias dos guerreiros.

Foi numa noite destas que *pan* Muszalski contou a seguinte história:

— Que Deus Onipotente dê Sua proteção divina a toda a República, a nós todos e, principalmente, à dama aqui presente, mui digna esposa do nosso comandante, cujo esplendor meus olhos não são dignos de contemplar. Não pretendo comparar-me a *pan* Zagloba, cujas aventuras espantariam até Dido e toda sua corte, mas como a distinta platéia pediu *casus cognoscere meos*, não vou mais divagar e passo a relatá-lo:

"Quando ainda jovem, herdei uma grande propriedade na Ucrânia, perto de Taraszcz. Já possuía dois vilarejos herdados da mãe, mas como a propriedade paterna ficava mais perto das hordas tártaras, preferi instalar-me nela, ansiando por lutas e aventuras. Embora me sentisse atraído por Sicz, cheio de gente selvagem, naqueles dias não havia razão para deslocar-me para lá. Em compensação, vivia percorrendo as *Dzikie Pola* em companhia de outros jovens aventureiros e devo admitir que divertimo-nos à beça. Teria vivido feliz e contente na minha propriedade, não fosse a presença de um vizinho desagradável. Era um simples camponês que passara muito tempo em Sicz, onde chegou a ser promovido a *ataman* e, graças a este cargo, foi enviado por várias vezes como um emissário dos cossacos para Varsóvia, onde acabou recebendo o título de *szlachcic*. Chamava-se Dydiuk. É preciso que os senhores saibam que a minha família descende de um certo líder dos samnitas chamado Musca, o que, na nossa língua, quer dizer 'mosca'. Pois o tal Musca, depois de desastrosas batalhas contra os romanos, acabou fixando residência na Ucrânia, mudando o seu nome para Muscalski, que os seus descendentes mudaram para Muszalski. Sentindo-me um descendente de uma linhagem tão nobre, olhava com abominação para aquele Dydiuk. Pois, se aquele vagabundo tivesse sabido honrar a distinção que lhe fora conferida e reconhecido que um *szlachcic* está acima de todos os demais estratos sociais, talvez eu tivesse permanecido calado. Mas ele, embora proprietário de terras, menosprezava a honraria que recebera e ainda costumava dizer: 'Por acaso a minha sombra ficou mais comprida? Fui um cossaco e continuo a ser um cossaco. Quanto aos títulos de vocês, poloneses... eis o que penso deles!' Não posso repetir os gestos vulgares que fazia junto com tal declaração, pois a presença da nobre dama me impede. Mas fui ficando cada vez mais furioso e comecei a hostilizá-lo. Mas ele, sendo um homem valente, não se amedrontou e respondeu-me com a mesma moeda. Cheguei a pensar em desafiá-lo para um duelo, mas desisti da idéia em função da nossa diferença social. Passamos a odiar-nos mutuamente. Ele chegou a disparar em mim e quase me matou, enquanto eu, da minha parte, quase arrebentei a sua cabeça com a minha machadinha. Junto com meus empregados, ataquei por duas vezes a sua propriedade, enquanto ele, também por duas vezes, atacou a minha, com seus asseclas. Não conseguiu esmagar-me, mas eu, também, não conseguia dar cabo dele. Pensei em levá-lo aos tribunais, mas como pensar em tribunais quando os escombros das cidades ainda estão fumegando? Todo aquele que conseguisse juntar um grupo de bandidos poderia troçar da República. E era exatamente isto o que ele fazia, blasfemando contra nossa mãe comum e esquecendo que fora ela quem lhe dera o título de *szlachcic*, acolhera-o nos seus braços, concedera-lhe privilégios e terras, além de liberdade de expressão — uma liberdade que ele jamais teria encontrado em qualquer outro país. Se nós pudéssemos encontrar-nos de uma forma civilizada, como bons vizinhos, certamente eu teria *argumentae* adequados, mas nós nos encontrávamos somente com armas de fogo nas mãos. Fiquei tomado de tanto *odium* por ele que cheguei a adoecer. Não pensava em mais nada a não ser em encontrar uma forma de acabar com ele. Sabia que o ódio é um pecado, portanto queria apenas dar-lhe uma surra por debochar do nosso título de *szlachcic*, e depois, tendo perdoado todos os seus pecados, agir como um verdadeiro cristão, ou seja, mandar que fosse fuzilado.

"Mas Deus não quis que fosse assim.

"Na minha propriedade, eu produzia mel e tinha várias colméias perto do vilarejo. Ao entardecer de certo dia, fui inspecioná-las. Não estava lá mais do que o tempo necessário para rezar dez padres nossos, quando um *clamor* chegou aos meus ouvidos. Olhei para trás e uma coluna de fumaça elevava-se do vilarejo. Momentos depois, centenas de pessoas vieram correndo em minha direção, gritando 'A horda! A horda!' Flechas encheram o ar como se fossem chuva e eu via somente coletes de lã e diabólicos rostos tártaros. Tentei montar no meu cavalo, mas antes mesmo de enfiar o pé no estribo, cinco ou seis laços me imobilizaram. Três meses depois, encontrei-me, com outro grupo de prisioneiros-escravos, num vilarejo tártaro chamado Suhajdzig.

"O meu amo chamava-se Salma-bey. Era um tártaro rico, porém desumano e muito cruel com os seus escravos. Sob chicotadas, tivemos que cavar poços e arar a terra. Quis pagar um resgate, algo que podia, pois era bastante rico. Por intermédio de certo armênio, enviei cartas para os meus parentes. Não sei se as cartas não chegaram ao seu destino, ou se o dinheiro do resgate perdeu-se no caminho; o fato é que não chegou a Suhajdzig... Fui levado para Istambul e vendido para as galeras.

"Poder-se-ia dizer muito sobre aquela cidade, pois duvido que haja uma outra maior e mais bela em todo o mundo. Há nela mais pessoas do que pasto nas estepes ou pedras na região do Dniestr... Muros altos e largos...

O PEQUENO CAVALEIRO   239

Torres e mais torres... Nos jardins, cães brincavam à vontade sem serem incomodados pelos turcos, pois, sendo filhos de cadelas, deviam sentir-se aparentados com eles... Lá somente havia duas classes sociais: senhores e escravos; e devo dizer que não existe uma escravidão pior do que a dos pagãos. Só Deus sabe como isto é verdade, pois dizem que as águas que banham Istambul — ou seja, Bósforo e Corno Dourado — foram forma-das pelas lágrimas dos escravos, e muitas delas foram minhas...

"A potência turca é indescritível e não há um só potentado no mundo que tenha tantos reis subordinados a ele do que o sultão. Os próprios turcos afirmam que se não fosse Lechistan — é assim que eles denominam a nossa pátria-mãe, eles teriam, há muito tempo, dominado toda a *orbis terrarum*. 'Às costas dos *Lach*', diziam, 'o resto do mundo vive sob falsa fé. Os *Lach* ficam deitados diante da cruz e mordem os nossos braços...' No que estão certos, porque sempre foi assim, e assim ainda é... Porque se não for, o que estamos fazendo aqui em Chreptiów e nos demais postos avançados? Não posso negar que há muita maldade no meio da nossa República, mas creio que chegará o dia em que Deus levará em consideração esta nossa função — e talvez até os próprios homens venham a reconhecê-la...

"Mas permitam que eu retorne à minha narrativa. Os escravos que per-maneceram em terra, nas cidades e nos vilarejos, gemiam sob uma opres-são menor do que aqueles que remavam nas galeras. Estes, uma vez acorrentados aos remos, nunca mais eram soltos, fosse de noite, de dia, ou nos feriados — e tinham que permanecer assim para sempre, até o resto dos seus dias; e, quando numa *pugna navali*, a nave era afundada, eles afun-davam com ela. Nus, com frio, molhados pela chuva e famintos, não ti-nham outra saída a não ser chorar e trabalhar, e o trabalho era terrível, já que os remos eram enormes e tão pesados que eram precisos dois escravos para cada remo...

"Fui trazido de noite e acorrentado diante de um companheiro de in-fortúnio, a quem, *in tenebris*, não pude reconhecer. Quando ouvi as bati-das do tambor e o barulho das correntes, pensei que estavam pregando o tampo do meu caixão, sendo que teria preferido que aquilo tivesse sido verdade. Fiquei rezando, mas sem um fio de esperança... A cada gemido recebia uma chicotada, de modo que me calei e passei a noite toda calado, até o sol começar a raiar... Aí, olho para aquele que vai remar comigo e — meu Jesus adorado! — adivinhem a quem vejo diante de mim? — Dydiuk!

"Reconheci-o de imediato, muito embora estivesse nu, magérrimo e com uma barba até a cintura, já que fora vendido para a galera muito antes de mim... Comecei a olhar atentamente para ele — e ele, para mim; também me reconhecera... Não trocamos uma só palavra... O ódio que nutríamos um pelo outro era tão grande que não nos cumprimentamos de uma forma cristã e, pelo contrário, cada um de nós chegou a sentir certa satisfação ao ver que o seu inimigo mortal estava passando pelos mesmos sofrimentos... A nave partiu naquele mesmo dia. Como era estranho remar junto com o meu maior inimigo, comer do mesmo prato uma comida que, nas nossas casas, não teríamos coragem de dar a um cachorro, suportar a mesma tirania, respirar o mesmo ar, sofrer junto e junto chorar... Navegamos pelo mar Egeu pontilhado de ilhas, umas juntinhas a outras e todas elas ocupadas pelos turcos... assim como todo o resto do mundo! De dia, o calor era indescritível. O sol ardia com tal força que parecia ter incendiado a água e quando os seus raios começavam a tremer e saltitar sobre as ondas, parecia uma chuva de fogo. Estávamos cobertos de suor e as nossas línguas grudavam no palato... Às noites, o frio era insuportável... Nenhum consolo — nada, a não ser sofrimento e dor pela felicidade perdida. Não dá para descrever o quanto sofremos... Numa das paradas, já nos territórios gregos, pudemos ver as ruínas dos templos construídos pelos *graeci antiquui*. Colunas e mais colunas, parecendo feitas de ouro, pois o tempo amarelara o mármore. Eram claramente visíveis, pois estavam em cima de uma colina e o céu de lá é como turquesa... Depois, navegamos em torno do Peloponeso. Passaram-se dias e semanas sem que Dydiuk e eu trocássemos uma palavra, pois os nossos corações continuavam repletos de ódio... Mas, sob a mão de Deus, começamos lentamente a amolecer. O esforço físico e as mudanças de clima fizeram com que a nossa carne pecadora quase se desprendesse dos ossos e as nossas feridas apodrecessem sob o sol inclemente. Ao anoitecer, rezávamos implorando pela morte. Volta e meia, podia ouvir Dydiuk murmurando, em ucraniano: 'Cristo, tenha piedade de mim! Virgem Santíssima, tenha piedade e permita que eu morra!' E ele também podia ouvir quando eu estendia os meus braços para a Mãe de Deus e o

O PEQUENO CAVALEIRO   241

Seu Filho, rezando em polonês... E, aos poucos, os ventos dos mares foram dissipando as nossas desavenças... Sentíamos cada vez menos ódio nos nossos corações e, no final, quando eu chorava pelas minhas desgraças, chorava ele também pelas dele. Já olhávamos um para o outro de uma forma diferente e... mais do que isto, passamos a ajudar-nos mutuamente. Quando eu não tinha mais forças e estava desfalecendo de exaustão, ele remava por nós dois; quando a situação era inversa, eu fazia o mesmo. Quando traziam-nos comida, cada um zelava para que o outro não fosse prejudicado na sua divisão. Mas vejam os senhores como é a natureza humana! Falando claramente, amávamo-nos mutuamente, mas nenhum dos dois queria ser o primeiro a admitir isto... Que alma mais dura tinha aquele ucraniano! As coisas mudaram somente quando a nossa situação ficou ainda pior e nos foi dito: 'amanhã, vamos enfrentar a frota veneziana'. Reduziram as nossas rações e as únicas coisas que não diminuíram foram as chicotadas. Caiu a noite; gemíamos silenciosamente e — ele em ucraniano e eu, em polonês — rezávamos ainda mais ardorosamente. Olhei para ele e vi o seu rosto iluminado pelo luar e banhado em lágrimas. Meu coração encheuse de ternura, não resisti e disse: 'Dydiuk, nós somos da mesma região, vamos perdoar-nos mutuamente.' Quando ele ouviu isto — meu Deus! — explodiu num choro compulsivo, levantou-se apesar das pesadas correntes e atirou-se nos meus braços, por cima do remo. Não me lembro mais por quanto tempo ficamos abraçados beijando-nos afetuosamente, mas lembrome de como os nossos corpos eram sacudidos por soluços."

Neste ponto, *pan* Muszalski interrompeu a narrativa e ficou esfregando os olhos. O salão ficou em silêncio, interrompido apenas pelo uivo do vento através das frestas, pelo crepitar da madeira queimando na lareira e pelo som dos grilos. *Pan* Muszalski soltou um profundo suspiro e voltou a falar:

— Como os senhores hão de ver, Deus misericordioso nos abençoou e demonstrou a Sua graça, mas não de imediato. Pagamos muito caro por esta confraternização, pois, ao nos abraçarmos, enroscamos as correntes de tal forma que não nos foi possível desfazê-las. Vieram os supervisores e as separaram, mas o chicote caiu sobre as nossas costas por horas a fio.

242   HENRYK SIENKIEWICZ

Açoitavam-nos sem olhar onde batiam. Sangrei eu, sangrou Dydiuk, e o nosso sangue misturou-se e escorreu sobre o tombadilho para dentro da imensidão do mar. Mas isto são coisas do passado... glória a Deus!

"A partir daí, nunca mais passou-me pela cabeça que eu era um descendente dos samnitas e ele apenas um simples campônio recentemente transformado em *szlachcic*. Amava-o como a um irmão de sangue. Mesmo se ele não fosse um *szlachcic*, eu o teria amado da mesma forma — embora teria preferido que fosse. Quanto a ele, passou a amar-me com a mesma intensidade com que me odiara antes... Ele era assim mesmo...

"No dia seguinte, travou-se a batalha. Os venezianos dispersaram a nossa frota aos quatro ventos. A nossa galera, bastante avariada pelos canhões, conseguiu esconder-se atrás de uma ilhota — um monte de rochas emergindo do mar. Precisava ser consertada e como a maioria dos soldados morreu na refrega, tiveram que tirar as nossas correntes e nos dar machados. Assim que desembarcamos, olhei para Dydiuk e vi que ele pensou a mesma coisa que eu. 'Agora?,' — perguntou-me. 'Agora!', respondi e, sem perda de tempo, dei uma machadada na cabeça do guarda mais próximo, enquanto Dydiuk fazia o mesmo na cabeça do próprio capitão. Os demais escravos seguiram o nosso exemplo e, em menos de uma hora, acabamos com os turcos. Depois consertamos um pouco a galera e, livres das correntes, pusemo-nos a remar. Deus misericordioso ordenou aos ventos que nos levassem a Veneza.

"Mendigando por pedaços de pão, chegamos até a República. Dividi com ele a minha propriedade de Jasiel e, no intuito de vingarmos as lágrimas e o sangue derramados, voltamos a nos alistar. Dydiuk foi para Sicz, juntou-se ao *ataman* Sirka e, com ele, foi até a Criméia. O que eles fizeram naquelas bandas os senhores bem sabem.

"Durante o seu retorno à Ucrânia, Dydiuk, já saciado de vingança, morreu atingido por uma flecha tártara. Fiquei sozinho e agora, toda vez que estico a corda do meu arco, faço-o em sua intenção, querendo alegrar desta forma a sua alma; algo que tenho certeza que muitos dos senhores já tiveram a oportunidade de presenciar."

Pan Muszalski calou-se novamente e no salão voltaram a se ouvir apenas o uivo do vento e os estalidos dos galhos que ardiam. O velho guerreiro fixou o olhar nas chamas e, depois de uma longa pausa, concluiu a sua narrativa da seguinte forma:

— Tivemos Nalewajko e Loboda, tivemos Chmielnicki e agora temos Dorosz; a terra ainda não absorveu todo o sangue derramado. Vivemos brigando entre nós e, no entanto, Deus semeou em nossos corações *semina* de amor, só que elas estão num terreno estéril. Somente quando ele for regado com sangue e lágrimas, somente quando for assolado por chicotes pagãos, somente em escravidão tártara, poderá dar frutos inesperados.

De repente, ouviu-se a voz de *pan* Zagloba, que acabara de despertar:

— Um grosseirão será sempre um grosseirão!

Capítulo 24

MELLECHOWICZ RECUPERAVA-SE lentamente dos seus ferimentos, e como ainda não participava das surtidas e permanecia no seu alojamento, ninguém lhe dera qualquer importância, até surgir um acontecimento que chamou a atenção de todos para a sua pessoa.

Os cossacos de *pan* Motowidlo aprisionaram um tártaro rondando um posto avançado em atitude suspeita e trouxeram-no para Chreptiów.

Após um exaustivo interrogatório, foi constatado que se tratava de um *lipek*, mas um daqueles que abandonaram a República e passaram para o lado dos turcos. Viera do outro lado do Dniepr e tinha consigo cartas de Kryczynski para Mellechowicz.

Pan Wolodyjowski ficou deveras preocupado e convocou um conselho de guerra.

— Meus senhores, os senhores sabem que muitos *lipki*, mesmo aqueles que viveram por anos na Rutênia e Ucrânia, bandearam-se para o lado das hordas turcas, pagando com traição pela generosidade com que foram tratados pela República. Portanto, devemos tratá-los como inimigos em potencial e manter os olhos abertos para as suas atividades. Temos entre nós um batalhão de *lipki*, com mais de cento e cinqüenta componentes comandados por Mellechowicz. Sei muito pouco sobre ele; apenas que o *hetman* o promoveu a capitão e o enviou, junto com os seus homens, para cá. Sempre achei estranho que os senhores nunca tenham ouvido falar dele antes... Quanto ao fato de os *lipki* terem por ele uma verdadeira adoração e obedecerem suas ordens de olhos fechados, isso se deve pelos atos de coragem que ele demonstrara, mas devo ressaltar que eles mesmos parecem não saber quem ele é e de onde vem. Até este momento, em função da confiança que o *hetman* deposita nele, nunca o pus sob suspeita e nunca lhe fiz perguntas, muito embora estivesse claro que ele oculta algum segredo. Cada pessoa tem o seu jeito de ser e eu não tenho nada a ver com isto, desde que cumpra o seu dever. Mas eis que as tropas de *pan* Motowidlo aprisionaram um tártaro com cartas de Kryczynski para Mellechowicz. Os senhores já ouviram falar de Kryczynski?

— Como não! — disse *pan* Nienaszyniec. — Conheci-o pessoalmente, mas agora só se fala do seu lado funesto.

— Freqüentamos a mesma esco... — começou *pan* Zagloba, interrompendo-se imediatamente ao dar-se conta de que, neste caso, Kryczynski deveria ter noventa anos, idade em que as pessoas não costumam mais combater.

— Em poucas palavras — disse o pequeno cavaleiro —, Kryczynski é um tártaro polonês que chegou ao posto de coronel de um regimento de *lipki* e, depois, traiu a pátria e se juntou à horda tártara. Pelo que ouvi dizer, ele goza lá de muito prestígio, pois os tártaros esperam que ele possa convencer os demais *lipki* a passarem para o lado pagão. E é com este tipo de gente que Mellechowicz mantém contato, sendo que a carta que tenho em mãos é a maior prova disto.

Neste ponto, o pequeno coronel desenrolou a carta, bateu nela com a parte superior da mão e começou a ler:

— *"Meu irmão amado! O seu mensageiro chegou e trouxe a sua missiva..."*

— Ele escreve em polonês? — interrompeu-o *pan* Zagloba.

— Kryczynski, assim como todos os nossos tártaros, só fala rutênio e polonês — respondeu o pequeno cavaleiro. — Tenho certeza de que Mellechowicz também não conhece a língua tártara. Peço aos senhores que ouçam o teor da carta, sem mais interrupções.

"...e trouxe a sua missiva. Deus há de fazer com que tudo dê certo e que você possa atingir o seu objetivo. Tenho me reunido com Morawski, Aleksandrowicz, Tarasowski e Grocholski, assim como enviado cartas aos

O PEQUENO CAVALEIRO

demais irmãos, para que aquilo que você tanto deseja, querido irmão, possa realizar-se. Tendo recebido a notícia de que você sofreu um acidente, enviolhe um dos meus homens, para que ele possa assegurar-se pessoalmente de que você, irmão amado, está bem de saúde e traga um alívio para os nossos corações preocupados. Pelo amor a Deus, mantenha os nossos planos em segredo e não revele-os antes do tempo. Que Deus multiplique os seus descendentes como se fossem estrelas no céu.
    Kryczynski."

Pan Wolodyjowski terminou a leitura e olhou para os presentes. Diante do silêncio destes, disse:

— Tarasowski, Morawski, Grocholski e Aleksandrowicz são todos ex-capitães tártaros e traidores.

— Assim como Poturzynski, Tworowski e Adurowicz — acrescentou *pan* Snitko.

— O que os senhores têm a dizer sobre o teor desta carta?

— É evidente que se trata de uma traição; não há o que deliberar — disse *pan* Muszalski. — Eles estão querendo cooptar Mellechowicz e os seus *lipki* para o lado deles, e Mellechowicz está disposto a isto.

— Meu Deus! Que *periculum* nos cerca! — exclamaram algumas vozes. — Os *lipki* são capazes de entregar suas almas a Mellechowicz e, caso ele ordene, irão nos atacar numa noite qualquer.

— Está claro como água: trata-se de uma traição! — gritou *pan* Deyma.

— E pensar que foi o próprio *hetman* quem promoveu este tal Mellechowicz ao posto de capitão! — disse *pan* Muszalski.

— Sr. Snitko — disse Zagloba —, o que eu lhe disse quando vi Mellechowicz pela primeira vez? Não lhe disse que ele tinha o olhar de um renegado e traidor? Ah! Bastou-me olhar para ele uma só vez! Ele poderia ter enganado a todos, menos a mim! Por favor, sr. Snitko, repita exatamente as minhas palavras; eu não lhe disse que ele era um traidor?

Pan Snitko puxou as pernas para debaixo do banco e inclinou a cabeça.

— Tenho que admitir que a perspicácia do senhor é digna de admiração, muito embora não esteja lembrado de o senhor tê-lo chamado de traidor. O que o senhor disse é que ele tinha o olhar de um lobo selvagem.

— Quer dizer que um cão pode ser traiçoeiro, mas um lobo, não? Em sua opinião, um lobo não é um traidor e não é capaz de morder a mão que o afaga? Somente um cão é capaz disto? Talvez o senhor queira defender Mellechowicz e transformar-nos todos em traidores?

Pan Snitko ficou tão confuso com as palavras de Zagloba, que arregalou os olhos, escancarou a boca e ficou sem emitir uma palavra sequer.

Enquanto isto, *pan* Muszalski, que costumava emitir rapidamente suas opiniões, disse de imediato:

— Em primeiro lugar, devemos agradecer a Deus por termos descoberto este complô a tempo. Devemos enviar seis dragões e mandar-lhes enfiar uma bala na cabeça de Mellechowicz.

— Depois basta nomear um novo capitão — acrescentou *pan* Nienaszyniec.

— A traição é tão evidente que não pode pairar qualquer dúvida.

— Primeiro — disse Wolodyjowski — cabe-nos interrogar Mellechowicz. Depois, eu devo informar o senhor *hetman* do que ocorreu, pois, conforme me foi dito por *pan* Bogusz, o marechal real nutre uma profunda simpatia pelos *lipki*.

— Mas o senhor coronel — disse *pan* Motowidlo, dirigindo-se ao pequeno cavaleiro — tem todo o direito de julgar Mellechowicz, já que ele não é um oficial polonês.

— Conheço os meus direitos — respondeu Wolodyjowski. — Não preciso ser lembrado deles.

Diante disto os demais se puseram a exclamar:

— Então, que o traidor seja trazido à nossa presença!

Os gritos despertaram *pan* Zagloba, que havia adormecido — algo que lhe acontecia com freqüência. Lembrando-se do que estivera falando antes, disse:

— Não, sr. Snitko. A lua escondeu-se por trás das nuvens, mas a sagacidade do senhor escondeu-se ainda mais, a ponto de ninguém poder achá-la, mesmo com uma vela na mão. Como o senhor pode dizer que um cão, é um traidor e um lobo, não! Permita-me dizer que o senhor não sabe o que diz!

O PEQUENO CAVALEIRO 249

Pan Snitko elevou os olhos aos céus para mostrar o quanto estava sofrendo, mas não quis continuar a discussão com o velhinho. Felizmente, Wolodyjowski mandou que ele trouxesse Mellechowicz e ele saiu mais do que rapidamente, feliz por escapar daquele embaraço.

Retornou em pouco tempo, trazendo consigo o jovem tártaro que, evidentemente, não tomara conhecimento do aprisionamento do *lipek*, pois entrou na sala com toda sua costumeira autoconfiança. Seu belo rosto havia empalidecido bastante e sua cabeça não estava mais envolta em curativos, mas apenas coberta por um gorro de veludo vermelho.

Todos os olhos viraram-se em sua direção, enquanto ele inclinava-se profundamente diante do pequeno cavaleiro e, com menos deferência, aos demais.

— Mellechowicz! — disse Wolodyjowski, olhando diretamente nos olhos do tártaro. — Você conhece Kryczynski?

Uma fugaz e ameaçadora sombra percorreu o rosto de Mellechowicz.

— Conheço! — respondeu.

— Então leia isto! — disse o pequeno cavaleiro, entregando-lhe a carta encontrada com o *lipek*.

— Aguardo as suas ordens — respondeu Mellechowicz, devolvendo a carta.

— Há quanto tempo você estava preparando esta traição e quais são os seus sócios nesta empreitada?

— Quer dizer que estou sendo acusado de traição?

— Não lhe cabe perguntar, mas apenas responder! — disse o pequeno cavaleiro em tom ameaçador.

— Eis o meu *respons*: não planejei qualquer ato de traição e não tive quaisquer sócios, e se os tive, eles são tais que os senhores não têm condição de julgar.

Ao ouvir isto, os guerreiros começaram a ranger os dentes e algumas vozes ecoaram:

— Vá com calma, seu filho de uma cadela, com mais respeito! Não se esqueça de que está na presença de pessoas mais dignas do que você!

Mellechowicz olhou para eles com um olhar cheio de ódio.

— Sei quais são os meus deveres perante o meu comandante a quem devo obediência — respondeu, inclinando-se novamente para Wolodyjowski. — Sei, também, que os senhores consideram-me como alguém inferior, razão pela qual tenho evitado a sua companhia. — O jovem então voltou-se novamente para Wolodyjowski. — O senhor perguntou-me se eu tenho sócios; sim, tenho dois: o voivoda de Nowogród, *pan* Bogusz, e o grão-*hetman* real.

As palavras de Mellechowicz calaram todas as bocas e um pesado silêncio tomou conta da sala. Finalmente, *pan* Wolodyjowski agitou os seus bigodinhos e perguntou:

— Como isto é possível?

— Da seguinte forma — respondeu Mellechowicz. — Embora Kryczynski, Morawski, Tworowski, Aleksandrowicz e muitos outros tivessem passado para o lado da horda e infligido grandes desgraças à pátria, eles não encontraram lá a felicidade que procuravam. É possível, também, que tenham se arrependido, mas o que importa é que não se sentem mais atraídos pelo serviço e não lhes agrada a pecha de traidores. O grão-*hetman* e *pan* Bogusz estão cientes disto e me ordenaram entrar em contato com Kryczynski e tentar, por intermédio dele, fazer com que eles retornem às tropas da República. Tenho, no meu alojamento, cartas de *pan* Bogusz que poderei mostrar e nas quais Vossa Senhoria há de acreditar mais do que nas minhas palavras.

— Vá, junto com *pan* Snitko, e traga-as imediatamente para cá.

Mellechowicz saiu.

— Meus senhores — disse rapidamente o pequeno cavaleiro. — Fomos demasiadamente rápidos em prejulgar esse soldado, porque se ele tem essas cartas e está dizendo a verdade, e eu começo a achar que está, então ele não só é um grande guerreiro, como também um homem extremamente dedicado ao bem da pátria. Diante disto, ele deveria ser recompensado e não julgado. Meu Deus! Temos que fazer algo para corrigir o nosso erro!

Os demais guerreiros permaneceram calados sem saber o que dizer, enquanto *pan* Zagloba cerrava os olhos e — desta vez — fingia dormitar.

Enquanto isto, Mellechowicz retornou e entregou a Wolodyjowski as cartas de *pan* Bogusz. O pequeno cavaleiro leu o que se segue:

O PEQUENO CAVALEIRO

— "Ouço falar por toda parte que não há alguém mais indicado do que você para prestar este serviço, especialmente em função da surpreendente adoração que eles nutrem por você. O senhor hetman *está disposto a perdoá-los, assim como lhes assegurar o perdão da República. Mantenha constante contato com Kryczynski por meio de homens de sua confiança. Mantenha segredo para não pôr em risco as suas vidas. Fale disto exclusivamente com* pan Wolodyjowski, *pois ele é o seu comandante, além de poder ajudá-lo nesta empreitada. Não esmoreça e dedique-se a isto de corpo e alma, pois* finis corona opus, *e esteja certo que a mãe-pátria saberá recompensá-lo pelos seus esforços."*

— Eis a recompensa que recebo! — murmurou soturnamente o jovem tártaro.

— Por Deus! Por que não falou disto antes?! — exclamou Wolodyjowski.

— Eu quis contar a Vossa Senhoria, mas não tive oportunidade em virtude do meu acidente. Quanto aos senhores — neste ponto, Mellechowicz virou-se para os oficiais — eu tinha ordens expressas de manter segredo, e espero que Vossa Senhoria ordene a estes senhores que o mantenham, para não provocar a perdição daqueles que estão nele envolvidos.

— As provas da sua lisura são tão evidentes que até um cego não poderia negá-la — disse o pequeno cavaleiro. — Continue mantendo contato com Kryczynski. Você não encontrará qualquer impedimento da minha parte; pelo contrário, farei de tudo para ajudá-lo e, como prova disto, estendo-lhe a minha mão como a um cavalheiro distinto. Venha jantar comigo hoje à noite.

Mellechowicz apertou a mão que lhe fora estendida e curvou-se pela terceira vez. Os demais oficiais aproximaram-se dele, dizendo:

— Não o conhecíamos, mas agora ninguém que admira a virtude vai se recusar a apertar a sua mão.

Mas o jovem *lipek* empertigou-se e ergueu a cabeça como uma ave de rapina pronta a desferir um golpe.

— Estou na presença de pessoas mais dignas do que eu — disse.

Em seguida, saiu da sala.

Assim que saiu, a sala ficou agitada.

— Não é de estranhar — comentaram entre si os oficiais —, que o coração dele esteja ainda cheio de mágoa por ter sido tão apressadamente julgado por nós, mas isto passará com o tempo. Trata-se de um cavalheiro e tanto, e o *hetman* sabia muito bem do que ele é capaz. Que coisa mais extraordinária!

Pan Snitko deleitava-se com o seu triunfo e, não podendo mais agüentar, aproximou-se de *pan* Zagloba, fez-lhe uma reverência e disse:

— O senhor terá que admitir que este lobo não é um traidor...

— Não é um traidor? — respondeu Zagloba. — Pois saiba que é, mas um traidor virtuoso, porque não está traindo a nós, mas à horda... Não perca as esperanças, sr. Snitko, porque hei de orar diariamente pela sua sagacidade e, talvez, o Espírito Santo apiede-se do senhor.

Basia ficou muito contente quanto *pan* Zagloba lhe relatou o que ocorrera, pois simpatizara com Mellehowicz e tinha pena das humilhações às quais ele era exposto.

— Michal e eu — disse — deveríamos acompanhá-lo na primeira expedição perigosa da qual ele vai participar, mostrando-lhe assim a confiança que temos nele.

Mas o pequeno cavaleiro acariciou o rosto rosado da esposa e disse:

— Conheço você, minha querida! Não é Mellehowicz, nem a confiança que depositamos nele que você tem em mente, mas a vontade de participar de uma expedição guerreira! Pode esquecer...

— *Mulier insidiosa est!* — disse Zagloba, com toda seriedade.

Enquanto isso, Mellechowicz estava no seu alojamento, conversando baixinho com o tal *lipek* que fora aprisionado. Estavam sentados tão próximos um do outro que suas testas quase chegavam a se tocar. A luz do lampião lançava raios amarelados sobre o rosto de Mellechowicz que, apesar de toda sua beleza, tinha um aspecto terrível: desenhavam-se nela rancor, crueldade e uma selvagem alegria.

— Ouça-me bem, Halim! — dizia Mellechowicz.

— Sim, *effendi* — respondeu o emissário.

— Diga a Kryczynski que ele foi muito inteligente por sua carta não conter nada que pudesse me comprometer. Diga-lhe que ele é esperto e

O PEQUENO CAVALEIRO

que nunca deve escrever com mais clareza... Agora eles vão confiar muito mais em mim... todos eles! O próprio *hetman*, Bogusz, Mysliszewski, o comandante, todos! Está ouvindo? Que a peste negra mate-os a todos!

— Ouço, *effendi*.

— Agora preciso ir até Raszków, e somente depois retornar para cá.

— Mas, *effendi*, o jovem Nowowiejski poderá reconhecê-lo.

— Não. Ele já me viu em Kalnik e em Braclaw, e não me reconheceu. Ficou olhando para mim, franziu as sobrancelhas, mas não me reconheceu. Ele tinha quinze anos quando fugiu de casa. Desde então, passaram-se sete invernos. Eu mudei muito. O velho poderia me reconhecer, mas o jovem não... Quando chegar a Raszków, avisarei você. Mande Kryczynski ficar de prontidão, estar por perto e manter contato com os outros. Ademais, o nosso regimento está aquartelado em Jampol. Vou convencer Bogusz para que o *hetman* me ordene para ir a Raszków, sob o pretexto de que, de lá, poderei manter um contato mais próximo com Kryczynski. Mas terei que voltar para cá... isto é de fundamental importância para mim!... Não sei o que vai acontecer, ou como vou conseguir... Ardo por dentro, não durmo à noite... não fosse por ela, eu teria morrido...

— Abençoadas as suas mãos.

Os lábios de Mellechowicz começaram a tremer e ele, inclinando-se ainda mais para perto do *lipek*, sussurrou febrilmente:

— Halim! Abençoadas as suas mãos, abençoada a sua cabeça, abençoada a terra sobre a qual ela pisa... está ouvindo, Halim? Diga a eles que estou curado... graças a ela...

Capítulo 25

NA SUA JUVENTUDE, o padre Kaminski fora um guerreiro ousado, mas agora, nos seus anos de velhice, instalou-se em Uszyc e passou a dedicar-se à reconstrução da sua paróquia. Como a igreja estava em ruínas e faltavam-lhe paroquianos, o idoso pastor sem ovelhas vinha freqüentemente para Chreptiów, passando lá semanas inteiras, ocupado na nobre tarefa de edificar os espíritos dos guerreiros.

Alguns dias após a narrativa de *pan* Muszalski, a qual escutara com muita atenção, virou-se para os presentes e disse o que se segue:

— Sempre gostei de ouvir histórias nas quais as mais terríveis desgraças têm um final feliz, pois elas comprovam que todo aquele que tem a proteção divina acaba sendo salvo, mesmo das masmorras da Criméia.

"Portanto, é preciso que cada um dos senhores se lembre de uma coisa para sempre — a de que nada é impossível para Deus Nosso Senhor e que, mesmo nas maiores agruras, é preciso confiar na Sua misericórdia.

"A atitude de *pan* Muszalski, que demonstrou um amor fraternal a um homem de estrato inferior, é muito louvável, pois o próprio Salvador nos deu um exemplo disso, já que, apesar do Seu sangue real, amou homens de origem humilde, nomeou vários deles para serem Seus Apóstolos e fez com que eles tivessem assento no Senado Celeste.

"No entanto, o amor pessoal é diferente do amor universal — o de uma nação para com uma outra — que o Nosso Salvador mandou que fosse respeitado da mesma forma. E onde está ele? Se olharmos em volta, somente veremos ódio e rancor em todos os corações, como se os homens seguissem os mandamentos do diabo, e não do Senhor."

— Venerado padre — disse *pan* Zagloba —, o senhor terá muita dificuldade em nos convencer a amarmos turcos, tártaros ou outros bárbaros, a quem o próprio Deus repudia.

— Não estou pedindo-lhes isto, mas mantenho a convicção de que os filhos de *eiusdem matris* deveriam amar uns aos outros. E, no entanto, o que vemos? Desde o levante de Chmielnicki, ou seja, há mais de trinta anos, esta região toda vive banhada em sangue.

— E por culpa de quem?

— Aquele que for o primeiro a admitir a culpa será o primeiro a ser perdoado.

— O senhor, agora, porta trajes eclesiásticos, mas na sua juventude, pelo que ouvimos dizer, andou fazendo grandes estragos no meio dos rebeldes...

O padre ficou calado por um longo tempo. Finalmente, olhou para a assembléia e disse:

— Sim, combati os rebeldes, pois este era o meu dever como soldado, e quero que saibam que o meu pecado não foi este, mas o de odiá-los. Eu tinha lá as minhas razões para tanto, mas não vale a pena relembrá-las, pois ficaram no passado e suas feridas cicatrizaram com o tempo. O que me angustia é o fato de ter passado das medidas. Tive sob meu comando cerca de cem homens do regimento de *pan* Niewodowoski e por diversas vezes matei, incendiei e enforquei... Os senhores bem sabem como eram aqueles tempos. Os tártaros, que Chmielnilki chamara em sua ajuda, incendiavam e matavam, e nós fazíamos o mesmo. Os cossacos deixavam terra arrasada atrás de si e eram capazes de crueldades ainda maiores que as dos tártaros. Não há nada pior do que uma guerra civil... Não dá para descrever como foram aqueles tempos; basta dizer-lhes que mais parecíamos cães danados do que seres humanos...

"Certo dia recebemos a notícia de que a horda cercara a propriedade de *pan* Rusiecki. Eu e os meus homens fomos despachados para vir em seu socorro. Chegamos tarde demais, a propriedade jazia em ruínas. Encontrei apenas um grupo de camponeses embriagados, aos quais ataquei com

O PEQUENO CAVALEIRO 257

tal ímpeto que apenas uns poucos conseguiram refugiar-se no meio do trigal. Mandei que fossem pegos com vida, no intuito de enforcá-los a título de exemplo. Mas enforcar onde? No vilarejo não sobrara uma árvore sequer; até as poucas pereiras, esparsas e distantes, haviam sido derrubadas. Não dispunha de tempo para construir forcas e não havia florestas nas redondezas, já que estávamos no meio da estepe. O que fazer? Peguei os meus prisioneiros e segui em frente, achando que, ao longo do caminho, encontraria pelo menos um carvalho solitário.

"Viajamos por horas. Estepes e mais estepes. Ao anoitecer, chegamos aos restos de um vilarejo; olhei em volta e só vi carvões e cinzas, nada mais. No topo de uma pequena elevação sobrara uma grande cruz de carvalho, provavelmente erguida recentemente, pois a madeira ainda não escurecera e, no ocaso, parecia brilhar como fogo. Preso à cruz, havia uma figura de Cristo recortada de uma folha-de-flandres e pintada de forma tão magistral que somente ao chegar perto e ver a finura da chapa pude constatar que não era um corpo de verdade. Seu rosto parecia vivo e empalidecido pela dor e sua cabeça estava adornada por uma coroa de espinhos. Ao ver a cruz, passou-me pela cabeça a idéia: 'Eis uma árvore adequada' mas, imediatamente, fiquei tomado de pavor. Em nome do Pai e do Filho! Não posso enforcá-los numa cruz! No entanto, achei que poderia alegrar os olhos de Cristo mandando matar diante dele aqueles homens que derramaram tanto sangue inocente. Portanto, postei-me diante do crucifixo e disse: 'Senhor, imagine que estes homens sejam os judeus que O pregaram na cruz, pois eles não são melhores do que aqueles.' Em seguida, ordenei que os prisioneiros fossem trazidos, um a um, junto à cruz e decapitados.

"Havia entre eles velhos de cabeças grisalhas e rapazolas. O primeiro a ser trazido disse: 'Pelas chagas deste Cristo, apiede-se de mim, nobre guerreiro!' Ao que eu respondi: 'Acabe com ele!', e o dragão cortou fora a sua cabeça. Trouxeram o segundo, e ele, da mesma forma: 'Por este Cristo misericordioso, tenha piedade!' E eu, novamente: 'Acabe com ele!'. O mesmo ocorreu com o terceiro, quarto, quinto — eram, ao todo, catorze, todos implorando por misericórdia em nome de Cristo... O sol já se pusera quando terminamos. Ordenei que seus corpos e suas cabeças fossem dispostos num semicírculo aos pés da cruz... Tolo! Achara que aquela visão poderia deliciar o Filho Único! Enquanto isto, eles ficaram se agitando, ora braços, ora pernas, como peixes fora d'água, mas por pouco tempo; logo a vida abandonou seus corpos e eles ficaram quietos.

"Como já era noite e estávamos envoltos em escuridão, resolvi pernoitar ali mesmo, apesar de não haver madeira para fazer qualquer fogueira. Deus enviou-nos uma noite cálida, de modo que os meus homens deitaram-se imediatamente sobre as mantas dos seus cavalos, enquanto eu fui até o crucifixo para, aos pés de Cristo, fazer as minhas costumeiras orações e entregar-me sob Sua proteção. Acreditava que as minhas rezas seriam recebidas com reconhecimento pelos meus feitos daquele dia, tão meritórios na minha opinião.

"Não é raro um soldado, após um dia exaustivo, adormecer no meio das suas orações. Foi o que aconteceu comigo. Os dragões, vendo-me ajoelhado e com a cabeça apoiada na cruz, acharam que eu estava mergulhado em pias meditações e não quiseram perturbar-me. Meus olhos fecharam-se de imediato e tive um sonho muito estranho. Não posso dizer que tive uma visão, porque não era — e não sou — digno dela, mas, tendo adormecido profundamente, pareceu-me ver toda a Paixão de Cristo... Ao ver o Seu sofrimento, fiquei com o coração apertado e, com lágrimas escorrendo pela minha face, disse: 'Senhor, tenho sob o meu comando um grupo de homens destemidos. Se este for o Vosso desejo, basta que me deis um sinal e eu passarei à espada todos aqueles que ousaram levantar suas mãos contra Vós.' Mal terminei de pronunciar essas palavras e tudo desapareceu, ficando apenas a cruz e, pregado nela, o Nosso Senhor Jesus Cristo vertendo lágrimas de sangue... Abracei o pé da Árvore Sagrada e me pus a chorar. Não sei por quanto tempo fiquei assim, mas, tendo me acalmado um pouco, voltei a falar: 'Senhor, Senhor, por que Vós decidistes pregar o Evangelho no meio daqueles judeus empedernidos? Tivestes Vós vindo da Palestina para a República, nós não teríamos Vos crucificado, mas recebido de braços abertos, cobrindo-o de dádivas e dando a Vós um título de nobreza, com o qual a Vossa glória seria engrandecida. Por que não fizestes isto, Senhor?'

"Tendo dito isto, ergui meus olhos — os senhores não devem esquecer que se tratava de um sonho — e o que vejo? Jesus Cristo olhando para mim severamente, franzindo o cenho e dizendo, com voz possante: 'Como são baratos os vossos títulos de nobreza que, durante a guerra contra a Suécia, eram dados a qualquer um! Vós e a ralé se equivalem, ambos são piores que os judeus, porque pregam-me de novo na cruz a cada dia... Não vos mandei amar e a perdoar vossos inimigos? E o que fazem? Comportam-se como animais selvagens, matando-se uns aos outros. E, quando eu vejo isto, sofro uma agonia insuportável. Quanto a ti, que querias livrar-me dos meus algozes e convidar-me para a República, o que fizeste? Cercastes a minha cruz com cadáveres cujo sangue respingou nos meus pés e, no entanto, havia entre eles seres inocentes, meros rapazolas e outros homens que, incapazes de qualquer discernimento, seguiam os outros como ovelhas desgarradas. Tu mostrastes a eles alguma clemência ou os julgastes, antes de matá-los? Não! Tu ordenastes que fossem executados, e ainda achastes que estaria alegrando-me com isto. Existe uma grande diferença entre castigar — como um pai castiga um filho ou um irmão mais velho castiga um mais moço — e vingar-se sem qualquer julgamento e sem medir a dimensão do castigo. Chegamos a ponto de, nesta terra, os lobos serem mais misericordiosos que os seres humanos, a relva orvalhar-se de sangue, os ventos uivarem em vez de soprar, os rios serem de lágrimas e os homens pensarem na morte como o seu único refúgio'...

"— Senhor! — exclamei. — Serão estes homens melhores do que nós? Não foram eles que praticaram as piores barbaridades? Não foram eles que se aliaram aos pagãos?

"— É preciso amar, mesmo quando se castiga — respondeu o Senhor. — Só assim a névoa deixará de turvar vossos olhos, a animosidade abandonará vossos corações e a minha misericórdia descerá sobre vós. Caso contrário, virão os tártaros e colocarão seus laços em vossos pescoços, e no deles. E vós tereis que permanecer na escravidão, em lágrimas e em desprezo, até o dia em que podereis amar uns aos outros. Mas se persistirem em vossa obstinação, então nem vós nem eles terão qualquer perdão e os pagãos conquistarão esta terra para sempre!

"Ao ouvir aquelas palavras, fiquei petrificado e, por um longo tempo, não fui capaz de pronunciar uma só palavra. Finalmente, tendo-me atirado no chão, perguntei:

"— O que devo fazer, Senhor, para expiar os meus pecados?

"— Vá e repita as minhas palavras, apregoando o amor!

"Após esta resposta, o sonho acabou. Como as noites são curtas no verão, acordei ao raiar do sol. Aos pés da cruz, um rosário de cabeças humanas, algumas delas já azuladas. Que coisa mais estranha! Ainda no dia anterior, aquela visão teria me alegrado, mas naquela hora encheu-me de horror, especialmente a da cabeça de um jovem, de uns dezessete anos e extremamente belo. Ordenei aos meus homens que sepultassem condignamente aqueles corpos e, a partir daquele momento, passei a ser outro homem.

"No começo, dizia a mim mesmo que aquele sonho fora apenas uma ilusão. Mas ele permanecia na minha mente e parecia apossar-se de todo o meu corpo. Não ousava supor que o Senhor em pessoa falara comigo; conforme já disse, não me sentia digno disto. Mas podia ser que a minha consciência, que durante a guerra se escondera qual um tártaro num juncal, estivesse saindo do seu esconderijo, revelando-me os desejos divinos. Fui confessar-me e o padre confirmou o meu entendimento. É uma clara advertência divina. Ouça-a, para não se arrepender mais tarde, ele disse.

"A partir daí, passei a pregar o amor entre os homens.

"Mas os companheiros de armas passaram a zombar de mim: Você por acaso é um padre para nos pregar sermões? Aqueles filhos de uma cadela não vilipendiaram o nome de Deus, não incendiaram igrejas e não desonraram a cruz? E você nos diz para amá-los?, eles diziam. Em outras palavras, ninguém queria me ouvir.

"Diante disto, resolvi abandonar o exército e vestir estes trajes religiosos para poder, com a maior dignidade, pregar a palavra de Deus.

"Há vinte anos que faço isto, sem um momento de descanso. Meus cabelos já estão brancos... E só posso esperar que Deus misericordioso não me leve a mal por, até agora, a minha voz ser a voz de alguém que prega no deserto.

"Meus senhores, amem os vossos inimigos; castiguem-nos como um pai castiga um filho ou um irmão mais velho castiga um mais jovem, caso contrário, ai deles, mas também ai de vocês e ai da República.

"Olhem em volta e vejam o resultado desta luta fratricida: a terra virou um deserto; em vez de paroquianos só tenho túmulos; as igrejas jazem

O PEQUENO CAVALEIRO

em ruínas, enquanto a potência pagã cresce a olhos vistos e, como um mar revolto, está se preparando para tragar a todos nós.

Pan Nienaszyniec ouviu com emoção as palavras do padre Kaminski, a ponto de sua fronte cobrir-se de suor. Depois, no meio de um silêncio universal, disse:

— Que há homens dignos no meio dos cossacos, isto é notório, como o aqui presente *pan* Motowidlo, a quem todos amamos e respeitamos. Mas quanto a um amor generalizado pelos cossacos, do qual falou tão veementemente o padre Kaminski, devo confessar que vivi até agora em profundo pecado, porque nunca o senti e nunca fiz qualquer esforço para tê-lo. E sei que, sem uma graça divina, jamais poderei senti-lo, porque carrego comigo um tormento profundo, tormento este que contarei aos senhores.

— Antes vamos tomar algo quente — interrompeu-o Zagloba.

— Avivem o fogo — disse Basia aos pajens.

Momentos depois, o salão ficou iluminado e diante de cada guerreiro surgiram canecos de estanho com cerveja aquecida. Todos mergulharam neles os seus bigodes e, quando já haviam tomado um ou dois goles, *pan* Nienaszyniec iniciou a sua narrativa:

— Com o falecimento da minha mãe, coube a mim a tarefa de cuidar da minha irmã. Chamava-se Halszka. Como não era casado e não tinha filhos, ela passou a ser a razão da minha vida e tinha por ela uma autêntica adoração. Era vinte anos mais moça e eu a carregara nos braços, portanto considerava-a como se fosse a minha própria filha. Quando eclodiu a guerra, tive que partir em campanha e, quando retornei, constatei que ela fora levada pela horda tártara. Entrei em desespero. Vendi o que tinha sobrado das minhas propriedades e parti para o leste com comerciantes armênios no intuito de resgatá-la.

"Achei-a em Bachkíria. Estava junto de um harém, mas não dentro dele, já que tinha apenas doze anos. Jamais poderei esquecer a alegria que ela teve ao me ver, de como se pendurou no meu pescoço e cobriu-me de beijos. Mas, por desgraça, o dinheiro de que eu dispunha não era suficiente. A menina era linda e Jehu-aga, o tártaro que a raptara, exigia um resgate três vezes superior ao que eu podia oferecer. Ofereci-me para entregar o que tinha e mais a mim próprio em troca dela, mas ele não aceitou. Presenciei, com meus próprios olhos, quando ele a vendeu para Tuhaj-bey, o mais famoso dos nossos inimigos, que pretendia mantê-la por três anos junto do seu harém para, então, fazer dela uma de suas esposas.

"Retornei para casa arrancando os cabelos. No caminho de volta, descobri que num dos vilarejos tártaros morava uma das esposas de Tuhaj-bey, junto com um dos filhos mais amados por ele, Azja... Ao tomar conhecimento disto, achei que Deus estava me indicando o único meio pelo qual eu poderia salvar a minha Halszka, e decidi imediatamente raptar Azja e trocá-lo por ela. Mas isto era uma tarefa que não podia ser feita por um homem só. Era preciso formar uma *wataha* com gente da Ucrânia e das *Dzikie Pola*, o que não era algo fácil, tanto pelo medo que o nome de Tuhaj-bey inspirava em todos, quanto pelo fato de ele ser um aliado dos cossacos na rebelião de Chmielnicki. No entanto, as estepes estão sempre cheias de facínoras cossacos que só pensam em si e sentem-se atraídos por perspectivas de saques volumosos. Assim sendo, consegui formar um grupo bastante numeroso. Não dá para descrever o que passamos até chegarmos ao vilarejo, mas Deus nos ajudou e conseguimos raptar Azja, assim como nos apossarmos de valiosos saques. Chegamos sãos e salvos nas *Dzikie Pola*, de onde eu pretendia seguir para Kamieniec e, uma vez lá, iniciar as negociações por intermédio dos comerciantes locais.

"Dividi todo o saque entre os membros da *wataha*, ficando apenas com o filho de Tuhaj-bey. Tendo sido tão magnânimo com eles, tendo passado com eles tantas privações, passado por tantas aventuras e arriscado a minha vida protegendo a deles, tinha certeza de que eles me ficariam gratos pelo resto das suas vidas e estariam dispostos a atirar-se ao fogo por mim.

"Como paguei caro por esta ilusão!

"Não me dera conta de que eles costumavam matar os seus próprios *ataman* para poderem dividir entre si as suas porções dos saques; esqueci que eram homens sem fé, virtude, gratidão, nem consciência... Quando estávamos chegando a Kamieniec, eles ficaram tentados pela recompensa que Tuhaj-bey estaria disposto a dar pelo seu filho querido. Numa noite, lançaram-se sobre mim como um bando de lobos, sufocando-me com

O PEQUENO CAVALEIRO

cordas e perfurando o meu corpo com facas. Achando que eu estava morto, deixaram-me no deserto e fugiram com o garoto.

"Deus veio em meu socorro e fez com que eu me recuperasse dos ferimentos, mas a minha Halszka perdeu-se para sempre. Talvez ela ainda esteja viva, talvez, após a morte de Tuhaj-bey, um outro tártaro tenha se apossado dela, talvez tenha adotado a fé muçulmana, esquecido o seu irmão e um filho seu venha a derramar o meu sangue... Eis a minha história!"

Pan Nienaszyniec calou-se e ficou olhando soturnamente para o chão.

— Quanto sangue e quantas lágrimas escorreram nesta nossa terra! — falou *pan* Muszalski.

— Ame os seus inimigos — disse o padre Kaminski.

— E quando o senhor recuperou a sua saúde, não voltou a procurar por aquele filho de uma cadela? — perguntou *pan* Zagloba.

— Soube mais tarde que a *wataha* dos meus bandidos foi atacada por uma outra, que matou a todos. Eles devem ter ficado com os saques e com o menino. Procurei por ele por toda parte, mas ele desapareceu como uma pedra atirada n'água.

— Talvez o senhor o tenha encontrado mais tarde, mas não reconhecido — disse Basia.

— Ele tinha menos de três anos e mal sabia que se chamava Azja. Mas eu poderia reconhecê-lo, porque ele tinha dois peixes tatuados no peito.

De repente, Mellechowicz, que até então ficara calado num canto da sala, falou com uma voz estranha:

— O fato de um tártaro ter dois peixes tatuados não significa que seja ele, já que muitos tártaros podem ter a mesma tatuagem, especialmente aqueles que vivem à beira dos rios.

— Isto não é verdade — respondeu o idoso *pan* Hromyka. — Depois da batalha de Beresteczko, eu tive a oportunidade de ver o cadáver de Tuhaj-bey e vi os dois peixes tatuados no seu peito, enquanto todos os demais tártaros portavam tatuagens com outros símbolos.

— Pois eu afirmo ao senhor que muitos deles portam peixes.

— Sim, mas somente os da linhagem de Tuhaj-bey.

O resto da conversa foi interrompido pela entrada de *pan* Lelczyc, que retornava de uma expedição.

— Senhor comandante — disse ainda na porta. — Um grupo armado está se juntando perto de Sierocki Brod, do lado de Moldávia, e se prepara para avançar em nossa direção.

— Que tipo de gente? — perguntou *pan* Michal.

— Bandidos. Alguns cossacos e alguns húngaros, mas o grosso é formado por tártaros; cerca de duzentos homens ao todo.

— Devem ser os mesmos que andaram saqueando do lado da Moldávia — disse Wolodyjowski. — Eles atravessarão o rio durante a noite e nós vamos atacá-los de madrugada. Sr. Motowidlo e sr. Mellechowicz, fiquem de prontidão a partir de meia-noite. Soltem uma manada de bois para servir de isca, e agora vamos dormir.

Os guerreiros começaram a sair, mas antes de todos abandonarem o salão, Basia correu até o marido e, abraçando o seu pescoço, ficou sussurrando algo no seu ouvido. O pequeno cavaleiro sorria e meneava a cabeça de forma negativa, mas ela continuava insistindo e apertando cada vez mais o seu pescoço.

Ao ver a cena, *pan* Zagloba disse:

— Satisfaça-a pelo menos uma vez, e eu, um velho, irei com vocês.

Capítulo 26

AS DIVERSAS *WATAHA* QUE saqueavam em ambas as margens do Dniestr eram formadas por pessoas das mais diversas origens e nacionalidades. Havia tártaros das tribos de Dobrudz e de Bialogód, ainda mais valentes e selvagens do que os seus primos da Criméia, mas havia também cossacos, húngaros e até serviçais poloneses que fugiram das propriedades espalhadas ao longo do rio. Agiam eles tanto do lado polonês quanto do da Moldávia, atravessando freqüentemente a fronteira à medida que eram atacados, ora por poloneses ora por moldávios, refugiando-se em inacessíveis esconderijos nas florestas, ravinas e cavernas.

O que mais os atraía eram as manadas de gado e de cavalos que, mesmo no inverno, não saíam das estepes, procurando comida debaixo da neve. No entanto, não deixavam de atacar vilarejos, cidadezinhas, pequenos postos militares, comerciantes poloneses e turcos, além dos intermediários de resgates que, com grandes somas, atravessam a região a caminho da Criméia. Estes grupos de assaltantes eram organizados e tinham seus líderes, mas raramente se juntavam. Não era raro uma *wataha* mais poderosa atacar e exterminar uma *wataha* mais fraca. Eram numerosas nas regiões da Rutênia e Ucrânia, principalmente depois do levante dos cossacos, já que, naquelas regiões, passaram a reinar a desordem e a anarquia.

As *wataha* formadas por desertores das hordas tártaras eram as mais temíveis; algumas delas chegavam a contar com mais de quinhentos membros e os seus líderes se autonomeavam com o título de "*bey*". Ao combatê-las, freqüentemente os oficiais poloneses não sabiam se estavam lidando com reles bandidos ou com destacamentos avançados da horda tártara. Nestes confrontos, os membros de uma *wataha* não tinham condições de enfrentar os exércitos regulares, principalmente a cavalaria polonesa, mas, uma vez cercados, resistiam de forma desesperada, sabendo de antemão que não seriam tratados como prisioneiros de guerra, mas enforcados. Seu armamento era o mais diverso possível. Tinham poucos arcos e espingardas, armas que não lhes eram úteis nos ataques noturnos. A maioria estava armada com punhais recurvados, espadas turcas e longos bastões encimados por uma mandíbula eqüina. Estes últimos, quando bem manejados, podiam ser muito eficazes, pois não havia espada que pudesse lhes resistir. Havia ainda forcados com pontas afiadas e lanças com um gancho na ponta, muito usadas contra cargas de cavalaria.

A *wataha* que se juntara em Sierocki Brod deveria ser muito numerosa ou ter sofrido pesados ataques dos moldávios. Não podia haver uma outra razão para ela ousar aproximar-se de Chreptów malgrado o terror que o nome de *pan* Wolodyjowski despertava nos bandidos. E efetivamente uma outra patrulha polonesa trouxe a informação de que ela era formada por mais de quatrocentos homens sob o comando de Azba-bey, um conhecido facínora que há anos vinha espalhando terror tanto do lado polonês quanto do moldávio.

Pan Wolodyjowski ficou felicíssimo ao saber com quem iria lidar e emitiu as devidas ordens. Além de Mellechowicz e *pan* Motowidlo, foram despachados mais dois destacamentos de cavalarianos — um, formado por homens do general Podolski, e outro, pelos do voivoda Przemyski — que saíram de Chreptiów no meio da noite e tomaram rumos distintos para, ao amanhecer, se juntarem em Sierocki Brod.

Basia olhava com o coração acelerado para a saída das tropas. Aquela seria a sua primeira participação numa expedição militar e estava impressionada com a ordem e a disciplina dos velhos lobos das estepes. Saíram tão silenciosamente que, mesmo dentro do posto, nem deu para ouvi-los. Nenhum som ecoou na escuridão, nenhum estribo esbarrou num outro estribo, nenhum cavalo relinchou. A noite era calma e clara, pois havia plenilúnio. O luar iluminava o fortim e a vastidão das estepes; e, no entanto, mal um destacamento saía do posto e mal cintilara com faíscas argênteas

O PEQUENO CAVALEIRO

que os raios da lua faziam emanar das espadas, já desaparecia de vista, como um bando de perdizes refugiando-se num matagal. Havia algo de misterioso naquela surtida.

Basia teve a sensação de que estava presenciando a partida de um grupo de caçadores para uma caçada matinal e que se comportavam tão silenciosamente para não afugentar a presa antes do tempo... e teve um enorme desejo de participar daquela empreitada.

Pan Wolodyjowki não se opôs, tendo sido convencido por *pan* Zagloba. Além disto, sabia que, mais cedo ou mais tarde, teria que satisfazer aquele desejo de Basia e preferiu fazê-lo logo, principalmente por saber que os componentes da *wataha* não costumavam ter arcos e armas de fogo.

No entanto, de acordo com planos previamente traçados pelo pequeno cavaleiro, ele e Basia partiram somente três horas depois da saída dos primeiros destacamentos. Estavam acompanhados por *pan* Zagloba, *pan* Muszalski e vinte dragões de Linkhauz e um sargento, todos homens valentes e experimentados e sob cujas espadas a bela coronel podia sentir-se tão segura como no quarto de casal de sua casa.

Considerando que teria que montar um cavalo, estava vestida adequadamente: calças de veludo cor de pérola, tão folgadas que mais pareciam saias e enfiadas em pequeninas botas amarelas de couro de carneiro, e um casaquinho cinza forrado com pele de carneiro branco da Criméia e adornado com finos bordados nas costuras. Levava consigo uma caixinha de prata para armazenar pólvora, um leve espadim turco pendurado em presilhas de seda e duas pistolas enfiadas nos seus respectivos coldres. Sua cabeça estava coberta por um gorro, com topo de veludo veneziano, laterais de pele de gato-do-mato e adornado com uma pena de garça. Do gorro, emergia um rosto rosado e um par de olhos atentos e brilhantes como duas brasas.

Vestida de tal forma e montada num cavalo baio, rápido e gentil como uma corça, mais parecia um filho de um *hetman* que, sob a proteção de guerreiros experimentados, estava preparando-se para sua primeira aula na arte de guerrear. Sua aparência encantou a todos; *pan* Zagloba e *pan* Muszalski cutucavam-se num claro sinal de êxtase por Basia que, junto de Wolodyjowski, tentava acalmar a sua ansiedade diante da partida tão atrasada.

— Você não entende de estratégia militar — dizia-lhe o pequeno cavaleiro — e, em função disto, suspeita que nós queremos que você chegue ao campo de batalha quando tudo estiver terminado. Uma parte das tropas seguirá diretamente para lá, enquanto uma outra terá que descrever um arco para cercar o inimigo e fazer com que se concentre num só ponto. Pode ficar tranqüila que chegaremos a tempo e que, sem nós, nada irá acontecer, porque todos os deslocamentos foram calculados minuciosamente.

— E se o inimigo se aperceber da armadilha e escapar antes de ser cercado?

— Ele é esperto e atento, mas nós também o somos.

— Acredite em Michal — disse Zagloba — porque não existe um guerreiro que possa comparar-se a ele na arte de preparar emboscadas. Foi um grande azar daqueles filhos de cadela virem para estas bandas.

— Em Lubniow, mesmo sendo muito jovem — respondeu *pan* Michal —, o príncipe Jeremi já me confiava este tipo de missões. E agora, como quis preparar este espetáculo para você, planejei tudo com atenção redobrada. Os destacamentos irão aparecer ao mesmo tempo, e ao mesmo tempo soltarão seu grito de guerra e se lançarão ao ataque.

— Que maravilha! — exclamou Basia, levantando-se nos estribos e abraçando o pescoço do pequeno cavaleiro. — E eu também vou poder participar do ataque?

— Não vou deixar você misturar-se no meio da batalha, porque lá é fácil sofrer um acidente; mas já dei instruções para que façam com que um grupo de fugitivos venha galopar em nossa direção, quando você poderá abater dois ou três deles. Não se esqueça de atacar sempre pelo lado esquerdo, para o fugitivo ter dificuldade em atacá-la por cima do seu cavalo, enquanto você estará na posição exata para desferir um golpe.

— Ho! Ho! Não tenho medo deles! Você mesmo disse que já sei manejar a espada melhor do que o titio Makowiecki. Nenhum deles poderá fazer-me frente!

— Não deixe de segurar firmemente as rédeas — aparteou *pan* Zagloba. — Eles são exímios cavaleiros e pode ocorrer que você esteja perseguindo um deles e ele freie repentinamente o cavalo; aí, você irá ultrapassá-lo e ele poderá desferir um golpe em você. Um cavaleiro experiente nunca deixa

O PEQUENO CAVALEIRO   269

as rédeas soltas, mas controla a velocidade do seu cavalo em função do que está acontecendo à sua volta.

— E nunca levante a espada alto demais, para poder desferir um golpe com mais facilidade — acrescentou *pan* Muszalski.

— De qualquer modo, eu estarei sempre ao seu lado — disse o pequeno cavaleiro. — Como pode ver, num combate é preciso pensar em tudo ao mesmo tempo: no seu cavalo e no cavalo do seu oponente, nas rédeas, na espada, no golpe e no impulso. Quando se adquire prática, isto vem automaticamente, mas, no início, até os melhores espadachins costumam ficar atrapalhados e podem ser derrubados por um soldado qualquer, desde que mais experiente... E é por isto que eu vou ficar do seu lado.

— Mas não me ajude e não permita que outros me ajudem, a não ser em caso de necessidade.

— Está bem, está bem, mas vamos ver se você vai manter este ânimo todo na hora da verdade! — respondeu o pequeno cavaleiro, com um sorriso malicioso.

— Ou não venha a esconder-se atrás de um de nós! — concluiu Zagloba.

— Vamos ver! — exclamou Basia, com indignação.

E conversando assim chegaram a uma área com moitas esparsas. Faltava ainda muito para o amanhecer, mas a lua já desaparecera no horizonte e a noite ficara mais escura. Uma leve névoa rasteira começou a elevar-se do chão, encobrindo objetos mais distantes que, na excitada mente de Basia, adquiriam formas de seres vivos. Volta e meia tinha a impressão de ter visto homens e cavalos.

— Michal, o que é isto? — perguntava sussurrando e apontando com o dedo para uma moita.

— Nada, apenas uma moita.

— Pensei que fossem soldados. Ainda falta muito?

— Cerca de uma hora e meia. Você está com medo?

— Não, mas meu coração bate acelerado em antecipação... Olhe para esta geada; pode ser vista claramente, apesar da escuridão.

Efetivamente, o grupo estava cavalgando sobre um terreno com vegetação ressecada e coberta de orvalho congelado. *Pan* Wolodyjowski olhou em volta e disse:

— *Pan* Motowidlo passou por aqui e deve estar escondido a um quilômetro e pouco daqui. Já está amanhecendo.

Com efeito, o céu começava a clarear. Tanto o céu quanto a terra adquiriam uma cor acinzentada, o ar empalidecia e as copas das árvores e arbustos pareciam de prata. As moitas mais distantes começaram a ficar visíveis, como se alguém levantasse uma fina cortina de *voile*.

De repente, um cavaleiro emergiu do meio das moitas.

— De *pan* Motowidlo? — perguntou Wolodyjowski quando o cossaco freou o seu cavalo diante dele.

— Sim, senhor.

— Quais são as novidades?

— Eles já atravessaram Sierocki Brod e, seguindo os mugidos dos bois, foram em direção de Kalusik. Já arrebanharam o gado e estão parados perto de Jurkowe Pole.

— E onde está *pan* Motowidlo?

— Parou junto do platô, enquanto *pan* Mellechowicz tomava posição junto de Kalusik. Quanto aos demais destacamentos, não sei onde estão.

— Muito bem — disse Wolodyjowski. — Eu sei. Vá ter com *pan* Motowidlo e diga-lhe para iniciar o cerco, espalhando os seus homens a meio caminho de onde está *pan* Mellechowicz.

O cossaco inclinou-se sobre a sela e partiu em disparada. O grupo de *pan* Wolodyjowski voltou a avançar, ainda mais silenciosamente e com maior cautela... Estava ficando cada vez mais claro. A névoa que se elevara da terra ao alvorecer voltou a baixar e na parte oriental do céu surgiu uma longa faixa brilhante e rosada, cuja cor e brilho coloriam o ar, as colinas e as paredes dos desfiladeiros distantes.

Então, vindo da margem do Dniestr, chegou aos ouvidos dos cavaleiros um som de grasnidos e, bem alto no céu, apareceu um enorme bando de corvos voando em direção à aurora. Algumas aves solitárias separavam-se do bando e, em vez de seguir com ele, puseram-se a descrever lentos círculos sobre a estepe, como costumam fazer gaviões em busca de presas.

Pan Zagloba levantou a sua espada e, apontando com ela para cima, disse para Basia:

O PEQUENO CAVALEIRO

— Admire-se com o instinto destas aves. Assim que uma batalha está por começar, elas vêm em bandos de todas as direções. Quando apenas um exército está se deslocando, ou mesmo quando tropas aliadas cavalgam para se juntarem, elas não aparecem. Como estas *bestiae* conseguem adivinhar as intenções dos homens? Isto só pode se explicar pela *sagacitas narium*, é mais do que justo que nos admiremos.

Enquanto isto, as aves, descrevendo círculos cada vez maiores, aproximaram-se significativamente. *Pan* Muszalski virou-se para o pequeno cavaleiro e perguntou, batendo com a mão no seu arco:

— Senhor comandante, posso derrubar uma delas para agradar a senhora coronel? Ninguém ouvirá o sibilo da flecha.

— Pode abater até duas — respondeu Wolodyjowski, ciente da vontade que o velho guerreiro tinha em exibir a precisão de sua pontaria.

O incomparável arqueiro pegou uma das flechas que trazia numa aljava presa às costas, encaixou-a na corda e, levantando o arco e a cabeça, ficou esperando.

O bando de aves estava cada vez mais próximo. Todos frearam os cavalos e ficaram olhando atentamente para o céu. De repente, ouviu-se o som lamentoso da corda sendo esticada e a flecha partiu, perdendo-se no meio do bando.

Por um instante, podia-se pensar que *pan* Muszalski errara o alvo, mas, logo em seguida, uma das aves virou uma cambalhota e começou a despencar com as asas abertas, como se fosse uma folha de árvore flutuando no ar. Momentos depois, a ave caía a alguns passos do cavalo de Basia. A seta atravessara-a de tal forma que a sua ponta brilhava do outro lado do dorso.

— Que ela sirva de bom auspício! — disse *pan* Muszalski, inclinando-se diante de Basia. — Manterei um olho na senhora coronel e, se for preciso, poderei disparar uma flechinha. Mesmo que ela venha a silvar perto da senhora, garanto-lhe que não a ferirá.

— Não gostaria de ser aquele tártaro no qual o senhor mirou! — respondeu Basia.

O resto da conversa foi interrompido por *pan* Wolodyjowski que, tendo visto o altiplano distante a menos de duzentos metros, disse:

— É lá que vamos parar...

E assim voltaram a cavalgar e, após chegarem próximos ao topo, frearam os seus cavalos.

— Não seguiremos até o topo, porque numa manhã tão clara poderemos ser vistos de longe. Vamos desmontar e aproximar-nos até o ponto em que apenas as nossas cabeças ficarão visíveis.

O pequeno cavaleiro, Basia, *pan* Muszalski e mais alguns cavaleiros desmontaram e foram a pé até o topo do platô, cujo outro lado era tão íngreme que mais parecia uma parede vertical. Os dragões, segurando os cavalos, permaneceram onde estavam.

Aos pés daquela parede havia uma faixa coberta de arbustos selvagens e, logo em seguida, uma vasta planície que, daquela altura, podia ser vista em toda sua extensão.

A planície era atravessada por um riacho que desaguava no rio Kalusik; seu solo era rochoso, com diversos bosques espalhados em toda sua extensão. Do maior deles emanavam finas e compactas colunas de fumaça.

— Olhe — disse Wolodyjowski para Basia. — É lá que o inimigo está escondido.

— Posso ver a fumaça, mas não vejo nem homens nem cavalos — respondeu Basia, com o coração aos pulos.

— Porque eles estão cobertos pelas árvores, muito embora um olho experimentado possa enxergá-los. Olhe ali... está vendo? Dois, três, quatro... dá para ver uma porção de cavalos; um baio, um malhado e um outro branco que, daqui, parece azulado.

— E nós vamos atacá-los logo?

— Não. São eles que vão ser tangidos para cá. Mas temos bastante tempo, porque aquele bosque fica a dois quilômetros de distância.

— E onde estão os nossos?

— Está vendo aquele outro bosque lá, bem longe? O destacamento do voivoda deve estar chegando nele neste exato momento. Mellechowicz deverá emergir de outro a qualquer instante, enquanto o outro destacamento vai atacá-los a partir daquelas rochas. Quando a *wataha* os vir, virá para cá, porque o rio somente pode ser atravessado aqui, já que a outra ribanceira é um precipício intransponível.

O PEQUENO CAVALEIRO 273

— Quer dizer que eles não têm escapatória?

— Como você pode ver.

— Michalek, se eles fossem espertos, o que fariam?

— Atirar-se-iam sobre o destacamento do voivoda e acabariam com ele, mas eles não farão isto porque, em primeiro lugar, não gostam de combater com os nossos cavalarianos em campo aberto e, em segundo, têm medo de que possa haver mais tropas naquele bosque; portanto, fugirão nesta direção.

— Mas como poderemos detê-los? Temos somente vinte dragões.

— E você esqueceu de *pan* Motowidlo?

— É verdade! Mas onde está ele?

Em vez de responder, Wolodyjowski grasnou como um gavião.

Imediatamente, responderam-lhe vários grasnados vindos do pé do altiplano. Eram os cossacos de Motowidlo, tão bem escondidos no meio dos arbustos que Basia, estando diretamente acima deles, não os tinha visto.

Diante disto, ficou olhando com espanto, ora para baixo ora para o pequeno cavaleiro para, em seguida, atirar-se no pescoço do marido e exclamar:

— Michalek! Você é o maior líder militar do mundo!

— Tenho um pouco de experiência, nada mais do que isto — respondeu Wolodyjowski, com um largo sorriso. — Mas pare de agitar-se tanto e comporte-se como um soldado experiente.

No entanto, a advertência fora inútil. Basia queria saltar imediatamente sobre o cavalo, descer o penhasco e juntar-se ao destacamento de Motowidlo. Mas Wolodyjowski a reteve, querendo que ela visse o início da batalha.

Enquanto isto, o sol matinal surgiu sobre a estepe e cobriu a planície com seus pálidos raios dourados. Os bosques mais próximos brilhavam intensamente, enquanto os mais distantes e embaçados começaram a ficar mais nítidos; a geada ainda existente em alguns lugares começou a faiscar, o ar ficou mais transparente e podia-se ver toda a extensão da planície.

— O destacamento do voivoda está saindo do bosque — disse *pan* Wolodyjowski. — Posso ver homens e cavalos!

Com efeito, os cavalarianos começaram a emergir da pequena floresta e a formar uma linha escura sobre a grama coberta por uma camada de orvalho congelado. O branco espaço entre eles e o bosque foi aumentando gradativamente. Era evidente que não estavam com pressa, querendo dar tempo aos demais destacamentos e permitir-lhes assumir as posições que lhes foram determinadas.

No mesmo instante, Wolodyjowski olhou para a esquerda.

— Mellechowicz também já chegou! — disse.

E segundos depois:

— E os homens do general Przemyski estão chegando também, exatamente conforme planejado.

Os bigodinhos do pequeno cavaleiro começaram a se agitar.

— Montar! Não vamos deixar um só destes bandidos com vida! — exclamou.

O grupo retornou imediatamente para o local onde estavam os dragões e, tendo saltado sobre os cavalos, desceu do planalto por um declive, juntou-se aos cossacos de *pan* Motowidlo e ficou de prontidão, olhando em frente.

Era evidente que o inimigo avistara o destacamento do voivoda Przemyski, pois, no mesmo momento, um bando de cavaleiros emergiu das árvores no meio da planície, mais parecendo um rebanho de corças. A cada instante, mais e mais cavaleiros foram emergindo, a ponto de formarem uma longa fila na planície. Avançavam lentamente beirando o bosque e, deitados sobre os pescoços dos seus animais, davam a impressão de serem apenas uma manada de cavalos selvagens. Aparentemente, ainda não tinham certeza se o destacamento viera para atacá-los, ou se era apenas uma patrulha rotineira examinando as redondezas. Caso fosse apenas uma patrulha, eles poderiam ter uma chance de se esconder no meio da vegetação antes de serem vistos.

Do lugar onde estavam Wolodyjowski e os homens de Motowidlo, podia-se ver claramente a sua movimentação hesitante e desordenada, parecendo animais selvagens pressentindo uma ameaça. Após percorrerem metade de um dos lados do bosque, passaram a trotar. Depois, frearam os seus cavalos e viram os homens de Mellechowicz vindo em sua direção. Deram meia-volta e defrontaram-se com o destacamento do voivoda Przemyski.

O PEQUENO CAVALEIRO

Agora ficara claro para eles que os destacamentos sabiam da sua presença e avançavam em sua direção. Gritos selvagens emanaram da *wataha*.
Os destacamentos também soltaram seus gritos de guerra e passaram a galope, a ponto de toda a planície ribombar com o tropel dos cavalos. Ao ver
isto, o bando de assaltantes estendeu-se numa longa fileira e galopou para
o altiplano, aos pés do qual encontravam-se o pequeno cavaleiro, *pan*
Motowidlo e os cossacos.

A distância que separava uns dos outros começou a diminuir com uma
rapidez assustadora.

Basia empalideceu de emoção e seu coração começou a bater cada vez
mais forte. No entanto, dando-se conta de que estavam olhando para ela e
não notando qualquer sinal de preocupação em nenhum rosto, recuperou
de imediato o seu autocontrole. Concentrou-se inteiramente nos cavaleiros que se aproximavam, encurtou as rédeas e segurou com mais força o
seu espadim.

— Muito bem! — disse o pequeno cavaleiro.

Ao que ela olhou para ele e dilatou as narinas, perguntando ao mesmo
tempo:

— Falta pouco para nos lançarmos sobre eles?

— Ainda temos bastante tempo! — respondeu *pan* Michal.

Enquanto isto, os bandidos corriam como uma lebre perseguida por
cães de caça. Já dava para ver as cabeças dos cavalos e, sobre elas, rostos
tártaros como se estivessem grudados às crinas. Estavam chegando cada
vez mais perto, mais perto... Podia-se ouvir a respiração ofegante dos cavalos, cujos dentes arreganhados e olhos arregalados indicavam que galopavam o máximo que podiam... Wolodyjowski fez um sinal com a mão — e
uma parede de mosquetões cossacos inclinou-se diante da horda desen-
freada.

— Fogo!

Estrondo, fumaça — e parecia que uma possante ventania passara sobre a *wataha*. Num piscar de olhos, o grupo, urrando e uivando, dispersa-
se em todas as direções.

O pequeno cavaleiro emerge dos arbustos e, no mesmo instante, o destacamento do voivoda e os *lipki* de Mellechowicz fecham o círculo, juntando

os fugitivos espalhados pela planície numa massa compacta. Todas as tentativas dos bandidos de escaparem individualmente são vãs; de nada adianta correr para a esquerda ou para a direita, à frente ou para trás — o círculo está fechado e a *wataha* comprime-se no seu centro. Então, os destacamentos lançam-se sobre ela e inicia-se um massacre.

Os bandidos percebem que somente poderá escapar aquele que conseguir atravessar o cerco e, diante disto, lançam-se sobre os atacantes, individualmente e de forma desordenada. O ataque que sofreram foi tão fulminante que, logo no início, a planície já ficara coberta por seus cadáveres.

Os cavalarianos empurravam-nos com o peito dos seus cavalos e, apesar do aperto no qual se encontravam, desferiam golpes a torto e a direito com uma perícia tão implacável e aterradora que somente soldados profissionais são capazes de ter. O som dos golpes era audível sobre aquele amontoado de pessoas, mais parecendo um som de manguais debulhando trigo. Golpeavam os bandidos na cabeça, no dorso, nos braços com os quais tentavam proteger-se, de todos os lados — sem descanso, sem dó nem piedade. Os atacados defendiam-se como podiam: com punhais, espadas e suas mandíbulas eqüinas. Seus cavalos, empurrados incessantemente para o centro, ora empinavam ora caíam por terra, quando não desferiam dentadas uns nos outros e, soltando guinchos lastimosos, aumentavam ainda mais a confusão. Depois de um curto embate travado em silêncio, uivos de pavor começaram a emanar dos peitos tártaros; estavam sendo esmagados por mais homens, por um armamento melhor e por maior perícia na arte de guerrear. Entenderam que não tinham saída e que nenhum deles escaparia — não só com o saque, mas até com vida. Os soldados, aquecidos no ardor da batalha, golpeavam-nos cada vez com mais força. Alguns dos bandidos saltaram dos cavalos, querendo esgueirar-se por entre as suas patas. Estes eram esmagados pelos cascos ou, vez por outra, derrubados por golpes de espada dos soldados; outros ainda se atiravam no chão, na esperança de que quando os cavalos avançassem mais para o centro, encontrar-se-iam fora do círculo e poderiam tentar fugir.

A *wataha* diminuía a olhos vistos. Diante disto, Azba-bey juntou o maior número possível dos seus comandados e atirou-se com eles contra os cossacos de Motowidlo, querendo forçar uma passagem no anel de ferro que o cercava. Mas os cossacos resistiram bravamente. Ao mesmo tempo, Melle-chowicz atacou o grupo, dividindo-o em dois. Deixando uma parte para os demais destacamentos, lançou-se sobre os dorsos daqueles que lutavam com os cossacos.

Embora uma parte dos bandidos tenha conseguido escapar e espalhar-se pela planície como folhas soltas ao vento, os cavalarianos que não puderam participar da refrega em virtude do pouco espaço disponível lançaram-se em sua perseguição. Os que ficaram retidos no círculo caíam por terra como espigas de trigo cortadas por ceifeiros vindos de lados opostos de um trigal.

Basia avançou com os cossacos, soltando gritinhos agudos para aumentar a sua coragem, já que ficara um pouco tonta, tanto em função do galope, quanto da emoção. Ao chegar junto do inimigo, viu de início apenas uma massa escura e agitada. Teve um incontrolável desejo de fechar os olhos e, embora tivesse resistido àquela tentação, agitava a sua espada a esmo, sem saber exatamente o que estava fazendo. Mas esta hesitação durou pouco tempo. Sua coragem sobrepujou a confusão mental e ela começou a ver tudo com mais clareza. Assim, viu diante de si cabeças de cavalos e, junto delas, selvagens rostos tártaros. Quando um deles estava bem a sua frente, ela golpeou-o com toda força — e o rosto sumiu como se fosse um fantasma.

No mesmo instante, chegou aos ouvidos de Basia a calma voz do seu marido:

— Muito bem!

Aquela voz aumentou a sua coragem e ela, soltando um grito de satisfação, começou a semear destruição à sua volta com total autocontrole. De repente surge diante dela um outro rosto terrível, com dentes arreganhados, nariz achatado e maçãs salientes — Basia desfere um golpe e ele desaparece. Mais adiante, alguém ergue um braço com um bastão com mandíbula de cavalo na ponta — Basia o golpeia e o braço some. Vê um dorso — e enfia nele a ponta da sua espada. Em seguida, começa a desferir golpes a torto e a direito e, a cada golpe, um homem cai por terra, arrastando consigo as rédeas do seu cavalo. Basia chega a se espantar de como tudo parecia ser tão fácil. Mas aquela facilidade era devida ao fato de ela ter, colados nos seus estribos, o pequeno cavaleiro de um lado e *pan* Motowidlo, do outro. O primeiro não desgrudava os olhos da sua amada e, com discretos movimentos da espada, ora derrubava um bandido, ora decepava o braço armado de um outro. De vez em quando, enfiava a lâmina entre Basia e o seu oponente e uma espada ameaçadora era atirada para cima, como se fosse um pássaro alado.

Pan Motowidlo, um guerreiro fleumático, zelava pelo outro lado da valente dama. E assim como um cuidadoso jardineiro caminha pelo jardim e, vez por outra, arranca um galho ressecado de uma ou outra árvore, ele derrubava homens sobre a terra ensangüentada, lutando com tanta fleuma e calma como se estivesse pensando em outra coisa. Ambos sabiam quando podiam deixar Basia lutar por sua própria conta — e quando deviam antecipar-se a ela.

Havia ainda um terceiro homem zelando pela segurança de Basia — um arqueiro incomparável que, posicionado propositalmente à distância, a toda hora colocava uma flecha no seu arco e enviava um infalível emissário da morte no meio dos combatentes.

Finalmente, Wolodyjowski ordenou a Basia para que recuasse junto com alguns homens, principalmente por a refrega ter ficado mais encarniçada e os cavalos morderem-se uns aos outros. Basia obedeceu-o de imediato, pois embora o seu valente coração ansiasse por continuar batalhando, a sua natureza feminina começou a sobrepujar o seu espírito marcial e a opor-se a tanto massacre, derramamento de sangue, gritos e gemidos, numa atmosfera impregnada pela fedentina de suor e de carne dilacerada.

Recuando lentamente, em pouco tempo encontrou-se fora do círculo dos combatentes, enquanto *pan* Michal e *pan* Motowidlo, finalmente liberados da necessidade de tomar conta dela, puderam dar rédeas à sua inclinação guerreira.

Pan Muszalski, que ficara até então afastado da refrega, aproximou-se de Basia.

— Vossa Senhoria comportou-se como um autêntico guerreiro — disse. — Quem não soubesse que era a senhora que estava ali, poderia achar que o Arcanjo Miguel desceu do céu, juntou-se aos cossacos e ficou massacrando aqueles filhos de uma cadela... Que honra morrer por esta mãozinha que, aproveitando a ocasião, espero não ser proibido de beijar.

Ato contínuo, *pan* Muszalski pegou a mão de Basia e apertou-a contra o seu bigodinho.

— O senhor viu? É verdade que me saí à altura? — perguntava Basia, aspirando o ar pelas narinas e pela boca entreaberta.

— Nem um gato teria enfrentado ratazanas com maior desenvoltura. Juro por Deus que o meu coração estava prestes a explodir de tanto orgulho! Mas a senhora fez muito bem em recuar antes do fim da batalha, porque é nessas horas que se corre mais risco.

— Foi o meu marido que me ordenou e eu, antes de virmos para cá, jurei que iria obedecê-lo.

— Posso deixar o meu arco? Já não vou precisar dele e, agora, posso lançar mão da espada. Vejo três cavalarianos se aproximando e imagino que o coronel os despachou para protegerem Vossa Senhoria. Não fosse isto, eu ficaria aqui, mas vou juntar-me aos meus companheiros antes que a batalha termine.

Com efeito, *pan* Wolodyjowski despachara três dragões para protegerem Basia e, diante disto, *pan* Muszalski partiu a pleno galope. Basia ficou hesitando se deveria permanecer onde estava ou se contornava a parede rochosa para subir a encosta até o topo do planalto de onde haviam assistido ao início da batalha. Mas, sentindo-se cansada, resolveu ficar.

Sua natureza feminina aflorava cada vez mais. Gritos de terror ecoavam nas rochas e ela, ainda há pouco tão cheia de ardor, agora se sentia fraca e sem ânimo. Teve medo de desmaiar e somente o orgulho perante os dragões a mantinha na sela; no entanto, ficou com o rosto virado para outro lado, para que eles não vissem a sua palidez. Aos poucos, o ar fresco devolvia-lhe forças e ânimo, mas não a ponto de querer atirar-se de novo no meio do combate. Se o fizesse, seria exclusivamente para pedir clemência para com os bandidos que ainda restaram. Mas, sabendo de antemão que o seu pleito não seria atendido, ficou aguardando ansiosamente o fim da batalha.

Enquanto isto, o campo de batalha fervilhava. Sons de armas se chocando e gritos não cessavam nem por um instante. Passou-se cerca de meia hora e os cavalarianos apertavam cada vez mais o círculo dos que se defendiam. De repente, um grupo de cerca de vinte bandidos conseguiu libertar-se daquele anel infernal e começou a galopar como vento em direção do platô.

Fugindo ao longo da escarpa, eles poderiam chegar ao suave declive que levava ao topo do altiplano, mas tinham diante de si Basia e os três dragões. A visão do perigo encheu o seu coração de coragem e despertou a agudez da sua mente. Entendeu de imediato que ficar ali representava morte certa, pois o bando a derrubaria somente com o seu ímpeto, sem contar a certeza de que seria destroçada pelas suas espadas.

O experiente sargento dos dragões devia ter a mesma opinião, pois agarrou as rédeas do cavalo de Basia, virou-o e gritou, com voz desesperada:

— Fuja, distinta dama!

Basia disparou como uma flecha, mas sozinha; os três leais dragões permaneceram onde estavam para poderem reter o inimigo, nem que fosse por alguns momentos e, com isto, permitir que ela se distanciasse.

Enquanto isto, vários cavalarianos partiram em perseguição ao grupo, com o que o anel que mantinha os bandidos presos no seu centro se rompeu e alguns deles conseguiram escapar. Embora a maioria deles jazesse por terra, uns dez ou vinte, com Azba-bey no seu meio, galopava em direção ao planalto salvador.

Os três dragões não conseguiram reter os fugitivos e após um breve combate caíram das suas montarias, enquanto o bando, vendo o caminho desimpedido, desembestou sobre o planalto. Os destacamentos poloneses, com os *lipki* à frente, partiram em sua perseguição.

Sobre o altiplano, atravessado por traiçoeiras ravinas e florestas, formou-se uma espécie de cobra gigantesca — com Basia como sua cabeça, os bandidos o seu pescoço, e o resto do corpo formado por Mellechowicz com seus *lipki* e pelos dragões, à testa dos quais galopava Wolodyjowski, com as esporas enfiadas nos flancos do cavalo e um sentimento de pavor na alma.

Quando aquele bando conseguira safar-se do círculo, ele estava lutando do outro lado, razão pela qual Mellechowicz se adiantara na perseguição. Com os cabelos em pé, o pequeno cavaleiro temia que a esposa pudesse ser capturada pelos fugitivos ou que qualquer um dos bandidos, ao

O PEQUENO CAVALEIRO

ultrapassá-la, a golpeasse com uma espada ou um dos bastões. A idéia de que o seu ser adorado pudesse ser morto levava-o ao desespero. Praticamente deitado sobre o pescoço do seu cavalo, pálido, com dentes cerrados e os piores pensamentos percorrendo a sua mente, enfiava as esporas no pobre animal, batia nas suas ancas com a parte plana da lâmina de sua espada e corria como um grou antes de levantar vôo. Diante de si, podia ver os brancos capuzes dos *lipki*.

— Queira Deus que Mellechowicz possa alcançá-los. O seu cavalo é muito veloz. Deus, fazei com que ele os alcance! — repetia, com a alma dilacerada.

Mas seus temores eram exagerados e o perigo era muito menor do que o apaixonado guerreiro imaginava. Os fugitivos somente pensavam em salvar a própria pele e estavam demasiadamente preocupados com os *lipki* às suas costas para quererem perseguir um cavaleiro solitário, mesmo se este fosse a mais bela das virgens do paraíso muçulmano, vestida num manto de ouro e de pedras preciosas. Para livrar-se da perseguição, bastava a Basia virar o seu cavalo na direção de Chreptiów, pois os fugitivos — tendo à sua frente o rio e os juncais que o margeiam e onde poderiam se esconder — certamente não desviariam da sua trajetória. De qualquer modo, os *lipki*, montados em cavalos mais velozes, estavam quase os alcançando. Basia, por sua vez, estava montada num corcel que, embora não fosse tão veloz quanto um puro-sangue, era infinitamente mais rápido do que qualquer um dos desgrenhados cavalos tártaros. Além disto, ela não somente manteve o autocontrole, como a sua natureza audaz despertou em toda sua potência e o seu sangue guerreiro voltou a correr nas veias.

O corcel corria como uma corça, o vento sibilava nos seus ouvidos e, em vez de medo, ela teve uma sensação de arrebatamento.

"Mesmo se eles me perseguirem por um ano", pensou, "não poderão alcançar-me. Vou cavalgar um pouco mais, depois vou desviar e deixá-los passar ou, caso insistam em me perseguir, atacá-los com a minha espada."

Ocorreu-lhe que, se os perseguidores estivessem separados, então ela poderia travar um duelo individual com um deles.

— Será o que Deus quiser — disse valentemente para si mesma. — Michal treinou-me o suficiente para eu poder enfrentar qualquer um deles de igual para igual. Não quero que ele pense que fiquei com medo e não queira mais me levar numa outra expedição, sem falar nas gozações que terei que sofrer por parte de *pan* Zagloba...

Tendo dito isto, olhou para trás, mas os bandidos estavam cavalgando em grupo. Diante disto, qualquer idéia de um embate individual teria que ser descartada, mas Basia queria demonstrar aos soldados que não fugia apavorada e sem saber como agir. Para tanto — e tendo-se lembrado de que tinha nos coldres duas pistolas que o próprio Michal carregara com todo o cuidado antes de partirem — começou a refrear o corcel, virando-o em direção de Chreptiów.

Para sua grande surpresa, todo o grupo de fugitivos também alterou o seu curso, virando levemente para à esquerda, em direção à beira do platô. Basia, tendo permitido que eles se aproximassem alguns passos, disparou as duas pistolas nos cavalos mais próximos e, virando o corcel novamente, galopou em direção a Chreptiów.

No entanto, assim que o corcel percorreu alguns metros com a velocidade de uma andorinha, surgiu diante dele um barranco largo e profundo. Basia irrefletidamente cutucou-o com as esporas e o nobre animal não refugou, apenas as suas patas dianteiras pousaram na beirada oposta. Por algum tempo tentou apoiar as patas traseiras na parede da ravina, mas a terra cedeu sob os seus cascos e ele, junto com Basia, despencou para o fundo do barranco.

Felizmente não a esmagou, porque ela teve a presença de espírito de retirar o pé do estribo e atirar-se para o lado. Teve a sorte de cair sobre uma espessa camada de musgo que, qual um manto de peles, cobria o fundo da ravina, mas o baque foi tão forte que ela perdeu os sentidos.

Wolodyjowski não viu a queda, pois os *lipki* tapavam a sua visão, mas Mellechowicz soltou um grito de terror e, fazendo um sinal aos seus homens para que continuassem com a perseguição, atirou-se, com o seu cavalo, barranco abaixo.

Num piscar de olhos saltou do cavalo e tomou Basia nos braços. Seus olhos de falcão percorreram o seu corpo, em busca de qualquer sinal de sangue. Em seguida, olhou para o manto de musgo e compreendeu imediatamente que fora ele que salvara a vida dela e do corcel.

O PEQUENO CAVALEIRO

Um abafado grito de alegria emanou da boca do jovem tártaro.

Sentindo o corpo de Basia pesar-lhe nos braços, apertou-a com força contra o seu peito e, com lábios empalidecidos, pôs-se a beijar os seus olhos e, em seguida, colou os seus lábios nos dela, como se quisesse sugar a sua alma; sentiu o mundo girar à sua volta e uma onda de paixão, oculta no seu peito como um dragão num covil, sacudiu-o como um tufão.

No mesmo instante, um tropel de cavalos ecoou no platô, aproximando-se cada vez mais da ravina. Soaram diversas vozes, exclamando: "Aqui! Naquela ravina!", enquanto Mellechowicz depositava o corpo de Basia sobre o musgo.

Em questão de minutos, Wolodyjowski pulava para o fundo da ravina, seguido por *pan* Zagloba, Muszalski, Nienaszyniec e mais alguns oficiais.

— Ela está bem! — falou o tártaro. — Os musgos a salvaram.

Wolodyjowski ergueu a esposa desfalecida, os oficiais foram em busca de água, enquanto Zagloba, pegando nas têmporas de Basia, se pôs a chamar:

— Basia! Minha Basia adorada! Basia!

— Ela está bem! — repetiu Mellechowicz, pálido como um cadáver.

Zagloba tateou o seu quadril, agarrou um cantil, derramou um pouco de vodca na mão e começou a esfregá-la nas têmporas de Basia. Em seguida, inclinou o cantil junto aos seus lábios, o que teve um efeito imediato: antes mesmo de os oficiais retornarem com a água, ela abriu os olhos, aspirou o ar pela boca e deu umas tossidelas, já que a vodca ardeu na sua garganta e no seu palato. Minutos depois, recuperou totalmente a consciência.

Wolodyjowski, não ligando para a presença de oficiais e soldados, apertava-a contra o peito, cobria as suas mãos de beijos e dizia:

— Meu anjo adorado! Quase morri de tanta preocupação! Você está bem? Não está sentindo qualquer dor?

— Estou ótima! — respondeu Basia. — Parece que desmaiei... O meu cavalo desabou... E a batalha? Já acabou?

— Já. Azba-bey foi morto. Vamos voltar logo para casa, porque tenho medo de que você possa adoecer de tanta fadiga.

— Pois eu não sinto qualquer fatiga! — respondeu Basia.

Em seguida dilatou as narinas e olhou valentemente para os presentes.

— Não quero que os senhores pensem que eu estava fugindo por medo — disse. — Este pensamento nem me passou pela cabeça. Pelo amor que tenho a Michal, juro aos senhores que estava achando tudo muito divertido, cheguei a disparar as pistolas.

— Um dos disparos derrubou um cavalo e nós pegamos com vida quem o montava — observou Mellechowicz.

— Estão vendo? — respondeu Basia. — Ter um acidente ao saltar sobre uma ravina pode acontecer a qualquer um, não é verdade? Por mais experiente que seja um cavaleiro, nada pode impedir que o seu cavalo refugue. Mas foi muita sorte os senhores terem visto quando caí, caso contrário eu poderia ficar aqui por muito tempo.

— O primeiro a vê-la e vir em seu socorro foi *pan* Mellechowicz. — disse Wolodyjowski.

Ao ouvir isto, Basia virou-se para o jovem *lipek* e estendeu-lhe a mão.

— Agradeço ao senhor pela sua ajuda.

Mellechowicz não respondeu; apenas levou a sua mão aos lábios e, como se fosse um simples camponês, inclinou-se e abraçou os seus pés.

Enquanto isto, mais e mais cavalarianos chegavam à beira do platô. A batalha terminara e *pan* Wolodyjowski ordenou a Mellechowicz que caçasse os poucos bandidos que conseguiram escapar com vida, enquanto os demais guerreiros começaram a retornar a Chreptiów. Pelo caminho, Basia teve a oportunidade de ver o campo de batalha, aos pés do altiplano.

Cadáveres de homens e cavalos jaziam por toda parte, alguns em grupo, outros, isoladamente. Do límpido céu, desciam sobre eles bandos de corvos e abutres, prontos para se banquetearem.

— Eis os coveiros dos soldados! — disse Zagloba, apontando para as aves com a sua espada. — E, assim que eles se forem, chegarão imediatamente os lobos que, com seus dentes, vão tocar uma melodia para os falecidos. Foi uma grande vitória, embora sobre um inimigo tão indecente, mas este tal Azba-bey andou fazendo muitos estragos nesta região. Ele já foi caçado por diversos comandantes, mas sempre conseguia escapar como um lobo. Finalmente, defrontou-se com Michal e chegou a sua hora final.

— Ele está morto?

O PEQUENO CAVALEIRO   285

— Mellechowicz foi o primeiro a alcançá-lo e acertou-o com um golpe na orelha com tanta força que a lâmina da sua espada parou somente nos seus dentes.

— É, temos que admitir que Mellechowicz é um guerreiro e tanto! — disse Basia.

Em seguida, virou-se para *pan* Zagloba e perguntou:

— E quanto ao senhor, fez muito estrago?

— Não fiquei cricrilando como um grilo nem dando pulinhos como uma pulga, porque deixo esta alegria para os insetos, mas, por outro lado, ninguém teve que procurar por mim como a um cogumelo no meio do musgo, nem teve que soprar no meu nariz, ou derramar qualquer líquido na minha boca.

— Não gosto mais do senhor! — respondeu Basia, fazendo beicinho e levando, instintivamente, a mão para o seu narizinho rosado.

Mas o velho *szlachcic* continuava olhando para ela, sem parar de zombar.

— Você combateu valentemente, fugiu valentemente, deu uma cambalhota de forma valente e, agora, também valentemente, vai ter que aplicar compressas de semolina sobre as partes doloridas do corpo. Enquanto isto, nós teremos que tomar conta de você para que os pardais não devorem tanto a semolina quanto a sua valentia, porque eles adoram sêmola.

— O senhor está dizendo isto para que Michal não me leve numa outra expedição. Conheço o senhor muito bem!

— Então é isto que você chama de gratidão? Quem foi que convenceu Michal para levá-la conosco? Eu! Estou profundamente arrependido por ter feito isto, especialmente diante da forma como você retribui a minha interferência. Mas você não perde por esperar! A partir de agora, vai ficar tangendo gado com seu espadim de madeira! Uma outra teria abraçado o velho, mas está aí, primeiro me dá um susto daqueles e, depois, fica brigando comigo!

Basia, sem mais pensar, atirou-se nos braços de *pan* Zagloba e este, totalmente enternecido, disse:

— Bem, tenho que admitir que você teve um papel muito importante nesta vitória, porque os soldados combateram com uma fúria extraordinária, só para se mostrar diante de você.

— É verdade! — exclamou *pan* Muszalski. — Não nos incomodaría-mos em morrer, desde que fossemos observados por estes olhos!

— *Vivat* nossa coronel! — gritou *pan* Nienaszyniec.

— *Vivat!* — responderam centenas de vozes.

— Que Deus lhe dê muita saúde!

Ao que, *pan* Zagloba inclinou-se para Basia e sussurrou:

— Assim que você se recuperar do tombo!

E continuaram a cavalgar alegremente, certos de que os aguardava um grandioso banquete. O dia estava magnífico. Os trombeteiros começaram a tocar os seus instrumentos e soaram os tambores — todos chegaram em Chreptiów em meio a uma enorme algazarra.

Capítulo 27

EM CHREPTIÓW, O CASAL Wolodyjowski encontrou visitantes inesperados. Tratava-se de *pan* Bogusz, que decidira fixar residência em
Chreptiów por alguns meses para poder negociar com os capitães tártaros
que haviam passado para o lado do sultão. Junto com *pan* Bogusz, vieram
também o velho *pan* Nowowiejski com sua filha Ewa, bem como *pani*
Boski, também acompanhada por uma filha, uma jovem de grande beleza
chamada Zosia.

O encantamento da soldadesca diante da visão de tantas mulheres
num lugar tão deserto e selvagem como Chreptiów não foi maior que o
seu espanto. Quanto a elas, não ficaram menos espantadas com a aparência
do senhor comandante e da sua esposa. Diante da fama de *pan*
Wolodyjowski, esperavam encontrar um gigante capaz de fuzilar as
pessoas com o olhar, e que a sua esposa fosse também gigantesca e de voz
grossa como um trovão. Em vez disto, viram diante de si um soldado
miudinho, com um rosto afável e gentil e, junto dele, uma quase menina
que, com suas largas calças e uma espada à cinta, mais parecia um pajem
deslumbrante do que uma pessoa adulta. Os anfitriões receberam os visitantes com braços abertos. Basia, ainda antes das apresentações formais,
beijou carinhosamente as três mulheres e, quando elas lhe disseram quem
eram e de onde vinham, ela disse:

— Não poderia ter recebido uma alegria maior do que a visita das senhoras e dos senhores! Estou profundamente feliz em vê-los aqui! Ainda
bem que chegaram sãos e salvos, porque aqui, nesta nossa região, encontrar

perigos pelo caminho é uma coisa natural. Hoje mesmo, acabamos com um numeroso grupo de assaltantes.

E, ao ver o espanto cada vez maior no rosto de *pani* Boski, bateu com a mão na empunhadura da espada e acrescentou, não sem certa presunção:

— E eu participei da batalha! E como! Já estamos acostumados a isto! Mas, meu Deus, permitam que eu os abandone por um momento, vista algo mais adequado ao meu sexo e lave um pouco o sangue das minhas mãos, pois estamos retornando de uma batalha terrível. Oh, se não tivéssemos acabado com Azba hoje, talvez a senhora não teria chegado a Chreptiów sem um acidente. Voltarei num instante e, enquanto isto, Michal ficará fazendo as honras da casa.

E tendo dito isto, sumiu atrás da porta, enquanto o pequeno cavaleiro, que já cumprimentara *pan* Bogusz e *pan* Nowowiejski, aproximou-se de *pani* Boski.

— Deus me deu uma mulher — disse — que, além de ser uma doce companheira no lar, também sabe ser uma valente companheira nos campos de batalha. Agora, seguindo as suas ordens, coloco-me a serviço de Vossa Senhoria.

Ao que, *pani* Boski respondeu:

— Que Deus a abençoe em tudo assim como a abençoou com beleza. Sou esposa de Antoni Boski e não vim para cá no intuito de buscar a sua hospitalidade, mas de implorar, de joelhos, por sua ajuda numa desgraça que se abateu sobre mim. Zosia, ajoelhe-se, também, diante deste guerreiro, pois se ele não ajudar-nos, ninguém mais poderá fazê-lo.

E tendo dito isto, *pani* Boski atirou-se efetivamente de joelhos, no que foi seguida pela bela Zosia. As duas, com os rostos cobertos de lágrimas, começaram a exclamar:

— Venha em nossa ajuda, nobre guerreiro! Apiede-se de pobres órfãs!

Foram logo cercadas por dezenas de oficiais movidos pela visão de duas mulheres ajoelhadas e, principalmente, pela beleza de Zosia. Quanto ao extremamente encabulado *pan* Wolodyjowski, ergueu *pani* Boski e sentou-a num banco.

— Pelo amor de Deus, o que a senhora está fazendo? Se alguém deveria se ajoelhar, deveria ser eu, diante de uma dama tão nobre. Diga-me

O PEQUENO CAVALEIRO

logo em que posso lhe ser útil e prometo desde já que farei tudo o que estiver ao meu alcance!

— Pode ter certeza de que ele fará, e eu o ajudarei no que for necessário! Quero que a senhora saiba que Zagloba *sum*! — exclamou o velho guerreiro, enternecido pelas lágrimas das duas mulheres.

Pani Boski fez um sinal para Zosia, que tirou de dentro do seu casaquinho uma carta e entregou-a ao pequeno cavaleiro.

Pan Wolodyjowski olhou para a missiva e disse:

— Do senhor *hetman*!

Em seguida, rompeu o selo e leu o que se segue:

"Meu querido Wolodyjowski! Aproveito a viagem de pan Bogusz para lhe enviar meus votos de afeto e instruções, que pan Bogusz lhe transmitirá pessoalmente. Mal retornei de Jawrow e já surge um novo problema. A questão me é muito cara, em função da boa vontade que tenho para com os soldados, caso deixasse de tê-la, certamente o bom Deus me abandonaria. Alguns anos atrás, por ocasião da batalha de Kamieniec, a horda tártara capturou pan Boski, um cavaleiro de valor por quem nutro grande estima. Providenciei abrigo à sua esposa e filha, mas elas não param de chorar, a primeira pelo seu esposo, e a segunda, pelo seu pai. Por intermédio de Piotrowicz, escrevi a pan Zlotnicki, o nosso representante na Criméia, para que fizesse de tudo para encontrar Boski. Aparentemente, ele foi escondido para não ser trocado por outros prisioneiros e, agora, deve estar remando numa das galeras. As duas mulheres, tendo perdido todas as esperanças, pararam de me molestar, mas eu, vendo o seu desespero, não posso furtar-me a fazer algo em prol delas. Você está próximo das hordas e, pelo que sei, firmou laços fraternais com alguns dos mirza. Diante disto, envio-as a você para que tente ajudá-las. Piotrowicz deve estar partindo em breve. Escreva cartas aos seus coirmãos e entregue-as a ele. Não posso escrever diretamente ao vizir, nem ao khan, pois ambos não simpatizam comigo, além de temer que eles possam vir a considerar Boski como alguém muito importante e demandar um valor de resgate impossível de ser pago. Diga a Piotrowicz que o assunto é de suma importância e que ele não deve voltar sem Boski, envolvendo neste empreendimento todos os seus coirmãos. Eles nutrem um profundo respeito por você e, mesmo sendo pagãos, costumam manter a

palavra empenhada. Finalmente, faça o que achar melhor; vá até Raszkow, ofereça em troca três dos mais valiosos prisioneiros que temos, desde que Boski, caso ainda esteja vivo, possa ser resgatado. Deus há de abençoá-lo por isto, e eu passarei a amá-lo ainda mais, porque meu coração parará de sangrar. Pelo que fui informado, a região sob seu comando está em paz, algo que eu esperava de você. Continue de olho neste tal Azba. De publicis, pan Bogusz lhe contará tudo o que está acontecendo. Por tudo que é mais sagrado, fique atento ao que está se passando na Moldávia, porque tudo indica que seremos atacados de lá. Confiando pani Boski à sua generosidade e disposição em ajudar, subscrevo-me...."

Pani Boski não parou de chorar durante toda a leitura da carta, no que era secundada por Zosia, que elevava seus olhos azuis para o céu.

Basia, já trajando vestes femininas, entrou na sala mesmo antes de *pan* Michal ter terminado de ler a carta. Vendo as lágrimas nos olhos das duas mulheres, perguntou de que se tratava, e o pequeno cavaleiro teve que lê-la mais uma vez. Basia ouviu-a com atenção e, de imediato, apoiou os pedidos do *hetman* e da *pani* Boski.

— O *hetman* tem um coração de ouro! — exclamou, agarrando o pescoço do marido. — E nós não lhe ficaremos atrás, Michalek! *Pani* Boski vai ficar conosco até o retorno do seu marido, a quem você arrancará da Criméia em menos de três ou até dois meses, não é verdade?

— Ou amanhã, ou nas próximas horas! — respondeu *pan* Michal, de forma brincalhona.

Em seguida, virou-se para *pani* Boski:

— Como a senhora pode ver, a minha esposa decide as coisas rapidamente.

— Que deus a abençoe por isto! — respondeu *pani* Boski! — Zosia, beije as mãos da senhora.

Mas a senhora nem admitiu a hipótese de ter as suas mãos beijadas e, encantada com Zosia, abraçou-a efusivamente.

— Senhores! — pôs-se a gritar. — Senhores, vamos fazer logo um conselho de guerra, porque não temos tempo a perder! Rápido!

— Rápido, porque a sua cabeça está em brasas! — resmungou *pan* Zagloba.

O PEQUENO CAVALEIRO   291

— Não é a minha cabeça que está ardendo, mas os corações destas senhoras, que não agüentam mais de tanta dor! — respondeu Basia.

— Ninguém está se opondo às suas nobres intenções — disse Wolodyjowski — mas, antes, temos que ouvir atentamente todo o relato de *pani* Boski.

— Zosia, conte tudo como se passou, porque eu, de tanto chorar, não poderei fazer um relato exato — respondeu a matrona.

Zosia abaixou os olhos, cobrindo-os com as pálpebras. Em seguida, enrubesceu como uma cereja, sem saber por onde começar e encabulada por ter que falar diante de tão grande audiência.

Pani Wolodyjowski veio em seu auxílio.

— Zosia, quando *pan* Boski foi capturado pelos tártaros?

— Há cinco anos, em sessenta e seis — respondeu com uma voz fininha e sem levantar as suas longas pestanas.

Em seguida, sem parar para tomar fôlego, passou a recitar:

— Naqueles dias, não havia quaisquer ataques tártaros e o destacamento do papai estava aquartelado em Paniowiec. Papai e *pan* Bulajowski tinham recebido ordens de zelar pelos homens que pastoreavam o gado nos prados, quando vieram os tártaros e pegaram papai e *pan* Bulajowski, sendo que *pan* Bulajowski voltou dois anos depois, e papai não voltou até agora...

Neste ponto, duas lágrimas minúsculas escorreram pelas bochechas de Zosia, e *pan* Zagloba, comovido com aquela visão, disse:

— Meu passarinho querido... Não desanime... O seu papai vai retornar e ainda vai dançar no seu casório.

— E o *hetman*, por intermédio de Piotrowicz, enviou cartas para *pan* Zlotnicki? — perguntou *pan* Wolodyjowski.

— O senhor *hetman* escreveu para *pan* Zlotnicki por meio de *pan* Piotrowicz, e eles acharam papai com o *agá* Murza-bey.

— Por Deus! Eu conheço este Murza-bey! Derramei água sobre a lâmina da minha espada com o irmão dele! — exclamou Wolodyjowski. — E ele não quis libertar *pan* Boski?

— Havia uma ordem do *khan* para que ele fosse libertado, mas Murzabey, um homem cruel, escondeu papai e disse para *pan* Piotrowicz que já o vendera, há muito tempo, na Ásia Menor. Outros prisioneiros disseram a *pan* Piotrowicz que aquilo não era verdade e que Murza mentira de propósito para poder maltratar o meu pai por mais tempo, porque, de todos os tártaros, Murza era o mais cruel e impiedoso para com os seus prisioneiros. Pode ser que, realmente, papai não estava mais na Criméia, já que Murza-bey tinha suas próprias galeras e precisava de braços para os seus remos, mas não fora vendido; todos repetiam que Murza preferia matar um prisioneiro a vendê-lo.

— Santa verdade — disse *pan* Muszalski. — Murza-bey é conhecido em toda a Criméia. É um tártaro extremamente rico e nutre um ódio especial pelo nosso país, pois quatro dos seus irmãos morreram pelas nossas mãos, durante suas excursões.

— Será que ele não tem um coirmão entre algum dos nossos oficiais? — perguntou Wolodyjowski.

— Muito pouco provável que tenha! — responderam de todos os lados.

— Será que alguém poderia me explicar, uma vez por todas, o que vem a ser este negócio de "coirmãos"? — perguntou Basia.

— Você precisa saber que — disse Zagloba — quando começam as negociações após uma batalha, membros dos exércitos adversários visitam-se mutuamente e chegam a torna-se amigos. Nestas ocasiões, pode ocorrer que um guerreiro nosso afeiçoe-se a um *mirza*, e o *mirza* a ele. Nestes casos, eles fazem um juramento de amizade eterna e passam a se chamar de "coirmãos". Quanto mais famoso um guerreiro, como, por exemplo, o nosso Michal ou *pan* Ruszczyc, presentemente no comando do posto avançado de Raszkow, mais cobiçada é a honra de poder chamá-lo de coirmão. É evidente que guerreiros assim não aceitam ser coirmãos de qualquer um e somente procuram um coirmão no meio dos *mirza* mais valentes. Segundo um costume centenário, nestas horas ambos derramam água sobre as lâminas das suas espadas e fazem um juramento de amizade para o resto dos seus dias. Deu para entender?

— E se, depois, houver uma guerra entre as duas nações?

— No caso de uma batalha, eles podem lutar um contra o outro, mas quando o embate for individual, eles se cumprimentam e partem em paz, cada um para o seu lado. E quando um deles é feito prisioneiro, cabe ao outro tentar adoçar o seu sofrimento e, no pior dos casos, pagar resgate

O PEQUENO CAVALEIRO 293

por ele. Houve até casos em que eles dividiram entre si as suas propriedades. Quando se trata de amigos ou conhecidos a quem querem ajudar, um
coirmão procura o outro e, justiça seja feita, não há uma nação no mundo
que respeite mais tais juramentos do que a tártara. Para os tártaros, uma
palavra empenhada é uma coisa sagrada e você poderá sempre contar com
um coirmão destes.

— E Michal tem muitos coirmãos?

— Tenho três; todos *mirza* muito poderosos — disse Wolodyjowski —,
sendo que um deles ainda dos tempos de Lubniow. Cheguei a obter a sua
liberdade das mãos do príncipe Jeremi, o que não era uma coisa fácil.
Chamava-se Aga-bey, e tenho certeza de que ele estará pronto a sacrificar
a sua vida pela minha. Os outros dois, também, são dignos de toda confiança.

— Ah! — disse Basia. — Como eu gostaria de tornar-me coirmã do
próprio *khan* e conseguir que ele libertasse todos os prisioneiros.

— Com o que ele concordaria — disse *pan* Zagloba. — Apenas não
sei qual o *praemium* que ele demandaria de você para conceder-lhe esta
graça.

— Permitam, senhores — disse Wolodyjowski —, que voltemos a analisar a situação e decidamos como deveremos agir. Fui informado de que
Piotrowicz, com um grande grupo de pessoas, chegará a Chreptiów em
menos de duas semanas. Ele está a caminho da Criméia, a fim de pagar o
resgate de alguns comerciantes armênios que foram aprisionados pelos tártaros na época em que morrera o *khan* e o seu sucessor ainda não assumira. Seferowicz, irmão de Pretor, é um dos infelizes. Trata-se de pessoas de
grandes posses para quem dinheiro não é problema, de modo que Piotrowicz
estará bem suprido. Ele não deverá correr qualquer perigo na viagem, porque o inverno está próximo e, nesta época do ano, os tártaros não costumam atacar. Além disto, estão na sua comitiva o pope Nawiragh, delegado
do patriarca de Uzmiadzin, e dois eminentes doutores de Kaffa que têm
salvo-condutos emitidos pelo novo *khan*. Portanto, darei a Piotrowicz cartas para os cidadãos da República que vivem na Criméia e para os meus
coirmãos. Além disto, como deve ser do conhecimento dos senhores, *pan*
Ruszczyc, o comandante de Roszkow, tem parentes no meio dos tártaros
que, aprisionados quando ainda crianças, adotaram a fé muçulmana e

chegaram a postos de relevância. Eles farão de tudo para encontrar *pan* Boski, procurarão chegar a um acordo com Muzra e, caso seja necessário, farão intrigas entre ele e o próprio *khan*. Diante disto, estou confiante de que, caso *pan* Boski ainda esteja vivo — queira Deus que sim —, poderei libertá-lo em alguns meses, conforme o senhor *hetman* e a comandante aqui me ordenaram...

A "comandante" atirou-se no pescoço do pequeno cavaleiro, enquanto *pani* e *panna* Boski juntaram as mãos como numa prece em agradecimento a Deus por lhes ter permitido encontrar pessoas tão prontas para vir em seu auxílio.

— Se o velho *khan* ainda estivesse vivo — disse *pan* Nienaszyniec — as coisas seriam mais fáceis, já que aquele grão-senhor nutria simpatia por nós, enquanto o jovem, pelo que andam dizendo, não compartilha desta predisposição. Aqueles comerciantes armênios que *pan* Zachariasz Piotrowicz está querendo resgatar foram aprisionados já durante o seu reinado e, conforme andam dizendo, segundo suas ordens.

— O jovem *khan* mudará de opinião, assim como o velho que, antes de convencer-se da nossa sinceridade, foi um dos inimigos mais ferrenhos da República — disse Zagloba. — Sei disto, porque fui seu prisioneiro por sete anos.

E, tendo dito isto, inclinou-se diante de *pani* Boski.

— Que a minha visão sirva de consolo para a senhora. Sete anos não são brincadeira! E se voltei, foi para poder vingar os meus sofrimentos. Por cada dia de sofrimento despachei, no mínimo, dois daqueles filhos de uma cadela para o inferno, e nos domingos e feriados, três ou até quatro!

— Sete anos! — repetiu suspirando *pani* Boski.

— Quero cair morto se aumentei um dia sequer! Sete anos dentro do palácio do *khan* — confirmou *pan* Zagloba, piscando maliciosamente o seu olho são. — E é preciso que a senhora saiba que o jovem *khan* é meu...

Neste ponto, sussurrou algo no ouvido de *pani* Boski e soltou uma gargalhada, batendo alegremente nos joelhos com as mãos, chegando, no cúmulo da empolgação, a bater no joelho da matrona e exclamando:

— Aqueles, sim, eram dias gloriosos! Quando se é jovem, a cada dia, um novo inimigo e a cada noite, uma nova aventura, não é verdade?

O PEQUENO CAVALEIRO

A distinta dama ficou confusa e afastou-se um pouco do alegre guerreiro, enquanto as senhoritas abaixavam os olhos, tendo adivinhado que as "aventuras" mencionadas por *pan* Zagloba eram algo inadequado aos seus ouvidos, principalmente pelo fato de os demais guerreiros terem explodido numa estrondosa gargalhada.

— Vamos precisar enviar alguém para *pan* Ruszczyc o mais rapidamente possível — disse Basia. — *Pan* Piotrowicz precisa encontrar as cartas em Raszkow.

— É verdade — acrescentou *pan* Bogusz. — Isto deve ser feito ainda no inverno, porque os tártaros não costumam aventurar-se por estas bandas nesta época do ano e só Deus sabe o que poderá acontecer na primavera.

— Por que o senhor está dizendo isto? — perguntou Wolodyjowski. — O senhor *hetman* tem algumas notícias de Istambul?

— Tem, e precisamos conversar sobre elas em particular. Uma coisa é certa: temos que resolver esta questão dos capitães tártaros o mais rapidamente possível. Quando Mellechowicz vai voltar? Muita coisa depende dele.

— Ele somente precisa acabar com o que restou dos bandidos e enterrar os mortos. Deve retornar ainda hoje ou amanhã bem cedo. Ordenei-lhe que enterrasse apenas os nossos, deixando os corpos da *wataha* de Azba-bey como estão; estamos no inverno, portanto não precisamos temer epidemias, além do que os lobos vão fazer a limpeza para nós.

— O senhor *hetman* pede — disse *pan* Bogusz — que Mellechowicz tenha plena liberdade na sua empreitada e toda vez que precisar viajar para Raszkow deve ser autorizado a fazê-lo. Informa também o senhor *hetman* que ele é merecedor de toda sua confiança, estando convicto da sua lealdade para com o nosso país. Na opinião do *hetman*, Mellechowicz é um grande soldado que ainda poderá prestar relevantes serviços à nossa pátria.

— Ele está livre para viajar a Raszkow e para onde mais quiser ir — respondeu o pequeno cavaleiro. — Desde que desbaratamos a *wataha* de Azba, não preciso mais dele. Até o surgimento de grama fresca, é pouco provável que venhamos a ser incomodados por quem quer que seja.

— Quer dizer que Azba-bey foi derrotado em definitivo? — perguntou *pan* Nowowiejski.

— A ponto de não terem sobrado mais de vinte e cinco dos seus homens, que ainda vamos pegar, a não ser que Mellechowicz já os tenha pego.

— Que notícia excelente, então poderemos viajar para Raszkow em toda segurança — respondeu *pan* Nowowiejski.

Neste ponto, virou-se para Basia e disse:

— Poderemos levar aquelas cartas para *pan* Ruszczyc que a senhora mencionou.

— Agradecemos — respondeu Basia — mas nós enviamos mensageiros regularmente para Raszkow.

— Temos que manter um contato permanente com todas as guarnições — esclareceu *pan* Michal. — Mas então quer dizer que o senhor, junto com esta bela jovem, pretende partir para Raszkow?

— Estamos indo para Raszkow — respondeu *pan* Nowowiejski — porque o ingrato do meu filho está lá, no destacamento de *pan* Ruszczyc. Faz mais de nove anos que ele fugiu de casa e somente por meio de cartas implora pela clemência paterna.

Wolodyjowski bateu na testa e exclamou com alegria:

— Desde o início desconfiei que o senhor é o pai do jovem Nowowiejski e estava pronto para perguntar-lhe, mas ficamos tão comovidos com a desgraça da sra. Boski que acabei esquecendo. Mas está claro, há uma grande semelhança física entre o senhor e ele! Quer dizer que o senhor é o pai de *pan* Adam!...

— Foi o que me assegurou a sua falecida mãe, e como sempre foi uma mulher virtuosa, não tenho motivos para suspeitar que não seja.

— Pois saiba que o senhor é duplamente bem-vindo! Só lhe peço para não chamar seu filho de ingrato, porque se trata de um soldado exemplar e um cavalheiro dos mais dignos, que honra o seu nome. Depois de *pan* Ruszczyc, ele é o melhor caçador de tártaros da região e, caso o senhor não saiba, é o favorito do *hetman* em pessoa. Já lhe foram confiados regimentos inteiros, e ele sempre se saiu muito bem em todas as ocasiões.

Pan Nowowiejski chegou a corar de contentamento.

— Excelentíssimo senhor coronel, não é raro um pai censurar um filho na esperança de que alguém venha a contradizê-lo e, devo confessar, que não há uma alegria maior para um coração paterno do que a de ser contradito nestas ocasiões. Já chegaram aos meus ouvidos relatos de atos de bravura perpetrados por Adam, mas agora, ao ouvir a confirmação da sua coragem saída de uma boca tão famosa, devo confessar que me sinto extremamente feliz e orgulhoso. Chegaram a me contar que ele não é somente valente, mas também equilibrado, o que me causa espécie, já que sempre foi um cabeça-de-vento. O bandido sempre ansiou por guerrear, e a maior prova disto é o fato de ter fugido de casa ainda rapazola. Confesso que, se o tivesse pego naquela ocasião, teria lhe dado um *pro memoria* daqueles. Mas agora, acho que terei que desistir disto, se não ele vai esconder-se por mais dez anos, e o velho está com saudades...

— Quer dizer que ele não retornou à casa paterna nestes anos todos?

— Porque eu proibi. Mas agora basta, estou vindo ao encontro dele, já que ele, estando a serviço, não pode vir a mim. Tinha a intenção de pedir a Vossas Senhorias que hospedassem a garota enquanto eu ia sozinho para Raszkow, mas como não há mais perigo, vou levá-la comigo. Ela é curiosa e tem vontade de ver o mundo, pois que o veja.

— E que possa ser vista por ele! — aparteou Zagloba.

— Não terão muita coisa para ver! — respondeu a jovem, cujos ousados olhos negros e lábios feitos para beijar pareciam afirmar o contrário.

— Ela é apenas uma garota como qualquer outra — respondeu *pan* Nowowiejski — mas basta que veja um oficial mais bem-apessoado e logo fica assanhada. Foi por causa deste seu temperamento que resolvi trazê-la comigo, além de ser perigoso deixar uma jovem desprotegida em casa. Mas, se eu partir para Raszkow sozinho, pedirei à senhora que a mantenha amarrada numa coleira, caso contrário ela será capaz de provocar uma grande confusão.

— Pois eu também fui assim — respondeu Basia.

— Se o senhor lhe desse uma roca de fiar — disse Zagloba —, ela, não tendo outro parceiro, dançaria com ela. O senhor, sr. Nowowiejski, é um homem alegre e gosta de gracejar. Baska, peça uma bebida para nós, porque quero brindar este novo amigo...

No mesmo instante, a porta se abriu e Mellechowicz entrou na sala. *Pan* Nowowiejski, ocupado numa conversa com *pan* Zagloba, não o viu de imediato, mas Ewa, sim, e o seu rosto ficou vermelho, para tornar-se pálido logo em seguida.

— Senhor comandante! — disse Mellechowicz para Wolodyjowski. —
Conforme suas ordens, todos os fugitivos foram pegos.

— Muito bem! E onde estão?

— Enforcados, conforme suas ordens.

— Muito bem! E os seus homens, voltaram consigo?

— Uma parte deles ficou para enterrar os mortos, os demais já estão aqui.

No mesmo instante, *pan* Nowowiejski levantou a cabeça e uma expressão de espanto apareceu no seu rosto.

— Por Deus! O que vejo?! — exclamou.

Em seguida, levantou-se, aproximou-se de Mellechowicz e berrou:

— Azja! O que você está fazendo aqui, seu patife?!

E levantou o braço, querendo agarrar o *lipek* pelo colarinho. Mas este pareceu explodir como um punhado de pólvora atirado numa fogueira; pálido como um cadáver, agarrou com sua mão férrea o braço de *pan* Nowowiejski e empurrou-o com força, a ponto de este cambalear até o centro da sala.

— Não o conheço! Quem é o senhor?

Por certo tempo, a raiva de *pan* Nowowiejski foi tanta que ele não conseguiu pronunciar uma palavra sequer. Finalmente, tendo recuperado o fôlego, começou a berrar:

— Senhor comandante! Este homem é meu! É um fugitivo! Viveu na minha casa desde criancinha!... O canalha finge que não me conhece, mas eu sei muito bem quem é ele. Ewa, quem é ele? Vamos, fale!

— Azja! — respondeu *panna* Ewa, com o corpo tremendo como se estivesse com febre. .

Mellechowicz nem se dignou a olhar para ela. Seus olhos estavam fixos em *pan* Nowowiejski e, com as narinas dilatadas, olhava para o velho *szlachcic* com ódio indescritível. Seus bigodes começaram a se agitar e, debaixo deles, apareceram dentes alvos, mais parecendo presas de um furioso animal selvagem.

Repentinamente, Basia colocou-se entre Mellechowicz e Nowowiejski.

— O que significa isto? — perguntou, franzindo o cenho.

A sua visão acalmou um pouco os antagonistas.

O PEQUENO CAVALEIRO   299

— Senhor comandante — disse Nowowiejski. Isto significa que este homem é um servo meu, o seu nome é Azja e ele é um fugitivo. Quando jovem, servi na Ucrânia e encontrei-o, mais morto do que vivo, na estepe, e apossei-me dele. É um tártaro. Ele ficou vinte anos na minha casa e estudou com o meu filho. Quando o meu filho fugiu de casa, ele ficou comigo, ajudando-me nas tarefas administrativas da propriedade, até o dia em que eu o descobri de amores com Ewa. Aí, mandei que fosse açoitado e ele fugiu logo em seguida. Como ele se chama aqui?

— Mellechowicz.

— É um sobrenome falso. O seu nome é Azja, e basta! Ele diz que não me conhece, mas eu o conheço, assim como Ewa.

— Mas como é possível — disse Basia — que o seu filho, que o viu aqui diversas vezes, não o tenha reconhecido?

— Meu filho pode não tê-lo reconhecido, pois quando fugiu de casa ambos tinham quinze anos e este aí ficou comigo por mais seis. Cresceu, mudou e deixou crescer um bigode. Mas Ewa reconheceu-o de imediato. Meus senhores, espero que dêem mais crédito a um cidadão da República do que a este vagabundo vindo da Criméia.

— *Pan* Mellechowicz é um oficial do *hetman* — disse Basia. — Nós não temos nada contra ele!

— Permita-me, sr. Nowowiejski, que eu o interrogue. *Audiatur et altera pars*! — disse *pan* Michal.

Mas *pan* Nowowiejski teve um acesso de fúria.

— *Pan* Mellechowicz! Ele não é "*pan*" coisa alguma! É um serviçal que se apossou do nome de um outro. Amanhã, vou transformar este "*pan*" em meu lacaio, depois de amanhã mandarei dar uma surra neste "*pan*", algo que nem o *hetman* em pessoa poderá impedir, porque sou um *szlachcic* e conheço os meus direitos!

Ao que *pan* Michal agitou os seus bigodinhos e falou num tom já mais áspero:

— E eu não só sou um *szlachcic*, como também um coronel, e, também, conheço os meus direitos. O senhor pode buscar os seus direitos num tribunal e apelar para a jurisdição do *hetman*, mas aqui quem manda sou eu e ninguém mais!

Pan Nowowiejski caiu em si, dando-se conta de que estava na presença não só de um comandante e um oficial superior do seu filho, como também do mais afamado de todos os guerreiros da República.

— Senhor coronel — disse, num tom mais humilde. — Eu jamais ousaria levá-lo sem a sua permissão; apenas estou querendo fazer valer os meus direitos, e peço que acredite na minha palavra.

— Mellechowicz, o que você tem a dizer sobre isto tudo? — perguntou Wolodyjowski.

O tártaro fixou os olhos no chão e não respondeu.

— Porque o fato do seu primeiro nome ser Azja é conhecido por todos nós! — acrescentou Wolodyjowski.

— Não precisa procurar outras provas! — disse Nowowiejski. — Se for o meu homem, então ele tem dois peixes tatuados no peito!

Ao ouvir isto, *pan* Nienaszyniec arregalou os olhos, abriu a boca, levou as mãos à cabeça e gritou:

— Azja Tuhaj-bey!

Todos os olhos viraram-se em sua direção, enquanto ele, tremendo como se todas as feridas se tivessem aberto de novo, não parava de repetir:

— É o meu cativo! O filho de Tuhaj-bey! Por tudo que é mais sagrado, é ele!

O jovem *lipek* levantou orgulhosamente a cabeça, lançou um olhar cheio de empáfia sobre os presentes e, desnudando o seu largo peito, disse:

— Eis os peixes tatuados!... Eu sou o filho de Tuhaj-bey!...

Capítulo 28

TODOS SE CALARAM, tal foi o impacto da menção do nome daquele terrível guerreiro. Afinal, fora ele que, junto com o tenebroso Chmielnicki, sacudira a República, derramara rios de sangue, destruíra vilarejos, cidades e fortalezas e transformara em escravos dezenas de milhares de prisioneiros. E eis que agora, no posto avançado de Chreptiów, apresentava-se um homem que, encarando os guerreiros presentes, dizia orgulhosamente: "Eu tenho peixes tatuados no meu peito; eu sou Azja, descendente direto de Tuhaj-bey". Mas, naqueles dias, havia tanto respeito por um sangue nobre que, apesar do horror que o nome do famoso *mirza* despertava nas almas de qualquer soldado, Mellechowicz cresceu diante dos seus olhos como se tivesse se apropriado de toda a grandeza paterna.

Portanto, olhavam para ele com espanto, principalmente as mulheres, para quem qualquer tipo de segredo tem um apelo todo especial. Quanto a ele, parecia ter engrandecido com a sua revelação e, com porte ereto e cabeça erguida, disse, apontando para Nowowiejski:

— Este *szlachcic* diz que eu sou um servo seu, mas eu lhe digo que o meu pai costumava montar no cavalo subindo nos dorsos de homens muito mais importantes do que ele... Ele não mente ao afirmar que passei muitos anos na sua casa. É verdade que fiquei sob o seu teto por estes anos todos, durante os quais as minhas costas viviam cobertas de sangue provocado pelas suas chicotadas, algo que, enquanto Deus me der forças, jamais hei de esquecer!... Adotei o nome de Mellechowicz para escapar da sua perseguição. Embora pudesse fugir para a Criméia, resolvi me dedicar de corpo e alma a esta pátria, portanto sou um servo do *hetman* e não dele. O meu pai é aparentado com o *khan* e eu poderia viver em luxo e riqueza na Criméia, mas, em vez disto, preferi permanecer aqui, sofrendo as piores humilhações, porque amo esta pátria, amo o *hetman* e amo todos aqueles que nunca demonstraram qualquer desprezo por mim.

E tendo dito isto, inclinou-se diante de Wolodyjowski e fez uma reverência tão profunda a Basia que quase chegou a tocar os seus joelhos com a cabeça e, sem olhar para os demais, pegou a espada debaixo do braço e saiu da sala.

Todos continuaram calados, sendo que *pan* Zagloba foi o primeiro a romper o silêncio:

— Onde está *pan* Snitko? Eu não disse que este Azja tem um olhar de lobo? Pois ele é o filho do próprio lobo!

— Filho de um leão! — respondeu Wolodyjowski. — E é bem capaz de seguir os passos do seu pai!

— Os senhores viram como seus dentes brilhavam? Exatamente como os do pai quando estava zangado! — disse *pan* Muszalski. — Só por isto eu já poderia tê-lo reconhecido, porque tive a oportunidade de ver o velho Tuhaj-bey por várias vezes.

— Não tantas vezes quanto eu! — respondeu *pan* Zagloba.

— Agora compreendo — observou *pan* Bogusz — a razão do seu prestígio entre os *lipki* e os *czeremisy*. Para eles, o nome de Tuhaj-bey é um nome sagrado. Por Deus! Se este homem quisesse, ele poderia fazer com que eles todos passassem para o lado do sultão num piscar de olhos e nos infligissem sérias derrotas.

— Algo que ele jamais faria — respondeu Wolodyjowski — porque aquilo que ele disse sobre o seu amor à pátria e ao *hetman* deve ser a mais pura verdade. Se ele fosse para a Criméia, teria sido recebido com todas as honrarias e, no entanto, ele preferiu servir aqui, onde não só deixou de receber honrarias, mas sofreu humilhações.

— É verdade, ele não vai passar para o lado do inimigo — confirmou *pan* Bogusz. — Se quisesse fazê-lo, já o teria feito, nada o impediria.

— Pelo contrário — acrescentou *pan* Nienaszyniec — agora já acredito que ele será capaz de trazer de volta para a República aqueles capitães traidores.

O PEQUENO CAVALEIRO

303

— Sr. Nowowiejski — disse repentinamente Zagloba — se o senhor soubesse que ele era o filho de Tuhaj-bey, como o teria tratado?

— Mandaria que ele fosse açoitado cem vezes mais. Quero cair morto se não tivesse feito isto. Meus senhores! A única coisa que não entendo é por que ele, sendo filho de Tuhaj-bey, não fugiu para a Criméia. A única explicação que vejo é a de que ele soube disto há pouco tempo, porque tenho a certeza de que, quando esteve na minha casa, ele não tinha ciência disto. Portanto, imploro aos senhores para que não confiem nele. Eu o conheço há muito mais tempo, e posso lhes garantir que não há um diabo mais traiçoeiro, um cão mais perigoso ou um lobo mais selvagem do que esse homem. Ele vai causar a desgraça de todos os senhores!

— O senhor está enganado! — disse Muszalski. — Nós tivemos a oportunidade de presenciar os seus feitos nas batalhas de Kalnik, Braclawa e outros grandes embates.

— Ele não deixará de se vingar das humilhações que sofreu; os senhores podem estar certos disto!

Basia não participou da discussão. Estava encantada com a história de Mellechowicz e queria que o seu final fosse digno do seu começo. Com este intuito, agarrou Ewa Nowowiejski pelos ombros e, sacudindo-a, passou a sussurrar no seu ouvido:

— Diga-me, Ewa, com toda sinceridade: você estava apaixonada por ele? Não minta! Ah, vejo que ainda continua apaixonada, não é verdade? Você pode abrir-se comigo. Com quem você poderá trocar confidências a não ser comigo, uma mulher? Nas veias dele corre um sangue que é quase real! O *hetman* lhe dará não um, mas uma dezena de títulos de nobreza. *Pan* Nowowiejski não poderá se opor. Estou quase certa de que Azja também continua enamorado de você. Já sei, já sei! Pode deixar por minha conta. Ele confia muito em mim. Vou logo interrogá-lo na primeira oportunidade, e você pode estar certa de que não precisarei de ferros em brasa para arrancar dele uma confissão. Você esteve muito apaixonada? Ainda está?

Ewa estava atordoada. Quando Azja fez os primeiros avanços amorosos, ela era quase uma criança. Depois, passou muitos anos sem o ver, e esqueceu dele por completo. O que ficara na sua memória era a figura de um jovem impetuoso, que era meio companheiro do seu irmão e meio servo do seu pai. Agora, quando o viu de novo, defrontou-se com um guerreiro belo e feroz como um falcão, oficial famoso e, além disto, descendente de uma família principesca, embora estrangeira. Diante disto, o "seu" Azja apresentou-se de uma forma totalmente diferente, e a sua visão a deixou confusa e aturdida. As lembranças do passado despertaram no seu coração e, embora não pudesse dizer que estava apaixonada por ele, sentia que estava predisposta a isto.

Não conseguindo obter qualquer resposta de Ewa, Basia pegou-a e levou-a, junto com Zosia Boski, para a alcova. Uma vez lá, voltou a insistir:

— Ewa! Diga logo, você o ama?

O rosto de *panna* Ewa parecia estar em brasa. Ela era uma morena de olhos escuros como carvão e sangue quente, de modo que qualquer menção a amor fazia corar a sua face.

— Ewa! — repetiu Basia pela décima vez. — Você o ama?

— Não sei — respondeu *panna* Nowowiejski, após uma breve hesitação.

— Aha! Quer dizer que você não está negando. Muito bem. O importante é não ficar encabulada. Saiba que fui eu quem disse a Michal que o amava, e tudo deu certo! Vocês deviam estar muito apaixonados. Agora compreendo por que ele andava tão sombrio, morria de saudades de você. O pobre homem quase definhou. O que se passou entre vocês? Vamos, conte logo!

— Lá, no paiol, ele me disse que me amava — sussurrou *panna* Nowowiejski.

— Aha! No paiol!... Que coisa!... E depois, o que aconteceu?

— Aí ele me agarrou e começou a me beijar — sussurrou a jovem, ainda mais baixo.

— É, este Mellechowicz não é de bricandeira. E o que você fez?

— Fiquei com medo de gritar.

— Zosia, você está ouvindo isto?... E quando este namoro de vocês foi descoberto?

— Na mesma hora. Papai nos flagrou, derrubou Azja com um golpe de machadinha e mandou dar-lhe uma tal surra que o coitado ficou por duas semanas de cama.

O PEQUENO CAVALEIRO

Neste ponto, *panna* Nowowiejski começou a chorar. Diante disto, os olhos azuis da doce Zosia Boski encheram-se de lágrimas, enquanto Basia se pôs a confortar Ewa.

— Tudo vai terminar bem. Pode deixar por minha conta! Vou envolver nisto Michal e *pan* Zagloba, e você nem pode imaginar do que este último é capaz. Não chore, Ewa, porque está chegando a hora do jantar...

Mellechowicz não compareceu à ceia. Ficou no seu aposento, aquecendo na lareira vodca com mel, transferindo depois a bebida para um caneco de estanho e bebericando-a, acompanhada por torradas secas. Mais tarde, já no meio da noite, foi visitado por *pan* Bogusz.

O tártaro o fez se sentar numa cadeira forrada de couro e, tendo colocado um caneco fumegante à sua frente, perguntou:

— O sr. Nowowiejski continua querendo transformar-me num campônio seu?

— Nem se fala mais disto — respondeu *pan* Bogusz. — Na verdade, o único que poderia ter algum direito sobre você, seria o *pan* Nienaszyniec, mas ele não fará nada neste sentido, pois a sua irmã já deve ter morrido, ou não quer mais mudar o seu destino. *Pan* Nowowiejski não sabia quem você era quando o flagrou namoricando a sua filha. E agora, anda zonzo em círculos, pois embora o seu pai tenha feito muito mal à nossa pátria, tem que ser reconhecido que ele foi um guerreiro e tanto, e um sangue como o dele tem que ser respeitado. Ninguém lhe fará qualquer mal, desde que você continue sendo leal à nossa pátria, na qual você tem muitos amigos.

— Por que não continuaria sendo leal à pátria? — respondeu Azja. — Meu pai combateu vocês, mas ele era pagão, enquanto eu sou um seguidor de Cristo.

— Pois é! Você não poderia voltar à Criméia sem renegar a sua fé e, com isto, perder a possibilidade da salvação eterna, algo que não há riquezas no mundo que possam compensar. A bem da verdade, você deveria ser grato aos *pan* Nienaszyniec e Nowowiejski, porque o primeiro o arrancou das mãos dos pagãos, e o segundo o educou na fé verdadeira.

— Sei muito bem quanto devo a estes senhores — respondeu Azja — e farei de tudo para pagar-lhes por isto. O senhor tem razão ao dizer que tenho aqui vários benfeitores.

— Você está dizendo isto num tom muito amargurado, mas não se esqueça de listar aqueles que sempre o trataram com todo respeito.

— O senhor *hetman* e o senhor, em primeiro lugar, isto é algo que repetirei até o fim dos meus dias. Quanto aos outros, não sei...

— E o comandante daqui? Você acha, por acaso, que ele o entregaria a quem quer que fosse, mesmo se você não fosse o filho de Tuhaj-bey? E quanto a ela, *pani* Wolodyjowski? Você nem pode imaginar como ela falou bem de você durante a ceia... Até antes, quando Nowowiejski reconheceu você, ela imediatamente saiu em sua defesa! *Pan* Wolodyjowski fará tudo o que ela pedir, porque ele não vê nada mais a não ser ela, e não há uma irmã que possa gostar mais de um irmão do que ela gosta de você. Durante o jantar, ela não parou de falar no seu nome...

O jovem tártaro abaixou a cabeça e começou a soprar para dentro do caneco com o precioso líquido. Com isto, seus lábios adquiriram um tom arroxeado e o seu rosto ficou tão tártaro, que *pan* Bogusz chegou a dizer:

— É impressionante como você se parece com o seu pai. Conheci-o muito bem, vi-o diversas vezes na corte do *khan* e nos campos de batalha, além de tê-lo visitado no seu acampamento por mais de vinte vezes.

— Que Deus abençoe os justos e que a peste negra destrua os vilões! — respondeu Azja. — À saúde do senhor *hetman*!

Pan Bogusz tomou um trago e disse:

— Saúde e muitos anos de vida! É verdade que nós, que permanecemos ao seu lado, somos poucos, mas todos somos soldados exemplares. Deus não vai permitir que sejamos subjugados por aqueles patifes que só sabem fazer intrigas no Senado e acusam o *hetman* de trair o rei. Canalhas! Enquanto nós permanecemos aqui, nas estepes, fazendo frente aos nossos inimigos, eles empanturram-se com *bigos* e outros pratos deliciosos! O senhor *hetman* envia emissários atrás de emissários pedindo reforços para Kamieniec, e alerta, como Cassandra, a iminente queda de Ilium, enquanto eles não pensam em mais nada a não ser em lançar ofensas à Sua Majestade.

— De que o senhor está falando?

— Estava fazendo *comparationem* entre nosso Kamieniec e a cidade de Tróia, mas você, certamente, nunca ouviu falar daquela cidade. Deixe apenas a poeira assentar e eu lhe garanto que o *hetman* conseguirá que você

O PEQUENO CAVALEIRO

se torne um *szlachcic*. Estamos vivendo em tempos em que não faltará oportunidade para você cobrir o seu nome de glória.

— Disto, o senhor pode ter certeza. Assim como há um Deus no céu, o senhor ainda ouvirá muito de mim!

— E quanto a Kryczynski e os outros? Eles vão passar para nosso lado? O que eles estão fazendo agora?

— Estão acampados; alguns por perto e outros mais distante. Eles têm dificuldade em comunicar-se entre si, porque estão longe uns dos outros. Receberam ordens para irem todos para Adrianapol na primavera, levando consigo o máximo de mantimentos que puderem.

— Meu Deus! Esta notícia é muito importante, pois caso ocorra um *congressus* em Adrianapol, isto seria um sinal inequívoco de que haverá uma guerra. É preciso que o *hetman* seja informado disto o mais rapidamente possível. Ele já está quase convencido e isto servirá para corroborar o seu entendimento.

— Halim me disse que andam comentando que o próprio sultão pretende viajar para Adrianapol.

— Que seja louvado o nome do Nosso Senhor! Nós só temos aqui um punhado de soldados. Todas as nossas esperanças repousarão na resistência de Kamieniec. Kryczynski e os outros capitães andaram fazendo novas exigências?

— Eles apresentam mais queixas do que condições: uma anistia geral, a devolução dos direitos e dos privilégios que eles, como *szlachcic*, tiveram no passado, e a manutenção das suas patentes de capitão, eis o que ele querem. Mas, como o sultão lhes prometeu muito mais, eles continuam hesitantes.

— O que você está dizendo? Como o sultão pode lhes oferecer mais do que a República? Na Turquia, há *absolutum dominium* e todos os direitos são ditados por uma só pessoa. Mesmo se o sultão atual, que vive e reina, mantivesse todas as promessas, o seu sucessor poderá quebrá-las ou pisar sobre elas como bem entender. Em contrapartida, aqui, na República, os privilégios são algo sagrado, e todo aquele que se tornar um *szlachcic*, não poderá perder este privilégio, independentemente da vontade de qualquer monarca.

— Pois eles afirmam que eram *szlachcic* e, assim mesmo, eram tratados como simples dragões e os oficiais mais graduados davam-lhes tarefas
indignas de serem executadas por qualquer membro da *szlachta*.

— Mas o grão-*hetman* está lhes dando todas as garantias...

— Nenhum deles questiona a magnificência do *hetman*, a quem eles
continuam a amar, mas o seu raciocínio é o seguinte: a própria *szlachta* o
acusa de ser um traidor, ele é detestado na corte, está ameaçado de sofrer
um processo por parte do Senado... nestas condições, qual é a garantia de
que ele possa manter a palavra empenhada?

Pan Bógusz coçou a cabeça.

— E então?

— Então, eles mesmos não sabem o que fazer.

— E vão permanecer do lado do sultão?

— Não.

— E quem terá condições de trazê-los de volta para a República?

— Eu!

— E como você conseguirá isto?

— Sou o filho de Tuhaj-bey!

— Meu caro Azja! — disse *pan* Bogusz após uma breve pausa. — Não
nego que eles podem sentir uma profunda admiração pelo seu sangue e
pela fama de Tuhaj-bey, embora eles sejam tártaros poloneses e lituanos e
Tuhaj-bey foi um inimigo destas duas nações. Posso compreender isto,
porque há *szlachcic* que afirmam com orgulho que Chmielnicki também
fora um *szlachcic* e era polonês, e não apenas um cossaco... É verdade que
ele foi um patife de marca maior, mas como também foi um guerreiro
formidável, a *szlachta* tem orgulho em afirmar que ele era um dos seus
membros. Assim é a natureza dos homens! No entanto, não posso acreditar que o fato de você ser filho de Tuhaj-bey lhe dê o direito de dar ordens
a todos os tártaros.

Azja ficou em silêncio por um longo tempo. Depois, apoiou as mãos
nas coxas e disse:

— Pois eu lhe direi, sr. Bogusz, o motivo pelo qual Kryczynski e os
demais me obedecem e hão de continuar me obedecendo. Abstraindo-se

O PEQUENO CAVALEIRO

do fato de eu ser um príncipe e eles simples tártaros, eu disponho de poder e de recursos que o senhor, e até o próprio senhor *hetman*, desconhecem...

— De quais recursos e de que poder você está falando?

— Algo que o senhor sequer pode imaginar — respondeu Azja. — Por que estou disposto a fazer coisas que nenhum outro ousou? Por que pude arquitetar um plano que ninguém mais pensou em conceber?

— De que você está falando? Que plano é este?

— É simples: basta o grão-*hetman* me dar uma carta branca para que eu traga, não somente aqueles capitães, mas a metade das hordas tártaras para servirem sob suas ordens. Quantas terras desocupadas existem na Ucrânia e nas *Dzikie Pola*? Basta o *hetman* anunciar que todo tártaro que fixar residência na República tornar-se-á um *szlachcic*, que poderá exercer a sua fé sem qualquer empecilho, que servirá em regimentos próprios e que os tártaros terão um *hetman* próprio, assim como têm os cossacos, e eu lhe garanto que toda a Ucrânia, em pouco tempo, virará um formigueiro. Virão para cá os *lipki* e os *czeremisy*, virão os tártaros das tribos Dobrudz e Bialogorod, virão os da Criméia, e todos trarão suas manadas, esposas e filhos. Não sacuda a sua cabeça, sr. Bogusz, pois eu lhe garanto que virão, assim como vieram no passado e que, por séculos, serviram fielmente à República. Na Criméia, o *khan* e os *mirza* os desprezam, enquanto aqui eles seriam *szlachcic*, portariam uma espada e, sob o comando do seu próprio *hetman*, estariam prontos para combater em defesa da sua nova pátria. Juro ao senhor que eles virão, porque lá eles chegam a passar fome. E quando se espalhar pelos vilarejos a notícia de que é o filho de Tuhajbey, com o beneplácito do próprio grão-*hetman*, que os está convocando, eles virão aos milhares.

Pan Bogusz mal podia acreditar nos seus ouvidos:

— Pelas chagas de Cristo, Azja! De onde você tirou esta idéia? Como isto iria acabar?

— Haveria, na Ucrânia, uma nova nação, assim como já há a nação cossaca! Se vocês deram estes privilégios aos cossacos, por que não deveriam dar, também, aos tártaros? O senhor me pergunta como isto iria acabar? Pois eu lhe respondo: não haveria um segundo Chmielnicki, porque nós esmagaríamos qualquer tipo de rebelião no seu nascedouro; nem haveria

Doroszenko, porque bastaria ele fazer qualquer tipo de agitação e eu seria o primeiro a levá-lo atado ao meu cavalo e atirá-lo aos pés do *hetman*. E, caso a potência turca quisesse nos atacar, nós a combateríamos; caso o *khan* resolvesse promover incursões, nós faríamos o mesmo. Não era assim que se comportaram os *lipki* e os *czeremisy* no passado, mesmo sendo maometanos? Por que então, nós, tártaros da República e *szlachcic*, deveríamos agir de uma forma diferente?... Agora, faça as contas, sr. Bogusz: Ucrânia em paz, os cossacos mantidos em rédeas curtas, uma proteção contra qualquer invasão turca e alguns milhares de tropas adicionais, eis o que pensei, eis o meu plano e eis o motivo pelo qual Kryczynski, Adurowicz, Morawski e Tworowski me obedecem, eis porque, quando eu der um grito, metade da Criméia virá para cá!

Pan Bogusz estava tão impressionado e esmagado pelas palavras de Azja que teve a impressão de que as paredes do quarto onde se encontravam se desfizeram como por encanto, e surgiram diante dele novos e estranhos horizontes. Ficou calado por bastante tempo, olhando para o jovem tártaro que, andando com passos largos pelo quarto, voltou a falar:

— Sem mim, isto tudo seria impossível, porque eu sou filho de Tuhajbey e não existe um nome tártaro mais digno do que este. Não dou a mínima para Kryczynski, Tworowski e os demais! Não se trata deles, nem de alguns milhares de *lipki* e *czeremisy*, mas do destino da República! Dizem que, assim que vier a primavera, haverá uma grande guerra com a potência turca. Pois deixem que eu aja, e farei tanta confusão no meio dos tártaros que o sultão em pessoa ficará assustado.

— Por Deus! Quem é você, Azja?! — exclamou *pan* Bogusz.

O tártaro ergueu orgulhosamente a cabeça e respondeu:

— O futuro *hetman* tártaro!

Naquele momento, as chamas da lareira iluminavam o belo e ao mesmo tempo aterrador rosto de Azja. *Pan* Bogusz teve a impressão que quem estava diante dele era um outro homem, tal era a grandeza e a empáfia que dele emanavam. Sabia também que o ousado tártaro estava certo. Caso o grão-*hetman* publicasse um decreto destes, todos os *lipki* e *czeremisy* retornariam de imediato, junto com milhares de outros tártaros selvagens. O velho *szlachcic* conhecia a Criméia muito bem, onde esteve aprisionado por duas vezes, e depois, tendo sido resgatado pelo *hetman*, serviu como emissário da República; conhecia a corte de Bachkíria, conhecia as hordas que viviam às margens do rio Don, sabia que muitas delas passavam fome no inverno; sabia que os *mirzas* sofriam com o despotismo dos funcionários do *khan* e que, volta e meia, havia revoltas dentro da própria Criméia — portanto, compreendeu de imediato que a possibilidade de ter terras e privilégios seria tentadora para todos aqueles cuja vida era difícil, apertada e perigosa.

Ficariam ainda mais tentados ao serem chamados pelo filho de Tuhaj-bey. Somente ele seria capaz de um tal feito. Somente ele tinha o poder de armar uma metade da Criméia contra outra, estremecer toda a potência do *khan*, e até do sultão.

Se o grão-*hetman* quisesse aproveitar esta situação, então ele bem que poderia considerar o filho de Tuhaj-bey como uma dádiva dos céus.

Diante disto, *pan* Bogusz passou a olhar para Azja com outros olhos e a espantar-se como tais idéias pudessem ter surgido na sua cabeça. A magnitude do plano era tamanha que a fronte do guerreiro cobriu-se de suor, mas, tendo ainda muitas dúvidas, observou:

— Você se dá conta de que um ato destes tornaria inevitável uma guerra com a Turquia?

— A guerra vai ocorrer de qualquer modo! Por que o senhor acha que a horda recebeu a ordem de juntar-se em Adrianapol? A guerra somente poderia ser evitada caso houvesse distúrbios dentro das forças do sultão; mas mesmo se ela eclodir, metade da horda estaria do nosso lado.

"O patife tem uma resposta pronta para qualquer argumento!", pensou *pan* Bogusz. Em seguida, disse em voz alta:

— Você tem que compreender, Azja, que a questão não é tão simples assim. O que diriam sobre isto o rei, o chanceler ou o Senado? Isto sem mencionar a *szlachta* que, na sua maioria, não nutre simpatia pelo *hetman*.

— Eu só preciso da permissão do *hetman* por escrito. Uma vez estabelecidos aqui, quero ver quem será capaz de nos desalojar. Quem vai ter condições de fazer isto? Vocês bem que gostariam de livrar-se dos cossacos de Sicz, mas, até agora, não conseguiram.

HENRYK SIENKIEWICZ

— O grão-*hetman* não vai querer assumir tamanha responsabilidade.

— O grão-*hetman* terá, além dos exércitos que já tem, mais cinqüenta mil espadas tártaras às suas ordens.

— E quanto aos cossacos? Você esqueceu deles? Na certa, eles terão objeções.

— Pois é exatamente por causa dos cossacos que nós somos necessários; alguém precisa manter permanentemente uma espada suspensa sobre os seus pescoços. Quem sustenta Dorosz? Os tártaros! Basta que eu tire os tártaros dele, e ele terá que se ajoelhar diante dos pés do *hetman*.

Neste ponto, estendeu os braços e, curvando os dedos como se fossem garras de uma águia, pegou na empunhadura da sua espada.

— Pode deixar que nós saberemos como manter os cossacos submissos! Vamos transformá-los em camponeses e assumiremos o controle da Ucrânia. Vocês pensaram que eu era um joão-ninguém, mas eu não sou tão insignificante como o sr. Nowowiejski, o comandante local, os oficiais, e até o senhor, pensavam! Eu passei dias e noites planejando isto, chegando a definhar por causa disto. Mas o meu plano é perfeito, e é por causa disto que eu lhe digo que tenho recursos e poder. O senhor mesmo admite que se trata de algo muito grandioso, portanto vá procurar o *hetman* o mais rapidamente possível. Apresente-lhe o meu plano, peça que me dê a devida autorização por escrito e deixe o resto por minha conta. O *hetman* é um homem de visão e saberá reconhecer o mérito do que lhe falei. Diga ao *hetman* que eu sou filho de Tuhaj-bey e que sou o único que pode fazer isto; faça com que ele concorde, mas, pelo amor a Deus, aja rápido, antes que a neve derreta nas estepes, pois, na primavera, a guerra será inevitável. Vá logo e retorne logo, para que eu possa saber como agir.

Pan Bogusz nem chegou a notar que Azja adotara um tom de comando, como se já fosse um *hetman* dando ordens a um dos seus oficiais.

— Vou descansar amanhã e partirei no dia seguinte. Espero que o *hetman* ainda esteja em Jawrow. Ele é um homem de tomar decisões rápidas, portanto espere que você terá a sua resposta muito em breve.

— E o que o senhor acha, o *hetman* concordará com o plano?

— Pode ser que ele vá convocar você à sua presença, portanto não parta para Raszkow nos próximos dias, para ficar mais perto de Jawrow. Se ele vai concordar ou não, eu não sei, mas lhe asseguro que analisará o seu pedido com grande atenção, porque os seus argumentos são muito fortes. Jamais suspeitei que você fosse capaz de pensar tão grande, mas vejo agora que é um homem especial e que Deus o predestinou para grandes feitos. Quem diria que um simples capitão de um destacamento de *lipki* pudesse ter pensamentos de tamanha magnitude. Já nem vou me espantar se ver uma pluma de garça branca adornando o seu gorro e um *bunczuk* ao seu lado... Fique com Deus, Azja, filho de Tuhaj-bey!

Neste ponto, *pan* Bogusz apertou a mão emaciada do tártaro e virou-se para a porta, mas, chegando a ela, parou e disse:

— Que coisa mais incrível!... Novos exércitos para a República... Uma espada permanentemente suspensa sobre os pescoços dos cossacos... Dorosz derrotado... Agitação na Criméia... A potência turca enfraquecida... Fim das incursões tártaras na Rutênia... Meu Deus! Meu Deus!

Após o que, saiu. Azja ficou olhando para a porta por algum tempo, depois murmurou:

— E para mim, *bunczuk*, *bulawa* e... querendo ou não querendo, ela! Caso contrário, ai de vocês!

Depois, sorveu um longo gole de vodca do caneco e atirou-se sobre um sofá coberto de peles que ficava num canto do quarto. As chamas da lareira foram diminuindo, enquanto raios lunares entravam pela janela.

Azja ficou deitado em silêncio por um longo tempo; aparentemente, não conseguia adormecer. Finalmente, levantou-se, aproximou-se da janela e fixou seus olhos na lua, que mais parecia uma nave singrando sobre a infindável negritude do céu.

O jovem tártaro ficou olhando-a por muito tempo. Finalmente, juntou os punhos junto do peito, levantou os dedos indicadores, e da sua boca, que, ainda menos de uma hora atrás evocara o nome de Cristo, emanou um semicanto lamurioso:

— *Lacha i Lallach, Lacha i Lallach... Mahomet Rossulach!...*

Capítulo 29

NO DIA SEGUINTE, DESDE a manhãzinha, Basia estava reunida com o marido e *pan* Zagloba, arquitetando um plano para unir dois corações apaixonados. Ambos os guerreiros zombavam da sua excitação e não paravam de troçar dela, mas, como sempre, acabaram prometendo ajudá-la.

— Devemos convencer o velho Nowowiejski para não levar a menina consigo para Raszkow — dizia Zagloba. — Podemos argumentar que já está fazendo frio e que o caminho não é tão seguro assim. Se ele concordar, então os dois jovens poderão se ver com freqüência e, com isto, reacender o seu amor.

— Que idéia genial! — exclamou Basia.

— Genial ou não genial — respondeu Zagloba — você terá que mantê-los sob constante observação. Você é uma mulher, portanto tenho certeza de que saberá como uni-los, mas não permita que o diabo se meta entre eles, para que você não passe pela vergonha de ter sido partícipe de uma coisa dessas.

— O senhor sempre se gabou — respondeu Basia — de que, na sua juventude, se comportava como um turco. Daí, o senhor acha que todos são como turcos! Pois saiba que Azja não é assim!

— Não é turco, mas tártaro. Que grande diferença! Só falta você ser fiadora de afetos tártaros!

— Aqueles dois pensam mais nas lágrimas que derramaram do que em qualquer outra coisa... Além do mais, Ewa é uma jovem virtuosa!

HENRYK SIENKIEWICZ

— Só que tem um rosto no qual parece escrito: "Beije-me!" Namoradeira como ela só! Ontem, durante a ceia, pude notar que quando estava sentada em frente a um oficial bem-apessoado, arfava com tanta força que o garfo afastava-se do prato e ela tinha que puxá-lo de volta. Uma namoradeira, isto que ela é!

— O senhor quer que eu saia da sala?

— Não venha com vãs ameaças, pois sei que você não vai sair daqui quando estivermos tratando de assuntos de coração. Aliás, você não devia adotar posturas casamenteiras, porque não tem idade para isto; deixe estas tarefas para mulheres mais velhas. A sra. Boski me disse que quando viu você pela primeira vez, voltando de uma expedição militar e vestida com aquelas calças largas, achou que você fosse um filhinho da sra. Wolodyjowski. Você nunca deu importância à dignidade e, pelo jeito, a dignidade também não liga par você; basta ver como é magrinha. Como são diferentes as mulheres de hoje em dia! Antigamente, quando uma mulher sentava numa cadeira, esta rangia como se alguém tivesse pisado no rabo de um cachorro, enquanto você poderia montar num gato e ele nem sentiria o seu peso... Além disto, as mulheres casamenteiras não costumam ter filhos.

— O senhor está falando sério? — assustou-se o pequeno cavaleiro.

Pan Zagloba soltou uma gargalhada, enquanto Basia encostava seu rosto rosado no rosto do marido e sussurrava:

— Michalek! Na primeira oportunidade vamos até Czestochowa e, quem sabe, a Virgem Santíssima reverta a situação.

— Efetivamente, esta é a solução mais adequada — disse Zagloba.

— Mas voltemos ao assunto de Azja e Ewa — disse Basia. — Temos que encontrar um meio de ajudá-los; se nós estamos tão felizes, nada mais justo que eles também possam ser.

— Eles vão ficar mais à vontade quando Nowowiejski partir — disse o pequeno cavaleiro. — Enquanto ele estiver aqui, aqueles dois terão dificuldade em se encontrar, principalmente por Azja odiar o velho. Se o velho der a mão da sua filha a ele, talvez eles venham a esquecer as desavenças do passado e passem a se amar, como sogro e genro. Em minha opinião, nós não precisamos fazer quaisquer esforços de juntar os dois jovens, já que eles se amam, mas convencer o velho...

O PEQUENO CAVALEIRO

— É que ele é um homem muito obstinado! — disse *pani* Wolodyjowski.

— Baska! Imagine se você tivesse uma filha e que ela quisesse se casar com um tártaro! — exclamou Zagloba.

— Azja é um príncipe! — respondeu Basia.

— Não posso negar que o sangue de Tuhaj-bey é de alta linhagem, mas Hassling também era nobre, e Krzysia Drohojowski não teria casado se ele não fosse também um *szlachcic*.

— Então, vocês têm que fazer com que Azja também se torne um *szlachcic*.

— Isto não é tão fácil assim. Mesmo se alguém estivesse disposto a ceder-lhe o seu brasão, a nomeação teria que ser aprovada pelo Senado, o que requer tempo e recomendação de alguém importante.

— O que me preocupa é a questão do tempo, já que não vejo dificuldades em encontrar uma recomendação adequada. Tenho certeza de que o senhor *hetman* não a recusaria, pois ele ama soldados destemidos. Michal! Escreva já para o *hetman*! Você precisa de tinta, penas, papel? Já vou trazer tudo, inclusive o seu selo, e você vai escrever já!

— Eu escreveria até vinte cartas, só para lhe agradar. Mas o *hetman* não poderá ajudar agora. A recomendação será necessária somente mais tarde. Minha Basia querida, *panna* Nowowiejski revelou o seu segredo para você. Mas você ainda não conversou com Azja e nem sabe se ele está apaixonado por ela.

— Como não pode estar apaixonado, se a andou beijando naquele paiol?

— Minha alma dourada! — exclamou alegremente Zagloba. — Você é tão inocente como um recém-nascido, só que sabe falar. Minha querida, se Michal e eu quiséssemos casar-nos com todas as jovens a quem beijamos, teríamos que adotar a fé muçulmana e nos transformarmos em sultões da Turquia ou *khan* da Criméia, não é verdade, Michal?

— Eu sempre suspeitei de Michal, antes de me casar com ele! — disse Basia. — Vamos, não precisa ficar agitando os bigodinhos! Não adianta negar! Ambos sabemos o que se passou na casa de Ketling!...

O pequeno cavaleiro, efetivamente, agitava os bigodinhos no intuito de esconder o seu embaraço e, querendo desviar o rumo da conversa, disse:

— O fato é que você não sabe se Azja está apaixonado pela *panna* Nowowiejski.

— Pois vou ter uma conversa franca com ele, olho no olho. Lógico que ele está apaixonado! Tem que estar... e, se não estiver, nunca mais falarei com ele!

— Meu Deus! — disse Zagloba. — Ela é capaz de convencê-lo disto!

— Pois é o que farei, mesmo que tenha que me trancar com ele por dias a fio!

— Primeiro, você deve sondá-lo — disse o pequeno cavaleiro. — Pode ser que ele não admita isto de vez, porque é um selvagem. Não faz mal. Aos poucos, você conquistará a confiança dele e, aí, poderá saber como agir.

Neste ponto, o pequeno cavaleiro virou-se para *pan* Zagloba e disse:

— Ela parece boba, mas é muito esperta!

— As cabras também costumam ser espertas! — respondeu Zagloba, com toda seriedade.

O resto da conversa foi interrompido pela entrada de *pan* Bogusz, que irrompeu na sala como uma bomba e, mal tendo beijado as mãos de Basia, se pôs a exclamar:

— Que um raio caia na cabeça de Azja! Não consegui pregar o olho a noite toda por causa daquele desgraçado!

— O que ele lhe fez? — perguntou Basia.

— Os senhores sabem o que nós dois andamos fazendo ontem à noite?

E, diante do silêncio que se seguiu à sua pergunta, *pan* Bogusz arregalou os olhos, olhou para os presentes e exclamou:

— História! Juro por tudo que é mais sagrado — história!

— Que história?

— A história da República. Ele é um ser excepcional. O próprio *pan* Sobieski vai ficar espantado quando eu lhe contar o que Azja tem em mente. Ele é um grande homem, repito, e sinto muito não poder dizer-lhes mais nada, pois sei que os senhores ficariam tão espantados quanto eu fiquei. Só posso dizer que, caso ele consiga o que almeja, só Deus sabe até onde poderá chegar!

— Até onde? — disse *pan* Zagloba. — Ao posto de *hetman*?

O PEQUENO CAVALEIRO

Ao que *pan* Bogusz colocou as mãos nos quadris e exclamou:

— Sim, senhor! Ao posto de *hetman*! Sinto muito não poder dizer-lhes mais, mas posso garantir-lhes de que será um *hetman*!

— Só se for de cachorros, ou de bois. Os pastores costumam ter os seus *hetman*! Que bobagens são estas que o senhor está dizendo? Que ele é filho de Tuhaj-bey, isto nós já sabemos, mas daí a chegar a ser um *hetman*, é um absurdo. Neste caso, qual é o título que será conferido a mim, a Michal, ou até ao senhor? Só se for o dos Três Reis Magos, assim que Gaspar, Melchior e Baltazar abdicarem dos seus. No meu caso, ainda fui nomeado pela *szlachta* comandante-em-chefe dos exércitos lituanos, honraria que cedi a *pan* Sapieha, por quem nutro uma profunda amizade, mas não consigo atinar com o sentido das suas profecias.

— Pois eu volto a afirmar que Azja é um ser excepcional!

— Aha! Eu não disse?! — exclamou Basia, virando-se para a porta, através da qual entravam os demais hóspedes de Chreptiów: *pani* Boski com sua Zosia, e *pan* Nowowiejski com Ewa.

Ewa, depois de uma noite insone, parecia ainda mais fresca e tentadora do que de costume. Não conseguira dormir por causa de sonhos estranhos; sonhara com Azja, só que um Azja ainda mais belo e mais insistente do que o de antigamente. A lembrança do sonho enrubescia o seu rosto, achando que o seu conteúdo estava visível nos seus olhos.

No entanto, ninguém lhe deu qualquer atenção, estando todos fascinados com o que *pan* Bogusz falava de Azja, da sua importância e sua grandeza. Basia estava imensamente feliz por Ewa e *pan* Nowowiejski terem que ouvir isto.

Na verdade, o velho *szlachcic* já se acalmara depois do primeiro contato com o tártaro. Já não o considerava mais como o seu servo e, a bem da verdade, o fato de Azja ser um príncipe tártaro e filho de Tuhaj-bey deixara-o bastante impressionado. Foi com grande admiração que ouvira os elogios à bravura demonstrada pelo guerreiro e o fato do próprio *hetman* lhe ter confiado a importante tarefa de trazer de volta ao serviço da República os *lipki* e os *czeremisy*.

Enquanto isto, *pan* Bogusz continuava a falar, com uma expressão de mistério na face:

— Isto não é nada em comparação com o que está ainda por vir, só que estou proibido de revelar!

E, quando viu alguns dos presentes menearem a cabeça em sinal de dúvida, exclamou:

— Há dois homens excepcionais nesta nossa República: *pan* Sobieski e o filho de Tuhaj-bey!

— Por tudo que é mais sagrado — disse *pan* Nowowiejski, de forma impaciente. — Ele pode ser até um príncipe, mas aonde poderá ele chegar nesta nossa República não sendo um *szlachcic*?

— Pois o *hetman* o fará *szlachcic* dez vezes! — exclamou Basia.

Panna Ewa ouvia aqueles elogios todos com os olhos semicerrados e o coração batendo em disparada. É difícil dizer se ele bateria tanto por aquele Azja pobre e desconhecido, quanto batia por Azja, guerreiro afamado e predestinado a grandes feitos. O seu brilho a ofuscava, e as lembranças dos beijos de outrora, aliados ao sonho recente, faziam tremer de prazer o seu jovem corpo virginal.

"Tão grandioso e tão afamado!", pensou Ewa. "Não é de se estranhar que seja impulsivo como o fogo."

Capítulo 30

NAQUELE MESMO DIA, Basia resolveu convocar o tártaro para uma conversa "olho no olho". No entanto, seguindo os conselhos do seu marido e preocupada com o jeito selvagem de Azja, decidiu fazê-lo com cautela.

Apesar desta sua intenção, assim que Azja apresentou-se diante dela, foi direto ao assunto:

— *Pan* Bogusz nos disse que o senhor é um homem extraordinário, e eu acho que mesmo o mais extraordinário dos homens não é imune aos ditames do coração.

Azja semicerrou os olhos e inclinou a cabeça.

— Vossa Graça está coberta de razão! — disse.

— Então, o senhor deve saber que as questões do coração são explosivas e dificilmente controladas.

E, tendo dito isto, Basia começou a sacudir a sua loura cabeleira, querendo mostrar que ela mesma sabia como era aquilo e era uma pessoa tarimbada nestes assuntos. Azja, por sua vez, ergueu a cabeça e olhou para a adorável pessoa que tinha diante de si. Nunca ela lhe parecera tão bela, com seus olhinhos brilhantes, suas bochechas coradas e seu rosto sorridente. Quanto mais inocência emanava da sua pessoa, mais tentadora ela se tornava, enchendo a alma do tártaro com sentimentos de amor e desejo. Quanto mais olhava para ela, maior era o seu desejo de tirá-la do seu marido, raptá-la para si, mantê-la permanentemente ao seu lado, colar os seus lábios nos dela, sentir os seus braços envolvendo o seu pescoço e amá-la perdidamente, mesmo se isto fosse representar a sua desgraça — e a dela.

Só de pensar nisto, o mundo girava à sua volta e mais e mais pensamentos lascivos emergiam da sua alma, como serpentes de cavernas escuras. Mas sendo um homem capaz de manter o autocontrole, disse para si mesmo: "Ainda não chegou a hora!", e manteve o seu coração domado como um cavalo selvagem preso por um laço. Desta forma, mantinha uma calma aparente, embora seus olhos estivessem em brasa e as suas insondáveis pupilas dissessem a ela tudo aquilo que os lábios cerrados não podiam revelar.

Quanto à Basia, cuja alma era tão inocente quanto a água cristalina de uma fonte e a mente ocupada com outros pensamentos, não compreendeu o significado oculto na resposta do tártaro e só pensava no que lhe dizer em seguida. Finalmente, levantou um dedo e disse:

— Não é raro uma pessoa ter um amor oculto que não deseja revelar a quem quer que seja e, no entanto, caso o revelasse, poderia ter uma surpresa agradável.

O rosto de Azja escureceu e uma esperança louca passou qual um raio pela sua mente. Mantendo-se cauteloso, perguntou:

— Não sei aonde Vossa Graça quer chegar.

Ao que Basia respondeu:

— Qualquer outra mulher falaria com o senhor de uma forma mais direta e sem rodeios, porque as mulheres costumam ser impacientes e impulsivas; mas eu não sou assim. Teria o máximo prazer em ajudá-lo, mas não exijo do senhor que me revele de imediato os seus sentimentos. Apenas lhe digo para não se fechar em si mesmo e vir conversar comigo, mesmo que seja diariamente. Eu já falei disto com o meu marido e ele está de pleno acordo; o senhor irá conhecer-me melhor aos poucos, entender os meus motivos e se assegurar de que não sou movida por simples curiosidade, mas pelo desejo de ajudá-los, algo que somente poderei fazer quando estiver certa dos seus sentimentos. Cabe ao senhor revelá-los primeiro e, quando o fizer, então talvez eu possa lhe dizer algo.

O jovem Tuhaj-bey compreendeu imediatamente como fora vã a esperança que lhe passara pela cabeça. Adivinhou que se tratava de Ewa

O PEQUENO CAVALEIRO

Nowowiejski, e todas as maldições sobre aquela família, guardadas na sua memória por tantos anos, voltaram a aflorar. O seu ódio adquiriu proporções desmedidas, principalmente por ter ficado claro que aquilo que pensara minutos atrás não passara de um devaneio. Graças ao seu autocontrole e à astúcia típica dos povos orientais, não demonstrou qualquer sinal do que se passava no seu coração e se deu conta de que, se dissesse algo contra os Nowowiejski, perderia imediatamente as boas graças de Basia, bem como a oportunidade de vê-la diariamente. Por outro lado, sabia muito bem que não podia, pelo menos naquele momento, dizer à mulher dos seus sonhos que amava uma outra.

Diante disto, com o coração dilacerado e travando uma batalha mortal no seu íntimo, atirou-se aos pés de Basia e, beijando-os respeitosamente, respondeu:

— Coloco a minha alma e o meu destino nas mãos de Vossa Graça. Estou disposto a fazer tudo que Vossa Graça ordenar e não pretendo obedecer a quaisquer ordens que não as emitidas por Vossa Graça. Vossa Graça pode fazer comigo o que quiser! Sou um ser infeliz e vivo em desgraça! Peço a Vossa Graça que se apiede de mim, caso contrário acabarei morrendo de desgosto!

Basia interpretou aquelas palavras como uma explosão de dor causada pelo amor secreto do tártaro por Ewa e teve tanta pena do guerreiro que chegou a ficar com os olhos marejados.

— Levante-se, Azja! — disse ao tártaro prostrado aos seus pés. — Eu sempre lhe quis bem e quero ajudá-lo no que for possível. O senhor tem sangue nobre nas veias e, graças aos seus grandes feitos, ninguém lhe negará o título de *szlachcic*; e quando isto acontecer, *pan* Nowowiejski passará a olhar para o senhor com outros olhos; quanto a Ewa...

Neste ponto Basia levantou-se, ergueu o seu rostinho rosado para Azja e, ficando na ponta dos pés, sussurrou no seu ouvido:

— Ewa ama o senhor!

O rosto do tártaro contorceu-se numa expressão de raiva e ele, levando as mãos à trança que adornava o topo da sua cabeça raspada e sem pensar no espanto que a sua exclamação pudesse causar, repetiu por três vezes, com voz rouca:

— *Allah! Allah! Allah!* — Em seguida, saiu da sala.

Basia não ficou demasiadamente espantada com o grito, já que ele era freqüentemente usado também por soldados poloneses, mas, ao ver a impetuosidade do jovem *lipek*, disse a si mesma: "Ele é como uma labareda de fogo! Deve amá-la muito!"

Em seguida, saiu correndo para relatar o resultado da conversa ao seu marido, *pan* Zagloba e Ewa. Encontrou Wolodyjowski no seu escritório, ocupado com os afazeres do seu cargo. Estava sentado escrevendo algo, mas ela o interrompeu, exclamando:

— Falei com ele! Ele caiu aos meus pés! Está perdido de amores por ela!

O pequeno cavaleiro largou a pena e ficou olhando para a esposa. Estava tão linda e animada, que os seus olhos brilharam de encantamento e, tendo estendido seus braços, tentou puxá-la, para si. Basia esquivou-se e voltou a dizer:

— Azja está apaixonado por Ewa!

— Assim com eu por você! — respondeu o pequeno cavaleiro, conseguindo finalmente agarrá-la.

Naquele mesmo dia, *pan* Zagloba e Ewa Nowowiejski tomaram conhecimento detalhado de toda a conversa com Azja. O coração da donzela entregou-se por completo ao doce sentimento de amor e batia como um malho só de pensar em como seria o primeiro encontro dos dois e, mais ainda, o que aconteceria quando se encontrassem a sós. E já podia ver o escuro rosto de Azja junto dos seus joelhos, sentia os beijos dele nas suas mãos e sentia aquele semidesfalecimento de quando, colocando a sua cabeça sobre os ombros amados, lhe sussurraria:

— Eu também amo você!

Ao mesmo tempo, beijava com gratidão as mãos de Basia e lançava olhares para a porta, na esperança de vislumbrar nela a sombria, porém bela, figura do filho de Tuhaj-bey.

No entanto, Azja não aparecia, pois recebera a visita de Halim, antigo servidor de Tuhaj-bey e, hoje, um conhecido *mirza* dos tártaros de Dobrudz.

Halim veio às claras, já que todos sabiam que ele era o intermediário entre Azja e os tais capitães tártaros que passaram para o lado do sultão.

O PEQUENO CAVALEIRO

Entrando no alojamento de Azja, fez a tradicional série de reverências devidas a um filho de Tuhaj-bey e, com as mãos cruzadas sobre o peito e a cabeça abaixada, ficou no aguardo de perguntas.

— Você trouxe cartas? — perguntou Azja.

— Não, *effendi*. Foi-me ordenado fazer um relato verbal.

— Pois fale!

— Não há mais dúvidas de que haverá guerra. Todos receberam ordens para estarem em Adrianapol no início da primavera.

— E o *khan*?

— O *khan* atravessará as *Dzikie Pola* e irá se juntar a Dobosz.

— O que andam comentando nos acampamentos?

— Todos estão felizes com a perspectiva da guerra e aguardam pela chegada da primavera, pois vivem em penúria, embora o inverno tenha apenas começado.

— A miséria é grande?

— Muitos cavalos morreram de fome. Em Bialogrod, muitos se oferecem voluntariamente como escravos, somente para poderem sobreviver até a primavera. Perdemos muitos cavalos, *effendi*, porque não havia pasto suficiente nas estepes; o sol queimou-o quase todo.

— E eles já ouviram falar do filho de Tuhaj-bey?

— Falei somente aquilo que o *effendi* mandou. O boato circula no meio dos *lipki* e *czeremisy*, mas ninguém sabe ao certo. Andam dizendo que a República está propensa a lhes dar terras e liberdade e que os convocará para servirem a ela sob as ordens do filho de Tuhaj-bey. Todos estão ansiosos por isto, só que há outros que lhes dizem que isto não passa de uma grande mentira, que a República vai enviar os seus exércitos contra eles e que não existe o tal filho de Tuhaj-bey. Passaram pelos nossos acampamentos vários comerciantes vindos da Criméia. Uns diziam: "O filho de Tuhaj-bey existe" e animavam as pessoas para bandearem-se para o lado da República; outros, por outro lado, negavam esta informação e insistiam para que permanecessem onde estão. Mas, em caso da confirmação da notícia de que Vossa Excelência existe de fato, de que detém o poder de oferecer terras e que os convoca, milhares viriam acudir ao seu chamado... Basta Vossa Senhoria autorizar-me a falar...

O rosto de Azja iluminou-se de satisfação e ele começou a andar pelo quarto a passos largos. Finalmente, disse:

— Seja bem-vindo sob o meu teto, Halim! Sente-se e coma!

— Sou um cão e servidor seu, *effendi* — respondeu o velho tártaro.

Azja bateu palmas e um ordenança tártaro entrou no quarto. Após receber as devidas ordens, retornou em seguida, trazendo vodca, carne defumada, pão, frutas secas e alguns punhados de sementes de melancia que, depois das de girassol, eram o mais apreciado dos petiscos de todos os tártaros.

— Você é um amigo e não um servo — disse Azja após a saída do ordenança. — Seja bem-vindo, porque você me trouxe ótimas notícias. Sente-se e coma.

Halim começou a comer e nada foi dito até ele terminar.

— Aqui, já descobriram quem eu sou — disse Azja quando Halim terminou de comer.

— E o que aconteceu?

— Nada. Passaram a me respeitar ainda mais. Na hora apropriada, eu teria que lhes dizer de qualquer modo. Estava protelando isto, porque queria que o *hetman* fosse o primeiro a saber, mas chegou Nowowiejski e me reconheceu.

— O jovem? — perguntou Halim.

— Não, o velho. Foi Alá quem os fez virem todos para cá, inclusive a garota. Tomara que os espíritos malignos se apossem das suas almas. Assim que eu for nomeado *hetman*, saberei muito bem como me vingar deles. Estão querendo que eu me case com ela... Tudo bem! Vou precisar de escravas no meu harém!

— Quem está querendo? O velho?

— Não!... Ela!... Ela pensa que não é por ela que estou apaixonado, mas pela Ewa Nowowiejski!

— *Effendi* — disse Halim, inclinando-se profundamente. — Eu sou um servo seu e não tenho o direito de falar na sua presença, mas fui quem o reconheceu no meio dos *lipki*, quem lhe disse quem Vossa Excelência era e, desde então, o servi lealmente. Eu disse aos demais que eles devem obedecê-lo cegamente, e eles o amam, mas ninguém o ama mais do que eu; diante disto, posso falar livremente?

O PEQUENO CAVALEIRO

— Fale.

— Não subestime o Pequeno Falcão. Ele é terrível e o seu nome é temido em toda a região, inclusive na Criméia.

— E você não ouviu falar de Chmielnicki, Halim?

— Sim, ouvi e servi com Tuhaj-bey que, junto com Chmielnicki, lutou contra os *lach*, tendo vencido batalhas, conquistado castelos e se apropriado de saques vultosos...

— E você sabia que Chmielnicki tirou a mulher de Czaplinski e casou-se com ela?* E o que aconteceu? Nada! Houve uma guerra, e nem todos os exércitos da República conseguiram tirá-la dele. Ele derrotou os *hetman*, o rei e a República, não só porque o meu pai o ajudou, mas também por ser o *hetman* dos cossacos. E que serei eu? O *hetman* dos tártaros. Eles terão que me dar terras férteis e uma cidade para minha capital, em torno da qual terei milhares de arcos e espadas à minha disposição! E quando eu a raptar, levar para minha capital, casar com ela e fizer dela a esposa de um *hetman*, quem ousará opor-se a mim? Quem poderá reclamá-la? O pequeno cavaleiro... se ainda estiver vivo!... E mesmo que esteja vivo e, uivando como um lobo, fosse se queixar ao rei em pessoa, você acha que eles estariam dispostos a travar uma guerra comigo por alguns cachos de cabelos dourados? Já travaram uma guerra dessas, em função da qual o país inteiro ardeu em chamas. Quem vai querer tirá-la de mim? O *hetman*? Se ele tentar isto, eu juntar-me-ei aos cossacos, derramarei água sobre a lâmina da minha espada com Doroszenko e entregarei esta terra ao sultão. Eu sou um novo Chmielnicki, só que muito maior do que ele, porque há um leão dentro de mim! Se eles deixarem que eu fique com ela, servirei a eles com toda lealdade, combaterei os cossacos, o *khan* e o sultão! Caso contrário, acabarei com este país, atarei os *hetman* ao meu cavalo, destruirei seus exércitos, queimarei suas cidades e matarei os seus habitantes! Eu sou filho de Tuhaj-bey, eu sou um leão!!...

---

*Propositalmente ou por desconhecimento, Azja distorceu a história. Não foi Chmielnicki quem tirou a mulher de Czaplinski, mas o contrário, Czaplinski casou-se com a mulher que Chmielnicki cortejava, o que foi a gota d'água que fez Chmielnicki provocar a rebelião cossaca. Os detalhes desta história estão descritos no posfácio da primeira parte da trilogia *A ferro e fogo*. (N. do T.)

Neste ponto, os olhos de Azja adquiriram um brilho avermelhado, suas presas brancas começaram a brilhar sob os seus bigodes e, com o punho cerrado na direção do norte, parecia tão gigantesco, belo e assustador, que Halim voltou a fazer-lhe reverências e a sussurrar repetidamente:

— *Allach kerim! Allach kerim!*

O quarto ficou em silêncio. O filho de Tuhaj-bey foi se acalmando aos poucos. Finalmente, disse:

— Bogusz esteve aqui. Eu lhe expus o meu plano de criar uma nação tártara ao lado da nação cossaca e, ao lado do *hetman* cossaco, um *hetman* tártaro.

— E ele concordou?

— Ficou agarrando a cabeça, achou que eu era um gênio e, logo no dia seguinte, partiu ao encontro do *hetman*, levando a grande notícia.

— *Effendi* — disse timidamente Halim — e se o Grande Leão não concordar?

— Quem, Sobieski?

— Sim.

Novamente, uma luz avermelhada emanou dos olhos de Azja, mas por pouco tempo. Seu rosto acalmou-se imediatamente e ele, sentando-se no banco, apoiou a cabeça nas mãos e ficou pensando por muito tempo.

— Eu pesei cuidadosamente o que o grão-*hetman* poderá dizer depois de ouvir o relato de Bogusz — disse finalmente. — O *hetman* é um homem sagaz e terá que concordar com a minha proposta. Ele sabe que a guerra com o sultão é inevitável, guerra para qual a República não tem nem recursos nem homens, e quando Doroszenko e os cossacos passarem para o lado do sultão, a República estará perdida para sempre, principalmente pelo fato de nem o rei nem o Senado acreditarem na possibilidade de uma guerra e não estarem se preparando para ela. Eu estou aqui; sei exatamente de tudo que se passa aqui, na Criméia e na Turquia. Além disto, Bogusz nunca fez segredo do que se comenta na corte do *hetman*. *Pan* Sobieski é um grande homem e terá que concordar, porque ele sabe que caso os tártaros passem para o lado da República, é quase certo que eclodiria uma guerra civil na Criméia e o sultão teria que ocupar-se dela, antes de pensar numa guerra com um outro país. Esta é a única salvação desta República, que está tão fraca que o retorno de alguns milhares de *lipki* é muito importante para ela. O *hetman* sabe disto, o *hetman* é inteligente, o *hetman* vai concordar...

— Inclino-me diante da sua sabedoria, *effendi* — respondeu Halim — mas o que acontecerá se Alá não iluminar a mente do Grande Leão, ou o demônio cegá-lo com tanta empáfia que ele venha a recusar a sua oferta?

Azja aproximou o seu rosto selvagem do ouvido de Halim e sussurrou:

— Você deverá permanecer aqui até eu receber a resposta do *hetman*. Se ele rejeitar o meu plano, vou despachar você para Kryczynski e os demais mandarei que subam pela outra margem do rio até perto de Chreptiów e fiquem de prontidão. Aí, eu atacarei com os meus *lipki* a guarnição local e acabarei com quem estiver aqui.

Neste ponto, Azja passou o dedo pela sua garganta, dizendo:

— Assim! Assim! Assim!

Halim encolheu a cabeça entre os ombros e um sorriso maligno estampou-se no seu rosto.

— Por Alá! E o Pequeno Falcão... também?

— Sim! Ele, em primeiro lugar!

— E depois, vamos juntar-nos ao sultão?

— Sim!... Com ela!..

Capítulo 31

UM RIGOROSO INVERNO cobriu as florestas e as ravinas com uma grossa camada de neve, a ponto de toda a região parecer uma grande planície branca. Nevascas e rajadas de vento gelado ameaçavam pessoas e manadas, mas *pan* Bogusz seguia em frente com toda pressa para poder levar o mais rapidamente ao *hetman* o grandioso plano de Azja. O velho *szlachcic*, criado em constantes lutas com os cossacos e tártaros e preocupado com a delicada situação da pátria, via naquele plano a salvação do seu país. Estava convicto de que o *hetman*, adorado por ele assim como por todos os homens que viviam naquelas fronteiras longínquas, não hesitaria nem por um instante num assunto em que o destino da República estivesse em jogo. Portanto, viajava com a alma leve, apesar das nevascas, dos caminhos tortuosos e dos constantes perigos de avalanches.

Finalmente, num domingo, chegou a Jawrow e, tendo sido informado de que o *hetman* estava na cidade, fez-se anunciar, apesar das advertências de que *pan* Sobieski não tinha um momento livre, passando dias e noites escrevendo cartas e enviando expedições, a ponto de mal ter tempo para se alimentar. Para sua grande surpresa, o *hetman* convocou-o imediatamente à sua presença, de modo que, após uma breve espera no meio dos cortesãos, o velho soldado pôde curvar-se aos pés do seu líder.

Encontrou o *hetman* bastante mudado e com uma expressão de profunda preocupação estampada no rosto. Na verdade, aqueles eram os piores anos da sua vida. O seu nome ainda não se espalhara por todo o mundo cristão, mas, na República, estava cercado pela fama de um guerreiro extraordinário e do mais ferrenho inimigo das hostes muçulmanas. Fora em função disto que recebera a *bulawa* de marechal-de-campo e a incumbência de defender as fronteiras orientais, mas, além daquela honraria, não lhe forneceram nem tropas nem dinheiro. Apesar disto, constantes vitórias seguiam os seus passos assim como uma sombra segue o homem. Apenas com um grupo de homens, o grão-*hetman* passou como uma labareda pela Ucrânia, reduzindo a pó hordas tártaras, conquistando cidades rebeladas e reafirmando o poderio das forças polonesas.

Mas agora pendia sobre a infeliz República a perspectiva de uma guerra com a mais terrível potência daqueles tempos — a de todo o mundo muçulmano. Não era mais segredo para Sobieski que Doroszenko, ao entregar a Ucrânia e os cossacos ao sultão, obteve deste a promessa de envolver a Turquia, a Ásia Menor, a Arábia e o Egito numa guerra santa, no intuito de poder demandar da República uma região semi-autônoma para si, subordinada a um paxá. A calamidade pairava sobre toda a Rutênia como uma ave de rapina, enquanto na República reinava o caos e a *szlachta*, defendendo ruidosamente o incompetente monarca que havia elegido, estava preparada apenas para, no máximo, uma limitada guerra civil. Ninguém queria acreditar numa guerra com a potência maometana e havia suspeitas de que o grão-*hetman* espalhara propositalmente aquele boato no intuito de desviar a atenção de todos dos assuntos públicos; havia ainda aqueles que iam mais longe: acusavam-no de querer provocar os turcos somente para poder garantir uma vitória dos seus partidários, tachando-o de traidor da pátria-mãe.

Para defender a República de um ataque de centenas de milhares de homens selvagens do Oriente, o grão-*hetman* dispunha apenas de um punhado de soldados, menor que a quantidade de empregados na corte do sultão. Sem dinheiro, sem meios para abastecer as fortalezas arruinadas, sem esperança de obter uma vitória, sem possibilidade de defesa, Sobieski nem podia nutrir a esperança de que, caso viesse a morrer de uma forma gloriosa, a nação poderia despertar e fazer com que renascesse nela o desejo de vingança. Diante disto, a sua testa majestosa, que mais parecia a de um líder romano coberta por uma coroa de louros, denotava profunda preocupação e sinais de noites passadas em claro.

O PEQUENO CAVALEIRO

Assim mesmo, ao ver *pan* Bogusz ajoelhado aos seus pés, um sorriso benevolente surgiu em seu semblante e ele, colocando as mãos sobre os ombros do velho guerreiro, disse:

— Seja bem-vindo, querido soldado! Não esperava revê-lo tão cedo, razão pela qual estou ainda mais feliz pela sua presença em Jawrow. De onde você está vindo? De Kamieniec?

— Não, excelentíssimo senhor *hetman*. Estava com tanta pressa que nem passei por Kamieniec e vim diretamente de Chreptiów.

— E o que anda fazendo por lá o meu soldadinho? Já limpou a área dos bandidos que grassavam por aquelas bandas?

— As estepes estão tão tranqüilas que até uma criancinha pode andar por lá com toda segurança. Os bandidos foram todos enforcados e, recentemente, a *wataha* de Azba-bey foi tão fragorosamente derrotada que não sobrou um só para contar a história. Ele foi derrotado exatamente no dia em que cheguei lá.

— Este Wolodyjowski é um guerreiro e tanto. Somente *pan* Ruszczyc pode comparar-se a ele. E o que as estepes andam falando? Você tem notícias de Dunaj?

— Tenho, excelência, e todas ruins. Parece que, nos últimos dias do inverno, haverá um grande *congressus militaris* em Adrianapol.

— Já fui informado disto. Só recebo notícias ruins: do país, da Criméia e de Istambul.

— Não todas, excelência. Estou trazendo uma tão promissora que, se eu fosse um tártaro ou um turco, pediria uma recompensa por ela.

— Você caiu do céu! Conte logo, para que possa aliviar um pouco a minha alma.

— É que eu estou tão congelado, excelência, que nem consigo racionar direito.

O *hetman* chamou um pajem e ordenou-lhe que trouxesse mel aquecido. O pajem saiu e retornou momentos depois trazendo um jarro com o precioso líquido, bem como um candelabro com velas acesas, pois embora fosse ainda cedo, as nuvens carregadas de neve tornavam o dia tão sombrio que tanto o pátio quanto os aposentos do *hetman* estavam mergulhados em penumbra.

O *hetman* encheu o seu caneco e tomou um gole brindando o visitante, enquanto este, após uma reverência, esvaziou o seu e disse:

— A primeira novidade é a de que o tal Azja, que devia trazer aqueles capitães que passaram para o lado do sultão de volta para o nosso lado, não se chama Mellechowicz, mas é um filho de Tuhaj-bey!

— De Tuhaj-bey? — perguntou, com espanto, *pan* Sobieski.

— Sim, excelência. Ele havia sido raptado na Criméia pelo *pan* Nienaszyniec, mas ele o perdeu quando retornou à República. Foi encontrado pelo *pan* Nowowiejski, na casa de quem viveu por muitos anos, sem saber de que descendia de um pai tão famoso.

— Eu sempre estranhei que ele fosse tão adorado pelos tártaros, mas agora compreendo, pois os cossacos, mesmo os que permaneceram fiéis à pátria-mãe, sempre consideraram Chmielnicki uma espécie de santo e se gabam de ele ser um deles.

— Foi exatamente isto o que eu disse para Azja! — disse *pan* Bogusz.

— Como são estranhos os caminhos divinos — disse o *hetman*. — O velho Tuhaj-bey derramou rios de sangue da nossa pátria, e eis que o seu filho serve a ela, fielmente até este momento, muito embora eu tema que ele agora possa querer deleitar-se com as delícias da Criméia.

— Agora? Não, excelência, agora aquele jovem é ainda muito mais dedicado à nossa pátria, e esta é a segunda parte da notícia que trago, notícia esta que poderá conter a solução de todos os problemas da nossa República. Fiquei tão animado que não me poupei nesta viagem, somente para poder chegar aqui o mais rapidamente possível e poder revelá-la de imediato e, com isto, aliviar um pouco o peso que esmaga o coração de Vossa Excelência.

— Sou todo ouvidos — disse *pan* Sobieski.

Bogusz se pôs a apresentar os planos do jovem Tuhaj-bey e o fez com grande entusiasmo. Volta e meia enchia a caneca com mãos trêmulas de emoção e entornava o precioso líquido, falando sem cessar. Diante dos espantados olhos do grão-*hetman* surgiam imagens do que estaria por vir: dezenas de milhares de tártaros com suas esposas, filhos e manadas de gado vindo em busca de terras e liberdade, e os cossacos, ameaçados por estas novas forças da República, caindo de joelhos diante do rei e do *hetman*. Não haveria mais novas rebeliões na Ucrânia ou incursões tártaras na Rutênia

O PEQUENO CAVALEIRO

e, em vez disto, junto com as tropas polonesas e cossacas, as estepes seriam patrulhadas, ao som de fanfarras e tambores, por *szlachcic* tártaros... E, ano após ano, chegariam mais e mais carroças com pessoas que, apesar das ordens em contrário do *khan* e do sultão, prefeririam viver em liberdade a permanecer sob tirania — ter um pedaço de terra e pão para aliviar a sua fome... E todas estas forças, até então inimigas ferrenhas, estariam vindo para servir lealmente à República. A Criméia ficaria despovoada. O *khan* e o sultão ficariam apavorados, por terem na Ucrânia, e olhando ameaçadoramente para eles, o novo *hetman* dos *szlachcic* tártaros e filho do mais famoso dos *mirza* — o jovem Tuhaj-bey.

O rosto de Bogusz cobriu-se de rubor, e ele, parecendo embriagado pelas suas próprias palavras, ergueu os dois braços e exclamou:

— Eis o que trago! Eis o que incubou naquelas selvas de Chreptiów, um filhote de dragão. Basta Vossa Excelência promulgar este decreto e deixar que o seu conteúdo chegue à outra margem do Dunaj! Excelência! Mesmo se Tuhaj-bey não fizesse mais nada além de provocar um tumulto na Criméia, despertar a hidra de uma guerra civil do outro lado do Dunaj e atirar uma tribo tártara contra outra, ele teria, somente com isto e às vésperas de uma grande guerra, prestado um serviço inestimável à República!

Mas *pan* Sobieski ficou calado, apenas andando pelo quarto a passos largos. Seu magnífico rosto estava taciturno e ameaçador; era evidente que travava uma batalha íntima — não se sabe se consigo mesmo ou com Deus.

Finalmente, o grão-*hetman* deve ter chegado a uma conclusão definitiva, pois encarou *pan* Bogusz e disse:

— Bogusz, mesmo se eu tivesse o poder de baixar este decreto e dar uma autorização para que ele fosse promulgado, saiba que eu, enquanto for vivo, jamais praticarei um ato destes!

As palavras caíram tão pesadas como se fossem de chumbo derretido e esmagaram Bogusz a ponto de ele ficar mudo; abaixou a cabeça e somente depois de um longo tempo conseguiu balbuciar:

— Por quê, Excelência, por quê?

— Em primeiro lugar, vou lhe responder como um estadista: é verdade que o nome do jovem Tuhaj-bey poderia trazer para cá um bom número de tártaros, especialmente se for acompanhado pela promessa de terras e privilégios. Mas não seriam tantos como você imagina. Além disto, trazer tártaros para a Ucrânia e formar lá uma nova nação, quando nem conseguimos controlar os cossacos, seria um ato de pura insanidade. Você mesmo me disse que, uma vez lá, eles iriam brigar entre si e que teríamos uma espada suspensa sobre o pescoço dos cossacos... pois então me responda, quais as garantias que teremos de as mesmas espadas não se cobrirem de sangue polonês? Eu não conhecia bem este Azja, mas agora vejo que há um dragão de empáfia e ambição oculto no seu peito, portanto, pergunto-lhe mais uma vez: quem poderá nos garantir que ele não seria um novo Chmielnicki? Ele afirma que vai combater os cossacos, mas bastará a República recusar-lhe um pedido qualquer ou ameaçá-lo com um julgamento e uma punição por um ato indigno, e ele juntar-se-á àqueles mesmos cossacos, convocará homens do leste, assim como Chmielnicki fez com Tuhaj-bey, colocar-se-á a serviço do sultão, assim como fez Doroszenko, e, em vez de aumentarmos a nossa potência, novos derramamentos de sangue e novas desgraças se abaterão sobre nós.

— Excelência! Se os tártaros tornarem-se *szlachcic*, eles permanecerão sempre fiéis à República.

— E o que fizeram os *lipki* e os *czeremisy*? Eles não foram *szlachcic* por anos? E onde está a maioria deles agora? Do lado do sultão.

— Porque não lhes foram concedidos os privilégios prometidos.

— E o que vai acontecer quando a *szlachta* se opuser à proliferação das suas prerrogativas, algo que fatalmente iria ocorrer? Além do mais, como você, em sã consciência, poderá encontrar uma justificativa para querer dar àquelas turbas selvagens e rapinantes que, até agora, só trouxeram desgraças à nossa pátria, o direito de decidirem o nosso destino, participarem da eleição do nosso monarca e terem representantes no nosso Senado? O que eles fizeram para terem o direito a tal recompensa? O que se passa na cabeça daquele mísero *lipek*, e que espírito maligno se apossou de você, meu velho soldado, para deixar-se enrolar por ele e acreditar numa coisa tão indigna e tão inaceitável?

Bogusz abaixou os olhos e respondeu numa voz insegura:

— Excelência! Eu sabia de antemão que a *szlachta* iria se opor, mas Azja me disse que ele, uma vez estabelecidos os tártaros graças à permissão de Vossa Excelência, não deixaria ninguém ser expulso.

O PEQUENO CAVALEIRO 337

— Homem de Deus! Então ele já fez ameaças, já agitou a sua espada sobre a República e você não se deu conta disto?!

— Excelência! — respondeu Bogusz, tomado por desespero. — Não precisaríamos dar o título a todos os tártaros; apenas aos mais distintos. Quanto aos demais, bastaria torná-los homens livres e eles atenderiam ao chamado do filho de Tuhaj-bey.

— Então não seria melhor tornar livres todos os cossacos? Benza-se, velho soldado, porque está claro que espíritos malignos apossaram-se de sua mente.

— Excelência...

— E vou dizer-lhe mais uma coisa — interrompeu-o *pan* Sobieski, franzindo o cenho leonino e com olhos soltando faíscas. — Mesmo se tudo que você disse acontecesse, mesmo se nós fôssemos nos tornar mais poderosos com isto, mesmo se a guerra com a Turquia fosse evitada e se a *szlachta* em peso apoiasse esta idéia, enquanto este braço puder erguer uma espada e traçar com ela um sinal-da-cruz, eu jamais permitirei que isto aconteça! Jamais!

— Por quê, Excelência? — perguntou Bogusz, retorcendo as mãos.

— Porque eu não sou apenas um *hetman* da Polônia, mas um *hetman* de toda a cristandade; porque a minha função é a de proteger a Cruz Sagrada! E mesmo que os cossacos arranquem ainda mais entranhas da República, eu jamais lançarei mão de espadas pagãs para cortar fora cabeças cristãs, por mais obcecadas que sejam. Pois, ao fazer isto, estaria indo contra os princípios dos nossos pais e avós, pelos quais eles verteram tanto sangue e lágrimas. Por Deus! Se estamos predestinados a perecer, se os nossos nomes serão nomes de mortos, vamos pelo menos deixar atrás de nós a fama e a lembrança daquele serviço que Deus nos predestinou, e que os nossos descendentes, ao olharem para os nossos túmulos, possam dizer: "Aqui jazem os que defenderam a Cruz contra a vileza maometana, que lutaram até o último alento e a última gota de sangue nas suas veias, morrendo em nome de outras nações." Este é o nosso dever sagrado, Bogusz! Nós somos a fortaleza na qual Cristo assentou o seu crucifixo, e você vem sugerir a mim, um soldado de Cristo e comandante-em-chefe destas tropas cristãs, que eu seja o primeiro a abrir o portão e deixar os pagãos entrarem como lobos, deixando os cordeiros de Deus serem massacrados?! É melhor para nós continuar sofrendo incursões tártaras, combater rebeliões cossacas, morrer num campo de batalha, deixar que a República desapareça para sempre, do que desonrar os nossos nomes e trair este serviço divino!

E tendo dito isto, *pan* Sobieski aprumou-se e o seu rosto ficou tão iluminado quanto deveria ter ficado o rosto de Godofredo de Bolonha ao se lançar sobre os muros de Jerusalém, gritando: "Esta é a vontade de Deus!". *Pan* Bogusz, diante dessas palavras, sentiu-se como um punhado de pó, percebendo também que Azja, em comparação a *pan* Sobieski, não passava de um verme, e as suas idéias desprezíveis e infames.

O que poderia retrucar depois da declaração do *hetman* de que era melhor morrer a trair a confiança do Senhor? Como argumentar contra isto? E o pobre *szlachcic* ficou sem saber se deveria atirar-se aos pés do *hetman* ou bater no próprio peito, repetindo: "*Mea culpa, mea culpa, mea maxima culpa!*"

De repente, ouviu-se o repique dos sinos do convento de dominicanos.

Pan Sobieski virou-se para *pan* Bogusz e disse:

— Estão chamando para as vésperas! Vamos, Bogusz, para a igreja e submetamo-nos a Deus!

Capítulo 32

AO CONTRÁRIO DA PRESSA com que *pan* Bogusz viajou para o encontro com o *hetman*, o seu retorno a Chreptiów foi feito da forma mais lenta possível. Ao chegar a uma cidade maior, o velho *szlachcic* retinha-se lá por uma ou até duas semanas. Parava em todas as igrejas que encontrava pelo caminho, pedindo perdão a Deus por ter-se encantado pelos profanos planos de Azja e passou o Natal em Lwow, tendo permanecido naquela cidade até o Ano Novo.

Embora levasse consigo instruções do *hetman* para o filho de Tuhajbey, estas se resumiam a uma recomendação para que concluísse o mais rapidamente possível as tratativas com os capitães e a uma seca ordem para desistir dos seus planos mirabolantes. Portanto, *pan* Bogusz não tinha qualquer razão para apressar-se, já que Azja não podia tomar quaisquer medidas no que se referia aos tártaros sem estar de posse de uma autorização por escrito do grão-*hetman*.

Diante disto, *pan* Bogusz viajava a passos de cágado, parando freqüentemente nas igrejas pelo caminho a fim de pedir perdão a Deus por ter pensado em se associar a Azja no seu herético projeto.

Enquanto isto, logo após o Ano Novo, Chreptiów encheu-se de visitantes. De Kaminiec, chegou o pope Nawiragh, delegado do patriarca de Uzmiadzin, acompanhado por dois cultos teólogos de Kaffa e dezenas de empregados. Os soldados olhavam com admiração para os seus trajes exóticos, seus pontudos gorros vermelhos e púrpura e as longas capas de veludo e seda, assim como seus rostos escuros e a dignidade com que, como grous ou cegonhas, andavam pelo pátio de Chreptiów. Veio também *pan* Zacharias Piotrowicz, famoso por suas constantes viagens à Criméia e até Istambul, e mais famoso ainda pelo ardor com que se dedicava a resgatar prisioneiros nos mais diversos mercados de escravos do Oriente. No presente caso, estava ele na condição de guia do pope e dos dois dignitários de Kaffa. *Pan* Wolodyjowski entregou-lhe imediatamente uma soma para resgatar *pan* Boski e, como *pani* Boski não tivesse dinheiro, adicionou do seu, enquanto Basia, às escondidas, deu-lhe o seu colar de pérolas. O grupo de visitantes era completado por *pan* Stefanowicz, um armênio de posses cujo irmão sofria no cativeiro, e mais duas mulheres, ainda jovens e não de todo feias, embora de tez muito escura: *pani* Neresowicz e *pani* Kieromowicz. Os maridos de ambas tinham sido capturados pelos tártaros.

A maioria dos visitantes estava triste e preocupada, mas não faltaram também alguns mais animados, pois o padre Kaminski enviou a sua sobrinha, *panna* Kaminska, para passar o carnaval em Chreptiów sob os cuidados de Basia, e, além disto, apareceu, qual um raio caído do céu, o jovem Nowowiejski que, ao ser informado de que o seu pai estava em Chreptiów, pediu uma licença a *pan* Ruszczyc e veio ao seu encontro.

O jovem Nowowiejski mudara muito nos últimos anos. Agora, o seu lábio superior estava coberto por um curto bigode que, embora não cobrisse seus dentes alvos e brilhantes como os de um lobo, era belo e retorcido. Além disso, mesmo tendo sido sempre muito alto, transformou-se num autêntico gigante. Tinha-se a impressão de que uma cabeleira tão vasta e desgrenhada somente podia ter crescido numa cabeça tão gigantesca, e que uma cabeça tão gigantesca somente podia encontrar um apoio sobre ombros tão possantes. Seu rosto escurecera ainda mais graças à constante exposição aos ventos das estepes, seus olhos pareciam duas brasas e a sua postura demonstrava claramente tratar-se de um doidivanas. Quando pegava uma maçã, podia ocultá-la se fechasse a mão, e ao esmagar um punhado de nozes com ela, transformava-as em pó. Seu corpo denotava uma força física descomunal, embora fosse magro e com a barriga encavada; o seu peito mais parecia uma catedral. Podia quebrar ferraduras sem qualquer esforço e parecia ainda maior do que era de fato; quando pisava, as tábuas

O PEQUENO CAVALEIRO

rangiam sob o seu peso, e quando se atirava sobre um banco, costumava parti-lo em dois.

Em suma, tratava-se de um homem como poucos, no qual vida, saúde, coragem e força pareciam borbulhar como água fervente num samovar, incapaz de ser contido, mesmo num corpo tão portentoso. Parecia que chamas ardiam na sua cabeça e no seu peito, e as pessoas olhavam instintivamente para o topo da sua cabeça para se certificarem de que não emanavam dela rolos de fumaça. Ao se lançar ao ataque, soltava uma gargalhada mais parecida com um relincho eqüino, e derrubava os seus oponentes com tal força que, após a batalha, os demais cavaleiros iam examinar os cadáveres dos que ele derrubara para se espantarem com o tamanho do estrago causado.

Apesar de ter passado toda sua juventude nas estepes, acostumado com embates e armadilhas, ele não deixava de ser cuidadoso e atento a todas as minúcias, a ponto de ser considerado o terceiro maior caçador de tártaros, logo após *pan* Wolodyjowski e *pan* Ruszczyc.

O velho Nowowiejski, apesar das ameaças anteriores, não recebeu o filho com recriminações, principalmente por temer que este, sentindo-se agredido, fosse sumir de novo por mais onze anos.

A bem da verdade, o rabugento *szlachcic* estava orgulhoso do seu filho, que nunca lhe pediu dinheiro, soube se virar por conta própria, conquistou fama entre os soldados, tornou-se um dos favoritos do *hetman* e obteve uma patente de oficial por seus próprios méritos, algo que muitos não conseguiram apesar de contarem com a proteção de pessoas importantes. Além disto, temia ele que aquele jovem, embrutecido nas estepes e nas guerras, poderia não se dobrar diante da autoridade paterna e, diante desta perspectiva, preferiu não arriscar.

O filho, embora tivesse se ajoelhado respeitosamente diante do pai, fitou-o diretamente nos olhos e, diante da primeira recriminação, respondeu de imediato:

— O pai me recrimina da boca para fora, porque no fundo do seu coração está orgulhoso de mim, já que não desonrei o nosso nome. Quanto ao fato de ter fugido de casa, eu o fiz para me alistar pois sou um *szlachcic*.

— Você não acha que agiu mais como um muçulmano do que um *szlachcic* ao sumir de casa por onze anos, sem dar sinal de vida?

— Não voltei para casa com medo de sofrer um castigo indigno da minha patente de oficial. Fiquei aguardando uma carta com o seu perdão. Como a carta não veio, também não vim.

— E agora não está mais com medo?

O jovem mostrou seus dentes alvos num sorriso:

— Aqui estamos num posto militar, cuja hierarquia se sobrepõe mesmo à paterna. Sabe de uma coisa? O melhor que o senhor pode fazer é me abraçar, porque a minha alma anseia por isto.

E tendo dito isto, abriu os seus braços, enquanto *pan* Nowowiejski ficou sem saber o que fazer. Não sabia como lidar com aquele filho que abandonou o lar paterno ainda rapazola e, agora, apresentava-se como homem feito e oficial coberto de glória. Tal fato enchia-o de orgulho e, se ele não o abraçou de imediato, foi em função da obrigação de preservar uma certa dignidade.

Mas o jovem avançou em sua direção e o abraçou. Os ossos do *szlachcic* estalaram naquele abraço de urso, e isto o comoveu por completo.

— O que se há de fazer? — exclamou. — Vejo que você montou no seu próprio cavalo, sente-se dono do mundo e nem liga para mais nada. Se estivéssemos em casa, por certo eu não teria amolecido tão facilmente, mas aqui, o que mais posso fazer? Vem cá, me dê mais um abraço!

Pai e filho voltaram a abraçar-se, enquanto o jovem perguntava pela sua irmã.

— Mandei que ela ficasse numa outra sala até eu chamar — respondeu o pai. — A coitada está para morrer de tanta saudade.

O filho foi correndo para a porta e, ao abri-la, se pôs a gritar:

— Ewa! Ewa!

Ewa, que aguardava na sala contígua, veio correndo imediatamente, mas, antes que pudesse exclamar "Adam!", dois braços possantes a agarraram e a ergueram do chão. O irmão sempre a amara e, no passado, por várias vezes a protegeu da tirania do pai, não raro assumindo culpa por atos dela e, assim, recebendo as conseqüentes surras.

O PEQUENO CAVALEIRO

Pan Nowowiejski sempre fora um déspota, chegando a ser extremamente cruel. Por isto, a jovem saudava o irmão com dupla alegria: não só por vê-lo de novo, mas contando com a sua proteção no futuro. *Pan* Adam beijava a cabeça, os olhos e as mãos da irmã, vez por outra afastando-a de si e exclamando:

— Por Deus! Como você cresceu! Como está bonita!

Os dois jovens começaram a conversar rapidamente sobre a longa separação, sobre a casa paterna e sobre guerras. O velho *pan* Nowowiejski andava em volta deles, rosnando baixinho. Estava impressionado com o filho, mas sentia uma certa aflição quanto à sua futura autoridade. Naqueles tempos, a autoridade paterna era algo inquestionável, mas aquele seu filho era um guerreiro das estepes selvagens que, como o próprio *pan* Nowowiejski observou, "montara no seu próprio cavalo". *Pan* Nowowiejski zelava muito pelo direito de ser obedecido. Tinha certeza de que o filho sempre continuaria a respeitá-lo, mas será que ele voltaria a permitir que fosse moldado como cera, como permitira quando ainda era apenas um rapazola?

"Tenho que admitir", pensava consigo mesmo, "que nem eu sei se saberei tratá-lo como um moleque. Afinal, ele é um tenente, e confesso que estou impressionado!"

Para completar o quadro, *pan* Nowowiejski sentia que o seu afeto paterno crescia a cada minuto e que acabaria se encantando com o seu gigantesco filhão.

Enquanto isto, Ewa cobria o irmão de perguntas: quando voltaria, se fixou residência em algum lugar e se não pretendia se casar. Embora ela não entendesse muito destes assuntos, sempre ouvira falar de que os soldados são muito propensos a se apaixonarem. Foi a própria *pani* Wolodyjowski quem lhe dissera isto. Como esta *pani* Wolodyjowski é linda e simpática! Não há mulher mais bonita e bondosa em toda a República! Talvez Zosia Boski possa chegar aos seus pés.

— Quem é Zosia Boski?

— Uma jovem que veio para cá, junto com a mãe, à procura do pai que foi aprisionado pelos tártaros. Tenho certeza de que você vai se encantar com ela.

— Quero ver esta Zosia Boski! — se pôs a gritar o jovem guerreiro. — Tragam-na aqui!

O velho Nowowiejski e Ewa acharam graça em tamanha impetuosidade, mas o filho lhes disse:

— Não há motivo para achar graça. Amar e morrer são duas coisas das quais ninguém escapa. Eu ainda não tinha bigodes e *pani* Wolodyjowski ainda era solteira quando me apaixonei perdidamente por ela. Meu Deus, como eu estava apaixonado! Um dia, me declarei a ela e foi como se tivesse levado um tapa na cara: xô, seu pintassilgo; este alpiste não é para o seu bico! Depois, ficou claro para mim que ela já estava apaixonada por *pan* Wolodyjowski, no que estava coberta de razão.

— Por quê? — perguntou o velho *pan* Nowowiejski.

— Por quê? Porque eu, e não pensem que esteja me gabando, poderia fazer frente a qualquer espadachim, mas *pan* Wolodyjowski acabaria comigo em menos tempo do que se reza um padre-nosso. Além disto, ele é o maior caçador de tártaros de todos os tempos, diante de quem até *pan* Ruszczyc curva a cabeça. Até os tártaros têm uma adoração por ele. Ele é o maior soldado de toda a República!

— E como ele e sua esposa se amam! Chega a dar inveja! — disse Ewa.

— E você está com água na boca! Não é de estranhar, pois já está mais do que na hora!

— Eu nem penso nisto — respondeu timidamente Ewa.

— Pois deveria pensar, pois aqui há vários oficiais bem-apessoados.

— Ah! — respondeu Ewa. — Não sei se o papai lhe disse que Azja está aqui.

— Azja Mellechowicz? Aquele *lipek*? Conheço-o e sei que é um excelente soldado.

— O que você não sabe — disse o velho *pan* Nowowiejski — é que o nome dele não é Mellechowicz. Ele é o nosso Azja, aquele que foi criado junto com você.

— Meu Deus! O que ouço? Que coisa mais incrível! Eu cheguei a pensar que era ele, mas como me disseram que o seu nome era Mellechowicz, achei que fosse outra pessoa. Passaram-se tantos anos desde que o vi pela última vez que não é de estranhar que não o tenha reconhecido. O nosso era feio e vivia agachado, enquanto este daqui é um bonitão!

— Ele não é mais nosso — disse o velho Nowowiejski. — E você sabe quem foi o pai dele?

— Como poderia saber?

— O grande Tuhaj-bey!

O jovem bateu com as mãos nas coxas com grande estrondo.

— Mal posso acreditar nos meus ouvidos! Filho do grande Tuhaj-bey? Então ele é um príncipe e parente do *khan*! Não existe um sangue mais nobre em toda a Criméia!

— Um sangue inimigo!

— O sangue inimigo corria nas veias do seu pai, enquanto ele serve-nos com toda lealdade. Pude vê-lo em ação por mais de vinte vezes! Ah! Agora compreendo de onde vem aquela sua coragem diabólica! *Pan* Sobieski elogiou-o diante de toda a tropa e deu-lhe uma patente de oficial. Terei o máximo prazer em cumprimentá-lo! Trata-se de um grande soldado!

— Só não se familiarize em demasia com ele!

— Por que não? Por acaso ele é um servo meu, ou nosso? Eu sou um soldado, ele é um soldado. Eu sou um oficial, ele é um oficial. Se ele fosse um oficial de infantaria que mantém ordem na sua tropa com um bastão de junco, eu não diria nada; mas sendo ele um filho de Tuhaj-bey, não é um sangue qualquer que corre nas suas veias. Ele é um príncipe e podem estar certos de que o *hetman* fará com que se torne um *szlachcic*. Como eu poderia esnobá-lo se sou coirmão de Kulak-mirza, Bakcza-agá e Sukyman, e eles todos não teriam vergonha de pastorear as ovelhas de Tuhaj-bey!

Ewa teve um desejo repentino de beijar o irmão; mas sentou-se ao lado dele e, com sua mão delgada e linda, ficou acariciando a cabeleira revolta do guerreiro.

A entrada de *pan* Wolodyjowski interrompeu aquelas carícias.

O jovem Nowowiejski ficou em posição de sentido e começou a se desculpar por não ter-se apresentado primeiro ao seu oficial superior, alegando que não viera a serviço, mas por motivos particulares.

Wolodyjowski abraçou-o carinhosamente e respondeu:

— E quem poderia recriminá-lo, caro companheiro, por ter ido ajoelhar-se diante do seu pai após tantos anos de separação? Se você estivesse a serviço, aí a coisa seria diferente, mas imagino que você não tenha qualquer mensagem de *pan* Ruszczyc para mim, não é verdade?

— Apenas saudações. *Pan* Ruszczyc partiu para longe, até as margens de Jahorlikow, porque soube que muitos cavalos deixaram pegadas na neve. Ele recebeu a carta de Vossa Senhoria e, imediatamente, remeteu-a aos seus parentes muçulmanos, pedindo que ajudassem na procura de *pan* Boski. Ele mesmo não escreveu, pois, segundo suas palavras, ele "tem a mão pesada e não tem qualquer experiência nesta arte".

— Sei que ele não gosta de escrever — respondeu *pan* Wolodyjowski. — Para ele, a única ferramenta digna é a espada.

Neste ponto, o pequeno cavaleiro agitou seus bigodinhos e disse, não sem certa dose de orgulho:

— Vocês têm que admitir que passaram mais de dois meses atrás de Azba-bey sem qualquer resultado.

— E Vossa Senhoria acabou com ele num piscar de olhos! — exclamou entusiasticamente o jovem *pan* Nowowiejski. — Ele deve ter endoidecido de vez; tendo conseguido escapar de *pan* Ruszczyc, foi logo para a região comandada por Vossa Senhoria. Bem feito!

O elogio de *pan* Adam agradou ao pequeno guerreiro e, querendo retribuir a gentileza com outra gentileza, virou-se para *pan* Nowowiejski e disse:

— Jesus Cristo ainda não me abençoou com um filho, mas caso Ele queira abençoar-me um dia, gostaria que ele fosse parecido com este cavalheiro!

— Ele não é nada demais! — respondeu o velho *szlachcic*. — *Nequam*, e basta!

Mas, apesar das suas palavras, ficou rubro de felicidade.

Enquanto isto, Wolodyjowski acariciava o rosto de Ewa, e lhe dizia:

— Senhorita, eu não sou mais um garoto, mas a minha Baska deve ter quase a mesma idade que a senhorita e, em função disto, tenho me esforçado para lhe oferecer, de vez em quando, uma alegria mais adequada à sua idade... É verdade que todos daqui amam-na profundamente, mas imagino que há razões de sobra para isto, não é verdade?

— Meu Deus! — exclamou Ewa. — Não existe outra mulher como ela no mundo inteiro! Acabei de dizer isto ao meu pai e ao meu irmão!

A senhorita disse isto realmente?

— Disse! — afirmaram categoricamente os dois Nowowiejski.

— Então, quero que a senhorita vista suas melhores roupas, porque eu trouxe de Kamieniec, em segredo, uma orquestra completa... Eu disse a ela que eram ciganos vindos para ferrar cavalos. Portanto, teremos um grande baile hoje à noite. Ela adora isto, muito embora pose de matrona séria.

E tendo dito isto, *pan* Michal esfregou as mãos, contente consigo mesmo.

Capítulo 33

A NEVE CAÍA TÃO intensamente que cobriu as valas que cercavam Chreptiów. Do lado de fora, grassava a nevasca e tudo estava imerso na escuridão, enquanto o salão principal da fortificação brilhava à luz de lampiões. Havia três violinistas, um baixista, dois tocadores de flauta húngara e um de trompa. Os violinistas moviam seus arcos com tal ímpeto que, vez por outra, chegavam quase a cair, enquanto os tocadores de flautas e da trompa tinham as bochechas inchadas e os olhos injetados de sangue. Os oficiais mais velhos sentaram-se nos bancos dispostos ao longo das paredes e, mais parecendo pombas grisalhas pousadas num telhado, bebericavam mel ou vinho e olhavam para os que dançavam.

O primeiro par era formado por Basia e *pan* Muszalski que, mesmo sendo avançado em anos, era um dançarino tão exímio quanto arqueiro. Basia, trajando um vestido de fios de prata e um largo cinto de arminho, parecia uma rosa que alguém plantara na neve. Sua beleza encantava velhos e jovens, provocando exclamações involuntárias de "Meu Deus!" Apesar de as srtas. Nowowiejski e Boski serem mais jovens e também de grande beleza, ela era a mais bela de todas. Seus olhos brilhavam de felicidade e, ao passar deslizando perto do pequeno cavaleiro, agradecia-lhe com um sorriso encantador. Seus lábios rosados entreabertos deixavam à mostra dentes alvos como neve e ela, brilhante no seu vestido de prata, cintilava como uma chama ou uma estrelinha e deslumbrava a todos com sua beleza ao mesmo tempo infantil e feminina.

As mangas do seu vestido perseguiam-na como asas de uma enorme borboleta, e quando ela suspendia a borda da sua saia e inclinava-se diante do seu parceiro, podia-se pensar que era numa visão divina ou uma daquelas fadas que, em noites de verão, costumam saltitar à beira dos lagos.

Do lado de fora, os soldados encostavam seus rostos severos e bigodudos nas janelas, amassando o nariz contra as vidraças. Estavam felizes por constatarem que a sua adorada coronel ofuscava todas as outras damas e, não deixando de fazer comentários depreciativos às *panna* Nowowiejski e Boski, soltavam gritos de alegria toda vez que ela aproximava-se das janelas.

Wolodyjowski parecia ter ingerido fermento, tanto crescia de satisfação. *Pan* Zagloba, com um caneco e parado ao lado do pequeno cavaleiro, acompanhava o ritmo da música batendo com os pés e derramando o doce mel no chão; vez por outra trocava olhares com *pan* Michal, e os dois, sem dizerem uma só palavra, soltavam suspiros de admiração.

Enquanto isto, Baska rodopiava pelo salão, cada vez mais alegre e mais bela. Viver num posto avançado parecia um sonho: combates, caçadas, danças, orquestra, centenas de soldados e, entre eles, o seu marido, o maior de todos, amante e amado. Basia sentia-se adorada e admirada por todos, o que tornava o pequeno cavaleiro feliz; logo, também sentia-se feliz, como aqueles pássaros que, com a chegada da primavera, enchem o ar com seu alegre canto.

Atrás de Basia, dançava o segundo par: *panna* Nowowiejski, com um vestido escarlate, e Azja. O jovem tártaro não lhe dizia nada, pois estava deslumbrado com a imagem prateada brilhando à sua frente, mas Ewa achava que era a emoção que retinha a voz no peito dele e, com discrição no início, e depois com cada vez mais força, apertava a sua mão para lhe incutir coragem. De vez em quando, Azja retribuía aqueles apertos, mas com tanta força que a jovem quase chegava a gritar de dor, mas fazia-o involuntariamente, pois pensava apenas em Basia, não via nada a não ser Basia e repetia no seu íntimo o terrível juramento que fizera — o de que, mesmo que tivesse de incendiar toda a Rutênia, ela teria que ser dele. Volta e meia, tinha ganas de agarrar a garganta de Ewa e estrangulá-la, vingando-se daqueles apertos de mão e do fato de ela se interpor em seu amor por Basia. Nestas horas, cravava na pobre jovem o seu olhar selvagem e o coração da

O PEQUENO CAVALEIRO

donzela passava a bater com mais força, já que pensava que era por amor que ele a olhava de forma tão rapinante.

O terceiro par era formado pelo jovem *pan* Nowowiejski e Zosia Boski. Ela, parecendo um pequenino miosótis com olhos abaixados, e ele, um potro selvagem que pulava como um potro selvagem. Com as esporas das suas botas arrancando lascas de madeira do piso, cabeleira ainda mais desgrenhada que de costume, rosto em brasa e as narinas dilatadas como um puro-sangue turco, girava Zosia como a ventania levanta folhas, erguendo-a constantemente do chão. Tendo passado meses nos confins das *Dzikie Pola* onde não havia mulheres, estava tão encantado com Zosia que caiu de amores por ela de imediato. Olhava para os seus olhinhos abaixados, suas faces rosadas e o seu corpete bem recheado, e quase relinchava diante daquela visão, soltando mais lascas com suas esporas, apertando-a com cada vez mais força contra o seu peito e rindo de felicidade — e cada vez mais apaixonado.

O coraçãozinho da donzela chegou a ficar com medo, mas era um medo agradável, porque também estava encantada com aquele homem arrebatado que a agarrara e erguera do chão. Um autêntico dragão! Em Jawrow, ela teve oportunidade de ver diversos cavalheiros, mas jamais vira um que fosse tão impetuoso, e nenhum deles dançara com ela daquele jeito, nem a abraçara de tal forma. Realmente, um dragão de verdade!... Como resistir a um tipo destes?...

O circunspeto Nawiragh e os dois sábios de Kaffa olhavam com crescente espanto para os dançarinos poloneses e os velhos, bebendo mel, faziam cada vez mais algazarra, semelhante à dos gafanhotos nos campos. No entanto, a orquestra abafava todas as vozes, enquanto a disposição dos dançarinos só fazia aumentar.

De repente, Basia abandonou o seu parceiro de dança e, chegando arfante junto do marido, juntou as mãos como numa prece.

— Michalek! — disse. — Os soldados lá fora devem estar congelados. Mande que lhes dêem um barril de vodca.

O pequeno cavaleiro, feliz da vida, beijou as mãos da esposa e respondeu:

— Por você eu faria qualquer coisa somente para vê-la feliz!

Em seguida, foi pessoalmente até o pátio e comunicou aos soldados quem pedira que lhes fosse dado o barril, querendo que eles ficassem gratos e viessem a gostar ainda mais dela. E quando estes, em resposta, começaram a gritar com tanta força que a neve começou a despencar do telhado, o pequeno cavaleiro acrescentou:

— Disparem seus mosquetões em homenagem à senhora coronel!

Ao retornar ao salão, viu Basia dançando com Azja. Ao abraçar o objeto amado e sentir o calor que emanava do seu corpo, as pupilas do *lipek* pareceram desaparecer dentro do seu crânio e o mundo rodopiou à sua volta. No fundo da sua alma, renunciou ao paraíso, à vida eterna, a todas as delícias, e não estava disposto a trocá-la por todas as virgens do paraíso muçulmano.

De repente, Basia viu o vestido escarlate de *panna* Nowowiejski passar por perto e, tomada de curiosidade, perguntou:

— O senhor já se declarou a Ewa?

— Não!

— Por quê?

— Porque ainda não chegou a hora! — respondeu o jovem tártaro, com uma estranha expressão no rosto.

— Mas o senhor a ama?

— Mais do que tudo no mundo! — exclamou o *lipek*, em voz baixa, mas rouca e que mais parecia um grasnido de corvo.

E voltaram a dançar, logo depois de Nowowiejski, que assumira a posição do primeiro par. Enquanto os demais dançarinos trocavam de damas, ele não largou Zosia nem por um minuto, exceto nos momentos em que a colocava num banco para que ela pudesse recuperar um pouco de fôlego.

Finalmente, plantou-se diante da orquestra e, abraçando a cintura de Zosia com uma mão e apoiando a outra no quadril, gritou para os músicos:

— Toquem um *krakowiak*!

Os músicos obedeceram de imediato, enquanto *pan* Nowowiejski começou a bater com os pés no chão e a cantar com voz possante:

> *Assim como os riachos*
> *Se perdem no rio caudaloso*
> *Perde-se em seus cachos*
> *Meu coração saudoso*
> *U-há!*

O PEQUENO CAVALEIRO

E gritou aquele "U-há!" de forma tão cossaca, que a pobre Zosia quase desfaleceu de susto. Assustaram-se também o distinto Nawiragh e os solenes sábios de Kaffa, enquanto *pan* Nowowiejski, após dar duas voltas no salão, voltou a parar diante da orquestra e voltou a cantar:

> *Se perde e não se perde*
> *E pro rio chatear*
> *Ainda no seu fundo*
> *Um anel há de achar*
> *U-há!*

— Gostei das suas rimas! — exclamou *pan* Zagloba. — E saiba que este elogio vem de alguém que compôs centenas delas. Encha o meu caneco, nobre cavalheiro e, quando você achar o tal anel, eu lhe cantarei o seguinte:

> *Toda mulher é uma pederneira*
> *E todo homem, um pedaço de metal*
> *Que produzirá muitas centelhas*
> *Se bater nela com força descomunal*
> *U-há!*

— *Vivat! Vivat pan* Zagloba! — exclamaram os oficiais numa voz tão possante que assustaram o severo Nawiragh, assim como os dois sábios de Kaffa, que passaram a se entreolhar com grande espanto.

Enquanto isto, *pan* Nowowiejski deu mais duas voltas no salão, depositando a ofegante Zosia num banco. A jovem estava assustada com a impetuosidade do jovem cavalheiro, embora se sentisse atraída pela sua ousadia. No entanto, exatamente por nunca ter conhecido antes alguém como ele, estava profundamente encabulada e, abaixando ainda mais os seus olhinhos, ficou sentada quietinha e sem abrir a boca.

— Por que a senhorita está tão calada? Por que está triste? — perguntou *pan* Nowowiejski.

— Porque papai está nas mãos dos tártaros — respondeu Zosia numa voz fininha.

— Não pense nisto! — respondeu o jovem guerreiro. — O melhor remédio é voltar a dançar. Olhe para os que estão nesta sala: somos algumas dezenas de cavaleiros e poucos de nós vamos morrer de morte natural, mas de flechas pagãs ou laços tártaros. A vida tem que ser aproveitada a cada momento. Cada um de nós, que vive nestas fronteiras, já perdeu algum ente querido, e se continuamos alegres é para Deus não pensar que estamos nos queixando do nosso serviço! Portanto, voltemos a dançar! Dê-me um sorriso, senhorita, e deixe-me ver os seus olhos, caso contrário pensarei que a senhorita antipatizou comigo!

Embora Zosia não erguesse os olhinhos, os cantos dos seus lábios começaram a se levantar e duas covinhas apareceram nas suas faces coradas.

— A senhorita me acha simpático? — perguntou o cavalheiro.

Zosia respondeu, com uma voz mais fininha ainda:

— Sim... bastante...

Ao ouvir esta resposta, *pan* Nowowiejski levantou-se de um pulo e, agarrando as mãos de Zosia, pôs-se a cobri-las de beijos, dizendo:

— Estou perdido! Tenho que confessar! Estou perdidamente apaixonado pela senhorita! Minha doce donzela! Pode deixar que amanhã mesmo me atirarei aos pés da sua mãe! Que amanhã, que nada! Estou pronto a atirar-me ainda hoje, desde que saiba que sou correspondido!

Um estrondo assustador de disparos vindo do lado de fora abafou a resposta de Zosia. Eram os felizes soldados dando salvas de tiros em homenagem a Basia; vidraças vibraram, paredes estremecerem e, mais uma vez, o severo Nawiragh e os eruditos de Kaffa se assustaram. Ao que, *pan* Zagloba, que estava próximo deles, acalmou-os em latim:

— *Apud Polonos nunquam sine clamore et strepidu gaudia fiunt.*

Pareceu que todos aguardavam apenas por aquele sinal para dar vazão ao resto da sua alegria. As tradicionais boas maneiras da *szlachta* começaram a ceder lugar à selvageria das estepes. A orquestra voltou a atacar, as danças recomeçaram, os olhos soltavam faíscas e de todas as cabeleiras pareciam emanar vapores. Mesmo os guerreiros mais velhos puseram-se a dançar, gritos selvagens ecoavam no ar, bebidas circulavam à vontade, os guerreiros brindavam com os sapatinhos de Basia, disparavam pistolas nos saltos de Ewa — e Chreptiów ecoou assim até a madrugada, a ponto de os animais das florestas próximas se assustarem e se refugiarem nas profundezas da selva.

E como tudo isto se passava às vésperas de uma terrível guerra com o império turco, quando todos estavam prestes a enfrentar mil perigos e, provavelmente, a morte, o digno Nawiragh olhava com imensurável espanto para aqueles soldados poloneses, assim como não menos se admiravam os dois sábios de Kaffa.

Capítulo 34

NO DIA SEGUINTE, TODOS dormiram até mais tarde, exceto os sentinelas e o pequeno cavaleiro que, por mais que se divertisse numa ocasião, jamais relaxava nas suas obrigações.

O jovem *pan* Nowowiejski foi um dos primeiros a despertar, com a mente tomada pela imagem de Zosia Boski. Vestido com os melhores trajes de que dispunha, foi até o salão onde ocorrera a festa, na esperança de ouvir quaisquer sons vindos dos aposentos das mulheres.

Efetivamente, no quarto de Basia havia uma certa movimentação, mas o jovem guerreiro estava tão ansioso por ver Zosia que pegou o seu punhal e começou a escavar o musgo que tapava as fendas entre as tábuas, para poder, mesmo que fosse através de uma rachadela, ver Zosia com apenas um olho.

Estava ocupado naquela tarefa, quando entrou no salão *pan* Zagloba, com um rosário nas mãos. Adivinhando imediatamente de que se tratava, aproximou-se na ponta dos pés e se pôs a açoitar as costas do guerreiro com as contas de sândalo.

Pan Adam tentava esquivar-se, meio rindo e meio sem graça, enquanto o velho o perseguia, batendo nas suas costas e gritando:

— Tome, seu turco sem-vergonha, seu tártaro despudorado! *Exorciso te!* Então você quer espiar as mulheres? Tome, tome!

— Sr. Zagloba — gritava *pan* Nowowiejski —, não se deve transformar contas sagradas num açoite! Desista disto, pois as minhas intenções são as mais nobres possíveis!

— Não é verdade que não se pode bater em alguém com contas sagradas, porque, no Domingo de Ramos, as palmas também são sagradas e, no entanto, as pessoas agitam-nas violentamente. Quanto a este rosário, ele já foi um *komboloi** pagão que pertenceu a Suban-kazi, mas tirei-o dele por ocasião do cerco de Zbaraz e levei ao núncio apostólico para que fosse benzido. Olhe, é de sândalo puro.

— Se fosse de sândalo, exalaria um perfume.

— Pois eu sinto o seu aroma assim como você sente o cheiro daquela donzela. Preciso açoitá-lo ainda mais, pois, para espantar o demônio de dentro do corpo de um pecador como você, não há coisa melhor do que um rosário...

— Juro que eu não tinha quaisquer pensamentos pecaminosos...

— Acredito! Foi movido por sentimentos pios que você estava cavando este buraco na parede.

— Não por sentimentos pios, mas por um amor tão extraordinário que estou prestes a explodir como uma granada. Não adianta fugir, estou apaixonado!

— Ah, a juventude!... Sangue em vez de água!... Compreendo você muito bem porque também tenho que me refrear de vez em quando. Há um *leo* dentro de mim, *qui querit quem devoret*! Mas, se a suas intenções são puras, então está pensando em se casar?

— Se estou pensando em me casar? Meu Deus! Em que mais poderia pensar? Não só penso nisto, como estou tão excitado que mal consigo manter-me parado! Então o senhor ainda não sabe que eu, ainda ontem, já pedi a mão de Zosia à sra. Boski e obtive o consentimento do meu pai?

— Bem, neste caso, a situação é diferente. Mas me conte como você conseguiu isto.

— Durante a festa, *pani* Boski foi buscar um lenço para a filha e eu fui atrás dela. Ela se virou e perguntou "Quem está aí?", e eu atirei-me aos seus pés: "Pode bater em mim, mãe, mas me dê Zosia, amor da minha vida!" *Pani* Boski recuperou-se do susto e disse: "Todos afirmam que o

---

*Fieiras de contas, usadas até hoje por gregos e árabes para ocuparem as mãos quando ociosas. (*N. do T.*)

senhor é um cavalheiro digno de maior respeito; o meu marido está nas mãos dos tártaros e a pobre Zosia não tem quem possa apiedar-se dela. No entanto, eu não lhe darei uma resposta hoje nem amanhã, mas mais tarde. De qualquer modo, o senhor terá que obter antes a concordância paterna." E tendo dito isto, foi embora, pensando que eu estava bêbado, no que não deixava de ter uma certa razão.

— Isto não tem importância! Todos estávamos bêbados. Você notou como, no final da noite, os gorros daquele Nawiragh e daqueles outros dois estavam quase caindo das suas cabeças?

— Não notei porque estava concentrado em achar um meio de obter o *consensus* do pai.

— E foi difícil obtê-lo?

— Logo de madrugada fui com ele para o posto de comando, querendo sondá-lo para ter uma idéia de como ele veria a questão. Portanto, disse-lhe logo de cara: "Pai, quero casar-me com Zosia e preciso do seu *consensus* e, caso o pai não o conceda, partirei para longe, nem que seja até Veneza, e o pai não vai me ver nunca mais." Ao que ele atirou-se sobre mim com fúria: "Então é este o respeito que você tem pelo seu pai?! Pelo jeito, você sabe virar-se sozinho! Você pode juntar-se aos venezianos, ou casar-se com a menina, mas uma coisa vou lhe garantir: não lhe darei um *talar* sequer do que tenho, nem da herança da sua mãe, porque tudo aquilo é meu!"

Pan Zagloba fez uma careta:

— Um mau começo!

— Calma. Quando ouvi aquilo, respondi de imediato: "E eu estou lhe pedindo dinheiro, ou preciso dele? Só quero a sua bênção, apenas isto. Consegui tantos bens com a minha espada que posso comprar até dois vilarejos! Quanto à herança materna, deixo-a para que sirva de dote a Ewa, adicionando a ele algumas pedras preciosas e tecidos finos e, caso a colheita não seja propícia num dado ano, poderei ajudar o pai financeiramente." Bastou que eu dissesse isto para que o pai ficasse muito curioso. "Quer dizer que você é um homem rico?", ele perguntou. "Como isto é possível, se você partiu nu como um santo turco? De onde vem este dinheiro todo? De saques?"

"Não diga uma coisa destas, pai!", respondi. "Passei onze anos agitando este punho e, como andam dizendo, com bastante competência; portanto, como não poderia amealhar uma fortuna? Participei de ataques a cidades rebeladas, nas quais os cossacos e os tártaros guardavam saques magníficos; combati *mirza* e *wataha* e, a cada vitória, mais e mais riquezas caíam nas minhas mãos. Fiquei somente com a parte que me cabia, sem prejudicar a quem quer que fosse, mas assim mesmo deu para acumular bastante e, caso eu não tivesse sido tão gastador, teria condições de comprar até duas propriedades do tamanho da do senhor.

— E o que o velho respondeu a isto? — perguntou Zagloba, mal contendo o riso.

— O pai ficou mudo de espanto, porque nunca imaginara isto e, imediatamente, se pôs a me recriminar por ter sido tão leviano com o dinheiro e tão gastador. "Se você não tivesse sido tão esbanjador", disse-me ele, "certamente teria muito mais, mas do jeito que você é, é bem capaz de acabar sem um *talar* sequer." No entanto, a sua curiosidade sobrepujou sua zanga, pois ele começou a indagar o que eu realmente possuía, e eu, vendo que aquele era o caminho mais adequado para atingir o meu objetivo, não só contei-lhe tudo que tinha como ainda acrescentei um pouco, já que sou meio chegado a exageros e disse a mim mesmo: "A verdade é aveia, enquanto a mentira é farelo". Ao ouvir o meu relato, o meu pai agarrou a cabeça e começou a murmurar: "Daria para comprar a propriedade vizinha, apoiar este ou aquele processozinho; poderíamos viver em grande conforto e, durante a sua ausência, eu tomaria conta de tudo." E o paizão derreteu-se em lágrimas. "Adam", disse, "achei aquela jovem ideal para você, e como ela é uma protegida do *hetman*, talvez isto venha a representar vantagens adicionais; mas quero que saiba que, caso você a magoe ou desperdice a propriedade dela, não o perdoarei até a hora da minha morte!" E eu, sr. Zagloba, só de pensar na possibilidade de magoar Zosia, me pus a chorar. Caímos nos braços um do outro e ficamos assim abraçados até os primeiros cantos dos galos.

— Que velho mais safado! — murmurou Zagloba.

Depois, já em voz alta, acrescentou:

O PEQUENO CAVALEIRO

— Quer dizer que teremos breve um casório e uma nova festança em Chreptiów, principalmente por estarmos no carnaval!

— Se dependesse de mim, o casório seria amanhã mesmo! — exclamou Nowowiejski de forma impetuosa. — Mas a minha licença está por terminar, e serviço é serviço e terei que retornar a Raszkow. Sei que *pan* Ruszczyc poderá me conceder uma nova licença, mas temo que as mulheres vão querer prolongar a espera, porque, toda vez que tento abordar a mãe, ela me responde: "Meu marido está no cativeiro!", e quando abordo a filha, ouço: "Papai está no cativeiro!" E eu pergunto ao senhor: o que eu tenho a ver com isto? Sou eu quem o mantém cativo? Se não fosse este *impedimentum*, já teria agarrado o padre Kaminski pela batina e só o soltaria depois de ele me unir a Zosia; mas quando as mulheres metem uma idéia na cabeça, nem com um par de tenazes dá para arrancar. Estou disposto a dar tudo que tenho e partir eu mesmo em busca daquele maldito papai, mas não há como! Ninguém sabe onde ele se encontra, nem mesmo se ainda está vivo. Se elas me mandarem esperar pela sua volta, terei que ficar aguardando até o dia do juízo final.

— Piotrowicz, Nawiragh e aqueles dois sábios vão partir amanhã; deveremos ter uma resposta em breve.

— Jesus, tende piedade de mim! Quer dizer que eu tenho que ficar aguardando por notícias?! Elas não poderão chegar antes da primavera e, até lá, eu já terei definhado por completo, juro por Deus! Sr. Zagloba, todos respeitam a sua sagacidade e a sua experiência, faça com que aquelas duas abandonem de vez esta idéia! Meu benfeitor, na primavera haverá uma guerra! Só Deus sabe o que poderá acontecer! Eu quero casar-me com Zosia, não com o seu pai, portanto, por que deveria suspirar por ele?

— Convença as mulheres para seguirem para Raszkow. As notícias chegarão lá antes do que aqui, e se Piotrowicz encontrar Boski, ele poderá levá-lo para Raszkow mais rapidamente. Da minha parte, farei o que puder, mas recomendo-lhe pedir a interferência de Baska em seu favor.

— Não deixarei de fazê-lo! Não deixarei de fazê...

De repente, a porta se abriu e *pani* Boski surgiu no seu vão. Mesmo antes de *pan* Zagloba poder cumprimentá-la, o jovem Nowowiejski atirou-se aos seus pés, cobrindo com seu corpanzil mais de metade da sala e gritando:

— Tenho o *consensus* paterno! Mãe, dê-me Zosia! Dê-me Zosia! Dê-me Zosia, mãe!

— Dê-lhe Zosia, mãe! — secundou Zagloba, com seu baixo profundo.

O barulho atraiu as pessoas dos quartos adjacentes; surgiu Basia, *pan* Michal veio do seu escritório e, por fim, Zosia entrou na sala. Não lhe cabia sequer imaginar do que se tratava, mas o seu rosto cobriu-se de vermelho e ela, juntando as mãos e fazendo beicinho, apoiou-se na parede, com os olhos abaixados. Basia imediatamente deu o seu total apoio ao jovem guerreiro, enquanto *pan* Michal saiu à procura do velho Nowowiejski. Quando este chegou, ficou revoltado pelo fato de o filho não lhe ter delegado a função de pedir oficialmente a mão da jovem, mas juntou o seu pedido ao dos demais.

Pani Boski acabou chorando, concordando com o pedido de *pan* Adam e com a idéia de viajar para Raszkow, junto com *pan* Piotrowicz. Somente então, coberta de lágrimas, virou-se para a filha:

— Zosia, o que você tem a dizer sobre as intenções dos dois *pan* Nowowiejski?

Todos os olhos viraram-se para Zosia, enquanto ela, apoiada na parede, manteve os olhos como de costume pregados no chão e, somente depois de um longo silêncio, corou ainda mais e disse, com voz quase inaudível:

— Quero ir para Raszkow!...

— Meu anjo adorado! — berrou *pan* Adam e, correndo para ela, tomou-a nos seus braços.

Em seguida, se pôs a gritar a plenos pulmões, a ponto de as paredes tremerem:

— Agora, Zosia é minha! Minha! Minha! Minha!

Capítulo 35

O JOVEM *PAN* NOWOWIEJSKI partiu para Raszkow logo após declarar-se a Zosia, com o intuito de encontrar um lugar adequado para *panna* e *pani* Boski. Duas semanas depois, partiu a caravana formada pelos convivas de Chreptiów: o distinto Nawiragh, os dois sábios de Kaffa, *pani* Kiermowiczowicz, *pani* Neresewicz, *pan* Seferowicz, *panna* e *pani* Boski, os dois *pan* Piotrowicz e o velho *pan* Nowowiejski, além de diversos comerciantes armênios e um grupo de serviçais, alguns deles armados. Os dois Piotrowicz e os emissários do patriarca de Uzmiadzin apenas descansariam em Raszkow, colheriam informações sobre as condições das estradas e logo partiriam para a Criméia. O resto da comitiva decidiu fixar residência em Raszkow por um certo tempo, pelo menos até receber algumas notícias sobre a libertação dos cativos, ou seja, *pan* Boski, o jovem Seferowicz e os dois comerciantes cujas esposas aguardavam com grande ansiedade.

O caminho era extremamente cansativo, pois atravessava densas florestas e ravinas profundas. Por sorte, a grande quantidade de neve nivelara as ravinas, oferecendo aos trenós uma passagem segura, e a presença de tropas nos postos avançados pelo caminho garantia a segurança dos viajantes. Azba-bey fora eliminado, os grupos de assaltantes dispersados e os tártaros, devido à falta de pasto no inverno, não se aventuravam a entrar nas terras da República.

Todos estavam de excelente humor, com Zosia pronta a seguir *pan* Adam até os confins do mundo e *pani* Boski e as esposas dos dois comerciantes armênios confiantes no breve reencontro com os seus maridos. É verdade que Raszkow ficava no meio de florestas selvagens, nas fronteiras mais distantes da cristandade, mas elas não estavam indo para lá para o resto de suas vidas, nem mesmo para uma estada prolongada. O fato de a guerra eclodir no início da primavera era de conhecimento público, portanto elas pretendiam, assim que recuperassem seus entes queridos, retornar imediatamente para o interior do país, a fim de salvarem suas cabeças da inevitável desgraça.

Ewa, retida por *pani* Wolodyjowski, permaneceu em Chreptiów. Na verdade, seu pai não insistiu em demasia em levá-la consigo, principalmente por saber que a deixava aos cuidados de pessoas tão dignas.

— Pode deixar que eu mesmo vou acompanhá-la nessa jornada — disse-lhe Basia. — Quero poder ver de perto, pelo menos uma vez na vida, aquele lugar tão tenebroso. Sei que isto não será possível na primavera, pois o meu marido não quererá me expor ao perigo das incursões tártaras, mas agora, no inverno, a presença de Ewa será um excelente pretexto. Daqui a dois domingos começarei a insistir com ele e tenho certeza de que, no terceiro, já terei obtido a sua permissão.

— Espero que o seu marido não a deixe partir sem uma adequada escolta armada.

— Se puder, na certa ele virá comigo, mas se não puder, enviará Azja, no comando de cerca de duzentos soldados, pois soube que ele recebeu ordens de viajar para Raszkow muito em breve.

A conversa se encerrou naquele ponto e Ewa ficou em Chreptiów. Na verdade, além dos argumentos apresentados a *pan* Nowowiejski, Basia tinha outros planos em mente. Queria facilitar a aproximação entre Azja e Ewa, pois o jovem tártaro começava a preocupá-la. Embora, em todas as ocasiões em que se encontravam, ele respondesse que amava Ewa e que o antigo afeto que nutrira por ela ainda continuava vivo, toda vez que se encontrava a sós com Ewa permanecia calado.

Enquanto isto a jovem, vivendo naquela região desolada, sentia-se cada vez mais apaixonada pelo tártaro. Sua beleza selvagem, sua infância passada sob a pesada mão de *pan* Nowowiejski, sua origem principesca, o segredo que circundava a sua pessoa e, finalmente, a fama de um grande guerreiro encantaram-na por completo. Apenas aguardava o momento para lhe abrir o seu coração ardente como uma chama e lhe dizer "Azja, eu sempre o amei, desde aqueles dias!" e atirar-se nos seus braços. No entanto, ele mantinha os dentes cerrados e permanecia calado.

Ewa achava que ele se refreava em função da presença do pai e do irmão; depois ficou preocupada, porque mesmo que fossem surgir impedimentos da parte deles, principalmente enquanto Azja não se tornasse um *szlachcic*, ela achava que o tártaro deveria abrir o seu coração diante dela, independentemente das dificuldades que poderiam ter que enfrentar.

Mas ele permanecia calado.

Aos poucos, dúvidas começaram a assolar na alma da jovem, e ela passou a queixar-se com Basia do seu triste destino, mas esta a acalmava:

— Admito que ele é um homem estranho e fechado em si mesmo, mas estou certa de que a ama, porque ele me disse isto mais de uma vez e olha para você de uma forma diferente do que para outras pessoas.

Ao que Ewa sacudiu a cabeça e disse:

— Que é de uma forma diferente, isto é verdade; só não sei se aquele olhar é de amor, ou de ódio.

— Minha Ewa querida, pare de falar bobagens. Por que ele haveria de odiá-la?

— E por que deveria amar-me?

— E por que Michal me ama? E por que o seu irmão apaixonou-se por Zosia assim que a viu?

— Adam sempre foi muito impetuoso.

— Enquanto Azja é orgulhoso e tem medo de ser rejeitado, principalmente por parte do seu pai, já que o seu irmão, estando apaixonado, teria muito mais compreensão para assuntos de coração. Não seja tola, Ewa, e não fique com medo. Vou provocar Azja e você verá como ele também ficará impetuoso.

E efetivamente naquele mesmo dia Basia teve uma conversa com Azja, após a qual foi correndo para o quarto de Ewa.

— Pronto! — gritou ainda no vão da porta.

— O quê? — perguntou Ewa, com o rosto em brasa.

— Eu disse a ele assim: "O que o senhor pensa? Alimentar-me com ingratidão? Eu retive Ewa de propósito para que o senhor pudesse aproveitar esta oportunidade, mas se o senhor não aproveitá-la, quero que saiba que dentro de dois ou três domingos a mandarei para Raszkow. É bem possível que eu a acompanhe, e aí o senhor ficará sem saber o que fazer." Assim que ele ouviu a minha ameaça de partirmos para Raszkow, o seu rosto se transformou e ele caiu de joelhos diante de mim, batendo com a testa no chão. Então, eu perguntei o que ele tinha em mente e ele respondeu: "No caminho para Raszkow vou revelar tudo o que guardo em meu peito. Vou confessar tudo e revelar tudo, porque não posso mais viver neste sofrimento!" Ele estava muito agitado, porque recebera de manhã algumas cartas perturbadoras de Kamieniec e me disse que tinha que partir para Raszkow de qualquer maneira, que o meu marido recebera ordens do *hetman* naquele sentido e que a data da partida dependia das negociações que ele estava conduzindo com aqueles capitães *lipki*. Ele disse: "A hora está se aproximando e eu terei que viajar até mais longe do que Raszkow, de modo que poderei acompanhar Vossa Graça e *panna* Ewa nesta oportunidade." Eu lhe respondi que ainda não estava certa de que eu também iria, porque isto dependeria de uma autorização de Michal. Ao ouvir isto, ele ficou ainda mais agitado. Como você é tola, Ewa! Você acha que ele não a ama, mas ele caiu aos meus pés, implorando para que eu fosse junto. E você sabe por que ele pediu tanto? Porque me disse o seguinte: "Vou revelar tudo que sinto no meu coração, mas sem a intervenção de Vossa Graça não conseguirei obter o consentimento dos senhores Nowowiejski e apenas despertarei raiva e ódio, neles e em mim. Coloco nas mãos de Vossa Graça o meu destino, o meu sofrimento e a minha salvação; porque, se Vossa Graça não nos acompanhar, prefiro ser tragado pela terra ou queimado vivo!" Eis como ele a ama. Chega a dar medo! E se você visse a cara dele, também teria ficado assustada!

— Pois eu não tenho medo dele! — respondeu Ewa.

E se pôs a beijar as mãos de Basia.

— Venha conosco! Venha conosco! — repetia emocionada — Venha · conosco! Só você poderá nos salvar e só você não terá medo de falar com o meu pai! Venha conosco! Se for preciso, cairei de joelhos aos pés de *pan*

O PEQUENO CAVALEIRO

Wolodyjowski para que ele permita. Sem a sua presença, o pai e Azja vão se atracar com punhais nas mãos! Venha conosco!

E ao dizer isto, deslizou até os joelhos de Basia, abraçando-os e soluçando convulsivamente.

— Se Deus quiser, irei com vocês! — respondeu Basia. — Vou explicar toda a situação a Michal e ficarei molestando-o até ele concordar. Agora as estradas estão seguras e poderíamos até viajar sozinhas, quanto mais com uma escolta tão poderosa. Talvez o próprio Michal possa vir conosco, mas caso não possa, o seu coração é bondoso e ele não irá se opor. No começo vai espernear, mas basta eu fingir que estou zangada para ele andar em volta de mim e querer olhar nos meus olhos. Eu preferiria que ele pudesse nos acompanhar, porque sentirei muitas saudades dele, mas se não for possível, terei que ir sem ele para poder trazer-lhes um consolo... Aqui não se trata de apenas um desejo repentino meu, mas do destino de vocês dois. Michal gosta de você e gosta de Azja, tenho certeza de que acabará concordando.

Enquanto isto, Azja, logo após a conversa com Basia, voltou correndo para seu alojamento, cheio de alegria e esperanças, como se tivesse se recuperado de uma grave doença.

Momentos antes, um desespero selvagem rasgara a sua alma. Logo de madrugada, recebera uma seca carta de *pan* Bogusz, com o seguinte teor:

"*Meu querido Azja! Estou em Kamieniec e não pretendo continuar a viagem até Chreptiów por estar muito fatigado e não ter qualquer motivo para fazê-la. Estive em Jawrow. O grão-hetman não só não vai lhe dar uma autorização por escrito e não pretende apoiar os seus mirabolantes planos, como lhe ordena, de forma categórica, que você os abandone de uma vez por todas. Quanto a mim, depois de ter refletido sobre o que você me falou, cheguei à conclusão de que eles são inviáveis. Seria um pecado para um país cristão e educado aliar-se a pagãos, sendo que ficaríamos desonrados para sempre caso concedêssemos privilégios de* szlachta *a criminosos, saqueadores e derramadores de sangue inocente. Portanto, caia em si, esqueça quaisquer sonhos de se tornar um* hetman, *porque você não é digno disto, mesmo sendo filho de Tuhaj-bey. E se você quiser recuperar as boas graças do* hetman, *dê-se por satisfeito com a patente que ele lhe concedeu e termine logo as negociações com Kryczynski e os demais capitães.*

Seguem em anexo instruções do hetman *quanto aos seus futuros passos e uma ordem para* pan *Wolodyjowski para que você e os seus homens possam ir e vir sem serem impedidos. Certamente, você terá que ir ao encontro dos capitães, mas faça isto o mais rapidamente possível e mantenha-me informado, aqui em Kamieniec, do que está se passando do outro lado do rio.*

Aproveito a ocasião para recomendá-lo à proteção divina e assino, com toda minha amizade,

Marcin Bogusz, Porta-espada de Nowogrod."

Ao receber a carta, o jovem tártaro teve um acesso de fúria: primeiro, rasgou a carta em pedacinhos, depois desferiu diversos golpes de punhal sobre o tampo da mesa e, por fim, ameaçou tirar a própria vida e a vida do seu fiel servo Halim que, de joelhos, lhe implorava para que não tomasse qualquer medida antes de livrar-se da raiva e do desespero. A carta era um golpe devastador. Os edifícios que foram erguidos pela sua empáfia e ambição ruíram por terra e se transformaram em pó. Tendo imaginado tornar-se o terceiro *hetman* mais importante da República, viu, de repente, que teria que permanecer um oficial desconhecido, cujo ápice de carreira seria o fato de se tornar um *szlachcic*. Em suas visões flamejantes, vira multidões inclinando-se respeitosamente diante dele, eis que, agora, via a si mesmo se inclinando diante de outros.

E de nada lhe servira o fato de ser filho de Tuhaj-bey, de que sangue guerreiro corria nas suas veias, de que planos grandiosos brotaram na sua mente — tudo em vão! O que o aguardava era passar o resto dos seus dias como um desconhecido e morrer num remoto posto fronteiriço. Apenas uma palavra "não!", cortara-lhe as asas e fizera com que não pudesse flutuar no ar como uma águia, mas rastejar na terra como um verme.

Mas tudo isto era nada em comparação com a felicidade que acabara de perder. Aquela pela qual estava disposto a entregar o seu sangue e a eternidade, pela qual ardia como uma chama, a quem amava com seu coração, alma e sangue — jamais seria sua. A carta do *hetman* lhe negava, ao mesmo tempo, a posse da pessoa amada e a *bulawa* de *hetman*. Pois assim como

O PEQUENO CAVALEIRO 369

Chmielnicki pôde raptar a esposa de Czaplinski, um Azja poderoso, Azja-*hetman*, poderia raptar a esposa de um outro e defendê-la, mesmo se fosse contra todas as forças da República — mas de que forma poderia um simples capitão de *lipki* raptar a esposa do mais afamado dos seus guerreiros?...

Quando pensava nisto, o mundo parecia desabar à sua volta, tornando-se sombrio e deserto. E ele chegou a se questionar se não seria melhor morrer logo, em vez de viver sem motivo, sem felicidade, sem esperança e sem a mulher amada. O que o deixou ainda mais arrasado foi o fato de o golpe ter sido totalmente inesperado. Ao constatar o estado em que a República se encontrava, diante da guerra iminente, da fraqueza dos exércitos do *hetman* e das vantagens que o seu plano oferecia à República, Azja estava certo de que o *hetman* concordaria com ele. E, no entanto, todos os seus sonhos grandiosos se desfizeram como neblina dissipada pelo vento. O que lhe restava? Renunciar à glória, grandeza e felicidade? Não, ele era incapaz disto! No primeiro instante, foi tomado por uma onda de fúria e desespero — quis se vingar da República, do *hetman*, de *pan* Wolodyjowski e até de Basia. Quis convocar os seus *lipki*, exterminar toda a guarnição de Chreptiów, matar Wolodyjowski e raptar Basia, levando-a para o lado moldávio do rio e, depois, para mais longe, mesmo que fosse até para a própria Istambul, mesmo que fosse para os desertos da Ásia.

Por sorte, o fiel Halim zelava pelo seu amo, e o próprio Azja, tendo deixado passar a primeira onda de desespero, reconheceu a inviabilidade desses atos.

Assim como Chmielnicki, Azja tinha o dom de ocultar dentro de si um leão e uma serpente. Qual seria o resultado do seu ataque a Chreptiów? Como um soldado tão precavido quanto Wolodyjowski poderia deixar-se ser atacado de surpresa e, mesmo se isto fosse possível, não seria ele capaz de se defender, principalmente tendo sob seu comando homens em maior número e mais experientes? E mesmo se Azja o derrotasse, o que poderia fazer em seguida? Se fosse acompanhar o leito do rio pela margem polonesa, teria que se defrontar com as tropas de Mohilow, Jampol e Raszkow. Se atravessasse o rio para o lado moldávio, iria encontrar lá os coirmãos de *pan* Wolodyjowski, inclusive o paxá Haberskul, um dedicado amigo do pequeno cavaleiro. Diante disto, o jovem Tuhaj-bey sentiu a sua impotência, e a sua alma sinistra, tendo jorrado chamas, agora se recolhia num desespero soturno, como um animal selvagem ferido que se esconde numa caverna rochosa e permanece de tocaia.

Foi exatamente nesse momento que ele foi informado de que *pani* Wolodyjowski o convocava à sua presença.

Halim não reconheceu Azja após o seu retorno. Estava esfuziante e seus olhos brilhavam como os de um gato selvagem; seu rosto irradiava felicidade e suas brancas presas brilhavam debaixo dos bigodes — e, naquela beleza selvagem, lembrava o terrível Tuhaj-bey.

— Meu amo — perguntou Halim —, de que forma Deus misericordioso aliviou a sua dor?

Ao que Azja respondeu:

— Halim! Depois de uma noite escura, Deus cria o dia e ordena ao sol que se levante na linha do horizonte. Halim! Em menos de um mês ela será minha para sempre!

E havia tanta luz emanando do seu rosto que ele tornou-se belo, enquanto Halim fazia-lhe profundas reverências.

— Filho de Tuhaj-bey, vós sois poderoso e a maldade dos infiéis não poderá vos atingir!

— Ouça! — disse Aja.

— Ouço, filho de Tuhaj-bey!

— Vamos partir para além do mar azul, onde a neve cai somente nos picos das montanhas, e se tivermos de voltar para cá um dia, será à testa de um exército tão numeroso como a areia das praias ou as folhas das florestas, trazendo espadas flamejantes. Você, Halim, filho de Kurdluk, vai partir ainda hoje. Ache Kryczynski e diga-lhe para levar os seus homens para perto de Raszkow, mas do outro lado do rio. Quanto aos demais capitães, diga-lhes para ficarem de prontidão, arregimentando todos os *lipki* e *czeremisy* que puderem. Quanto aos tártaros que estão apoiando Dorosz, quero que criem distúrbios do lado de Uman, para que todas as forças polonesas aquarteladas em Mohilow, Jampol e Raszkow saiam para as estepes distantes. Quero que o caminho que vou percorrer esteja totalmente desimpedido e aí, quando eu sair da Raszkow, somente ruínas e cinzas ficarão atrás de mim.

O PEQUENO CAVALEIRO

— Que Deus o ajude, *effendi*! — respondeu Halim, fazendo uma reverência e saindo.

Ao ficar sozinho, Azja se pôs a rezar, pois seu peito estava repleto de felicidade e de gratidão a Deus. E enquanto rezava, olhava pela janela para os seus *lipki* que, naquele momento, levavam os cavalos para beberem no poço. O pátio ficou repleto e os *lipki*, cantando baixinho suas canções monótonas, começaram a acionar as rangentes gruas, içando baldes d'água e despejando-os nas gamelas e nos comedouros. Colunas de vapor emanavam das narinas dos cavalos, turvando um pouco a imagem.

De repente, *pan* Wolodyjowski, trajando um pesado casaco de pele de ovelha e botas de cano alto saiu do edifício principal. Aproximou-se dos *lipki* e disse-lhes algo, enquanto eles ficaram em posição de sentido e, contrariamente aos costumes orientais, descobriram as cabeças na sua presença. Ao vê-lo, Azja interrompeu suas orações e murmurou:

— Você pode ser um falcão, mas não conseguirá voar tão alto quanto eu, e vai ficar sozinho em Chreptiów, mergulhado em tristeza e dor.

Pan Wolodyjowski, tendo terminado o que tinha a dizer aos soldados, retornou à sala, e o pátio voltou a ecoar com os cantos dos *lipki*, relinchos de cavalos e os assustadores e esganiçados rangidos das gruas.

Capítulo 36

O PEQUENO CAVALEIRO, assim como Basia previra, se opôs terminantemente à sua intenção de acompanhar Ewa, dizendo que jamais permitiria, pois não poderia viajar com ela e que, sem ele, não a deixaria partir. Imediatamente, tiveram início pedidos e súplicas de todos os lados que, em pouco tempo, balançaram a sua decisão.

Na verdade, Basia pedia com menos insistência do que ele esperava, já que não tinha tanta vontade de separar-se do marido e o fato de não tê-lo ao seu lado tirava uma boa parte do prazer, mas Ewa, ajoelhando-se diante dele e beijando as suas mãos, ficou implorando que ele consentisse.

— Ninguém outro teria a coragem de enfrentar o meu pai — dizia-lhe —, nem eu, nem Azja, nem mesmo o meu irmão; *pani* Basia é a única pessoa do mundo que poderia fazê-lo, pois papai não teria condições de lhe negar o que quer que seja.

— Não cabe a Basia meter-se nestes assuntos — respondeu Wolodyjowski. — Além do mais, vocês terão que passar por aqui na volta, quando ela poderá interceder em favor de vocês.

— Só Deus sabe o que poderá acontecer até a nossa volta — retrucou Ewa chorando copiosamente. — De uma coisa estou certa: até lá eu já teria morrido de desgosto, o que, em se tratando de uma órfã de quem ninguém se apieda, talvez seja a melhor saída.

O pequeno cavaleiro tinha um coração mole, portanto começou a agitar os bigodinhos e andar nervosamente pela sala. Não queria ficar separado de Basia por um dia sequer, quanto mais por várias semanas. No entanto, as súplicas devem ter surtido algum efeito, pois, alguns dias depois, disse o seguinte:

— Se eu pudesse viajar com ela, não teria qualquer objeção. Mas isto não é possível em função dos deveres que me retêm aqui.

Passaram-se ainda alguns dias, durante os quais o pequeno cavaleiro consultava *pan* Zagloba. O que deveria fazer? Mas o velho *szlachcic* recusou-se a lhe dar qualquer conselho.

— Se o único impedimento é o seu desejo de não se separar de Basia, o que posso dizer? Esta é uma questão que somente você pode decidir. Que Chreptiów vai ficar vazio sem a *hajduczek*, isto eu não nego e, não fosse a minha idade, eu iria com eles, pois me sinto triste sem a sua presença.

— Pois é, o senhor colocou o dedo na ferida! A viagem não representa qualquer perigo, as estradas estão seguras e temos destacamentos aquartelados ao longo do caminho, mas Chreptiów sem Basia fica insuportável.

— É por causa disto que lhe digo: cabe a você decidir!

Após esta conversa, *pan* Michal voltou a analisar a situação. Por um lado, sentia pena de Ewa e tinha escrúpulos em deixá-la partir sozinha com Azja numa viagem tão longa. Por outro, se perguntava se uma pessoa decente não tinha o dever de ajudar uma outra, quando isto podia ser feito tão facilmente. Afinal, de que se tratava? De uma separação de Basia por duas ou três semanas. Além disto, havendo uma oportunidade de Basia visitar Mohilow, Jampol e Raszkow, por que deveria impedi-la de ter este prazer? Azja tinha que partir para Raszkow de qualquer forma, de modo que ela estaria bem protegida, até desnecessariamente, diante da eliminação dos assaltantes e da improbabilidade de um ataque tártaro durante o inverno.

A hesitação do pequeno cavaleiro ficou evidente, e as mulheres, ao perceberem isso, voltaram a implorar: uma, apresentando a questão como um ato digno de ser feito, e outra, chorando e se lamentando. Finalmente, juntou-se a eles o próprio Azja, dizendo que estava ciente de que não merecia tal honra, mas, tendo demonstrado total dedicação e afeto ao casal Wolodyjowski, ousava pedir a permissão do pequeno cavaleiro. Estava profundamente grato a eles por não terem permitido que ele fosse humilhado

O PEQUENO CAVALEIRO

quando ainda não se sabia que ele era filho de Tuhaj-bey e que jamais esqueceria que *pani* Wolodyjowski cuidou pessoalmente dos seus ferimentos. Que já demonstrara a sua gratidão naquela batalha com Azba-bey e que — queira Deus que isto não aconteça — em caso de necessidade, estava pronto a defender a sua benfeitora até a última gota do seu sangue.

Depois, falou do profundo amor que sentia por Ewa e que não poderia viver sem ela. Amou-a durante todos os anos de separação, mesmo sem nutrir qualquer esperança, e continuará amando-a até o fim dos seus dias. No entanto, a inimizade entre ele e *pan* Nowowiejski, além da relação de servo com patrão, formava um precipício intransponível. A *"pani"* seria a única pessoa que poderia fazer com que eles abandonassem as desavenças do passado e, mesmo se não conseguisse, teria protegido a jovem da tirania paterna, das surras e das chicotadas.

Era bem possível que Wolodyjowski teria preferido que Basia não se metesse neste assunto, mas como também gostava de fazer bem a outras pessoas não estava surpreso com a atitude da esposa. No entanto, não deu uma resposta imediata a Azja, resistiu valentemente às lágrimas de Ewa e, trancando-se no seu gabinete, ficou analisando a situação.

Até que, certo dia, apareceu na sala de jantar com o rosto tranqüilo e, após a ceia, perguntou repentinamente ao jovem Tuhaj-bey:

— Azja, quando você tem que partir para Raszkow?

— Dentro de uma semana, Vossa Senhoria! — respondeu o tártaro, com preocupação na voz. — Halim já deve ter concluído a negociação com Kryczynski.

— Então, mande preparar um trenó espaçoso, porque você vai levar duas mulheres consigo.

Ao ouvir isto, Basia se pôs a bater palmas e atirou-se no pescoço do marido, no que foi seguida por Ewa, enquanto Azja, radiante de felicidade, abraçava os joelhos do pequeno cavaleiro, a ponto de este ter que afugentá-los.

— Me deixem em paz! —- dizia. — Que coisa! Quando surge uma ocasião para ajudar alguém, somente uma pessoa com coração empedernido se recusaria a isto, e eu não sou um *tirannus*. Você, Baska, volte o mais rapidamente possível, e você, Azja, zele por ela com todo afinco, esta será a melhor forma de você nos demonstrar a sua gratidão.

Em seguida, começou a agitar fortemente os bigodinhos, dizendo alegremente:

— Não há nada pior do que lágrimas de mulheres. Basta que eu veja uma delas e já estou derrotado! Quanto a você, Azja, não deve agradecer somente a mim e à minha esposa, mas também a esta jovem, que me perseguiu como uma sombra, implorando por esta permissão. Você terá que lhe retribuir todo este afeto.

— Vou retribuir! Vou retribuir! — respondeu, com voz estranha, o jovem Tuhaj-bey, agarrando as mãos de Ewa e beijando-as de uma forma tão violenta que poderia se pensar que mais queria mordê-las.

— Michal! — exclamou repentinamente Zagloba, apontando para Basia. — O que nós vamos fazer sem este gatinho?

— Vai ser muito difícil! — respondeu o pequeno cavaleiro. — Muito difícil!

Depois acrescentou, em tom mais baixo:

— Quem sabe se Deus não venha a nos abençoar por esta boa ação?... O senhor entende o que quero dizer?...

"O gatinho" enfiou a cabeça entre os dois guerreiros e perguntou:

— O que vocês estão cochichando?...

— Nada de importante — respondeu Zagloba. — Estávamos comentando que as cegonhas virão para cá na primavera...

Baska começou a esfregar o seu rostinho no rosto do marido, como um gato de verdade.

— Michalek! Eu não vou ficar lá por muito tempo — disse baixinho.

Depois desta conversa houve ainda várias reuniões nos dias seguintes, mas todas delas tratando dos preparativos para a viagem.

Pan Michal supervisionava tudo pessoalmente, ordenando que o trenó fosse forrado com peles de raposas abatidas no outono. Zagloba trouxe o seu pesado casaco de peles para cobrir os pés das damas. Seguiriam com eles mais trenós, com roupas de cama e mantimentos, além do corcel de Basia, para que ela pudesse montá-lo quando fossem descer os desfiladeiros.

O pequeno cavaleiro temia muito o desfiladeiro próximo de Mohilow, que era quase um precipício.

Embora não houvesse a mais remota chance de um ataque, *pan* Michal ordenou a Azja para que tomasse todas as precauções possíveis: que enviasse sempre uma patrulha avançada, nunca pernoitasse em lugares onde não houvesse uma guarnição local, partisse sempre de madrugada e parasse ao anoitecer e não desperdiçasse tempo no percurso. Cuidou de todos os detalhes, a ponto de carregar pessoalmente as duas pistolas enfiadas nos coldres presos à sela do corcel de Basia.

Finalmente, chegou a hora de partida. Ainda estava escuro quando duzentos *lipki* apresentaram-se montados no pátio. A sala principal da casa de comando também já estava agitada. Toras de madeira ardiam nas duas lareiras. Todos os oficiais — ou seja, o pequeno cavaleiro, *pan* Zagloba, *pan* Muszalski, *pan* Nienaszyniec, *pan* Hromyka e *pan* Motowidlo — estavam presentes para as despedidas. Basia e Ewa, ainda quentes e rosadas do sono, bebiam vinho aquecido.

Wolodyjowski permanecia sentado abraçando a esposa pela cintura, enquanto *pan* Zagloba enchia pessoalmente os canecos das damas, repetindo a cada vez: "Mais um pouco, porque faz muito frio!" Basia e Ewa trajavam roupas masculinas, pois era assim que viajavam as mulheres naquelas regiões selvagens; Basia, com a sua pequena espada presa à cintura, estava vestida com um casaco forrado com pele de lince e debruado com pele de fuinha, um gorro de arminho e calças largas enfiadas em botas de cano alto de couro de cordeiro. Sobre isto tudo, ainda colocara um outro casaco de pele com largas lapelas e um capuz para cobrir o rosto. Por enquanto, o rosto estava ainda descoberto e, como sempre, os guerreiros não se cansavam de admirar a sua beleza, não deixando de olhar avidamente para Ewa, cujos lábios umedecidos pareciam prontos para serem beijados. Ambas eram tão lindas que provocavam murmúrios do tipo: "Como é duro viver neste deserto!" ou "Como são sortudos o comandante e Azja!"...

As chamas dançavam alegremente, enquanto, lá fora, os galos começaram a cantar. O dia, bastante frio, porém claro, estava nascendo. Os telhados das edificações cobertos de neve adquiriam uma coloração rosada.

Do pátio, vinha o som de relinchos e de neve esmagada pelas botas dos soldados que vieram em peso para se despedir de Basia e dos *lipki*.

Finalmente, Wolodyjowski disse:

— Chegou a hora!

Ao ouvir isto, Basia levantou-se e se atirou nos braços do marido, que colou seus lábios nos dela e, depois, abraçando-a com toda força, começou a beijar sua testa, seus olhos e, outra vez, os lábios.

Em seguida, chegou a hora de *pan* Zagloba, seguida da dos demais oficiais, que foram se aproximando um a um e beijando as suas mãos, enquanto ela lhes dizia, com sua voz argêntea e quase infantil:

— Fiquem com Deus, meus senhores! Fiquem com Deus!...

Depois, as duas mulheres vestiram os casacões e os capuzes, desaparecendo por completo debaixo daqueles trajes. As portas foram abertas de par em par, e todos se viram no pátio.

O dia estava clareando, refletindo na neve o brilho da aurora. O pêlo dos cavalos e os casacos dos *lipki* estavam cobertos de geada, dando a impressão de que todos os soldados estavam vestidos de branco e montados em cavalos brancos.

Baska e Ewa acomodaram-se no trenó. Os soldados soltaram um grito desejando boa viagem.

Em resposta, bandos de corvos e gralhas, a quem o severo inverno trouxera para perto das habitações humanas, ergueram-se dos telhados e, grasnando terrivelmente, começaram a voar em círculos no céu róseo.

O pequeno cavaleiro inclinou-se sobre o trenó e afundou o rosto no capuz que protegia a cabeça da sua esposa. Foi um beijo demorado — finalmente afastou-se e, fazendo o sinal-da-cruz com a mão, gritou:

— Vão com Deus!

No mesmo instante, Azja ergueu-se nos seus estribos. Seu rosto selvagem brilhava de felicidade. Fez um gesto com seu bastão de comando, as abas do seu casaco se elevaram como asas de uma ave de rapina, e ele gritou, com voz aterradora:

— Em freeente!

Os cascos começaram a pisar na neve. Nuvens de vapor saíram das narinas dos cavalos. As primeiras fileiras dos *lipki* começaram a mover-se lentamente, seguidas por mais outras e pelos trenós e mais fileiras de cavaleiros — o séquito começou a se afastar na direção do grande portal do posto.

O pequeno cavaleiro o abençoou com o sinal da Cruz Sagrada e, quando o trenó principal passou pelo portão, juntou as mãos em forma de concha perto da boca e gritou:

— Volte logo, Basia!

Mas responderam-lhe apenas os agudos silvos dos apitos dos tártaros e os fortes grasnidos das aves negras como a noite.

Capítulo 37

U M DESTACAMENTO DE *czeremisy* formado por cerca de quinze cavaleiros seguia quase dois quilômetros à frente, a fim de examinar a estrada e avisar os comandantes dos postos militares sobre a vinda da *pani* Wolodyjowski, assegurando com isto que em todos eles estariam prontos para recebê-la. O grosso dos *lipki* seguia logo atrás, junto com o trenó com Basia e Ewa e com os que levavam as empregadas das damas. Um outro destacamento de *lipki*, bem menor, fechava o cortejo. O caminho era penoso em função das nevascas. As florestas de pinheiros, que não perdiam no inverno as suas folhas rígidas, retinham boa parte da neve, mas as árvores que se estendiam ao longo da margem do Dniestr, formadas em sua maior parte de carvalhos e outras árvores de folhas frágeis, estavam nuas, deixando o chão coberto por uma espessa camada de neve. A neve também preencheu as depressões no terreno, parecendo formar ondas cujas cristas davam a impressão de desabar a qualquer momento, misturando-se à alva superfície. Ao descer as escarpas de ravinas mais profundas, os *lipki* freavam os trenós com cordas, e somente nos planaltos em que os ventos espalharam a neve e tornaram a superfície plana, é que podiam avançar com mais velocidade, seguindo o mesmo caminho traçado por aquela caravana que, com Nawiragh e os dois sábios de Kaffa, partira antes de Chreptiów.

Embora penoso, o caminho não era tão terrível como costumava ser naquela região inóspita, e todos estavam felizes por saberem que, antes do anoitecer, poderiam chegar àquele íngreme desfiladeiro no fundo do qual ficava Mohilow. Além disto, o dia prometia ser lindo. Após uma aurora rósea, o sol apareceu em todo seu esplendor, refletindo seus raios brilhantes nas florestas e estepes. Os galhos das árvores pareciam cobertos de faíscas cintilantes, faíscas que também emanavam do chão coberto de neve, a ponto de doerem os olhos. Dos pontos mais elevados, por entre as árvores, a vista percorria distâncias enormes, perdendo-se no horizonte coberto de neve.

O ar era seco e fresco. Em dias assim, tanto os homens quanto os animais sentiam-se vivos, saudáveis e despertos; os cavalos relinchavam alegremente soltando colunas de vapor de suas narinas, enquanto os *lipki*, apesar de o frio castigar tão severamente as suas pernas a ponto de eles cobrirem-nas a toda hora, cantavam canções joviais.

Finalmente, o sol atingiu o ponto máximo do firmamento e começou a aquecer os viajantes. Basia e Ewa tiraram os capuzes, mostrando seus rostos rosados e olhando em volta. Baska, para as redondezas, e Ewa, para Azja. O jovem tártaro não cavalgava ao lado do trenó, mas na frente, com os *czeremisy*. Ewa chegou a ficar aborrecida com isto, mas *pani* Wolodyjowski, profunda conhecedora das atitudes dos militares, disse para ela:

— Eles todos são assim. Quando estão a serviço, não se descuidam por um momento sequer! O meu Michalek, quando está exercendo uma função, nem olha para mim. E seria muito ruim se não fosse assim; porque já que decidimos amar um soldado, que ele seja bom.

— E quando pararmos para o almoço? Também ele não se juntará a nós? — perguntou Ewa.

— Não fique tão ansiosa, porque você poderá acabar querendo vê-lo em demasia. Você não viu como ele estava radiante quando partimos?

— Sim! Parecia muito feliz!

— Então imagine como ele vai ficar quando obtiver a permissão de *pan* Nowowiejski!

— Ah! O que ainda me espera! Que seja feita a vontade de Deus, embora eu trema só de pensar no pai. E se ele ficar furioso e obstinado e não der o seu consentimento? Quando voltarmos para casa, a minha vida vai ser um inferno.

— Você sabe, Ewa, o que eu acho?

— O quê?

O PEQUENO CAVALEIRO

— Que Azja não é de brincadeira. O seu irmão ainda poderia detê-lo em função da sua força física, mas o seu pai não tem soldados à sua disposição. Portanto, acredito que, caso o seu pai se recuse a conceder permissão, Azja vai tomar você de qualquer forma.

— Como?

— Raptando-a, pura e simplesmente. Pelo que dizem, ele é muito impetuoso... e... além do mais, tem sangue de Tuhaj-bey nas veias... Vai raptá-la e casar com você na primeira igreja que encontrar pelo caminho... Em outras regiões do país, as coisas se passam de forma diferente: pedidos de mão oficiais, certidões e consentimentos, mas aqui estamos em terras selvagens e as coisas se passam de uma forma um tanto tártara...

O rosto de Ewa dasanuviou-se por completo.

— Pois é disto que eu tenho medo! Azja é realmente capaz disto! — disse.

Baska olhou para ela com mais atenção e começou a rir com a sua pura risada infantil.

— Você tem tanto medo disto quanto um gato de um pedaço de queijo!

Ewa, com o rosto enrubescido por causa do ar frio, corou ainda mais e respondeu:

— Tenho medo da maldição paterna, pois sei que Azja seria capaz disso.

— Você tem que ter pensamentos positivos. Além de mim, você pode contar com o seu irmão para protegê-la. O amor verdadeiro sempre acaba vencendo. Foi isto que me disse *pan* Zagloba, ainda quando Michal não me dava qualquer atenção.

As duas mulheres ficaram conversando assim por um bom par de horas, até a primeira parada para almoço, em Jaryszow. A cidadezinha fora arrasada por ocasião do levante cossaco e sobrara dela apenas uma taverna, que foi restaurada quando as freqüentes passagens de patrulhas garantiram um lucro razoável ao seu proprietário.

Basia e Ewa encontraram nela um comerciante armênio vindo de Mohilow com peles de Kamieniec.

Azja quis expulsá-lo, junto com os moldávios e tártaros que o acompanhavam, mas as mulheres permitiram que ele ficasse. O comerciante, ao saber que uma das damas era *pani* Wolodyjowski, inclinou-se diante dela com profundo respeito e começou a falar maravilhas sobre seu marido, o que Basia escutou com evidente satisfação. Em seguida, o comerciante saiu para o pátio e retornou logo depois, trazendo um pacote de frutas secas e uma caixinha de metal com ervas turcas capazes de curar as mais diversas doenças.

— Receba isto, digníssima dama, como um sinal de gratidão — disse. — Nós não tínhamos coragem de sair de Mohilow, porque Aba-bey e sua *wataha* representavam um perigo mortal, mas agora os caminhos estão seguros e os mercados também. Que Deus multiplique os dias do comandante de Chreptiów, torne os seus dias tão longos que se possa percorrer o caminho de Mohilow para Kamieniec no seu decurso e torne cada hora tão longa que chegue a parecer um dia inteiro. Nosso comandante, o escriba-de-campo, preferiu ficar em Varsóvia, enquanto o comandante de Chreptiów ficou aqui e varreu os assaltantes de forma tão arrasadora que eles teriam preferido morrer afogados nas águas do Dniestr.

— Quer dizer que *pan* Rzewuski não se encontra em Mohilow? — perguntou Basia.

— Ele apenas trouxe os soldados e nem sei se chegou a passar lá mais do que dois dias... Se Vossa Senhoria permitir que eu faça uma sugestão, experimente esta uva seca, ou então esta outra, que é uma fruta que não existe nem na Turquia, mas vem da Ásia, onde cresce em palmeiras... O senhor escriba-de-campo não está na cidade, nem as tropas, porque elas partiram repentinamente em direção de Braclaw... E aqui, nobre dama, tem tâmaras, faça bom proveito delas... Apenas ficou *pan* Gorzenski, com a infantaria, pois toda a cavalaria foi embora...

— Acho muito estranho toda a cavalaria ter partido — disse Basia, lançando um olhar indagativo para Azja.

— Partiu para exercitar os cavalos — respondeu o jovem tártaro. — Estão aproveitando que a região está calma.

— Na cidade, circulou um boato de que Dorosz avançou inesperadamente — disse o comerciante.

Azja soltou uma risada.

— E com que ele alimentaria os cavalos, com neve? — disse para Basia.

O PEQUENO CAVALEIRO

385

— *Pan* Gorzenski poderá dar melhores esclarecimentos a Vossa Senhoria — acrescentou o comerciante.

— Eu também acho que isto não pode ser verdade — falou Basia após um momento de reflexão — porque caso fosse, o meu marido seria o primeiro a saber.

— Sem dúvida, Chreptiów seria o primeiro lugar a ser avisado — disse Azja. — Vossa Graça não precisa ficar com medo.

Basia ergueu o seu lindo rosto para o tártaro.

— Eu ter medo? Esta é boa! O que o senhor está pensando? Ewa, você ouviu isto? Eu com medo...

Ewa não estava em condições de responder, pois sendo gulosa por natureza e tendo uma predileção especial por doces, estava com a boca cheia de tâmaras. Somente depois de tê-las engolido e olhado carinhosa e significativamente para Azja, respondeu:

— Com um guerreiro destes ao meu lado, eu também não tenho medo de nada!

O jovem Tuhaj-bey, a partir do momento em que Ewa passou a ser um empecilho, sentia repugnância e raiva dela, mas, mantendo a expressão inalterada, respondeu, com os olhos abaixados:

— Quando chegarmos em Raszkow ficará claro se fui merecedor da confiança depositada em mim!

E havia algo de ameaçador em sua voz. No entanto, as duas mulheres já estavam tão acostumadas com o fato de o jovem *lipek* ser diferente dos outros, tanto no seu comportamento quanto no seu jeito de falar, que aquela ameaça oculta passou despercebida. Além disto, Azja começou a insistir para que partissem logo, dizendo que havia montanhas muito altas no caminho para Mohilow e que estas teriam que ser atravessadas ainda de dia.

Diante disto, partiram logo e, em pouco tempo, chegaram às montanhas. Basia quis montar no seu cavalo, mas foi convencida pelo jovem Tuhaj-bey a permanecer no trenó, que foi amarrado com cordas e deslizado, com todo cuidado, escarpa abaixo. Durante esta operação, Azja caminhou a pé, ao lado do trenó, quase sem dirigir qualquer palavra, fosse a Basia ou a Ewa, estando totalmente concentrado na segurança das duas. O sol se pôs antes que eles tivessem atravessado as montanhas, mas os *czeremisy* fizeram tochas de galhos secos. Assim, avançavam no meio de chamas avermelhadas e silhuetas selvagens.

Tudo aquilo era novo e interessante, tendo um ar de uma expedição misteriosa e cheia de perigos e, em função disto, Basia sentia-se no sétimo céu e o seu coração estava grato ao marido por ter-lhe permitido partir naquela viagem por territórios desconhecidos, assim como a Azja, por saber conduzi-la com tanta eficiência.

A lua já ia alta no céu quando o séquito finalmente atravessou as montanhas. Foi então que surgiu, no fundo do desfiladeiro, uma porção de tênues luzes.

— Mohilow aos nossos pés — disse uma voz às costas de Basia e Ewa. Era Azja, andando atrás do trenó.

— Quer dizer que a cidade fica no fundo de um desfiladeiro? — perguntou Basia.

— Sim. Ela fica totalmente protegida dos ventos pelas montanhas — respondeu o tártaro, aproximando-se das damas. — Vossa Graça já pode notar que o clima daqui é diferente: mais quente e mais ameno. A primavera chega aqui dez dias antes que do outro lado das montanhas, e as árvores também se cobrem de folhas mais cedo. Aquela mancha cinza é um vinhedo, ainda coberto de neve.

À medida que iam descendo lentamente, mais e mais luzes apareciam diante dos seus olhos.

— Parece ser uma cidade e tanto — disse Ewa.

— Os tártaros não a destruíram durante o levante dos camponeses, porque era onde ficavam as tropas cossacas e quase não havia poloneses.

— E quem a habita agora?

— Em sua maioria, tártaros, que construíram uma pequena mesquita de madeira, já que na República cada um pode professar a sua fé, mas há também moldávios, armênios e gregos.

— Eu já vi alguns gregos em Kamieniec — disse Basia. — Embora eles vivam muito longe, são capazes de viajar até os confins do mundo em busca de bons negócios.

— A cidade tem um aspecto diferente das demais — disse Azja. — Ela vive cheia de comerciantes vindos de todas as partes do mundo.

O PEQUENO CAVALEIRO

— Já estamos chegando — disse Basia.

E, efetivamente, estavam entrando na cidade. Imediatamente, um estranho odor azedo de couro atingiu suas narinas. Era o cheiro de *safian*, couro de bode ou de carneiro, cuja preparação era a principal atividade dos habitantes de Mohilow, especialmente dos armênios. Como bem dissera Azja, a cidade era diferente das demais. As casas, construídas à moda oriental, tinham as janelas protegidas por venezianas, sendo que muitas delas nem tinham janelas viradas para a rua e somente podia-se ver a luz vinda dos pátios internos. As ruas não eram calçadas, muito embora houvesse pedras à vontade nas redondezas. Aqui e ali havia construções estranhas, com paredes feitas de grades de madeira; eram as "casas de secagem", onde uvas frescas eram transformadas em passas. O cheiro de *safian* impregnava toda a cidade.

Pan Gorzenski, comandante da infantaria, já havia sido prevenido da chegada da esposa do comandante de Chreptiów, de modo que veio ao seu encontro. Era um homem de meia-idade e gago, além de fanho, pois uma bala turca perfurara o seu palato. Quando começou a falar gaguejando sobre a "estrela que ascendeu aos céus de Mohilow", Basia quase teve um acesso de riso. Mas o guerreiro tentava recebê-la da forma mais hospitaleira possível. Na cidadela aguardava-a uma ceia deliciosa e um pernoite extremamente confortável, com grande leito e lençóis de seda pura, requisitados do mais rico dos armênios. Além disso, *pan* Gorzenski, embora gaguejasse, tinha tantas coisas interessantes a contar durante a ceia que valia a pena ouvir o que ele tinha a dizer.

De acordo com ele, um vento preocupante e inesperado começara a soprar das estepes. Chegaram rumores de que hordas tártaras haviam se deslocado em direção de Hajsyniow e, junto com elas, um grande número de bandos cossacos. Outras notícias inquietantes vieram de outras partes, mas *pan* Gorzenski não lhes dava muito crédito.

— Estamos no inverno e, desde que Deus fez o mundo, os tártaros somente se deslocam na primavera, pois não possuem carroças e, sendo assim, não têm condições de levarem consigo ração para os cavalos. Todos sabemos que a guerra com a potência turca ainda não começou somente por causa do frio e que, assim que brotar a primeira grama, teremos visitantes, mas que eles possam surgir agora é algo em que jamais acreditarei.

Basia aguardava pacientemente pela conclusão da fala de *pan* Gorzenski, que gaguejava sem parar, parecendo estar mastigando algo.

— E o que o senhor pensa deste avanço da horda em direção a Hajsyniow? — perguntou finalmente.

— Penso que os seus cavalos já comeram toda a grama que havia debaixo da neve e ela saiu à procura de um novo lugar para acampar. Pode ser também que os tártaros, acampados perto dos cossacos de Dorosz, foram atacados por estes. Não seria a primeira vez; eles são aparentemente aliados, mas basta estarem muito próximos para logo travarem disputas sangrentas nos pastos e bazares.

— É a mais pura verdade — disse Azja.

— Além disto — continuou *pan* Gorzenski —, estas notícias não chegaram das nossas patrulhas, mas foram trazidas pelos camponeses, dizendo que os tártaros começaram a falar disto sem mais nem menos. Foi somente três dias atrás que *pan* Jakubowicz trouxe uns prisioneiros das estepes que confirmaram os boatos, e foi por isto que a cavalaria saiu imediatamente para o campo.

— Quer dizer que Vossa Senhoria ficou apenas com a infantaria? — perguntou Azja.

— Nem posso chamá-la de infantaria, porque são apenas quarenta homens! Mal dá para defender a cidadela e, caso os tártaros que vivem em Mohilow se rebelassem, não sei se poderia defender a cidade.

— E o senhor acha que eles poderiam rebelar-se? — perguntou Basia.

— Não teriam qualquer razão para isto. A maioria deles vive aqui na República, com esposas e filhos, há muitos anos. Quanto aos que não são daqui, eles vieram para cá para fazer negócios, não para guerrear. É um povo decente.

— Eu posso deixar com Vossa Senhoria cinqüenta dos meus *lipki* — disse Azja.

— Deus lhe pague! O senhor me faria um grande favor, porque poderei enviar alguns para trazerem notícias da nossa cavalaria, mas será que eles não vão lhe fazer falta?

O PEQUENO CAVALEIRO

— Não. Em breve chegarão em Raszkow os destacamentos daqueles capitães que passaram para o lado do sultão e que, agora, querem voltar a servir à República. Virão Kryczynski, com mais de trezentos homens, além de Adurowicz; os demais deverão seguir seu exemplo. O grão-*hetman* me confiou o comando de todos eles e, quando chegar a primavera, terei uma divisão completa.

Pan Gorzenski inclinou-se diante de Azja. Conhecia-o de longa data, mas não o respeitara em função da sua origem desconhecida. Agora já sabia que ele era filho de Tuhaj-bey, pois a caravana de Nawiragh fora a primeira a lhe trazer essa notícia. Diante disto, *pan* Gorzenski respeitou o sangue que corria nas veias do jovem *lipek*, sangue de um grande guerreiro, embora inimigo.

Azja saiu imediatamente para dar as devidas ordens e, tendo chamado o tenente David à sua presença, disse-lhe:

— David, filho de Skander, você ficará em Mohilow com cinqüenta guerreiros, olhando com seus olhos e escutando com seus ouvidos tudo o que se passa à sua volta. Caso o Pequeno Falcão envie um mensageiro com cartas para mim, você o reterá, se apossará das cartas e, por meio de um dos seus homens, as enviará para mim. Você permanecerá aqui até receber uma ordem minha para partir; neste caso, se o mensageiro disser que é noite, você abandonará a cidade discretamente, no entanto, se o mensageiro disser que o dia está raiando, incendeie a cidade e atravesse o rio para a margem moldávia, onde você receberá novas instruções...

— Sim, *effendi*! — respondeu David. — Olharei com meus olhos e escutarei com meus ouvidos, reterei os mensageiros do Pequeno Falcão e enviarei as cartas a vós por meio de um dos meus homens. Ficarei aqui até receber novas ordens e, quando o vosso emissário me disser que é noite, partirei às escondidas, e se ele disser que o dia está raiando, incendiarei a cidade e passarei para a margem moldávia, onde aguardarei novas instruções.

Na madrugada seguinte, a caravana, desfalcada de cinqüenta homens, prosseguiu viagem. *Pan* Gorzenski acompanhou Basia até a saída do desfiladeiro. Uma vez lá, gaguejou um discurso de despedida e retornou para Mohilow, enquanto o séquito partia, apressadamente, para Jampolow.

Azja estava feliz e apressava tanto os seus homens que chegou a espantar Basia.

— Por que o senhor está com tanta pressa? — perguntou.

Ao que ele respondeu:

— Todos têm pressa em alcançar felicidade, e a minha começará em Raszkow.

Ewa, achando que as palavras eram para ela, sorriu carinhosamente e, adquirindo coragem, disse:

— E o meu pai?...

— *Pan* Nowowiejski não será um empecilho — respondeu o tártaro, e um raio tenebroso percorreu sua face.

Em Jampol, não encontraram quaisquer tropas. O posto nunca tivera um destacamento de infantaria, e a cavalaria partira toda, deixando na fortaleza — aliás, nas ruínas da fortaleza — apenas uma dezena de homens. O pernoite estava preparado, mas Basia dormiu mal, preocupada com as notícias que ouvira de *pan* Gorzenski. O que mais a inquietava era de como ficaria apreensivo o pequeno cavaleiro caso a notícia da movimentação dos cossacos de Doroszenko fosse verdadeira; seu único consolo era a idéia de que aquilo não passasse apenas de boato.

Chegou a cogitar em pegar uma parte dos *lipki* de Azja e retornar a Chreptiów, mas logo encontrou várias objeções a esta idéia. Em primeiro lugar, Azja, cuja função era a de engrossar a guarnição de Raszkow, somente poderia ceder-lhe alguns homens que, diante de um perigo real, poderiam revelar-se insuficientes. Em segundo, já tinham percorrido dois terços do caminho e, em Raszkow, havia um oficial conhecido e tropas numerosas que, reforçadas pelos homens de Azja e pelos cossacos daqueles capitães, formariam um exército bastante poderoso. Em função destes dois argumentos, Basia decidiu prosseguir.

Mas não conseguia adormecer. Pela primeira vez desde a partida de Chreptiów foi tomada por um sentimento de inquietação, como se estivesse correndo um perigo desconhecido. Era bem possível que tal sentimento tivesse aumentado pelo pernoite em Jampol, um lugar sinistro e sangrento. Basia conhecia a sua história por meio dos relatos do seu marido e de *pan* Zagloba. Fora ali que, durante a rebelião de Chmielnicki, se

O PEQUENO CAVALEIRO

concentrara uma boa parte dos cossacos, sob o comando do temível Burlaj;
fora para ali que eram trazidos os prisioneiros para serem vendidos nos mercados orientais ou executados das formas mais cruéis; finalmente, fora ali
que, na primavera de 1651, a fortaleza fora atacada pelo voivoda de Braclaw,
pan Stanslaw Lanckoronski, que provocou um massacre de tais dimensões
que era lembrado até hoje em toda a Ucrânia.

Portanto, pendiam sobre todo o lugar lembranças sangrentas e, das
ruínas da fortaleza, pareciam emergir rostos pálidos de cossacos e poloneses barbaramente assassinados. Basia era uma mulher corajosa, mas tinha
medo de fantasmas, e comentava-se que em Jampol e nas suas redondezas
ouviam-se gemidos e lamentos à meia-noite e que as águas do lago próximo, nas noites de lua cheia, adquiriam cor de sangue. Portanto, veio à mente
de Basia a imagem da aconchegante sala de Chreptiów, do seu marido, de
pan Zagloba, dos amáveis rostos dos *pan* Nienaszyniec, Muszalski, Motowidlo, Snitko e muitos outros e, pela primeira vez, ela sentiu quão longe
estava deles. A saudade de Chreptiów trouxe lágrimas aos seus olhos.

Acabou adormecendo somente de madrugada, mas teve pesadelos.
Burlaj, cossacos selvagens, tártaros e imagens sangrentas do massacre
ocupavam sua cabeça semi-adormecida e, no meio daquelas imagens, via
incessantemente o rosto de Azja, mas não era o mesmo Azja, mas um tártaro selvagem e sanguinário — o Tuhaj-bey em pessoa.

Acordou feliz pelo fato de a noite e as visões terem terminado. Decidira
fazer o resto do percurso no seu cavalo, para sentir-se mais animada e, ao
mesmo tempo, permitir uma aproximação entre Azja e Ewa que, com
o avizinhamento de Raszkow, precisariam traçar planos de como revelar o
seu amor para *pan* Nowowiejski e obter a sua permissão. Azja ajudou-a a
montar, mas não se sentou no trenó ao lado de Ewa, cavalgando primeiro
para junto dos *czeremisy* à testa do séquito, depois voltando para cavalgar
ao lado de Basia, que notou de imediato que o cortejo era menor do que
quando chegaram a Jampol. Virando-se para o jovem tártaro, disse:

— Vejo que o senhor deixou uma parte dos seus homens em Jampol.

— Cinqüenta homens, assim como em Mohilow — respondeu Azja.

— Com que finalidade?

392 HENRYK SIENKIEWICZ

— Para ter os postos guarnecidos e poder garantir a segurança de Vossa Graça por ocasião do seu retorno a Chreptióu.

— Quando aqueles destacamentos de cavalaria retornarem das estepes haverá tropas de sobra para isto.

— Eles não retornarão tão cedo.

— Como o senhor sabe disto?

— Porque eles terão que se assegurar do que pretende Dorosz, e isto levará três a quatro semanas.

— Neste caso, o senhor agiu muito bem ao deixar aqueles homens.

Cavalgaram por um certo tempo em silêncio. Azja olhava vez por outra para o rosto rosado de Basia, meio coberto pela aba levantada do casaco e, depois de cada olhada, cerrava os olhos, como se quisesse gravar na memória aquela imagem deslumbrante.

— O senhor deve ter uma conversa com Ewa — disse finalmente Basia, rompendo o silêncio. — Na verdade, o senhor fala tão pouco com ela que chega a espantar. Daqui a pouco, vocês vão se encontrar frente a frente com *pan* Nowowiejski... Nem eu mesmo sei qual será o resultado deste encontro... Vocês não deveriam montar uma estratégia?

— Eu gostaria de poder, antes, ter uma conversa com Vossa Graça — respondeu Azja, com voz estranha.

— Então, por que não começa logo?

— Porque espero por um emissário de Raszkow. Esperava encontrá-lo em Jampol, mas ele não estava.

— E o que esse emissário tem a ver com a nossa conversa?

— Acho que é ele que está se aproximando! — respondeu o jovem tártaro, evitando dar uma resposta e esporeando o seu cavalo.

Voltou instantes depois.

— Não! Não era ele! — disse.

Em toda sua postura, forma de falar, olhar, havia algo de febril e inquietante, a ponto de Basia ser contaminada por aquela inquietação. Não que ela suspeitasse de algo ignóbil da parte dele, mas achava que a sua inquietação era causada pela proximidade de Raszkow e do ameaçador pai de Ewa. No entanto, sentiu-se pouco à vontade, como se aquilo tivesse também algo a ver com ela.

O PEQUENO CAVALEIRO

393

Aproximando o seu cavalo do trenó, cavalgou por algumas horas conversando com Ewa sobre Raszkow, sobre os dois *pan* Nowowiejski, sobre Zosia Boski e sobre a região que atravessavam e que, a cada momento, transformava-se mais e mais num deserto selvagem e assustador. Na verdade, a região de Chreptiów também não deixava de ser um deserto, mas lá, pelo menos de vez em quando, podia-se ver uma tênue coluna de fumaça revelando a existência de uma choupana ou de um agrupamento de pessoas. Enquanto ali, não havia qualquer sinal de vida humana e, caso Basia não soubesse que estava indo para Raszkow onde havia gente e tropas polonesas, poderia pensar que estava sendo levada através de descampados desconhecidos para terras distantes, localizadas nos confins do mundo.

Olhando com curiosidade para todos os lados, involuntariamente reduziu os passos do seu cavalo, ficando para trás do trenó e da sua escolta. Azja juntou-se a ela e, sendo um profundo conhecedor da região, pôde mostrar-lhe alguns pontos de interesse, declinando os seus nomes.

Aparentemente o inverno ali não era tão severo quanto em Chreptiów, pois embora ainda houvesse bastante neve nas ravinas e nas escarpas viradas para o norte, na planície podiam-se ver trechos de terra negra coberta por úmidos tufos de grama dos quais emanavam esbranquiçadas colunas de vapor e que, esparramando-se junto do chão, pareciam uma vasta extensão de água que enchia as ravinas e se espalhava pela planície. Pouco depois, a tal neblina começou a elevar-se e, cobrindo a luz do sol, transformou o dia em enevoado e soturno.

— Amanhã teremos chuva — disse Azja.

— Desde que não seja hoje. Ainda falta muito para Raszkow?

O jovem Tuhaj-bey olhou para o horizonte nublado e respondeu:

— Estamos mais próximos de Raszkow do que de Jampol.

E soltou um suspiro de alívio, como se tivesse se livrado de um grande peso no peito.

No mesmo instante, um cavaleiro apareceu emergindo do nevoeiro.

— É Halim! Posso reconhecê-lo daqui! — exclamou Azja.

Realmente, era Halim que, tendo chegado junto de Azja e Basia, saltou do cavalo e começou a fazer reverências orientais diante do jovem tártaro.

— De Raszkow? — perguntou Azja.

— De Raszkow, meu amo! — repondeu Halim.

— E quais são as notícias?

O velho tártaro lançou um olhar para Basia, como se quisesse indagar se podia falar diante dela, mas o jovem Tuhaj-bey lhe disse:

— Pode falar livremente. As tropas saíram?

— Sim, meu amo. Ficou apenas um punhado de soldados.

— Quem as conduziu?

— *Pan* Nowowiejski.

— E os dois Piotrowicz, já partiram para a Criméia?

— Sim. Ficaram apenas as duas mulheres e o velho *pan* Nowowiejski.

— Onde está Kryczynski?

— Do outro lado do rio, aguardando ordens.

— Quem está com ele?

— Adurowicz e os seus homens. Ambos enviam-lhe saudações, filho de Tuhaj-bey, e colocam-se às suas ordens, eles e todos os demais que ainda não chegaram.

— Muito bem! — disse Azja, com olhos flamejantes. — Vá imediatamente ter com Kryczynski e diga-lhe para ocupar Raszkow.

— Assim será feito, *effendi*!

Momentos depois, Halim saltava sobre o cavalo e desaparecia na neblina.

Um brilho aterrador emanava do rosto de Azja. Chegara o momento definitivo, o momento da sua felicidade... Seu coração batia com tanta força que mal conseguia respirar... Durante certo tempo cavalgou em silêncio ao lado de Basia, e somente quando sentiu que sua voz não lhe faltaria, virou seus olhos selvagens para ela e disse:

— Chegou a hora de ter uma conversa franca com Vossa Graça...

— Estou ouvindo — respondeu Basia, olhando atentamente para ele, como se quisesse ler os seus pensamentos.

Capítulo 38

AZJA CHEGOU O SEU CAVALO para perto do corcel de Basia, a ponto de os estribos se tocarem, e cavalgou ainda alguns passos em silêncio. Queria recuperar o autocontrole, espantando-se com o fato de ter que esforçar-se tanto para isto, já que tinha Basia em seu poder e que não havia qualquer força humana que pudesse tirá-la dele. Sem se dar conta disto, ele ainda nutria uma esperança de que, contrariamente a todas as probabilidades e todas as evidências, a mulher dos seus sonhos pudesse corresponder ao seu amor; e embora tal esperança fosse tênue, o desejo de que ela pudesse se concretizar era tão forte que ele parecia arder em febre. Que ela não abriria os seus braços, não se atiraria no seu pescoço, não diria aquelas palavras mágicas com as quais sonhara por noites a fio: "Azja, sou sua!" e não juntaria seus lábios nos dele — disto ele estava ciente... Mas qual seria a sua reação às suas palavras? O que diria? Ficaria semidesfalecida como uma pomba nas garras de uma ave de rapina e permitiria ser agarrada exatamente como uma pomba indefesa entrega-se a um falcão? Ou imploraria por misericórdia, com o rosto coberto de lágrimas? Ou ainda, encheria o ar do deserto com seus gritos de desespero? O resultado final daquilo tudo acabaria sendo algo maior, ou menor?... Eram estas as perguntas que percorriam a mente do tártaro. No entanto, chegara a hora de deixar de lado todos os fingimentos e mostrar a sua face verdadeira e terrível... Que tensão! Que desespero! Mais um momento — e os dados estariam lançados!

A temível alma do tártaro começou a adotar o sentimento tão comum a animais selvagens acuados — a fúria... e ele passou a deliciar-se com esta fúria.

"Haja o que houver", pensou, "ela é minha, será minha ainda hoje e continuará sendo minha amanhã... Depois, não terá mais como retornar ao marido e terá que ficar comigo para sempre..."

Este pensamento encheu-o de coragem, e ele falou, numa voz que até ele mesmo achou não ser sua:

— Vossa Graça ainda não me conhecia até agora!...

— No meio desta neblina, a voz do senhor soa tão estranha — respondeu Basia —, que, realmente, pareço estar conversando com uma outra pessoa.

— Não há mais tropas em Mohilow, nem em Jampol, nem em Raszkow! Sou o senhor absoluto aqui!... Kryczynski, Adurowicz e todos os demais não passam de escravos meus, porque eu sou um príncipe e filho do maior dos seus líderes, sou o seu vizir, sou o maior dos seus *mirza* e seu líder inconteste, assim como foi o meu pai, o grande Tuhaj-bey. Sou tão poderoso quanto o *khan* e toda esta região está sob o meu domínio...

— Por que o senhor me está contando tudo isto?

— Vossa Graça ainda não me conhecia até agora... Estamos próximos de Raszkow... Eu quis ser o *hetman* dos tártaros e servir à República, mas *pan* Sobieski não permitiu... Não quero mais ser um simples *lipek* recebendo ordens de quem quer que seja, mas um líder de exércitos que, dependendo do que Vossa Graça ordenar, poderá lançar-se contra Dorosz, ou contra a República. Basta que Vossa Graça me ordene!...

— Como "eu ordenar"? Azja, o que está se passando com você?...

— O que está se passando comigo é que todos aqui são meus escravos, e eu sou um escravo seu! Não dou a mínima para o *hetman*! Não preciso de qualquer permissão dele! Basta Vossa Graça dizer uma palavra e eu esmagarei todas estas hordas que grassam pela região e as transformarei em escravos seus, assim como eu sou um seu escravo!... Se me ordenar, eu não darei ouvidos ao *khan* da Criméia e não darei ouvidos ao sultão e os atacarei com a minha espada em defesa da República, criarei uma nova horda nesta região, da qual serei o seu *khan*, com apenas você acima de mim, a quem hei de reverenciar e implorar pelo seu amor!

O PEQUENO CAVALEIRO

E tendo dito isto, inclinou-se na sela, agarrou Basia — meio apavorada e atordoada pelas suas palavras — pela cintura e continuou a falar com uma voz rápida e rouca:

— Então não sabia que eu amava somente a você?... Como eu sofri!... Agora, você é minha e será minha para sempre! Ninguém poderá arrancá-la das minhas mãos! Você é minha! Minha! Minha!

— Jesus, Maria! — exclamou Basia.

Mas ele apertava-a como se quisesse esmagá-la... Arfava pesadamente e seus olhos ficaram turvos; finalmente, arrancou-a da sela e colocou-a diante de si, apertando-a contra seu peito, enquanto seus lábios arroxeados, abrindo-se gulosamente como os de um peixe, procuravam os dela.

Basia não emitiu um grito sequer, mas começou a opor-se com uma força inesperada. Travaram uma batalha, na qual ouvia-se apenas a respiração dos dois. Os gestos bruscos e a proximidade do rosto de Azja devolveram-lhe a presença de espírito. Teve um momento de lucidez semelhante aos que têm aqueles que estão se afogando. De repente, tudo ficou claro para ela: que a terra desabara sob seus pés e que estava sendo tragada para dentro de uma selva tenebrosa; o amor pecaminoso de Azja, a sua traição, seu trágico destino, sua impotência, medo, dor e pena. Ao mesmo tempo, explodiu no seu íntimo uma chama de incomensurável indignação, raiva e desejo de vingança.

Havia tanta coragem na alma daquela filha de um guerreiro e esposa do mais afamado de todos que, naquele momento terrível, o primeiro pensamento que lhe passou pela cabeça foi o de vingar-se! e, somente depois, o de salvar-se. Aquela lucidez dos que estão se afogando tornou-se quase milagrosa. Continuando a lutar, começou a deslizar uma das mãos na direção da sela de Azja, procurando por uma arma com que pudesse se defender melhor, conseguindo finalmente agarrar a pesada coronha feita de osso de uma pistola oriental. Sem perder a presença de espírito, deu-se conta de que, mesmo se a pistola estivesse carregada, e mesmo se ela conseguisse armá-la, antes que pudesse apontá-la para a cabeça do tártaro, este agarraria o seu braço e a privaria da sua única defesa — portanto, resolveu atacar de uma outra forma.

Tudo isto se passou num piscar de olhos. Efetivamente, Azja previra a intenção original de Basia e esticou o seu braço, mas, não sabendo que Basia mudara de tática, seus braços se cruzaram no ar e Basia, com toda a força desesperada da sua jovem e valente mão, acertou-o com a coronha de osso no meio dos olhos.

O golpe fora tão terrível que Azja nem soltou um grito, caindo do cavalo e levando-a junto na queda.

Basia levantou-se imediatamente e, pulando sobre o seu corcel, partiu em disparada na direção oposta ao Dniestr, para as vastas estepes.

O corcel, dobrando as orelhas para trás, galopava às cegas por entre rochas, ravinas, escarpas e barrancos. A qualquer momento, podia desabar num deles, esmagando a si próprio e à sua amazona contra as paredes rochosas, mas Basia não ligava para mais nada; para ela, o perigo maior era Azja e os seus *lipki*... Que coisa mais estranha! Agora que se livrara das mãos daquela fera, que jazia, provavelmente morta, no meio das rochas, o sentimento que sobrepujou todos os demais foi o de pavor. Quase deitada sobre a crina do corcel, correndo como uma corça perseguida por lobos, começou a ter mais medo de Azja do que quando ele a tinha nos seus braços — e sentiu-se assustada, impotente, perdida e abandonada. Vozes emanaram do seu coração e começaram a suplicar por socorro:

— Michal, salve-me!... Michal, venha em minha ajuda!...

Enquanto isto, o corcel continuava a pleno galope. Guiado por um instinto miraculoso, saltava sobre ravinas e se desviava das aguçadas pontas das rochas até seus cascos não ecoarem mais sobre um piso rochoso; provavelmente, alcançara um daqueles caminhos lisos e desimpedidos que costumavam cortar as florestas. Seu corpo estava coberto de suor, suas narinas soltavam espuma — mas ele galopava e galopava.

"Para onde fugir?", pensou Basia e, no mesmo instante, respondeu para si mesma: "Para Chreptiów!"

Mas um novo pensamento terrível apertou seu coração, ao se lembrar de que Azja deixara destacamentos de *lipki* em Mohilow e Jampol. Era óbvio que todos os *lipki* faziam parte do seu plano e estavam a seu serviço; portanto seria presa e levada para Raszkow. Diante disto, a única solução seria a de entrar ainda mais nas estepes e, somente muito depois, virar novamente para o norte. Esta opção seria ainda mais indicada caso ela fosse perseguida, pois iriam procurá-la ao longo da margem do rio, enquanto, no meio das estepes, ela poderia encontrar alguns dos destacamentos poloneses que retornavam aos seus postos.

O galope do corcel foi diminuindo gradativamente. Basia, sendo uma amazona experiente, logo percebeu que teria que desacelerar; caso contrário ele cairia de exaustão. E se ficasse sozinha e a pé no meio das estepes e florestas, estaria perdida irremediavelmente. Assim, diminuiu a marcha. O nevoeiro se dispersara parcialmente, mas do corpo do pobre animal emanavam nuvens de vapor.

Basia começou a rezar.

De repente, a uns cem passos atrás, ouviu o relincho de um cavalo.

— Que seja! — disse em voz alta. — Pode ser que o meu cavalo morra de cansaço, mas os outros também estarão exaustos.

E voltou a galopar. Mas, por mais que galopasse, o relincho continuava a persegui-la. Basia, depois do primeiro susto, chegou à conclusão de que havia algo de errado — se o cavalo que a perseguia estivesse montado por alguém, o cavaleiro tomaria as devidas providências para não ser percebido e seguraria as rédeas para que o cavalo não relinchasse.

"Só pode ser aquele puro-sangue de Azja, que está correndo atrás do meu", pensou Basia.

Por segurança, tirou as pistolas dos coldres, mas foi uma medida desnecessária. Momentos depois, o ginete de Azja emergiu da neblina. Ao ver o corcel de Basia, soltou alegres relinchos, respondidos imediatamente pelo corcel.

— Cavalinho! Cavalinho! — chamou Basia.

O animal, acostumado a seres humanos, aproximou-se mais e permitiu ser pego pelas rédeas. Basia ergueu os olhos para o céu e disse:

— Só pode ser obra de Deus!

Realmente, o fato de poder dispor de um outro cavalo era extremamente promissor. Em primeiro lugar, estava de posse de dois dos melhores cavalos, em segundo, tinha um cavalo de reserva e, terceiro, a presença do ginete de Azja assegurava-lhe que a perseguição não seria tão iminente, já que os *lipki*, caso o tivessem visto sem o seu líder, teriam partido imediatamente à sua procura. Agora, era quase certo que nenhum deles sequer imaginava que Azja pudesse estar em perigo e só ficariam preocupados depois de muito tempo, quando ela estivesse bem longe.

Ao lembrar-se de que havia destacamentos de Azja em Jampol e Mohilow, Basia resolveu descrever um largo arco e aproximar-se do rio somente quando estivesse perto de Chreptiów.

"Aquele demônio planejou tudo direitinho", pensou Basia. "Mas Deus há de livrar-me de suas mãos!" E, ao pensar assim, adquiriu novo ânimo e começou a preparar-se para o resto da viagem.

Presos à sela de Azja, Basia achou um mosquetão, um chifre com pólvora, um saco de balas e um outro saco, com sementes de melancia que o tártaro costumava mastigar sem cessar. Como um pássaro, Basia resolveu alimentar-se com elas.

Quanto aos cavalos, ela sabia que os animais poderiam encontrar alguma grama escondida sob a neve ou tufos de musgo enfiados entre rochas, mas o que acontecerá quando cavalgarem onde não houver nenhum destes alimentos ou se eles caírem de cansaço? Não estava em condições de poupá-los...

Sua segunda preocupação era o medo que sentia de se perder nas estepes. Como não podia acompanhar a margem do rio, isto era uma possibilidade palpável. E o que aconteceria quando tivesse que atravessar as densas florestas? Como poderia orientar-se nos dias nublados e nas noites sem estrelas? O fato de as florestas estarem cheias de animais selvagens não a assustava em demasia, pois tinha um coração valente e uma arma na mão. É verdade que lobos, andando em bandos, podiam representar um sério perigo, mas Basia tinha mais medo de gente do que de animais selvagens e, acima de tudo, temia perder-se.

— Deus vai me mostrar o caminho e permitir que eu retorne aos braços de Michal — disse a si mesma com convicção.

E após fazer o sinal-da-cruz, secou o rosto com a manga do casaco, olhou em volta e partiu a galope.

Capítulo 39

NINGUÉM PENSOU EM procurar o jovem Tuhaj-bey, de modo que ele ficou deitado no solo rochoso até recuperar a consciência por si mesmo. Ao fazê-lo, sentou-se e, querendo compreender o que acontecera, tentou olhar em volta, mas sua visão estava turvada. Deu-se conta de que enxergava apenas com um olho e, assim mesmo, mal. O outro olho, ou fora vazado ou estava coberto de sangue.

Azja levou as mãos ao rosto. Seus dedos tocaram em algo duro — era o seu sangue congelado nos bigodes; sua boca estava cheia de sangue a ponto de quase sufocá-lo, de modo que tinha que expectorar e cuspir a todo o momento, o que causava uma dor estonteante em todo seu rosto; deslocou os dedos acima do bigode, mas teve que interromper o gesto diante do agravamento da dor. O golpe de Basia esmagara uma parte da sua testa e rachara a maçã do seu rosto.

Ficou imóvel por algum tempo. Em seguida, começou a olhar em volta com o olho são e, tendo visto uma faixa de neve, arrastou-se até ela e, pegando um punhado, levou-o até o rosto ferido.

O frio proporcionou-lhe um grande alívio, de modo que, quando a neve derretida começou a escorrer por entre seus dedos, pegou mais neve e repetiu a operação. Passou a comê-la avidamente, o que também lhe trouxe alívio. Aos poucos, o terrível peso que sentia na cabeça foi diminuindo, a ponto de ele lembrar-se de tudo o que ocorrera. No primeiro instante, não chegou a sentir raiva ou desespero. A dor era tão terrível que sobrepujou todos os demais sentimentos, deixando-lhe apenas um — o de ser socorrido o mais rapidamente possível.

Tendo comido mais alguns punhados de neve, começou a procurar por seu cavalo — não conseguia vê-lo por perto e compreendeu que se não quisesse ficar esperando até os *lipki* virem ao seu encontro, teria que caminhar a pé ao encontro deles.

Apoiando as mãos no chão, tentou levantar-se, mas soltou um urro de dor e voltou a sentar-se, permanecendo assim por algumas horas, até fazer uma nova tentativa. Desta vez, conseguiu ficar de pé, apoiando as costas numa das rochas, mas ao se dar conta de que teria que abandonar o apoio e dar um passo à frente, seguido por um segundo e um terceiro, o sentimento de impotência e medo foi tão grande que quase voltou a se sentar.

Fez um esforço sobre-humano e, usando a espada por bengala, deu um passo à frente. Conseguiu. Depois de alguns passos, sentiu que as pernas e o resto do corpo estavam em perfeitas condições; apenas a cabeça parecia uma pesada esfera de ferro que, presa a um eixo instável, balançava ora para os lados, ora para a frente, ora para trás. Teve também a sensação de que aquela cabeça não era dele e que tinha que carregá-la com muito cuidado para não deixá-la cair e se despedaçar no chão rochoso. Havia momentos em que sua cabeça fazia com que ele virasse para um dos lados, como se quisesse que ele andasse em círculos. Em outros momentos, o seu olho bom deixava de enxergar, quando então parava e, apoiando as duas mãos no punho da espada, esperava até recuperar a sua limitada visão.

Com o passar do tempo, a tontura foi diminuindo; em compensação, a dor tornava-se mais forte, a ponto de ele soltar urros.

Seus urros ecoavam nas paredes rochosas e ele continuava a avançar, ensangüentado e deformado, mais parecendo um monstro mitológico do que um ser humano.

Já escurecia quando ouviu o som de cascos de cavalo se aproximando. Era o sargento dos *lipki*, em busca de ordens do seu comandante.

Ainda no fim daquele dia, Azja foi levado a um fortim próximo de Raszkow, onde encontrou forças suficientes para ordenar uma perseguição, mas logo em seguida desabou por completo, permanecendo deitado pelos três dias seguintes, sem ver quem quer que fosse, exceto o médico

O PEQUENO CAVALEIRO

grego que tratava seus ferimentos, e Halim, que ajudava o médico naquela tarefa. Somente no quarto dia recuperou o dom da fala e, com ela, a consciência do que lhe acontecera.

Imediatamente, seus pensamentos febris correram para Basia. Via-a galopando entre rochas e descampados, parecendo um pássaro que iria desaparecer para sempre; via-a chegando a Chreptiów, via-a nos braços do marido — e esta visão provocava uma dor ainda mais forte que a do ferimento e, junto com a dor, o sentimento de perda, aliado ao do ter sido derrotado.

— Ela fugiu! Fugiu! — repetia incessantemnte, com tanta raiva que parecia que voltaria a perder a consciência.

De nada adiantaram os esforços de Halim em acalmá-lo, dizendo-lhe que Basia não poderia escapar da perseguição. O tártaro arrancava as cobertas com as quais Halim o cobrira, ameaçando-o e ao grego com seu punhal, uivando como uma fera e querendo juntar-se aos perseguidores para alcançá-la e depois, movido por raiva e por um amor selvagem, estrangulá-la com as próprias mãos.

A febre não o abandonara por completo e havia momentos em que voltava a delirar, quando então ordenava a Halim que lhe trouxesse a cabeça do pequeno cavaleiro e que trancasse, no quarto adjacente, o corpo amarrado da sua esposa. Em outros momentos, falava com ela, implorando e ameaçando ao mesmo tempo, estendendo seus braços como se quisesse abraçá-la. Finalmente adormeceu, dormindo por mais de 24 horas. Quando acordou, estava sem febre e, embora com a cabeça enfaixada, em condições de receber a visita de Kryczynski e Adurowicz.

Os dois capitães estavam ansiosos por vê-lo, pois não sabiam o que fazer. Embora as tropas que partiram sob o comando do jovem Nowowiejski ainda devessem levar algumas semanas para retornar, um acontecimento inesperado poderia antecipar o seu retorno e eles tinham que saber como agir. Embora Kryczynski e Adurowicz apenas fingissem querer voltar a servir à República, tudo dependia de Azja; somente ele podia dizer-lhes quando agir e se deviam retornar imediatamente para o lado do sultão ou continuar fingindo — e por quanto tempo — que estavam dispostos a passar para o lado da República. Embora soubessem muito bem que o próprio Azja pretendia traí-la, supunham que a traição deveria somente ser revelada quando eclodisse a guerra, para ser o mais devastadora possível. Estavam dispostos a seguir cegamente as suas ordens, já que fora ele o mentor de todo o plano, impusera-se como o seu líder inconteste, sendo o mais esperto, mais influente e, acima de tudo, filho de Tuhaj-bey — o maior de todos os guerreiros tártaros.

Sendo assim, inclinaram-se respeitosamente, enquanto ele, com a cabeça coberta por bandagens e apenas um olho, recebeu-os ainda fraco, mas totalmente lúcido e dizendo-lhes logo de saída:

— Estou acamado. A mulher que quis raptar e manter para mim conseguiu escapar das minhas mãos e me feriu com a coronha de uma pistola. É a esposa do comandante Wolodyjowski... que a peste negra caia sobre ele e toda sua família!...

— Que seja como vós dissestes! — responderam os dois capitães.

— Que Deus lhes dê, meus fiéis servidores, muita felicidade...

— E também a vós, *effendi*!

Em seguida, passaram a conversar sobre o que lhes cabia fazer.

— Não podemos mais adiar a nossa passagem formal para o lado do sultão — disse Azja — já que depois do que aconteceu, eles não vão mais confiar em nós e nos atacarão com espadas em punho. Mas antes que eles o façam, nós atacaremos primeiro a cidade e a incendiaremos para a glória de Deus! Quanto aos habitantes que são cidadãos da República, vamos levá-los como escravos. Dividiremos entre nós os bens dos moldávios, armênios e gregos e atravessaremos o Dniestr, entrando nas terras do sultão.

Kryczynski e Adurowicz que, tendo passado muitos anos no meio de hordas selvagens, tornaram-se tão selvagens como elas, sorriram contentes e seus olhos brilharam de cobiça.

— Graças a vós, nobre amo — disse Kryczynski — foi-nos permitido entrar nesta cidade que Deus agora nos predestinou!....

— Nowowiejski não fez qualquer objeção? — perguntou Azja.

— Nowowiejski sabia que nós estávamos passando para o lado da República, assim como sabia que o senhor vinha juntar-se a nós, portanto considera-nos como seus aliados, assim como a vós como um aliado.

— Nós ficamos aquartelados do lado moldávio — acrescentou Adurowicz — mas, junto com Kryczynski, fomos a Raszkow para visitá-lo e ele nos

O PEQUENO CAVALEIRO

recebeu como se fôssemos *szlachcic*, dizendo: "Com esta ação, vocês apagaram os pecados do passado, e como o *hetman*, graças à intervenção de Azja, os perdoou, não vejo motivo para tratá-los de forma diferente." Ele chegou a nos convidar para que ficássemos na cidade, mas nós respondemos: "Não faremos isto enquanto Azja Tuhaj-bey não nos trouxer as garantias por escrito do *hetman*..." Quando ele partiu, ofereceu-nos um jantar de despedida e ainda nos pediu para que zelássemos pela cidade...

— Nesse jantar — acrescentou Kryczynski — vimos aquela velha cujo marido está perdido na Criméia e a *panna* com que o jovem Nowowiejski quer se casar.

— É verdade! — disse Azja. — Esqueci por completo que eles todos estão lá... Além disto, eu trouxe comigo a irmã de Nowowiejski!...

Tendo dito isto, chamou Halim e, quando este chegou, disse:

— Assim que os meus *lipki* virem labaredas emanando da cidade, devem cortar as gargantas dos soldados que lá ficaram e amarrar as duas mulheres e o velho *szlachcic*, zelando por eles até a minha chegada.

Neste ponto, virou-se para Kryczynski e Adurowicz:

— Não estou em condições de participar do ataque, mas montarei no meu cavalo e ficarei olhando daqui. Quanto a vocês, caros companheiros, podem começar!

Os dois capitães saíram correndo, enquanto Azja mandava que trouxessem um cavalo e, tendo montado, cavalgou até a paliçada do fortim da qual podia ter uma ampla visão do que se passaria na cidade. Muitos dos *lipki* também foram à paliçada, a fim de encher os seus olhos com a visão do massacre. Diante disto, os homens de Nowowiejski que não partiram para as estepes e se encontravam no fortim acharam que havia algo digno de ser visto e, sem qualquer medo ou suspeita, juntaram-se aos *lipki*. Na verdade, eram apenas uns dez ou quinze; os demais estavam bebendo nas tavernas de Raszkow.

Enquanto isto, as tropas de Adurowicz e Kryczynski se espalharam pela cidade num piscar de olhos. Formadas quase que exclusivamente por *lipki* e *czeremisy*, portanto antigos cidadãos da República e muitos deles *szlachcic*, eles haviam abandonado as fronteiras da República há muito tempo e, vagando por anos nas estepes, transformaram-se em tártaros selvagens. Não dispondo mais dos seus trajes de outrora que se esgarçaram com o tempo, seus corpos nus e escurecidos pelos ventos das estepes e fumaça das fogueiras estavam apenas cobertos por casacos de pele de cordeiro, com a parte de lã virada para fora. Apesar disto, o seu armamento era muito melhor do que o dos tártaros selvagens; todos tinham espadas, arcos temperados no fogo e, alguns deles, pistolas. No entanto, seus rostos denotavam a mesma crueldade e sede de sangue que os dos seus primos de Dobrudz, Bialogrod e Criméia.

Agora, tendo penetrado na cidade, puseram-se a galopar em todas as direções e gritando a plenos pulmões, como se quisessem animar-se mutuamente com aqueles gritos e excitar-se com a idéia do massacre e saque. E apesar de muito deles, segundo o costume tártaro, galoparem com facas entre os dentes, os habitantes da cidade, formados, assim como em Jampol, por comerciantes moldávios, armênios, gregos e tártaros, olhavam para eles sem qualquer desconfiança. As lojas continuavam abertas e os comerciantes permaneciam sentados nos bancos deslizando as contas dos *komboloi* por entre os dedos. Os gritos dos *lipki* fizeram apenas com que todos olhassem para eles com mais curiosidade, imaginando que estavam tramando algum tipo de brincadeira.

De repente, colunas de fumaça emergiram dos cantos da praça do mercado e os gritos dos *lipki* tornaram-se tão terríveis que os moldávios, armênios, gregos e suas mulheres e filhos foram tomados de pavor.

Centenas de espadas foram desembainhadas e uma chuva de flechas desabou sobre os pacíficos moradores da cidade. Seus gritos de desespero e o barulho de portas e janelas sendo fechadas precipitadamente misturaram-se ao som dos cascos de cavalos e uivos dos atacantes.

O mercado cobriu-se de fumaça. Ao mesmo tempo, os saqueadores começaram a arrombar portas de lojas e casas, arrastar mulheres pelos cabelos para fora das casas, atirar para rua utensílios domésticos, artigos de consumo, roupas de cama que, ao se rasgarem, soltavam plumas que logo formaram uma nuvem branca elevando-se ao céu. Ouviram-se gemidos de homens sendo degolados, uivos de cães e mugidos de vacas que, trancadas nos estábulos, estavam sendo queimadas vivas. Línguas avermelhadas de chamas, visíveis mesmo de dia contra as espirais de fumaça negra, elevavam-se cada vez mais alto.

No fortim, tão logo o massacre teve início, os *lipki* atiraram-se sobre os indefesos infantes. Nem chegou a haver um embate; algumas dezenas de facas penetraram inesperadamente em cada um dos peitos poloneses; depois todos foram decapitados e suas cabeças levadas para junto dos cascos do cavalo de Azja. O jovem Tuhaj-bey permitiu que a maioria dos *lipki* se juntasse ao massacre perpetrado na cidade, mas ele mesmo permaneceu onde estava e ficou olhando, olhando e olhando.

Espessas colunas de fumaça cobriam o sangrento trabalho executado por Kryczynski e Adurowicz; cheiro de carne queimada chegou até o fortim; a cidade inteira ardia coberta por fumaça e somente vez por outra podia ouvir-se o som de um disparo, como um raio no meio de uma nuvem; aqui e ali via-se um homem fugindo, com um grupo de *lipki* galopando em sua perseguição.

Azja continuava parado, com o coração cheio de alegria; um sorriso selvagem contorcia seus lábios, deixando à mostra seus dentes brilhantes — o sorriso era ainda mais selvagem por estar misturado à dor da sua ferida. O coração do *lipek*, além de alegria, estava cheio de soberba. Havia se livrado do peso de ter que fingir e, pela primeira vez, pudera dar vazão ao ódio ocultado por tantos anos; agora sentia-se ele mesmo — o Azja verdadeiro, filho de Tuhaj-bey.

Ao mesmo tempo, sentiu uma imensa pena por Basia não poder presenciar aquele incêndio, aquele massacre — que não podia vê-lo na sua nova profissão. Continuava amando-a, mas, ao mesmo tempo, tinha um desejo insaciável de vingar-se dela.

"Ela estaria aqui, junto do meu cavalo!", pensava consigo mesmo. "E eu a seguraria pelos cabelos e, depois, colaria meus lábios nos dela e ela seria minha... minha escrava!..."

Não entrara em total desespero somente graças à esperança de que os homens que despachara em sua perseguição ou os homens que deixara pelo caminho pudessem alcançá-la e trazê-la de volta para ele. Aferrou-se a essa esperança como um náufrago agarra-se a uma tábua, e aquilo lhe dava forças. Não podia pensar exclusivamente em tê-la perdido, pois estava pensando muito mais no momento em que a recuperaria e possuiria.

Ficou na paliçada até o fim da matança na cidade, o que não demorou a acontecer, já que Adurowicz e Kryczynski dispunham de mais homens do que toda a sua população. Somente o incêndio durou mais do que os gemidos humanos, ardendo até o anoitecer. Azja desmontou e caminhou lentamente até a sala principal do fortim, sentando-se num lugar forrado com peles de carneiro e aguardando a chegada dos seus capitães.

Estes chegaram pouco tempo depois, junto com seus oficiais de patentes inferiores, todos com os rostos resplandecentes, já que o fruto do saque revelou-se muito maior do que o esperado. Raszkow havia se recuperado da destruição causada pela rebelião cossaca e era bastante rica. Haviam aprisionado cerca de cem mulheres jovens e um grupo de crianças acima de dez anos que podiam ser vendidas nos bazares orientais. Os homens, as mulheres mais velhas e crianças pequenas demais para uma longa viagem foram todos assassinados. As mãos dos *lipki* estavam cobertas de sangue e eles, vestidos com seus casacos de pele de carneiro, trouxeram consigo o odor de carne queimada. Sentaram-se em volta de Azja, e Kryczynski tomou a palavra:

— Somente um monte de cinzas sobrou da cidade... Antes do retorno das tropas que foram para as estepes, ainda teríamos tempo para atacar Jampol... Lá deve haver objetos mais valiosos do que em Raszkow.

— Não! — respondeu o filho de Tuhaj-bey. — Deixei homens meus em Jampol e eles poderão tomar a cidade. Quanto a nós, devemos partir imediatamente para as terras do sultão.

— Que seja feita a vossa vontade! Voltaremos cobertos de glória e com saques valiosos! — responderam os capitães e os demais oficiais.

— Ainda há a questão daquelas duas mulheres e do *szlachcic* que me criou — disse Azja. — Ele deve receber a devida recompensa por isto.

E tendo dito isto, bateu palmas e ordenou que os prisioneiros fossem trazidos à sua presença.

Foram trazidos imediatamente: *pani* Boski, Zosia, Ewa e o velho *pan* Nowowiejski. Este último, com os pés e os braços amarrados. Todos estavam apavorados e surpresos com o que sucedera, já que aquilo fora algo totalmente inesperado. Somente Ewa, embora sem compreender o que acontecera com *pani* Wolodyjowski e por que Azja ainda não aparecera, achara que a matança perpetrada na cidade e o fato de eles terem sido aprisionados tinha algo a ver com a decisão de Azja de raptá-la. Acreditava piamente que Azja estava apaixonado por ela e era por demais orgulhoso para implorar por sua mão ao seu pai, por isso resolvera levá-la à força. Embora tudo isto tivesse sido horrível, Ewa estava convencida de que não corria qualquer perigo de vida.

Os prisioneiros não reconheceram Azja, pois o seu rosto estava quase que totalmente coberto por bandagens. Diante disto, as mulheres ficaram ainda mais apavoradas, achando que a cidade fora atacada por tártaros selvagens que, de uma forma incompreensível, derrotaram os *lipki* e ocuparam Raszkow. Somente ao verem Kryczynski e Adurowicz é que se deram conta de que estavam nas mãos dos próprios *lipki*.

Ficaram se encarando em silêncio, até o velho *pan* Nowowiejski perguntar, com voz insegura e alta ao mesmo tempo:

— Em mãos de quem nos encontramos?

Azja começou lentamente a retirar as bandagens, revelando o rosto outrora belo e selvagem e que, agora, apresentava um aspecto horrível, com o nariz quebrado e uma mancha roxa no lugar de um dos olhos. Fixando o olho são no velho *szlachcic*, respondeu:

— Nas minhas, o filho de Tuhaj-bey!

Mas o velho Nowowiejski já o havia reconhecido antes de ele revelar o seu nome. Reconheceu-o também Ewa, muito embora o seu coração tivesse se apertado de horror e repugnância diante da visão daquela cabeça monstruosa.

A jovem cobriu os olhos com as mãos livres de amarras, enquanto o *szlachcic* abria a boca e piscava com espanto:

— Azja! Azja! — balbuciou.

— A quem o senhor criou como um pai, mas sob cuja mão paterna as minhas costas viviam cobertas de sangue...

O sangue subiu à cabeça do *szlachcic*.

— Seu traidor! — exclamou. — Você vai ser julgado pelos seus atos, serpente peçonhenta!... Não se esqueça de que ainda tenho um filho...

— E uma filha — respondeu Azja. — Por causa dela você mandou que eu fosse açoitado e agora eu a darei ao mais ignóbil dos meus soldados para que ele possa desfrutar das delícias do seu corpo,

— *Effendi!* Entregue-a para mim — falou Adurowicz.

— Azja! Azja! Eu sempre o amei... — gritou Ewa, atirando-se aos seus pés.

Azja afastou-a com um pontapé, ao que Adurowicz agarrou-a pelos ombros e começou a arrastá-la para junto de si. O rosto de *pan* Nowowiejski passou de avermelhado para roxo. Fazia um esforço desesperado para livrar-se das cordas que prendiam os seus braços e, da sua boca, emanavam palavras incompreensíveis.

Azja levantou-se das peles e começou a andar em sua direção; devagar, no início, e depois cada vez mais rapidamente, como um animal selvagem querendo atirar-se sobre sua presa. Finalmente, tendo chegado junto dele, agarrou-o com uma mão pelos bigodes, enquanto com a outra passou a golpeá-lo impiedosamente no rosto e na cabeça.

Grunhidos roucos emanavam da sua garganta, e quando o *szlachcic* caiu, Azja ajoelhou-se sobre o seu peito e o brilho da lâmina de uma faca clareou a sala obscurecida.

— Tenha piedade! Socorro! — uivava Ewa.

Mas Adurowicz desferiu-lhe um golpe na cabeça e, depois, colocou sua gigantesca mão sobre sua boca; enquanto isto, Azja degolava *pan* Nowowiejski.

Era uma visão tão aterradora que alguns dos oficiais tártaros chegaram a sentir calafrios, já que Azja, com extremo requinte de crueldade, passava lentamente a lâmina pela garganta do infeliz *szlachcic*, cujos guinchos e gritos sufocados soavam horrivelmente. Das veias abertas, o sangue jorrava sobre as mãos do carniceiro, escorrendo em riachos pelo piso da sala. As arfadas foram silenciando aos poucos, sendo substituídas pelo silvo do ar que passava pelos espaços abertos na goela de *pan* Nowowiejski.

Azja levantou-se.

Seu olhar caiu sobre o pálido e doce rostinho de Zosia Boski, que parecia estar morta, já que desmaiara e pendia inerte do braço de um dos *lipki.*

O PEQUENO CAVALEIRO

— Quanto a esta jovem — disse —, vou ficar com ela para mim, até dá-la ou vendê-la a alguém.

Em seguida, virou-se para os tártaros:

— Assim que os perseguidores retornarem, partiremos para as terras do sultão.

Os perseguidores retornaram dois dias depois — mas de mãos vazias.

O filho de Tuhaj-bey partiu para as terras do sultão com ódio e desespero no coração, deixando atrás de si apenas um monte cinzas.

Capítulo 40

MAIS DE TREZENTOS quilômetros separavam as cidades de Chreptiów e Raszkow, se se fizesse o percurso ao longo da margem do Dniestr. É verdade que os cortejos sempre partiam de madrugada e não paravam de avançar até altas horas da noite — assim mesmo, todo o trajeto, incluindo aí as paradas para almoço e as passagens mais difíceis, levava três dias. Naqueles dias, os homens e os exércitos não costumavam deslocar-se com tanta rapidez, mas quem queria ou precisava podia fazê-lo. Tendo isto em mente, Basia calculou que a viagem de volta a Chreptiów levaria ainda menos tempo, principalmente por fazê-la a cavalo e em fuga, quando a salvação dependia da velocidade.

No entanto, logo no primeiro dia se deu conta de que estava enganada, já que não poderia fugir acompanhando a margem do rio, teria que cavalgar pelas estepes, o que aumentaria a distância a ser percorrida. Além disto, poderia se perder e era quase certo que se perderia; poderia se defrontar com riachos ocultos, florestas intransponíveis, pântanos não congelados mesmo no inverno e dificuldades causadas por homens ou feras. Portanto, mesmo estando disposta a cavalgar dia e noite e apesar de todo o seu otimismo, estava ciente de que somente Deus poderia saber quando ela chegaria em Chreptiów.

Conseguira escapar dos braços de Azja, mas o que viria depois? Sem dúvida qualquer coisa seria melhor do que aqueles braços horríveis, mas só de pensar em tudo que a aguardava, ficava com o sangue congelando nas veias.

Sabia que, caso poupasse os cavalos, seria pega inapelavelmente. Os *lipki* conheciam as estepes como a palma da sua mão e qualquer tentativa de esconder-se deles era inimaginável. Eles estavam acostumados a perseguir tártaros mesmo na primavera e no verão, quando os cascos dos cavalos não deixavam rastros na neve; liam as estepes como se fossem páginas de um livro; atravessavam ravinas como se fossem águias e sabiam farejar como cães de caça, pois passaram a vida inteira fazendo exatamente isto. De nada adiantava os tártaros cavalgarem nos riachos para não deixar rastros — os cossacos, *lipki* e *czeremisy*, assim como os guerreiros poloneses das estepes, sabiam como encontrá-los e caíam sobre eles como se emergissem da terra. Como seria possível escapar de gente desta espécie? A única saída seria deixá-los tão para trás que a própria distância não permitiria que fosse alcançada. Mas, neste caso, os cavalos sucumbiriam de exaustão.

"Se eu continuar cavalgando neste ritmo, eles cairão inapelavelmente", pensou Basia, olhando para os seus corpos esfumaçados e a espuma que deles despencava.

Assim, freava os cavalos de vez em quando e ficava à escuta, quando qualquer sopro de vento, qualquer sussurro das folhas das árvores, barulho de asas de pássaros e mesmo o próprio silêncio das estepes pareciam soar como cascos dos cavalos dos seus perseguidores. Nesses momentos, Basia entrava em pânico e voltava a esporear os cavalos até ficar evidente que eles não poderiam mais manter aquele ritmo alucinante.

O peso da solidão e do desamparo esmagava-a cada vez mais. Achou que fora Deus que a castigava pelo seu desmedido desejo de vivenciar aventuras e participar de caçadas e ataques, muitas vezes contrariando a vontade do seu marido. Ao pensar assim, caía em pranto e, erguendo a cabecinha, repetia:

— Castigue-me, mas não me abandone! Não castigue Michal, pois ele é inocente!

A noite se aproximava e, com ela, a escuridão, o frio e a ansiedade. Tudo a sua volta perdia seus contornos e, ao mesmo tempo, parecia adquirir vida e estar à espreita. Os topos das escarpas pareciam cabeças vestidas com gorros pontudos que, emergindo de trás de muralhas enormes, olhavam silenciosamente e de forma feroz para quem cavalgava na ravina. Os galhos das árvores davam a impressão de serem braços humanos que, movimentando-se ao sabor do vento, pareciam acenar para Basia, como se quisessem confiar-lhe algum segredo terrível, ou então lhe dizer "Não se aproxime!". Troncos de árvores caídos pelo caminho adquiriam formas de seres horripilantes, prontos para se lançarem sobre ela. Basia era uma mulher corajosa, mas, como a maioria das pessoas daqueles tempos, também era supersticiosa. O que mais temia eram os espíritos malignos. A crença na existência deles era comum em toda a região do Dniestr devido à proximidade dos muçulmanos, sendo as cercanias de Jampol e Raszkow as mais malafamadas de todas. Quantos homens perderam suas vidas naquelas terras, sem terem se confessado e obtido a remissão dos seus pecados! Basia lembrou-se de todas as histórias contadas pelos guerreiros sentados junto da lareira em Chreptiów: dos desfiladeiros intermináveis atravessados por ventos que pareciam gemer "Jesus! Jesus!", das gargalhadas dos chacais, das criancinhas branquinhas e de olhos verdes que imploravam para serem colocadas nas selas dos cavalos e, uma vez lá, se punham a sugar o sangue dos cavaleiros — finalmente, das cabeças sem corpo que andavam sobre pernas de aranhas e dos mais horripilantes destes seres: os espectros que, sem qualquer motivo, atiravam-se sobre as pessoas.

Basia começou a se benzer e ficou se benzendo até não ter mais forças no braço, quando passou a recitar litanias, já que não havia qualquer outra forma de se proteger contra as forças do mal. Sentiu-se também confortada pelos cavalos que, sem demonstrar qualquer temor, relinchavam alegremente. De vez em quando, dava uns tapinhas no pescoço do seu corcel, como se quisesse certificar-se de que estava num mundo real.

A noite, que começara muito escura, foi clareando aos poucos e o céu cobriu-se de estrelas. Para Basia, isto foi de grande valia, já que diminuiu o seu medo e, tendo a Ursa Maior como guia, podia seguir para o norte, na direção de Chreptiów. Ao olhar em volta, chegou à conclusão de que se afastara bastante do rio, pois o chão não era mais tão rochoso e havia menos escarpas e mais campos abertos.

No entanto, vez por outra tinha que atravessar florestas escuras e frias, nas quais penetrava com o coração cheio de medo. Algumas eram tão densas que ela tinha que circundá-las, o que representava uma perda de tempo e aumentava a distância a ser percorrida.

Pior do que as florestas eram os pequenos rios que, vindos do oeste, desaguavam no Dniestr. Suas águas eram geladas e os cavalos demonstravam medo de enfiar neles as suas patas, sem saberem a sua profundidade. Basia atravessava-os somente nos lugares onde suas margens extensas pareciam indicar que eram rasos. Na maior parte das vezes eram rasos, mas houve momentos em que a água chegava até as barrigas dos cavalos; nestes casos Basia, segundo o costume soldadesco, ficava de joelhos sobre a sela, querendo evitar molhar os pés. No entanto, nem sempre tinha sucesso e, em pouco tempo, sentia um frio penetrante nas pernas e joelhos.

Finalmente, chegaram a um vasto descampado e Basia, vendo que os cavalos estavam à beira da exaustão, resolveu parar e dar-lhes um pouco de descanso. Imediatamente, os dois ginetes abaixaram seus pescoços e, cavando o chão com uma das patas dianteiras, começaram a beliscar tufos de musgo e grama murcha. O silêncio era apenas interrompido pela respiração ofegante dos cavalos e o som da grama mastigada.

Tendo saciado — ou enganado — a sua fome mais premente, os ginetes demonstraram o desejo de rolarem no chão, mas Basia não pôde satisfazer o seu desejo. Ela mesma não se deu ao luxo de desmontar, queria estar pronta para retomar a fuga a qualquer momento. No entanto, resolveu trocar de montaria, passando para o puro-sangue de Azja. O seu corcel a carregara desde a última parada e, embora fosse valente e com sangue nobre nas veias, não deixava de ser mais delicado do que o ginete tártaro.

Tendo saciado a sede durante o percurso, passou agora a sentir fome. Diante disto, começou comer as sementes que achara presas no saco à sela de Azja. Pareceram-lhe gostosas, embora amargas, e ela agradeceu a Deus por aquele inesperado alimento, racionando-o cuidadosamente para que pudesse bastar até Chreptióv.

O sono começou a dominar com força irresistível as suas pálpebras e, não mais aquecida pelo andar dos cavalos, ela começou a sentir muito frio. Suas pernas estavam geladas e um enorme cansaço apossou-se de todo o seu corpo, principalmente dos braços exauridos na luta corporal que travara com o tártaro. Sentindo-se fraca e cansada, cerrou os olhos, para abri-los logo em seguida.

"Não! Vou dormir cavalgando, durante o dia", pensou. "Se adormecer agora, acabarei congelando de vez..."

No entanto, a sua mente estava ficando cada vez mais confusa e nada mais parecia fazer sentido: a fuga, a perseguição, Azja, o pequeno cavaleiro, Ewa... Todas aquelas imagens passavam como ondas gigantescas tocadas pelo vento, e Basia seguia com elas, sem medo, como se estivesse participando delas. Azja parecia persegui-la e, ao mesmo tempo, conversava com ela e zelava pelos cavalos; *pan* Zagloba reclamava que o jantar estava esfriando, Michal mostrava o caminho e Ewa, sentada no trenó, deliciava-se com tâmaras. Depois as imagens foram se dissipando, como se cobertas de neblina — desaparecendo aos poucos. Sobrara apenas a escuridão, mas uma escuridão estranha que, sem poder ser atravessada pelo olhar, parecia vazia e se estendendo ao infinito...

Basia adormeceu, mas antes que o frio pudesse congelar o sangue nas suas veias, foi acordada por um barulho incomum. Os cavalos empacaram: aparentemente algo estranho se passava na floresta.

Tendo recuperado imediatamente a consciência, pegou o mosquetão de Azja e, inclinada na sela, pôs-se a escutar atentamente. A sua natureza era tal que, ao primeiro sinal de perigo, logo ficava atenta, corajosa e pronta para se defender.

Ao escutar mais atentamente, logo se acalmou. Os sons que a despertaram eram apenas grunhidos de porcos selvagens. Independentemente se eram jovens javalis sendo atacados por lobos ou machos mais velhos disputando fêmeas, o fato era que toda a floresta parecia estar em alvoroço que, embora estivesse distante, parecia muito perto no silêncio da noite, a ponto de Basia ouvir não somente os grunhidos, como a respiração arfante saindo violentamente das ventas dos animais. De repente, a vegetação foi agitada violentamente, ouviu-se o som de galhos quebrados — e o rebanho todo, embora sem ser visto por Basia, passou em disparada perto dela e perdeu-se nas profundezas da floresta.

Na incorrigível Basia, apesar da situação desesperadora em que se encontrava, despertou o seu instinto de caçadora e ela ficou decepcionada por não ter visto o tal rebanho.

"Que pena", pensou, "mas não faz mal! Cavalgando pelas florestas, certamente não faltarão oportunidades de ver algo tão interessante..."

Em seguida, caiu em si e achou melhor não querer ver nada, mas fugir o mais rapidamente possível. Os cavalos, que mastigaram apenas um pouco de grama e musgo, não demonstravam muito empenho em continuar a viagem e avançavam lentamente, com cabeças abaixadas.

Com os olhos fixos na Ursa Maior, Basia atravessou o descampado e adentrou a floresta. Voltou a ficar escuro, não somente por causa das árvores, mas também devido a um nevoeiro que, elevando-se do chão, cobriu as estrelas no céu. Tal fato dificultou a orientação de Basia, e somente a seqüência das florestas dava-lhe uma indicação de que estava cavalgando na direção certa, pois sabia que todas elas estendiam-se de oeste para leste e, ao atravessá-las, estava dirigindo-se para o norte. Mas, apesar desta indicação, Basia estava ciente do contínuo perigo — o de afastar-se ou de aproximar-se demasiadamente do Dniestr. Tanto a primeira quanto a segunda hipóteses eram perigosas, já que, no primeiro caso, estaria aumentando o seu percurso e, no segundo, poderia emergir da floresta perto de Jampol, onde cairia nas mãos dos *lipki* de Azja.

Se ainda não passara por Jampol, se estava exatamente onde ele se encontrava ou se já o deixara para trás, Basia não tinha a mínima idéia.

"Será mais fácil saber quando passar perto de Mohilow", pensou, "porque ela fica no fundo de um desfiladeiro que, certamente, poderei reconhecer."

Enquanto isto, a noite foi ficando ainda mais escura. Por sorte, o chão estava coberto de neve, sobre cuja brancura podiam-se ver e evitar troncos caídos e raízes. Por outro lado, tinha que cavalgar mais lentamente e, em função disto, foi tomada novamente por medo das forças malignas que tanto a assustaram ao anoitecer.

"Se eu vir um par de olhos perto do chão", disse à sua alma corajosa, "não deverei me assustar, porque deve ser um lobo; mas se os olhos estiverem na altura de um homem..."

O PEQUENO CAVALEIRO   419

No mesmo instante, soltou um grito de horror:

— Em nome do Pai e do Filho!...

Poderia ter sido apenas um lince deitado num galho, mas o fato era que Basia viu, diante de si, um par de olhos brilhantes na altura de um ser humano. Apavorada, fechou os olhos e, quando voltou a abri-los, não havia mais nada; apenas ouviu o farfalho de ramos, enquanto o seu coração batia como um malho no peito.

Finalmente, a escuridão começou a ceder. Troncos de árvores, galhos e ramos começaram a ficar visíveis. A floresta ficou em completo silêncio. Amanhecia e o dia prometia ser lindo.

Foi quando Basia sentiu um profundo cansaço. Não parava de bocejar e seus olhos não conseguiam permanecer abertos; acabou adormecendo, mas por pouco tempo, pois foi acordada por um galho que veio de encontro a sua cabeça. Por sorte, os cavalos avançavam lentamente, de modo que a pancada foi leve e não lhe causou qualquer dano. O sol já se erguera e seus raios tênues e belos brilhavam através dos galhos desprovidos de folhas. À sua visão, o coração de Basia readquiriu coragem — afinal, entre ela e os seus perseguidores havia muitas estepes, florestas, ravinas — e uma noite inteira.

"Desde que eu não seja pega pelos *lipki* que ficaram em Jampol e Mohilow, os outros já não poderão mais me alcançar", disse para si mesma.

Sua suposição era reforçada por ter, na primeira parte da sua fuga, cavalgado sobre superfícies rochosas, nas quais os cascos dos cavalos não deixavam rastros. Mas este alívio não durou por muito tempo.

"Os *lipki* são capazes de encontrar rastros mesmo sobre rochas e irão perseguir-me incansavelmente, a não ser que os seus cavalos caiam de exaustão", pensou.

Esta última suposição era a mais provável. Bastava Basia olhar para os seus. Tanto o corcel quanto o ginete estavam com os flancos encavados, cabeças abaixadas e olhos sem brilho. Volta e meia abaixavam ainda mais a cabeça para beliscar um pedaço de musgo ou agarrar uma ou outra folha amarelada pendente de um galho baixo. Também deveriam estar com febre, pois a cada passagem de um riacho bebiam com sofreguidão.

Apesar disto, assim que Basia saía de um bosque para um descampado, forçava os exaustos animais a galoparem até o bosque seguinte.

Ao sair de um deles, encontrou-se num platô mais extenso que os outros, de onde pôde ver uma coluna de fumaça elevando-se ao céu, reta como um pinheiro. Era o primeiro lugar habitado que Basia via desde o início da sua fuga, já que toda a região, exceto as margens do rio, fora transformada num deserto por incursões tártaras e constantes embates entre cossacos e poloneses, servindo apenas de esconderijo para bandidos. Mas mesmo estes foram quase que completamente exterminados pelas tropas de Raszkow, Jampol, Mohilow e Chreptiów.

Ao ver a fumaça, a primeira reação de Basia foi a de cavalgar em sua direção, esperando encontrar um vilarejo, ou mesmo apenas uma choupana com uma lareira, onde pudesse se aquecer e, se possível, comer algo. Mas, pouco tempo depois, chegou à conclusão de que, naquela região, era melhor encontrar bandos de lobos do que gente; as pessoas dali eram mais selvagens e cruéis do que feras. Então, resolveu abandonar a idéia original e afastar-se daquela habitação humana.

Junto à floresta seguinte, Basia viu uma meda de feno e, sem pensar em mais nada, cavalgou em sua direção para poder alimentar os cavalos. Os famintos animais atiraram-se sobre ela, mergulhando a cabeça no seu interior e retirando de lá grossos feixes de feno. Os freios os atrapalhavam enormemente, mas Basia sabia que era um risco desarreá-los:

"Lá, de onde sai fumaça, deve haver um vilarejo, e como aqui há uma meda de feno, é quase certo que seus habitantes possuam cavalos que poderiam usar para me perseguir; tenho que estar preparada para fugir a qualquer momento."

Assim mesmo, passou mais de uma hora junto da meda, deixando os cavalos comerem bastante e também comendo um punhado de sementes de melancia. Partindo em seguida, pouco tempo depois viu diante de si dois homens carregando feixes de galhos às costas.

O primeiro não era nem velho nem moço, com o rosto marcado por varíola, vesgo, feio como o diabo e com um semblante animalesco; o outro, apenas um rapazola, era débil mental, o que podia ser notado de imediato pelo seu sorriso estúpido e olhar perdido.

Ao verem um cavaleiro, os dois camponeses deixaram cair os feixes, claramente assustados; mas o encontro foi tão inesperado e estavam tão perto, que não tinham como fugir.

— Que Deus seja louvado! — disse Basia.

— Por séculos e séculos.

— Como se chama esse vilarejo?

— E por que deveria ter um nome?

— Falta muito para Mohilow?

— Não sabemos...

Neste ponto, o mais velho começou a olhar atentamente para o rosto de Basia. Como ela estava com trajes masculinos, achou que se tratava de um rapazola e, imediatamente, o medo estampado no seu rosto foi substituído por uma expressão de insolência e crueldade.

— E o que um garoto como você está fazendo aqui?

— Não é da sua conta.

— E você está cavalgando sozinho? — disse o camponês, dando um passo à frente.

— Não, um destacamento de soldados está logo atrás de mim.

O camponês percorreu o extenso platô com os olhos e respondeu:

— Não é verdade. Não vejo ninguém.

E tendo dito isto, avançou mais alguns passos; seus olhos vesgos brilharam sinistramente e ele, juntando as mãos em concha, soltou pios imitando uma codorna, aparentemente querendo chamar alguém.

Tudo aquilo pareceu muito suspeito a Basia, de modo que tirou a pistola do coldre e apontou-a para o peito do camponês.

— Cale-se ou morra!

O camponês não somente se calou, como se atirou no chão, com o rosto enfiado na neve. O débil mental fez o mesmo, uivando como um lobo. Era bem possível que ele perdera a razão em função de algum acontecimento assustador, pois seus uivos eram impregnados de terror.

Basia deu rédeas aos cavalos e partiu como uma flecha. Por sorte, o bosque não era denso, permitindo fácil passagem por entre as árvores. Logo depois, surgiu um outro platô, estreito, porém longo. Os cavalos, por terem se alimentado bastante, adquiriram novas forças e corriam como vento.

"Aqueles dois poderão correr até o vilarejo, montar em seus cavalos e partir em minha perseguição", pensou Basia.

O seu consolo era a distância da meda até as choupanas.

"Até chegarem às choupanas e aprontarem os cavalos, estarei a mais de três quilômetros daqui", pensou novamente, no que estava certa, muito embora tivesse certeza disto somente algumas horas depois.

Diante disto, diminuiu a marcha e pôde dar vazão aos seus sentimentos de medo e desapontamento, não conseguindo conter as lágrimas que afloravam aos seus olhos.

Aquele encontro mostrara-lhe como eram as pessoas daquele lugar e o que podia esperar delas. Na verdade, o fato não a espantara. Tanto por experiência própria, quanto pelos relatos ouvidos em Chreptiów, Basia sabia que os pacíficos habitantes de outrora abandonaram aquelas terras ou foram mortos durante os incontáveis combates. E os que sobraram — vivendo em perigo constante, no meio de uma guerra civil e incursões tártaras, em condições nas quais cada homem pode ser um inimigo, sem igrejas, sem fé, sem outros exemplos a não ser os de assassinatos e sem conhecer qualquer outra lei a não ser a do mais forte — haviam perdido por completo quaisquer sentimentos humanos e tornaram-se ainda mais selvagens do que as feras das florestas. Ao ver aquela coluna de fumaça, o seu primeiro impulso foi o de cavalgar em sua direção, saudar os habitantes em nome de Deus e, sob os acolhedores tetos daquelas choupanas, encontrar conforto e aconchego. E o que aconteceu? A cruel realidade mostrara seus dentes, como um cão feroz — e foi em função disto que seu coração se encheu de amargura e lágrimas de desapontamento marejaram os seus olhos.

"Só posso contar com ajuda divina", pensou. "Tomara que eu não me depare mais com nenhum ser humano."

Depois começou a indagar-se por que aquele camponês emitira pios de codorna — sem dúvida, para chamar outros homens, assaltantes expulsos das florestas à beira dos rios e que preferiram encontrar um refúgio nas florestas mais distantes espalhadas pelas estepes.

"O que aconteceria", perguntou a si mesma, "se eu me defrontasse com uma dezena deles? O mosquetão daria cabo de um, as pistolas acabariam

O PEQUENO CAVALEIRO

com dois, a espada, talvez com mais dois... mas e se fossem muitos? Seria morta inapelavelmente."

E, assim como antes, durante a noite, ansiara pelo raiar do dia, agora queria que anoitecesse o mais rapidamente possível para poder fugir dos malignos olhos humanos, refugiando-se na escuridão.

A tão desejada noite veio logo em seguida e Basia, tendo entrado numa vasta estepe desprovida de quaisquer árvores, disse para si mesma:

— Aqui não corro qualquer perigo de esbarrar numa árvore. Portanto, vou tirar uma soneca, mesmo que venha a ficar congelada.

Quando estava cerrando os olhos, teve a impressão de ver algumas manchas negras movendo-se na neve. Fez um esforço para conter o sono.

"Devem ser lobos", pensou.

Como as manchas desapareceram logo em seguida, caiu num sono profundo, acordando somente quando o ginete de Azja relinchou. Olhou em volta: estava à beira de uma nova floresta e acordou na hora certa, caso contrário poderia ter sido derrubada do cavalo por um dos galhos.

De repente, notou que o segundo cavalo não estava ao seu lado.

— O que aconteceu? — gritou apavorada.

Embora Basia tivesse amarrado as rédeas do seu corcel à sua sela, seus dedos congelados não tiveram força suficiente para apertar devidamente o nó, que se desfez. O exausto corcel, solto assim, ficou para trás, à procura de algo para comer ou para se deitar.

Por sorte, Basia enfiara as pistolas por trás do seu cinturão e manteve consigo o corno com pólvora e o saquinho com sementes. A perda não era tão grande assim, já que o ginete de Azja, embora não fosse tão veloz quanto o corcel, era muito mais resistente à fadiga e ao frio. No entanto, Basia ficou com pena do seu estimado animal e, no primeiro instante, quis voltar à sua procura.

O puro-sangue relinchou novamente, mas o seu relincho não foi respondido.

— Vou voltar! — disse Basia.

E já estava virando o cavalo, quando um inesperado medo apossou-se dela, como se uma voz humana estivesse lhe dizendo: "Basia, não volte!"

No mesmo instante, o silêncio foi interrompido por outras vozes ameaçadoras, parecendo emanar do fundo da terra, bem perto dela: uivos, estertores, bufos, gemidos e, finalmente, um ganido curto e interrompido... Tudo isto era ainda mais terrível pelo fato de a estepe estar deserta. O corpo de Basia cobriu-se de suor frio e dos seus lábios arroxeados emanou um grito:

— O que é isto? O que está se passando?

E adivinhou de imediato que os lobos estavam devorando o seu corcel, mas não conseguia entender por que não via coisa alguma, já que — a julgar pelos sons — aquilo se passava a uns quinhentos passos dela.

Mas não era hora de vir em seu socorro, pois o pobre animal já deveria estar estraçalhado e ela tinha que pensar em salvar a si mesma. Portanto, Basia esporeou o cavalo e seguiu em frente. Pelo caminho, ficou imaginando o que acontecera e, por um momento, passou pela sua cabeça a suspeita de que não eram lobos que devoraram o seu cavalo, já que aquelas vozes emanavam do fundo da terra. Só de pensar ficou com os cabelos eriçados, mas, pensando melhor, lembrou-se daquelas manchas negras que vira antes de adormecer e de que estava descendo um declive para logo em seguida voltar a subir.

"Só há uma explicação", disse para si mesma, "devo ter atravessado um barranco enquanto dormia, e o meu corcel ficou no fundo dele, onde foi atacado pelos lobos."

O resto da noite passou sem incidentes. O ginete trotava firmemente, a ponto de Basia ficar espantada com a sua resistência. Era um puro-sangue tártaro, extremamente belo e forte. Durante as curtas paradas, comia tudo que via à sua frente: musgo, folhas e até cascas de árvores. Nos descampados, Basia punha-o a galope. Nestas horas, soltava uma espécie de gemido e arfava pesadamente, mas continuava galopando.

O corcel, mesmo se tivesse sobrevivido ao ataque dos lobos, não teria conseguido manter aquele ritmo.

De madrugada, Basia, depois de rezar as preces matinais, calculou por quanto tempo estava viajando.

"Escapei de Azja na tarde de quarta-feira", dizia a si mesma, "e galopei até o anoitecer; depois, fiquei cavalgando uma noite, um dia e mais uma

O PEQUENO CAVALEIRO

noite e estou entrando no terceiro dia. Qualquer perseguição, caso houvesse, já deveria ter parado e, como não poupei os cavalos, Chreptiów deve estar próxima. Já está mais do que na hora!"

Ciente de que se desviara bastante do caminho para evitar a margem do rio, temia não ter passado ainda pelo desfiladeiro no fundo do qual ficava Mohilow, já que, quando acordada, procurava por ele com seus olhos. No entanto, também era possível que, longe de Mohilow, o seu aspecto fosse diferente. Em suma, Basia não tinha a menor idéia de onde se encontrava, e somente implorava a Deus para que estivesse próxima de Chreptiów, sentindo que não poderia suportar mais o frio e a fome; por três dias o seu único alimento foram somente as sementes de melancia e, embora tivesse racionado ao máximo, comera a última naquela madrugada — o saquinho estava vazio.

Agora, somente podia se aquecer e se alimentar com a esperança de estar perto de Chreptiów. Basia sabia que estava febril, pois embora o ar estivesse extremamente frio, seus pés e mãos, congelados no início, agora estavam como em brasa. Além disto, sentia uma sede insaciável.

Teve que atravessar novos regatos e riachos, mas todos ou eram rasos ou estavam congelados. Os leitos de alguns eram percorridos por água, sob a qual havia uma espessa e resistente camada de gelo. Estes eram os que Basia mais temia, pois o ginete, embora valente por natureza, tinha medo de atravessá-los. Ao pisar na água, relinchava, encolhia as orelhas e tentava refugar e, quando forçado, entrava com cuidado, passo a passo e aspirando ar pelas narinas.

Já passara de meio-dia quando Basia defrontou-se com um rio bem mais largo que os riachos que encontrara até então. Segundo seus cálculos, deveria ser Ladawa ou Kalusik. Ao vê-lo, seu coração encheu-se de alegria. Deveria estar próxima de Chreptiów e, mesmo se o tivesse ultrapassado, podia sentir-se mais segura, já que aquela região era mais habitada e as pessoas dali não eram tão selvagens. As margens do rio estavam totalmente congeladas e apenas no seu centro corria uma larga faixa de água, mas Basia esperava que, logo abaixo dela, houvesse uma camada de gelo suficientemente espessa para suportar o peso dela e do cavalo.

O ginete, como de costume, iniciou a travessia com evidente apreensão, com a cabeça abaixada e cheirando a neve diante de si. Ao chegarem perto da faixa de água, Basia ajoelhou-se na sela, agarrando o arção com ambas as mãos. O cavalo avançou. Efetivamente, a camada de gelo sob a água podia sustentar o seu peso, mas as suas ferraduras, gastas pelo longo caminho percorrido sobre terreno rochoso, tornaram-se lisas — e ele começou a escorregar. Suas pernas se separavam, parecendo fugir dele, até que caiu, com as narinas enfiadas n'água. Levantou-se e voltou a cair, quando, entrando em desespero, começou a dar coices e bater no gelo com os cascos. Basia puxou as rédeas, mas, no mesmo instante, ouviu-se um estalo — e as patas traseiras do ginete afundaram até as ancas.

— Jesus! Jesus! — gritou Basia.

O ginete, com as patas dianteiras ainda apoiadas no gelo firme, fez um esforço tremendo para se erguer, mas o fragmento de gelo sobre o qual se apoiava começou a deslizar e ele começou a afundar.

Basia teve ainda a presença de espírito para agarrar a sua crina e, deslizando sobre seu pescoço, chegar ao piso de gelo não partido, caindo na água e ficando encharcada. Tendo se levantado e sentindo piso firme sob seus pés, sabia que estava salva. Quis até tentar salvar o cavalo, agarrando as suas rédeas e puxando-as com toda força na direção da margem. Mas o ginete afundava cada vez mais, a ponto de ficar somente com a cabeça e o pescoço fora d'água. Soltava uns gemidos que mais pareciam humanos, arreganhava os dentes e seus olhos miravam Basia com uma tristeza indescritível, como se quisesse lhe dizer: "Não há salvação para mim; solte as rédeas, senão você também acabará tragada..." — e Basia soltou as rédeas, vendo o nobre animal desaparecer por completo. Depois, caminhou até a margem, sentou-se debaixo de um arbusto desprovido de folhas e se pôs a chorar como uma criancinha.

Suas energias estavam totalmente esgotadas. Além disto, aquela amargura e a decepção que sofrera após o encontro com seres humanos cresceram ainda mais. Tudo conspirara contra ela: os caminhos tortuosos, a escuridão, os elementos, seres humanos, animais — e somente a providência divina parecia zelar por ela — mas quando Basia resolveu colocar-se sob aquela proteção paternal, até esta a abandonara.

O que lhe restara? Apenas queixas e lágrimas. E, no entanto, ela demonstrara tanta coragem e tanta resistência quanto podia o seu frágil ser. E eis que perdeu o seu cavalo — sua única esperança e sua última tábua de salvação — o único ser vivo junto dela. Sem ele, sentia-se impotente diante da distância que a separava de Chreptiów, das florestas, ravinas e estepes, e não só impotente ante uma perseguição por parte de homens e feras, mas muito mais solitária e muito mais abandonada.

Chorou até faltarem-lhe lágrimas. Se ninguém a amasse, ter-lhe-ia sido mais fácil morrer — mas ela era amada por tantas pessoas! E Basia ficou imaginando o que aconteceria quando a traição de Azja viesse à luz; como iriam procurar por ela e achá-la finalmente, roxa, congelada e dormindo o sono eterno debaixo daquele arbusto à margem do rio.

— Oh! Como Michalek vai ficar desesperado! Oh! — disse em voz alta.

Depois, passou a pedir-lhe perdão, dizendo-lhe que não tivera culpa em tudo que aconteceu.

"Michalek", dizia, abraçando o pescoço do marido em seus pensamentos. "Eu fiz tudo o que pude, mas o que se há de fazer, meu querido, Deus não quis..."

E, embalada por estes pensamentos, foi tomada por uma onda de paixão tão grande por aquele homem adorado e por um desejo tão poderoso de morrer pelo menos perto daquela cabeça querida, que fez um esforço supremo, levantou-se da margem e caminhou na direção do que imaginava ser Chreptiów.

No começo, avançava com grande dificuldade. Suas pernas, depois da longa cavalgada, estavam desacostumadas de andar, parecendo-lhe que não eram suas. Por sorte, não sentia frio — pelo contrário, sentia-se aquecida por causa da febre.

Adentrando pela floresta, caminhou resolutamente, tomando o cuidado de manter o sol sempre à sua direita, já que eram quase quatro horas da tarde. Não evitava mais chegar perto do Dniestr, pois estava convencida de que já ultrapassara Mohilow.

As árvores pareciam seres inimigos, fazendo-a tropeçar nas suas grossas raízes cobertas de neve. Sentindo-se pesada, tirou o sobretudo e seguiu adiante vestida apenas com o casaco forrado com pele de lince. Suas botas de *safian* delicado, forradas de peles e sem sola dupla, eram ideais para viajar de trenó ou sobre um cavalo, mas não protegiam os seus pés das batidas contra pedras e raízes e, mantidas permanentemente molhadas pelo calor dos seus pés febris, poderiam desmanchar-se a qualquer momento.

"Chegarei a Chreptiów descalça, ou morrerei pelo caminho", pensou Basia, e um dolorido sorriso iluminou o seu rosto, achando que quando encontrassem o seu corpo congelado, Michal não teria com que recriminar a sua memória.

E como já conversava agora com o marido a toda hora, disse:

— Veja, Michalek, uma outra não teria conseguido chegar tão longe... pense no que teria feito Ewa...

Durante a fuga, Basia pensou diversas vezes em Ewa, rezando por ela, já que era claro que Azja não estava apaixonado por ela e, diante disto, o seu destino, como o de todos os demais prisioneiros que permaneceram em Raszkow, seria terrível.

— A situação dela é muito pior que a minha — repetia a toda hora, e este pensamento dava-lhe novas forças.

Mas, com o passar do tempo, suas forças foram diminuindo a cada passo. O sol afundava gradativamente por trás do Dniestr e, tendo coberto o céu com uma luz avermelhada, apagou-se. O dourado e purpúreo abismo crepuscular começou a escurecer e a se contrair; o fulgurante mar espalhado pela metade do céu transformou-se num lago, depois num rio, depois num riacho, para, no fim, parecer apenas um fio brilhante no oeste e apagar-se por completo.

A floresta tornou-se escura e silenciosa e, desprovida de qualquer sopro de vento, permanecia calada, como se estivesse imaginando o que deveria fazer com aquele pobre ser perdido. No entanto, aquela quietude era desprovida de qualquer indício de benevolência; pelo contrário, apenas animosidade e dureza.

Basia continuava avançando e os seus lábios ressecados aspiravam o ar cada vez mais rapidamente e com maior dificuldade. Mantinha a cabeça erguida, mas não olhava mais para a Ursa Maior, pois perdera por completo o senso de orientação. Caminhava por caminhar. Caminhava porque a sua mente foi tomada por visões típicas dos que estão por morrer — claras e doces.

Eis que os quatro lados da floresta começam a aproximar-se uns dos outros, formando as quatro paredes da sala principal de Chreptiów. Basia está nela e vê tudo claramente. A lareira está acesa e nos bancos, como de costume, estão sentados os oficiais do seu marido; *pan* Zagloba caçoa de *pan* Snitko; *pan* Motowidlo permanece imerso nos seus pensamentos e, calado, mantem os olhos fixos nas labaredas e quando ouve um estalido de madeira queimando, diz: "Oh, alma penada, do que você precisa?" *Pan* Muszalski e *pan* Hromyka disputam uma partida de dados com Michal. Basia aproxima-se dele e diz: "Michalek, deixe que eu sente ao seu lado e me aninhe nos seus braços, porque estou me sentindo muito estranha." Michal abraça-a imediatamente "O que você tem, minha gatinha? Será que...?" e inclina-se junto do seu ouvido, sussurrando algo, enquanto ela responde: "Não estou bem!"

Basia sente-se tão mal que a febre abandona-a repentinamente. As visões desaparecem. A consciência retorna e, com ela, a lembrança de tudo que se passara.

— Estou fugindo de Azja — disse. — Estou no meio de uma floresta, é noite, não consigo chegar a Chreptiów e estou morrendo.

Livre da febre, Basia sente um frio insuportável que parece atravessar o seu corpo até os ossos. Suas pernas arqueiam e ela cai de joelhos na neve, diante de uma árvore. Está totalmente lúcida e sabe que está morrendo e, querendo encomendar sua alma a Deus, começa a falar, com voz entrecortada:

— Em nome do Pai e do Filho...

O resto da oração é interrompido por sons estranhos, cortantes, assustadores e rangentes. Basia abre a boca e a pergunta "O que será isto?" morre nos seus lábios. Leva seus dedos trêmulos até o rosto, como se quisesse despertar, como se não quisesse acreditar nos seus ouvidos e um grito repentino emana de sua boca:

— Jesus! Jesus! São as gruas dos poços de Chreptiów! Jesus! Jesus!

E aquele ser, agonizante há pouco, levanta-se de um pulo e, arfando e tremendo, com os olhos cheios de lágrimas e peito arfante, corre pela floresta, caindo e se levantando, repetindo sem cessar:

— Estão dando de beber aos cavalos! É Chreptiów! São os nossos poços! Chreptiów! Chreptiów!

A floresta rareia, descortina-se um campo coberto de neve e uma elevação da qual um par de olhos brilhantes olha para Basia. Mas não são olhos de lobos... são as janelas de Chreptiów que cintilam de forma doce, clara e salvadora!

Ainda havia uma grande distância até a fortificação, mas Basia não se deu conta de como a percorreu. Os soldados postados junto do portão não a reconheceram no escuro, mas deixaram-na passar, achando que era um garoto de recados. Basia, lançando mão do resto das suas forças, passou pelos poços junto dos quais os dragões davam de beber aos cavalos e parou na porta da edificação principal.

O pequeno cavaleiro e *pan* Zagloba estavam sentados num banco e conversavam sobre Basia, achando que ela estivesse longe, instalada em Raszkow. Ambos sentiam-se tristes, com saudades dela e aguardando ansiosamente por sua volta.

— Deus nos livre de chuvas inesperadas, degelos e inundações, porque se isto acontecer, só Deus sabe quando ela vai voltar — dizia soturnamente *pan* Zagloba.

— O inverno está rigoroso — respondeu o pequeno cavaleiro. — Dentro de oito ou dez dias, vou ficar olhando para Mohilow com freqüência cada vez maior.

— Teria preferido que ela não tivesse partido. Sem ela, Chreptiów não tem graça alguma.

— Então, por que o senhor aconselhou-me a deixá-la partir?

— Não invente coisas, Michal! A decisão foi unicamente sua...

— Tomara que ela volte sã e salva!

Neste ponto, o pequeno cavaleiro soltou um suspiro e acrescentou:

— Sã e salva... e o mais rapidamente possível!...

De repente, a porta rangeu e um pequeno ser miserável, esfarrapado e coberto de neve gemeu chorosamente:

— Michal! Michal!...

O pequeno cavaleiro deu um pulo e, mudo de espanto, ficou parado com os olhos piscando.

O PEQUENO CAVALEIRO   431

Ao que ela aproximou-se, gemendo:

— Michal!... Azja é um traidor... quis raptar-me... mas eu consegui escapar e... me ajude!

E tendo dito isto, desabou por terra.

Foi somente então que *pan* Michal correu para onde ela jazia, ergueu-a como uma pluma, mas ao ver a cabecinha de Basia pendendo sem vida do seu braço, achou que abraçava apenas um cadáver e começou a gritar de uma forma terrível:

— Baska morreu!... Está morta!... Me ajudem!..

Capítulo 41

A NOTÍCIA DA CHEGADA de Basia atravessou Chreptiów como um raio, mas ninguém, além do pequeno cavaleiro, *pan* Zagloba e das empregadas, pôde vê-la naquela noite — nem nas noites seguintes.

Chreptiów ficou agitada como uma colméia. Quando os soldados ouviram que a sua "senhora coronel" voltara semiviva, correram para o pátio como um enxame de abelhas, enquanto os oficiais se reuniram no salão principal e, sussurrando baixinho, lançavam olhares para a alcova. Durante muito tempo não foi possível saber de coisa alguma. Embora, volta e meia, algumas empregadas atravessassem o salão, fosse em direção da cozinha para buscar água quente, fosse para a farmácia para trazer remédios, elas não respondiam a quaisquer perguntas. A incerteza pesava sobre todos, como se fosse de chumbo. Perguntas circulavam de boca em boca; a notícia da traição de Azja e de que a senhora coronel conseguira escapar e que cavalgara sozinha, sem comer e sem dormir por uma semana, revoltou os soldados, que se sentiram impotentes, já que não podiam dar vazão à sua ira em voz alta, temendo prejudicar a recuperação da doente com seus gritos de revolta.

Depois daquele desmaio junto à porta, ela recuperou consciência o suficiente para poder descrever o que acontecera. Logo depois, voltou a desmaiar e embora tentassem reanimá-la de todas as maneiras, ela não reconhecia mais o próprio marido e já não havia mais dúvidas de que a aguardava uma grave e prolongada doença.

Finalmente, após uma longa espera, *pan* Zagloba, com os olhos vermelhos e o resto dos seus cabelos eriçados, foi ter com os oficiais. Foi recebido por uma saraivada de perguntas:

— Como está ela? Está viva?

— Está viva — respondeu o velhinho. — Mas só Deus sabe se daqui
uma hora...

Neste ponto, faltou-lhe voz, seu lábio inferior começou a tremer e ele,
agarrando a cabeça com as mãos, sentou-se pesadamente no banco. Em
seguida, soluços entrecortados sacudiram o seu peito.

Diante desta visão, *pan* Muszalski abraçou *pan* Nienaszyniec, embora
não nutrisse grande simpatia por ele, e começou a chorar baixinho, no que
foi secundado por *pan* Nienaszyniec. *Pan* Motowidlo esbugalhou os olhos
como se tivesse engasgado com algo, *pan* Snitko começou a desabotoar o
seu gibão com dedos trêmulos, e *pan* Hromyka ergueu os braços e ficou
andando pela sala.

Os soldados, com os rostos colados nas janelas, tomaram aqueles sinais
de desespero como uma confirmação de que a senhora coronel morrera e
puseram-se a gritar e lamentar. *Pan* Zagloba, ouvindo aquela algazarra, foi
tomado por um ataque de fúria e irrompeu no pátio, como disparado de
um estilingue.

— Silêncio, seus miseráveis! Que o diabo os carregue! — gritou.

Todos se calaram de imediato, dando-se conta de que ainda não chegara a hora de lamentações, mas permaneceram no pátio. *Pan* Zagloba, após
acalmar-se um pouco, voltou para o salão.

No mesmo instante, uma empregada surgiu na porta da alcova.

Pan Zagloba correu para ela.

— E então?

— Está dormindo.

— Está dormindo? Graças a Deus!

— Talvez o bom Deus permi...

— E o que faz o comandante?

— O senhor comandante está ao lado do leito.

— Muito bem! Vá fazer aquilo que lhe mandaram!

Pan Zagloba virou-se para os oficiais e repetiu as palavras da empregada:

O PEQUENO CAVALEIRO

— Talvez o bom Deus mostre a Sua misericórdia. Ela está dormindo! Começo a nutrir um pouco de esperança... Que alívio...

Todos suspiraram aliviados. Em seguida, cercaram *pan* Zagloba e começaram a indagar:

— Por Deus! O que aconteceu de verdade? Como ela conseguiu escapar a pé?

— No início, ela não estava a pé — respondeu sussurrando *pan* Zagloba — mas com dois cavalos, porque ela derrubou aquele desgraçado — que a peste negra o devore — da sela.

— Não dá para acreditar!

— Ela o acertou entre os olhos com a coronha da pistola, e como, naquela hora, eles estavam distantes dos outros, ninguém os viu e partiu em sua perseguição. Depois, um dos cavalos foi devorado por lobos, e o outro morreu afogado num rio ao cair num buraco no gelo. Cristo misericordioso! A pobrezinha ficou vagando pelas florestas, sozinha, sem comer nem beber!...

Neste ponto *pan* Zagloba voltou a chorar, no que foi acompanhado pelos demais oficiais, que não se cansavam de admirar a coragem e de sentir pena daquela mulher adorada por todos.

— Tendo chegado perto de Chreptiów — continuou *pan* Zagloba —, não reconheceu o lugar, e estava preparando-se para morrer quando ouviu os rangidos das gruas dos poços e, dando-se conta de que estava muito perto, usou o resto das suas forças para arrastar-se até aqui...

— Deus zelou por ela naquele momento — disse *pan* Motowidlo, enxugando seus bigodes. — Continuará zelando por ela agora.

— É isto mesmo! O senhor disse uma grande verdade! — sussurraram várias vozes.

De repente, ouviu-se um novo tumulto, e *pan* Zagloba, num novo acesso de fúria, saiu para o pátio.

— Calem-se, seus filhos de uma cadela! — começou *pan* Zagloba. — Caso contrário...

Mas não pôde concluir a ameaça. Do círculo dos soldados saiu Zydor Lusnia, um sargento de dragões e o mais querido dos soldados de Wolodyjowski, que deu alguns passos à frente, ficou em posição de sentido e falou num tom decidido:

— Não pode ser de outra forma, Vossa Graça. Se aquele desgraçado quis fazer mal à nossa *pani*, nós queremos partir em busca dele para podermos nos vingar. E se o senhor coronel não puder, estamos dispostos a partir sob o comando de um outro oficial, mesmo que tenha que ser até a própria Criméia, porque não podemos deixar este crime impune!...

As palavras do sargento continham uma ameaça rancorosa, fria e campesina; os demais soldados começaram a ranger os dentes e bater nos punhos das espadas, e aquele rosnado surdo, como o rosnado de um urso na escuridão da noite, continha algo de terrível dentro si.

O sargento permanecia em posição de sentido aguardando uma resposta. Junto dele permanecia o resto da tropa, com tão clara demonstração de obstinação e fúria que era improvável que pudessem ser contidas pela costumeira disciplina militar.

Houve um momento de silêncio. De repente, do fundo das fileiras, ouviu-se uma voz:

— O sangue daquele cão será o melhor remédio para a nossa *pani*!

Diante de tal demonstração de afeto a Basia por parte dos soldados, *pan* Zagloba ficou enternecido e sua raiva se desfez por completo. Além disto, a menção de um remédio fez com que tivesse uma idéia que, até aquele momento, não lhe ocorrera: a de trazer um médico. No primeiro instante, naquele desterro em que viviam em Chreptiów ninguém pensara nisto, mas havia vários médicos em Kamieniec, entre eles um grego de grande fama, instruído, rico, dono de várias propriedades e tão competente que chegava a ser considerado feiticeiro. Havia apenas uma dúvida: a de que ele, sendo tão rico, estar disposto a viajar para as estepes selvagens.

Pan Zagloba ficou matutando por um certo tempo, dizendo em seguida:

— Aquele cão não escapará do seu merecido castigo, eu lhes garanto isto e estou certo de que ele preferiria que o rei em pessoa tivesse jurado vingar-se dele, em vez de Zagloba. O fato é que nós nem sabemos se ele continua vivo, porque a *pani*, ao escapar dele, desferiu-lhe um golpe com a coronha da pistola bem no meio da testa. Mas não devemos pensar nisto agora, mas num meio de salvar a *pani*.

— Para tanto, nós estamos prontos para sacrificar nossas vidas! — respondeu Lusnia.

Um murmúrio da multidão confirmou as palavras do sargento.

— Portanto, Lusnia, ouça-me com atenção — disse Zagloba. — Em Kamieniec mora um médico chamado Rodopul. Vá até ele e diga-lhe que o general de Podole caiu do cavalo do lado de fora dos muros da cidade e precisa de socorros médicos. Assim que vocês saírem da cidade, você o agarrará pelo cangote, enfiará num saco e o trará imediatamente para Chreptiów. Mandarei colocar cavalos de reserva pelo caminho, de modo que você poderá sempre contar com animais descansados. Apenas fique atento para trazê-lo com vida, pois morto não terá qualquer utilidade.

Um novo murmúrio, desta vez de aprovação, percorreu as fileiras. Lusnia agitou os seus enormes bigodes e disse:

— Pode deixar, Vossa Graça. Vou trazê-lo inteiro.

— Então, vá!

— Vossa Graça...

— O que você ainda quer saber?

— E se ele acabar morrendo depois?

— Pode morrer à vontade, desde que chegue vivo! Pegue seis homens e parta imediatamente!

Lusnia saiu correndo, enquanto os demais, felizes por poderem fazer algo pela *pani*, puseram-se a selar os cavalos e, em menos de quinze minutos, seis cavaleiros partiam em disparada para Kamieniec, seguidos por outros, com cavalos de reserva a serem distribuídos pelo caminho.

Pan Zagloba, contente consigo mesmo, retornou à sala.

Wolodyjowski acabara de sair da alcova. Estava transtornado e indiferente às palavras de consolo. Após dizer a *pan* Zagloba que Basia continuava dormindo, sentou-se no banco e, alheio a tudo, ficou olhando para a porta atrás da qual ela se encontrava. Pareceu aos oficiais que ele estava querendo ouvir algo, de modo que a sala mergulhou num silêncio absoluto.

Pan Zagloba, andando na ponta dos pés, aproximou-se dele.

— Michal, mandei buscar um médico em Kamieniec... Você quer que eu chame mais alguém?...

438 HENRYK SIENKIEWICZ

Wolodyjowski olhou para ele, parecendo estar juntando seus pensamentos, mas era evidente que não entendia o que estava sendo dito.

— Um padre — disse Zagloba. — Será que o padre Kaninski poderá chegar antes da madrugada?

Ao que o pequeno cavaleiro virou a sua face pálida como um lençol para a lareira, cerrou os olhos e começou a repetir rapidamente:

— Jesus! Jesus! Jesus!

Diante disto, *pan* Zagloba não lhe fez mais perguntas, saiu da sala e deu as devidas ordens.

Quando retornou, Wolodyjowski não estava mais na sala. Os oficiais disseram a *pan* Zagloba que a doente começou a chamar pelo marido — não se sabia se em febre ou conscientemente.

O velho *szlachcic* constatou pessoalmente que fora em febre.

O rosto de Basia estava rubro; aparentava estar sadia, mas seus olhos, embora brilhantes, estavam embaçados, como se as pupilas tivessem se liquefeito; suas mãos movimentavam-se sem parar, como se à procura de algo. Wolodyjowski jazia aos seus pés.

De vez em quando, a doente murmurava algo, ou chegava a pronunciar claramente algumas palavras, sendo "Chreptiów" a mais freqüente de todas. Aparentemente, achava que ainda estava fugindo. A movimentação caótica dos seus braços deixou *pan* Zagloba particularmente preocupado, vendo nela um claro indício de que estava chegando a hora da morte. Zagloba era um homem experiente e já tivera a oportunidade de presenciar a agonia de muitas pessoas, mas nunca seu coração sofrera tanto quanto agora, diante da visão daquela flor delicada murchando tão cedo.

Portanto, tendo compreendido que somente Deus poderia salvar aquela vida que se esvaecia, ajoelhou-se aos pés da cama e se pôs a rezar fervorosamente.

Basia respirava com dificuldade cada vez maior. Wolodyjowski levantou-se de um pulo, Zagloba ergueu-se dos joelhos, e os dois amigos, sem dizerem uma só palavra, trocaram olhares cheios de horror. Parecia que ela agonizava. Mas, momentos depois, sua respiração acalmou-se, chegando até a ficar mais lenta.

O PEQUENO CAVALEIRO

A partir daquele momento, os sentimentos de Wolodyjowski e Zagloba passaram a oscilar entre o medo e a esperança. A noite demorava a passar. Os oficiais também não foram dormir, permanecendo no salão e olhando para a porta da alcova, sussurrando entre si. Um serviçal entrava vez por outra para avivar a lareira e, a cada movimento da maçaneta, eles erguiam-se dos bancos, pensando que fosse Wolodyjowski ou Zagloba com a terrível notícia da morte

— Morreu!

Os galos começaram a cantar e ela continuava a sua batalha contra a febre. De madrugada, ergueu-se uma ventania seguida de chuva. O vento uivava por entre as frestas das paredes e agitava as chamas da lareira, atirando para dentro da sala fagulhas e rolos de fumaça. *Pan* Motowidlo saiu silenciosamente da sala para partir numa patrulha. A luz do dia, pálido e nublado, iluminou rostos cansados.

No pátio começou a usual movimentação; por entre os uivos do vento, podiam ouvir-se passos de cavalos, rangidos das gruas dos poços e vozes de soldados. De repente, ouviu-se também o tilintar de um sino: chegara o padre Kaminski.

Quando entrou, vestido com a sobrepeliz branca, os oficiais se ajoelharam. Todos achavam que chegara a hora solene, após a qual a chegada da morte seria inevitável. A doente não recuperara a consciência e o padre não pôde ouvir sua confissão. Apenas deu-lhe extrema-unção e, em seguida, se pôs a consolar o pequeno cavaleiro, insistindo com ele para que se submetesse à vontade divina. As palavras de consolo não surtiram qualquer efeito; não havia palavras que pudessem amainar a dor do pequeno cavaleiro.

Durante todo o dia a morte rondou Basia. Assim como uma aranha que vez por outra sai do seu esconderijo num canto do teto e desliza para baixo sobre um fio invisível, ela parecia, em certos momentos, estar suspensa logo acima da sua cabeça. Os presentes chegaram a imaginar terem visto, por mais de uma vez, a sua sombra sinistra cobrindo a testa de Basia, tendo a sensação de que aquela alma doce e pura abria suas asas para voar para longe de Chreptiów, para distâncias inalcançáveis, para o outro lado da vida. Logo depois, a morte, como a aranha, voltava a esconder-se no teto — e novas esperanças enchiam o coração de todos.

Mas como eram tênues e passageiras aquelas esperanças! Ninguém acreditava que Basia pudesse recuperar-se da doença, opinião compartilhada por Wolodyjowski, cujo aspecto chegou a preocupar *pan* Zagloba que, também profundamente abalado, pediu aos oficiais para que não tirassem os olhos do pequeno cavaleiro.

— Por tudo que é mais sagrado, não desgrudem os olhos dele, ele é capaz de enfiar um punhal no peito!

Embora Wolodyjowski não nutrisse qualquer idéia desta natureza, diante da dor que rasgava o seu coração não cansava de se perguntar: "Como poderei subsistir se ela for embora? Como posso permitir que ela parta sozinha? O que dirá ela quando, uma vez lá, procurar por mim e não me vir ao seu lado?" E desejava morrer junto com ela, pois assim como não podia imaginar permanecer na terra sem ela, também não compreendia como ela, na outra vida, pudesse sentir-se feliz sem tê-lo junto de si.

À tarde, a nefasta aranha voltou a esconder-se no seu canto, o rosto de Basia adquiriu uma coloração mais saudável e a sua febre baixou a ponto de ela recuperar parcialmente a consciência.

Durante certo tempo permaneceu com os olhos fechados, e quando os abriu, olhou atentamente para o pequeno cavaleiro e perguntou:

— Michalek, será que estou em Chreptiów?

— Sim, meu amor! — respondeu Wolodyjowski, mal contendo as lágrimas.

— E é você mesmo quem está ao meu lado?

— Sim! Como você está se sentindo?

— Oh, bem!...

Era evidente que ela não tinha certeza de que não era a febre que lhe trazia aquelas visões. Mas, a partir daquele momento, recuperava a consciência com freqüência cada vez maior.

Antes do anoitecer, chegou o sargento Lusnia com os seus homens e despejou de um saco o médico de Kamieniec, junto com remédios. O pobre-diabo estava mais morto do que vivo, mas, tendo descoberto que fora "convidado" daquela forma para atender uma doente e não, como pensara, raptado por bandidos, passou a ocupar-se imediatamente da paciente,

O PEQUENO CAVALEIRO

principalmente por *pan* Zagloba ter-lhe mostrado um saco cheio de moedas numa das mãos e uma pistola carregada na outra, dizendo:

— Este é o seu pagamento pela vida, e este pela morte!

E, naquela mesma noite, já quase de madrugada, a tenebrosa aranha escondeu-se para sempre, enquanto o veredicto do médico "Ela vai demorar para se recuperar, mas ficará boa" ecoou por todo Chreptiów. Quando Wolodyjowski ouviu-o pela primeira vez, caiu por terra e começou a soluçar tão fortemente que parecia que os soluços despedaçariam seu peito; *pan* Zagloba quase desmaiou de tanta felicidade e mal teve tempo de gritar "Tragam-me algo para beber!", enquanto os oficiais se abraçavam.

O pátio encheu-se de soldados de todos os destacamentos, com dragões e cossacos de *pan* Motowidlo soltando gritos de alegria. Todos queriam demonstrar de alguma forma a sua felicidade e chegaram a pedir permissão para enforcar alguns bandidos presos nos porões de Chreptiów, em homenagem à "senhora coronel".

Mas o pequeno cavaleiro negou de forma peremptória.

Capítulo 42

A DOENÇA DE BASIA prolongou-se por mais uma semana e houve momentos em que — não fossem as assertivas do médico — tanto o pequeno cavaleiro quanto *pan* Zagloba teriam pensado que a tênue chama da sua vida fosse se extinguir. Foi somente após o decurso daquele prazo que ela passou a sentir-se melhor; recuperara por completo a consciência e, embora o médico previsse que ela teria que permanecer na cama por mais de um mês, já estava evidente para todos que o perigo passara e que ela recuperaria as suas forças de outrora.

Pan Wolodyjowski, que, durante a doença, não se afastou nem por um momento da cabeceira da sua cama, passou a amá-la ainda mais — caso isto fosse possível — e só tinha olhos para ela. Quando, sentado ao seu lado, olhava para aquele rostinho ainda emaciado e pálido, porém alegre, e para aqueles olhos que, a cada dia, recuperavam o seu antigo brilho, tinha um desejo incontrolável de rir, chorar e gritar de alegria:

— Minha Baska está se recuperando! Vai ficar boa!

E cobria de beijos as suas mãos e aqueles pés que chafurdaram tão valentemente pelas espessas neves no percurso até Chreptiów. Ao mesmo tempo, estava profundamente grato à Providência e, certa feita, virou-se para *pan* Zagloba e os oficiais, dizendo:

— Não passo de um pobretão, mas nem que tenha que gastar os meus braços até os cotovelos, terei condições de construir uma igrejinha, nem que seja de madeira. Pois, a cada badalada dos seus sinos, hei de lembrar-me da misericórdia divina e minha alma se derreterá em agradecimentos.

— Espero que, antes, o bom Deus nos permita passar incólumes pela guerra com a Turquia — respondeu-lhe *pan* Zagloba.

Ao que o pequeno cavaleiro agitou seus bigodinhos e disse:

— Deus sabe melhor o que Lhe daria maior prazer: se Ele quiser a igrejinha, então me protegerá, mas se preferir o meu sangue, não o pouparei por Ele!

Junto com a saúde, Basia recuperava o seu bom humor. Decorridas duas semanas, mandou que a porta da alcova fosse entreaberta e, quando os oficiais juntaram-se na sala, dirigiu-se a eles, com sua voz argêntea:

— Boa tarde, meus senhores! Como podem constatar, ainda não morri!

— Graças a Deus! — responderam em coro os oficiais.

— Vejam, os senhores — continuou Basia — o que aconteceu! Quem poderia imaginar uma coisa destas? Ainda bem que tudo terminou desta forma!

— Deus zelou pela inocência — ecoou novamente o coro de trás da porta.

— Por quantas vezes *pan* Zagloba me recriminou por mostrar mais interesse por uma espada do que por uma roca. Pois bem! Não posso imaginar de que me serviriam uma roca e uma agulha nos apuros em que me vi. E os senhores têm que admitir que me saí muito bem, não é verdade?

— Nem um anjo poderia ter-se saído melhor!

O resto da conversa foi interrompido por *pan* Zagloba que, temendo que Basia ficasse demasiadamente cansada, fechou a porta da alcova. Mas Basia ficou bufando com ele como uma gata, porque queria prolongar a conversa e, principalmente, ouvir mais elogios à sua bravura. Agora que o perigo passara, ela estava orgulhosa da forma como lidara com Azja e queria ser elogiada constantemente. Por mais de uma vez virava-se para o marido e, adotando a postura de uma criancinha mimada, tocava com o dedo o peito do pequeno cavaleiro, ordenando:

— Elogie a minha coragem!

E ele, obediente, elogiava, acariciava, beijava suas mãos e olhos, a ponto de *pan* Zagloba, embora também profundamente embevecido, resmungar fingindo estar chocado:

— Pronto! Agora ela ficará mimada por completo!...

O PEQUENO CAVALEIRO   445

A alegria geral por causa de recuperação de saúde de Basia era apenas empanada pela consciência do terrível mal que a traição do jovem Tuhajbey fizera à República, e pelo funesto destino do velho *pan* Nowowiejski, as duas *pani* Boski e Ewa. Basia sofria muito com isto e, junto com ela, todos os demais, pois o que se passara em Raszkow já era de conhecimento público, não só em Chreptiów, mas até em Kamieniec e mais longe ainda. Alguns dias antes, passara por Chreptiów *pan* Mysliszewski que, apesar da traição de Azja, Kryczynski e Adurowicz, ainda mantinha esperanças de trazer de volta para o lado da República outros capitães *lipki*. Logo depois, chegou *pan* Bogusz e, em seguida, vieram notícias diretas de Mohilow, Jampol e Raszkow.

Em Mohilow, *pan* Gorzenski revelou-se um soldado melhor do que orador e não se deixou ser pego de surpresa. Tendo interceptado a mensagem de Azja aos *lipki* que lá deixara, atacou-os primeiro com os seus infantes, matando uma parte deles e aprisionando a outra; além disto, enviou um aviso para Jampol, graças ao qual a outra cidade também se salvou. Desta forma, a única cidade a ser destruída foi Raszkow. As tropas despachadas para as estepes em função do estratagema de Azja já haviam retornado, e Wolodyjowski recebeu uma carta do *pan* Bialoglowski, com um relato do que se passara naquela região, bem como com outros assuntos relativos à República.

"Ainda bem que vim para cá porque Nowowiejski, que estava me substituindo no comando, não estaria em condições de exercer esta tarefa. Ele parece mais um esqueleto do que um ser humano e vamos perder um guerreiro exemplar, já que a desgraça esmagou-o por completo. Seu pai foi degolado, sua irmã, doada por Azja a Adurowicz, vive em desonra, e a sua quase-noiva Azja tomou para si mesmo. Mesmo se elas pudessem ser resgatadas, já estão perdidas para sempre. Soubemos disso tudo por intermédio de um lipek *que caiu do cavalo na hora de atravessar o rio, e tendo sido aprisionado por nós e submetido à tortura, contou-nos tudo. Azja Tuhaj-bey, Kryczynski e Adurowicz partiram para Adrianapol. Nowowiejski quer partir atrás dele, dizendo que irá pegá-lo, mesmo que tenha que arrancá-lo de dentro do acampamento do sultão. Ele sempre foi muito afoito, portanto não é de se espantar com sua atitude, já que se trata de* panna Boski, *a quem todos pranteamos*

446   HENRYK SIENKIEWICZ

e cuja doçura cativou a todos. Tenho mantido Nowowiejski aqui, dizendo-
lhe que Azja virá para cá, porque não há mais dúvidas de que teremos guerra
e que, como sempre, as hordas tártaras serão as primeiras a avançar. Rece-
bemos notícias da Moldávia e de comerciantes turcos de que as tropas ini-
migas estão se juntando em Adrianapol — hordas tártaras, cavalaria turca
e, segundo dizem, o sultão em pessoa, com os seus janczar. *Estamos mal,*
prezado amigo, porque seremos atacados por todo o Oriente, enquanto dis-
pomos apenas de um punhado de soldados. Todas as nossas esperanças es-
tão depositadas na resistência da fortaleza de Kamieniec que, Deus queira,
tenha sido devidamente abastecida. Em Adrianapol já é primavera, que
deverá chegar em breve por estas bandas, já que não pára de chover e a
grama começa a brotar. Estou me mudando para Jampol, pois Raszkow é
apenas um monte de cinzas e, além disto, tenho certeza de que muito em
breve todos nós seremos convocados e teremos que abandonar os atuais pos-
tos avançados."

O pequeno cavaleiro já tinha recebido informações ainda mais seguras, vindas de Chocim, de que a guerra era inevitável. Chegou a repassá-las ao *hetman.* Apesar disto, a carta de *pan* Bialoglowski, vinda da própria fronteira, deixou-o profundamente preocupado. Mas não foi a guerra que causou a sua apreensão, mas o fato de Basia não estar ainda totalmente recuperada.

— A qualquer momento — disse para *pan* Zagloba — poderá chegar uma ordem do *hetman* para abandonarmos Chreptiów, enquanto isto... Basia continua acamada e o tempo está ruim.

— Mesmo se chegassem dez ordens — respondeu *pan* Zagloba — a segurança de Basia vem em primeiro lugar. Vamos ficar aqui até ela ficar totalmente curada. Você sabe muito bem que a guerra não eclodirá assim que terminar o inverno, mas quando secarem os campos, principalmente por eles precisarem de pesados canhões para atacar Kamieniec.

— O senhor continua o voluntário de sempre — respondeu impacientemente o pequeno cavaleiro. — Acha que ordens podem ser desobedecidas por motivos pessoais.

— Muito bem! Se você considera uma ordem militar mais importante do que Basia, então parta com ela. Para cumprir uma ordem, você até seria capaz de atirá-la na carroça com um forcado caso ela não tivesse forças

O PEQUENO CAVALEIRO

para subir sozinha. Que o diabo carregue vocês todos, com esta tal disciplina militar! Antigamente, a gente fazia o que podia, e o que não podia, não fazia. Você vive falando do seu amor por Basia, mas basta alguém gritar "Aos turcos!", e você está pronto para deixar esse amor de lado e capaz de arrastar a pobrezinha presa ao seu cavalo!

— Pelas chagas do Crucificado! Não diga uma coisa destas! — exclamou o pequeno cavaleiro.

Pan Zagloba ficou bufando ainda por bastante tempo, mas vendo o rosto horrorizado de Wolodyjowski, disse-lhe:

— Michal, você sabe que tudo que falo é em função do amor paternal que sinto por Basia. Não fosse por ele, acha que eu estaria aqui, sob o nariz dos turcos, em vez de passar os últimos anos da minha vida num lugar seguro, algo que seria mais condizente com a minha idade e pelo que não poderia ser recriminado por quem quer que seja? Além disto, quem foi que arrumou este seu casamento com Basia? Se não fui eu, então me mande beber um tonel de água pura, sem qualquer tempero que possa torná-la mais palatável.

— Jamais esquecerei disto, enquanto viver! — respondeu o pequeno cavaleiro.

Os dois homens se abraçaram, deixando de lado a passageira desavença.

— Ouça o meu plano — disse o pequeno cavaleiro. — Assim que eclodir a guerra, o senhor pegará Basia e partirá com ela para a casa dos Skrzetuski. Não posso imaginar que o inimigo chegue até lá.

— Farei isto em nome da nossa amizade, muito embora bem que gostaria matar uns turcos, pois não consigo imaginar algo que me encha de mais horror do que um povo que não bebe vinho!

— O meu único medo é o de Baska querer seguir comigo para Kamieniec. Só de pensar nisto, fico todo arrepiado. E tenho certeza de que é isto que ela vai querer.

— Então não permita. Você tem que se opor a isto. Já não basta ter permitido que ela partisse para Raszkow, apesar dos meus veementes protestos?

— Isto não é verdade! O senhor disse que não queria tomar partido.

— Quando eu digo que não quero tomar partido, é muito pior do que me opor.

— Aquela experiência deveria servir de uma lição para Baska, mas eu a conheço. Assim que perceber que eu corro perigo, vai teimar em me acompanhar!

— E você não vai permitir, repito! Que coisa! Nunca vi um marido tão molenga quanto você!

— É que quando ela leva as mãos àqueles olhinhos e começa a chorar, ou finge que chora, o meu coração se derrete como manteiga aquecida. Ela deve ter me enfeitiçado, é a única explicação. O senhor pode ter certeza de que vou despachá-la para os Skrzetuski, porque sua segurança me é mais cara do que minha saúde, mas só de pensar que ela vai ficar triste, fico com tanta pena que chego a sentir falta de ar no peito.

— Michal, pelo amor de Deus, não se deixe ser conduzido desta forma!

— É fácil dizer! E quem, ainda há pouco, chegou a insinuar que eu não a amava?

— O quê? — perguntou Zagloba.

— O senhor sempre se gabou de ser muito esperto, mas agora não responde e fica coçando a orelha.

— É que estou pensando na melhor forma de persuadi-la.

— E se ela começar a chorar?

— E vai fazê-lo, disto estou certo! — respondeu *pan* Zagloba, visivelmente preocupado.

E os dois amigos ficaram procurando uma saída, pois, na verdade, Basia havia enfeitiçado a ambos. Embora sempre a tivessem mimado, agora, durante a doença, ficaram totalmente à sua mercê e a necessidade de contrariá-la enchia seus corações de temor. Ambos sabiam que Basia não irá se opor e que se submeterá humildemente ao veredicto, mas, sem falar de Wolodyjowski, o próprio *pan* Zagloba teria preferido lançar-se sozinho sobre um regimento de *janczar* a vê-la começar a chorar.

Capítulo 43

NAQUELE MESMO DIA, os dois amigos receberam uma ajuda — segundo eles, incontestável — por meio de duas pessoas queridas e inesperadas. Sem qualquer aviso prévio, chegou a Chreptiów o casal Ketling. O espanto e a alegria do anfitrião foram indescritíveis, alegria que contagiou os recém-chegados assim que souberam que Basia estava se recuperando e não corria mais perigo. Krzysia correu imediatamente para a alcova e os gritos de alegria que de lá emanaram mostraram aos guerreiros quão feliz ficara Basia com a chegada da sua amiga de infância.

Ketling e Wolodyjowski ficaram abraçados por muito tempo, ora afastando-se para se olharem melhor, ora ligando-se num forte abraço.

— Por Deus! — disse finalmente o pequeno cavaleiro. — Ketling! Nem uma *bulawa* teria me dado maior prazer do que tê-lo aqui. O que você está fazendo neste fim do mundo?

— O senhor *hetman* colocou-me no comando da artilharia de Kamieniec — respondeu Ketling. — Por isso fomos para lá, onde soubemos das dificuldades pelas quais vocês passaram e viemos imediatamente para cá. Que Deus seja louvado, meu querido Michal, por tudo ter acabado bem. Viajamos muito preocupados, pois não sabíamos se os encontraríamos felizes ou desesperados.

— Felizes, felicíssimos! — exclamou *pan* Zagloba.

— Como isto aconteceu? — perguntou Ketling.

O pequeno cavaleiro e *pan* Zagloba se puseram a relatar tudo que se passara, enquanto Ketling ouvia, elevando os braços e os olhos ao céu e admirando a coragem de Basia.

Depois, o pequeno cavaleiro quis saber o que Ketling andara fazendo, e este lhe fez um relato detalhado. Após o casamento, Krzysia e ele mudaram-se para a propriedade na Curlândia, onde viveram tão felizes que nem no paraíso teria sido melhor. Ao tomar Krzysia por esposa, Ketling sabia muito bem que estava se casando com "um ser celestial", e não mudou de opinião até aquele momento.

Aquela expressão trouxe à memória de *pan* Zagloba e Wolodyjowski o Ketling de outrora, sempre se expressando de forma refinada e palaciana, e voltaram a abraçá-lo. Quando finalmente saciaram-se à vontade, o velho *szlachcic* perguntou:

— Será que não ocorreu a este ser celestial um *casus terrenus* que agita as perninhas e enfia o dedo na boca à procura de dentes?

— Deus deu-nos um filho! — respondeu Ketling. — E agora...

— Notei — interrompeu-o Zagloba. — Enquanto isto, aqui tudo continua na mesma!

E, tendo dito isto, fixou seu olho são no pequeno cavaleiro, que logo começou a agitar os bigodinhos.

O resto da conversa foi interrompido pela entrada de Krzysia que, aparecendo na porta, disse:

— Basia pede a presença dos senhores.

Foram todos para a alcova, onde houve uma nova sessão de saudações. Ketling beijava as mãos de Basia e Wolodyjowski as de Krzysia, mirando-se mutuamente com curiosidade, como pessoas que não se viam há muito tempo.

Ketling não mudara; apenas seus cabelos estavam mais curtos, o que lhe dava aparência ainda mais jovem. Por outro lado, Krzysia mudara bastante, pelo menos na condição em que se encontrava. Não era mais tão esbelta e o seu rosto estava mais pálido, com o que aquela penugem sobre seu lábio superior parecia ainda mais escura. Restaram-lhe apenas os olhos azuis com suas longas pestanas e a antiga dignidade no rosto. Mas os seus traços, antes tão lindos, perderam a delicadeza. É verdade que aquilo podia ser apenas passageiro, mas Wolodyjowski, olhando para ela e comparando-a com Basia, não conseguia deixar de se perguntar: "Como pude

O PEQUENO CAVALEIRO

apaixonar-me por ela quando as duas estavam juntas? Onde estavam os meus olhos?"

Em compensação, Basia pareceu linda a Ketling — e estava linda de fato, com sua rebelde cabeleira loura caindo sobre as sobrancelhas, com a pele que, tendo perdido um pouco do seu rubor durante a doença, parecia feita de pétalas de rosas pálidas. Parecia tão jovem, quase adolescente, que olhando para ela de relance poder-se-ia pensar que era dez anos mais jovem que *pani* Ketling.

Mas o único efeito da sua beleza no afetuoso Ketling foi o de pensar na sua esposa com ainda mais ternura, sentindo-se culpado em relação a ela.

As duas mulheres já tinham se dito tudo o que poderia ser falado em tão curto espaço de tempo, de modo que todos se sentaram junto da cama e Basia começou a relembrar os tempos de outrora. Mas a conversa não fluiu facilmente, já que permaneceram, daqueles tempos, alguns assuntos delicados: as confidências trocadas entre Michal e Krzysia, a indiferença demonstrada pelo pequeno cavaleiro em relação a Basia, algumas promessas e alguns momentos de desespero. A estada na casa de Ketling fora encantadora e deixara lembranças agradáveis, mas falar sobre elas criava um certo constrangimento.

Portanto, Ketling puxou um outro assunto.

— Não comentei ainda que, pelo caminho, paramos na casa dos Skrzetuski, que nos seguraram por duas semanas e nos receberam de tal forma que nem no paraíso poderia ser melhor.

— Meu Deus! Como estão eles? — exclamou Zagloba. — O Jan estava em casa?

— Sim. Ele recebera uma licença do *hetman*, junto com seus três filhos, que servem na cavalaria.

— Não vejo os Skrzetuski desde o meu casamento — disse o pequeno cavaleiro. — Ele esteve com seu regimento e os três filhos nas *Dzikie Pola*, mas não tivemos a oportunidade de nos encontrar.

— Todos eles estão morrendo de saudades do senhor! — disse Ketling, virando-se para Zagloba.

— E eu, deles! — respondeu o velho *szlachcic*. — Mas esta é a minha sina: quando estou aqui, tenho saudades deles; quando for para lá, vou ficar morrendo de saudades desta doninha... A vida é assim, quando o vento não sopra num ouvido, sopra no outro... E para um órfão, ela é mais difícil ainda, porque se tivesse algo de meu, não precisaria amar o que é dos outros.

— Mesmo se o senhor tivesse filhos, eles não poderiam amá-lo mais do que nós — respondeu Basia.

Ao ouvir isto, o rosto de *pan* Zagloba iluminou-se de felicidade e, abandonando pensamentos tristes, recuperou seu bom humor e disse:

— Como fui tolo lá na casa de Ketling, quando fiquei juntando Baska e Krzysia a vocês dois em vez de pensar em mim! Poderia ter tido sucesso com uma das duas...

Neste ponto, virou-se para as mulheres:

— Admitam que ambas estavam apaixonadas por mim e que cada uma de vocês teria preferido casar comigo do que com Michal ou Ketling.

— Sem dúvida alguma! — exclamou Basia.

— Durante a rebelião cossaca, Helena também teria preferido a mim, mas acabou casando com Skrzetuski... Aí, eu teria uma mulher sensata, e não uma doidivanas que quebra dentes de tártaros! E como está ela?

— Com saúde, mas um tanto preocupada, porque dois dos seus filhos do meio fugiram da escola para se alistarem na cavalaria — respondeu Ketling. — *Pan* Jan está até satisfeito por aqueles garotos terem mostrado tal temperamento, mas uma mãe não deixa de ser mãe!

— Eles têm muitos filhos? — perguntou Basia, com um suspiro.

— Doze meninos, e agora começou o sexo frágil — respondeu Ketling.

Ao que *pan* Zagloba exclamou:

— Aha! Uma bênção divina especial paira sobre aquela casa! Eu os criei todos junto ao meu peito, como um pelicano... Preciso dar um puxão de orelhas naqueles dois do meio, porque se tinham que fugir da escola, pelo menos deveriam ter vindo para o regimento de Michal... Esperem um pouco, os dois malandros devem ser Michalek e Jasiek... eles são tantos que até o pai deles confunde os nomes. Não há uma só gralha nas redondezas, porque eles abateram todas com suas espingardas. Sim, sim, não há uma mulher como ela em todo o mundo. Bastava eu lhe dizer "Halszka! Os garotos estão ficando grandes demais para mim; preciso de uma nova alegria!", e ela fingia ficar zangada, mas exatamente nove meses depois entregava a encomenda! Imaginem que chegou a ponto de uma mulher da região que não conseguia engravidar pegar um dos vestidos de Halszka emprestado e a coisa funcionou, juro por Deus!...

Todos ficaram mudos de espanto, até o silêncio ser interrompido pela voz do pequeno cavaleiro:

— Baska, você ouviu isto?

— Michal, contenha-se! — respondeu Basia.

Mas Michal não tinha o menor desejo de se conter, pois diversas idéias espertas germinavam na sua mente, principalmente por achar que, além daquela questão, havia uma outra, tão importante quanto aquela. Assim, começou a falar de uma forma displicente, como se fosse a coisa mais natural do mundo:

— Por Deus! Como seria bom visitar os Skrzetuski! É verdade que ele não vai estar lá, porque terá partido ao encontro do *hetman*, mas ela é uma mulher sensata e não tem o costume de tentar a Providência divina, portanto ficará em casa.

Neste ponto, virou-se para Krzysia:

— A primavera está chegando e os dias serão lindos. Agora ainda é cedo demais para Basia, mas dentro de pouco tempo, eu não faria objeção, já que se trata de um dever para com um amigo. *Pan* Zagloba poderia levar vocês duas até lá e quando o outono chegar e a situação ficar mais calma, eu poderia juntar-me a vocês...

— Que idéia excelente! — exclamou *pan* Zagloba. — Eu terei que ir para lá de qualquer forma, pois fui muito ingrato com eles. Cheguei a esquecer que eles existiam! Chego a corar de vergonha!

— O que a senhora acha disto? — perguntou Wolodyjowski, olhando atentamente para os olhos de Krzysia.

Ao que ela respondeu de forma inesperada e com a sua calma costumeira:

— Bem que gostaria, mas não pode ser, porque pretendo ficar ao lado do meu marido em Kamieniec e não há forças que possam separar-me dele.

— Pelo amor de Deus! O que a senhora está dizendo? — exclamou Wolodyjowski. — A senhora pretende ficar numa fortaleza que, certamente, sofrerá um cerco de um inimigo ferrenho e desprovido de qualquer sentimento de piedade. Se esta guerra fosse travada com um inimigo civilizado, eu ainda poderia compreender, mas trata-se de bárbaros. A senhora tem idéia do que se passa numa cidade conquistada, ou o que significa cair nas mãos de turcos?! Não acredito no que estou ouvindo!

— E, no entanto, não pode ser de outra forma! — respondeu Krzysia.

— Ketling! — gritou em desespero o pequeno cavaleiro. — É esta a forma pela qual você se deixou dominar? Homem de Deus, recupere os seus sentidos!

— Deliberamos esta questão por muito tempo — respondeu Ketling —, e esta foi a decisão que tomamos.

— O nosso filho já está em Kamieniec — acrescentou Krzysia —, sob os cuidados de uma parente minha. Além do mais, quem disse ao senhor que Kamieniec será conquistada?

Neste ponto, Krzysia elevou suas pupilas serenas ao céu:

— Deus é mais poderoso que os turcos e Ele não nos desapontará na confiança que depositamos Nele! E como jurei ao meu marido ficar com ele até o fim dos meus dias, o meu lugar é ao lado dele.

O pequeno cavaleiro ficou sem saber como agir, pois não fora esta a atitude que esperava de Krzysia.

Enquanto isto Basia, que desde o início da conversa adivinhara aonde Wolodyjowski queria chegar, deu um sorriso maroto, fixou nele seus olhinhos espertos e disse:

— Está ouvindo, Michal?

— Baska! Não se meta nisto! — exclamou o perplexo pequeno cavaleiro.

E tendo dito isto, passou a olhar desesperadamente para *pan* Zagloba, como se esperasse um apoio da parte dele. Mas o traidor levantou-se e disse apenas:

— Está na hora de comer algo, porque um homem não pode alimentar-se somente com palavras.

Em seguida, saiu da alcova.

Pan Michal foi correndo atrás dele e bloqueou sua passagem.

— E agora? — perguntou.

O PEQUENO CAVALEIRO

— Não há mais nada a fazer — respondeu Zagloba. — Que um raio parta esta Krzysia! Como pode haver uma salvação para esta República se ela é comandada por mulheres?

— E o senhor não teria algum conselho?

— Que conselho posso lhe dar se você tem medo da sua mulher? Vá até o ferreiro e diga-lhe para ferrar as suas patas, eis o meu conselho!

Capítulo 44

OS KETLING FICARAM EM Chreptiów por cerca de três semanas. Decorrido este tempo, Basia tentou levantar-se da cama, mas ficou evidente que ainda não podia manter-se de pé. Sua saúde retornava mais rapidamente que suas forças e o médico ordenou-lhe que permanecesse deitada até recuperá-las por completo.

Chegara a primavera. Primeiro, um forte e quente vento começou a soprar das *Dzikie Pola* e do mar Negro, dissipando o véu das nuvens, como se fossem trapos velhos. Depois, fez com que as nuvens se espalhassem e voltassem a se juntar, como um cão pastor que espalha e reagrupa um rebanho de ovelhas. As nuvens, fugindo dele, cobriam a terra com chuvas intensas, cujas gotas eram tão grandes que pareciam mirtilos. Os derretidos restos de neve e gelo formaram lagos nas estepes; regatos começaram a escorrer pelos penhascos, formando riachos no fundo dos desfiladeiros, todos eles correndo ruidosamente em direção ao Dniestr como crianças alegres para os braços da mãe.

Nos intervalos entre as chuvas, emergia o sol — claro, rejuvenescido e parecendo molhado, como se banhado pelas águas espalhadas pelo solo.

Depois, tufos de grama verdejante começaram a emergir do chão encharcado; tenros ramos de árvores e de arbustos cobriram-se de brotos e o sol ficou mais quente. No céu, surgiram bandos de aves: grous, cegonhas, gansos selvagens, seguidas de nuvens de andorinhas trazidas pelo vento. Sapos começaram a coaxar nas poças de águas mornas, os passarinhos passaram a cantar alegremente — e nas florestas, estepes e ravinas cobriram-se de verde, como se toda a natureza anunciasse com alegria e enlevo a chegada da primavera:

Mas, para aquela região infeliz, a primavera trazia luto em vez de alegria — e morte, em vez de vida. Alguns dias após a partida dos Ketling, o pequeno cavaleiro recebeu a seguinte mensagem de *pan* Mysliszewski:

"Nas planícies de Kuczuk Kainarji* há cada vez mais tropas. O sultão enviou grandes somas para a Criméia. O khan, com cinqüenta mil homens, está vindo em auxílio a Doroszenko. Seremos invadidos assim que as águas baixarem. Que Deus se apiede da República!"

Wolodyjowski despachou imediatamente a mensagem para o *hetman*, mas não pretendia sair de Chreptióv imediatamente. Sendo um soldado, não podia abandonar o posto sem uma ordem expressa do *hetman*. Além disto, passara suficiente tempo combatendo os tártaros para saber que eles não atacariam em massa tão cedo. As águas ainda não haviam baixado, não havia ainda suficiente grama nas estepes e os cossacos ainda permaneciam hibernando. Quanto aos turcos, o pequeno cavaleiro aguardava-os somente quando chegasse o verão. Embora estivessem concentrados em Adrianapol, um exército de tais dimensões e acompanhado de serviços de apoio, cavalos, camelos e búfalos, não poderia avançar com rapidez.

Os primeiros tártaros poderiam penetrar na República mais cedo — no fim de abril ou início de maio, como gotas de chuva antes de uma tormenta, mas a estes o pequeno cavaleiro não temia. Se até os mais experientes cavaleiros tártaros não podiam fazer frente à cavalaria polonesa em campo aberto, o que dizer de pequenos grupos esparsos que, à mera aproximação das tropas da República, entravam em pânico e se dispersavam como folhas tocadas pelo vento.

De qualquer modo, havia ainda bastante tempo e, mesmo se não houvesse, *pan* Wolodyjowski não teria qualquer objeção em enfrentar alguns deles e dar-lhes uma lição inesquecível. O pequeno cavaleiro era um

---

*Nome do vilarejo que se tornou famoso por ter sido o local onde foi firmado, em 1774, o tratado de paz que pôs fim à primeira guerra russo-turca. (*N. do T.*)

O PEQUENO CAVALEIRO

soldado até a medula, e a proximidade da guerra despertava nele não só a fome de sangue inimigo como devolvia-lhe a paz de espírito.

Pan Zagloba, embora já tivesse experimentado toda sorte de perigos no decorrer da sua longa vida, estava menos tranqüilo. Em caso de necessidade, ele sabia encontrar a necessária coragem — desenvolvera-a por meio da freqüente, embora às vezes involuntária, prática. No entanto, sempre as primeiras notícias de uma guerra deixavam-no bastante preocupado, e foi somente depois de o pequeno cavaleiro ter-lhe exposto o seu ponto de vista, que ele voltou a ficar animado, chegando a desafiar todo o Oriente a enfrentá-lo.

— Quando nações cristãs lutam entre si — dizia — o Nosso Senhor Jesus fica triste e todos os santos se põem a coçar a cabeça, pois é comum ocorrer que, quando o líder está tenso, seus subordinados também ficam num estado de tensão; mas quem bate em turcos não poderia trazer maior alegrias ao Céu. Um dignitário da Igreja me contou que os santos chegam a passar mal diante da visão daqueles cães e não podem apreciar as bebidas e comidas celestes, perdendo até aquela felicidade eterna.

— O que deve ser verdade — respondeu o pequeno cavaleiro — só que a potência turca é incomensurável, enquanto as nossas tropas podem ser contidas num só punho.

— Mas eles não poderão conquistar a República toda. Os suecos, sob o comando de *Carolus Gustavus*, não dispunham de forças descomunais? Naquele tempo, ele contava ainda com o apoio dos russos, dos cossacos, dos húngaros de Rakoczy e do eleitor... e onde estão eles agora? Nós chegamos a levar as nossas espadas até os seus lares.

— É verdade. Pessoalmente, eu não temeria esta guerra, principalmente porque tenho que realizar algum grande feito para agradecer ao Senhor e à Virgem Santíssima por terem salvo a vida de Basia. Queira Deus que possa ter esta oportunidade!... O que me dá pena é a possibilidade de estas terras, junto com Kamieniec, caírem em mãos pagãs. Imagine o senhor quantas igrejas serão profanadas e como sofrerá a população cristã!

— Não me fale de cossacos! Patifes! Se eles ousarem levantar suas mãos contra a mãe-pátria, devem ser devidamente castigados. O mais importante de tudo é Kamieniec não ser tomada. O que você acha, Michal, ela poderá resistir?

— Acho que o general de Podole não a guarneceu como devia, e os seus habitantes, sentindo-se seguros por causa da sua localização, não fizeram o que deveria ser feito. Ketling me contou que os regimentos que o bispo Trzebicki levou para lá são muito modestos... Mas temos que ter fé em Deus! Lá, em Zbaraz, nós resistimos a forças muito mais poderosas que as nossas e apenas protegidos por uma fossa, portanto deveremos poder resistir novamente, principalmente por Kamieniec ser um ninho de águias...

— Sim, um ninho de águias; só que não sabemos se há uma águia nele, como foi Wisniowiecki, ou apenas uma gralha... Você conhece o general de Podole?

— Um homem rico e um excelente soldado, embora um tanto desleixado.

— Sei disto; chamei sua atenção para isto por diversas vezes. *Pan* Potocki quis, muitos anos atrás, que eu o levasse para o estrangeiro, para melhorar sua educação e aprimorar suas boas maneiras, tomando-me por exemplo. Mas eu respondi: "Não irei exatamente por causa do seu desleixo. Ele não tem um par de sapatos da mesma cor e vai querer usar os meus, e o *safian* é muito caro." Depois, na corte de Maria Luiza, ele andava vestido à francesa, mas suas meias de seda viviam escorregando para baixo e brilhava com suas suras. Não há como compará-lo a Wisniowiecki.

— Os comerciantes de lá estão apavorados com a idéia de um cerco, o que prejudicaria as vendas. Eles prefeririam pertencer aos turcos, desde que pudessem manter suas lojas abertas.

— Patifes! — disse Zagloba.

Tanto Zagloba quanto Wolodyjowski estavam preocupados com o destino de Kamieniec, principalmente por causa de Basia que, caso a cidade fosse tomada, teria que compartilhar da sorte dos demais habitantes.

De repente, *pan* Zagloba bateu com mão na testa.

— Que bobagem! Por que nós devemos preocupar-nos com Kamieniec? Por que devemos ir para lá? Não seria melhor você permanecer ao lado do *hetman* e fazer estrago nos campos de batalha? Neste caso, Basia não poderá juntar-se aos seus dragões e terá que partir para um lugar seguro; não

O PEQUENO CAVALEIRO

para Kamieniec, mas para a propriedade dos Skrzetuski. Michal! Deus é minha testemunha de quanto anseio por lançar-me contra os pagãos, mas por você e Basia estou pronto a fazer este sacrifício e levá-la para lá.

— Agradeço-lhe muito — respondeu o pequeno cavaleiro. — Se eu não tiver que estar em Kamieniec, o plano é totalmente factível; mas o que fazer se eu receber uma ordem do *hetman*?

— O que fazer se chegar uma ordem?... Que o diabo carregue todas as ordens!... O que fazer... Espere! Minha proverbial sagacidade volta a funcionar: temos que antecipar-nos à ordem!

— De que maneira?

— Escreva imediatamente ao *pan* Sobieski com o pretexto de enviar-lhe novas notícias e, no fim da carta, escreva que, diante da guerra iminente, você gostaria de permanecer ao seu lado em função do amor que sente por ele. Pelas chagas de Cristo! Veja que idéia sensacional: em primeiro lugar, é muito pouco provável que o *hetman* queira trancar atrás dos muros o melhor cavaleiro de toda a República; em segundo, ao ler a carta, *pan* Sobieski ficará enternecido e quererá tê-lo ao seu lado... Além disto, tenha em mente que, caso Kamieniec resista ao cerco, toda a glória cairá sobre o general de Podole, enquanto tudo que você fizer nos campos de batalha servirá para aumentar ainda mais a fama do *hetman*. Não precisa ter medo; estou convencido de que o *hetman* não cederá você ao general!... Escreva logo a carta! Chame sua atenção para você! Aha! A minha mente ainda serve para algo mais do que ser bicada por galinhas num monte de lixo! Michal, vamos beber a isto e, logo em seguida, você vai escrever a carta!

Efetivamente, a idéia agradou imensamente a Wolodyjowski; abraçou *pan* Zagloba e, depois de pensar um pouco, disse:

— Não estarei enganando nem Deus, nem a pátria, nem o *hetman*, porque, efetivamente, poderei fazer grandes estragos num campo de batalha. Agradeço ao senhor, do fundo do meu coração! Também acho que o *hetman* vai preferir ter-me ao seu lado, especialmente depois de receber a minha carta. E, para não parecer que não estou preocupado com Kamieniec, o senhor sabe o que vou fazer? Vou preparar à minha maneira um destacamento de infantaria e despachá-lo para lá. Vou escrever isto na minha carta para o *hetman*.

— Ótima idéia, mas onde você vai achar pessoas para treinar?

— Tenho aqui, no sótão, quarenta bandidos e assaltantes. Isto porque, a toda vez que queria enforcá-los, Baska implorava para deixá-los com vida e, por mais de uma vez, sugeriu que eu os transformasse em soldados. Eu não quis, porque queria que a sua punição servisse de exemplo. Mas agora estamos às vésperas de uma guerra e tudo é permitido. São homens cruéis, que já sentiram o cheiro de pólvora. Além disto, anunciarei que todo aquele que estiver escondido nas florestas ou nos desfiladeiros apresentar-se como voluntário, terá seus crimes perdoados. Acho que virão mais de cem homens. Junto com os quarenta que estão presos, formarei com eles um bom destacamento. E Baska vai ficar felicíssima. O senhor me tirou um grande peso das costas.

Naquele mesmo dia, o pequeno cavaleiro despachou um novo mensageiro para o *hetman*, bem como anunciou o perdão pelos crimes a todos os facínoras que quisessem se alistar na infantaria. A proposta foi aceita de imediato, e os bandidos prometeram convocar muitos outros "colegas". Como Wolodyjowski imaginara, Basia ficou contentíssima. Os alfaiates da região, inclusive os de Kamieniec, foram convocados para confeccionarem os uniformes. Os ex-bandidos treinavam diariamente no pátio de Chreptiów, enquanto *pan* Wolodyjowski alegrava-se com a idéia de que continuaria combatendo nos campos de batalha, não exporia a esposa aos perigos de um cerco e de que estaria prestando um grande serviço à pátria e a Kamieniec.

O treinamento já durava algumas semanas quando, certo dia, retornou o mensageiro com a resposta do *hetman* Sobieski.

O *hetman* escrevera o que se segue:

"*Meu querido e muito caro Wolodyjowski! Pelo fato de você enviar-me tantas notícias, estou-lhe muito grato, assim como deveria ser-lhe grata a República. A guerra é inevitável. Já recebi a confirmação de que uma enorme força está concentrada em Kuczuk Kainarji — junto com as hordas tártaras, são mais de trezentos mil homens. As hordas deverão partir a qualquer momento. Para o sultão, a conquista de Kamieniec é indispensável. Os lipki que nos traíram mostrar-lhe-ão todos os caminhos, assim como dar-lhe-ão valiosas informações sobre Kamieniec. Espero que aquela serpente, filho de Tuhaj-bey, caia nas suas mãos, ou nas mãos de Nowowiejski, de cuja dor compartilho. Quanto ao seu desejo de permanecer ao meu lado, Deus é minha testemunha de que nada me daria maior prazer, mas, infelizmente, isto não será possível. Logo após a eleição, o general de Podole demonstrou grande simpatia por mim e eu pretendo entregar-lhe o meu melhor soldado, já que aquele rochedo de Kamieniec é a pupila dos meus olhos. Encontram-se lá muitos homens que já participaram de uma ou duas guerras, mas de uma forma como se tivessem comido uma refeição deliciosa há muito tempo e, depois, passassem o resto da vida sonhando com ela; já os homens que desfrutaram a guerra como pão de cada dia e que podem dar conselhos válidos — estes não os há, os poucos que existem não têm o peso suficiente para serem ouvidos. Portanto, envio-o para lá, pois embora Ketling seja um guerreiro de primeira ordem, ele é pouco conhecido, enquanto todos os habitantes terão os olhos voltados para você, e estou convencido de que, embora seja quase certo de que o comando-geral ficará a cargo de outro, a sua opinião será levada em consideração por todos. Estou ciente de que estou expondo-o a sério perigo, mas nós já estamos acostumados a molhar-nos na chuva da qual outros se protegem. A glória e a memória dos nossos atos nos bastam por recompensa e a pátria vem acima de tudo. Tenho certeza de que não preciso lembrar-lhe disto."*

A carta, lida na presença dos oficiais, teve um forte impacto, já que todos teriam preferido lutar nos campos de batalha do que numa fortaleza. Wolodyjowski abaixou a cabeça.

— O que acha disto, Michal? — indagou Zagloba.

O pequeno cavaleiro levantou o rosto e respondeu numa voz calma, como se não tivesse ficado decepcionado:

— Vamos para Kamieniec... Que mais deveria achar? — respondeu, dando a impressão de que nunca pensara em outra coisa.

Em seguida, agitou os bigodinhos e disse:

— Caros companheiros! Vamos para Kamieniec e não deixaremos que ela seja tomada, nem que tenhamos que morrer nas suas ruínas.

— Estamos prontos para morrer! — repetiram os oficiais. — Só se morre uma vez.

Pan Zagloba ficou calado, olhando para os presentes e dando-se conta de que todos aguardavam o que ele iria dizer. Diante disto, soltou um profundo suspiro e disse:

— Irei com vocês... e basta!

Capítulo 45

SSIM QUE O SOLO SECOU e as estepes cobriram-se de vegetação, o *khan* em pessoa, com uma horda tártara de cinqüenta mil homens, partiu em auxílio a Dorosz e aos cossacos rebelados. Tanto o *khan* quanto todos os *mirza* e *beis* trajavam gibões presenteados pelo sultão e avançavam sobre a República não como anteriormente, a fim de saquear e levar prisioneiros para serem vendidos como escravos, mas numa guerra santa contra a Polônia e toda a cristandade.

Uma outra tempestade, ainda maior, estava se formando em Adrianapol, contra a qual a única barreira era Kamieniec. O resto da República jazia como uma estepe aberta, ou então como um homem adoentado, não só incapaz de se defender, como mesmo de se manter de pé. O país estava esgotado pelas guerras que travara — e que vencera — contra suecos, prussianos, russos, cossacos e húngaros; enfraqueceram-no as confederações militares e o maldito levante de Lubomirski, e agora, exauriram-no por completo as dissensões internas, a incompetência do rei, a cegueira da *szlachta* e o perigo de uma guerra civil. Todas as advertências do grande Sobieski foram em vão; ninguém quis acreditar na possibilidade de uma guerra e não foram tomadas quaisquer medidas preventivas nesse sentido: o Tesouro não tinha dinheiro e o *hetman* não tinha soldados. Contra uma potência capaz de derrotar uma aliança de todas as nações cristãs, o grão-*hetman* dispunha apenas de alguns milhares de homens.

Enquanto isto, no Oriente, onde tudo era feito segundo a vontade do sultão e o povo era como uma espada na mão de uma só pessoa, as coisas passavam-se de forma totalmente diversa. No momento em que foi desfraldada a bandeira do profeta e *bunczuk* foram pendurados na torre do comandante-em-chefe do exército turco, os ulemás declararam uma guerra santa e metade da Ásia e todo o norte da África prepararam-se para ela. O próprio sultão deslocou-se para as planícies de Kuczuk Kainarji, reunindo em torno de si uma força militar há muito tempo não vista em todo o mundo. Cem mil *janczar*, a fina flor do exército turco, colocaram-se em torno da sua sagrada pessoa e, em seguida, começaram a chegar exércitos dos mais distantes países e possessões. Os que viviam na Europa foram os primeiros a chegar. Vieram legiões de *beis* da Bósnia que, vestidas de púrpura e montadas em seus cavalos, mais pareciam raios flamejantes; vieram também selvagens guerreiros albaneses, acostumados a lutar com punhais; *wataha* formadas por sérvios que adotaram a cidadania turca; nações inteiras das margens do Dunaj e de mais longe, dos Bálcãs e até das montanhas gregas. Cada paxá trazia consigo um exército que, sozinho, poderia inundar a indefesa República. Vieram também os tártaros de Dobrudz e Bialogrod, além dos *lipki* e *czeremisy*, comandados pelo terrível Azja Tuhajbey, e que deveriam agir como guias através da infeliz nação, tão bem conhecida por eles.

Depois chegaram ondas de recrutas da Ásia Menor: de Alepo, Damasco, Bagdá e de outras cidades às margens do Tigre e Eufrates. Por ordem do califa, vieram também os árabes, cujos brancos albornozes cobriram as planícies de Kuczuk Kainarji como se fosse neve; havia entre eles beduínos nômades vindos dos desertos arenosos e habitantes de cidades, de Medina até Meca. Os bronzeados guerreiros egípcios, tanto os que serviam no Cairo e deliciavam-se com a visão das pirâmides, quanto os que vagavam pelas ruínas de Tebas, ou que viviam nas regiões sombrias onde nasce o Nilo sagrado — todos, agora, fincaram suas armas no solo de Adrianapol, rezando a cada anoitecer por uma vitória do islã sobre aquela única nação que, por séculos, protegera o resto do mundo dos seguidores do profeta.

Por toda parte, deslocavam-se multidões de homens armados, centenas de milhares de cavalos relinchavam na planície, centenas de milhares de búfalos, ovelhas e camelos pastavam ao lado das manadas dos cavalos. Poder-se-ia pensar que, por ordem de Deus, o anjo expulsara os povos da

Ásia — como a Adão do paraíso — e lhes ordenara para que seguissem para terras onde o sol é mais pálido e o solo se cobre de neve no inverno. Quantas línguas diferentes podiam ser ouvidas e quantos trajes exóticos brilhavam sob o sol! O formigueiro de pessoas era formado por nações das mais diversas, com outros costumes, outras armas e outras formas de combater. Eram unidos apenas pela fé, e somente quando os muezins começavam a anunciar a hora das preces, todas aqueles hostes multilíngües viravam-se para o leste, clamando por Alá a uma só voz.

Somente na corte do sultão havia mais empregados do que soldados em todos os exércitos da República. Atrás das tropas regulares e dos recrutas, vinham multidões de comerciantes, vendendo produtos diversos; suas carroças, junto com as carroças dos exércitos, fluíam como um rio.

Dois paxás, à testa de dois exércitos, tinham por função apenas fornecer alimento àquela massa humana — e havia comida farta para todos. Além da abundância de suprimentos, as forças invasoras dispunham de duzentos canhões, dez dos quais chamados de "destruidores" e mais possantes do que qualquer peça de artilharia em poder de todas as nações cristãs. Os *beis* asiáticos ficavam na ala direita, enquanto os europeus, na esquerda. As tendas ocupavam uma área de tais dimensões que, diante delas, Adrianapol parecia uma mera cidadela. As do sultão, brilhando de púrpura, cordas de seda, bordados de cetim e ouro, formavam uma cidade à parte. No meio delas, fervilhavam patrulhas armadas, negros eunucos da Abissínia com longas vestes amarelas e azuis, gigantescos carregadores do Curdistão com pesados fardos às costas, belíssimos mancebos com rostos cobertos por franjas de seda e centenas dos mais diversos empregados com trajes coloridos como flores das estepes e designados às mais diversas funções: selar cavalos, servir à mesa, carregar lanternas ou executar os demais serviços domésticos.

Em torno da corte do sultão que, pelo seu luxo e beleza mais parecia o paraíso prometido aos fiéis, havia as menores, mas não menos luxuosas cortes dos vizires, ulemás e do paxá da Anatólia, o jovem *kajmakan* Kara Mustafá, para quem se voltavam os olhos de todos, como o "Nascente Sol da Guerra".

Diante das tendas do padixá podiam ser vistos membros da guarda imperial com turbantes tão altos que mais pareciam gigantes. Estavam armados com longas lanças pontudas e espadas recurvadas. Nem o imperador da Alemanha nem o rei da França poderiam vangloriar-se de uma guarda tão numerosa e tão bem treinada. Durante as guerras com a República, o menos robusto povo muçulmano não podia se comparar ao exército regular polonês — e quando conseguia derrotá-lo, era exclusivamente por sua superioridade numérica. No entanto, os *janczar* eram capazes de enfrentar de igual para igual até a formidável cavalaria polonesa. O próprio sultão chegava a tremer diante daqueles pretorianos, e o seu agá principal era um dos mais altos dignitários da corte.

Logo atrás dos *janczar*, vinham os *spah*, membros da cavalaria pesada e, depois deles, os exércitos regulares dos paxás. Todas estas tropas já estavam há meses nas cercanias de Constantinopla, aguardando a chegada das que ainda estavam por vir das mais distantes partes do império turco e até o sol primaveril secar a terra encharcada e permitir o avanço sobre *"Lechistan"*, ou seja, a Polônia.

O sol, como se também estivesse submetido à vontade do sultão, brilhava intensamente. Desde o início de abril até meados de maio, apenas algumas vezes quentes gotas de chuva espargiram as planícies de Kuczuk Kainarji, enquanto na maior parte do tempo, sobre as tendas dos exércitos do sultão, estendia-se o divino toldo azul-celeste. Os raios solares refletiam-se nas tendas, capacetes e pontas das lanças, mergulhando tudo — o acampamento, as tendas, os homens e os animais — num vasto mar de luz. Ao anoitecer, a meia-lua brilhava no plácido céu, zelando silenciosamente por aqueles milhares de homens que, sob o seu signo, avançavam na conquista de cada vez mais territórios; depois, elevava-se cada vez mais alto, empalidecendo à luz das fogueiras. Mas quando estas passaram a resplandecer sobre toda aquela vastidão e os árabes de Damasco e Alepo, chamados de "massala-dzilar", acenderam lamparinas verdes, vermelhas, amarelas e azuladas diante das tendas dos líderes turcos, poder-se-ia pensar que toda a abóbada celeste desabara sobre a planície, cintilando com milhares de estrelas.

As mais perfeitas ordem e disciplina reinavam no meio daquelas hostes. Os paxás dobravam-se diante dos desejos do sultão como juncos diante de uma ventania, e os exércitos dobravam-se diante dos paxás. Tudo era cumprido de forma exemplar, assim como também era exemplar a pontualidade com que eram realizados os exercícios militares, as refeições e as orações. Nos momentos em que os muezins, do alto de torres de madeira construídas às pressas, começavam a convocar para as preces, todo o exército voltava-se para o leste, cada soldado estendia diante de si uma pele ou um tapete, e o exército todo caía de joelhos, como um só homem. Ao ver tamanha ordem, as almas da multidão enchiam-se de alento e da certeza de vitória.

O sultão, tendo chegado ao acampamento no final de abril, não demonstrava pressa em avançar. Aguardou por cerca de um mês até as águas secarem, treinando suas tropas, acostumando-as à vida em campanha, dando ordens, recebendo emissários e dispensando justiça sob um baldaquim cor de púrpura. Sua deslumbrante primeira-esposa, Kasseka, acompanhava-o na expedição e, junto com ela, a sua corte paradisíaca.

Uma carruagem dourada com um toldo de tafetá púrpura transportava a nobre dama, seguida por outras carruagens e por camelos brancos da Síria, também cobertos de púrpura e com alforjes cheios de objetos preciosos. Virgens deslumbrantes e dançarinas orientais embalavam-na com suas canções tão logo notavam que ela, cansada, abaixava as sedosas pestanas sobre os olhos. Nas horas mais quentes do dia, moviam-se sobre ela enormes abanadores feitos de penas de pavão e avestruz. Incensos orientais de inestimável valor ardiam nos turíbulos pendurados diante da sua tenda. Era acompanhada por todos os tesouros de que a potência do sultão era capaz, de virgens e mancebos de extraordinária beleza e mais parecidos com anjos, camelos sírios, cavalos árabes e toda sorte de jóias, a ponto de todo o séquito refletir o brilho de diamantes, rubis, esmeraldas e safiras. Nações inteiras caíam por terra diante dela, sem ousarem olhar para o seu rosto, que somente o sultão podia contemplar. O séquito parecia algo não-terreno, ou então uma realidade que o próprio Alá criara com as visões e sonhos quiméricos, enviando-a para a terra.

O sol ardia cada vez mais e chegaram dias mais quentes. Diante disto, uma bandeira foi içada no mastro diante da tenda do sultão e um disparo de canhão sinalizou aos exércitos que chegara a hora de avançar sobre a Polônia. Soou o enorme tambor sagrado, soaram os demais, ouviram-se os assustadores e agudos sons dos pífaros, uivaram os seminus dervixes — e, ao anoitecer, para evitar o calor do dia, o rio humano começou a se deslocar. Na verdade, os exércitos somente partiriam algumas horas mais tarde. Primeiro, partiram as carroças com mantimentos, seguidas pelos dois paxás responsáveis pelo abastecimento das tropas, legiões inteiras de artífices responsáveis pela armação das tendas, manadas de bois de carga e daqueles destinados ao corte. O avanço era planejado para durar seis horas a cada noite, e de forma que os soldados, ao chegarem ao fim de cada trecho, encontrassem comida e acomodações prontas.

Quando chegou a hora da partida dos exércitos, o sultão subiu numa elevação para poder alegrar seus olhos com a sua visão. Estava acompanhado pelo grão-vizir, pelos ulemás, o jovem *kajmakan* Kara Mustafá, o "Nascente Sol da Guerra", e pela guarda imperial. A noite era calma e clara; a lua brilhava intensamente — e o sultão teria podido vislumbrar todos os seus exércitos, não fosse a impossibilidade de qualquer olhar humano abranger a todos, já que, mesmo avançando concentrados, eles estendiam-se por vários quilômetros.

Mas, mesmo assim, seu coração encheu-se de orgulho e ele, deslizando as contas de sândalo do seu *komboloi*, ergueu os olhos ao céu, agradecendo a Alá por tê-lo feito senhor de tantos exércitos e de tantos povos.

De repente, interrompeu a sua reza e, virando-se para o jovem *kajmakan* Kara Mustafá, disse:

— Quem são aqueles cavaleiros do destacamento avançado?

— Luz do Paraíso! — respondeu Kara Mustafá. — O destacamento avançado é formado por *lipki* e *czeremisy*, e quem os conduz é o Vosso humilde cão, Azja, filho de Tuhaj-bey...

Capítulo 46

AZJA TUHAJ-BEY E OS SEUS *lipki*, após uma prolongada estada na planície de Kuczuk Kainarji, efetivamente estavam à testa de todos os exércitos turcos que avançaram em direção às fronteiras da República.

Depois da fragorosa derrota dos seus planos infligida pela corajosa mão de Basia, a estrela do jovem turco parecia ter voltado a brilhar. Havia recuperado a saúde, muito embora a sua bela aparência de antes tenha ficado destruída para sempre: perdera um dos olhos, o nariz estava amassado e a sua cabeça, que antes parecia a de um falcão, agora tinha uma aparência horrível e assustadora. Mas foi exatamente este pavor que a sua aparência despertava nas pessoas que o tornou ainda mais admirado pelos selvagens tártaros de Dobrudz. A sua chegada em Kuczuk Kainarji foi muito comentada e a descrição dos seus feitos crescia a cada nova versão. Comentava-se que ele trouxera para o sultão todos os *lipki* e *czeremisy*; que atacou os poloneses de uma forma como jamais haviam sido atacados; que incendiara todas as cidades ao longo do Dniepr, matando suas guarnições e apossando-se de saques extraordinários. Todos aqueles que avançavam em direção à Polônia pela primeira vez; os que, vindos dos mais distantes cantos do Oriente, não haviam ainda se defrontado com armas polonesas; aqueles cujos corações batiam assustados diante da perspectiva de se defrontarem com a imbatível cavalaria dos infiéis — viam no jovem Azja um guerreiro que já enfrentara os *lach*, que não só não teve medo deles, como ainda lhes infligiu duras derrotas. "Ele foi criado pelos *lach*", diziam "mas sendo filho de um leão, mordeu-os e retornou ao serviço do *padixá*."

O próprio vizir quis conhecê-lo, e o "Nascente Sol da Guerra", o jovem *kajmakan* Kara Mustafá, apaixonado pela glória guerreira e por guerreiros selvagens, tinha-o em alta conta. Ambos encheram-no de perguntas sobre a República, o *hetman*, os exércitos, Kamieniec — e alegravam-se com suas respostas, deduzindo delas que a guerra seria fácil e que a vitória do sultão e a derrota dos *lach* seriam inevitáveis. Diante disto, Azja teve muitas oportunidades de cair, com o rosto enfiado nos tapetes, diante do vizir, de se sentar diante da tenda do *kajmakan* e de receber de ambos magníficos presentes, sob a forma de camelos, cavalos e armas.

O grão-vizir presenteou-o com um traje de malha de prata, o que aumentou ainda mais o respeito de que gozava junto aos *lipki* e *czeremisy*. Kryczynski, Adurowicz e todos os demais capitães que viveram na República e serviram nos seus exércitos colocaram-se todos voluntariamente sob o comando do jovem Tuhaj-bey, reverenciando-o não só pelo seu sangue principesco e sua já demonstrada coragem, mas também pelo fato de ele ter recebido aquele traje argênteo. Azja recebeu o título de *mirza*, e mais de dois mil guerreiros, incomparavelmente mais corajosos do que os tártaros comuns, estavam à sua disposição. A iminente guerra, na qual o jovem *mirza* tinha mais condições do que qualquer outro guerreiro de se destacar, poderia resultar em mais distinções e glória para a sua pessoa.

No entanto, a alma de Azja estava envenenada. Para isto, não sobravam motivos. Em primeiro lugar, porque constatou que os tártaros eram menosprezados pelos turcos, principalmente pelos *janczar* e *spah*, que tratavam-nos como se fossem reles cães de caça. Embora ele próprio fosse respeitado e admirado, o seu regimento tártaro era considerado como apenas um destacamento insignificante. Ao notar isto, Azja afastou os seus *lipki* do resto da horda tártara, como se eles formassem um exército separado. Tal fato despertou imediatamente a ira dos demais *mirza* dos tártaros de Doburdz e Bialogrod, enquanto, paralelamente, o jovem Tuhaj-bey não conseguiu convencer os oficiais turcos de que os *lipki* não deveriam ser considerados meros tártaros, mas homens de um estrato social superior. Por outro lado, tendo sido educado num país cristão e no meio de *szlachcic* e guerreiros, não conseguia acostumar-se aos costumes orientais. Na República, ele fora um simples oficial, e ainda por cima, de uma patente baixa

— e, mesmo assim, circulara com desenvoltura no meio dos mais altos oficiais e do próprio *hetman*, sem precisar humilhar-se tanto como ali, sendo um *mirza* e líder inconteste de todos os *lipki*. Ali, ele tinha que se atirar no chão diante do vizir e, mesmo na amistosa tenda do *kajmakan*, tinha que bater com a testa no chão diante dos *beis*, dos ulemás e do grão-agá dos *janczar*. Aquilo, para Azja, era algo insuportável; não podia se esquecer de que era filho de um dos mais renomados guerreiros tártaros, tinha uma alma selvagem e repleta de empáfia — portanto, sofria imensamente.

Mas o que mais lhe doía era a lembrança de Basia. Nem era pelo fato de ter sido derrubado do cavalo por uma frágil mão feminina — ele, que nas batalhas de Braclaw e Kamieniec, fora o mais audaz de todos os "escaramuceiros" e derrubara todos os seus oponentes — ou mesmo pela vergonha e pela desonra! Ele a amava de verdade e sem limites, e tudo o que queria era poder tê-la na sua tenda, poder olhar para ela, beijá-la. Se pudesse escolher entre tornar-se *padixá* e reinar sobre metade do mundo, ou tomá-la nos braços, sentir o calor daquele corpo jovem junto ao seu, o hálito dela no seu rosto, seus lábios nos dela — teria optado por isto! Desejava-a porque a amava, e desejava-a porque a odiava; quanto mais ela pertencia a um outro, mais a desejava; quanto mais pura e inalcançável, maior era o seu desejo por ela. Quando em certos momentos, deitado na sua tenda, lembrava-se de que já a tivera nos seus braços e beijara os seus olhos no fundo daquele barranco, ou quando, já perto de Raszkow, a tivera nos seus braços e apertara o peito dela contra o seu, chegava a enlouquecer de tanto desejo. Não sabia o que aconteceu com ela — se conseguiu chegar a Chreptiów, ou se morrera pelo caminho. A idéia de ela ter perecido, ora o enchia de alegria, ora de pena. Havia momentos em que achava que não deveria ter tentado raptá-la, mas permanecido em Chreptiów como um simples *lipek* — somente para poder ficar olhando para ela.

Em vez disto, quem estava com ele na sua tenda? A infeliz Zosia Boski. A pobre moça vivia em constante degradação e pavor, já que Azja não tinha por ela nem uma gota de misericórdia. Maltratava-a apenas por ela não ser Basia. Embora ela tivesse a doçura e o encanto de uma flor silvestre e fosse jovem e bela, Azja saciava-se com sua beleza, mas, sem qualquer motivo aparente, começava a dar-lhe pontapés ou marcar o seu alvo corpo com golpes dos seus possantes punhos. Zosia não podia viver num inferno pior, pois vivia sem qualquer esperança. Sua vida havia desabrochado em Raszkow, como uma primavera florida pelo seu amor pelo jovem Nowowiejski. Apaixonara-se pela sua índole guerreira, nobre e, ao mesmo tempo, bondosa — e eis que se tornara uma escrava daquele caolho horrível. Tremendo como um cachorro açoitado, tinha que se arrastar aos seus pés, olhando com temor para suas mãos para ver se não estavam pegando um açoite ou chicote — retendo a respiração — e retendo lágrimas. Estava ciente de que não havia escapatória para ela e que, se por um milagre qualquer, pudesse escapar daquelas mãos terríveis, não seria mais a Zosia de outrora, alva como neve recém-caída e capaz de retribuir com pureza o amor de *pan* Adam. Isto já fora perdido de forma irrecuperável. E como não teve qualquer culpa por ter que viver de uma forma tão desonrosa; pelo contrário, sempre fora uma donzela imaculada, doce como uma pombinha, confiante como uma criança, simples e cheia de amor puro para dar — não conseguia compreender o motivo pelo qual fora tão injustiçada e por que desabara sobre ela tão terrível ira divina — e esta perplexidade aumentava ainda mais a sua dor e o seu desespero.

E foi assim que foram passando os seus dias, semanas e meses. Azja chegara às planícies de Kuczuk Kainarji ainda no inverno e o avanço sobre as fronteiras da República teve início somente em junho. Todos aqueles meses foram passados em desonra, sofrimento e trabalho pesado. Como Azja mantinha Zosia na sua tenda e, apesar de toda a sua beleza, não a amava — pelo contrário, odiava-a por ela não ser Basia, considerava-a como uma escrava e, como tal, ela tinha que trabalhar. Cabia-lhe dar de beber aos cavalos e camelos, trazer água para as abluções, estender as peles ao anoitecer e cozinhar as refeições. Nos demais exércitos turcos, as mulheres não saíam das tendas, com medo dos *janczar* ou por costume milenar. Mas os *lipki* estavam acampados mais afastados e, tendo passado boa parte das suas vidas no interior da República, não tinham o costume de cobrir suas mulheres dos pés à cabeça. Até os mais simples soldados que dispunham de escravas não obrigavam-nas nem mesmo a cobrir seus rostos com véus. É verdade que lhes era proibido afastarem-se do acampamento, pois seriam raptadas inapelavelmente; mas, dentro do seu perímetro, podiam deslocar-se à vontade e cumprir com seus afazeres domésticos.

Apesar do trabalho duro, a tarefa de levar os cavalos e camelos até o rio proporcionava um certo alívio a Zosia, porque tinha medo de chorar dentro da tenda, enquanto do lado de fora podia dar vazão às lágrimas. Numa destas saídas chegou a ver a sua mãe, que Azja doara a Halim. Atiraram-se nos braços uma da outra, e embora depois Azja tivesse lhe dado uma surra tremenda, o encontro fora um dos raros momentos de doçura na amarga vida de Zosia. De outra feita, Zosia viu Ewa, carregando baldes d'água. Ewa gemia sob o peso dos baldes; estando grávida, o seu corpo já não era tão esguio e belo, mas os seus traços, embora cobertos por um véu, trouxeram à memória de Zosia os belos traços de Adam, e ela quase chegou a desmaiar de dor. Com medo de serem castigadas, as duas mulheres não se falaram.

Aquele medo sobrepujava a todos os demais sentimentos de Zosia, passando a ser o único, substituindo desejos e esperanças. Não ser agredida fisicamente passou a ser o seu único objetivo. Basia, em seu lugar, teria matado Azja com seu próprio punhal ainda na primeira noite, sem ligar para o que viria em seguida; mas a temerosa Zosia, quase uma criança, não tinha a coragem de Basia. Chegava a ponto de achar uma bênção o fato de Azja, momentaneamente excitado, querer aproximar o seu rosto deformado dos seus lábios. Sentada na tenda, não desgrudava os olhos do seu amo, querendo adivinhar o seu estado de espírito e pronta para satisfazer seus mínimos desejos.

E quando adivinhava erroneamente e via as presas dele emergirem debaixo dos bigodes, parecendo o velho Tuhaj-bey, arrastava-se até os seus pés e, colando seus lábios empalidecidos nas suas botas, gemia como uma criancinha:

— Não me bata, Azja! Perdoe-me!

Mas ele não costumava perdoar. Não só a culpava de não ser Basia, como também por ela ter sido noiva de Nowowiejski. Azja tinha alma de guerreiro e não costumava ter medo — no entanto, as contas que Nowowiejski e ele tinham que acertar eram de tal magnitude, que só de pensar naquele gigante ansioso por vingança, um certo tremor percorria o corpo do jovem *lipek*. Haveria uma guerra e eles poderiam se encontrar; aliás, era quase certo que se encontrariam. Azja não conseguia livrar-se desse pensamento, e como ele vinha à sua mente só de olhar para Zosia, maltratava-a ainda mais, como se quisesse aplacar a sua inquietação por meio dos golpes aplicados no delicado corpo da infeliz jovem.

Finalmente chegou o momento no qual o sultão deu a ordem de partida. O sultão, o vizir e o *kajmakan* haviam decidido que os *lipki* e, atrás deles, todas as hordas tártaras, formariam as patrulhas avançadas, sendo que, até os Bálcãs, todos os exércitos seguiram juntos. Para evitar o calor, o avanço era feito somente à noite, por seis horas a cada vez. Barris de piche aceso iluminavam seu caminho, e os "massala-dzilar", com suas lamparinas multicoloridas, clareavam ainda mais a vereda percorrida pelo sultão. Um formigueiro humano avançava, qual uma onda, sobre o terreno, cobrindo vales e montanhas. Atrás dos exércitos — carroças e mais carroças, haréns e, finalmente, inúmeros rebanhos dos mais diversos animais.

Num ponto ainda não totalmente seco, a carruagem dourada e purpúra de Kasseka afundou tão profundamente na lama que nem vinte búfalos conseguiram desatolar. "Um mau presságio, Senhor, tanto para Vós, quanto para o Vosso exército!", disse ao sultão o mais importante dos mufti. "Um mau presságio!", começaram a repetir os desvairados dervixes. Diante disto, o temeroso sultão resolveu despachar de volta todas as mulheres, inclusive a deslumbrante Kasseka.

A ordem foi repassada aos exércitos. Os soldados, que não tinham para onde enviar suas escravas e, ciumentos ao extremo, não queriam vendê-las para que outros pudessem desfrutar das suas delícias, mataram-nas imediatamente. Outros, mais práticos, venderam as suas aos diversos traficantes de escravos que costumavam acompanhar os exércitos, e que iriam revendê-las nos mercados de Istambul e de outras cidades da Ásia Menor. As negociações duraram três dias. Azja, sem um momento de hesitação, colocou Zosia à venda, que foi comprada imediatamente — e por um preço bastante alto — por um comerciante de frutas secas de Istambul, como um presente para seu filho.

Era um homem de bom coração que, comovido pelas lágrimas de Zosia, comprou também de Halim — é verdade que por um preço vil — a sua mãe. No dia seguinte, mãe e filha partiram, junto com as demais escravas, para Istambul. Uma vez lá, o destino de Zosia, embora não deixasse de ser desonroso, melhorou bastante. Seu novo proprietário encantou-se com ela e, após alguns meses, elevou-a à condição de esposa. Sua mãe nunca mais se separaria dela.

Muitas pessoas, inclusive mulheres, conseguiram retornar ao país após longos períodos de cativeiro. Aparentemente, houve alguém que, de todas as formas, fosse por intermédio de armênios, comerciantes gregos ou até de emissários da República, andou procurando por Zosia, mas todos os seus esforços foram vãos. Depois as buscas cessaram por completo e Zosia nunca mais viu, nem o seu país de origem, nem qualquer dos rostos queridos.

Permaneceria num harém até o fim dos seus dias.

Capítulo 47

AINDA ANTES DA PARTIDA dos turcos de Adrianapol, uma grande agitação tomou conta dos postos avançados ao longo do Dniestr. O de Chreptiów, sendo o mais próximo de Kamieniec, passou a receber freqüentes emissários do *hetman* com as mais diversas ordens. O pequeno cavaleiro as executava ou enviava aos demais postos aquelas que não lhe diziam respeito. Em função disto, a guarnição de Chreptiów diminuiu consideravelmente. *Pan* Motowidlo, junto com seus russos, partiu em ajuda a Hanenec que, com apenas um punhado de cossacos leais à República, enfrentava como podia Dorosz e a horda tártara que viera em seu apoio. O inigualável arqueiro Muszalski, *pan* Snitko, *pan* Nienaszyniec e *pan* Hromyka levaram seus dragões para Batoh, onde, junto com *pan* Luzecki, teriam a função de guardar a movimentação de Doroszenko. *Pan* Bogusz recebeu ordens para permanecer em Mohilow até o momento em que pudesse divisar a aproximação do grosso dos exércitos inimigos. Todos estavam à procura do afamado *pan* Ruszczyc que, depois de Wolodyjowski, era o mais destacado combatente de tártaros; mas *pan* Ruszczyc partira para as estepes com um destacamento de apenas algumas dezenas de homens e desaparecera como se tivesse sido tragado pela terra. Ouviu-se falar dele somente mais tarde, quando surgiram estranhas notícias de que em volta dos acampamentos de Dorosz e dos tártaros parecia rondar algum espírito maligno que raptava diariamente homens solitários ou até pequenos destacamentos. Supunha-se que o tal espírito maligno seria *pan*

Ruszczyc, já que, exceto o pequeno cavaleiro, ninguém mais seria capaz de tais façanhas. Em pouco tempo, as suposições se provaram corretas.

Wolodyjowski, como já era sabido, deveria seguir para Kamieniec, pois era lá que o grão-*hetman* mais precisava dele, sabendo que só a sua presença incutiria mais ânimo, tanto nos habitantes quanto na guarnição daquela cidade-fortaleza. O *hetman* estava convencido de que Kamieniec acabaria caindo; o que ele queria era que a cidade apenas resistisse por mais tempo, até a República reunir forças suficientes para sua defesa. E era em função desta convicção que enviava para morte certa o mais famoso cavaleiro da República e o mais querido dos seus soldados.

Fazia-o sem sentir pena dele. O *hetman* sempre achara — o que acabou verbalizando mais tarde na batalha de Viena — que uma senhora chamada Guerra poderia gerar filhos, mas a guerra em si somente sabia matá-los. Ele sempre esteve pronto a sacrificar a sua própria vida e acreditava que o ato de morrer era a mais simples das obrigações de um soldado e, caso a sua morte resultasse num serviço relevante à nação, considerá-la-ia como uma graça e um grande prêmio. O senhor *hetman* sabia também que o pequeno cavaleiro compartilhava desse mesmo entendimento.

Além disto, não podia dar-se ao luxo de pensar em poupar um soldado diante da ameaça a igrejas, cidades, nações e a própria República — quando todo o Oriente levantava-se com um poderio jamais visto contra a Europa no intuito de erradicar da terra todo o cristianismo que, protegido pelo peito da República, nem pensava em vir em sua ajuda. A intenção do *hetman* era de que Kamieniec protegesse a República e que, depois, a República protegesse o resto da cristandade — o que teria tido condições de fazer, caso tivesse forças e não fosse consumida por intrigas internas.

Mas o *hetman* não tinha soldados suficientes nem para formar batalhões de reconhecimento, quanto mais para travar uma guerra. Bastava deslocar um punhado de homens para que, imediatamente, um vácuo se abrisse nas linhas de defesa, pelas quais o inimigo poderia passar sem encontrar qualquer resistência. Somente as sentinelas que o sultão postava à noite em seu acampamento eram mais numerosas que os exércitos do *hetman*. A invasão vinha de duas direções — do Dniepr e do Dunaj. Como Dorosz

O PEQUENO CAVALEIRO   481

e a horda tártara estavam mais próximos, os principais regimentos foram despachados para combatê-lo, deixando o outro flanco desprotegido.

E foi no meio desta tão difícil situação que o *hetman* enviou uma breve carta a Wolodyjowski, com o seguinte teor:

"Cheguei a cogitar em enviá-lo para combater o inimigo na região de Raszkow, mas fiquei com medo de que, caso a horda conseguisse atravessar os sete vaus do lado moldávio e ocupasse o nosso território, você não teria condições de retornar para Kamieniec, onde a sua presença é indispensável. Foi somente ontem que me lembrei de Nowowiejski que, além de ser um soldado experiente e decidido, está desesperado e, portanto, capaz de prestar-me grandes serviços. Destarte, envie a ele o que puder de cavalaria ligeira e diga-lhe para adentrar o território inimigo, avançando o máximo possível, espalhando a notícia de que é apenas uma força expedicionária e que será seguida por possantes exércitos; e, se ele avistar algumas tropas inimigas, que se deixe ser visto, mas não permita ser cercado. Nós já sabemos qual o caminho que será seguido pelos invasores, mas caso ele descubra algo de novo, ordene-lhe que o avise imediatamente, para que você possa passar esta informação para mim e para Kamieniec. Que Nowowiejski parta imediatamente. Quanto a você, esteja pronto para partir para Kamieniec a qualquer momento, mas não saia de Chreptiów antes de receber notícias da Moldávia e de Nowowiejski."

Como *pan* Adam estava em Mohilow e pretendia vir para Chreptiów de qualquer modo, o pequeno cavaleiro apenas mandou-lhe uma mensagem para que apressasse sua vinda.

Nowowiejski chegou três dias depois. Seus conhecidos mal o reconheceram e deram razão a *pan* Bialoglowski por tê-lo chamado de "um esqueleto ambulante". Não era mais aquele rapaz alegre, ousado e enérgico que costumava atirar-se contra o inimigo com risadas semelhantes a relinchos e agitando os braços gigantescos como pás de um moinho-de-vento. Sua pele adquirira um tom amarelado e ele emagrecera, sendo que a sua magreza fazia com que parecesse ser ainda mais alto. Olhava para as pessoas piscando sem cessar, como se não reconhecesse as que lhe eram conhecidas, e era preciso repetir-lhe a mesma coisa por duas ou três vezes, pois dava a impressão de não entender o que se dizia. Parecia que nas suas veias não corria mais sangue, mas amargura, e que, para não enlouquecer, não queria pensar ou se lembrar de certas coisas. Embora naquelas bandas não houvesse um só homem que não tivesse sofrido alguma perda por mãos pagãs e que não tivesse pranteado algum parente, amigo ou um ente querido, a desgraça que se abatera sobre *pan* Adam ultrapassava todas. Num só dia perdeu o pai, a irmã e a noiva, a quem amava com todo o ardor da sua alma destemida. Teria sido melhor que a irmã e aquela outra jovem doce e querida tivessem morrido, mas o destino delas fora tal que só o ato de pensar nele era algo pior do que qualquer tortura física. O infeliz guerreiro tentava não pensar nisto, mas era evidente que não conseguia.

Embora aparentasse calma, era evidente que, oculto por aquele ar de torpor, fervilhava algo terrível e pavoroso que, caso explodisse, causaria um estrago pior do que qualquer furacão. Isto estava tão claramente estampado na sua face que mesmo os amigos mais íntimos aproximavam-se dele com certo receio e evitavam fazer qualquer alusão ao que acontecera.

A visão de Basia deve ter provocado nele a reabertura das suas feridas, pois, ao beijar as suas mãos, se pôs a gemer como um bisão sendo sacrificado, com os olhos injetados de sangue e as veias do pescoço intumescidas. E quando Basia começou a chorar e, com um sentimento materno, abraçou a sua cabeça, *pan* Adam caiu abraçado aos seus pés e levou muito tempo até que conseguissem afastá-lo. No entanto, quando soube da tarefa que o *hetman* lhe confiara, pareceu reviver; uma chama de ódio iluminou seu rosto e ele disse:

— Farei tudo o que o *hetman* ordena... e muito mais!

— E se você encontrar aquele cão maldito, dê-lhe uma lição! — acrescentou *pan* Zagloba.

Nowowiejski não respondeu de imediato, fixando o seu olhar perdido em *pan* Zagloba. De repente, seus olhos adquiriram um brilho insano e ele levantou-se e começou a andar em direção ao velho *szlachcic*, como se quisesse atirar-se sobre ele.

— O senhor acredita que eu jamais fiz algo àquele homem e sempre lhe quis bem?

O PEQUENO CAVALEIRO

— Acredito, acredito! — respondeu rapidamente *pan* Zagloba, recuando prudentemente para trás do pequeno cavaleiro. — Eu até o acompanharia nesta empreitada, não fosse esta artrite nas minhas juntas.

— Nowowiejski — disse o pequeno cavaleiro. — Quando pretende partir?

— Hoje à noite.

— Dar-lhe-ei cem dragões. Ficarei aqui com os outros cem e a infantaria. Vamos para o pátio.

Os dois guerreiros saíram para dar as devidas ordens.

Assim que atravessaram a porta, deram de cara com Zydor Lusnia, esticado como corda de um violino. A notícia da expedição já percorrera o pátio e o sargento, em seu nome e em nome de todo o seu destacamento, viera pedir ao comandante permissão para partirem com Nowowiejski.

— O que?! Você quer me abandonar? — perguntou o espantado Wolodyjowski.

— Senhor comandante, nós todos juramos vingar-nos daquele filho de uma cadela, e talvez ele possa cair nas nossas mãos!

— É verdade! *Pan* Zagloba chegou a mencionar esta possibilidade — respondeu o pequeno cavaleiro.

Lusnia virou-se para Nowowiejski.

— Senhor comandante!

— O que quer?

— Se nós o agarrarmos, o senhor permitiria que eu me ocupasse dele?

Havia tanta determinação e ódio estampado no rosto do sargento, que Nowowiejski inclinou-se diante de Wolodyjowski e pediu:

— Imploro a Vossa Senhoria que me ceda este homem!

Wolodyjowski nem pensou em recusar e, naquela mesma noite, cem cavalos, com Nowowiejski à testa, partiram na direção de Mohilow e Jampol. Chegando a este último posto, encontraram nele a antiga guarnição de Raszkow. De acordo com as ordens do *hetman*, duzentos homens juntaram-se aos cem de *pan* Adam e foram para Raszkow, enquanto os restantes, sob o comando de *pan* Bialoglowski, seguiram para Mohilow.

A região de Raszkow estava deserta; a cidade não passava de um monte de cinzas que o vento se encarregara de espalhar pelos quatro cantos do mundo, enquanto os poucos sobreviventes civis, com medo da tempestade que se aproximava, fugiram para bem longe. Já era início de maio e as hordas tártaras poderiam aparecer a qualquer momento, portanto não era seguro permanecer por lá. Na verdade, as hordas ainda estavam nas planícies de Kuczuk Kainarji, junto dos exércitos turcos, mas isto não era do conhecimento na região de Raszkow, de modo que os ex-habitantes daquela infeliz cidade que conseguiram escapar do massacre fugiram para onde podiam.

Pelo caminho, Lusnia traçava planos e ardis que, segundo ele, *pan* Nowowiejski deveria adotar para atingir o seu objetivo. De uma forma magnânima, resolveu compartilhá-los com seus comandados.

— Vocês são um bando de imbecis — dizia-lhes — e não têm a mínima noção de como agir. Mas eu sou velho e experiente e sei. Quando chegarmos a Raszkow, vamos esconder-nos e ficar de tocaia. Quando a horda chegar ao baixio, vai parar e, como sempre, despachar para o lado de cá apenas alguns destacamentos avançados, aguardando a informação de que a região está segura. Então, nós vamos sair do nosso esconderijo e atacá-los, cortando o seu caminho de volta e tangendo-os nem que seja até Kamieniec.

— Mesmo assim, ninguém pode garantir que aquele cão vai estar no meio deles — observou um dos soldados.

— Cale a boca! — respondeu Lusnia. — Quem, a não ser os tártaros, serão os primeiros a atravessar o rio?

As previsões do sargento pareceram confirmar-se. Assim que chegaram a Raszkow, *pan* Adam deu um descanso aos seus homens. Todos estavam convencidos de que, em seguida, iriam ocultar-se nas diversas cavernas existentes na região, onde ficariam aguardando a chegada das primeiras tropas inimigas.

No entanto, no dia seguinte, Nowowiejski deu ordem de montar e seguiu em frente. *"Até onde ele pretende nos levar?"*, perguntava-se o sargento. A resposta não tardou a chegar. Assim que chegaram ao primeiro vau, Nowowiejski, sem dizer uma palavra, esporeou o cavalo e começou a atravessar o rio. Os soldados entreolharam-se espantados.

O PEQUENO CAVALEIRO

— O que significa isto? Vamos ao encontro dos turcos? — pergunta-vam-se mutuamente.

No entanto, não sendo um grupo de *szlachcic* voluntários sempre pron-tos a discutir entre si os caminhos a serem tomados, mas simples soldados acostumados à rígida disciplina militar, seguiram os passos do seu comandan-te e — ala após ala — entraram no rio. Não hesitaram nem por um segun-do sequer; apenas se espantavam diante do fato de que eles, um minguado grupo de meros trezentos cavaleiros, seguiam em direção ao território tur-co, uma potência diante da qual curvava-se o mundo todo. Mesmo assim seguiram em frente.

Pouco tempo depois, a água do rio agitada pelas patas dos cavalos co-meçou a molhar as ancas das montarias; os soldados pararam de se espantar e ficaram apenas atentos para não molharem seus alforjes. Somente após atingirem a outra margem do rio, começaram a se entreolhar.

— Por Deus! Estamos nas terras do sultão! — sussurravam.

Um ou outro olhou para trás, para o Dniestr que, ao pôr-do-sol, brilha-va como uma faixa vermelho-dourada. As gigantescas escarpas cheias de cavernas na outra margem do rio também estavam banhadas pelos raios do sol poente. Erguiam-se como muros altos que, a partir daquele momento, separavam aquele grupo de homens da sua pátria. Para alguns deles, certa-mente aquela seria a última vez que a veriam.

Pela mente de Lusnia passou o pensamento de que o comandante en-louquecera; mas cabia ao comandante comandar, e a ele — obedecer.

Os cavalos, após saírem da água, começaram a relinchar.

— Saúde! Saúde! — ouviam-se as vozes dos soldados.

Os relinchos foram interpretados como auspiciosos e um sentimento de ânimo encheu os corações dos soldados.

— Em frente! — ordenou Nowowiejski.

As alas começaram a avançar na direção do sol poente e das nações inimigas acampadas em Kuczuk Kainarji.

Capítulo 48

PARA ALGUÉM NÃO familiarizado com estratégias militares, a travessia do Dniestr por Nowowiejski e o seu avanço com apenas trezentas espadas contra as centenas de milhares de guerreiros do sultão poderia parecer um ato insano. No entanto, tratava-se apenas de uma ousada expedição militar com perspectivas concretas de sucesso.

Naquele tempo eram muito comuns expedições contra forças cem vezes superiores, que se deixavam ser vistas para fugir em seguida, causando danos significativos aos seus perseguidores. Agiam como um lobo que provoca cães de caça em sua perseguição para, no momento certo, virar-se contra eles e matar os mais ousados. Num piscar de olhos, o animal caçado transformava-se no caçador: fugia e se escondia, mas, ao ser perseguido, também era um perseguidor, atacando inesperadamente e mordendo até matar. Tais táticas eram chamadas de "truques tártaros", nos quais tanto os poloneses quanto os tártaros tentavam superar-se, nos ardis, procedimentos e emboscadas. Os mais famosos guerreiros que faziam uso desses ardis eram *pan* Wolodyjowski, seguido por *pan* Ruszczyc, *pan* Piwo e *pan* Motowidlo, mas *pan* Adam, tendo passado toda a sua juventude nas estepes, pertencia também ao grupo dos famosos, razão pela qual era bem provável que, permitindo ser visto pela horda, não deixaria ser cercado e pego.

Sua expedição tinha também chances de sucesso pelo fato de as regiões do outro lado do Dniestr serem ainda mais selvagens, o que permitia esconder-se com mais facilidade. Aqui e ali, junto dos riachos, havia algumas concentrações humanas, mas, em geral, a região era despovoada, com montanhas e escarpas rochosas às margens dos rios, vastas estepes mais ao longe e florestas cheias de animais, desde búfalos selvagens, até cervos, corças e javalis. Como o sultão decidira "avaliar suas forças" e "sentir-se poderoso" antes de avançar sobre a República, os tártaros das margens do Dniestr e das estepes de Bialogrod e Dobrudz, assim como os soldados da Moldávia, receberam ordens para seguirem até os Bálcãs, com o que a re gião ficou ainda mais deserta, podendo-se cavalgar nela por semanas a fio sem ser visto por quem quer que fosse.

Por outro lado, Nowowiejski conhecia suficientemente a forma de agir dos tártaros para saber que eles, após atravessarem a fronteira da Repúbli ca, passariam a avançar com muito mais cuidado e olhando atentamente para todos os lados, enquanto, ainda no seu país, avançariam espalhados e sem maiores preocupações. E era exatamente o que acontecia; para os tár taros, parecia mais provável encontrar a Morte em pessoa do que se de frontar — no interior da Bessarábia, portanto, na sua própria casa — com tropas de uma República que não dispunha de forças nem para defender as próprias fronteiras.

Em função disto, *pan* Nowowiejski acreditava que a sua expedição pe garia o inimigo de surpresa e o encheria de espanto — com o que provoca ria um resultado ainda melhor do que o *hetman* previra — e poderia resultar numa total desgraça para Azja e os seus *lipki*. O jovem oficial estava con vencido de que os destacamentos avançados das forças inimigas seriam formados por *lipki* e *czeremisy*, uma vez que eram profundos conhecedo res da República. Atacá-los de surpresa, agarrar o odiado Azja, talvez con seguir arrancar de suas mãos a irmã e Zosia, livrá-las do cativeiro e vingar-se — depois partir para a guerra e nela morrer — isto era tudo que ainda al mejava a destroçada alma de *pan* Adam.

Sob o efeito destes pensamentos e esperanças, Nowowiejski livrou-se do torpor e reviveu. As longas cavalgadas por regiões desconhecidas, o for te vento das estepes e o perigo da ousada missão reforçaram sua saúde e fizeram-no recuperar sua força descomunal. O guerreiro sobrepujou o so fredor. Antes, não havia nele lugar para o que quer que fosse a não ser lembranças e dor; agora tinha que se concentrar por dias na melhor forma de encontrar o inimigo — e derrotá-lo.

O PEQUENO CAVALEIRO

Após atravessar o Dniestr, avançava em diagonal através das estepes, na direção do rio Prut. Passava os dias escondido no meio de florestas e fazia marchas forçadas no silêncio das noites. O país, ainda pouco povoado nos dias de hoje, naqueles dias era habitado quase que exclusivamente por nômades, de modo que somente de vez em quando passavam por um campo de milho com um vilarejo ao lado.

Avançando às escondidas, evitavam os maiores, mas parando nos menores, sabendo que não passaria pela cabeça de nenhum dos seus habitantes avisar os destacamentos tártaros sobre sua presença. No começo, Lusnia assegurava-se disso pessoalmente, mas, depois de certo tempo, deixou de preocupar-se, por dois motivos: primeiro, por ter constatado que aqueles poucos moradores, embora teoricamente súditos do sultão, estavam eles mesmos apavorados com a aproximação dos exércitos turcos e, depois, por eles não terem a mínima idéia de que tropas seriam aquelas que passavam pelos seus vilarejos, achando que eram homens do imperador turco numa expedição. Diante disto, não ofereciam qualquer resistência e forneciam-lhes panquecas de milho, frutas secas de cornisos e carne de búfalo defumada. Cada morador possuía, escondidas junto aos riachos, manadas de búfalos, ovelhas e cavalos.

De vez em quando, os homens de Nowowiejski encontravam grandes rebanhos de búfalos semi-selvagens, pastoreados por velhos tártaros nômades que permaneciam nas suas tendas somente até o pasto ficar exaurido. A estes, Nowowiejski cercava com todo cuidado, como se fossem tropas inimigas. Em seguida, matava a todos, para que não pudessem avisar os turcos da sua presença e, pegando quantos búfalos precisasse, seguia em frente.

À medida que avançavam para o sul, outros rebanhos pastoreados por tártaros tornavam-se cada vez mais freqüentes. Nas duas semanas seguintes, Nowowiejski cercou e exterminou três grupos de pastores de ovelhas, cada um formado por algumas dezenas de homens. Os dragões tiravam dos cadáveres os casacos de pele de ovelha e, após desinfetá-los no fogo, vestiam-nos a fim de ficarem mais parecidos com pastores tártaros. Em pouco tempo, deixaram de parecer soldados poloneses, adotando a aparência de um destacamento tártaro, guardando em sacos os seus uniformes para poderem vesti-los novamente por ocasião do seu retorno e mantendo consigo apenas suas armas regulares. De perto, seus bigodes louros e olhos azuis poderiam revelar a sua procedência, mas de longe, podiam enganar o mais aguçado dos olhos, especialmente por tangerem à sua frente os rebanhos necessários para o seu alimento.

Chegando ao Prut, desceram ao longo da sua margem esquerda. Nowowiejski estava convencido de que as tropas do sultão, com os tártaros à frente, iriam invadir a República por aquele lado, razão pela qual diminuiu o ritmo e passou a avançar com cautela cada vez maior, não querendo encontrar as patrulhas tártaras avançadas antes do momento apropriado. Tendo alcançado a confluência dos rios Sarata e Tekicz, resolveu acampar naquele lugar por um longo tempo — primeiro, para dar um merecido descanso aos homens e cavalos e, segundo, para poder aguardar o inimigo num lugar estratégico e bem protegido.

Efetivamente, o lugar foi muito bem escolhido, pois as margens de ambos os rios eram cobertas por arbustos de dois tipos de corniso, uma vegetação que se estendia até onde a vista podia alcançar. Naquela época do ano, os arbustos já haviam perdido suas flores, mas no início da primavera toda a região devia ter parecido um vasto mar de flores brancas e amarelas. Embora deserto de homens, naquele terreno coberto de vegetação viviam centenas de animais: cervos, corças e aves de diferentes espécies. Junto das margens de riachos, os soldados viram, aqui e ali, rastros de ursos. Um deles, logo no segundo dia, chegou a matar duas ovelhas e, em função disto, Lusnia decidiu promover uma caçada. Mas como Nowowiejski, querendo permanecer escondido, não permitiu o uso de armas de fogo, os soldados decidiram caçar com lanças e machados.

Mais tarde, os soldados encontrariam também vestígios não recentes de fogueiras, provavelmente ainda do ano anterior. Era bem provável que o lugar fora visitado por pastores à procura dos seus rebanhos, ou então por tártaros em busca de ramos floridos. Mas, apesar das revistas mais minuciosas, não conseguiram encontrar um único ser humano.

Pan Adam decidiu não seguir mais adiante e permanecer onde estava, à espera dos exércitos turcos.

O PEQUENO CAVALEIRO

Diante disto, os soldados abriram uma clareira, construíram abrigos rudimentares e ficaram esperando. Sentinelas foram postadas nos limites do matagal, uns vigiando dia e noite na direção de Budziak, e outros, na do Prut e Falez. Nowowiejski sabia que, por meio de certos sinais, teria condições de notar a aproximação dos exércitos, mas, apesar disto, fazia freqüentes excursões exploratórias, quase sempre comandando pessoalmente os seus homens. As condições meteorológicas não podiam ser melhores. Os dias eram quentes, mas a densa vegetação proporcionava sombra adequada para proteção do calor; as noites eram claras, silenciosas e enluaradas. Era nessas noites que *pan* Adam mais sofria, já que, sem conseguir adormecer, pensava na felicidade de outrora e na presente desgraça.

Vivia exclusivamente na esperança de que, após saciar com vingança o seu coração, poderia voltar a ser feliz e despreocupado. Enquanto isto, aproximava-se o momento no qual teria apenas duas opções: conseguir vingar-se — ou morrer.

Seguiram-se semanas após semanas de espera. Durante este tempo, os soldados esmiuçaram todas as trilhas, ravinas, riachos e regatos; recolheram mais rebanhos, atacaram alguns pequenos grupos de nômades matando seus componentes e mantiveram constante vigília, como animais selvagens à espera das suas presas. Finalmente, chegou o tão aguardado momento.

Certa manhã, os guerreiros viram bandos de aves se deslocando no céu e sobre a terra. Grous, faisões e codornas de pernas azuladas corriam pela mata, enquanto o céu se cobria de bandos de corvos, gralhas e até aves aquáticas provenientes das margens do Dunaj. Diante daquela visão, os dragões se entreolharam e as palavras "Estão vindo! Estão vindo!" passaram de boca em boca. Rostos ficaram animados, bigodes começaram a se agitar, olhos a brilhar — mas não havia naquela agitação qualquer sinal de inquietação, pois todos eram homens que passaram boa parte de suas vidas guerreando e sentiam apenas o que sentem perdigueiros ao farejarem a caça. As fogueiras foram apagadas imediatamente, os cavalos selados — e todo o destacamento ficou pronto para avançar.

Agora, cabia calcular o tempo exato para cair sobre o inimigo no momento em que este se preparasse para acampar. Nowowiejski sabia que os exércitos do sultão não estariam avançando numa massa compacta, principalmente por se encontrarem em seu próprio território onde qualquer tipo de perigo não era sequer imaginável. Também sabia que os destacamentos avançados deslocavam-se uns dois ou três quilômetros à frente do restante das tropas, avaliando, com razão, que os destacamentos avançados seriam os dos *lipki*.

Por certo tempo hesitou entre duas opções: a de avançar ao encontro deles pelas trilhas já conhecidas ou aguardar até eles chegarem na mata. Acabou optando pela segunda, já que, oculto na vegetação, tinha maiores chances de atacar de surpresa. Passaram-se ainda um dia e uma noite, durante os quais não somente aves, mas também animais terrestres vinham em direção dos cornisos. Na madrugada seguinte, o inimigo já era visível.

Ao sul da mata e até a linha do horizonte estendia-se uma vasta planície ondulada. E foi nesta planície que surgiu o inimigo, avançando rapidamente. Os dragões olhavam para aquela massa negra que, ora desaparecia por trás das ondulações do terreno, ora voltava a aparecer em toda sua extensão.

Lusnia, cuja visão era extraordinária, ficou olhando com atenção para aquele grupo que vinha em sua direção; em seguida, aproximou-se de Nowowiejski.

— Senhor comandante! — disse. — Ainda não são as tropas em si, apenas uns soldados conduzindo as manadas para o pasto.

Pan Adam certificou-se em pouco tempo de que Lusnia estava certo, e o seu rosto iluminou-se.

— O que significa que eles acamparam a uns dois quilômetros daqui?

— Sim — respondeu Lusnia. — Tudo indica que eles avançam à noite para evitar o calor diurno e descansam durante o dia, quando enviam os cavalos para pastarem até o anoitecer.

— E dá para ver quantos homens estão conduzindo os cavalos?

Lusnia foi até o seu posto de observação e ficou lá por um longo período de tempo. Quando voltou, disse:

— Deve haver cerca de mil e quinhentos cavalos protegidos por vinte e cinco homens. Eles estão no seu país e não esperam qualquer ataque, portanto não vêem motivos para destacarem muitos homens para esta tarefa.

O PEQUENO CAVALEIRO

— E você conseguiu identificar quem são eles?

— Ainda estão longe, mas tenho certeza de que são *lipki*. Eles já são nossos!...

— Sim! — respondeu *pan* Adam, convicto de que nenhum deles escaparia com vida.

Para um soldado ardiloso como ele e no comando de homens tão experimentados, a ação não seria difícil.

Enquanto isto, os cavalos iam chegando cada vez mais perto. Lusnia voltou do seu posto de observação com o rosto radiante e feroz.

— São *lipki*, comandante! Sem dúvida alguma! — sussurrou.

Ao ouvir isto, Nowowiejski imitou o grito de um gavião e o destacamento recuou para o interior da mata. Uma vez lá, dividiu-se em dois menores, um dos quais entrou imediatamente num desfiladeiro para emergir dele somente por trás da manada e dos *lipki*, enquanto o outro formou um semicírculo e ficou aguardando.

Tudo isto se passou num silêncio tal que nem o mais treinado dos ouvidos poderia ouvir qualquer sussurro; nenhuma espada esbarrou numa outra, nenhuma espora tilintou, nenhum cavalo relinchou. A espessa grama que cobria o chão da mata abafou os passos dos cavalos, que pareciam saber que o sucesso da operação dependia de silêncio, já que não era a primeira vez que participavam deste tipo de ação. Do desfiladeiro emanavam apenas gritos de gaviões, cada vez mais baixos e menos freqüentes.

A manada parou perto da mata e espalhou-se pelo pasto. Nowowiejski estava numa posição da qual podia observar toda a sua movimentação. O dia era esplêndido, com o sol já alto no céu e aquecendo a terra com seus raios poderosos. Os cavalos começaram a rolar na grama e, em seguida, aproximaram-se dos arbustos. Os soldados que os guardavam também chegaram junto à beira da mata e, tendo desmontado e prendido os seus cavalos com longos laços, deixaram que estes pastassem com os demais; quanto a eles próprios, querendo proteger-se do calor, entraram no meio da vegetação e deitaram-se à sombra de um arbusto mais alto.

Acenderam uma fogueira e, quando os galhos secos cobriram-se de cinzas, colocaram sobre eles um quarto de potro, afastando-se um pouco para evitar o calor das chamas. Alguns se deitaram na grama, outros, de cócoras, à moda turca, conversavam entre si. A mata estava em silêncio, apenas interrompido por ocasionais gritos de gaviões.

O cheiro proveniente da fogueira indicou que a carne já estava assada e dois deles tiraram-na das cinzas e arrastaram-na sobre a grama para junto dos demais. Sentaram-se todos em volta dela e, após dividirem-na, puseram-se a comer com voracidade animalesca, deixando o sangue escorrer pelos dedos e molhar suas barbas.

Depois beberam leite de égua coalhado e sentiram-se saciados. Ficaram conversando ainda por certo tempo, sentido suas cabeças e corpos cada vez mais pesados. Alguns dos *lipki* levantaram-se e, com passos lentos e pesados, foram até o pasto para olhar os cavalos; os demais se esticaram como cadáveres sobre a grama e adormeceram. Mas, aparentemente, o fato de terem comido e bebido demais fez com que tivessem pesadelos, pois volta e meia algum deles soltava um gemido, enquanto um outro levantava momentaneamente as pálpebras e murmurava "Alá, Bismilla!"

De repente, da beira da mata ouviu-se um som baixo, mas terrível, como o de alguém sendo degolado. Ou os ouvidos dos tártaros eram extremamente aguçados, ou eles tinham um instinto animalesco que os avisava do perigo iminente, ou ainda a morte os tocara com o seu bafo gélido — o fato é que todos acordaram e, imediatamente, se puseram de pé.

— O que foi? O que aconteceu com aqueles que foram ver os cavalos? — começaram a perguntar uns aos outros.

Foi quando, por trás do arbusto, ouviu-se uma voz dizendo em polonês:

— Eles não voltarão mais!

No mesmo instante, cento e cinqüenta homens atiraram-se sobre os soldados-pastores, que ficaram tão apavorados que o grito morreu nos seus peitos. Apenas alguns conseguiram pegar em suas armas, mas o simples número dos atacantes cobriu-os por completo. O gigantesco arbusto chegou a tremer de tanto ser empurrado pela massa de corpos agitados. Ouviram-se sons sibilantes, arfadas, um ou outro gemido — mas tudo não durou mais do que um piscar d'olhos. Depois, o silêncio.

— Quantos vivos? — perguntou uma voz polonesa.

— Cinco, senhor comandante.

— Examinem os corpos e, por garantia, cortem a garganta de todos. Quanto aos prisioneiros, tragam-nos para junto da fogueira.

A ordem foi cumprida imediatamente. Os mortos tiveram as gargantas cortadas com suas próprias facas, enquanto os presos, com os pés amarrados em torno de bastões, foram colocados em torno da fogueira que Lusnia havia espalhado de tal forma que os carvões em brasa ficaram expostos.

Os prisioneiros olhavam com pavor para aqueles preparativos e para Lusnia. Três deles haviam servido em Chreptiów e conheciam o sargento muito bem. Ele também os reconheceu, e disse:

— Muito bem, camaradas! Vocês terao que cantar bonitinho, caso não queiram partir para o outro mundo com as plantas dos pés queimadas. Em função da nossa antiga amizade, não serei frugal com as brasas.

E, tendo dito isto, colocou mais galhos secos sobre os carvões, que logo explodiram em altas chamas.

Nowowiejski aproximou-se e começou a interrogar os prisioneiros. Suas respostas confirmaram em parte o que adivinhara o jovem oficial: as patrulhas avançadas eram formadas exclusivamente por *lipki* e *czeremisy*. Eram lideradas por Azja Tuhaj-bey, a quem foi entregue o comando de todos os tártaros que viveram na República. Por causa do calor, avançavam somente à noite, enviando os cavalos para o pasto durante o dia. Não tomaram quaisquer medidas de cautela porque, se ninguém imaginara que pudessem ser atacados nem mesmo nas vizinhanças do Dniestr, quanto mais nas do Prut, perto dos povoados tártaros. Portanto, seguiam sem quaisquer cuidados com suas manadas. A tenda do *mirza* Azja podia ser facilmente reconhecida por causa do *bunczuk* que a adornava e por ser cercada por bandeiras dos destacamentos. O destacamento dos *lipki* acampara a um quilômetro e meio de distância, e embora contasse com cerca de dois mil homens, parte dele ficara para trás, junto do destacamento dos tártaros de Bialogrod que, por sua vez, acampara uns dois quilômetros do dos *lipki*.

Pan Adam continuou o interrogatório perguntando pelas trilhas por onde o acampamento dos *lipki* podia ser alcançado e de que forma foram distribuídas as suas tendas. Finalmente, chegou a hora das perguntas que mais o interessavam.

— Há algumas mulheres na tenda de Azja? — perguntou.

Os *lipki* ficaram calados. Os três que serviram em Chreptiów sabiam que Nowowiejski era irmão de uma delas e noivo da outra; diante disto, podiam imaginar a fúria pela qual seria tomado quando soubesse da verdade. A fúria desabaria sobre eles em primeiro lugar, por isso hesitavam em responder. Diante disto, Lusnia disse:

— Senhor comandante, basta enfiar os pés destes filhos de uma cadela nestas brasas e eles contarão tudo o que sabem!

— Tenham piedade! — exclamou Eliaszewicz, um dos *lipek* de Chreptiów.

— Vou contar tudo o que viram os meus olhos...

Lusnia olhou para o comandante para saber se ele, apesar daquela promessa, não ordenaria que a ameaça fosse cumprida — mas este fez um gesto com a mão e disse para Eliaszewicz:

— Fale! O que você viu?

— Nós somos inocentes, excelência — respondeu Eliaszewicz. — Apenas cumpríamos ordens. O *mirza* deu a irmã de Vossa Excelência para *pan* Adurowicz, que a manteve na sua tenda. Eu a vi em Kuczuk Kainarji e ajudei-a a carregar baldes d'água, porque ela estava grávida dele...

— E a outra *panna*? — perguntou *pan* Adam.

— O nosso *mirza* a manteve na sua tenda. Não tivemos a oportunidade de vê-la, mas pudemos ouvir seus gritos, já que o *mirza*, embora se deliciasse com ela, costumava bater nela e dar-lhe pontapés...

Os lábios de Nowowiejski empalideceram e começaram a tremer, a ponto de Eliaszewicz mal conseguir ouvir a pergunta seguinte:

— E onde elas estão agora?

— Foram vendidas para Istambul.

— A quem?

— Nem o próprio *mirza* deve saber. O padixá ordenou que não houvesse mais mulheres nos acampamentos, de modo que todos que as tinham venderam-nas no bazar.

O interrogatório cessara e um silêncio sepulcral caiu em torno da fogueira. Apenas um quente vento austral começou a soprar com força, provocando um murmúrio cada vez mais sonoro nos galhos dos arbustos. O ar ficou pesado. Na linha do horizonte apareceram algumas nuvens — escuras no centro e mais claras nas bordas.

Pan Adam afastou-se da fogueira caminhando como um tresloucado, sem saber para onde ia. Finalmente, atirou-se no chão e, com o rosto enfiado na terra, passou a arranhá-la com suas unhas, como se estivesse agonizando. Seu gigantesco corpo era percorrido por tremores convulsivos, e ele ficou assim por várias horas. Os dragões olhavam para ele de longe, e nem o próprio Lusnia ousou aproximar-se dele.

Em compensação, certo de que o comandante não o recriminaria por não poupar os *lipki*, o terrível sargento, movido pela sua inata crueldade, encheu suas bocas de grama para que não pudessem gritar e degolou-os um a um, poupando apenas Eliaszewicz, achando que ele poderia servir-lhes de guia. Uma vez terminado o trabalho, arrastou os cadáveres para junto da fogueira e foi ter com o comandante.

"*Mesmo que ele tenha enlouquecido*", sussurrou para si mesmo, "*temos que pegar aquele desgraçado!*"

O sol estava se pondo. As pequenas nuvens já ocupavam quase todo o céu e tornavam-se cada vez mais espessas e escuras, mas sem perderem aquela tonalidade clara nas suas bordas. Juntando-se em blocos gigantescos, rolavam pesadamente no céu como pedras de um moinho girando sobre seu eixo e, empurrando umas às outras, desciam para cada vez mais perto da terra.

O vento começou a soprar com força, dobrando os galhos dos arbustos, espalhando folhas em todas as direções e cessando vez por outra, como se não existisse. Naqueles momentos de calma, podia ouvir-se no meio das nuvens um murmúrio ameaçador, como se um exército de raios estivesse se preparando para uma guerra e, rosnando furiosamente, excitava em si a fúria e a raiva, antes de explodir e lançar-se sobre a terra.

— Teremos uma tempestade! — sussurravam os dragões entre si.

A tempestade se aproximava. O céu já estava totalmente escuro quando do leste, das bandas do Dniestr, ouviu-se o estrondo de um trovão que começou no céu para cair além do Prut. Uma vez chegando lá, calou-se por um instante para desabar novamente sobre toda a região. As primeiras gotas de chuva começaram a cair sobre a grama ressecada.

No mesmo instante, *pan* Nowowiejski surgiu diante dos dragões.

— Montar! — gritou numa voz terrível.

E, após o tempo necessário para rezar uma breve prece, partiu à frente de cento e cinqüenta cavaleiros.

Ao sair da mata, juntou-se à outra parte dos seus homens que, postados no pasto, zelavam para que nenhum dos soldados-pastores pudesse escapar e avisar o acampamento do perigo. Num piscar de olhos, os dragões cercaram a manada e, soltando gritos típicos dos tártaros, partiram a galope, tangendo diante de si os apavorados cavalos.

O sargento, cavalgando ao lado de Eliaszewicz preso por um laço, gritava no seu ouvido, querendo fazer-se ouvir apesar dos estrondos dos trovões:

— Se não quiser morrer, guie-nos até o acampamento!

As nuvens já estavam tão baixas que quase tocavam a terra. De repente houve um estouro abrasador como a explosão de uma fornalha — e um possante furacão tomou conta da planície; um ofuscante brilho rompeu a escuridão, um raio caiu, seguido por um segundo e terceiro; o ar encheu-se de cheiro de enxofre, e a escuridão voltou a reinar. A manada foi tomada de pânico. Os cavalos, impulsionados pelos gritos selvagens dos dragões, galopavam com as narinas dilatadas e crinas revoltas, mal tocando o solo com suas patas. Os trovões não cessaram nem por um instante; o vento uivava — e os soldados, naquela planície deserta, no meio da ventania, escuridão, barulheira infernal, e só impelidos pelo vento e pela vingança, mais pareciam um tenebroso bando de espectros ou espíritos malignos.

Não precisavam ser guiados, pois galopavam diretamente para o acampamento dos *lipki*, que foi ficando cada vez mais próximo. Mas, antes de atingi-lo, a tempestade adquiriu tais proporções que dava a impressão de que tanto o céu quanto a terra enlouqueceram. Os raios rasgavam o céu que parecia em chamas e, sob o seu brilho, podiam-se ver as distantes tendas fixadas na estepe; o chão tremia sob o efeito dos trovões e parecia que as nuvens desabariam sobre a terra a qualquer momento. Abriram as suas comportas, a chuva começou a cair com força, e uma enxurrada cobriu a planície. A cortina d'água que desabava do céu não permitia ver um palmo diante do nariz, enquanto da terra aquecida de dia pelo sol começou emanar um denso nevoeiro.

Mais um instante e a manada e os dragões desabariam sobre o acampamento. Mas, antes de chegar às tendas, a manada dividiu-se em duas, cada uma fugindo para um outro lado. No mesmo instante, um grito de guerra emanou de trezentos peitos, trezentas espadas brilharam à luz dos relâmpagos — e os dragões caíram sobre as tendas.

Os *lipki* viram a manada aproximar-se ainda antes da chuva e da luz dos relâmpagos, mas nenhum deles pôde imaginar como eram terríveis os seus pastores. Ficaram apenas espantados e até preocupados com a velocidade com que os cavalos avançavam na direção das tendas, e puseram-se a gritar para que eles se dispersassem. O próprio Azja Tuhaj-bey levantou a aba da sua tenda e, apesar da chuva, saiu dela, com uma expressão de raiva estampada no rosto tenebroso.

Foi exatamente nesse momento que a manada dividiu-se em duas e, no meio da escuridão, surgiram umas figuras medonhas e muito mais numerosas do que os pastores. No mesmo instante, ouviu-se um grito horripilante:

— Matem! Esfolem!

Não houve tempo nem para pensar no que ocorrera, nem mesmo para ficar assustado. O turbilhão humano, ainda pior e mais voraz que a própria tempestade, desabou sobre o acampamento.

Antes que o jovem Tuhaj-bey pudesse recuar para dentro da tenda, sentiu-se erguido por uma força quase sobre-humana; braços terríveis partiam os seus ossos e, por um momento, pôde vislumbrar um rosto que teria preferido que fosse o do diabo em pessoa... Em seguida, perdeu os sentidos.

Enquanto isto, iniciava-se um combate que, na verdade, era mais um massacre impiedoso. A tempestade, a escuridão, o desconhecimento do número de atacantes e a confusão causada pelo avanço da manada fizeram com que os *lipki* nem chegassem a se defender. Tomados de pânico, não sabiam para onde correr e onde se esconder; a maioria deles nem tinha armas ao seu lado, e muitos foram mortos enquanto dormiam. Desvairados de medo, os desesperados tártaros juntavam-se em grupos compactos, sendo derrubados por peitos de cavalos, atingidos por espadas e esmagados por cascos. O estrago perpetrado pelos dragões foi muito maior do que qualquer devastação causada por um vigoroso tufão numa floresta ou por um bando de lobos no meio de um rebanho de ovelhas.

Torrentes de sangue misturaram-se à chuva. Os *lipki* tinham a impressão de que o céu desabara sobre suas cabeças e a terra abrira-se sob seus pés. Os estrondos dos trovões, o brilho dos relâmpagos, o barulho da chuva e a revolta da tempestade secundavam os terríveis sons do massacre. Os cavalos dos dragões, também tomados de pavor, atiravam-se endoidecidos sobre grupos de homens, dispersando, derrubando e pisoteando os que encontravam pelo caminho.

Pequenos grupos começaram a fugir, mas estavam tão desorientados que, em vez de correrem para um lado, ficaram girando em círculos em torno do acampamento, chocando-se uns com os outros e atacando-se mutuamente para, no final, serem abatidos pelas espadas dos dragões. Os que conseguiram afastar-se do acampamento foram perseguidos impiedosamente, até as trombetas provenientes do acampamento anunciarem o fim da perseguição.

Jamais um ataque fora tão inesperado e nunca houve uma derrota tão fragorosa. Trezentos homens dispersaram dois mil primorosos cavalarianos, infinitamente mais experientes do que os demais destacamentos tártaros. A maior parte deles jazia por terra, no meio de poças vermelhas formadas por uma mistura de sangue e água de chuva. Os que conseguiram escapar fizeram-no exclusivamente graças à escuridão, seguindo a pé, em desordem, e sem saber se ainda estavam sendo perseguidos. Os atacantes foram auxiliados pela tempestade e pela escuridão, como se a fúria divina estivesse lutando ao seu lado contra os traidores da pátria.

Já era madrugada quando Nowowiejski e os seus dragões iniciaram o retorno para as fronteiras da República. Entre o oficial e o sargento, trotava um cavalo carregando no seu lombo o corpo amarrado do líder supremo de todos os *lipki*, Azja Tuhaj-bey — desmaiado e com as costelas quebradas — mas vivo.

A tempestade cessara. Nuvens ainda se deslocavam no céu, mas, no meio delas, podiam-se ver estrelas que se refletiam nas pequenas lagoas formadas pela chuva.

Mais ao longe, na direção das fronteiras da República, ouviam-se ocasionais estrondos de trovões.

Capítulo 49

OS POUCOS SOBREVIVENTES do massacre levaram a informação da derrota aos tártaros de Bialogrod que, por sua vez, despacharam emissários com a notícia para o acampamento do sultão, onde ela teve uma repercussão extraordinária. Na verdade, *pan* Nowowiejski, com a sua presa, não precisava apressar o seu retorno à República, já que no primeiro instante e até nos dois dias seguintes, ninguém pensou em persegui-lo O sultão estava tão espantado que ficou sem saber o que fazer. Por precaução, despachou os tártaros de Bialogrod e Dobrudz para verificarem que exércitos eram aqueles que se encontravam nas redondezas. Os tártaros, temendo por suas vidas, executaram a ordem sem muito entusiasmo.

Enquanto isto, a notícia, passada de boca em boca, crescia a cada nova versão, adquirindo proporções de uma derrota fragorosa. Para os habitantes das profundezas da Ásia ou da distante África que nunca haviam participado de uma guerra contra a Polônia, mas que ouviram falar da terrível cavalaria dos intiéis, a idéia de que já estivessem diante do implacável inimigo que não só os aguardava atrás das suas fronteiras, mas os procurava nas terras do padixá, era aterradora. O próprio grão-vizir, assim como o "Nascente Sol da Guerra", *kajmakan* Kara Mustafá, não sabiam como interpretar aquele inesperado ataque. Como era possível que a República, de cuja impotência tinham as mais confiáveis notícias, se dera ao luxo de atacá-los primeiro — era uma indagação à qual nenhuma cabeça turca era capaz de responder. A única coisa que estava clara em suas mentes era o fato de que, a partir daquele momento, o seu avanço não seria mais tão seguro e a vitória final menos garantida. Por ocasião do subseqüente conselho de guerra, o sultão recebeu o grão-vizir e o *kajmakan* com o semblante sombrio.

— Vocês me iludiram — disse. — Os *lach* não podem ser tão fracos como vocês afirmavam, já que ousaram vir até aqui para nos atacar. Vocês disseram que Sobieski não estava em condições de defender Kamieniec e, no entanto, é bem possível que os seus exércitos estejam próximos de nós...

O vizir e o *kajmakan* tentaram explicar ao seu amo que talvez os *lipki* tivessem sido atacados por uma *wataha* independente, mas diante dos mosquetões e sacolas com uniformes de dragões encontrados, nem eles acreditavam naquela versão. A ainda recente ousada e vitoriosa expedição de Sobieski sobre a Ucrânia permitia supor que o temível líder iria preferir, mais uma vez, atacar em vez de se defender.

— Ele não dispõe de exércitos — dizia o vizir para o *kajmakan*, quando saíam do conselho — mas tem um leão indomável dentro de si; se ele conseguiu reunir apenas alguns milhares de homens e está nesta região, o nosso avanço será banhado em sangue.

— Como eu gostaria de poder enfrentá-lo! — disse o jovem Kara Mustafá.

— Caso isto venha a ocorrer, que Deus o proteja de qualquer desgraça — respondeu o grão-vizir.

Aos poucos, os destacamentos tártaros foram se convencendo de que não havia quaisquer exércitos nas redondezas — nem grandes, nem pequenos. Descobriram apenas os rastros de cerca de trezentos cavalos que, a pleno galope, dirigiam-se para o Dniestr, mas, tendo em mente o que acontecera com os *lipki*, não partiram em sua perseguição. O ataque de *pan* Adam ficou sendo algo espantoso e inexplicável, mas o acampamento do sultão foi se acalmando aos poucos — e o avanço das suas tropas, mais parecendo um dilúvio, foi retomado.

Enquanto isto, Nowowiejski, com a sua presa, voltava em segurança para Raszkow. Voltava rapidamente, muito embora a sua experiência lhe garantisse que não estava sendo perseguido, de modo que, apesar da pressa, não abusava dos seus cavalos. Azja continuava amarrado ao lombo de um deles, entre *pan* Adam e Lusnia. Com duas costelas quebradas e a

O PEQUENO CAVALEIRO

ferida causada por Basia reaberta por estar viajando com a cabeça pendendo para baixo, estava em estado lastimável, a ponto de o terrível sargento preocupar-se com sua saúde, temendo que ele pudesse morrer antes de chegarem a Raszkow e privá-lo da sua vingança. O jovem tártaro, por seu lado, queria morrer o mais rapidamente possível, pois sabia o que o aguardava. Primeiro, quis morrer de fome e recusou-se a receber alimentos, mas Lusnia forçava seus dentes cerrados e obrigava-o a engolir uma mistura de vodca, vinho moldávio e torradas moídas. Por ocasião das paradas, lavava seu ferimento no olho e no nariz para que não gangrenasse e apressasse o seu fim.

Nowowiejski não lhe dirigiu qualquer palavra durante toda a viagem, exceto quando, logo no início, Azja propôs trocar a sua vida pela devolução de Zosia e Ewa, ao que *pan* Adam respondeu:

— Você está mentindo, seu cão danado! Você as vendeu para um comerciante de Istambul que, por sua vez, vai revendê-las num bazar.

Em seguida, mandou que fosse trazido Eliaszewicz, que repetiu isto na frente de todos:

— É verdade, *effendi*. Vós a vendestes, sem saber a quem, e Adurowicz vendeu a irmã do *bagadyr*, mesmo estando grávida dele...

Depois daquelas palavras, Azja teve a impressão de que Nowowiejski iria esmagá-lo com suas mãos possantes; portanto, tendo perdido todas as esperanças, resolveu provocar o gigante para que o matasse num acesso de fúria, poupando-o assim de torturas futuras. Como Nowowiejski, não querendo perdê-lo de vista, cavalgava sempre ao seu lado, começou a se vangloriar de forma obscena de tudo que fizera. Contou-lhe como degolara o seu pai, o que fez com Zosia na sua tenda, desfrutando da sua inocência e batendo nela sem qualquer motivo. Gotas de suor molhavam a fronte de *pan* Adam, mas ele ouvia a tudo, sem querer afastar-se; ouvia atentamente, suas mãos tremiam, seu corpo era sacudido por convulsões — mas mantinha o autocontrole e não matava o tártaro.

Este, por sua vez, ao atormentar o inimigo, atormentava a si mesmo, já que os seus relatos traziam-lhe à mente a situação na qual se encontrava. Eis que, ainda há pouco, estivera no comando de todos os *lipki*, vivera em lascívia, fora um *mirza*, o predileto do jovem *kajmakan* — e perdera tudo.

Amarrado ao lombo de um cavalo, viajava devorado por moscas para ser morto de uma forma atroz! Somente sentia algum alívio quando, exaurido pela dor e cansaço, perdia a consciência, algo que começou a ocorrer com bastante freqüência, a ponto de Lusnia temer que ele não resistisse. Por isto, cavalgavam dia e noite, apenas parando para dar o inevitável descanso aos cavalos. A persistente alma tártara não queria abandonar o seu corpo sofrido, apesar da febre alta e sono constante. Durante os mais sérios ataques de febre, imaginava estar ainda em Chreptiów e preparando-se, junto com Wolodyjowski, para a grande guerra; ou então que estava acompanhando Basia para Raszkow; ou então ainda que a raptara e tinha-a na sua tenda. Havia momentos em que, tomado de febre, via batalhas e massacres, nos quais ele, na qualidade de *hetman* de todos os tártaros poloneses, sinalizava com sua *bulawa* aos seus comandados. Mas havia momentos em que recuperava a consciência e, abrindo os olhos, via os rostos de Nowowiejski e Lusnia, os capacetes dos dragões que já haviam jogado fora os gorros dos tártaros pastores — e toda aquela realidade era tão terrível que parecia um pesadelo. Cada passada do cavalo causava-lhe dor, seus ferimentos ardiam cada vez mais e ele voltava a desmaiar, para recuperar os sentidos, ter um acesso de febre, adormecer — e voltar a despertar.

Havia momentos em que não podia acreditar que ele, tão desgraçado, pudesse ser um filho de Tuhaj-bey, e que a sua vida, predestinada a grandes feitos, tivesse que acabar tão cedo e de forma tão terrível.

Em outros momentos, vinha-lhe também à mente o pensamento de que, logo depois de morrer, iria para o Paraíso, mas, tendo passado por cristão e vivido por tantos anos no meio de cristãos, tinha medo do que Cristo faria com ele. Estava convencido de que Cristo era mais poderoso que o Profeta, caso contrário ele não teria caído nas mãos de Nowowiejski. Diante disto, nutria ainda uma esperança de que o Profeta se apiedasse dele e levasse a sua alma antes de ser torturado até morrer.

Enquanto isto, os cavaleiros estavam chegando perto de Raszkow. Azja caiu num estado de semiconsciência, no qual a realidade misturava-se com miragens; teve a impressão de que pararam, de que ouvia "Raszkow, Raszkow" por repetidas vezes e o som de machados derrubando uma árvore.

O PEQUENO CAVALEIRO

505

De repente, sentiu que sua cabeça estava sendo molhada com água gelada e que faziam-no beber grandes quantidades de vodca. Foi quando despertou por completo. A noite estava estrelada e, junto dele, ardiam várias tochas. Seus ouvidos captaram as seguintes palavras:

— Está consciente?

— Sim. Está com os olhos abertos e ciente do que está se passando...

No mesmo instante, viu o rosto de Lusnia inclinado sobre ele.

— Muito bem, irmãozinho — disse calmamente o sargento. — Chegou sua hora!

Azja estava deitado de costas e respirava com mais facilidade, já que seus braços estavam esticados de ambos os lados da cabeça, dilatando o seu peito e permitindo aspirar mais ar do que quando jazera de bruços sobre o lombo do cavalo. Notou que não podia mexê-los, pois estavam amarrados sobre sua cabeça a um pedaço de madeira que descia pelas suas costas e estava coberto de palha embebida em piche.

O jovem Tuhaj-bey adivinhou logo de que se tratava e, na mesma hora, notou outros indícios de que sua agonia seria lenta e dolorosa. Estava despido da cintura para baixo e, tendo erguido um pouco a cabeça, notou, entre seus joelhos desnudos, a ponta de uma estaca recentemente afiada. A ponta mais grossa da estaca estava encostada no toco de uma árvore. Cada perna de Azja estava presa a um cavalo por uma grossa corda. À luz das tochas, Azja pôde apenas ver os traseiros dos cavalos e, junto deles, dois homens, provavelmente segurando as suas rédeas.

O infeliz guerreiro, sabendo o que o aguardava, olhou para o céu coberto de estrelas e a meia-lua brilhante. *"Vão me empalar"*, pensou, cerrando os dentes com tanta força que chegou a ter cãibras.

Sua testa cobriu-se de suor e, ao mesmo tempo, seu rosto ficou gélido, já que todo o sangue fugira dele. Depois, pareceu-lhe que a terra fugia debaixo das suas costas e que o seu corpo despencava num abismo de dimensões colossais. Por um momento, perdeu a noção do tempo, do local e do que estava acontecendo com ele. O sargento forçou seus dentes com uma faca e despejou mais vodca em sua boca.

Azja engasgava e cuspia o líquido ardente, mas teve que engolir uma parte dele. O efeito da bebida foi estranho — em vez de ficar bêbado, adquiriu uma lucidez extraordinária. Via tudo que se passava, entendia tudo e foi tomado por um misto de excitação e ansiedade, como se achasse que tudo estava demorando demais e quisesse que começasse logo.

Foi quando ouviu pesados passos e viu o gigantesco corpo de Nowowiejski. Diante daquela visão, o sangue nas veias do tártaro gelou. Não tinha medo de Lusnia — desprezava-o demasiadamente para temê-lo. Mas com Nowowiejski, a história era outra. Não só não o desprezava, como a visão do rosto de *pan* Adam encheu sua alma de um terror supersticioso. Pensou: *"Estou em seu poder e tenho medo dele!"* — e aquele pensamento foi tão terrível que, sob seu efeito, os cabelos de Azja ficaram de pé.

Foi quando Nowowiejski disse:

— Por tudo que você fez, vai morrer em sofrimento!

O tártaro não respondeu e apenas passou a arfar pesadamente.

Nowowiejski afastou-se; houve um momento de silêncio, interrompido finalmente pela voz de Lusnia.

— E você ousou levantar a sua mão contra a nossa coronel — disse com voz rouca. — Mas *pani* Wolodyjowski está agora na alcova com o senhor comandante, enquanto você está nas nossas mãos!

O tormento de Azja começou a partir dessas palavras. Aquele homem terrível recebia, na hora da sua morte, a informação de que sua traição e todas as barbáries que cometera foram à toa. Se, pelo menos, Basia tivesse morrido durante a fuga, ele teria tido o conforto de saber a que, não sendo sua, também não seria de qualquer outro — e eis que este último consolo lhe foi tirado quando a ponta da estaca estava quase encostada no seu corpo. Então tudo fora em vão! Tantas traições e tanto sangue à toa! Por nada!... Lusnia não tinha a menor idéia de quão mais pesada tornara a morte de Azja com aquelas palavras; se tivesse sabido antes, as teria repetido seguidamente ao longo do percurso.

Mas não havia mais tempo a perder com arrependimentos; chegara a hora da execução. Lusnia inclinou-se e, pegando com as mãos o quadril de Azja para poder guiá-lo, gritou para os homens que seguravam os cavalos:

— Comecem! Mas devagar e ao mesmo tempo!

Os cavalos começaram a andar; as cordas retesadas puxaram as pernas de Azja. Seu corpo deslizou rapidamente sobre a terra ao encontro da ponta da estaca, que começou a penetrá-lo. Os ossos do infeliz começaram a se-parar-se, enquanto sua carne era dilacerada. Uma dor indescritível e tão terrível, provocando um estranho prazer, tomou conta do seu ser. A estaca penetrava-o cada vez mais fundo.

Azja trincou os dentes, mas não conseguiu mantê-los cerrados — arre-ganharam-se de uma forma horrível e, da sua garganta, emanou um grito mais parecido com o grasnar de um corvo.

— Devagar! — ordenou o sargento.

Azja repetia seus gritos cada vez mais rapidamente.

— Está doendo? — perguntou o sargento.

Depois, gritou para os homens:

— Mais um pouco!... Parem!

E, virando-se para Azja, que parara de gritar e apenas gemia e acrescentou:

— Pronto! Acabou!

Os cavalos foram desamarrados e a estaca erguida, com sua base enfia-da num buraco previamente aberto na terra. O filho de Tuhaj-bey já olha-va de cima para aquela atividade. Estava consciente. O mais terrível daquela forma de castigo era o fato de as suas vítimas chegarem a viver ainda por dias enfiados na estaca. A cabeça de Azja pendia sobre o peito e seus lábios moviam-se como se estivesse mastigando algo; sentia-se muito fraco e via apenas uma espécie de neblina branca que, não se sabe por quê, pareceu-lhe horrível. Pôde distinguir o rosto do sargento e dos dragões no meio da neblina; sabia que estava trespassado por uma estaca e que o peso do seu corpo fazia a estaca penetrar cada vez mais; de qualquer modo, suas per-nas já estavam insensíveis e todo seu corpo parecia ficar insensível a qual-quer dor.

Houve momentos nos quais aquela horrível neblina parecia esvaecer. Aí, ele piscava com seu olho são querendo olhar e ver tudo, até o último momento. Seu olho percorria, com especial atenção, pelas tochas, pois ti-nha a impressão de ver um arco-íris em torno de cada chama.

Mas seu sofrimento ainda não terminara. O sargento, com uma broca na mão, aproximou-se da estaca e ordenou a dois dragões que estavam mais próximos:

— Suspendam-me!

Os dragões obedeceram e Azja olhou para ele de perto, piscando sem cessar, como se estivesse espantado com o fato de um homem estar sendo alçado à sua altura.

— A senhora coronel furou um dos seus olhos — disse o sargento. — E eu jurei a mim mesmo que furaria o outro.

E, tendo dito isto, enfiou a broca no olho são de Azja e girou-a uma vez, seguida de outra — e quando viu que a pálpebra e a delicada pele em torno do olho estavam firmemente nela enroladas, puxou-a para si.

No mesmo instante, dois filetes de sangue emanaram dos dois olhos de Azja, deslizando como lágrimas sobre o seu rosto.

Os dragões começaram a apagar as tochas, como se estivessem envergonhados por estarem iluminando uma obra tão macabra — e apenas a lua ficou atirando seu raios pálidos sobre o corpo de Azja.

A cabeça do tártaro pendia definitivamente sobre o seu peito, e apenas seus braços, cobertos de palha e piche e presos a um pau, apontavam para o céu, como se aquele filho do Oriente clamasse à lua turca por vingança contra os seus algozes.

— Montar! — ouviu-se a voz de Nowowiejski.

Antes de partirem, Lusnia acendeu, com a última tocha, aqueles braços erguidos do tártaro. O destacamento partiu na direção de Jampol, enquanto no meio das ruínas de Raszkow, da escuridão e do ermo, sobrou apenas Azja, filho de Tuhaj-bey, enfiado numa estaca e com os braços em chamas — ardendo por muito tempo...

Capítulo 50

TRÊS SEMANAS MAIS TARDE, *pan* Nowowiejski apareceu em Chreptiów. Demorara tanto para fazer o percurso de Raszkow a Chreptiów pois cruzara o Dniestr por diversas vezes e, na outra margem do rio, atacara e dizimara vários acampamentos de tártaros locais, cujos sobreviventes contaram mais tarde aos exércitos turcos que viram destacamentos poloneses e que ouviram falar de poderosos exércitos que, sem esperar pela chegada do inimigo a Kamieniec, pretendiam atacá-lo antes, travando com ele uma batalha em campo aberto.

O sultão, a quem todos garantiram a impotência da República, não conseguia entender o que se passava e despachou cada vez mais destacamentos tártaros em missões exploratórias, enquanto avançava com seus exércitos lentamente, uma vez que, apesar de todo o seu poderio, temia enfrentar os exércitos regulares da República numa batalha frontal.

Pan Adam não encontrou Wolodyjowski em Chreptiów, uma vez que este partira junto com *pan* Motowidlo para combater Doroszenko e os seus aliados tártaros. Nestes embates, aumentou ainda mais a sua fama, tendo feito grandes estragos: derrotou o terrível Korpan, deixando o seu cadáver na estepe para ser devorado pelos animais selvagens, assim como o selvagem Drozd, o audaz Malyszka e os dois irmãos Siny, famosos guerreiros cossacos.

Basia, no momento da chegada de Nowowiejski, estava tomando as últimas providências para a partida para Kamieniec, já que, diante da inevitável vinda do dilúvio turco, Chreptiów teria que ser abandonado. A "senhora coronel" partia daquele forte de madeira com grande pesar, pois apesar dos perigos pelos quais passara, fora nele que vivera os anos mais felizes da sua vida — ao lado do marido, no meio de guerreiros afamados e corações cheios de amor e carinho. Agora, em função do seu próprio pedido, tinha que partir para Kamieniec, onde a aguardava um cerco e todos os perigos dele resultantes.

Tendo um coração valente, não se entregava à tristeza e, com todo afinco, coordenava os preparativos, zelando pelos soldados e coisas a serem levadas. Ajudavam-na nesta tarefa *pan* Zagloba, capaz de safar-se de qualquer enrascada graças à sua esperteza, e *pan* Muszalski que, além de ser um arqueiro incomparável, era também um soldado valente e experiente.

Todos os três ficaram muito felizes com a chegada de *pan* Adam, muito embora tivessem notado pela expressão do seu rosto que ele não conseguira resgatar nem Ewa, nem a doce Zosia. Basia derramou rios de lágrimas diante dessa notícia, já que ficara evidente que as duas jovens estavam perdidas para sempre. Tendo sido vendidas para não se sabe quem, elas poderiam ter sido revendidas no mercado de Istambul e levadas para o interior da Ásia Menor, para uma das ilhas turcas ou até para o Egito, onde permaneceriam trancadas em haréns, o que tornava inúteis quaisquer tentativas de recomprá-las, ou mesmo de indagar sobre o seu destino.

Chorava Basia, chorava o arguto *pan* Zagloba, chorava também *pan* Muszalski, arqueiro incomparável — somente *pan* Nowowiejski mantinha os olhos secos, pois não lhe sobraram mais lágrimas. Mas quando ele começou a contar como, lá longe, perto do Dunaj e quase junto dos exércitos do sultão, exterminou os *lipki* e aprisionou o terrível Azja Tuhaj-bey, os dois velhos guerreiros começaram a bater nas suas espadas e a exclamar:

— Entregue-o a nós! É aqui, em Chreptiów, que ele deve morrer!

Ao que *pan* Adam respondeu:

— Não em Chreptiów, mas em Raszkow. E foi lá que ele encontrou o seu fim. O sargento Lusnia ocupou-se dele, e posso garantir aos senhores que a sua morte não foi serena.

Em seguida, relatou os detalhes da forma pela qual morreu Azja Tuhaj-bey, e eles ouviram-no horrorizados, mas sem qualquer sinal de piedade.

— Que Deus pune os crimes, isto é sabido — disse finalmente *pan* Zagloba. — Mas devo confessar que estou surpreso com a forma desleixada com que o diabo defende os seus seguidores.

O PEQUENO CAVALEIRO

Basia suspirou piamente, ergueu os olhos ao céu e, depois de um momento de reflexão, disse:

— Porque lhe falta um poder que possa fazer frente ao poder divino!

— A senhora falou uma verdade! — exclamou *pan* Muszalski. — Pois se o diabo tivesse mais força do que Deus Nosso Senhor, então toda a *iustitita* e a própria República desapareceriam para sempre.

— E é por isto que eu não tenho medo dos turcos, pois todos são filhos de Belzebu! — respondeu Zagloba.

Enquanto isto, Nowowiejski permanecia sentado no banco, com as mãos nos joelhos e olhos sem vida fixos no chão. *Pan* Muszalski virou-se para ele.

— Pelo menos, você deveria sentir-se um tanto aliviado, porque não há maior consolo do que uma boa vingança.

— Diga-nos, o senhor realmente está se sentindo melhor? — perguntou Basia com voz repleta de piedade.

O gigante ficou em silêncio por algum tempo, como se estivesse travando uma batalha com seus próprios pensamentos. Finalmente respondeu, com espanto e numa voz quase inaudível:

— Imaginem os senhores que eu também pensava assim, e juro por Deus que achava que me sentiria melhor depois de liquidar com ele... Vi quando foi empalado, presenciei quando arrancaram o seu outro olho com a broca, fiquei tentando me convencer de que estava me sentindo melhor, mas não é verdade, não é verdade!...

Neste ponto, *pan* Nowowiejski levou as mãos à cabeça e continuou a falar através de dentes cerrados:

— Ele, mesmo empalado, com uma broca no olho e com os braços em chamas, deve ter sofrido menos do que eu estou sofrendo, ardendo por dentro e sem poder esquecer a minha desgraça. Só há um consolo para mim, a morte!

Ao ouvir isto, Basia levantou-se e, colocando a mão sobre a cabeça do infeliz guerreiro, disse:

— Que Deus a conceda em Kamieniec, pois vejo que você está sendo sincero e acredito que ela será o seu único consolo.

Ao que *pan* Adam cerrou os olhos e repetiu por várias vezes:

— Sim, sim, é tudo que quero. Deus lhe pague!...

Naquele mesmo entardecer todos partiram para Kamieniec.

Basia, assim que atravessou a paliçada, ficou olhando por muito tempo para o forte brilhando à luz do crepúsculo. Finalmente, fez o sinal-da-Santa-Cruz e disse:

— Tomara que Michal e eu possamos retornar para cá um dia, querido Chreptiów!... Tomara que nada de pior esteja nos aguardando!...

E duas lágrimas escorreram pelo seu rosto rosado. Uma estranha tristeza apossou-se de todos os corações — e o séquito partiu em silêncio.

Enquanto isto, anoitecia. Por causa das carroças, cavalos, bois, búfalos e camelos, avançavam lentamente. Muitos dos empregados e soldados haviam se casado em Chreptiów, de modo que não faltavam mulheres no cortejo. A escolta era formada pelos dragões de Nowowiejski e por duzentos homens da "infantaria húngara", formada à custa do pequeno cavaleiro e por ele treinada. Basia era a sua "patrona", enquanto o seu comando ficou por conta do capitão Kaluszewski. Na verdade, não havia sequer um húngaro entre os seus componentes, e a razão de ser chamada de "húngara" era o fato do seu equipamento ser magiar. Os oficiais subalternos foram escolhidos entre os dragões mais experientes, enquanto os recrutas eram os ex-bandidos pegos nas *wataha* e condenados à morte e a quem fora prometido perdão por seus crimes caso se alistassem e demonstrassem coragem em combate. Havia entre eles também voluntários que, tendo abandonado as florestas e cavernas onde se escondiam, preferiram servir sob as ordens do Pequeno Falcão a terem que sentir a sua espada suspensa sobre suas cabeças. Não eram homens submissos nem suficientemente adestrados, mas todos corajosos e acostumados a privações, perigos e derramamentos de sangue. Basia tinha uma verdadeira adoração por aquela infantaria, considerando-a como um filho de Michal. Quanto aos soldados, apesar de toda sua selvageria, logo se afeiçoaram à sua boa e linda patrona e, com mosquetões nos ombros e espadas à cinta, marchavam do lado da sua carruagem, orgulhosos por a estarem protegendo e prontos para defendê-la com determinação caso uma *wataha* de bandidos ou de tártaros ousasse bloquear o seu caminho.

No entanto, não havia razões para isto, já que *pan* Wolodyjowski, sendo mais cuidadoso que os demais comandantes, além de amar por demais

O PEQUENO CAVALEIRO 513

a sua esposa para expô-la a algum perigo, limpara o caminho e a viagem transcorreu sem quaisquer transtornos. Tendo partido de Chreptiów no início de uma tarde, viajaram sem parar até a tarde do dia seguinte, quando já puderam avistar os grandes rochedos de Kamieniec.

A visão daquele penhasco coroado por muros e torres encheu de ânimo os corações dos viajantes, já que lhes pareceu que nenhuma mão, a não ser a de Deus, poderia destruir aquele ninho de águias no topo de um rochedo cercado pela curva do rio. O dia estava quente e belo; as torres das igrejas católicas e ortodoxas emergiam de trás dos muros e brilhavam como gigantescas velas acesas, enquanto uma atmosfera de calma, paz e alegria emanava da vizinhança.

— Baska! — disse Zagloba. — Por mais de uma vez os pagãos morderam estas muralhas e sempre quebraram os dentes! Você nem pode imaginar quantas vezes eu os vi fugindo daqui segurando seus focinhos por estarem doendo. Deus há de fazer com que desta vez seja como das anteriores!

— Por certo que sim! — respondeu Baska, com o rosto resplandecente.

— Já esteve aqui um imperador deles, Osman. Lembro-me disto como se fosse hoje, embora tivesse sido em 1621. Ele veio do outro lado de Smotrycz, diretamente de Chocim. Parou, arregalou os olhos, abriu a boca e ficou olhando, olhando, olhando... Finalmente, perguntou: "Quem fortificou desta forma este rochedo?" "Deus!", respondeu o vizir. "Então que Deus tente conquistá-lo, porque eu não sou tolo!", disse o imperador, e foi-se embora.

— É verdade! Pelo que me contaram, ainda foi embora com muita pressa! — aparteou *pan* Muszalski.

— Eles recuaram com tanta pressa — respondeu *pan* Zagloba — porque nós os cutucamos com as nossas lanças nas partes mais sensíveis dos seus corpos. Depois, os soldados levaram-me sobre seus ombros até *pan* Lubomirski.

— Quer dizer que o senhor participou também desta batalha? — perguntou o arqueiro incomparável. — Não dá para acreditar em quantos lugares o senhor esteve e quanto feitos heróicos realizou!

Pan Zagloba sentiu-se um pouco ofendido e respondeu:

514 HENRYK SIENKIEWICZ

— Não só estive, como fui ferido, ferimento este que poderei mostrar *ad oculos* caso o senhor esteja interessado, mas terei que fazê-lo um pouco afastado daqui, pois não cabe gabar-se dele diante da *pani* Wolodyjowski.

O afamado arqueiro deu-se conta de que estava sendo gozado, mas, não se sentindo à altura para travar um duelo verbal com *pan* Zagloba, não fez mais perguntas e desviou o rumo da conversa.

— A verdade é que, quando alguém ouve boatos do tipo: "Kamieniec não foi devidamente guarnecido" ou "Kamieniec não terá condições de resistir", chega a ficar assustado, mas quando vê Kamieniec, logo muda de opinião e o seu coração se enche de ânimo.

— Além do que, Michal vai estar participando da sua defesa! — acrescentou Basia.

— E *pan* Sobieski poderá vir em nosso auxílio!

— Graças a Deus a situação não está tão ruim assim! Já estivemos em situações muito piores e não esmorecemos!

— Mesmo se fosse pior, o fundamental é não perder o ânimo! Não nos devoraram antes e, enquanto mantivermos a nossa disposição para lutar, jamais irão nos devorar! — finalizou *pan* Zagloba.

Embalados por estes pensamentos positivos, os viajantes se calaram, mas o seu silêncio foi interrompido de uma forma dolorosa. Eis que, repentinamente, *pan* Nowowiejski aproximou o seu cavalo da carruagem de Basia. Seu rosto, normalmente soturno e sofredor, estava sorridente e calmo. Com os olhos fixos na fortaleza de Kamieniec banhada pelos raios solares, sorria sem cessar.

Os dois guerreiros e Basia olharam para ele com espanto, sem conseguirem compreender como a visão da fortaleza tirara o terrível peso da sua alma. *Pan* Adam, irradiando felicidade, disse:

— Que seja louvado o nome do Senhor! Depois de tantos dissabores, chegou a hora da recompensa!

Neste ponto, virou-se para Basia:

— As duas estão na casa do intendente Tomaszewicz, no que fizeram muito bem, pois, estando naquela fortaleza, estarão protegidas daquele bandido!

O PEQUENO CAVALEIRO

— De quem o senhor está falando? — perguntou Basia, com terror na voz.

— De Zosia e Ewa.

— Que Deus o proteja! — exclamou Zagloba. — Não se deixe levar pelo diabo!

Nowowiejski não lhe deu qualquer atenção e continuou:

— Porque aquilo que andaram dizendo que Azja matou o meu pai também não é verdade!

— Endoideceu! — sussurrou *pan* Muszalski.

— Peço permissão a Vossa Graça — falou novamente Nowowiejski dirigindo-se a Basia — para adiantar-me ao cortejo. Não as vejo há muito tempo e estou morrendo de saudades e meu coração anseia pela minha amada!

E, tendo dito isto, meneou a sua gigantesca cabeça e, sem esperar pela resposta de Basia, esporeou o seu cavalo.

Pan Muszalski, após fazer um sinal para alguns dragões, partiu atrás dele, para manter um olho sobre o tresloucado.

Basia cobriu seu rosto rosado com as mãos e, momento depois, lágrimas grossas e quentes escorreram por entre seus dedos, enquanto Zagloba dizia:

— Era um rapaz de ouro, mas o sofrimento foi demasiado para ele... Além do mais, não há vingança que possa restaurar a alma humana...

Kamieniec preparava-se para sua defesa. Nos muros e portões do Castelo Antigo trabalhavam as "nações" que habitavam a cidade, cada uma sob seu intendente, dos quais o intendente Tomaszewicz era o mais destacado, tanto pela sua reconhecida coragem, quanto pela sua perícia em disparar canhões. Com pás e carrinhos de mão, poloneses, russos, armênios, judeus e ciganos disputavam entre si o título de quem era mais dedicado naquelas tarefas. Oficiais dos mais diversos regimentos supervisionavam o trabalho, que era executado não somente por civis, mas também por sargentos, soldados e até *szlachcic* que, deixando de lado o conceito de que Deus lhes dera braços exclusivamente para o manejo de espadas e esquecendo-se de que apenas homens de estratos sociais inferiores eram predestinados aos trabalhos braçais, arregaçaram as mangas e esforçavam-se tanto quanto os demais. Entre a multidão, circulavam jesuítas, dominicanos, frades da ordem de São Francisco e carmelitas, todos abençoando os esforços humanos. Mulheres das mais diversas origens distribuíam comida e bebida entre os trabalhadores: belas armênias, esposas e filhas de ricos comerciantes e belíssimas judias que atraíam para si os olhares dos soldados.

Mas a chegada de Basia fez com que a maioria dos olhos se virassem em sua direção. Por certo, havia em Kamieniec damas mais distintas do que ela, mas não havia uma sequer cujo marido fosse coberto por maior glória militar. Os moradores de Kamieniec ouviram também falar de *pani* Wolodyjowski como sendo uma mulher valente, que não tivera medo de morar num posto avançado na estepe e no meio de homens selvagens, que costumava acompanhar o seu marido em expedições guerreiras e que, raptada por um tártaro, conseguira derrotá-lo e escapar das suas presas. Portanto, a sua fama também era grande. Mas aqueles que não a conheciam e nunca a haviam visto, imaginavam-na como uma mulher gigantesca, capaz de quebrar ferraduras e arrebentar cotas de malha. Não era, portanto, de se estranhar o seu espanto ao ver emergir da carruagem um pequenino e quase infantil rosto rosado.

— É a própria *pani* Wolodyjowski, ou a sua filha? — ouvia-se na multidão.

— É ela mesma — respondiam os que a conheciam.

E esta resposta causava admiração no meio de burgueses, mulheres, freis e soldados. Também não era menor a admiração despertada pelos "invencíveis" guerreiros de Chreptiów, pelos dragões — no meio dos quais cavalgava o sorridente *pan* Nowowiejski — e pelos ameaçadores rostos dos bandidos transformados em infantes húngaros. Como o séquito de Basia era formado por algumas centenas de guerreiros, os corações de todos que estavam na multidão adquiriram ainda mais ânimo.

— Estes sim são guerreiros de verdade a quem os turcos não ousarão olhar nos olhos! — gritavam todos.

Alguns dos habitantes e até soldados, especialmente os do recém-chegado regimento do bispo Trzebicki, acharam que o próprio *pan* Wolodyjowski encontrava-se no séquito, de modo que se ouviram também gritos de:

— Viva *pan* Wolodyjowski!

— Viva o nosso defensor, o maior guerreiro da República!

— *Vivat* Wolodyjowski! *Vivat!*

O PEQUENO CAVALEIRO   517

Basia ouvia aqueles gritos com o coração cheio de orgulho, já que não há nada mais agradável a uma mulher do que a fama do seu marido, especialmente quando proclamada por centenas de vozes numa grande cidade.

"*Há tantos guerreiros famosos aqui*", pensou, "*e, no entanto, somente aclamam o meu Michal!*"

E teve o impulso de gritar "*Vivat* Wolodyjowski!" ela mesma, mas foi retida por *pan* Zagloba, que lhe disse para comportar-se dignamente e saudar a todos de forma respeitosa, exatamente como costumam fazer os reis ao entrarem na capital.

Ele mesmo também cumprimentava as massas, ora com seu gorro ora com a mão, e quando foi reconhecido por alguns que se puseram a gritar o seu nome, levantou-se na carruagem e, virando-se para a multidão, gritou:

— Meus senhores! Quem resistiu em Zbaraz também há de resistir em Kamieniec!

Conforme instruções de Wolodyjowski, o séquito parou diante do recém-construído mosteiro de freiras dominicanas. O pequeno cavaleiro possuía uma casa em Kamieniec, mas como o mosteiro ficava numa área mais protegida das balas dos canhões inimigos, optou por acomodar nele a sua querida Basia, ainda mais quando, sendo o patrono do mosteiro, contava com uma recepção à altura. E, com efeito, a abadessa, madre Wiktoria, recebeu-a de braços abertos. Dos braços da abadessa, Basia caiu em outros, mais queridos — os da titia Makowiecki, a quem não via há anos. Ambas choraram copiosamente, no que foram acompanhados pelo *pan* Makowiecki, que sempre tivera um fraco por Basia. Mal secaram as lágrimas de emoção, veio correndo Krzysia Ketling, e houve uma nova sessão de cumprimentos e choros. Em seguida, Basia foi cercada pelas freiras e várias *szlachcianki*, tanto conhecidas quanto desconhecidas. Algumas delas, como, por exemplo, *pani* Bogusz, perguntavam pelos seus maridos, enquanto outras queriam saber a opinião de Basia quanto às possibilidades de Kamieniec resistir ao avanço turco.

Basia notou, com grande satisfação, que era considerada como uma perita na arte da guerra e que esperavam ouvir dela palavras de conforto, portanto não se fez de rogada.

— Não há a menor possibilidade — disse — de nós não podermos defender a cidade dos turcos. Michal deverá chegar aqui a qualquer momento, e quando ele se ocupar da defesa, as senhoras poderão dormir tranqüilas. Quanto à fortaleza, posso ver que ela é inexpugnável, o que posso afirmar às senhoras com toda tranqüilidade, pois, graças a Deus, tenho alguma experiência nestes assuntos.

As palavras de Basia caíram como um bálsamo nos corações das mulheres, principalmente a promessa da chegada iminente de *pan* Wolodyjowski. O seu nome era efetivamente respeitado por todos, e embora já estivesse anoitecendo, a maioria dos oficiais continuava vindo cumprimentar Basia, todos perguntando quando o pequeno cavaleiro iria chegar e se era verdade que ele pretendia permanecer em Kamieniec. Basia recebeu apenas os mais importantes, por estar demasiadamente cansada da viagem, além de ter que se ocupar de *pan* Nowowiejski. O infeliz guerreiro caíra do cavalo diante da porta do mosteiro e fora trazido desacordado para uma das celas.

Imediatamente foi chamado um médico — o mesmo que tratara Basia em Chreptiów — que diagnosticou uma séria doença cerebral, com poucas probabilidades de sobrevivência. Basia, *pan* Muszalski e *pan* Zagloba ficaram comentando a desgraça de *pan* Adam até altas horas da noite.

— O médico me disse — falou Zagloba — que caso ele sobreviva, então, depois de algumas sangrias bem-sucedidas, poderá recuperar a consciência e, com o coração mais leve, suportar o seu infortúnio.

— Não vejo qualquer coisa que possa vir a consolá-lo! — respondeu Basia.

— Em muitas ocasiões, seria muito melhor para o homem não possuir memória — observou *pan* Muszalski. — Mas nem mesmo os animais não estão livres dela.

Mas o velhinho contestou a observação do afamado arqueiro.

— Se o senhor não tivesse memória, não poderia se confessar, e, em função disto, estaria condenado às chamas do inferno. O padre Kaminski já o alertou da sua mania de blasfemar, mas não adianta ensinar o pai-nosso a um lobo, pois ele sempre vai preferir devorar um carneiro.

— Como o senhor pode comparar-me a um lobo? — disse o grande arqueiro. — Azja, sim. Aquele era um lobo e tanto!

O PEQUENO CAVALEIRO 519

— E eu não disse isto há muito tempo? — perguntou Zagloba. — Quem foi o primeiro a dizer que ele era um lobo?

— Nowowiejski me disse — intrometeu-se Basia — que ouve Ewa e Zosia gritando por socorro, mas como ele poderia socorrê-las? Não é de estranhar que ele tenha ficado doente, pois ninguém pode suportar uma dor destas. Ele teria agüentado a morte delas, mas a sua desonra, não.

— Agora, o pobre-diabo jaz como uma tora de madeira, sem saber o que se passa à sua volta — disse Muszalski. — O que é uma pena, porque era um soldado e tanto!

O resto da conversa foi interrompido pela chegada de um serviçal com a notícia de que a cidade voltou a ficar agitada e as pessoas saíram às ruas para observar a chegada do senhor general de Podole, junto com sua corte e algumas dezenas de soldados.

— É ele que ficará no comando de Kamieniec — disse Zagloba. — É muito louvável da parte de *pan* Mikolaj Potocki vir para cá em vez de ficar longe do perigo, mas eu teria preferido que ele não tivesse vindo. Ele sempre se opôs ao *hetman* e não quis acreditar na possibilidade de uma guerra, e agora é bem possível que acabe pagando por isto com sua própria cabeça.

— Talvez os demais senhores Potocki também venham para cá — disse *pan* Muszalski.

— O que significa que os turcos já estão próximos. — respondeu *pan* Zagloba. — Em nome do Pai, do Filho e do Espírito Santo! Tomara que o general revele-se um novo Jeremi, e Kamieniec, um novo Zbaraz.

— E terá que ser assim, caso contrário morreremos todos — ouviu-se uma voz junto da porta.

Ao ouvir aquela voz Basia levantou-se de um pulo e, exclamando "Michal!", atirou-se nos braços do marido.

Pan Wolodyjowski trouxe várias notícias do campo e, antes de relatá-las no conselho de guerra, quis compartilhá-las com sua esposa. Conseguira exterminar diversos grupos tártaros e trouxe consigo alguns prisioneiros que, quando interrogados, poderão dar informações precisas sobre as forças do *khan* e de Doroszenko.

Os demais oficiais não tiveram tanto sucesso. *Pan* Podlaski, à frente de uma força considerável, foi derrotado numa batalha sangrenta, e *pan*

Motowidlo teve a mesma sorte diante de Kryczynski, a horda de Bialogrod e o que restara dos *lipki*. Antes de chegar em Kamieniec, Wolodyjowski passou por Chreptiów, pois — conforme disse — queria lançar mais um olhar para aquele lugar onde passara tantos momentos felizes.

— Estive lá — disse — logo depois da sua partida e eu poderia tê-los alcançado, mas resolvi atravessar o rio para o lado moldávio e ouvir o que as estepes tinham a me dizer. Alguns destacamentos tártaros já estão do lado de cá, e temo que possam pegar de surpresa algum dos nossos. Os demais avançam junto com os exércitos turcos e não tardarão a chegar aqui. Vamos sofrer um cerco, minha pombinha querida, mas não vamos nos render, porque todos estarão defendendo não somente a pátria, mas seus próprios bens.

Tendo dito isto, agitou seus bigodinhos e, pegando a esposa nos braços, cobriu de beijos o seu rostinho. Naquele dia, não se viram mais.

No dia seguinte, *pan* Wolodyjowski repetiu tudo no conselho de guerra reunido na casa do bispo Lanckoronski. *Pan* Mikolaj Potocki informou aos presentes que não desejava assumir o comando-geral da defesa, preferindo compartilhá-lo com o conselho, algo que desagradou profundamente a Wolodyjowski.

— Em ocasiões de perigo, deve haver apenas uma só cabeça e uma só vontade! — disse. — Durante o cerco de Zbaraz, havia três dignitários que, pelo nível dos seus cargos, poderiam ter assumido o comando. E, no entanto, todos eles entregaram-no ao príncipe Jeremi Wisniowiecki, acreditando acertadamente que o comando tinha que ser centralizado numa só pessoa.

Suas palavras não surtiram qualquer efeito. Foi em vão que o culto Ketling citou o exemplo dos romanos que, sendo os maiores guerreiros de todos os tempos, inventaram a ditadura. O Bispo Lanckoronski, que não gostava de Ketling por achar que ele, sendo escocês de nascimento, devia ser herético no fundo da sua alma, respondeu-lhe que os poloneses não precisavam receber aulas de recém-chegados e que, por possuírem inteligência própria, não precisavam mirar-se nos romanos, com quem podiam comparar-se, tanto em coragem quanto em retórica. "Assim como de uma pilha de toras emana uma chama mais forte do que de um simples ramo", disse,

O PEQUENO CAVALEIRO

521

"de muitas cabeças hão de sair idéias melhores do que de uma só." Ao mesmo tempo, elogiou a modéstia do general de Podole, muito embora fosse evidente para todos que era mais o medo da responsabilidade que provocara aquela postura de *pan* Potocki. Da sua parte, o bispo recomendava entabular negociações com o inimigo. Ao ouvirem tal sugestão, todos os guerreiros se levantaram de um pulo, como se seus assentos estivessem em brasa. "Não foi para negociar que viemos para cá!", exclamaram, batendo nas suas espadas. "O mediador sente-se protegido pelas suas vestes eclesiásticas!" O major Kwasibrocki chegou a exclamar: "O seu lugar é na sacristia, e não num conselho de guerra!", ao que o bispo levantou-se e disse em voz bem alta:

— Eu seria o primeiro a oferecer a minha garganta em defesa das igrejas e das minhas ovelhas, e se mencionei negociações e desejo de temporizar, não foi pensando em entregar a fortaleza, mas apenas para dar tempo ao *hetman* para juntar mais forças. O nome de Sobieski é temido pelos pagãos e, mesmo que ele não consiga arregimentar muitos homens, basta que se espalhe a notícia de que está vindo para cá para os muçulmanos desistirem de Kamieniec.

Diante de palavras pronunciadas tão enfaticamente, calaram-se todos, sendo que muitos demonstrando alívio pelo bispo não ter qualquer rendição em mente. Assim, Wolodyjowski disse:

— Antes de o inimigo lançar-se contra Kamieniec, ele terá que destruir Zwaniec, pois não pode permitir que haja um fortim às suas costas. Sendo assim, se o senhor general permitir, eu estou pronto para trancar-me em Zwaniec e mantê-lo pelo tempo que o senhor bispo pretende ganhar por meio de negociações. Levarei comigo soldados fiéis e garanto aos senhores que Zwaniec não será tomado enquanto eu permanecer vivo!

Ao que todos se puseram a exclamar:

— Não pode ser! Nós precisamos de você aqui! Sem a sua presença, os habitantes ficarão atemorizados e os soldados lutarão com menos ânimo. Não podemos permitir isto! Quem tem mais experiência do que você? Quem conseguiu resistir em Zbaraz e, quando tivermos que fazer um cerco, quem poderá comandá-lo? Você vai morrer em Zwaniec e nós, sem você, vamos morrer aqui!

— A decisão não está nas minhas mãos, mas nas do comandante — respondeu Wolodyjowski.

— Para Zwaniec, poderíamos enviar um oficial mais jovem, mas de comprovada coragem — respondeu o general.

— Nowowiejski! — exclamaram algumas vozes.

— Nowowiejski não pode ir a lugar algum — respondeu Wolodyjowski.
— Ele jaz num leito, sem saber o que se passa à sua volta.

— Por enquanto, devemos definir quem deverá ocupar qual posição e a quem caberá defender cada um dos portões — disse o bispo.

Todos os olhos viraram-se para o general de Podole, que disse:

— Antes de emitir as devidas ordens, gostaria de ouvir a opinião dos soldados mais experientes, e como neste quesito ninguém supera *pan* Wolodyjowski, peço que ele seja o primeiro a se pronunciar.

Wolodyjowski sugeriu que, antes de tudo, deveriam ser guarnecidos os pequenos fortins fora dos muros da cidade, já que era óbvio que eles seriam os primeiros a serem atacados pelo inimigo. A sugestão foi acatada por todos. Kamieniec contava com mil e seiscentos soldados, que foram divididos entre os oficiais. O flanco direito das muralhas do castelo seria defendido por *pan* Mysliszewski, o esquerdo por *pan* Humiecki, enquanto o frontal e mais perigoso, pelo próprio *pan* Wolodyjowski. Os demais homens foram posicionados mais abaixo, com o major Kwasibrocki protegendo o lado setentrional e *pan* Wasowic, o meridional. A defesa da praça central ficou a cargo dos homens de *pan* Krasinski, sob o comando do capitão Bukar. Os soldados não eram simples voluntários, mas militares profissionais acostumados a batalhas e para quem disparos de artilharia causam menos desconforto que o calor do sol a outros homens. O belo Ketling assumiu o comando dos canhões, já que a sua pontaria excedia à de todos os demais. O comando-geral da defesa do castelo em si foi entregue ao pequeno cavaleiro, a quem o general de Podole deu imediatamente carta branca para atacar quando achasse possível e adequado.

Os oficiais, ao tomarem conhecimento dos pontos que lhes foram destacados, soltaram gritos de alegria e bateram nas suas espadas, numa clara demonstração de ânimo guerreiro. Diante disto, o general de Podole pensou com seus botões:

O PEQUENO CAVALEIRO

"Eu não nutria qualquer esperança de que nós pudéssemos nos defender e vim aqui exclusivamente movido por minha consciência, mas quem sabe se, com este tipo de soldado, não conseguiremos rechaçar o inimigo? Neste caso, meu nome se cobriria de glória e eu seria considerado um segundo Jeremi. É bem provável que tenha sido guiado para cá por uma boa estrela!"

E assim como antes duvidara que a cidade-fortaleza pudesse ser defendida, passou agora a duvidar da possibilidade de ela ser tomada. Com isto, sua coragem cresceu e ele passou a participar com maior entusiasmo dos planos de defesa de Kamieniec.

Ficou decidido que o portão denominado "Russo" seria defendido por *pan* Makowiecki, com um punhado de *szlachcic*, todos os habitantes poloneses (mais marciais que os de outras nacionalidades) e algumas dezenas de armênios e judeus. O portão "Lucki" foi entregue a *pan* Grodecki, com os canhões comandados pelos *pan* Zuk e Matczynski. Da mesma forma, foram distribuídos os demais oficiais pelos pontos estratégicos da cidade e definidos os homens que ficariam sob o comando de cada um.

Após o conselho de guerra, todos foram para a casa do general de Podole que, durante a ceia, cobriu *pan* Wolodyjowski de gentilezas, prevendo que, após o cerco, ao seu apelido de "pequeno cavaleiro" seria acrescido o de "Heitor de Kamieniec". *Pan* Michal, por sua vez, anunciou que combateria até a morte em defesa da cidade e que, em função disto, pretendia fazer um juramento solene na catedral, pedindo autorização ao bispo para que ele pudesse ser realizado no dia seguinte. O bispo, dando-se conta de que um tal juramento resultaria em benefício público, concordou de bom grado.

No dia seguinte foi realizada uma missa solene. A catedral estava repleta de oficiais, membros da *szlachta*, soldados e habitantes da cidade. *Pan* Wolodyjowski e Ketling jaziam com os braços estendidos em cruz diante do altar. Krzysia e Basia estavam ajoelhadas logo atrás deles, ambas chorando, já que sabiam que o juramento poderia resultar na morte dos seus maridos. Assim que a missa terminou, o bispo, com o ostensório erguido, virou-se para o público; o pequeno cavaleiro ergueu-se e, ajoelhando-se nos degraus do altar, disse com voz emocionada, porém calma:

— Sentindo-me grato por todas as graças e pela especial proteção que recebi de Deus Onipresente e do Seu Filho Único, faço este voto solene de que, assim como Ele e o Filho sempre me defenderam, eu também defenderei a Cruz Sagrada até meu último alento. E tendo recebido o comando da defesa do Castelo Antigo juro que, enquanto estiver vivo e puder mexer meus braços e pernas, não permitirei que o inimigo pagão que vive em pecado aposse-se dele, não abandonarei seus muros, nem içarei um pano branco, mesmo que tenha que morrer debaixo das suas ruínas... Faço este juramento diante de Deus e da Cruz Sagrada, Amém!

Um silêncio sepulcral caiu sobre a catedral, após o que se ouviu a voz de Ketling:

— Juro, em reconhecimento por todos os benefícios que recebi desta pátria, defender o castelo até a última gota do meu sangue e preferir ser soterrado por suas ruínas a permitir que o pé do inimigo cruze os seus muros. Faço este juramento com coração sincero e cheio de gratidão, diante de Deus e da Cruz Sagrada, Amém!

Neste ponto, o padre inclinou o ostensório para que fosse beijado, primeiro por Wolodyjowski e, em seguida, por Ketling. Diante desta visão, vários guerreiros puseram-se a gritar dentro da igreja:

— Nós também juramos! Estamos prontos para morrer! A fortaleza não será tomada! Juramos! Juramos! Amém! Amém! Amém!

Espadas foram desembainhadas com grande estardalhaço e a igreja iluminou-se com o brilho das lâminas. O mesmo brilho iluminou rostos ameaçadores e olhos em brasa, e a *szlachta*, os soldados e o povo foram dominados por um enorme e indescritível entusiasmo.

Foi quando todos os sinos começaram a badalar, o órgão soou, o bispo entoou *Sub Tuum praesidium* e centenas de vozes ecoaram-lhe em resposta. Era assim que se rezava por aquela fortaleza — torre de vigia da cristandade e chave da República.

Após a missa, Ketling e Wolodyjowski saíram de braços dados. Pelo caminho, eram saudados com o sinal-da-cruz, pois ninguém duvidava de que eles prefeririam morrer a entregar o castelo. Mas não era morte, e sim vitória e glória que pareciam pairar sobre eles — e era bem provável que, no meio daquela multidão, eles fossem os únicos a saber quão terrível fora o compromisso assumido naquele juramento. Também era possível que o perigo que pairava sobre suas cabeças tenha sido pressentido por dois corações femininos, pois nem Basia, nem Krzysia conseguiam se acalmar, e quando Wolodyjowski finalmente encontrou-se com a esposa no mosteiro, esta, coberta de lágrimas, aninhou-se em seus braços e disse, com voz entrecortada por soluços:

— Não se esqueça... Michalek... que... caso algo lhe aconteça... eu... eu... não sei o que será de mim!...

O pequeno cavaleiro ficou profundamente comovido. Seus bigodes amarelos ora avançavam ora recuavam, e ele, depois de um longo silêncio, disse:

— Baska! Eu tive que fazer isto!

— Eu preferiria ter morrido! — disse Basia.

Ao ouvir isto, o pequeno cavaleiro agitou ainda mais os bigodes e, tendo repetido por várias vezes "Calma, Baska, calma!", disse para acalmar a sua adorada esposa:

— Você está lembrada do que eu disse quando Deus devolveu você para mim? Eu prometi retribuir ao Nosso Senhor, dentro das minhas possibilidades. E que se eu sobrevivesse à guerra, ergueria a Ele uma capela, mas que durante a guerra eu precisava fazer algo extraordinário, para não alimentá-Lo com ingratidão. Qual o valor de um castelo? Nenhum, se comparado com o que Ele me deu! Chegou a hora! Como poderia eu permitir que o Salvador dissesse "Que promessa vã!"? Prefiro ser soterrado pelas pedras do castelo a quebrar a palavra de cavalheiro dada a Deus! Era preciso, Baska! — Tudo se resume a isto!... Temos que confiar em Deus!...

Capítulo 51

NAQUELE MESMO DIA, *pan* Wolodyjowski partiu com alguns destacamentos em ajuda ao jovem *pan* Wasilkowski que comunicara a
presença de alguns grupos tártaros que, após capturarem os camponeses e roubarem o gado de um vilarejo, não o incendiaram para não reve-
larem sua presença. *Pan* Wasilkowski dispersou-os, libertou os cativos e
fez alguns prisioneiros, que *pan* Michal levou para Zwaniec, pedindo a *pan*
Makowiecki que os interrogasse e fizesse um relatório detalhado das suas
revelações, para que fosse enviado ao *hetman* e ao rei. Os tártaros confes-
saram que receberam ordens para atravessar a fronteira, mas, mesmo sob
tortura, não sabiam dizer quão longe poderia estar o imperador turco e os
seus exércitos, já que, avançando em grupos esparsos, não mantinham
contato com o resto das tropas.

No entanto, todos confirmaram que o imperador já avançava em direção à República e que, em pouco tempo, estaria chegando a Chocim. Suas
revelações não trouxeram nada de novo para os defensores de Kamieniec,
mas, como em Varsóvia, na corte real, ainda não acreditavam na possibilidade de uma guerra, *pan* Potocki resolveu despachar os prisioneiros diretamente para a capital da República.

Ao anoitecer, *pan* Wolodyjowski recebeu a visita do secretário de um
dos seus coirmãos, Habereskul, alcaide de Chocim. Por precaução, o alcaide
não enviou uma carta, mas ordenou ao secretário que transmitisse um recado verbal à "pupila dos seus olhos" e "profundamente amado co-irmão"
Wolodyjowski, no sentido de ficar atento e, caso Kamieniec não tivesse

suficiente tropas para sua defesa, inventar um pretexto qualquer para sair da cidade, pois os exércitos do império turco estavam sendo aguardados em Chocim nos próximos dois dias.

Wolodyjowski mandou agradecer ao alcaide e, após gratificar o secretário, despachou-o de volta. Em seguida, levou a notícia da aproximação do inimigo aos demais comandantes.

A notícia, embora já esperada, causou um grande impacto. Os trabalhos para a defesa foram intensificados e *pan* Hieronim Lanckoronski, irmão do bispo, partiu imediatamente para Zwaniec para, de lá, manter Chocim sob observação.

Passou-se algum tempo, até que, no dia dois de agosto, o sultão chegou a Chocim. Os exércitos espalharam-se como um mar sem limites e, diante da visão da última cidade nos domínios do padixá, um grito de "Alá! Alá!" emanou de milhares de gargantas. Do outro lado do Dniestr jazia a indefesa República, a quem os incontáveis exércitos haveriam de cobrir como uma enchente ou devorar como uma chama. A multidão de soldados, não cabendo na cidade, espalhou-se pelos campos; os mesmos campos onde, dezenas de anos antes, outros exércitos do Profeta, e tão numerosos quanto estes, foram fragorosamente destroçados pelas espadas polonesas.

Agora, parecia que chegara a hora da vingança e nenhum membro daquela horda selvagem, desde o sultão até o mais humilde dos serviçais, podia imaginar que aqueles campos pudessem ser pela segunda vez uma ameaça ao Crescente. A certeza de uma vitória apossou-se de todos os corações. Os *janczar*, *spah*, multidões de recrutas dos Bálcãs, das montanhas de Ródope, Pilion e Óssa, de Carmel e Líbano, dos desertos árabes, das margens do Tigre, das baixadas do Nilo e das escaldantes areias da África — demandavam a uma só voz que fossem conduzidas imediatamente para a "margem infiel" do rio. No entanto, do alto dos minaretes de Chocim, os muezins começaram a convocar os fiéis às preces e todos se calaram. Um mar de cabeças cobertas por turbantes, capuzes, gorros multicoloridos e capacetes de aço inclinou-se para o chão e os campos foram atravessados por um surdo murmúrio das preces, como um zumbido de gigantescos enxames de abelhas que, levado pelo vento, corria para o outro lado do Dniestr, na direção da República.

Em seguida, soaram tambores, cornetas e pífaros, anunciando que chegara o momento de descansar. Embora os exércitos tivessem se deslocado lentamente, o padixá quis dar-lhes um merecido descanso após a longa marcha desde Adrianapol. Após fazer suas abluções numa fonte cristalina, o sultão instalou-se na cidade, enquanto os soldados fincavam tendas que, em pouco tempo, alastraram-se por todos os campos, fazendo com que estes parecessem cobertos de neve.

O dia fora lindo e terminava esplêndido. Após as últimas preces, o acampamento ficou em silêncio. Brilharam centenas de milhares de fogueiras, cuja cintilação preocupou a guarnição do fortim Zwaniec, pois eram tantas que os soldados que retornavam de expedições exploratórias diziam que parecia que "toda Moldávia estava coberta de fogueiras". Mas, à medida que a lua se elevava no céu estrelado, elas foram se apagando, sobrando apenas as das sentinelas. No meio da noite, ouviam-se apenas relinchos de cavalos e mugidos de búfalos.

Assim que amanheceu, o sultão ordenou aos *janczar*, tártaros e *lipki* que atravessassem o rio e ocupassem Zwaniec — tanto o fortim, quanto a cidade. O valente *pan* Hieronim Lanckoronski não aguardou por trás dos muros, mas, acompanhado de seus quarenta tártaros leais à República, oitenta cavaleiros do regimento de Kiev e do seu próprio destacamento de cavalaria, atirou-se sobre os *janczar* no momento em que atravessavam o rio e, apesar do fogo cerrado dos mosquetões, conseguiu causar tamanha confusão no seu meio que eles começaram a recuar. No entanto, os tártaros do sultão e os *lipki* atravessaram o rio num outro ponto e conseguiram penetrar na cidade. Rolos de fumaça e gritos alertaram o ousado oficial de que a cidade caíra nas mãos do inimigo. Diante disto, deixou de combater os *janczar* que, sendo infantes, não poderiam persegui-lo, e galopou em socorro dos infelizes moradores de Zwaniec. E já estava quase lá, quando, inesperadamente, os seus tártaros abandonaram o destacamento e passaram para o lado do sultão. Os outros tártaros e os *lipki*, achando que a traição deixaria os poloneses confusos, atiraram-se sobre eles. Felizmente, os cavaleiros de Kiev, inflados pelo exemplo do seu líder, ofereceram uma tenaz resistência, enquanto a cavalaria rompia as linhas do inimigo, que nunca pôde fazer frente à cavalaria polonesa. O solo em torno da cidade cobriu-se de cadáveres, principalmente de *lipki*, que eram mais combativos que os demais tártaros. *Pan* Lanckoronski, vendo os *janczar* se aproximarem, protegeu-se atrás dos muros do fortim, enviando a Kamieniec um pedido de reforços.

O padixá não pretendia tomar o fortim naquele mesmo dia, achando acertadamente que, quando seus exércitos atravessassem o rio, poderiam esmagá-lo facilmente. Sua intenção era apenas a de conquistar a cidade e, achando que as forças que enviara fossem suficientes para aquela tarefa, não lhes enviou quaisquer reforços. Ao verem *pan* Lanckoronski recuar para trás dos muros do fortim, os tártaros e os *lipki* voltaram a ocupar a cidade, sem incendiá-la, para que pudesse servir como um refúgio para si mesmos ou para outros destacamentos. Em compensação, não pouparam seus habitantes. Os *janczar* passaram a violar as mulheres, matando os homens e as crianças a machadadas, enquanto os tártaros ocupavam-se com o saque.

Foi quando os soldados que estavam no bastião do fortim viram um grupo de cavaleiros vindo de Kamieniec. Ao ser informado disto, *pan* Lanckoronski subiu no baluarte, e levando sua luneta ao olho, ficou observando-os atentamente. Finalmente, disse:

— É a cavalaria ligeira de Chreptiów, a mesma com que Wasilkowski exterminou aquele primeiro bando tártaro.

Em seguida, voltou a olhar:

— Vejo voluntários. Devem ser os *szlachcic* de *pan* Humiecki!

E logo depois:

— Deus seja louvado! É o próprio Wolodyjowski, porque posso ver também dragões. Meus senhores! Aos cavalos! Vamos sair dos muros e, com a ajuda divina, expulsaremos o inimigo não só da cidade, mas para o outro lado do rio!

Em seguida, desceu correndo as escadas para preparar os seus homens. Enquanto isto, os tártaros avistaram os novos destacamentos e, gritando "Alá!" a plenos pulmões, começaram a se juntar. Batidas de tambores e assovios estridentes percorreram as ruas da cidade. Os *janczar* entraram em formação com uma rapidez que poucas infantarias do mundo poderiam igualar. Os destacamentos tártaros saíram da cidade e se lançaram em

O PEQUENO CAVALEIRO

direção à cavalaria ligeira. Descontando os *lipki* massacrados por *pan* Lanckoronski, os tártaros dispunham de três vezes mais homens do que a guarnição de Zwaniec e os cavalarianos vindos de Kamieniec, razão pela qual não hesitaram em se lançar sobre *pan* Wasilkowski. Mas este, sendo um jovem impetuoso que se atirava ao perigo sem medir quaisquer conseqüências, ordenou aos seus homens que adquirissem ímpeto e, sem ligar para o número dos inimigos, lançou-se sobre eles.

Tal ousadia confundiu os tártaros que, via de regra, não gostavam de combater em campo aberto. E, apesar dos gritos dos *mirza*, silvos horripilantes dos apitos e batidas possantes dos tambores, começaram a frear seus cavalos; aparentemente, estavam assustados e pouco propensos a lutar. Assim, quando chegaram a uma distância que poderia ser percorrida por uma flecha, dispararam uma chuva de setas contra os cavalarianos a pleno galope e dividiram-se em dois grupos.

Pan Wasilkowski, sem saber da presença dos *janczar* em posição de combate do lado das casas virado para o rio, partiu em perseguição aos tártaros, aliás, à metade deles, e tendo alcançado aqueles cujos cavalos eram menos velozes, começou a massacrá-los. Então, a outra metade dos destacamentos tártaros deu meia-volta, querendo atacar *pan* Wasilkowski pela retaguarda, mas foi bloqueada pelos voluntários, enquanto os cavalarianos de Kiev de *pan* Lanckoronski atacavam-na de lado. Os tártaros, pressionados em várias frentes, dissiparam-se como areia, e teve início um combate de grupos contra grupos, com pesadas perdas dos tártaros, principalmente pela mão de *pan* Wasilkowski que, ofuscado pelo calor do embate, lançava-se sozinho sobre grupos inteiros, assim como um gavião se atira sobre bandos de pardais.

Enquanto isto, *pan* Wolodyjowski, um soldado experiente e cauteloso, não soltara os seus dragões. Assim como um caçador mantém presos a correias retesadas seus ávidos cães de caça e não os solta em perseguição a um animal qualquer até avistar o lampejo dos olhos e o brilho das presas de um javali, também o pequeno cavaleiro, desprezando os banais destacamentos tártaros, olhava se, além deles, não haveria *janczar* ou *spah*, ou outros tipos de guerreiros mais dignos de serem atacados.

No mesmo instante, chegou junto dele *pan* Hieronim Lanckoronski.

— Coronel! — gritou. — Os *janczar* estão recuando para o rio, vamos atacá-los!

Wolodyjowski desembainhou a sua espada e ordenou:

— Em frente!

Cada um dos dragões encurtou as rédeas do seu cavalo para poder controlá-lo melhor, e o destacamento se pôs em marcha de forma tão perfeita como se estivesse numa parada militar. Os dragões começaram trotando, depois passaram ao galope, mas sem dar ainda rédeas soltas aos seus cavalos. E foi somente depois de passarem pelas casas viradas para o rio que eles, tendo avistado os gorros de feltro branco dos *janczar*, se deram conta de que não iriam combater simples soldados, mas a fina flor da infantaria turca.

— Atacar! — gritou Wolodyjowski.

E os cavalos puseram-se a pleno galope, quase tocando com as barrigas no chão e atirando, com seus cascos, torrões por todos os lados.

Os *janczar*, sem saberem ao certo quais eram as forças que vieram em auxílio de Zwaniec, deslocavam-se na direção do rio. Um dos seus destacamentos, de cerca de duzentos homens, já estava à sua margem e subindo nas balsas. Um segundo, tão numeroso quanto o primeiro, também recuava ordenada e rapidamente, quando viu a cavalaria galopando. Num piscar de olhos, deu meia-volta e colocou-se em posição de defesa, abaixando seus mosquetões e disparando uma saraivada de tiros. Como se não bastasse isto, os valentes infantes, esperando serem socorridos pelos seus companheiros à beira do rio, largaram os mosquetões e, soltando gritos guerreiros, atiraram-se com espadas sobre os cavalarianos. Tal atitude era uma ousadia de que somente os *janczar* eram capazes, mas pela qual tiveram que pagar um preço muito alto, já que a cavalaria, mesmo se quisesse, não poderia mais refrear o seu ímpeto e desabou sobre eles com a força de um vendaval.

Sob o impacto do choque, a primeira ala dos *janczar* caiu por terra, mas muitos dos seus membros conseguiram levantar-se e correr para a margem da qual o primeiro destacamento disparava sem cessar, mirando alto para atingir os dragões sem ferir seus camaradas. Os que já estavam à beira do rio hesitaram entre subir nas balsas ou, seguindo o exemplo dos outros, atirar-se sobre a cavalaria, mas sua hesitação foi interrompida pela visão dos grupos dos seus companheiros fugindo desesperadamente e sendo massacrados pelos cavalarianos. Ao ser atacado implacavelmente, um ou outro grupo interrompia a fuga e, qual um animal acuado e ciente de que não tinha escapatória, oferecia feroz resistência. E foram estes embates que deixaram claro aos que estavam à margem de que a supremacia da cavalaria em combates com armas brancas era tamanha que eles não teriam condições de fazer-lhe frente. Os fugitivos eram golpeados na cabeça e no peito com tal maestria e rapidez que não era possível seguir com olhos os movimentos das espadas. E, assim como grupos de camponeses debulham ervilhas secas golpeando-as com toda força e espalhando os grãos pelo chão do celeiro, os cavalarianos golpeavam os grupos de inimigos, espargindo os *janczar* por todos os lados.

Pan Wasilkowski, à frente da sua cavalaria ligeira, atirava-se sobre o inimigo sem dar a mínima importância à própria vida. No entanto, assim como um experiente ceifeiro é mais objetivo do que um mais jovem e forte, porém menos acostumado ao manejo de uma foice — já que o inexperiente desfere golpes a torto e direito e cobre-se de suor, enquanto o primeiro avança calmamente e ceifando a seara de forma linear e direta —*pan* Wolo-dyjowski superava o impulsivo jovem. Logo antes do choque com os *janczar*, ele deixou os dragões seguirem na frente e, refreando o seu cavalo, ficou mais atrás para ter uma visão completa do campo de batalha. Mantendo-se assim um pouco distante, observava o desenrolar do embate, ora atirando-se no meio da confusão desferindo golpes e consertando o que tinha que ser consertado, ora permitindo que a refrega se afastasse dele para, logo em seguida, voltar a se envolver. Como acontece em batalhas com infantes, também desta vez a cavalaria, em função do seu ímpeto, deixou para trás algumas dezenas deles. Estes, não tendo mais acesso ao rio, correram na direção da cidade, querendo esconder-se no meio dos girassóis plantados diante das casas. *Pan* Wolodyjowski os viu, alcançou os dois primeiros e, com dois discretos movimentos da sua espada, deixou ambos caídos, agitando suas pernas e deixando que as suas almas, junto com o seu sangue, se esvaíssem dos seus ferimentos. Ao ver isto, o terceiro disparou sua pistola na direção do pequeno cavaleiro, mas errou o alvo, e *pan* Michal acertou-o no rosto com a lâmina da sua espada, privando-o de vida. Em seguida, partiu em perseguição aos demais e, em menos tempo que um menino leva para encher o seu cesto com cogumelos selvagens, acabou com eles antes que chegassem aos girassóis, deixando que dois fossem pegos pelos moradores da cidade, a quem ordenou que mantivessem-nos vivos.

Quanto a ele, tendo notado que os *janczar* já estavam espremidos junto à margem do rio, atirou-se no meio da refrega e começou a "trabalhar".

Ora avançava, ora virava-se para a esquerda ou a direita — aplicava um golpe discreto, e seguia adiante, sem olhar para trás. E a cada golpe seu, um gorro branco deslizava por terra. Os *janczar* afastavam-se dele com terror, enquanto ele aumentava a rapidez dos seus golpes e, embora permanecesse calmo, nenhum olho podia acompanhar mais o movimento da sua espada, nem reconhecer se ele acertara o oponente com o seu fio ou a sua ponta, pois a espada transformara-se num círculo brilhante em volta da sua pessoa.

Pan Lanckoronski, que já havia ouvido falar dele como sendo o "mestre dos mestres", mas nunca o vira "trabalhando", chegou a parar de combater e ficou olhando com espanto, mal conseguindo acreditar nos seus olhos que apenas um homem, mesmo sendo um mestre e aclamado como o maior de todos os guerreiros, pudesse fazer tamanho estrago. Meneava a cabeça, e seus companheiros puderam ouvi-lo repetir por diversas vezes: "Por Deus, ele é muito superior ao que falam dele!", enquanto outros gritavam: "Olhem para isto, pois nada semelhante poderão ver em todo o mundo!" Enquanto isto, Wolodyjowski continuava trabalhando. Todos os *janczar* já haviam sido empurrados para a beira do rio e começaram a subir desordenadamente nas balsas, e como estas eram muitas e a quantidade de homens que retornava era menor do que a que viera, havia espaço de sobra para todos. Os pesados remos foram postos em ação e, entre a cavalaria e os *janczar*, apareceu uma faixa de água que foi se alargando rapidamente... Uma saraivada de tiros emanou das balsas e foi respondida pela cavalaria; densas colunas de fumaça elevaram-se sobre a água, dissipando-se lentamente. As balsas com os *janczar* foram se distanciando cada vez mais. Os dragões, sentindo-se vencedores, começaram a agitar seus punhos ameaçadoramente e a gritar:

O PEQUENO CAVALEIRO

— Que isto lhes sirva de lição, seus filhos de uma cadela!

Pan Lanckoronski, apesar das balas que silvavam no ar, abraçou Wolodyjowski.

— Mal pude acreditar nos meus olhos! — exclamou. — O que o senhor fez são autênticas *mirabilia*, que deveriam ser descritas com uma pena de ouro!

Ao que Wolodyjowski respondeu:

— Não passa de um talento inato, associado a anos de experiência, apenas isto. Afinal, já perdi a conta de quantas guerras participei!

E, retribuindo o abraço de *pan* Lanckoronski e olhando para a margem, exclamou:

— Olhe para lá, caro senhor, e verá um outro espetáculo digno de ser apreciado!...

Pan Hieronim olhou para o local apontado e viu um oficial com um arco na mão.

Era *pan* Muszalski.

O afamado arqueiro participara da luta com os demais, combatendo os inimigos com sua espada, mas agora, quando os *janczar* afastaram-se tanto que não podiam mais ser alcançados por balas de mosquetões, sacou o seu arco e, posicionando-se numa elevação do terreno, testou a corda com o dedo, certificou-se pelo seu som de que estava devidamente tensa, apoiou nela sua primeira seta e ficou mirando.

Foi exatamente naquele momento que Wolodyjowski e Lanckoronski olharam para ele — e como era linda aquela visão! O arqueiro, montado no seu cavalo, mantinha o braço esquerdo esticado, com o arco seguro firmemente em sua mão. Ao mesmo tempo, esticava a corda, puxando o braço direito com cada vez mais força para junto do peito, a ponto de as veias do seu pescoço saltarem.

Ao longe, no meio dos restos da fumaça, podiam-se avistar algumas dezenas de balsas deslizando sobre a superfície do rio que, em função do degelo da neve das montanhas, estava mais cheio e tão transparente que refletia a imagem das balsas e dos *janczar* nelas sentados. Os tiros haviam cessado; todos os olhos estavam fixos em *pan* Muszalski, ou na direção que seria percorrida pela flecha mortal.

A corda soltou um som pungente e o primeiro emissário da morte partiu do arco. Nenhum olho poderia acompanhar sua trajetória, mas todos puderam ver claramente quando um *janczar* gordo que segurava um remo estendeu repentinamente os braços e, girando sobre si próprio, caiu na água.

— Em sua memória, Dydiuk!... — disse *pan* Muszalski, pegando imediatamente uma segunda flecha.

— Em honra do senhor *hetman*! — disse para seus companheiros.

Ouviu-se um novo silvo — e mais um *janczar* tombou no fundo da balsa.

Os remos das balsas passaram a mover-se mais rapidamente, agitando furiosamente a superfície da água, mas o incomparável arqueiro virou-se com um sorriso para o pequeno cavaleiro:

— Em honra da digna esposa de Vossa Senhoria!

E esticou a corda do arco pela terceira vez; pela terceira vez expeliu uma flecha; e esta, pela terceira vez, perfurou um corpo humano. Um grito de triunfo emanou da margem e um grito de raiva ecoou das balsas. *Pan* Muszalski recuou e, acompanhado pelos demais vencedores do embate, seguiu para a cidade, olhando com satisfação para a colheita daquele dia.

Não havia muitos corpos tártaros, pois estes, tendo entrado em pânico, não opuseram grande resistência e, dissipados logo no início, fugiram para o outro lado do rio; em compensação, dezenas de *janczar* jaziam no campo, como feixes de feno caprichosamente amarrados.

Ao olhar para eles, *pan* Wolodyjowski disse:

— Que infantaria mais primorosa! Atira-se ao fogo como um javali em fúria, mas não pode ser comparada à sueca.

— No entanto, entraram em formação e dispararam os mosquetões de forma exemplar — observou *pan* Lanckoronski.

— Foi uma reação instintiva da parte deles, pois nunca foram submetidos a um treinamento profissional. Era a guarda pessoal do sultão, que tem um certo treinamento; além deles há os *janczar* regulares, que não são tão eficientes.

— Demos-lhes uma *pro memoria*! Deus permitiu que nós iniciássemos esta guerra com uma vitória tão fragorosa! — disse *pan* Lanckoronski.

O PEQUENO CAVALEIRO

Mas o experiente Wolodyjowski não compartilhou da opinião do jovem guerreiro.

— Não se engane. A vitória de hoje é insignificante — respondeu. — Ela poderá servir para elevar o espírito das pessoas inexperientes na arte da guerra e nos habitantes da cidade, mas este será o seu único efeito.

— Então o senhor acha que ela não fará decrescer o ânimo dos pagãos?

— Nem um pouco — respondeu Wolodyjowski.

E conversando assim, chegaram à cidadezinha, cujos habitantes lhes entregaram aqueles dois *janczar* pegos com vida quando tentavam escapar da espada de Wolodyjowski e esconder-se no meio dos girassóis.

Um estava ferido, enquanto o outro, inteiro e cheio de petulância. Chegando à fortaleza, o pequeno cavaleiro pediu a *pan* Makowiecki que conduzisse o interrogatório, pois, embora entendesse a língua turca, não era nela fluente. *Pan* Makowiecki perguntou se o sultão já se encontrava em Chocim e quando pretendia lançar-se sobre Kamieniec.

O turco respondia com clareza e galhardia.

— O padixá em pessoa encontra-se em Chocim — dizia. — No acampamento, é voz corrente que os paxás Halil e Murad atravessarão o rio amanhã, trazendo consigo sapadores para cavarem fossos. Amanhã, ou depois de amanhã, chegará vossa hora final.

Neste ponto, o prisioneiro colocou as mãos nos quadris e, confiante no terror provocado pelo nome do sultão, continuou:

— Seus *lach* mais malucos! Como ousaram atacar e matar homens do sultão diante da sua magnânima presença? Por acaso acham que poderão escapar do merecido castigo? Pensam que este frágil castelo poderá defendê-los? Quem, a não ser escravos, serão vocês em poucos dias? Quem são vocês hoje, a não ser cães que se agitam diante do seu amo?

Pan Makowiecki anotava tudo diligentemente, mas *pan* Wolodyjowski, querendo temperar a ousadia do prisioneiro, deu-lhe um sonoro tapa na cara. O turco ficou desconcertado e, imediatamente, passou a tratar o pequeno cavaleiro com maior respeito, além de passar a expressar-se de forma mais civilizada. Uma vez terminado o interrogatório e o prisioneiro retirado da sala, *pan* Wolodyjowski disse:

— É preciso despachar imediatamente estes prisioneiros e seus depoimentos para Varsóvia, porque na corte real continuam não acreditando que a guerra já começou.

— Os senhores acham que o prisioneiro estava falando a verdade, ou mentia descaradamente? — perguntou *pan* Lanckoronski.

— Se os senhores quiserem — respondeu Wolodyjowski — podem queimar as solas dos pés dele. Tenho um sargento que é especialista nestes assuntos e que despachou Azja Tuhaj-bey para o outro mundo, mas, em minha opinião, tudo que o *janczar* disse é verdade. A travessia do rio começará amanhã e nós não temos como impedi-la, mesmo se fôssemos cem vezes mais numerosos. Portanto, não nos resta mais nada a não ser retornar a Kamieniec, levando esta informação.

— Me saí tão bem em Zwaniec que gostaria de permanecer nesse fortim — disse *pan* Lanckoronski. Desde que possa ter a certeza de que, de vez em quando, os senhores viriam em minha ajuda. Depois, seja o que Deus quiser!

— Eles dispõem de duzentos canhões — respondeu Wolodyjowski. — Quando atravessarem o rio com apenas dois deles, aquele fortim não resistirá um dia sequer. Eu mesmo me ofereci para ficar nele, mas agora, quando o vi, cheguei à conclusão de que isto não faria qualquer sentido.

Os demais oficiais tinham a mesma opinião. *Pan* Lanckoronski insistiu ainda um pouco, apenas para mostrar que não tinha medo, mas era um soldado por demais experimentado para não reconhecer que Wolodyjowski tinha razão. Finalmente, suas divagações foram interrompidas por *pan* Wasilkowski que, tendo vindo do rio, entrou correndo no fortim.

— Meus senhores, todo o Dniestr está coberto de balsas; nem dá para ver a superfície do rio.

— Estão atravessando? — perguntaram todos ao mesmo tempo.

— Sim. Os turcos sobre balsas e os tártaros a nado, agarrados às caudas dos cavalos.

Pan Lanckoronski não hesitou mais; mandou que fossem afundados os velhos morteiros do fortim e escondido ou levado para Kamieniec tudo que fosse possível. Enquanto isto, Wolodyjowski montava no seu cavalo e,

O PEQUENO CAVALEIRO

à testa dos seus homens, galopou até uma elevação da qual poderia olhar para a travessia.

Efetivamente, os paxás Halil e Murad estavam atravessando o rio. Até onde a vista podia alcançar, viam-se balsas construídas antecipadamente em Chocim, cujos remos batiam ritmadamente nas águas translúcidas. Estavam repletas de *janczar* e *spah*. Além disto, massas de soldados permaneciam paradas na margem oposta do rio. Wolodyjowski achou que começariam a construir uma ponte, mas, aparentemente, o sultão ainda não decidira avançar com o grosso das suas tropas.

O pequeno cavaleiro e *pan* Janckoronski retornaram para Kamieniec, onde foram recebidos por *pan* Potocki. No quartel-general encontravam-se quase todos os oficiais superiores, enquanto diante dele aglomerava-se uma multidão inquieta, preocupada — e curiosa.

— O inimigo está atravessando o rio e Zwaniec já foi ocupada — reportou o pequeno cavaleiro.

— Os trabalhos já estão concluídos e estamos prontos! — respondeu *pan* Potocki.

A notícia chegou aos ouvidos da multidão.

— Aos portões! Aos portões! — ecoaram gritos pelas ruas da cidade. — O inimigo já está em Zwaniec.

Cidadãos e cidadãs correram para os muros, na esperança de enxergar o inimigo, mas os soldados impediram sua passagem, não saindo das posições que lhes foram destinadas.

— Voltem para suas casas! — gritavam para a multidão. — Quanto mais vocês atrapalharem a defesa da cidade, mais cedo suas esposas verão os rostos dos turcos!

Na verdade, não havia pânico na cidade, pois a notícia da vitória obtida naquele dia já a percorrera e, como sempre, bastante exagerada pelos relatos dos soldados que dela participaram.

"*Pan* Wolodyjowski acabou com os *janczar*, a guarda pessoal do sultão", repetiam todas as bocas. "Está claro que os pagãos não têm condições de medir forças com *pan* Wolodyjowski! Ele derrubou o próprio paxá do seu cavalo. O diabo não é tão terrível como se pinta! Ficou evidente que eles não podem fazer frente aos nossos soldados! Bem feito, filhos de uma cadela! *Na pohybel* a vocês e ao seu sultão!"

As mulheres retornaram aos muros, mas agora munidas de garrafas de vodca, vinho e mel. Desta vez, foram recebidas com prazer e os soldados ficaram animados. *Pan* Potocki não fez qualquer objeção àquela animação, querendo manter a soldadesca bem-disposta e alegre e, como havia bastante munição, tanto na cidade quanto na fortaleza, permitiu que fossem dadas salvas de tiros, na esperança de que essas demonstrações de alegria pudessem confundir o inimigo, caso as ouvisse.

Pan Wolodyjowski, tendo aguardado o anoitecer nos alojamentos do general de Podole, montou no seu cavalo e, acompanhado por um serviçal, saiu às escondidas para o mosteiro, querendo encontrar-se com sua esposa o mais cedo possível. Mas de nada serviu o seu esforço. Foi reconhecido imediatamente e cercado pela multidão. Ouviram-se gritos de "Viva!". Mães erguiam seus filhos para que pudessem vê-lo.

— Olhem para ele e lembrem-se dele para sempre — repetiam várias vozes.

Além da admiração generalizada, *pan* Michal causava espanto às pessoas não familiarizadas com guerra por causa do seu diminuto tamanho. Simplesmente, elas não conseguiam entender de que forma um homem tão pequenino e com um rosto tão alegre e agradável pudesse ser o mais terrível guerreiro de toda a República. Quanto a ele, cavalgava no meio da multidão, sorrindo e agitando seus bigodinhos amarelados, pois não podia deixar de estar feliz por aquelas demonstrações de admiração e afeto. Finalmente, tendo conseguido chegar ao mosteiro, atirou-se nos braços de Baska.

Basia já sabia dos seus feitos daquele dia e dos golpes certeiros que distribuíra, porque havia sido visitada por *pan* Lanckoronski que, na qualidade de testemunha ocular do confronto, fizera-lhe um relato detalhado. Assim que o jovem guerreiro começou a falar, Basia chamou as mulheres que estavam no mosteiro e, à medida que ele prosseguia na sua narrativa, ela pavoneava-se diante delas. Wolodyjowski chegara momentos depois de elas terem se retirado.

Após carinhosos cumprimentos, o exausto guerreiro sentou-se à mesa, com Basia colocando comida no seu prato e enchendo o seu caneco com mel. O pequeno cavaleiro comeu e bebeu com prazer, já que quase não pusera nada na boca durante todo o dia. Nos breves intervalos, contava alguns detalhes da batalha, e Basia, com os olhos soltando faíscas, ouvia-o atentamente, sacudindo a cabeça como era do seu feitio e perguntando:

— E aí? E aí?

— Os turcos são fortes e ousados, mas é muito difícil encontrar um bom espadachim no meio deles — dizia o pequeno cavaleiro.

— Quer dizer que até eu poderia enfrentá-los?

— Sem dúvida! Só que você não terá esta oportunidade, porque não vou levá-la comigo!...

— Ah! Se pudesse levar-me pelo menos uma vez! Você sabe, Michalek, que quando você sai para o campo de batalha eu fico muito preocupada? Sei que ninguém poderá derrubá-lo...

— E, por acaso, eu não poderia ser acertado por uma bala?

— Cale-se, Michal, para não ser ave de mau agouro. Mas que você não se deixará ser derrubado por quem quer que seja, disto eu tenho certeza!

— Se forem um ou dois, não deixarei mesmo.

— Nem três, Michalek, nem quatro!

— Nem quatro mil! — disse Zagloba, imitando a voz de Basia. — Você nem pode imaginar, Michal, o que ela andou aprontando durante o relato de Lanckoronski! Quase morri de tanto rir! Agitava as narinas como uma cabra e olhava para a cara de cada matrona para certificar-se de que estavam devidamente impressionadas. Cheguei a temer que ela fosse virar cambalhotas, o que não seria algo adequado.

O pequeno cavaleiro espreguiçou-se após a ceia e, abraçando a esposa, disse:

— O meu alojamento no castelo está pronto, mas não tenho a mínima vontade de ir para lá!... Baska, acho que vou ficar por aqui mesmo...

— Se é isto que você deseja... — respondeu Basia, abaixando os olhos.

— Aha! — exclamou Zagloba. — Já estou sendo considerado como um cogumelo, e não um homem, uma vez que a abadessa permite que eu fique alojado neste mosteiro. Mas podem deixar que ela ainda vai se arrepender disto, ou não me chamo Zagloba! Vocês chegaram a notar como *pani* Chocimirski ficou piscando para mim?... Ela é uma viuvinha... muito bem!... não direi mais nada!

— Acho que vou ficar! — disse o pequeno cavaleiro.

— Desde que você possa descansar bastante!

— E por que ele não deveria descansar? — perguntou Zagloba.

— Porque nós vamos conversar, conversar e conversar!

Pan Zagloba ficou procurando pelo seu gorro para também ir descansar. Quando o achou, colocou-o na cabeça e respondeu:

— Vocês não vão conversar, conversar e conversar!

E saiu.

Capítulo 52

NA MADRUGADA SEGUINTE, o pequeno cavaleiro partiu para Kniah, onde enfrentou um destacamento de *spah*, tendo aprisionado seu líder, o paxá Buluk, um dos mais importantes guerreiros turcos. Passou o dia inteiro lutando e uma parte da noite no conselho de guerra no quartel de *pan* Potocki, de modo que somente ao raiar do dia seguinte, junto com o canto dos galos, conseguiu colocar seu corpo exausto num leito. No entanto, mal caíra num sono profundo e gostoso, foi despertado por estrondos de canhões. No mesmo instante, seu fiel ordenança Pietka, a quem considerava mais como um amigo do que um soldado às suas ordens, entrou no aposento.

— Senhor comandante! — exclamou. — O inimigo já está junto da cidade!...

O pequeno cavaleiro levantou-se de um pulo.

— Que canhões estamos ouvindo?

— Os nossos. Estamos dispersando um grande destacamento que está recolhendo o gado dos pastos.

— São *janczar*, ou cavalarianos?

— Cavalarianos, meu senhor. Negros como a noite. Estamos benzendo-os com a Cruz Sagrada, pois quem sabe se não são diabos?

— Diabos ou não diabos, temos que atacá-los — respondeu o pequeno cavaleiro. — Vá ter com minha esposa e diga-lhe que estou no campo. Se ela quiser vir até o castelo e ficar olhando, pode, desde que acompanhada por *pan* Zagloba, em cuja cautela deposito muita fé.

Meia hora mais tarde, *pan* Wolodyjowski saía dos muros da cidade, acompanhado pelos seus dragões e voluntários da *szlachta*, estes últimos ansiosos por mostrar sua destreza no combate em campo aberto. Do Castelo Antigo podia-se ver claramente a cavalaria inimiga, composta de cerca de dois mil cavalarianos. Alguns deles eram *spah*, mas a grande maioria pertencia à guarda egípcia do sultão, formada por ricos mamelucos das margens do Nilo. Suas brilhantes cotas de escamas metálicas, seus *kaffiyeh* bordados com fios de ouro, seus albarnozes brancos e suas armas engastadas com pedras preciosas, faziam deles a mais pomposa cavalaria do mundo. Estavam armados com curtas lanças de ponta fina, cimitarras e punhais. Montados em cavalos velozes como o vento, percorriam o campo como uma nuvem multicolorida, gritando a plenos pulmões e agitando suas lanças mortais. Dos muros do castelo, os espectadores não conseguiam saciar seus olhos com aquela visão.

A cavalaria de *pan* Wolodyjowski galopou em sua direção, mas os adversários tinham dificuldade em se defrontarem com armas brancas, já que os canhões do castelo mantinham os turcos afastados e estes eram por demais numerosos para o pequeno cavaleiro lançar-se sobre eles além do alcance dos projéteis. Por certo tempo ficaram cavalgando distantes uns dos outros, gritando impropérios e agitando suas armas. Aparentemente, os ferozes filhos do deserto cansaram-se destas ameaças inúteis, pois vários deles separaram-se do resto e, cavalgando mais ao longe, começaram a provocar seus adversários. Em pouco tempo, espalharam-se sobre o campo, qual flores varridas pelo vento. Wolodyjowski olhou para os seus homens e disse:

— Meus senhores! Estamos sendo desafiados! Quem se habilita?

O primeiro a se adiantar foi o fogoso *pan* Wasilkowski, seguido por *pan* Muszalski que, além de ser um arqueiro infalível, era também um exímio espadachim. O terceiro a avançar foi *pan* Miazga, capaz de, a pleno galope, atravessar um anel com sua lança. Os três foram seguidos por uma dezena de outros guerreiros, além de um grupo de dragões, seduzidos pela perspectiva de saques valorosos, principalmente pelos inestimáveis puros-sangues árabes. À testa dos dragões, cavalgava o cruel Lusnia que, mordiscando as pontas dos bigodes, já de longe tentava escolher o mais rico dos egípcios para seu adversário.

O dia estava deslumbrante e os guerreiros podiam ser vistos com toda clareza. Os canhões do castelo foram parando de disparar, até cessarem por completo diante do perigo de acertarem seus camaradas. Além disto, os artilheiros também preferiram ficar olhando para o combate, em vez de disparar sobre os "escaramuceiros" espalhados no campo. Estes foram se aproximando calmamente, e não em formação, cada um escolhendo a sua trajetória. Finalmente, quando os cavaleiros dos dois lados ficaram próximos uns dos outros, pararam seus cavalos e começaram a xingar-se mutuamente para despertar raiva e coragem em seus corações.

— Vocês não vão engordar à nossa custa, seus cães pagãos! — gritavam os "escaramuceiros" poloneses. — Venham enfrentar-nos! O vosso imundo Profeta não poderá protegê-los!

Os adversários praguejavam em turco e árabe. Muitos dos escaramuceiros poloneses conheciam ambas as línguas, já que vários, a exemplo do afamado arqueiro, passaram anos em cativeiro turco — e como a maioria dos insultos era dirigida à Virgem Santíssima, os servos de Maria ficaram furiosos e partiram para cima dos infiéis a fim de vingar o Seu nome.

E quem desferiu o primeiro golpe e privou um pagão de sua preciosa vida? *Pan* Muszalski, que disparou uma flecha num jovem *bei*, com um *kaffiyeh* purpúra e uma malha de prata brilhante como o luar. A dorida farpa penetrou logo abaixo do seu olho esquerdo, enquanto ele, inclinando seu belo rosto para trás, caiu do cavalo. O arqueiro, guardando o seu arco debaixo da coxa, aproximou-se dele e desferiu-lhe ainda um golpe com a espada; em seguida, tendo pego sua deslumbrante arma, bateu com a parte plana da espada sobre o flanco do puro-sangue árabe e se pôs a gritar em árabe:

— Tomara que ele seja o filho do sultão! Ele apodrecerá aqui antes de vocês poderem enterrá-lo!

Ao ouvir isto, dois *beis* atiraram-se sobre *pan* Muszalski, mas, antes que pudessem alcançá-lo, foram interceptados por Lusnia que, qual um lobo raivoso, acertou o primeiro deles no braço, e quando este se inclinou para pegar a cimitarra que lhe escapara da mão, aplicou-lhe um golpe tão forte no pescoço que quase separou sua cabeça do tronco. Diante disto, o segundo *bei* virou o seu cavalo, empreendendo uma fuga; mas *pan* Muszalski, tendo tirado o seu arco debaixo da coxa, despachou uma seta na direção do fugitivo, cravando-a entre suas omoplatas.

O terceiro a derrotar o seu oponente foi *pan* Szmlud-Plocki, aplicando um golpe de alabarda de haste curta na malha de aço que protegia a cabeça do cavaleiro. O golpe foi desferido com tamanha força que rompeu o forro de veludo e prata por trás da malha, e o curvado gume do machado penetrou tão profundamente no crânio do infeliz que *pan* Szmlud-Plocki levou muito tempo para desencravá-lo. Os demais escaramuceiros lutaram com mais ou menos sorte, mas a supremacia dos poloneses em confrontos com armas brancas era evidente. Assim mesmo, o gigantesco Hamdi-bey derrubou dois dragões e, atingindo o rosto do príncipe Owsiany com sua cimitarra, fez com que este desabasse do cavalo, encharcando o solo pátrio com seu sangue principesco. Não satisfeito com todo este estrago, o terrível *bei* avançou sobre *pan* Szeluta, cujo cavalo tropeçara e jogara-o por terra. *Pan* Szeluta, vendo a morte próxima, tentou ainda enfrentar o possante guerreiro de pé, mas Hamdi-bey derrubou-o com o peito do seu cavalo e ainda conseguiu decepar o seu braço com seu espadagão recurvado. Em seguida, saiu à procura de novos adversários.

Mas eram poucos os que estavam dispostos a enfrentá-lo, tal era seu predomínio sobre os demais companheiros. O vento levantara as abas do seu albornoz branco, dando-lhe a aparência de uma ave de rapina; a malha dourada refletia os raios solares sobre o seu rosto quase negro com olhos brilhantes e selvagens, enquanto sua cimitarra brilhava sobre sua cabeça, exatamente como o crescente brilha numa noite clara.

O afamado arqueiro disparara duas flechas em sua direção, mas ambas não conseguiram perfurar a malha e, emitindo um som pungente, deslizaram impotentes por terra. Diante disto, *pan* Muszalski analisou duas alternativas: disparar uma terceira flecha, desta vez no pescoço do cavalo, ou atacar o *bei* com a espada? Mas enquanto hesitava entre as duas opções, o próprio *bei* avistou-o e lançou o seu negro ginete sobre ele.

O encontro dos dois guerreiros ocorreu no centro do campo. *Pan* Muszalski, querendo dar uma demonstração da sua força física, quis pegar

O PEQUENO CAVALEIRO

Hamdi-bey com vida e, aparando o golpe da cimitarra com a espada, agarrou o oponente com uma das mãos e a ponta do seu capacete com a outra e começou a puxá-lo para perto de si. Foi quando a cilha da sua sela se rompeu e o inigualável arqueiro caiu do cavalo. Hamid-bey ainda teve tempo de aplicar-lhe um golpe na cabeça com o punho do seu espadagão, deixando-o desacordado. Um grito de alegria emanou dos peitos dos *spah* e dos mamelucos, enquanto um grito de horror emanou dos poloneses; e grupos adversários galoparam para o centro do campo — uns para raptar o arqueiro e outros para, pelo menos, proteger o seu corpo.

O pequeno cavaleiro, até então, não participara das escaramuças. A dignidade do seu posto de coronel não lhe permitia tais atividades. Mas ao ver a queda de *pan* Muszalski e o domínio de Hamdi-bey, resolveu vingar o arqueiro e, ao mesmo tempo, elevar a moral dos seus homens. Tendo isto em mente, esporeou o seu cavalo e atravessou o campo tão rápido quanto um falcão se atirando sobre um bando de batuíras. Foi visto por Basia que, com uma luneta na mão, observava o desenrolar das escaramuças de cima dos muros do Castelo Antigo.

— Michal está atacando! Michal está atacando! — gritou para *pan* Zagloba que estava ao seu lado.

— Agora você poderá vê-lo em ação! — exclamou o velho guerreiro. — Olhe com atenção. Observe como ele desfere o seu primeiro golpe! Não precisa ficar preocupada!

A luneta tremia na mão de Basia. Como já ninguém disparava, fossem flechas ou armas de fogo, ela não estava muito preocupada com o seu marido, mas excitada e curiosa. Naquele momento, sua alma e seu coração saíram do peito e corriam pelo campo, junto com o marido. Sua respiração tornou-se ofegante e as bochechas adquiriram uma tonalidade avermelhada. Num determinado momento, chegou a inclinar-se tanto sobre uma ameia, que *pan* Zagloba teve que agarrá-la pela cintura, com medo de que ela pudesse cair no fosso.

— Dois pagãos estão galopando em direção de Michal!

— O que significa que haverá dois pagãos a menos no mundo — respondeu calmamente *pan* Zagloba.

Com efeito, dois fortes *spah* resolveram enfrentar o pequeno cavaleiro. Pelos seus trajes, reconheceram nele alguém importante e, vendo o seu diminuto tamanho, acharam que não teriam dificuldade para se cobrirem de glória. Tolos! Estavam galopando para a morte certa, pois o pequeno cavaleiro nem chegou a frear o seu cavalo e, de uma forma negligente, aplicou-lhes dois golpes tão leves que mais pareciam esbarros dados por uma mãe distraída ao passar por dois filhos — e os dois *spah* caíram de costas no chão, agitando-se como um par de linces atingidos por uma só flecha.

O pequeno cavaleiro continuou a sua trajetória, semeando morte à sua passagem. Assim como ao final de uma missa um garoto vai apagando uma a uma as velas acesas diante do altar que aos poucos mergulha nas trevas — assim ele apagava, um por um, os excelentes cavaleiros turcos e egípcios, que mergulhavam nas trevas da morte. Os pagãos reconheceram o mestre dos mestres e perderam a coragem. Um ou outro começou a frear o seu cavalo para não ter que enfrentar um guerreiro tão terrível, mas o pequeno cavaleiro correu atrás deles como uma vespa feroz, cravando neles o seu ferrão.

Os soldados junto dos canhões do castelo começarem a soltar gritos de espanto e júbilo. Alguns foram correndo até Basia e, extasiados, beijavam as bordas do seu vestido, enquanto outros debochavam dos turcos.

— Baska, contenha-se! — gritava *pan* Zagloba a toda hora, continuando a segurá-la pela cintura, mas *pani* Wolodyjowski queria rir e chorar ao mesmo tempo, bater palmas, gritar e, acima de tudo, correr para o campo de batalha, atrás do seu marido.

Enquanto isto, o marido de *pani* Wolodyjowski continuava a fazer estrago nas hostes inimigas, até que gritos de "Hamdi! Hamdi" começaram a ecoar pelo campo. Os seguidores do Profeta estavam clamando pelo seu mais valente guerreiro para que este, finalmente, pudesse medir-se com o terrível cavaleiro, que mais parecia a morte encarnada.

Hamdi já vira o pequeno cavaleiro há bastante tempo, mas, tendo visto os seus feitos, teve medo de enfrentá-lo. Não lhe agradava a idéia de arriscar sua fama e vida num confronto com um adversário de tal calibre; portanto, fingiu não vê-lo e passou a combater no outro lado do campo. Lá, acabara de derrubar *pan* Jalbrzyk e *pan* Kos, quando os chamados

O PEQUENO CAVALEIRO   549

"Hamdi! Hamdi!" chegaram aos seus ouvidos. Diante disto, deu-se conta de que não podia mais se esconder e que só lhe restavam duas alternativas: cobrir-se de glória, ou pôr a sua cabeça em jogo. Soltando um grito terrível, virou seu cavalo na direção do pequeno cavaleiro.

Wolodyjowski, por sua vez, também esporeou o seu alazão. Os escaramuceiros de ambos os lados pararam de combater. Basia, que vira dos muros do castelo todos os grandes feitos do temível Hamdi-bey, chegou a empalidecer apesar da fé cega na qualidade de espadachim do pequeno cavaleiro, mas *pan* Zagloba não demonstrava qualquer preocupação.

— Preferiria ser o herdeiro daquele pagão a ser ele mesmo — disse de forma sentenciosa.

Quanto a Pietka, o ordenança do pequeno cavaleiro estava tão seguro do seu oficial que seu rosto não demonstrava qualquer sinal de preocupação e, ao ver Hadim-bey a pleno galope, passou a cantarolar uma canção popular sobre um cão que teve a ousadia de lançar-se sobre um lobo.

Os dois guerreiros encontraram-se num vasto espaço livre entre as alas dos adversários. De repente, um raio brilhou sobre a cabeça dos dois combatentes — era o espadagão recurvado de Hamdi que escapava da sua mão e voava como se estivesse sendo empurrado por uma seta. Hamdi-bey inclinou-se sobre a sela e fechou os olhos, preparando-se para o golpe de misericórdia; mas *pan* Wolodyjowski agarrou-o pelo cangote com sua mão esquerda e, encostando a ponta da sua espada na axila do *bei*, cavalgou com ele na direção do castelo. Hamdi não oferecia qualquer resistência; pelo contrário, cutucava o seu cavalo com os calcanhares para apressar o seu passo, sentindo a ponta da espada entre a axila e a armadura — cavalgando como alguém entorpecido, com os braços balançando e o rosto coberto de lágrimas. Wolodyjowski entregou-o a Lusnia e retornou ao campo de batalha.

Mas do meio das tropas turcas soaram trombetas sinalizando o fim da escaramuça e os turcos e egípcios começaram a retornar às suas fileiras, levando consigo decepção, vergonha e a lembrança do terrível cavaleiro.

— Era o diabo em pessoa! — comentavam entre si os *spah* e os mamelucos. — Quem for enfrentá-lo, já sabe que será morto! Só pode ser o diabo encarnado!

Os escaramuceiros poloneses permaneceram no campo para deixar bem claro de que foram vencedores, e depois, tendo soltado por três vezes o grito de vitória, recuaram até ficarem sob a proteção dos canhões do castelo que *pan* Potocki voltou a disparar. Mas os turcos resolveram recuar por completo. Por certo tempo, podem-se ainda ver seus brancos albornozes, *kaffiyeh* multicoloridos e capacetes brilhantes, até desaparecerem de todo. No campo de batalha restaram apenas os corpos de turcos e poloneses. Empregados do castelo foram despachados para recolher e enterrar os seus. Depois, vieram os corvos para se ocupar com os corpos dos pagãos, mas não ficaram por muito tempo, pois, ao entardecer daquele mesmo dia, foram espantados por novas legiões de seguidores do Profeta.

Capítulo 53

NO DIA SEGUINTE, CHEGOU perto das muralhas de Kamieniec o vizir em pessoa, acompanhado por numerosos exércitos de *spah*, *janczar* e recrutas provenientes da Ásia. A julgar pela quantidade de tropas, os defensores acharam que ele pretendia atacar o castelo, mas sua intenção era apenas a de examinar o estado dos seus muros, e seus engenheiros puseram-se a observar a fortaleza e examinar as condições do terreno à sua volta.

Para confrontá-lo, saiu *pan* Mysliszewski, com infantaria e um destacamento de voluntários. Tiveram início novas escaramuças — favoráveis aos sitiados, mas não tanto quanto na véspera. Finalmente, o vizir ordenou aos *janczar* que simulassem um ataque, a fim de testar a resistência dos defensores. Imediatamente, a cidade e os dois castelos, o Antigo e o Novo, tremeram ao som dos disparos dos canhões. Os *janczar*, após se aproximarem do setor defendido por *pan* Podczaski, dispararam uma saraivada de tiros, mas como este respondeu imediatamente com disparos certeiros de cima do muro e os atacantes temiam serem atacados lateralmente pela cavalaria, seus comandantes deram ordem de recuar e juntar-se ao resto dos exércitos.

Ao anoitecer, conseguiu penetrar na cidade um certo tcheco que, tendo sido um empregado do agá dos *janczar* e castigado severamente por este por um deslize qualquer, resolvera desertar. O tcheco informou que o inimigo já se instalara em Zwaniec e ocupara todo o terreno à sua volta. O fugitivo foi crivado de perguntas quanto ao clima reinante no meio das tropas turcas: acreditavam, ou não, na tomada de Kamieniec? Ao que o fugitivo respondeu que os turcos estavam cheios de ânimo e que os presságios tinham sido favoráveis. Contou que alguns dias antes, uma estranha coluna de fumaça emanara da terra diante da tenda do sultão, estreita na base e que, aos poucos, foi se alargando até adquirir a aparência de um gigantesco cogumelo. Os mufti interpretarem essa aparição como um claro indício de que a fama do padixá chegaria aos céus e que ele seria o líder que conseguiria esmagar a até então inconquistável fortaleza. Tal fato elevou o ânimo dos soldados. O fugitivo contou ainda que os turcos tinham medo do *hetman* Sobieski e da possibilidade deste vir em socorro a Kamieniec, já que se lembravam das derrotas sofridas em campo aberto diante dos exércitos da República. Era voz corrente entre eles de que prefeririam enfrentar venezianos, húngaros ou exércitos de outros países aos dos poloneses. Mas como tinham notícias de que a República não dispunha de exércitos, acreditavam piamente que Kamieniec seria tomado, embora com grande sacrifício. Kara Mustafá recomendava que fosse lançado imediatamente um assalto frontal, porém o mais prudente vizir preferia seguir a forma tradicional, cercando a cidade e cobrindo-a com balas de canhões. O sultão, tendo ouvido as duas sugestões, optou pela do vizir, de modo que os defensores deviam preparar-se para um cerco tradicional.

As notícias trazidas pelo fugitivo deixaram tristes, tanto *pan* Potocki e o bispo, quanto *pan* Wolodyjowski e os demais oficiais superiores. Todos tinham esperança em um ataque frontal, que acreditavam poder rechaçar, infligindo grandes danos ao inimigo. Os experientes guerreiros sabiam que, num assalto frontal, os atacantes sofrem grandes perdas e que, a cada ataque rechaçado, diminui o ânimo dos que atacam e cresce o dos que se defendem. Assim como os guerreiros de Zbaraz apaixonaram-se pelos combates diretos e surtidas, os cidadãos de Kamieniec poderiam adquirir o mesmo gosto por este tipo de ações militares, especialmente se cada ataque turco acabasse com um recuo dos atacantes e uma vitória dos defensores da cidade. Por outro lado, um cerco normal, com escavações por baixo dos muros, minas e disparos de canhões, somente poderia extenuar os sitiados, arrefecer o seu ânimo e torná-los propícios a entabular negociações. Quando às investidas, seria difícil realizá-las, pois não podiam desguarnecer os muros e não contavam com homens experientes no meio da

O PEQUENO CAVALEIRO

população que, caso fossem expostos ao inimigo em campo aberto, não teriam condições de derrotar os *janczar*.

Ao analisar a situação, os oficiais ficaram preocupados, deixando de acreditar num desenlace feliz na defesa da cidade — não somente por causa do poderio turco, mas por causa de si mesmo. Embora *pan* Wolodyjowski fosse um guerreiro famoso e incomparável, faltava-lhe a grandeza majestática. Aquele que carrega um sol dentro de si tem o dom de aquecer a todos, enquanto aquele que é apenas uma chama, independentemente de quão poderosa, somente poderá aquecer aqueles que estão muito próximos dele. E era este o problema do pequeno cavaleiro — assim como era incapaz de incutir nos outros a sua maestria na arte da esgrima, também não tinha o dom de inspirar nos outros o seu espírito indomável. O comandante-geral, *pan* Potocki, não era um guerreiro e, além do mais, faltava-lhe confiança em si mesmo — e na República. O bispo Lanckoronski sempre esteve predisposto a negociações, enquanto o seu irmão era mais ágil com a espada do que com o cérebro. A possibilidade de qualquer ajuda externa estava fora de cogitação, já que o *hetman* Sobieski, embora um grande homem, estava impotente — assim como o rei e toda a República.

A horda tártara e Doroszenko com os seus cossacos vieram para a região no dia 16 de agosto, ocupando uma vasta planície perto de Oryn. Naquele mesmo dia, Sufankaz-agá convocou *pan* Mysliszewski para uma conversa, no decurso da qual sugeriu-lhe que a cidade se rendesse imediatamente, garantindo-lhe que, neste caso, poderia negociar condições tão favoráveis como nunca uma cidade sitiada recebera até antão. O bispo Lanckoronski demonstrou o desejo de saber quais condições seriam aquelas, mas ninguém o apoiou e a proposta foi recusada.

No dia 18, chegaram os turcos, com o sultão em pessoa — um oceano ilimitado de infantaria, *janczar* e *spah*. Cada paxá comandava um exército diferente, formado por pessoas provenientes da Europa, Ásia e África. Atrás dos exércitos, vinham intermináveis caravanas de carroças puxadas por mulas e búfalos. O multicolorido mar de pessoas deslocava-se sem cessar, assumindo posições e fincando tendas brancas, cuja quantidade era tanta que nem das torres e dos mais altos pontos de Kamieniec podia-se enxergar um espaço vazio entre elas. Parecia que houve uma nevasca e que todos os campos estavam cobertos de neve. A instalação do acampamento foi feita ao som de disparos dos mosquetões dos *janczar* e dos canhões do castelo. No fim do dia, Kamieniec estava tão cercada que somente uma pomba poderia sair de lá. Os disparos cessaram somente quando surgiram as primeiras estrelas no céu.

Nos dias seguintes, o tiroteio continuou incessantemente, com grandes perdas para os sitiantes. A cada momento em que um grupo de *janczar* aproximava-se dos muros a ponto de poder ser atingido pelos canhões, uma tênue coluna de fumaça branca emergia do muro, projéteis desabavam sobre os *janczar*, enquanto estes se dispersavam como um bando de pardais vítima de chumbinhos de caça. Além disto, os turcos não sabiam que a cidade e os dois castelos dispunham de canhões de longo alcance e, em razão disto, fincaram suas tendas demasiadamente perto, algo que os sitiados permitiram-lhes fazer seguindo uma sugestão do pequeno cavaleiro. E foi somente quando os soldados abrigaram-se nelas para se protegerem do calor é que os muros ressonaram com uma incessante canhonada.

Uma terrível confusão reinou nas primeiras linhas das tendas; as balas rasgavam panos e destruíam armações, feriam soldados, espalhavam lascas de rochas. Os *janczar* recuavam correndo de forma desordenada e, ao correrem, derrubavam mais tendas, espalhando terror por onde passavam. E foi sobre eles que desabou *pan* Wolodyjowski com os seus dragões, fazendo grandes estragos até os turcos despacharem uma numerosa cavalaria em sua ajuda. O fogo da artilharia era comandado por Ketling, tendo ao seu lado um civil, o intendente Cyprian, responsável pelo maior estrago feito no meio dos pagãos. O incansável funcionário público inclinava-se sobre cada canhão e, pessoalmente, acendia cada pavio; depois, protegendo os olhos do sol com a mão, observava o resultado do disparo, feliz por ter sido tão útil.

Os turcos, por sua vez, não ficaram inertes; tendo preparado os embasamentos, assentaram sobre eles os seus canhões. Mas, antes que fossem disparados, chegou aos muros de Kamieniec um emissário trazendo uma mensagem do sultão com o seguinte teor:

O PEQUENO CAVALEIRO

"Os meus exércitos podem ser comparados às folhas das árvores ou à areia das praias. Olhem para o céu, e quando virem as incontáveis estrelas, vocês entrarão em desespero e pensarão: eis o poderio dos fiéis! Mas como sou misericordioso com outros reis e neto do Deus verdadeiro, ajo em nome Dele. Saibam que odeio homens obstinados, portanto não se oponham à minha vontade e me entreguem imediatamente a vossa cidade. Caso contrário, vocês todos sucumbirão sob a minha espada e nenhuma voz humana ousará elevar-se contra mim."

Os sitiados ficaram discutindo por muito tempo como responder àquela mensagem, tendo descartado a impolida sugestão de *pan* Zagloba de cortarem fora a cauda de um cão e enviá-la como resposta.

Finalmente, resolveram despachar um homem experiente e fluente em turco chamado Juryc, com uma carta com o seguinte conteúdo:

"Não desejamos aborrecer o imperador, mas não nos sentimos obrigados a obedecer as suas ordens, já que não foi a ele que juramos obediência, e sim ao nosso monarca. Não entregaremos Kamieniec, pois estamos presos a um juramento de defendermos, até a última gota do nosso sangue, a fortaleza e as igrejas."

Após esta resposta, os guerreiros retornaram aos muros, fato do qual aproveitaram-se o bispo Lanckoronski e o general de Podole para enviar uma outra carta ao sultão, pedindo um armistício de quatro semanas. Quando tal notícia espalhou-se pela cidade provocou uma reação irada.

"Quer dizer", diziam-se uns a outros, "que enquanto nós estamos torrando ao lado dos canhões, eles, por trás das nossas costas, enviam cartas sem nos consultar, apesar de fazermos parte do conselho de guerra!"

Pan Wolodyjowski e *pan* Makowiecki, ambos furiosos com o ocorrido, foram, junto com os demais oficiais, tirar satisfações com o general.

— Será que vocês, ao enviarem um novo emissário, já estão pensando em se render? — perguntou *pan* Makowiecki. — Por que isto foi feito sem o nosso conhecimento?

— É inadmissível — acrescentou o pequeno cavaleiro — que sejam enviadas quaisquer cartas sem que sejamos consultados antes, já que fazemos parte do conselho de guerra.

E ao dizer isto agitava seus bigodinhos, já que era um soldado respeitador da hierarquia militar e desagradava-lhe muito ter que recriminar um oficial superior. No entanto, tendo jurado defender o castelo até a morte, julgava-se no direito de proferir aquelas palavras.

O general de Podole ficou sem graça e respondeu:

— Achei que todos haviam concordado com isto.

— Não houve qualquer consenso! Queremos morrer aqui! — exclamaram dezenas de vozes.

Ao que o general respondeu:

— Fico feliz em ouvir isto, já que também para mim a fé é mais importante do que a vida, assim como nunca fui dominado pelo medo e nunca o serei. Por favor, senhores, fiquem para o jantar, durante o qual será mais fácil chegarmos a um acordo...

Mas os guerreiros recusaram o convite.

— Nosso lugar é nos muros e não ao redor de uma mesa! — respondeu o pequeno cavaleiro.

Foi quando chegou o bispo que, ao tomar conhecimento de que se tratava, virou-se para *pan* Makowiecki e o pequeno cavaleiro.

— Dignos senhores! — disse. — Todos nós temos a mesma convicção e ninguém falou em se render. Apenas pedi um armistício de quatro semanas para que pudéssemos solicitar ao nosso rei reforços ou instruções de como agir. Depois disto, será o que Deus quiser.

Ao ouvir isto, *pan* Wolodyjowski voltou a agitar os bigodinhos, desta vez não por constrangimento, mas de raiva e desespero diante de tamanha ingenuidade no tratamento de assuntos militares. Tendo servido no exército desde a infância, o pequeno cavaleiro não podia acreditar nos seus ouvidos; a idéia de que alguém pudesse pedir uma trégua ao inimigo para ter tempo de receber reforços era algo inconcebível para ele.

Portanto, o pequeno cavaleiro passou a olhar para *pan* Makowiecki e os demais oficiais que, da sua parte, ficaram olhando para ele.

— Será uma piada? — indagaram algumas vozes, calando-se todos em seguida.

— Eminência! — falou finalmente Wolodyjowski. — Participei de guerras contra tártaros, cossacos, russos e suecos, mas confesso que nunca ouvi

O PEQUENO CAVALEIRO

uma alegação como esta. O sultão não veio para cá para nós agradar, mas para nos derrotar. Como ele poderia concordar com um armistício, se nós lhe escrevemos que, durante a trégua, ficaremos calmamente aguardando por reforços?

— Se ele não concordar, nada terá mudado — respondeu o bispo.

— Não, Eminência — retrucou Wolodyjowski. — Terá mudado, e bastante. Aquele que implora por um armistício revela claramente que está com medo e sente-se impotente, e todo aquele que precisa de reforços indica que não confia nas suas próprias forças. Graças àquela carta, o cão infiel tomou conhecimento disto e nós ficamos seriamente prejudicados.

Ao ouvir isto, o bispo ficou entristecido.

— Eu poderia estar num outro lugar, mas estou sendo recriminado pelo fato de não ter abandonado o meu rebanho.

O pequeno cavaleiro ficou com pena do digno prelado e, beijando a sua mão, disse:

— Deus me livre de fazer qualquer recriminação a Vossa Eminência, mas como estamos num *consilium*, digo aquilo que me dita a minha experiência.

— E o que pode ser feito? Que seja *mea culpa*, mas o que fazer? O senhor teria um conselho de como consertar o estrago?

— Como consertar o estrago? — repetiu *pan* Wolodyjowski.

E ficou matutando por certo tempo. Finalmente, seus olhos brilharam e ele ergueu a cabeça.

— Já sei! Senhores, venham comigo!

E saiu, seguido pelos oficiais. Quinze minutos depois, Kamieniec tremia ao som de canhões, enquanto *pan* Wolodyjowski, acompanhado por um grupo de voluntários, saía dos muros da cidade e se lançava sobre os *janczar* adormecidos nas trincheiras. O ataque foi coroado de sucesso e os inimigos mortos ou postos em fuga até o seu acampamento.

O pequeno cavaleiro retornou aos aposentos do general, onde ainda estava o bispo Lanckoronski.

— Eminência! — disse alegremente. — Eis como consertar!

Capítulo 54

APÓS AQUELA SURTIDA, a noite passou em constante tiroteio. De madrugada, os guerreiros foram informados que alguns turcos estavam junto dos muros do castelo, aguardando por emissários poloneses para travarem negociações. Ninguém sabia o que aquilo significava, mas o conselho de guerra despachou ao encontro dos pagãos *pan* Mokowiecki, *pan* Myszliszewski e *pan* Kazimierz Humiecki.

Os turcos eram três: Muchtar-bey, o paxá Salomi e o intérprete Kozra. O encontro teve lugar a céu aberto, junto do portão do castelo. Ao verem os emissários, os turcos cumprimentaram-nos respeitosamente, colocando as pontas dos seus dedos no coração, boca e testa. Os poloneses, da sua parte, também os cumprimentaram com respeito e dignidade, indagando o que eles desejavam.

— Gentis cavalheiros! — disse Salomi. — O nosso amo sofreu uma grande afronta que todos os amantes de justiça devem prantear e pela qual Deus Onipotente há de os castigar, caso não a repararem de forma imediata. Vocês mesmos enviaram Juryc ao nosso vizir, implorando por um cessar-fogo e, enquanto nós, confiando nas vossas boas intenções, emergimos de trás das rochas e das trincheiras, vocês começaram a disparar os vossos canhões e, não contentes com isto, saíram do castelo e nos atacaram, cobrindo o caminho até a tenda do padixá com cadáveres de fiéis. Tal atitude não pode ficar impune, a não ser que vocês nos entreguem imediatamente os castelos e a cidade, além de demonstrarem, gentis cavalheiros, profundo arrependimento.

Ao que *pan* Makowiecki respondeu:

— Juryc é um cão que extrapolou as instruções que recebera, levando consigo uma bandeira branca, algo por que será julgado. O bispo indagava privativamente quanto à possibilidade de trégua, e como vocês não pararam de atirar das vossas trincheiras enquanto ele se encontrava no vosso acampamento não cabe a vocês recriminar-nos por termos agido da mesma forma. Se vocês vieram trazendo um tratado de trégua pronto, ótimo, se não, gentis cavalheiros, digam ao vosso amo que pretendemos defender estes muros e a cidade até morrermos ou, o que é mais provável, até vocês morrerem no meio destas rochas. Não temos mais nada a lhes dizer, cavalheiros, além de lhes desejar que Deus multiplique os vossos dias e permita que alcancem uma idade provecta.

Após este diálogo, os emissários se separaram. Os turcos retornaram ao seu acampamento, enquanto os *pan* Makowiecki, Humiecki e Mysliszewski voltavam para o castelo, onde foram cobertos de perguntas de como se livraram dos emissários. Os três guerreiros repetiram as exigências dos turcos.

— Não aceitem-nas, caros irmãos — disse Kazimierz Humiecki. — Em suma, aqueles cães querem que nós lhes entreguemos as chaves da cidade antes do anoitecer.

Ao ouvir isto, os demais membros do conselho puseram-se a exclamar:

— Aquele cão infiel não vai engordar à nossa custa! Não vamos nos render! Vamos expulsá-lo daqui! Não o queremos!

Após a decisão, o tiroteio recomeçou. Os turcos já haviam conseguido assentar os seus canhões, cujos projéteis, passando por cima dos muros, começaram a cair na cidade. Os artilheiros dos castelos passaram o resto do dia e toda a noite disparando. Quando um deles caía, não havia quem pudesse substituí-lo, assim como faltavam homens para abastecer os canhões com mais balas e pólvora. A saraivada de tiros somente diminuiu ao amanhecer.

Mas assim que o dia começou a clarear e, no leste, surgiu a vermelho-dourada faixa da aurora, soaram os sinos de alarme em ambos os castelos. Na cidade, aqueles que ainda estavam dormindo despertaram imediatamente e uma multidão saiu às ruas, escutando atentamente.

O PEQUENO CAVALEIRO

— Os infiéis estão se preparando para um ataque frontal — diziam uns aos outros, apontando para os castelos.

— E *pan* Wolodyjowski está num deles? — indagavam vozes febris.

— Está! Está! — respondiam outras.

As badaladas dos sinos e o rufar dos tambores ecoavam por todos os lados. Naquela penumbra matinal, quando a cidade ainda estava em relativo silêncio, aqueles sons retumbavam de uma forma misteriosa e solene. No mesmo instante, ecoaram também as bandas turcas, uma passando seus sons a outra, ecoando por todas as hostes inimigas. O formigueiro pagão começou a agitar-se em torno das tendas. Da penumbra, emergiam trincheiras inimigas, com canhões assentados à sua frente e estendo-se em longas filas na frente dos muros da cidade. Os canhões turcos dispararam em uníssono, ecoando ameaçadoramente nas rochas e criando um barulho tão terrível como se todos os trovões armazenados no céu tivessem sido acesos e estivessem despencando, junto com a abóbada celeste, sobre a terra.

Tratava-se de uma batalha de artilharia. A cidade e os castelos respondiam ao fogo turco com a mesma ferocidade. Colunas de fumaça cobriram o sol, a ponto de não se poder mais ver nem as fortificações turcas nem Kamieniec — apenas uma gigantesca nuvem cinza, com raios e trovões no seu interior.

No entanto, os canhões turcos tinham maior alcance que os da cidade e, momentos depois, a morte começou a ceifar vidas no meio dos seus defensores. Vários dos seus canhões foram danificados, causando a morte dos seus dois ou três artilheiros. Os estilhaços arrancaram o nariz e uma parte do rosto de um padre franciscano que abençoava os canhões, matando também dois valentes judeus que ajudavam no abastecimento dos mesmos.

Os turcos miravam principalmente nas trincheiras erguidas no centro da cidade. *Pan* Kazimeirz Humeicki, encarregado da sua defesa, permanecia nelas como uma salamandra, no meio de fogo e fumaça; metade dos seus homens estavam mortos e a maior parte dos que sobraram estavam feridos. Ele mesmo ensurdecera, mas, com a ajuda de um intendente civil, conseguiu calar a bateria inimiga até que fossem trazidos novos canhões em substituição aos que foram destruídos.

Passou-se um dia, um segundo e um terceiro, e aquele terrível *collo-quium* de canhões não parava nem por um segundo. Os turcos podiam permitir-se substituir seus artilheiros quatro vezes a cada vinte e quatro horas, enquanto os que guarneciam os canhões da cidade não tinham como serem rendidos, tendo que resistir sem dormir, sem comer, semi-sufocados pela fumaça e feridos por estilhaços. Os soldados resistiam, mas os moradores começaram a fraquejar. No fim, tinham que ser compelidos com o auxílio de bastões para junto dos canhões, onde acabavam morrendo. Por sorte, ao anoitecer do terceiro dia e durante toda a noite, o ímpeto do fogo inimigo concentrou-se nos castelos.

Ambos, principalmente o Antigo, receberam uma chuva de granadas disparadas de possantes morteiros que, conforme ficou registrado na crônica da defesa de Kamieniec, *"não fizeram grandes estragos, pois à noite cada granada era visível e um homem facilmente poderia delas fugir"*. E foi somente de madrugada, quando os defensores mal se mantinham de pé, que começaram a morrer em grande quantidade.

O pequeno cavaleiro, Ketling, Mysliszewski e Kwasibrocki respondiam dos castelos ao fogo turco. Volta e meia eram visitados pelo general de Podole, com o rosto pálido, mas não de medo das balas que passavam ao seu lado, mas de preocupação. Ao anoitecer, quando o fogo de artilharia ficou ainda mais intenso, o general Potocki aproximou-se de *pan* Wolodyjowski.

— Coronel, não poderemos resistir por muito tempo.

— Enquanto eles se limitarem a disparar — respondeu o pequeno guerreiro — poderemos resistir. O problema é que eles pretendem lançar-nos aos ares com minas.

— Por quê? O senhor acha que eles estão cavando túneis? — perguntou o general, com visível preocupação.

Ao que Wolodyjowski respondeu:

— Com mais de setenta canhões sendo disparados o barulho é quase incessante, mas há momentos de silêncio. Quando chegar um deles, basta o senhor escutar com atenção e vai ouvir.

E não precisaram aguardar por muito tempo por um daqueles momentos. Um dos canhões turcos explodiu, causando grande comoção no meio do inimigo que parou de disparar. *Pan* Potocki e o pequeno cavaleiro

O PEQUENO CAVALEIRO   563

aproximaram-se de um dos mais distantes baluartes do castelo e ficaram escutando. Depois de certo tempo, chegaram aos seus ouvidos claros e incontestáveis sons de picaretas batendo na parede rochosa.

— Estão cavando — disse *pan* Potocki.

— Estão cavando — repetiu o pequeno cavaleiro.

O já preocupado rosto do general demonstrou ainda mais preocupação, e ele levou as mãos à cabeça, cobrindo as suas têmporas. Ao ver isto, Wolodyjowski disse:

— Isto é comum em todos os cercos. Em Zbaraz, cavavam debaixo de nós dia e noite.

O general largou as têmporas e perguntou:

— E o que Wisniowiecki fazia diante disto?

— Ordenava que recuássemos das trincheiras mais distantes para cada vez mais perto.

— E no nosso caso, o que nos cabe fazer?

— Devemos pegar os canhões e tudo mais que pudermos e transferi-los para o Castelo Antigo, que foi construído sobre rochas tão resistentes que poderão resistir a quaisquer minas. Sempre achei que o Castelo Novo somente serviria para tornar a vida do inimigo mais dura; depois, nós mesmos teremos que explodi-lo com pólvora e deixar o campo livre para oferecer resistência definitiva a partir do Antigo.

— E se tivermos que abandonar também o Castelo Antigo? Para onde iremos? — perguntou *pan* Potocki, com voz alquebrada.

Ao que o pequeno cavaleiro empertigou-se, agitou os bigodinhos e apontou para o chão com o dedo.

— No meu caso, para lá! — disse.

No mesmo instante, os canhões voltaram a disparar e bandos de granadas começaram a voar na direção do castelo, e como já estava escuro, podiam ser vistos claramente. *Pan* Wolodyjowski, tendo se despedido do general, passou a andar pelos muros, parando junto de cada bateria, incutindo ânimo nos artilheiros e dando-lhes conselhos. Chegando à comandada por Ketling, disse:

— E aí?

Ketling sorriu docemente.

— Há tantas granadas que parece dia claro — respondeu, apertando a mão do pequeno cavaleiro.

— Um dos canhões deles explodiu. Foi obra sua?

— Sim.

— Estou morrendo de sono.

— Eu também, mas não é hora de dormir.

— É verdade — disse Wolodyjowski. — As nossas mulheres devem estar preocupadas e, só de pensar nisto, já perco o sono.

— Devem estar rezando por nós — disse Ketling, olhando para o vôo das granadas.

— Que Deus as preserve!

— Em nenhum lugar desta terra — começou Ketling — existem...

Mas não terminou a frase, pois o pequeno cavaleiro, tendo-se virado naquele momento para o interior do castelo, exclamou horrorizado:

— Meu Deus! O que vejo!

E saiu correndo. Espantado, Ketling virou-se: a alguns passos dele, no pátio do castelo, viu Basia, acompanhada por *pan* Zagloba e o ordenança Pietka.

— Encostem-se no muro! No muro! — gritava o pequeno cavaleiro, puxando-os para uma das ameias. — Meu Deus!...

— Somente Deus pode dar um jeito nela — dizia, arfando, *pan* Zagloba. — Eu implorava, persuadia, dizia: "Você vai morrer e me matar ao mesmo tempo!", me ajoelhava diante dela... E você acha que adiantou? O que eu poderia fazer? Deixá-la vir sozinha?... Ela ficou repetindo "Vou, vou!"... e cá estamos!

O rosto de Basia tinha uma expressão de medo e suas sobrancelhas tremiam como se fosse chorar a qualquer momento. Mas não eram as granadas que ela temia, nem as balas, nem as lascas de pedra voando por todos os lados, mas apenas da zanga do marido. Portanto, juntou as mãos como numa prece ou uma criança temendo um castigo, e começou a falar com voz entrecortada:

— Eu não pude, Michalek! Juro pelo amor que tenho a você que não pude! Não fique zangado comigo, Michalek! Eu não posso ficar lá enquanto você corre tanto perigo aqui, não posso, não posso!...

Efetivamente, o pequeno cavaleiro estava furioso e gritou: "Baska! Você não teme a Deus?!", mas logo a comoção apossou-se da sua garganta e, quando aquela querida cabeça lourinha apoiou-se no seu peito, disse:

— Minha companheira adorada! Amiga fiel até a morte! Meu amor!... E abraçou-a com toda força.

Enquanto isto Zagloba, tendo-se enfiado na ameia, falou rapidamente para Ketling:

— A sua também quis vir, mas nós a enganamos, dizendo que não vínhamos para cá. Imagine! No seu estado... Seu filho será um general de artilharia, quero ser um turco se ele não for um general de artilharia... Que coisa! Sobre a ponte que liga a cidade ao castelo caíam tantas granadas quanto pêras maduras de uma pereira... Achei que fosse explodir... de raiva, não de medo... Caí sobre uns escombros e arranhei tanto a minha pele que não poderei sentar-me por mais de uma semana. As freiras terão que esfregar aquele lugar com um ungüento, sem ligar para a sua modéstia... E os patifes não param de disparar... que um raio os parta! *Pan* Potocki quer passar o comando-geral para mim... Vocês têm que dar vodca aos soldados, se não eles não vão agüentar... Olhe para aquela granada! Está vindo para cá! Protejam Baska! Rápido!...

Mas a granada caiu longe, no telhado do templo luterano dentro do castelo. Como o piso do seu sótão era reforçado, os defensores do castelo usaram-no como depósito de munições, mas como o telhado não era tão resistente, a granada atravessou-o e acendeu a pólvora. Um terrível estrondo, mais possante que o dos canhões, sacudiu as paredes dos dois castelos. Gritos de terror emanaram por toda parte e os canhões, tanto turcos quanto poloneses, se calaram.

Ketling abandonou Zagloba, Wolodyjowski abandonou Basia, e ambos correram para as muralhas. Por um momento podiam-se ouvir as ordens que ambos davam aos soldados, mas elas foram interrompidas pelo rufar dos tambores turcos.

— Vão atacar! — sussurrou Zagloba para Basia.

Efetivamente, ao ouvirem a explosão, os turcos deviam ter pensado que ambos os castelos estavam em ruínas, com seus defensores parcialmente soterrados pelos escombros e parcialmente paralisados de medo.

E, tendo isto em mente, preparavam-se para um ataque frontal. Tolos! Não sabiam que fora apenas a capela luterana que voara pelos ares, sendo que a sua explosão não provocou qualquer dano expressivo, nem mesmo deslocou um só canhão da sua base. Enquanto isto, nas trincheiras turcas, os tambores rufavam com vigor cada vez maior. Milhares de *janczar* saíram das trincheiras e correram na direção do castelo. A canhonada tinha cessado, a noite era serena e, à luz do luar, podia-se ver a massa compacta dos gorros brancos dos *janczar* agitando-se enquanto corriam parecendo uma onda do mar agitada pelo vento. Havia entre eles alguns milhares de *janczar* e algumas centenas de tropas de outros regimentos. Muitos deles jamais voltariam a ver os minaretes de Istambul, as translúcidas águas do Bósforo e os escuros ciprestes dos cemitérios, mas eles não sabiam disto e, agora, corriam com fúria e esperança de vitória certa nos seus corações.

Wolodyjowski, parecendo um fantasma, percorria os muros.

— Não atirem! Aguardem a ordem! — repetia junto de cada canhão.

Os dragões deitaram-se de bruços dentro das ameias, com seus mosquetões prontos para disparar e a respiração presa. No castelo reinava um silêncio total e podiam-se ouvir as passadas rápidas dos *janczar*. Quanto mais se aproximavam, mais estavam certos de poderem, de um só golpe, apossar-se dos dois castelos. Muitos deles estavam convencidos de que os defensores haviam se retirado para a cidade e que os muros estavam desertos. Ao chegarem ao fosso, começaram a enchê-lo de faxinas, fardos de algodão e feixes de palha, cobrindo-o num piscar de olhos.

Os muros permaneciam em silêncio.

Mas assim que as primeiras alas pisaram sobre a cobertura do fosso, ouviu-se o disparo de uma pistola, seguido da ordem:

— Fogo!

Os dois bastiões e o topo do muro que os ligava iluminaram-se com chamas, ouviram-se possantes estrondos de canhões e disparos de pistolas e mosquetões acompanhados de gritos de sitiantes e sitiados. A compacta massa de *janczar* e outros turcos começou a urrar, se agitar, arquear, endireitar e voltar a se curvar, parecendo um urso com a barriga atravessada por uma lança atirada por um caçador. Nenhum disparo dos defensores

O PEQUENO CAVALEIRO 567

foi desperdiçado. Os canhões, carregados com metralha, derrubavam homens como uma ventania devasta um campo de trigo. Os que atacaram o muro que ligava os bastiões foram atingidos por fogo vindo de três direções e, tomados de pavor, juntavam-se num gigantesco grupo disforme, caindo uns sobre outros, a ponto de formarem uma montanha de corpos em movimentos convulsivos. Ketling disparava diretamente sobre aquele grupo e, quando ele se desfez e seus componentes começaram a fugir, cobriu a estreita passagem entre os dois bastiões com uma chuva de ferro e chumbo.

O ataque foi rechaçado em todas as linhas, e quando os atacantes abandonaram o fosso e, gritando como loucos, fugiam em disparada, das trincheiras turcas começaram a disparar para o alto mechas em chamas e fogos de artifício, transformando noite em dia no intuito de iluminar o caminho de volta, bem como para dificultar qualquer tipo de perseguição.

Enquanto isto, *pan* Wolodyjowski atirava-se, com seus dragões, no meio daquela massa de atacantes comprimida entre os dois bastiões. Os turcos tentaram fugir mais uma vez, mas Ketling cobriu a única saída com uma saraivada de metralha e a passagem ficou bloqueada por uma parede de cadáveres. Como os defensores da cidade não faziam prisioneiros, os *janczar* e demais turcos sabiam que tinham apenas uma única opção: a de morrer lutando — e foi a que escolheram. Juntando-se em pequenos grupos de dois, três e até cinco, combatiam apoiando-se uns nas costas do outro. Seus sentimentos de medo, horror, certeza de morte certa e desespero transformaram-se num só — raiva. Foram tomados pela febre da batalha. Alguns se atiravam sozinhos contra os dragões, sendo massacrados impiedosamente pelas espadas polonesas. Tratava-se de um batalha de duas fúrias, pois os dragões, exaustos, famintos e insones, também foram tomados pela mesma febre e, sendo muito mais experientes em lutas com armas brancas, faziam enorme estrago no meio dos inimigos.

Ketling, querendo iluminar o campo de batalha, também disparou mechas em chamas e, à sua luz, podiam-se ver os incontidos dragões lutando com os *janczar*, agarrando-se mutuamente pelas cabeças e pelas barbas. O terrível Lusnia, mais parecido com um touro indomável, fazia os maiores estragos. Numa das extremidades, lutava *pan* Wolodyjowski que, sabendo que estava sendo observado por Basia de cima do muro, excedia a si mesmo. Assim como uma doninha selvagem faz uma carnificina no meio de ratos escondidos num trigal, o pequeno cavaleiro atirava-se contra os inimigos como o próprio espectro da destruição. Seu nome já era conhecido pelos turcos, fosse graças às recentes batalhas, fosse pelos comentários dos turcos de Chocim; o fato de que todo aquele que o enfrentasse seria morto inapelavelmente já era sabido por todos e, diante disto, quando um dos *janczar* defrontava-se com ele, nem tentava se defender, mas, fechando os olhos e murmurando "kismet",* permitia ser abatido por um golpe de espada. Finalmente, a resistência dos *janczar* chegou ao seu limite — e todos foram exterminados.

Os dragões retornaram pelo fosso preenchido gritando e cantando, arfantes e cheirando a sangue; em seguida, foram feitos alguns disparos dos canhões do castelo e do acampamento turco — e tudo ficou em silêncio. E foi assim que terminou a canhonada que durara por tantos dias e fora culminada pelo assalto dos *janczar*.

— Graças a Deus — disse o pequeno cavaleiro — teremos um bem merecido descanso, pelo menos até amanhã.

Mas o descanso foi relativo, já que, no silêncio da noite, pôde ouvir-se claramente o som de picaretas batendo na rocha.

— Isto é pior do que os canhões! — disse Ketling.

— Seria tão bom se pudéssemos realizar um assalto — observou o pequeno cavaleiro — mas isto está fora de questão, pois os homens estão demasiadamente extenuados. Eles ficaram sem dormir nem comer, embora houvesse alimentos suficientes, exclusivamente por falta de tempo. Além disto, junto dos mineiros há sempre alguns milhares de *spah* e outros guerreiros pagãos garantindo a sua segurança. Não nos resta outra saída a não ser explodirmos nós mesmos o Castelo Novo e nos transferirmos para o Antigo.

— Mas não hoje — respondeu Ketling. — Olhe, os homens caíram como pedras e estão dormindo profundamente. Os dragões nem chegaram a limpar as lâminas de suas espadas.

---

*Palavra turca, usada pelos muçulmanos com o significado de "destino", "vontade de Alá" ou "está escrito". (*N. do T.*)

O PEQUENO CAVALEIRO 569

— Baska! Já para a cidade e vá dormir! — ordenou repentinamente o pequeno cavaleiro.

— Sim, Michalek — respondeu humildemente Basia. — Farei o que você mandar. No entanto, os portões do mosteiro já estão fechados e, sendo assim, eu preferiria ficar aqui e zelar pelo seu sono.

— O que não consigo compreender — disse o pequeno cavaleiro — é como posso estar sem sono depois de tanto esforço...

— É que você excitou o seu sangue brincando com os *janczar* — disse Zagloba. — O mesmo acontece comigo. Jamais pude dormir após uma batalha. Quanto a Basia, não vejo motivo para ela vagar pela cidade para dar de cara com um portão fechado. É melhor que passe a noite aqui mesmo.

Basia abraçou efusivamente *pan* Zagloba, e o pequeno cavaleiro, vendo o quanto ela desejava isto, disse:

— Então vamos para os alojamentos.

Ao chegarem, constataram que era impossível pernoitar lá, pois estavam repletos de pó de cal. Os disparos dos canhões sacudiram tanto as paredes que todo o reboco despencara. Portanto, Basia e seu marido retornaram aos muros, onde encontraram um nicho perto do portão.

O pequeno cavaleiro sentou-se com as costas apoiadas no muro, enquanto Basia aninhava-se nos seus braços como uma criança no colo da mãe. A noite era quente e doce. A lua lançava seus raios prateados dentro do nicho, cobrindo com seu brilho os rostos do casal. Mais abaixo, no pátio do castelo, podiam-se entrever grupos de soldados adormecidos, bem como corpos dos que tombaram durante o tiroteio e que não foram enterrados por absoluta falta de tempo. O silencioso luar deslizava sobre os grupos como se aquele ermitão celeste quisesse certificar-se de quem dormia de cansaço e quem adormecera em sono eterno. Mais ao longe, via-se o contorno da edificação principal do castelo, cuja sombra negra cobria metade do pátio. Do lado de fora dos muros, onde jaziam os *janczar* massacrados pelas espadas polonesas, provinha um som de vozes humanas. Eram os servos do castelo e aqueles dragões para quem o saque era mais importante do que o sono, despindo os corpos dos cadáveres. Suas lanternas cintilavam no campo de batalha como se fossem vaga-lumes. Conversavam entre

HENRYK SIENKIEWICZ

si, sendo que um deles cantarolava baixinho uma canção de amor, sem ligar para o serviço que estava executando:

De nada me serve ouro ou prata
Não passo de um desgraçado
Não me importa morrer nesta mata
Desde que seja ao seu lado!

Após certo tempo, a movimentação do outro lado do muro foi diminuindo até cessar por completo. O castelo ficou em silêncio, apenas interrompido pelas incessantes batidas de picaretas contra a parede rochosa e as senhas gritadas pelos sentinelas. Aquele silêncio, o luar e a noite serena embriagaram o pequeno cavaleiro e Basia. Sem saber por quê, sentiam-se melancólicos, embora felizes. Baska ergueu os olhos para o marido e, vendo que os dele estavam abertos, perguntou:

— Michalek, você não está dormindo?

— Não, por mais estranho que isto possa parecer.

— E você está feliz?

— Muito! E você?

Baska começou a menear a sua loura cabecinha.

— Oh, Michalek! Tão feliz que mal consigo descrever! Você ouviu aquela canção?

Neste ponto, Basia repetiu as últimas palavras da canção:

Não me importa morrer nesta mata
Desde que seja ao seu lado!

Houve um momento de silêncio, interrompido logo pelo pequeno cavaleiro:

— Baska! Ouça com atenção o que vou lhe dizer.

— O que, Michalek?

— Que, a bem da verdade, nós nos sentimos tão felizes um com outro que, caso um de nós viesse a perecer, o outro ficaria muito saudoso.

Basia entendeu claramente a quem o pequeno cavaleiro tinha em mente ao dizer "caso um de nós viesse a perecer" em vez de "morrer". Passou-lhe pela cabeça o pensamento de que ele não esperava sair com vida daquele cerco e que estava preparando-a para aceitar este fato. Diante disto, sentiu um aperto na garganta e, juntando as mãos como se fosse rezar, disse:

— Michal, tenha piedade de mim e de você mesmo!

A voz do pequeno cavaleiro estava emocionada, mas calma.

— Pense bem, Basia, e você verá que está errada, porque se formos olhar para isto de forma puramente racional, qual o significado da nossa existência provisória? Qual o sentido de ficar esforçando-se à toa? Quem pode satisfazer-se com felicidade e amor, se tudo se esfacela como um galho seco? Hein?

Mas Basia começou a chorar compulsivamente e a repetir:

— Não quero, não quero, não quero!

— Pois eu juro por Deus que você está errada — repetiu o pequeno cavaleiro. — Lá em cima, atrás desta lua brilhante, existe um outro mundo, um mundo de bem-aventurança e felicidade completa. Pense nele! Todo aquele que chegar àqueles campos poderá descansar finalmente, como depois de uma longa jornada. Quando chegar a minha hora, o que costuma acontecer com os soldados, você deverá dizer imediatamente: "Isto não é nada!". Você deverá dizer assim: "Michal partiu. É verdade que para bem longe, mais longe do que daqui até a Lituânia, mas isto não é nada, porque eu irei juntar-me a ele." Baska, pare de chorar! Aquele de nós que partir primeiro vai preparar um alojamento para o outro, só isto.

Neste ponto, o pequeno cavaleiro parecia ter tido uma visão do futuro, porque ergueu os olhos para a lua brilhante e continuou:

— Qual a importância da vida terrena? Suponhamos que eu já esteja lá e alguém bata no portal celeste. São Pedro o abre, e a quem vejo eu? A minha Baska! Imagine a minha alegria, imagine a minha felicidade! Meu Deus, nem tenho palavras para descrever! E não haverá mais choradeiras, apenas alegria eterna. Não haverá mais pagãos, nem canhões, nem minas por baixo dos muros, apenas paz e felicidade! Baska, lembre-se: "não é nada!"

— Michal! Michal! — repetia Basia.

E, novamente, houve um momento de silêncio, apenas interrompido pelas monótonas batidas das picaretas.

Finalmente Wolodyjowski falou:

— Baska, rezemos um padre-nosso.

E aquelas duas almas, puras como lágrimas, começaram a rezar. À medida que rezavam, suas almas enchiam-se de paz — e eles adormeceram. Dormiram até os primeiros raios do sol.

Depois *Pan* Wolodyjowski acompanhou Basia até a ponte que ligava o Castelo Antigo à cidade e, ao se despedir, disse-lhe:

— Não se esqueça, Baska: não é nada!

Capítulo 55

O ESTRONDO DOS CANHÕES voltou a ressoar logo na madrugada seguinte. Os turcos haviam cavado uma nova fossa ao longo do castelo, sendo que num dos pontos chegava a atingir o seu muro, onde se podia ouvir o incessante som de picaretas. Os sitiados protegiam-se com grandes sacos de couro cheios de algodão, mas como a chuva de granadas turcas não cessava de cair, mais e mais artilheiros poloneses morriam junto dos seus canhões. Ao lado de um deles, uma só granada matou seis membros da infantaria de Wolodyjowski. No fim do dia, os comandantes chegaram à conclusão de que não tinham mais condições de permanecer ali, principalmente diante do perigo das minas turcas poderem explodir a qualquer momento. Diante disto, os capitães convocaram os homens sob seu comando e deram ordens para transferir os canhões, a munição e os alimentos para o Castelo Antigo que, tendo sido construído sobre uma rocha extremamente dura, teria condições de resistir por mais tempo e dificultar o trabalho dos sapadores. *Pan* Wolodyjowski, consultado durante o conselho de guerra, respondeu que, desde que ninguém iniciasse quaisquer negociações, poderia resistir nele até por um ano. Suas palavras chegaram à cidade e deram mais ânimo à população, já que era sabido que o pequeno cavaleiro manteria a sua palavra, mesmo à custa da própria vida.

Ao abandonarem o Castelo Novo, os defensores colocaram minas debaixo dos dois bastiões e do muro que os ligava. As minas explodiram em torno do meio-dia, provocando um grande estrondo, mas sem causar grandes danos aos turcos, já que estes, ainda lembrados da lição da véspera, não tiveram coragem de ocupar o local abandonado. Os bastiões, o muro e a parte principal do Castelo Novo formaram uma gigantesca barricada de escombros que, embora dificultasse o acesso ao Antigo, forneciam uma excelente proteção aos atiradores inimigos e, o que era pior, aos mineiros que, sem se sentirem desencorajados pelo imponente rochedo, logo se puseram a cavar novos túneis. Seu trabalho era supervisionado por experientes engenheiros italianos e húngaros a serviço do sultão, e avançava rapidamente. Os sitiados não tinham condições de atirar neles com canhões ou outras armas de fogo, pois não eram visíveis. *Pan* Wolodyjowski chegou a cogitar uma surtida, mas teve que desistir da idéia diante da exaustão dos seus soldados. De tanto dispararem seus mosquetões, todos os dragões tinham uma grande mancha azulada em seus ombros direitos, sendo que alguns deles estavam até incapacitados de mover os braços. Enquanto isto, estava claro para todos que, caso as escavações continuassem por mais alguns dias, o portão principal do castelo seria explodido inapelavelmente. Prevendo isto, *pan* Wolodyjowski ordenou que fosse construída uma barricada logo atrás do portão e, sem perder o ânimo, dizia:

— Não estou nem um pouco preocupado! Quando eles explodirem o portão, combateremos protegidos pela barricada; se eles a explodirem, já teremos uma outra pronta e depois outra, até sobrarem somente cinco palmos sob os nossos pés.

No que o general de Podole, tendo perdido toda esperança, perguntou:

— E quando aqueles cinco palmos também tiverem desaparecido?

— Terá chegado a hora de nós desaparecermos! — respondeu o pequeno cavaleiro.

Por enquanto, ordenou que fossem atiradas granadas de mão sobre os sapadores. Quem mais se destacou nessa tarefa foi o tenente Debinski, que matou vários deles, até uma das granadas explodir na sua mão e quase arrancar o seu braço. Da mesma forma perdeu a vida o capitão Szmit. Muitos homens foram mortos pelo fogo da artilharia e pelos disparos feitos pelos *janczar* ocultos nos escombros do Castelo Novo. Enquanto isto, os canhões do castelo disparavam apenas esporadicamente, o que causou preocupação nos habitantes da cidade. "Se não estão disparando, então o próprio *pan* Wolodyjowski não acredita na possibilidade de resistirmos" era o comentário mais ouvido. Quanto aos militares, nenhum deles teve a coragem de ser o primeiro a admitir que restava apenas tentar conseguir as melhores condições possíveis para uma rendição, sendo que o bispo Lanckoronski, desprovido de quaisquer ambições guerreiras, disse-o em alto e bom som. Mas, antes de tomarem qualquer decisão, despacharam *pan* Wasilowski para o general, pedindo um resumo da situação. Sua resposta foi a seguinte: "Em minha opinião, o castelo não resistirá até o anoitecer; no entanto, não é isto que acham os que estão aqui."

Após a leitura daquela resposta, até os militares começaram a falar:

— Fizemos o que pudemos, sem poupar esforços. Mas se a situação é insustentável, temos que pensar numa negociação.

Suas palavras percorreram a cidade e causaram uma grande concentração na praça diante do prédio da prefeitura. A multidão estava preocupada e calada, mais propensa a continuar com a defesa do que em se render. Alguns ricos comerciantes armênios ocultavam a sua satisfação diante da possibilidade do fim do cerco e reinício dos negócios, mas os armênios que viviam na República há anos e tinham amor por ela, assim como os poloneses e os rutênios queriam continuar resistindo.

— Se era para nos render, deveríamos ter feito isto logo no início — sussurravam entre si — pois poderíamos ter obtido condições vantajosas. Agora os turcos serão mais exigentes, portanto é melhor morrer debaixo dos escombros da cidade.

O sussurro aumentava e passava a ser agressivo, quando, repentinamente, transformou-se em gritos de júbilo e de vivas.

O que acontecera? Eis que surgem na praça *pan* Wolodyjowski e *pan* Humiecki, enviados pelo general para fazerem um relato do que estava se passando no castelo. A multidão ficou radiante. Alguns gritavam como se os turcos já tivessem entrado na cidade, enquanto outros tinham os olhos marejados de lágrimas diante da visão do seu adorado guerreiro, cujo aspecto denotava as agruras pelas quais passara. Seu rosto estava emaciado e enegrecido por fumaça de pólvora, e os seus olhos, embora vermelhos e encavados, brilhavam com expressão de confiança.

Quando os dois guerreiros conseguiram atravessar a multidão e apresentar-se diante do conselho, foram recebidos com grande alegria e o bispo disse:

— Queridos irmãos! *Nec Hercules contra plures*! Recebemos uma carta do general com a informação de que vocês têm que se render.

No entanto, *pan* Humiecki, sendo um homem impulsivo e proveniente de uma família rica que não costumava medir palavras, respondeu de uma forma bastante dura:

— O senhor general perdeu a cabeça, e o seu único mérito é de tê-la colocado em risco. Quanto à defesa do castelo, passo a palavra ao coronel Wolodyjowski, que será mais capaz do que eu de prestar todos os esclarecimentos aos senhores.

Todos os olhos voltaram-se para o pequeno cavaleiro que, agitando os bigodes, disse:

— Pelo amor de Deus! Quem dos senhores menciona a possibilidade de nos rendermos? Nós não juramos diante de Deus de que iríamos combater até a morte?

— Nós juramos que faríamos tudo que fosse possível e fizemos tudo que podíamos! — respondeu o bispo.

— Cada um é responsável por aquilo que jurou! Eu e Ketling juramos que não entregaremos o castelo enquanto vivermos, e não o entregaremos, pois se é um dever sagrado cumprir a palavra empenhada a quem quer que seja, quanto mais a palavra empenhada ao próprio Deus, rei de todos os reis.

— E qual é a situação do castelo? Ouvimos dizer que o portão já está minado. Por quanto tempo vocês ainda poderão resistir? — perguntavam várias vozes.

— Minado ou não, já erguemos uma bela barricada atrás dele e mandei que ela fosse guarnecida com mosquetes. Pelas chagas de Cristo, irmãos queridos! Não se esqueçam de que ao entregarmos o castelo estaremos entregando aos pagãos as nossas igrejas, que eles transformarão em mesquitas ou as profanarão de formas ignóbeis! Como, então, vocês podem falar tão levianamente em se render? Com que consciência pretendem abrir ao inimigo o acesso ao coração da República? Eu, que estou no castelo, não tenho medo de minas, enquanto vocês, aqui na cidade, têm medo delas? Pelo amor de Deus, não nos entreguemos enquanto vivermos! Que a lembrança desta defesa fique na memória das futuras gerações, assim como ficou a de Zbaraz!

— Os turcos vão transformar o castelo num montão de ruínas! — respondeu uma voz.

— Que transformem! É possível lutar no meio de escombros!

Neste ponto, o pequeno cavaleiro perdeu a paciência e acrescentou:

— E podem estar certos de que, assim como há Deus no céu, eu continuarei lutando naqueles escombros! Repito a vocês mais uma vez: não entregarei o castelo! Ouviram?!

— E, com isto, provocará a destruição da cidade? — perguntou o bispo.

— Prefiro que seja destruída a que caia nas mãos dos turcos! Eu jurei sobre a Cruz Sagrada. Não vou perder mais tempo com palavras e volto aos canhões. Estes, pelo menos, defendem a República em vez de vendê-la ao inimigo!

E, tendo dito isto, saiu acompanhado por Humiecki, batendo a porta com força atrás de si. Os dois guerreiros apressaram o passo, pois se sentiam melhor no meio dos escombros, cadáveres e balas do que no meio de homens sem fé. Foram alcançados por *pan* Makowiecki.

— Michal, diga a verdade. Aquele seu discurso foi para incutir ânimo, ou você realmente acredita que poderá defender o castelo?

— Estou certo disto! Desde que eles não entreguem a cidade, poderei me defender por um ano! — respondeu o pequeno cavaleiro.

— E por que não estão disparando? Só se fala nisto, é por causa deste silêncio da artilharia que eles ficam pensando em se render.

— Não estamos disparando os canhões porque estamos ocupados atirando granadas de mão, que são mais eficazes contra os mineiros.

— Michal, vocês têm forças suficientes no castelo para proteger o portão Russo? Porque caso os turcos consigam atravessar as barricadas, poderão atacá-lo. Eu faço o que posso, mas não dispondo de soldados, mas apenas moradores da cidade, não poderei defendê-lo.

— Não se preocupe, querido irmão. Eu já coloquei quinze canhões virados naquela direção. Também não precisam preocupar-se com o castelo. Não só temos condições de defendê-lo como, em caso de necessidade, poderemos vir em socorro aos portões.

Ao ouvir isto, *pan* Makowiecki se deu por satisfeito e já estava se afastando quando o pequeno cavaleiro agarrou-o pelo braço.

— Por favor, responda-me na qualidade de quem freqüenta mais assiduamente as reuniões do conselho de guerra: eles estavam apenas nos testando, ou realmente pretendem entregar Kamieniec ao sultão?

Makowiecki abaixou a cabeça.

— Michal, então me responda você, com toda a sinceridade: não é assim que isto vai terminar? Poderemos resistir a eles por uma semana, duas, um mês, dois meses, mas o desfecho será o mesmo.

— Até tu, Brutus, contra mim? Neste caso, vocês terão que engolir a sua desonra sozinhos, pois eu não estou acostumado a tais iguarias!

E se separaram com amargura em seus corações.

A mina debaixo do portão principal do Castelo Antigo explodiu pouco tempo depois do retorno de Wolodyjowski. Tijolos, pedras, poeira e fumaça espalharam-se por todos os lados. Os turcos atiraram-se imediatamente na passagem como um rebanho de ovelhas tocado por pastores para dentro de um curral. Mas Ketling despejou sobre eles uma chuva de tiros de seis canhões preparados exatamente para essa eventualidade; disparou uma vez, depois uma segunda e terceira — expulsando a todos. Wolodyjowski, Humiecki e Mysliszewski vieram correndo com infantaria e dragões, cobrindo a barricada como moscas cobrem o cadáver de um cavalo ou de um boi num dia de calor. Iniciou-se uma batalha de mosquetes e fuzis. Balas caíam sobre a barricada como gotas de chuva ou grãos de trigo atirados por um camponês. Os turcos estavam espalhados pelos escombros do Castelo Novo; de trás de cada conjunto de fragmentos de tijolos e pedras havia dois, três, cinco, dez deles, atirando sem cessar. Das bandas de Chocim, chegavam mais e mais reforços; regimentos atrás de regimentos que, chegando aos escombros, logo se punham a disparar.

O que restara do Castelo Novo parecia estar coberto por turbantes. Vez por outra, aquela massa de turbantes se erguia e, com gritos terríveis, atirava-se à passagem, mas Ketling respondia-lhes com os seus canhões; o seu estrondo abafava o som dos mosquetões, as balas de canhão, como pássaros selvagens silvando e agitando asas, caíam no meio deles, jogando-os por terra e fechando a passagem com inúmeros cadáveres. Por quatro vezes os *janczar* avançaram, e por quatro vezes Ketling os reteve e espalhou como uma tempestade espalha um monte de folhas. Envolto em fogo e

O PEQUENO CAVALEIRO

fumaça e no meio de estilhaços e de explosões de granadas, o belo guerreiro mais parecia um anjo da guerra. Seus olhos estavam fixos na passagem aberta no portão e, na sua frondosa testa, não havia qualquer sinal de medo ou preocupação. Em alguns momentos arrancava a tocha das mãos de um dos artilheiros e, pessoalmente, encostava-a no pavio do canhão; em outros, protegia os olhos com a mão após um disparo e, virando-se para os oficiais mais próximos, dizia com um sorriso:

— Não passarão!

Jamais a fúria de um assalto encontrara tamanha resistência. Oficiais e reles soldados disputavam entre si quem demonstraria maior fervor. Parecia que a atenção daqueles homens estava voltada a tudo, exceto à morte. Esta, no entanto, ceifava brutalmente. Caiu *pan* Humiecki, caiu *pan* Mokoszycki e, finalmente, o grisalho *pan* Kaluszowski. O guerreiro, dócil como um carneiro, mas feroz como um leão e grande amigo de Wolodyjowski, soltou um grito e levou as mãos ao peito. Wolodyjowski ainda teve tempo de agarrá-lo antes que caísse, enquanto ele murmurava:

— Sua mão, me dê a sua mão!

Em seguida, acrescentou:

— Deus seja louvado! — e o seu rosto ficou tão branco como sua barba e bigodes.

Aquilo fora antes do quarto ataque. Um grupo de *janczar* conseguiu penetrar pela passagem, mas defrontou-se com a barricada e, diante da chuva de metralha, não conseguiu mais recuar. *Pan* Wolodyjowski e seus infantes atiraram-se sobre ele e, usando as coronhas dos seus mosquetões como armas, exterminou-o por completo.

Passavam-se horas e o tiroteio não cessava. A notícia de heróica resistência espalhou-se pela cidade, despertando ânimo guerreiro nos seus habitantes. Os civis, principalmente os mais jovens, começaram a excitar-se mutuamente:

— Vamos ajudar os defensores do castelo! Vamos juntar-nos a eles! Não podemos permitir que os nossos irmãos morram! Vamos! Vamos!

Os gritos ecoaram pela praça e, pouco tempo depois, algumas centenas de homens, armados com o que tinham à mão, mas com corações cheios de coragem, correram para a ponte. Os turcos cobriram-nos com uma

saraivada de tiros e a ponte encheu-se de cadáveres, mas muitos conseguiram chegar à barricada e, uma vez lá, começaram a combater o inimigo
com grande disposição.

O quarto assalto foi rechaçado de forma tão fragorosa que todos acharam que chegaria um momento de descanso. Vã esperança! O tiroteio
continuou até o anoitecer, quando finalmente os turcos abandonaram as
ruínas do Castelo Novo e os canhões pararam de disparar. O pequeno cavaleiro aproveitou o momento para ordenar que a passagem fosse obstruída
com o que fosse possível: troncos de árvores, faxinas, escombros, terra.
Recrutas, dragões, soldados e oficiais puseram-se a trabalhar, independentemente da hierarquia militar. Aguardava-se um novo tiroteio dos canhões
turcos a qualquer momento, mas como o dia fora coroado por uma grande
vitória dos sitiados sobre os sitiantes, todos os rostos estavam radiantes e
as almas cheias de esperança e desejo de novas vitórias.

Uma vez fechada a passagem, Ketling e Wolodyjowski, de braços dados,
puseram-se a inspecionar o pátio e os muros, inclinando-se sobre estes para
olhar para o que restara do Castelo Novo e satisfeitos com o que viam.

— Os escombros estão cobertos de cadáveres — disse o pequeno cavaleiro, apontando para as ruínas. — E na passagem são tantos que é preciso de uma escada para chegar ao seu topo. Ketling! Isto tudo é o resultado
dos seus canhões!...

— O melhor de tudo — respondeu o guerreiro —, é o fato de termos
bloqueado a passagem de tal forma que os turcos terão de colocar uma
nova mina. É inegável que eles dispõem ainda de muitas tropas, mas um
cerco destes, após um ou dois meses, poderá fazê-los perder o gosto de
continuar.

— Enquanto isto, talvez o *hetman* possa chegar até aqui. De qualquer
modo, haja o que houver, nós estamos presos pelo nosso juramento — disse
o pequeno cavaleiro.

Os dois guerreiros olharam-se olho no olho e Wolodyjowski perguntou
baixinho:

— E você fez aquilo que lhe pedi?

— Tudo está pronto — sussurrou de volta Ketling —, muito embora
eu ache que não será necessário, porque acredito piamente que poderemos

O PEQUENO CAVALEIRO

resistir aqui por muito tempo e teremos outros dias tão auspiciosos quanto foi este.

— Queira Deus que sim!

— Amém! — respondeu Ketling, erguendo os olhos para o céu.

O resto da conversa foi interrompido por disparos de canhões. Novas levas de granadas começaram a despencar sobre o castelo. No entanto, muitas delas explodiam no ar e se extinguiam como raios de verão.

Ketling, um mestre de artilharia, olhou para eles.

— As granadas daquele canhão que está disparando têm os pavios demasiadamente encharcados de pólvora.

— É, mas vejo fumaça emanando dos demais! — respondeu Wolodyjowski.

E era verdade. Assim como um cão começa a ladrar sozinho numa noite silenciosa e é logo acompanhado por outros cães a ponto de todo o vilarejo ecoar com latidos — um só canhão turco despertara os restantes — e a cidade sitiada foi envolta por um ribombo de trovões. Desta vez, no entanto, os turcos miravam especialmente a cidade, e não o castelo. Ao mesmo tempo, podia-se ouvir o som de escavações vindo de três lados. Embora a poderosa rocha tivesse resistido às tentativas dos mineiros, parecia que os turcos estavam decididos a explodir aquele ninho de águias a qualquer custo.

Seguindo as ordens de Ketling e Wolodyjowski, os defensores voltaram a atirar granadas de mão, guiando-se pelo som das picaretas. Mas, na escuridão da noite, não era possível avaliar o resultado dessa ação. Além disto, todos estavam preocupados com a cidade, sobre a qual desabava uma autêntica chuva de granadas. Algumas delas explodiam no ar, mas outras, tendo desenhado um arco brilhante no céu, caíam no meio dos telhados das casas. Chamas de vários incêndios iluminavam alguns bairros. Ardiam a igreja de Santa Catarina, a igreja ortodoxa de Santo Jur e a catedral armênia, sendo que esta última já pegara fogo durante o dia e as chamas aumentavam agora em função de novas explosões. O incêndio alastrava-se cada vez mais pela cidade, iluminando toda a região. Gritos provenientes de lá chegavam até o castelo e parecia que toda a cidade estava em chamas.

— Isto é ruim, porque diminuirá o ânimo dos civis — disse Ketling.

— Mesmo se ela se transformasse num monte de cinzas — respondeu o pequeno cavaleiro —, ainda assim poderíamos resistir, desde que este rochedo permaneça de pé.

Enquanto isto, os gritos foram ficando cada vez mais altos. O fogo da catedral alastrou-se para os armazéns nos quais estavam as mercadorias dos armênios: objetos de ouro e prata, tapetes, peles e tecidos finos.

Wolodyjowski ficou deveras preocupado.

— Ketling! Continue atirando as granadas de mão sobre os mineiros dificultando ao máximo o trabalho dos sapadores, enquanto isto eu vou dar um pulo até a cidade, porque estou preocupado com as freiras dominicanas. Graças a Deus eles resolveram deixar o castelo em paz, de modo que posso ausentar-me...

Realmente, não havia muito a fazer no castelo, portanto o pequeno cavaleiro montou no seu cavalo e partiu. Voltou duas horas mais tarde, na companhia de *pan* Muszalski, que se recuperara do confronto com Hamdibey e que vinha agora ao castelo, certo de que, no próximo assalto, poderia causar sérios danos aos pagãos com o seu arco.

— Sejam bem-vindos! — exclamou Ketling. — Já estava ficando preocupado. E como estão as freirinhas?

— Ótimas — respondeu o pequeno cavaleiro. — O convento está quieto e seguro e não foi atingido por uma granada sequer.

— Graças a Deus! E Krzysia? Está com muito medo?

— Que nada! Tão calma como se estivesse em sua própria casa. Ela e Basia estão na mesma cela e *pan* Zagloba está junto delas. Está lá, também, Nowowiejski, que recuperou a consciência. Ele insistiu muito para juntar-se a nós no castelo, mas ainda mal consegue manter-se de pé. Ketling, vá você agora para lá e deixe que eu o substitua.

Ketling abraçou Wolodyjowski, porque ansiava pela sua Krzysia. Mandou que trouxessem o seu cavalo e, enquanto este não chegava, perguntava ao pequeno cavaleiro como estavam as coisas na cidade.

— Os civis apagam os incêndios com grande valentia — respondeu o pequeno cavaleiro —, mas os armênios mais ricos, ao verem suas mercadorias pegando fogo, enviaram uma delegação ao bispo pedindo que a cidade se rendesse. Ao ouvir isto, apesar de ter prometido a mim mesmo

O PEQUENO CAVALEIRO

nunca mais pôr os pés naquele conselho, resolvi ir para lá. De saída, dei um tapa no focinho de um dos que mais insistiam para que nos rendêssemos, com o que o bispo ficou de cara amarrada. As coisas vão mal, meu irmão! O medo está sobrepujando a vontade de resistir. Em vez de nos elogiarem, fazem-nos recriminações por estarmos colocando a cidade em risco à toa. Pude presenciar quando caíram sobre Makowiecki somente por ele ter se manifestado contrário à rendição. O próprio bispo chegou a lhe dizer: "Não estamos renegando a nossa fé nem o nosso rei, mas de que adianta oferecer mais resistência? Será que você não pode ver estas igrejas sendo profanadas, donzelas desonradas e crianças inocentes sendo levadas como escravos? Com um tratado ainda poderemos minorar o seu sofrimento e obter permissão para abandonarmos a cidade em paz!" E, enquanto o bispo dizia isto, o general balançava a cabeça e repetia: "Preferiria morrer, mas é a mais pura verdade!"

— Seja o que Deus quiser! — respondeu Ketling.

Mas Wolodyjowski estava revoltado.

— Se isso ainda fosse verdade! — exclamou. — Mas Deus é testemunha de que temos condições de nos defender!

Entrementes, trouxeram o cavalo. Ketling montou, enquanto Wolodyjowski lhe dizia:

— Tome cuidado quando for atravessar a ponte, porque ela está sob forte bombardeio.

— Voltarei dentro de uma hora — respondeu Ketling.

Wolodyjowski e Muszalski foram inspecionar os muros. Em três pontos, onde podia ouvir-se o som de picaretas, diversos soldados atiravam granadas de mão. No ponto mais distante, tal trabalho era supervisionado por Lusnia.

— Como estão as coisas? — perguntou Wolodyjowski.

— Mal, senhor comandante! — respondeu o sargento. — Eles já penetraram na rocha e somente um ou outro é atingido por estilhaços. Não conseguimos muita coisa...

Nos outros pontos a situação era ainda pior, principalmente por que havia escurecido e começara a chover, apagando os pavios das granadas.

Wolodyjowski levou *pan* Muszalski para um canto e perguntou:

— E se tentássemos sufocar essas toupeiras nas suas tocas?

— Seria um ataque suicida, já que elas estão protegidas por regimentos de *janczar*, mas vale a pena tentar!

— É verdade que há regimentos, mas a noite está muito escura e eles poderão ser pegos de surpresa. Além disto, atente para uma coisa: por que na cidade estão pensando em se render? Porque dizem: "O castelo está minado e vocês não têm escapatória!". Portanto imagine como eles teriam que engolir as suas palavras caso nós lhes enviássemos, ainda esta noite, a notícia de que não há mais minas debaixo do castelo!

Pan Muszalski pensou um pouco, após o que exclamou:

— É evidente que vale! Vamos em frente!

— Aqui, onde estamos, eles mal começaram a cavar, portanto vamos deixá-los em paz, mas naqueles dois pontos mais distantes, eles já penetraram na rocha. O senhor pegará cinqüenta dragões e eu outros tantos, e vamos tentar sufocá-los. O senhor está disposto?

— Lógico que estou! Ainda vou levar comigo alguns pregos; quem sabe se não toparemos com alguns morteiros pelo caminho?

— Acho pouco provável, embora tenha visto alguns por perto e, portanto, vale a pena tentar. Vamos apenas esperar o retorno de Ketling, pois ele é o mais indicado para, em caso de necessidade, vir em nossa ajuda.

Ketling retornou exatamente uma hora depois, conforme prometera. Quinze minutos depois, dois destacamentos de cinqüenta dragões cada subiram sobre a proteção da passagem e deslizaram silenciosamente do seu outro lado, sumindo na escuridão. Ketling continuou a jogar granadas por algum tempo, parando depois. Seu coração batia acelerado, sabendo quão perigosa era aquela empreitada. Passou-se um quarto de hora, depois meia hora, uma hora inteira — pelos seus cálculos, os seus amigos já deviam ter chegado na entrada das tocas e iniciado o seu trabalho. Colocou o ouvido no chão, mas ouviu apenas as ritmadas batidas das picaretas.

De repente, aos pés do castelo, ecoou o som de um disparo de pistola que, no ar úmido e no meio do tiroteio geral, teria passado despercebido, não fosse a terrível gritaria que o seguiu. "*Chegaram!*", pensou Ketling — "*Mas será que voltarão?*" Os gritos foram seguidos de rufar de tambores, assovios de pífaros e muitos tiros de mosquetões, rápidos e desordenados.

O PEQUENO CAVALEIRO

Aparentemente, os regimentos de *janczar* vieram em ajuda aos mineiros, mas, como suspeitara *pan* Wolodyjowski, estavam confusos, sem saber o que acontecera. Com medo de atingir os sapadores, apenas gritavam e atiravam para o alto. Os gritos e disparos aumentavam a cada momento, e a base do castelo agitou-se como um galinheiro despertado repentinamente por um bando de raposas sedentas de sangue.

Das trincheiras turcas foram disparadas granadas no intuito de vencer a escuridão. Ketling, tendo apontado alguns canhões para elas, respondeu ao fogo. O bombardeio entre as trincheiras e os muros tornou-se acirrado. Na cidade, os sinos começaram a badalar, já que todos acharam que os turcos haviam tomado o castelo, enquanto nas trincheiras turcas pensava-se o contrário — de que um poderoso assalto fora iniciado pelos sitiados. A noite fornecera uma proteção ao ousado plano de Wolodyjowski e Muszalski. Os disparos dos canhões e as granadas clareavam-na apenas por instantes para, em seguida, torná-la ainda mais escura. Finalmente, as comportas celestes se abriram e desabou sobre a terra uma chuva torrencial. Trovões abafavam disparos e, ecoando nas paredes rochosas, pareciam anunciar o fim do mundo. Ketling saltou do muro e, acompanhado por algumas dezenas de soldados, correu para a passagem e ficou esperando.

Não precisou esperar por muito tempo. Momentos depois, vultos escuros começaram a se esgueirar por entre as tábuas que bloqueavam a passagem.

— Quem vem lá?! — berrou Ketling.

— Wolodyjowski — ecoou em resposta.

E os dois guerreiros caíram nos braços um do outro.

— E aí, como foi? — perguntavam os oficiais que vieram correndo para a passagem.

— Graças a Deus tudo correu bem! Os mineiros foram exterminados e suas ferramentas destruídas. O inimigo não poderá voltar a cavar tão cedo!

— Graças a Deus! Graças a Deus!

— E *pan* Muszalski com os seus homens, já retornaram?

— Ainda não.

— Qual dos senhores se habilita para sair em sua ajuda?

Mas, no mesmo instante, novos vultos surgiram na passagem bloqueada. Eram os homens de Muszalski, voltando rapidamente e em número muito inferior ao que saíra, tendo sofrido pesadas baixas. Mas voltavam satisfeitos, pois o seu trabalho também fora coroado de êxito. Alguns deles traziam consigo picaretas, baldes e lascas de rocha, como uma prova de terem estado no interior da mina.

— E onde está *pan* Muszalski? — perguntou Wolodyjowski.

— É verdade! Onde está *pan* Muszalski? — repetiram algumas vozes.

Os homens do incomparável arqueiro se entreolharam e um deles, bastante ferido, falou com voz vacilante:

— *Pan* Muszalski está morto. Vi quando ele caiu e eu caí junto dele, aí eu me levantei, mas ele não...

Os guerreiros ficaram entristecidos com a notícia da morte do famoso arqueiro, um dos mais destacados guerreiros de toda a República. Ainda tentaram obter mais informações do dragão, mas este esvaía-se em sangue e acabou tombando por terra.

— O nome de *pan* Muszalski jamais será esquecido em todos os exércitos — disse *pan* Kwasibrocki. — E todo aquele que sobreviver a este cerco, haverá de louvá-lo para sempre.

— Jamais teremos um arqueiro que poderia comparar-se a ele! — falou uma outra voz.

— Ele era o mais forte de todos os oficiais de Chreptiów — disse o pequeno cavaleiro. — Era capaz de colocar a moeda de um *talar* sobre uma tábua e enfiá-la na madeira apenas com a pressão do seu polegar. Somente *pan* Podbieta, um lituano que morreu no cerco de Zbaraz, poderia ultrapassá-lo e, dos vivos, talvez *pan* Nowowiejski pudesse igualar-se a ele.

— É uma perda irrecuperável — diziam outros. — Não se fazem mais guerreiros como ele.

E tendo honrado assim a memória do arqueiro, retornaram aos muros. Wolodyjowski despachou imediatamente um mensageiro para o general e o bispo, com a notícia de que não havia mais minas e que todos os mineiros foram eliminados.

A notícia foi recebida na cidade com grande espanto e — quem poderia imaginar?! — com oculta insatisfação. Tanto o general quanto o bispo estavam convencidos de que alguns triunfos passageiros não salvariam a cidade e apenas serviriam para irritar ainda mais o Leão do Oriente, achando

O PEQUENO CAVALEIRO

que eles somente poderiam ser úteis se fossem associados a uma concordância de rendição. Tendo isto em mente, os dois líderes continuaram mantendo as negociações.

Enquanto isto, nem *pan* Wolodyjowski nem Ketling puderam imaginar que o efeito da tão auspiciosa notícia que haviam enviado pudesse ter aquele resultado. Pelo contrário, tinham certeza de que ela iria animar os corações mais vacilantes e despertar em todos o desejo de resistir. Como era impossível conquistar a cidade sem antes ter conquistado o castelo e considerando que este não só resistia, como ainda ousava atacar, não havia qualquer motivo para entrar em negociações. A cidade estava abastecida, tanto de alimentos quanto de munições — portanto, bastava apenas defender seus portões e apagar os incêndios.

Durante todo o cerco, aquela fora a noite mais feliz para o pequeno cavaleiro e Ketling. Nunca tiveram tanta certeza de que sairiam vivos daquele cerco turco e, junto com eles, sairiam sãs e salvas as duas cabeças mais queridas.

— Mais uns dois assaltos — dizia o pequeno cavaleiro —, e os turcos vão desistir de nos atacar, passando a esperar que morramos de fome. E nós temos reservas de alimentos para meses! Além disto, *september* está próximo, chegarão chuvas e frio e aqueles exércitos tropicais não estão acostumados a este clima. Basta alguns dias de frio para eles irem embora.

— Muitos deles provêm da Etiópia — respondeu Ketling — ou de países onde cresce pimenta e onde nunca se viu um floco de neve. Mesmo se eles fizerem novos assaltos, poderemos resistir por uns dois meses. Enquanto isso, é bem possível que recebamos reforços. A República despertará finalmente e, mesmo se o grão-*hetman* não conseguir arregimentar muitas tropas, sempre poderá fazer ataques esporádicos.

— Ketling! Estou achando que ainda não chegou nossa hora.

— Tudo está nas mãos de Deus, mas sou da mesma opinião.

— A não ser que um de nós dois venha a morrer em combate, como *pan* Muszalski. Mas o que se há de fazer? Somos soldados! Sinto muita pena de *pan* Muszalski por ter morrido, apesar de ele ter tido uma morte tão honrosa!

— Como espero que venha a ser a nossa, muito embora espere que não seja desta vez, porque devo confessar que teria muita pena de deixar Krzysia...

— E eu, de Basia... Mas deixemos estes pensamentos de lado. Estamos combatendo firmemente e temos a misericórdia divina zelando por nós. Sinto-me extremamente feliz! Precisamos fazer um novo feito de impacto amanhã!

— Os turcos fizeram um anteparo de tábuas diante das trincheiras. Arquitetei um plano muito usado em batalhas navais; os panos já estão sendo encharcados de piche e espero que amanhã, até o meio-dia, aqueles anteparos estarão todos queimados.

— Que maravilha! — exclamou o pequeno cavaleiro. — Enquanto isto, eu sairei para um confronto! Com o incêndio provocado por você, eles estarão totalmente atrapalhados, além de nem lhes passar pela cabeça a idéia de poderem sofrer um ataque. Amanhã, Ketling, poderá ser ainda melhor do que hoje...

E foi assim, com os corações cheios de alegria e coragem, que os dois amigos ficaram conversando até caírem no sono, já que ambos estavam exaustos. Mas o pequeno cavaleiro nem chegou a dormir por três horas, pois foi acordado pelo sargento Lusnia.

— Senhor comandante, trago boas novas! — disse.

— O que foi? — perguntou o atento soldado, pondo-se de pé num salto.

— *Pan* Muszalski está vivo!

— O quê?!

— Eu estava de guarda junto da passagem, quando ouvi uma voz gritando do outro lado, em nossa língua: "Não atirem, sou eu!" Olho, e que vejo? *Pan* Muszalski fantasiado de *janczar*!

— Graças a Deus! — exclamou o pequeno guerreiro, saindo correndo para dar boas-vindas ao arqueiro.

O dia já clareava. *Pan* Muszalski estava de pé, junto do muro, vestido com capuz e albornoz brancos, tão parecido com um *janczar* que mal dava para acreditar. Ao ver o pequeno cavaleiro, correu em sua direção, cumprimentando-o alegremente.

O PEQUENO CAVALEIRO

— Nós já havíamos pranteado o senhor! — disse o pequeno cavaleiro.

No mesmo instante, vieram correndo outros oficiais e, entre eles, Ketling. Todos estavam muito espantados e crivaram o arqueiro de perguntas, querendo saber como ele aparecera vestido de turco. Ao que, *pan* Muszalski relatou o que se segue:

— Ao retornar, tropecei no cadáver de um *janczar* e bati com a cabeça numa bala de canhão. Muito embora o meu gorro estivesse forrado com uma malha de aço, perdi os sentidos, já que ainda não andava bem de cabeça desde aquele golpe que recebi de Hamdi-bey. Quando voltei a mim, vi que estava deitado sobre o cadáver de um *janczar*, como se fosse numa cama. Apalpei a cabeça: nada, nem mesmo um galo. Tirei o gorro, a chuva resfriou minha cabeça, pensei "ainda bem!" e tive a idéia de tirar a roupa do *janczar* e, fantasiado assim, misturar-me no meio dos turcos. Tenho a pele escura e falo turco tão bem quanto polonês, de modo que não corria qualquer risco de ser desmascarado. Confesso que tive momentos de medo, lembrando-me dos tempos da escravidão, mas fui em frente. A noite estava muito escura e havia muitos poucos pontos iluminados, de modo que, digo aos senhores, sentia-me como se estivesse andando no meio dos nossos. Vi alguns deles deitados e protegidos com cobertores e dirigi-me para lá. Um ou outro me perguntava "o que você está fazendo, vagando por aí?", ao que eu respondia "estou sem sono!" Encontrei um grupo que estava comentando o cerco. Estavam todos consternados. Pude ouvir com meus próprios ouvidos como eles amaldiçoavam o nosso comandante aqui de Chreptiów. — Neste ponto, *pan* Muszalski inclinou-se diante de Wolodyjowski. — "Enquanto aquele pequeno cão estiver defendendo o castelo, jamais poderemos conquistá-lo." Outros diziam ainda: "Ele é inatingível por balas ou espadas, enquanto sopra morte sobre nós como uma praga." Depois todos começaram a se queixar. "Somos os únicos a combater, enquanto os demais exércitos nada fazem, ficam deitados de barriga para cima. Os tártaros saqueiam e os *spah* passeiam pelo bazar. O nosso padixá nos chama de 'meus queridos carneirinhos', mas não devemos ser tão queridos assim, já que estamos sendo permanentemente enviados para cá. Vamos agüentar por mais algum tempo, mas depois retornaremos para Chocim e, se não nos derem um descanso, muitas cabeças hão de rolar."

— Os senhores estão ouvindo isto? — exclamou Wolodyjowski. — Se os *janczar* se rebelarem, o sultão ficará assustado e suspenderá o cerco!

— Juro por tudo que é mais sagrado que estou relatando a mais pura verdade! — continuava *pan* Muszalski. — Os *janczar* estão descontentes e podem rebelar-se a qualquer momento. Na minha opinião, basta reprimirmos mais um ou dois assaltos para eles arreganharem os dentes para o *janczar*-agá, o *kajmakan*, ou até para o próprio sultão.

— E assim será! — exclamaram os oficiais.

— Que eles tentem ainda mais vinte ataques, vamos repeli-los todos! — disseram outros.

Ao ouvir isto, o pequeno cavaleiro sussurrou para Ketling:

— Um novo Zbaraz! Um novo Zbaraz!...

Mas *pan* Muszalski voltou a falar:

— Eis o que ouvi. Tive pena de voltar, porque poderia ter ouvido mais coisas, mas fiquei com medo de ser reconhecido quando raiasse o dia. Assim sendo, fui na direção das trincheiras que não disparavam, querendo passar despercebido ainda no escuro. Para minha surpresa, não havia lá quaisquer sentinelas e tudo estava em desordem. Aproximei-me de um dos seus grandes canhões. Ninguém ligou para mim. O senhor comandante sabe que eu havia levado comigo alguns pregos para embuchar canhões. Enfio um no cano, mas ele não entra; para que ele entrasse precisaria dar-lhe algumas marteladas. Mas como Deus Nosso Senhor me deu bastante força nas mãos, apertei o prego com a palma da minha mão e ele, rangendo um pouco, penetrou no cano por completo!... Os senhores nem podem imaginar como fiquei contente!...

— Quer dizer que o senhor inutilizou o maior canhão deles?! — exclamaram os oficiais.

— Sim, e não somente este, mas mais um. Já que o primeiro foi tão fácil, fiquei novamente com pena de voltar e fui até o segundo canhão. É verdade que a mão ficou bastante dolorida... mas o prego entrou!

— Meus senhores! — exclamou Wolodyjowski. — Ninguém de nós fez um feito que possa comparar-se a este e ninguém cobriu tanto de glória o seu nome! *Vivat pan* Muszalski!

— *Vivat! Vivat!* — ecoaram os oficiais.

O PEQUENO CAVALEIRO

Seus gritos foram repetidos pelos soldados e, tendo chegado aos ouvidos dos turcos, deixaram-nos assustados e menos dispostos a continuarem a combater. Enquanto isto, o orgulhoso arqueiro inclinava-se diante dos oficiais, mostrando-lhes a sua possante mão, mais parecida com uma pá, na qual podia-se ver claramente duas manchas avermelhadas.

— Eis a prova do que estou dizendo! — disse.

— Não precisamos de provas! Acreditamos piamente em tudo o que o senhor falou! — gritavam todos. — Graças a Deus o senhor voltou são e salvo!

— Na volta, passei por aquelas aparas de tábuas e tive vontade de incendiá-las — respondeu o arqueiro — mas não tinha com quê.

— Sabe de uma coisa, Michal? — exclamou Ketling. — Os meus panos com piche já estão prontos. Acho que vou começar a atirá-los. Assim eles verão que continuamos dispostos a nos defender e atacar ao mesmo tempo.

— Comece! Comece! — exclamou Wolodyjowski.

Em seguida, correu para seu alojamento e enviou a seguinte mensagem à cidade:

"Pan Muszalski não morreu em combate e retornou ao castelo, tendo antes inutilizado dois grandes canhões do inimigo. Ele esteve no meio dos janczar *que estão pensando em rebelar-se. Dentro de uma hora vamos incendiar suas trincheiras e, caso seja possível, conduzirei um ataque no meio da confusão."*

O mensageiro mal havia cruzado a ponte, quando os muros do castelo tremeram ao som de disparos. Desta vez, era ele que iniciava a canhonada. Na tênue luz da aurora, panos em chamas, mais parecendo bandeiras acesas, atravessavam o céu caindo sobre os anteparos. De nada serviu a umidade provocada pela chuva noturna. As tábuas pegaram fogo imediatamente e Ketling continuou a disparar os canhões — desta vez com granadas. Os exaustos *janczar* abandonaram imediatamente as trincheiras.

O próprio vizir veio conferir o que estava se passando e, aparentemente, seu coração foi tomado por dúvidas, já que os paxás que estavam ao seu lado ouviram-no murmurar:

— Eles preferem lutar a descansar! Afinal, que tipo de gente vive naquele castelo?

Enquanto isto, no meio das suas tropas, podiam-se ouvir vozes provenientes de todos os lados, que repetiam:

— O Pequeno Cão está começando a morder! O Pequeno Cão está começando a morder!

Capítulo 56

E QUANDO PASSOU AQUELA noite feliz e cheia de tantos auspícios de vitória, amanheceu o dia 26 de agosto, que viria a ser o mais importante de toda a guerra. No castelo, aguardava-se um novo esforço da parte dos turcos. E, efetivamente, logo de madrugada, voltaram a se ouvir as pancadas das picaretas, mais fortes e mais altas do que até então. Estava claro que os turcos estavam escavando uma nova mina, maior do que as anteriores. O trabalho dos mineiros era protegido por grandes forças militares. Nas trincheiras, o formigueiro humano voltou a agitar-se. Diante da visão das inúmeras bandeiras coloridas que, parecendo flores, cobriam todo o campo, ficou evidente que o vizir em pessoa iria comandar o assalto. Os *janczar* assentaram novos canhões nas trincheiras, enquanto uma multidão deles ocupava as fossas e as ruínas do Castelo Novo, preparando-se para um assalto frontal.

Como já foi dito, fora o Castelo Antigo que iniciara o diálogo dos canhões, e o fez com tanta destreza que causou uma confusão momentânea no meio das trincheiras. Mas os paxás restauraram imediatamente a ordem, enquanto os canhões turcos começaram a responder ao fogo dos poloneses. Sobre as cabeças dos defensores despencavam balas, granadas, metralhas, escombros, tijolos e rebocos; fumaça misturava-se à poeira, ao calor do sol, ao calor das chamas. Faltava ar aos pulmões e visão aos olhos; o estrondo dos canhões, as explosões das granadas e gritos dos turcos e dos defensores passaram a formar uma barulheira infernal que ecoava nas paredes rochosas. Chuvas de projéteis soterravam o castelo, a cidade, todos os portões, todos os baluartes. Mas o castelo continuava resistindo, respondendo trovões com trovões, tremendo, brilhando, cobrindo-se de fumaça, enviando mensageiros da morte como se tivesse sido tomado por uma fúria jupiteriana, como se tivesse esquecido de si mesmo no meio das chamas e quisesse abafar os golpes turcos e vencer — ou cair em ruínas.

Dentro do castelo, no meio das balas, do fogo, da poeira e da fumaça, o pequeno cavaleiro corria de um canhão a outro, de um muro a outro, de bastião em bastião, como uma chama em movimento. Parecia transformar-se em dois ou três, estava presente em todos os lugares, gritando e animando; onde caía um artilheiro, ele o substituía e, tendo incutido ânimo nos corações dos demais, corria para um outro ponto. Seu ardor comunicou-se aos soldados. Acreditando tratar-se do assalto final, após o qual haveria paz e glória, seus peitos encheram-se de crença numa vitória, e um desejo de lutar até a morte tomou conta dos seus corações e mentes. Soltando gritos incessantes da garganta, muitos deles foram tomados de tal ardor que corriam para os muros para enfrentar os *janczar*, armados apenas com facas e espadas.

Estes últimos por duas vezes tentaram chegar à passagem e por duas vezes foram rechaçados, deixando o terreno coberto de cadáveres. Após o meio-dia, as primorosas forças turcas foram reforçadas por tropas menos combativas que, embora empurradas para frente por lanças, apenas gritavam, sem terem coragem para lançar-se sobre o castelo. Apareceu o *kajmakan* — de nada adiantou. A qualquer momento poderia eclodir um pânico generalizado, de modo que os atacantes retrocederam, permanecendo apenas a canhonada incessante, lançando trovões após trovões e raios após raios.

Passaram-se horas. O sol já passara do zênite e, avermelhado e sem brilho, olhava para aquela batalha como se estivesse coberto por um véu de fumaça.

Às três da tarde, o estrondo dos canhões era tamanho que por mais que se gritasse no ouvido de alguém era impossível de ser ouvido. O ar no castelo ficou mais quente que o de uma fornalha. A água, atirada sobre os canhões, transformava-se imediatamente em vapor encobrindo ainda mais a visão, mas a canhonada continuava.

Às quatro, as duas mais possantes colubrinas turcas foram postas fora de ação, assim como um possante morteiro que ficava ao seu lado. Os artilheiros turcos caíam como moscas. A cada instante ficava mais claro que aquele indomável castelo infernal estava ganhando o combate, que sobrepujaria os trovões turcos e que seria ele quem teria a última palavra — vitória.

O fogo turco começou a esmorecer.

— Está terminando! — gritou Wolodyjowski no ouvido de Ketling, querendo se fazer ouvir apesar da canhonada.

— É o que eu acho! — respondeu Ketling. — Eles pararão por um dia, ou por mais tempo?

— Talvez por mais tempo. De qualquer modo, hoje saímos vitoriosos!

— E, exclusivamente, graças a nós mesmos!

— Agora temos que dar um jeito naquela nova mina.

O fogo turco esmaecia cada vez mais.

— Vamos continuar disparando! — gritou Wolodyjowski, correndo para os artilheiros. — Fogo, meninos! Até que se cale o último canhão turco! Em nome Deus e da Virgem Santíssima! Em nome da República! Fogo!

Os soldados, vendo que também aquele assalto estava sendo rechaçado, responderam com gritos guerreiros e puseram-se a disparar com afinco ainda maior.

De repente, aconteceu algo estranho — todos os canhões turcos se calaram, como se tivesse sido cortado por uma faca. Também cessaram os disparos provenientes das ruínas do Castelo Novo. Os canhões do Castelo Antigo continuaram a trovejar ainda por um tempo, mas os oficiais se entreolhavam e se perguntavam mutuamente o que estava acontecendo.

Ketling, também preocupado, ordenou que os canhões parassem de disparar.

Foi quando um dos oficiais disse:

— Só pode ser porque a mina já está debaixo de nós e pronta para explodir a qualquer momento!...

Wolodyjowski trespassou o oficial com um olhar furioso:

— A mina não está pronta e, mesmo se estivesse, arrancaria apenas a parede esquerda do castelo, enquanto nós continuaríamos combatendo no meio dos seus escombros. O senhor entendeu?!

A batalha estava interrompida e reinava um grande silêncio, sem ser interrompido sequer por um disparo — nem da cidade nem das trincheiras inimigas. Depois daquela barulheira infernal que fez tremer os muros e a terra, aquele silêncio continha em si algo de solene e, ao mesmo tempo, ameaçador. Todos os olhos estavam fixos nas trincheiras, mas a cortina de fumaça não permitia divisá-las.

De repente, ouviram-se novas batidas ritmadas de picaretas debaixo do lado esquerdo do castelo.

— Eu não disse que eles não haviam terminado de cavar?! — disse Wolodyjowski.

Em seguida, virou-se para Lusnia:

— Sargento! Pegue vinte homens e vá com eles até o Castelo Novo para avaliar a situação.

Lusnia obedeceu a ordem imediatamente e, momentos depois, desaparecia por entre a passagem junto com os seus homens.

Houve um novo período de silêncio, interrompido apenas aqui e ali por relinchos de cavalos, gemidos de moribundos e as batidas das picaretas.

Após um longo período, Lusnia retornou.

— Senhor comandante, o Castelo Novo está deserto.

Wolodyjowski olhou com espanto para Ketling.

— Será que eles desistiram do cerco? Não dá para entender e, com esta fumaça, não se pode enxergar coisa alguma!

Mas, aos poucos, a fumaça foi se dissipando e, finalmente, a cidade pôde ser avistada.

No mesmo instante, uma voz terrível e angustiada gritou de um dos bastiões:

— Foram içadas bandeiras brancas sobre os portões! Estamos nos rendendo!

Ao ouvir isto, todos os oficiais e soldados viraram-se para a cidade. Com um ar de espanto estampado nos seus rostos e impossibilitados de emitir uma só palavra, olhavam para a cidade onde, realmente, tremulavam bandeiras brancas sobre os dois portões principais — o Russo e o Lacki, havendo uma terceira mais longe, sobre a torre de Batory.

O PEQUENO CAVALEIRO

O rosto do pequeno cavaleiro ficou tão branco como as bandeiras tremulantes ao vento.

— Ketling, você está vendo? — sussurrou, virando-se para o amigo.

— Vejo — respondeu Ketling, com o rosto tão branco como o do pequeno cavaleiro.

E ficaram se entreolhando, dizendo com seus olhos tudo aquilo o que poderia ser dito por aqueles dois bravos guerreiros imaculáveis, que nunca haviam quebrado uma palavra empenhada e que, diante do altar sagrado, haviam jurado morrer a entregar o castelo. E eis que agora, após uma defesa tão heróica, depois de uma batalha que lembrara a de Zbaraz, depois do rechaço do último ataque e tão próximos da vitória, era-lhes ordenado quebrar o juramento, entregar o castelo e continuarem vivos!

Assim como, há pouco tempo, balas ameaçadoras sobrevoavam o castelo, pensamentos ameaçadores passavam por suas mentes. E uma dor profunda apossou-se dos seus corações — a dor de perderem duas pessoas amadas, a vida e a felicidade. E ambos ficaram assim por muito tempo, como se não estivessem cientes do que se passava ou já estivessem mortos, lançando olhares para a cidade, como se quisessem certificar-se de que seus olhos não os iludiram e que não soara a sua hora final.

De repente, ouviu-se o barulho de cascos de cavalo vindo do lado da cidade e Horaim, ordenança do general de Podole, adentrou o pátio do castelo.

— Trago ordens para o comandante! — exclamou, freando o cavalo.

Wolodyjowski pegou a ordem, leu-a em silêncio e depois, no meio de um silêncio sepulcral, disse:

— Senhores! Os comissários já atravessaram o rio num barco e foram para Dluzk, onde assinarão os termos do tratado. Ordenam-nos para que abandonemos o castelo até o anoitecer, sem esquecer de fincar nele uma bandeira branca...

Ninguém se mexeu; ouviam-se apenas respirações ofegantes.

Finalmente, Kwasibrodzki disse:

— Temos que fincar a bandeira. Vou tomar providências neste sentido!...

Pouco tempo depois, ouviram-se algumas vozes de comando. Os soldados, com mosquetões nos ombros, foram juntando-se em formação. Seus passos ritmados ecoavam pelo castelo silencioso.

Ketling aproximou-se de Wolodyjowski.

— Chegou a hora? — perguntou.

— Aguarde os comissários, vamos saber as condições que eles negociaram... Enquanto isto, eu descerei até lá.

— Não! Deixe isto comigo. Eu conheço as masmorras melhor do que você e sei exatamente onde tudo se encontra.

O resto da conversa foi interrompido por gritos:

— Os comissários estão retornando! Os comissários estão retornando!

Os abatidos emissários entraram no castelo. Eram três: o juiz Gruszecki, o tesoureiro Rzewuski e o porta-bandeira Mysliszewski. Vinham soturnos, com as cabeças abaixadas e os ombros cobertos por preciosas capas tecidas com fios de ouro com que foram agraciados pelo vizir.

Wolodyjowski os aguardava apoiado num canhão ainda quente e apontado na direção de Dluzg. Os três cumprimentaram-no silenciosamente e ele apenas perguntou:

— Quais as condições?

— A cidade não será saqueada, a vida e as propriedades dos seus habitantes serão preservadas e todo aquele que não quiser permanecer na cidade poderá ir para onde quiser.

— E Kamieniec e Podole?

Os comissários abaixaram as cabeças:

— Entregues ao sultão... por séculos e séculos!...

E, tendo dito isto, os emissários foram embora, mas não em direção à ponte, já tomada por uma multidão, mas para o lado oriental. Uma vez tendo descido a encosta, entraram num barco que os levou até o portão Lecki.

No espaço entre as trincheiras e os rochedos de Kamieniec começaram a surgir tropas turcas, enquanto na cidade, uma massa compacta de habitantes ocupou a praça diante da ponte do Castelo Antigo. Muitos deles queriam correr para o castelo, mas, conforme a ordem recebida do comandante, foram retidos pelos regimentos que dele saíam.

O comandante, tendo despachado os soldados, chamou *pan* Muszalski e lhe disse:

O PEQUENO CAVALEIRO   599

— Querido amigo, tenho ainda um pedido a lhe fazer: vá ter com a minha esposa e diga-lhe da minha parte...

Neste ponto, a voz do pequeno cavaleiro travou na sua garganta.

— ...e diga-lhe da minha parte: "isto não é nada!" — acrescentou rapidamente.

O arqueiro foi embora. Atrás dele, saíram os soldados. Wolodyjowski montou no seu cavalo e ficou zelando pela retirada. O castelo foi se esvaziando aos poucos, com os soldados tropeçando nos escombros.

Ketling aproximou-se do pequeno cavaleiro.

— Estou descendo! — disse, com dentes cerrados.

— Vá, mas com calma, até as tropas saírem... Vá!

Os dois amigos se abraçaram e ficaram assim por muito tempo. Seus olhos brilhavam com uma luz fulgurante... Finalmente, Ketling desceu para as masmorras...

Wolodyjowski tirou o capacete; ficou olhando por um certo tempo para aquelas ruínas, aquele seu campo de glória, escombros, cadáveres, pedaços de muros, fossa e canhões... Depois, erguendo os olhos para o céu, começou a rezar...

Suas últimas palavras foram:

— Dê-lhe, Senhor, forças necessárias para suportar isto, dê-lhe paz!...

Ah! Ketling se apressara e nem aguardara a saída total das tropas. Os bastiões tremeram e um terrível estrondo sacudiu o ar: paredes, torres, cavalos, canhões, vivos e mortos, montões de terra — tudo isto misturado como uma carga monstruosa voou pelos ares...

Assim morreu Wolodyjowski, o Heitor de Kamieniec e o mais valoroso guerreiro de toda a República.

No vão central da igreja de Stanislaw, erguia-se um alto catafalco adornado por centenas de velas, sobre o qual jaziam, num caixão duplo — de chumbo e de madeira — os restos mortais de *pan* Michal Wolodyjowski. Seus tampos já estavam fechados e iniciara-se o funeral. Sua viúva quis que ele fosse enterrado em Chreptiów, mas como toda a região de Podole estava em mãos inimigas, ficou decidido que o enterro seria realizado provisoriamente em Stanislaw, cidade para onde foram levados num comboio turco os ex-moradores de Kamieniec e entregues ao *hetman*.

Todos os sinos da cidade badalavam e a igreja estava repleta de *szlachta* e guerreiros que queriam lançar um último olhar sobre o caixão do Heitor de Kamieniec, o mais destacado soldado da República. Comentava-se à boca pequena que o *hetman* em pessoa viria ao funeral, mas como ele não aparecera até aquele momento e havia o perigo de um ataque tártaro a qualquer momento, foi decidido não adiarem mais a cerimônia.

Os guerreiros mais antigos, amigos ou subordinados do falecido, formaram um círculo em volta do catafalco. Entre outros, estavam lá o arqueiro *pan* Muszalski, os *pan* Motowidlo, Snitko, Hromyka, Nienaszyniec, Nowowiejski e muitos outros oficiais que serviram em Chreptiów. Por uma estranha coincidência, estavam lá quase todos que, tempos atrás, costumavam sentar-se junto à lareira de Chreptiów. Todos conseguiram escapar com vida daquela guerra e apenas ele, o seu líder e aquele que lhes servira de exemplo, um guerreiro generoso e justo, terrível para seus adversários e doce para com os amigos, apenas ele, o espadachim dos espadachins com um coração de pomba — só ele jazia lá no alto, no meio de luzes e glória, mas no silêncio da morte.

Os corações mais empedernidos pela guerra esfacelavam-se diante daquela visão; a luz amarelada das velas iluminava os ásperos rostos constrangidos dos guerreiros e refletia-se nos filetes de lágrimas que corriam dos seus olhos. No meio do círculo formado pelos soldados, jazia Basia, deitada no piso da igreja e com os braços abertos em cruz e, junto dela, o velho e alquebrado *pan* Zagloba. Ela viera a pé de Kamieniec, atrás da carroça com o caixão mais querido, e agora chegara a hora de se separar dele. Fizera o percurso num estado de semiconsciência, como se já não pertencesse a este mundo — e agora, junto do catafalco, repetia sem cessar: "Isto não é nada!" — pois fora isto que lhe ordenara o seu amado e foram estas as últimas palavras que ele lhe enviara. Mas nessa poucas palavras repetidas sem cessar, havia apenas sons sem qualquer teor, sem sentido e sem esperança. Aquilo não era nada, apenas uma dor profunda, escuridão, desespero, tristeza, desgraça irrecuperável, apenas uma vida

O PEQUENO CAVALEIRO   601

partida e imprestável, apenas a consciência de que não pairava sobre ela
qualquer misericórdia, nem esperança, mas um vazio que sempre permaneceria vazio e que somente poderia ser preenchido por Deus,
quando lhe enviasse o alívio da morte.

Os sinos continuavam a badalar. A missa, no altar principal, estava terminando. Finalmente, ouviu-se a poderosa voz do padre clamando: "*Res-
quiescat in pace!*" O corpo de Basia foi sacudido por tremores febris e,
pela sua cabeça desvairada, passou apenas um pensamento: "*Já vão tirá-lo
de mim!*"... Mas ainda não era o fim da cerimônia. Os guerreiros haviam
preparado diversos discursos laudatórios que iriam pronunciar quando o
caixão fosse baixado à terra, mas, por enquanto, o púlpito foi ocupado pelo
padre Kaminski, o mesmo que esteve por tantas vezes em Chreptiów e
que, durante a doença de Basia, dera-lhe a extrema-unção.

Na igreja, as pessoas começaram a pigarrear e tossir, como sempre acontece antes de um sermão, calando-se em seguida e erguendo os olhos para
o púlpito, do qual, para surpresa geral, emanou o rufar de um tambor.

Os ouvintes ficaram espantados, enquanto o padre Kaminski batia no
tambor como se fosse para um alarme geral; de repente, parou de bater e
a igreja ficou em silêncio total. Depois o rufo voltou a soar pela segunda
vez e pela terceira; padre Kaminski atirou as baquetas no chão, ergueu os
dois braços ao alto e chamou:

— Senhor coronel Wolodyjowski!

Respondeu-lhe um grito espasmódico de Basia. A tensão na igreja tornou-se quase insuportável. *Pan* Zagloba ergueu-se e, junto com *pan*
Muszalski, levou o corpo desfalecido da mulher para fora da igreja.

Enquanto isto, o padre continuava a chamar:

— Pelo amor de Deus, sr. Wolodyjowski! Os tambores rufam *larum*!
Temos uma guerra! O inimigo atravessou as fronteiras da pátria e você não
se levanta? Não pega na sua espada? Não salta no seu cavalo? O que houve
com você, soldado? Terá perdido as suas virtudes de outrora para deixar-
nos sozinhos, abandonados e tremendo de medo?

Soergueram-se os peitos dos guerreiros e um pranto geral eclodiu na
igreja, voltando a ecoar a cada momento em que o padre enumerava as
qualidades do falecido — sua dignidade, amor à pátria e coragem. O padre

ficou arrebatado por suas próprias palavras. Seu rosto ficou pálido, sua testa coberta de suor e sua voz alquebrada. Estava num transe quase místico, lamentando a morte do nobre guerreiro, a queda de Kamieniec, a profanação da República pelos seguidores do crescente, e terminava assim o seu elogio fúnebre:

— Vossas igrejas, Senhor, serão transformadas em mesquitas e versos do Alcorão serão entoados onde líamos Evangelhos. Vós nos rejeitastes, Senhor, virastes o Vosso rosto para longe de nós e entregastes-nos nas mãos dos turcos. Vossos desígnios são insondáveis, Senhor, mas quem poderá fazer-lhes frente agora? Quais os exércitos que poderão combatê-los nas fronteiras? Vós, que sabeis de tudo, sabeis também de que não há uma cavalaria no mundo que possa comparar-se à nossa! Qual a cavalaria, Senhor, que poderá atacá-los com o mesmo ímpeto que a nossa? E Vós abris mão de um defensor atrás de cujas costas toda a cristandade poderia exaltar o Vosso nome? Pai misericordioso, não nos abandonai! Mostrai Vossa misericórdia! Enviai-nos um defensor capaz de derrotar o Maomé, que ele venha para cá, que nos mostre o seu rosto e alente os nossos corações, enviai-o para nós, Senhor!...

No mesmo instante ouviu-se um rumor junto do portal e entrou na igreja o grão-*hetman* Sobieski. Todos os olhos voltaram-se para ele e uma espécie de calafrio percorreu os corpos dos presentes, enquanto ele, tilintando esporas, continuou andando em direção do catafalco — magnífico, gigantesco e com rosto de um imperador romano...

— *Salvator!* — exclamou o padre numa exaltação profética.

Enquanto isto o grão-*hetman* ajoelhou-se diante do catafalco e começou a rezar pela alma de Wolodyjowski.

EPÍLOGO

UM ANO DEPOIS DA queda de Kamieniec, quando as disputas internas diminuíram relativamente, a República, por fim, resolveu sair em defesa de suas fronteiras.

E saiu de forma ofensiva. O grão-*hetman* Sobieski, com trinta e um mil cavalarianos e infantes, invadiu as terras do sultão para, em Chocim, enfrentar as muito mais numerosas tropas de Hussein-paxá, baseadas naquela cidade.

O nome de *pan* Sobieski incutia terror no inimigo. Durante aquele ano após a tomada de Kamieniec, o *hetman*, dispondo de apenas alguns milhares de homens, conseguira fazer tamanho estrago nas incontáveis hostes do padixá, esmagara tantos destacamentos tártaros e libertara tantos habitantes aprisionados pelos turcos para serem vendidos como escravos, que o velho Hussein, embora em superioridade numérica, contando com cavalaria experiente e com o apoio de Kaplan-paxá, não teve coragem de enfrentar o *hetman* em campo aberto e resolveu defender-se de dentro da cidade.

Pan Sobieski cercou Chocim deixando claro para todos que pretendia tomá-la de assalto, muito embora houvesse quem considerasse aquilo como um ato demasiadamente ousado; jamais nos anais da história militar houvera um relato de forças menos numerosas atacando um inimigo mais poderoso, principalmente quando este estava protegido por valas e trincheiras. Hussein dispunha de cento e vinte canhões, enquanto os poloneses apenas de cinqüenta. A infantaria turca era três vezes mais numerosa que a do *hetman* e só de *janczar*, os tão terríveis combatentes com armas brancas, havia mais de dezoito mil nas trincheiras inimigas.

Mas o *hetman* acreditava na sua estrela, no peso do seu nome — e, acima de tudo, nos seus soldados. Seus regimentos eram formados por homens experientes e temperados pelo fogo; homens que desde a mais tenra idade viveram em guerras constantes, tendo vencido inúmeras batalhas e cercos. Muitos deles ainda se lembravam dos terríveis tempos de Chmielnicki, de Zbaraz e de Beresteczko; muitos haviam combatido em todas as guerras: as da Suécia, Prússia, Rússia, Dinamarca, Hungria, além das guerras civis. Havia regimentos formados exclusivamente por veteranos destas guerras, além de outros, cujos componentes passaram a vida combatendo nas sempre atacadas fronteiras da República e para os quais a guerra tornara-se o mesmo que a paz para outros homens — um estado permanente e um estilo de vida. O voivoda da Rutênia dispunha de cento e cinqüenta destacamentos de *husaria*, reconhecida por todas as nações como a mais poderosa cavalaria do mundo; havia destacamentos de cavalaria ligeira, aqueles mesmos com os quais o *hetman* causara tanto estrago nas hordas tártaras após a derrota de Kamieniec; havia, por fim, regimentos de infantaria, prontos a se atirar contra os *janczar* com as coronhas dos seus mosquetões, sem dispararem um tiro.

Todos estes homens foram criados pela guerra, pois a guerra criara na República gerações inteiras. Mas, até então, eles estavam dispersos, divididos entre as várias facções políticas que se digladiavam no país. Agora, quando a concórdia convocou-os para um só campo e sob um comando único, o *hetman* confiava que poderia derrotar com eles os exércitos de Hussein e Kaplan, apesar da expressiva superioridade numérica destes. Eram liderados por comandantes experientes, cujos nomes também foram registrados nas descrições das últimas guerras, numa mistura de derrotas e vitórias.

O *hetman* em pessoa, qual um sol, assumira o comando-geral e impunha a sua vontade a milhares de homens, mas havia também outros comandantes que iriam cobrir de glória os seus nomes no cerco de Chocim, como os dois *hetman* da Lituânia, Pac e Radziwill que, alguns dias antes da batalha, juntaram-se aos exércitos da coroa e agora, seguindo a ordem de *pan* Sobieski, postaram-se nas colinas entre Chocim e Zwaniec. Dispunham eles de doze mil guerreiros, dos quais mais de dois mil infantes de

O PEQUENO CAVALEIRO 605

primeira grandeza. Ao sul do Dniestr, encontravam-se os recém-aliados regimentos moldávios que, na véspera da batalha, abandonaram o sultão e se converteram à fé cristã. Ao lado dos moldávios, ficavam os canhões, sob o comando de *pan* Katski, artilheiro inigualável e exímio conquistador de cidades, um ofício que aprendera em outros países, mas no qual ultrapassou em pouco tempo os seus mestres estrangeiros. Atrás dos canhões de *pan* Katski, ficavam os regimentos de infantaria de *pan* Korycki e, mais longe, a cavalaria ligeira do *hetman* Dymitr Wisniowiecki, primo do rei. Ao seu lado, postaram-se os destacamentos de cavalaria e infantaria de *pan* Jedrzej Potocki, um antigo antagonista do grão-*hetman* e agora um dos seus mais ferrenhos aliados. Atrás dele e de Korycki colocaram-se em formação quinze destacamentos de *husaria* de *pan* Jablonski, com suas armaduras brilhantes, capacetes lançando sombras sinistras sobre seus rostos e gigantescas asas presas às costas. Uma floresta de lanças erguia-se sobre eles, que permaneciam imóveis nas suas posições, cheios de confiança em si e certos de que caberia a eles definir a sorte da batalha.

Dos menos superiores hierarquicamente — mas não menos valentes — estavam lá *pan* Luzecki, castelão de Podlasie, *pan* Stefan Czarniecki, filho do Grande Stefan, *pan* Gabriel Silnicki, e muitos outros voivodas e castelãos menos conhecidos das guerras passadas e, exatamente por isto, ainda mais ansiosos para cobrirem seus nomes de glória.

Entre os guerreiros que não tinham o título de "Senador da República", sobressaía-se o coronel Skrzetuski, que ficara famoso em todo país pela sua participação no cerco de Zbaraz e era considerado um exemplo a ser seguido por todos os guerreiros da República, tendo participado de todas as guerras por ela travadas nos últimos trinta anos. A avançada idade já branqueara os seus cabelos, mas, em compensação, estava cercado por seis filhos tão fortes que mais pareciam seis javalis. Os quatro mais velhos já haviam travado contato com a guerra, mas os dois mais jovens estavam estreando neste mister e, por causa disto, estavam tão ansiosos para lançar-se ao ataque que o pai tinha que contê-los com palavras severas.

Jan Skrzetuski e os seus seis filhos eram olhados com grande admiração, mas admiração ainda maior era dedicada a *pan* Jarocki que, mesmo cego dos dois olhos, quis seguir o exemplo do rei tcheco, Jan, e juntou-se aos exércitos. Sem filhos ou parentes próximos, era guiado por dois pajens e esperava apenas morrer na batalha, servindo à sua pátria e cobrindo seu nome de fama. Também estava lá *pan* Motowidlo que, tendo escapado recentemente das mãos tártaras, veio combater junto com *pan* Mysliszewski. O primeiro, para vingar-se do aprisionamento, e o segundo, para reparar a infâmia à qual fora submetido em Kamieniec quando, contrariamente aos tratados e à dignidade de *szlachcic*, fora chicoteado pelos *janczar*. Havia ainda outros guerreiros dos postos fronteiriços, como o selvagem *pan* Ruszczyc e o inigualável arqueiro *pan* Muszalski, que escapara com vida da explosão do Castelo Antigo de Kamieniec pois o pequeno cavaleiro o enviara com uma mensagem à sua esposa, *pan* Snitko, *pan* Nienaszyniec e o mais infeliz de todos eles — o jovem *pan* Nowowiejski.

Quanto a este último, até os seus melhores amigos desejavam-lhe que morresse logo, já que não sentia qualquer motivo para continuar vivendo. Tendo recuperado as forças, passou o ano inteiro perseguindo e matando tártaros, com especial enfoque nos *lipki*. Perseguiu incessantemente Kryczynski e, tendo pego Adurowicz, mandou que fosse esfolado vivo — mas não encontrou consolo para sua dor. Um mês antes da batalha, ingressou num dos destacamentos de *husaria* do voivoda da Rutênia.

E foi com este tipo de guerreiros que *pan* Sobieski acampou diante de Chocim. Querendo vingar as afrontas que sofrera a República em primeiro lugar, todos tinham também suas razões particulares para um ajuste de contas. Após lutarem por anos contra os pagãos nesta terra encharcada de sangue, praticamente todos perderam um ente querido ou traziam na mente as terríveis lembranças das desgraças por que passaram. O coração do grão-*hetman* crescia diante de tal demonstração de ira das suas tropas, que podia ser comparada à de uma leoa a quem caçadores mataram os filhotes.

A batalha teve início no dia 9 de novembro de 1673, com as costumeiras escaramuças. Logo de madrugada, grupos de turcos saíram de trás dos muros e grupos de guerreiros poloneses foram galopando ansiosamente ao seu encontro. Morriam homens de ambos os lados, mas com maiores perdas entre os turcos, sendo que não foram poucos os de grande prestígio que caíram em combate, tanto da parte dos turcos quanto da dos poloneses. Logo no início das escaramuças, um gigantesco *spah* matou *pan* Maj,

O PEQUENO CAVALEIRO

no que o mais jovem dos Skrzetuski decepou a cabeça do turco de um só golpe, recebendo por isto um elogio do circunspecto pai e reconhecimento dos demais guerreiros.

Enquanto os escaramuceiros combatiam, os exércitos foram se colocando nas posições determinadas pelo *hetman*, em torno do acampamento turco. O próprio *hetman*, o líder dos poloneses, ficou junto da infantaria de Korycki, olhando para o gigantesco acampamento de Husseim e exibindo na face a mesma expressão que tem um mestre de uma certa arte antes de começar a executá-la. Ora despachava mensageiros com ordens, ora olhava pensativo para as escaramuças. Ao anoitecer, foi visitado pelo voivoda da Rutênia.

— As trincheiras são tão extensas que não será possível atacá-las de uma só vez.

— Amanhã estaremos nas trincheiras e, no dia seguinte, teremos matado todos aqueles homens em menos de uma hora — respondeu calmamente *pan* Sobieski.

Anoiteceu. Os escaramuceiros voltaram do campo de batalha. O *hetman* ordenou que todos os exércitos se aproximassem o máximo possível das trincheiras aproveitando-se da escuridão. Hussein fez o que foi possível para evitar esta aproximação, disparando, porém em vão, os seus canhões mais pesados. De madrugada, as tropas polonesas avançaram ainda um pouco mais. Alguns regimentos chegaram a ficar tão próximos que podiam ser alcançados por tiros de mosquetões, a ponto de os *janczar* começarem a dispará-los. Por ordem do *hetman*, o fogo não foi respondido, enquanto a infantaria se preparava para um ataque frontal. Os soldados aguardavam apenas a ordem para atacar. Nuvens de metralha passavam silvando sobre suas cabeças e caíam nas trincheiras turcas. A artilharia de *pan* Katski, tendo começado a disparar desde o início da madrugada, não cessara nem por um segundo. Foi somente depois da batalha que pôde ser constatado quão grande fora o estrago causado pelos seus projéteis nos lugares ocupados pelas tendas dos *janczar* e *spah*.

A situação permaneceu inalterada até o meio-dia, mas como em novembro os dias costumam ser curtos, era preciso apressar-se. De repente, todos os tambores ribombaram, dezenas de milhares de gargantas soltaram um grito de guerra e os regimentos de infantaria, apoiados pelos de cavalaria ligeira, partiram para o ataque.

Jan Dennemark e Christopher de Bohan, ambos oficiais experientes, comandavam os regimentos estrangeiros. O primeiro, impulsivo por natureza, atacou com tal rapidez que chegou às trincheiras antes dos demais regimentos e quase perdeu o seu, tendo que suportar uma salva de dezenas de milhares de mosquetões. Ele próprio caiu, seus soldados começaram a recuar, mas, no mesmo momento, chegou de Bohan e restituiu a ordem. O disciplinado oficial, calmo como se estivesse numa parada militar e ao som de uma banda, fez o seu regimento atravessar ordenadamente a distância que o separava das trincheiras, respondeu com fogo ao fogo adversário, e quando a fossa já estava preenchida com faxina, foi o primeiro a atravessá-la sob uma chuva de projéteis, saudou os *janczar* com o seu chapéu e foi a primeiro a atravessar um deles com a sua espada. Incentivados pelo exemplo do seu coronel, os infantes subiram na fossa coberta e tiveram início combates individuais — uma disputa entre a disciplina e a destreza dos infantes e a feroz coragem dos *janczar*.

Paralelamente, do lado do vilarejo de Tarbonow, lançaram-se ao ataque os regimentos de cavalaria ligeira, formados por homens altos e fortes oriundos dos principados vizinhos, que tanto podiam ser exímios cavalarianos quanto infantes. Eram comandados por oficiais estrangeiros, todos grandes guerreiros que, ainda sob o comando do velho *pan* Czarniecki, adquiriram grande fama na guerra da Dinamarca. Os portões aos quais se lançaram não eram defendidos pelos *janczar*, mas pela infantaria regular, menos combativa. Em função disto, mesmo sendo muito mais numerosos, formavam grupos desorganizados e começaram a recuar e, quando chegou a hora de combates corpo a corpo, defendiam-se apenas para poderem encontrar um espaço para recuar. O portão foi tomado com relativa facilidade e, através dele, a cavalaria teve acesso ao acampamento turco.

Enquanto isto, a infantaria polonesa atacou as trincheiras em quatro pontos diferentes, sob o comando dos *pan* Kobylecki, Zebrowski, Piotrkowczyk e Galecki. O combate mais rigoroso foi travado junto ao portão principal, onde os infantes tiveram que enfrentar a guarda pessoal de Hussein-paxá. O líder turco sabia da importância da mesma, já que ela

O PEQUENO CAVALEIRO

permitiria a entrada da cavalaria pesada, de modo que lançava contra os atacantes mais e mais regimentos *janczar*. Os infantes poloneses, após se apoderarem do portão, agora faziam de tudo para mantê-lo em seu poder. Eram derrubados por tiros de canhão e de mosquetões, além de um número cada vez maior de inimigos que emergiam dos rolos de fumaça. Diante disto, *pan* Kobylecki não esperou até que eles chegassem ao portão e atirou-se sobre eles como um urso ferido. As duas paredes humanas começaram a empurrar-se mutuamente, ora avançando ora recuando, no meio de aperto, confusão, rios de sangue e sobre montanhas de cadáveres. Lutava-se ali com todos os tipos de armas: espadas, facas, coronhas de mosquetões, pás, pedaços de pau, pedras. O aperto ficou tal que os homens puseram a agarrar-se pela cintura, lutando com punhos e dentes. Por duas vezes Hussein tentou recuperar o portão, lançando sobre os infantes a sua exímia cavalaria, mas estes se atiravam sobre ela com tanto ardor que ela teve que recuar em desordem. Finalmente, *pan* Sobieski apiedou-se dos seus infantes, enviando em sua ajuda todos os serviçais de que dispunha no acampamento polonês, colocando-os sob o comando de *pan* Motowidlo.

A desorganizada turba, normalmente não utilizada em combates e armada com o que tinha à mão, atirou-se ao fogo com tanto ímpeto que chegou a espantar o próprio *hetman*. Fosse pela perspectiva de valiosos saques, fosse por ter sido tomada pelo mesmo ânimo guerreiro de todos os exércitos, o fato é que se lançou com tanta força contra os *janczar* que estes tiveram que recuar. Hussein atirou no vórtice mais regimentos, com o que o combate ficou ainda mais encarniçado. Aproveitando-se disto, *pan* Kurycki, à frente dos seus bem treinados regimentos de infantaria, ocupou o portão definitivamente, enquanto mais ao longe, a *husaria*, mais parecendo uma ave preparando-se para alçar vôo, começou a avançar.

No mesmo instante, um mensageiro vindo do lado oriental do acampamento aproximou-se do *hetman*.

— O senhor voivoda de Belsk já está nos muros da cidade! — exclamou com voz arfante.

No momento seguinte, aproximou-se um outro:

— Os *hetman* da Lituânia já estão nos muros!

610 HENRYK SIENKIEWICZ

Os mensageiros foram seguidos por outros, todos com a mesma notícia. Já estava ficando escuro, mas o rosto do *hetman* brilhava. Virando-se para um dos oficiais que estavam ao seu lado, disse:

— Agora será a vez da cavalaria pesada, mas isto somente ocorrerá amanhã.

Ninguém, nem no acampamento polonês nem no turco, sabia e nem podia imaginar que o *hetman* adiara o ataque decisivo para o dia seguinte. Pelo contrário, os oficiais mantinham seus regimentos em posição de alerta, aguardando impacientemente pela ordem de atacar, principalmente por estarem famintos e com frio.

Mas a ordem não vinha. Passaram-se horas e a noite ficou escura como breu. Já durante o dia começou a chover, sendo que à meia-noite foram surpreendidos por uma ventania acompanhada de granizo e neve. O frio parecia chegar à medula dos ossos, os cavalos mal se mantinham de pé e os homens estavam ficando congelados. Nenhum frio mais rigoroso, desde que fosse seco, poderia ter sido mais incômodo do que aquele vento misturado com chuva e neve. Naquela permanente espera da ordem de ataque, ninguém podia pensar em comer, beber ou acender uma fogueira. A cada hora que passava, o sofrimento das tropas aumentava. Aquela fora uma noite inesquecível — "uma noite de sofrimento e de dentes batendo", como consta dos registros. Ordens dos capitães: "Parados! Parados!" eram repetidas sem cessar, e os obedientes soldados permaneciam em formação, sem se mover — e pacientes.

Diante deles, também no meio da chuva, do vento e da escuridão e no mesmo estado de alerta, estavam os congelados exércitos turcos.

No meio deles, também ninguém comia, bebia ou se aquecia. Como os poloneses poderiam atacar a qualquer momento, nenhum *spah* pôde abaixar a sua espada e nenhum *janczar* largar o seu mosquetão. O resistente soldado polonês, acostumado aos rigores do inverno, poderia suportar uma noite daquelas, mas aqueles homens criados à sombra das palmeiras da Ásia Menor sofriam mais do que podiam suportar. Finalmente, ficara claro para Hussein o motivo pelo qual Sobieski não iniciara o ataque: aquela chuva gelada era o maior aliado dos poloneses. Caso os *spah* e os *janczar* tivessem que ficar assim por doze horas, no dia seguinte estariam em

O PEQUENO CAVALEIRO   611

condições lamentáveis e sem poder oferecer qualquer resistência, pelo menos até o calor da batalha voltar a aquecê-los.

Compreenderam isto os poloneses, e compreenderam também os turcos. Por volta das quatro da madrugada, Hussein foi visitado por dois paxás, Janisz e Kiaja, este último o comandante dos *janczar* e guerreiro veterano. Seus rostos denotavam tristeza e preocupação.

— *Effendi!* — disse Kiaja. — Se os meus "cordeirinhos" tiverem que permanecer assim até a madrugada, não será necessário usar nem balas ou espadas contra eles.

— *Effendi!* — disse Janisz-paxá. — Os meus *spah* ficarão congelados e não estarão em condições de combater.

Hussein arrancava fios da sua barba, prevendo uma derrota e sua própria desgraça. Mas o que poderia fazer? Se permitisse aos seus homens que saíssem da formação, acendessem algumas fogueiras e ingerissem alguma comida quente, seria imediatamente atacado. Volta e meia ouviam-se sons de trombetas no acampamento polonês, como se o ataque fosse iminente.

Kiaja e Janisz-paxá viam apenas uma saída: a de não aguardarem pelo inimigo e iniciarem eles mesmo o ataque. O fato de ele estar em formação não seria um impedimento, já que, achando que seria o primeiro a atacar, não estaria preparado para ser atacado antes. Os paxás argumentavam que enquanto uma derrota numa batalha noturna era previsível, no caso de uma diurna, seria inevitável.

Mas Hussein não quis seguir o conselho dos seus dois guerreiros.

— O quê?! Nós cavamos trincheiras por todo este campo para serem a nossa única proteção contra aquela cavalaria infernal, e vocês, agora, sugerem que saiamos para campo aberto e sejamos esmagados por ela? Foram vocês mesmos que recomendaram esta estratégia e, agora, estão dizendo uma outra coisa!

E não deu a ordem de atacar, mandando apenas disparar os canhões, cujo fogo foi respondido por *pan* Katski.

A chuva foi ficando cada vez mais gélida, o vento uivava com força cada vez maior, encharcando roupas, atravessando peles e congelando sangue nas veias. E foi assim que transcorreu aquela longa noite de novembro, durante a qual foram murchando as forças dos guerreiros do islã, com medo e desespero invadindo seus corações.

Ainda antes do amanhecer, Janisz-paxá procurou novamente Hussein, com o conselho de recuar ordenadamente até a ponte sobre o Dniestr e, uma vez lá, iniciar a batalha. "Pois caso os nossos exércitos não conseguissem resistir ao ímpeto da cavalaria, sempre poderão atravessar a ponte, tendo o rio como proteção." No entanto, Kiaja, o comandante dos *janczar*, tinha outra opinião. Segundo ele, já era tarde demais para seguir o conselho de Janisz, além de temer que, assim que o toque de recuar soasse, os exércitos poderiam entrar em pânico. "Os *spah*, junto com os demais regimentos de cavalaria, terão que agüentar o primeiro ataque da cavalaria polonesa, mesmo que tenham que morrer todos. Enquanto isto, os *janczar* virão em sua ajuda e, se o primeiro ímpeto dos infiéis for contido, então, quem sabe se Deus não nos premiará com uma vitória."

Hussein resolveu acatar o conselho de Kiaja. A cavalaria turca colocou-se à frente, com os *janczar* e a infantaria regular logo atrás, junto das tendas de Hussein. Sua mera quantidade tinha um aspecto assustador. Kiaja, o "Leão Divino" que até então somente acumulara vitórias no comando das suas tropas, cavalgava entre os cavalarianos, com sua barba branca esvoaçando ao vento e incutindo coragem e ânimo em todos. A estes, por sua vez, também agradava a idéia de lutar em vez de ficarem parados à toa, no meio do vento, chuva e um frio que penetrava até os ossos; portanto, mesmo mal conseguindo segurar os mosquetões e as lanças com suas mãos congeladas, acreditavam que elas haveriam de aquecer-se no calor da batalha. Já no meio dos *spah* o moral não estava tão elevado, já que seriam eles os primeiros a sofrer o impacto da cavalaria pesada, além de serem oriundos, na sua maioria, da Ásia Menor e do Egito e, por não serem resistentes ao frio, mal se mantinham de pé após aquela noite tenebrosa. Também os cavalos sofreram com aquela temperatura, e embora estivessem adornados com arreios vistosos, permaneciam com as cabeças pendentes, soltando nuvens de vapor das suas narinas. Os cavalarianos, com os rostos arroxeados e olhares apagados, não tinham qualquer esperança de resistirem ao assalto; estavam convencidos de que até a própria morte seria melhor do que aquele sofrimento pelo qual passaram durante a noite, sendo ainda

O PEQUENO CAVALEIRO

melhor a perspectiva de uma fuga para seus lares distantes aquecidos pelos raios dourados do sol.

No meio dos poloneses, somente aqueles cujas roupas não foram suficientemente grossas congelaram durante a noite, mas, de um modo geral, tanto os infantes quanto os cavalarianos suportaram o frio muito melhor que os turcos. Aquecidos pela esperança de uma vitória e pela confiança cega no seu líder, estavam convencidos de que se o *hetman* decidira que eles ficassem congelando durante aquela noite úmida, então este sacrifício seria positivo para eles e desastroso aos turcos. Assim mesmo, também eles olhavam com satisfação para os primeiros raios do sol.

Foi quando *pan* Sobieski apareceu diante deles.

Embora não houvesse aurora no céu, ela brilhava no seu rosto, pois, ao constatar que o inimigo decidira combater dentro do seu acampamento, já estava seguro de que aquele dia resultaria numa fragorosa derrota das tropas maometanas. Cavalgando de um regimento a outro, repetia sem cessar: "Pelas igrejas profanadas! Pelas ofensas dirigidas à Nossa Senhora de Kamieniec! Pelas afrontas à cristandade e à República!" Ao que, os soldados olhavam para ele com rostos ferozes, como se quisessem dizer: "Estamos prontos! Lidere-nos, grande *hetman* — e verás!"

A acinzentada luz matinal ficava cada vez mais clara; da penumbra, emergiam cada vez mais cabeças de cavalos, formas humanas, lanças, bandeirolas e, por fim, as alas dos infantes. E foram eles os primeiros a avançar, deslizando na direção do inimigo como dois rios protegendo os flancos da cavalaria ligeira e deixando apenas uma larga passagem que, no momento oportuno, seria usada pela *husaria*.

Cada oficial já recebera suas ordens e sabia exatamente como proceder. A artilharia de *pan* Katski começou a disparar com força, provocando uma não menos vigorosa resposta dos canhões turcos. De repente, ouviu-se uma salva de mosquetões, um grito de guerra emanou dos peitos dos guerreiros poloneses e o ataque começou.

Embora uma tênue neblina impedisse uma visão clara do que estava se passando, os sons da batalha chegavam até a *husaria*. Ouviam-se disparos, choques de armas e gritos humanos. O grão-*hetman*, que se posicionara junto à *husaria* e estava conversando com o voivoda da Rutênia, interrompeu a conversa e se pôs a escutar, dizendo em seguida:

— A infantaria está combatendo as tropas regulares turcas das primeiras trincheiras e em pouco tempo irá expulsá-las de lá.

Momentos depois, o som dos disparos foi abrandando aos poucos. Em seguida, ouviu-se uma nova salva de tiros, muito mais poderosa e seguida por uma segunda. Era evidente que a cavalaria ligeira dispersara os *spah* e estava frente a frente com os *janczar*.

O grão-*hetman* esporeou o cavalo e partiu como um raio para o campo de batalha, enquanto o voivoda da Rutênia permanecia junto dos quinze destacamentos de *husaria* que, em rígida formação, apenas aguardavam pela ordem de atirar-se em frente e decidir o destino da batalha.

Tiveram que esperar ainda por muito tempo, enquanto a agitação e a barulheira no meio dos combates ficavam cada vez mais fortes. As linhas de frente deslocavam-se ora para direita ora para esquerda, assim como se deslocam raios no céu durante a tempestade. Os disparos dos canhões turcos foram ficando cada vez mais erráticos, enquanto a artilharia de *pan* Katski disparava com vigor ainda maior. Uma hora mais tarde, o voivoda da Rutênia teve a impressão de que o foco da batalha se deslocara para o centro, diretamente diante dos seus *husarz*.

No mesmo instante, o grão-*hetman*, acompanhado pelo seu estado-maior, apareceu à sua frente. Dos seus olhos emanavam faíscas e ele, tendo freado o seu cavalo diante do voivoda da Rutênia, gritou:

— Ao ataque, em nome de Deus!

— Atacar! — berrou o voivoda da Rutênia, grito que foi repetido imediatamente pelos seus capitães.

Uma floresta de lanças inclinou-se sobre as cabeças dos cavalos, e quinze destacamentos daquela cavalaria pesada, acostumada a destruir tudo que encontrava pela frente, partiu como uma nuvem negra.

Desde a batalha de Varsóvia, na qual a *husaria* lituana abrira uma cunha nos exércitos suecos, nunca houve um ataque que pudesse comparar-se a este. Os destacamentos começaram trotando, mas, duzentos passos depois, os capitães gritaram "A galope!" e os cavalarianos, soltando o seu costumeiro grito aterrador "Matem! Esfolem!", inclinaram-se nas selas e os cavalos adquiriram o seu ímpeto máximo. A compacta massa de cavalos em disparada, homens de ferro e lanças inclinadas pareciam conter em si a incontrolável fúria da natureza, avançando como uma onda irreprimível, uma tempestade sem limites, estrondosa e cheia de fúria. A terra tremia sob o seu peso e estava claro que, mesmo que nenhum dos seus componentes tivesse uma lança ou sacasse de uma espada, ela esmagaria tudo com seu ímpeto e peso, assim como um tufão põe por terra as árvores de uma floresta. E foi com este ímpeto que a *husaria* chegou ao campo de batalha, encharcado de sangue e coberto de cadáveres. Alguns destacamentos da cavalaria ligeira ainda combatiam os *spah* em ambos os flancos, mas a passagem central estava bloqueada por verdadeiras paredes formadas pelas alas dos *janczar*. Atacadas por diversas vezes pela cavalaria ligeira, elas haviam resistido bravamente, tendo ficado para a *husaria* a tarefa de parti-las de vez.

Os *janczar* dispararam uma salva de alguns milhares de mosquetões. Depois fincaram suas lanças no chão, apoiaram-se firmemente sobre os pés e, com olhos fixos naquela onda terrível, as mãos tremendo e corações batendo em disparada, aguardaram o choque.

"Alá!... Jesus e Maria!" — misturam-se estes dois gritos terríveis, saindo do peito dos combatentes de ambos os lados. A parede humana balança e se rompe; o estalido seco de lanças quebradas abafa por um momento todos os demais sons, para ser seguido pelos de choque de ferro contra ferro, como milhares de malhos batendo em ferro em brasa, gritos compactos e isolados, ocasionais disparos de pistolas e uivos de terror. Atacantes e atacados, misturados entre si, combatem corpo a corpo e inicia-se um massacre que encharca a terra de sangue.

As primeiras, segundas, terceiras e décimas alas de *janczar* jazem esmagadas, pisoteadas pelas patas dos cavalos, furadas por lanças e cortadas por espadas. Mas Kiaja, o "Leão Divino" de barbas brancas, atira novas alas no vórtice da contenda. De nada adianta caírem uma após outra — continuam combatendo. Tomados de fúria irracional, tudo o que queriam era matar e serem mortos. Uma massa compacta de peitos de cavalos os empurra, abala e derruba, e eles passam a furar a barriga dos cavalos com os punhais; lâminas brilhantes como raios caem sobre suas cabeças, troncos e braços, mas eles continuam a atingir os cavalarianos nas pernas e nos joelhos, reviran-do-se na terra como vermes — morrendo e se vingando.

O "Leão Divino" envia mais e mais regimentos para a morte certa; ani-ma-os com gritos e, com sua cimitarra erguida ao alto, atira-se junto com eles. No mesmo instante, um *husarz* gigantesco que, feito uma chama, destruía tudo à sua frente, avança sobre o guerreiro de barbas brancas, ergue-se nos seus estribos para poder aplicar um golpe com mais força e, com a rapidez de um raio, atinge a vetusta cabeça com a lâmina da sua espada. Nem o fio da cimitarra nem a cota de malha de aço feita em Damasco resistem ao golpe — e Kiaja, praticamente cortado ao meio, cai por terra.

Pan Nowowiejski, que já havia feito terríveis estragos nas hostes inimi-gas, uma vez que ninguém era capaz de se opor à sua força física nem à sua fúria selvagem, prestara um serviço inestimável ao derrubar o velho guer-reiro, único capaz de manter ainda o ânimo dos seus homens. Ao verem cair morto o seu líder, os *janczar* soltaram um grito de desespero e uma dezena deles virou seus mosquetões para o peito do guerreiro que, mais parecendo uma ave soturna, voltou-se para eles. E antes que outros guerreiros poloneses pudessem atacá-los, ecoou uma salva de tiros. *Pan* No-wowiejski empinou o cavalo e inclinou-se sobre a sela. Dois dos seus com-panheiros de armas agarraram-no pelos braços, mas em vão — seu rosto cobriu-se com um sorriso não visto há muito tempo, seus olhos se cerra-ram e, dos seus lábios pálidos, emanaram algumas palavras que, em função da balbúrdia geral, não puderam ser ouvidas. Enquanto isto, as últimas alas dos *janczar* se arqueavam.

O valente Janisz-paxá ainda quis continuar combatendo, mas as hostes turcas foram tomadas de pânico; as alas se misturaram e, atacadas, piso-teadas e sob golpes de espadas, não podiam mais entrar em formação. Fi-nalmente, romperam-se como se rompe uma corrente esticada além da sua resistência, e os seus membros, qual projéteis disparados a esmo, dis-persaram-se por todos os lados, urrando, gritando, atirando as armas no chão e protegendo a cabeça com as mãos. A cavalaria partiu em seu encalço, e eles, não podendo esconder-se, juntavam-se em grupos agitados so-bre cujos dorsos os cavalarianos banhavam-se de sangue. O temível arqueiro Muszalski desferiu um golpe tão devastador no pescoço do corajoso

O PEQUENO CAVALEIRO

Janisz-paxá que sua medula esguichou da coluna vertebral, manchando sua veste de seda e escorrendo sobre as brilhantes escamas da sua armadura prateada.

Os *janczar*, os infantes regulares derrotados pela infantaria polonesa e uma parte dos cavalarianos turcos — ou seja, praticamente todas as tropas do inimigo, começaram a fugir do acampamento, em direção ao fundo do desfiladeiro. Muitos se atiraram nele, *"não para escapar da morte, mas para não serem mortos pelos poloneses"*, como foi registrado na crônica da batalha. Para evitar isto, *pan* Bidzinski tentou bloquear sua passagem, mas a multidão em fuga empurrou-o, junto com os seus homens, desfiladeiro abaixo, que logo se encheu até a borda com corpos de mortos, feridos e asfixiados. Do seu fundo, emanavam gemidos terríveis, enquanto milhares de corpos agitavam-se espasmodicamente, chutando-se mutuamente ou arranhando-se em convulsões. Os gemidos e as convulsões persistiram por toda noite, cada vez mais lentos e cada vez mais imperceptíveis, até cessarem por completo durante a madrugada.

O resultado do ataque da *husaria* foi indescritível. Em volta das tendas de Hussein-paxá jaziam mais de oito mil cadáveres de *janczar*, sem contar os que morreram na fuga ou no fundo do precipício. A cavalaria pesada polonesa estava no meio das tendas inimigas — *pan* Sobieski triunfara. As trombetas soavam toques de vitória quando, inesperadamente, a batalha recomeçou.

Quando as alas dos *janczar* foram rompidas, o vizir Hussein, à frente da sua guarda montada e do resto de toda a cavalaria turca, recuara para trás do portão oriental. Ao ser interceptado pelos regimentos de *pan* Dimitry Wisniowiecki, resolveu voltar ao acampamento em busca de uma outra saída, como um animal aprisionado numa armadilha. E o fez com tamanho ímpeto que reduziu a pó um destacamento inteiro de cavalaria ligeira, causou uma confusão no meio dos infantes já ocupados com saques, chegando à *"distância de um tiro de pistola"* do próprio grão-*hetman* polonês.

"Quando já estávamos no acampamento inimigo", escreveu mais tarde *pan* Sobieski, *"quase fomos derrotados, o que não ocorreu exclusivamente graças à extraordinária coragem da* husaria." Realmente, o ataque turco foi arrasador, principalmente por ter sido completamente inesperado e

movido pelo desespero. Mas a *husaria*, ainda não arrefecida do calor da batalha, atirou-se imediatamente sobre o inimigo. O primeiro destacamento a atingir os turcos foi o de *pan* Prusinowski, que conteve o seu ímpeto. Em seguida, partiram para cima deles o destacamento de Skrzetuski e o resto de todos os que estavam por perto: infantes, cavalarianos, serviçais. O confronto que se seguiu, embora um tanto desordenado, não foi menos impetuoso que o ataque da *husaria* sobre os *janczar*.

Após a batalha, os guerreiros poloneses comentaram com admiração a bravura dos turcos que, finalmente cercados por Wisniowiecki e os dois *hetman* da Lituânia, combateram com tal valentia que, embora o grão-*hetman* tivesse permitido que suas vidas fossem poupadas, apenas alguns se renderam. Quando, depois de uma hora de combate, a cavalaria pesada os destruiu, eles, clamando por Alá, continuaram combatendo em pequenos grupos ou mesmo individualmente.

E foi nestes combates finais que foram realizados grandes feitos, cuja memória permanece até os dias de hoje. Foi neles que o *hetman* lituano Radziwill decepou a cabeça de um gigantesco paxá que, minutos antes, matara os *pan* Rudomin, Kimbar e Rdultowski. Também foi lá que *pan* Sobieski dignou-se a matar pessoalmente um *spah* que disparara uma pistola em sua direção, e que *pan* Bidzinski, após escapar milagrosamente com vida da queda no precipício e apesar de gravemente ferido, atirou-se imediatamente no vórtice da batalha, lutando até desfalecer. Depois, ficou doente por meses, mas, ao recuperar a saúde, voltou a combater na guerra, cobrindo de mais glória o seu já famoso nome.

Daqueles que não tinham sangue nobre nas veias, destacaram-se *pan* Ruszczyc, matando cavalarianos assim como um lobo mata cordeiros num rebanho, e *pan* Jan Skrzetuski, ao lado de quem os seus filhos lutaram como leõezinhos enfurecidos. Mais tarde, os guerreiros ficaram imaginando, com grande pesar e tristeza, o que não teria feito o maior espadachim de todos os tempos, *pan* Wolodyjowski, não tivesse ele morrido coberto de glória um ano antes. No entanto, todos aqueles que aprenderam a lutar com ele conquistaram, naquele campo ensangüentado, glória mais do que suficiente para si e para ele.

O PEQUENO CAVALEIRO   619

Dos antigos guerreiros de Chreptiów perderam a vida, além de *pan* Nowowiejski, os *pan* Motowidlo e Muszalski. *Pan* Motowidlo recebeu vários tiros no peito e desabou como um carvalho. Testemunhas oculares do seu fim afirmavam que ele tombara pelas mãos daqueles irmãos cossacos que, sob o comando de Hohol, permanecerem do lado de Hussein, lutando contra a mãe-pátria e a cristandade. Quanto ao incomparável arqueiro *pan* Muszalski, por mais estranho que possa parecer, morreu atravessado por uma flecha disparada por um turco em fuga. A seta atravessou sua garganta exatamente no momento em que ele tentava pegar o seu arco para, já no fim da batalha, despachar mais alguns mensageiros da morte na direção dos fugitivos. Por certo, sua alma ligou-se à alma de Dydiuk, para que a amizade travada entre eles numa galera turca ficasse atada para sempre. Os antigos companheiros de Chreptiów encontraram aqueles três corpos no campo de batalha e cobriram-nos de lágrimas sinceras, embora invejando suas mortes tão gloriosas. *Pan* Nowowiejski tinha um sorriso nos lábios e o rosto em paz; *pan* Motowidlo parecia adormecido, enquanto *pan* Muszalski tinha os olhos elevados para o céu, como se estivesse rezando. Enterraram-nos, juntos, naquele campo de Chocim, debaixo de uma rocha sobre a qual mandaram gravar uma cruz com seus três nomes.

O comandante-geral dos exércitos turcos, Hussein-paxá, conseguiu escapar montado no seu puro-sangue árabe até Istambul, somente para receber uma corda de seda verde das mãos do sultão.* De todos os possantes exércitos turcos, apenas alguns pequenos grupos conseguiram escapar do *pogrom*. Os últimos destacamentos da cavalaria de Hussein foram sendo atirados, como uma peteca, das mãos de um *hetman* para as do outro, até serem quase totalmente exterminados. Dos *janczar*, escaparam apenas alguns poucos. O gigantesco acampamento turco ficou coberto por uma mistura de sangue com neve e tantos cadáveres que somente corvos e lobos evitaram uma epidemia que costumava surgir no meio de corpos em decomposição. Os exércitos poloneses ficaram tão impregnados pelo sabor da vitória que, mesmo sem descansarem após a batalha, reconquistaram

---

*Segundo a tradição turca, aquele que recebia uma corda de seda verde do sultão devia nela se enforcar. (*N. do T.*)

Chocim. Os espólios da batalha foram incontáveis. O grão-*hetman* enviou cento e vinte canhões e mais de trezentas bandeiras daquele campo onde, pela segunda vez no mesmo século, a Polônia havia obtido uma vitória esmagadora.

De dentro da tenda de Hussein, decorada com ouro e pedras preciosas, *pan* Sobieski despachou mensageiros para todos os cantos da Europa, portando a feliz notícia da espetacular vitória. Em seguida, os regimentos de cavalaria e infantaria, todos os destacamentos poloneses, lituanos e cossacos juntaram-se numa missa de ação de graças e, naquele campo onde ainda no dia anterior os almuadems anunciavam em voz alta: "*Lacha il Allah!*", ecoou o canto de *Te Deum laudamus*.

O *hetman* assistiu à missa deitado de bruços e com os braços abertos em cruz e, quando se levantou, lágrimas de alegria escorriam pelo seu rosto. Diante daquela visão, as alas de soldados, ainda cobertas de sangue e tremendo em função do esforço empenhado na batalha, exclamaram a uma só voz:

— *Vivat Johannes Victor!!!*

E quando, dez anos mais tarde, a majestade do rei Jan III transformou em pó o poderio turco na batalha de Viena, o mesmo grito foi repetido por todos os cantos do mundo em que sinos de igrejas conclamavam os fiéis à missa...

Aqui termina esta série de livros, escrita no decurso de vários anos e não sem grande esforço — para fortalecer os corações dos homens.

POSFÁCIO

O *pequeno cavaleiro* é diferente das duas primeiras partes da trilogia, não só por ser a mais curta (apenas um volume em comparação com os dois volumes de *A ferro e fogo* e os três de *O dilúvio*), mas também em vários outros aspectos.

Enquanto as duas primeiras partes poderiam ser lidas como livros independentes, *O pequeno cavaleiro* somente poderá ser devidamente apreciado por aqueles que leram pelo menos *O dilúvio*, já que se trata de uma continuação deste, muito embora o tratamento dado a ele por Sienkiewicz não fosse mais tão "histórico", mas muito mais "romanesco".

Excluindo os últimos capítulos que tratam da batalha de Kamieniec, e o Epílogo, dedicado à de Chocim, o autor deixa de mencionar fatos relevantes da história polono-lituana na segunda metade do século XVII. Tal atitude cria uma dificuldade adicional à redação do presente posfácio no qual, a exemplo dos posfácios de *A ferro e fogo* e *O dilúvio*, tive a intenção de adicionar alguns dados históricos e diferenciar os personagens fictícios dos reais, apresentando uma biografia resumida destes últimos.

Embora *O dilúvio* tivesse terminado com a recuperação da coroa por João Casimiro, o autor faz apenas uma breve menção ao fato de este ter abdicado e que estava sendo realizada a eleição de um novo rei e, mesmo tendo relacionado o nome dos candidatos, nunca chegou a revelar o nome do eleito.

Ficaram de fora também todas as intrigas, complôs, levantes e golpes tão freqüentes nas duas partes anteriores e, o que é mais surpreendente, Sienkiewicz termina a trilogia logo após a vitória de Chocim, portanto dez anos antes de Sobieski, já então coroado como rei da Polônia, ter derrotado os turcos às portas de Viena. É bem provável que Sienkiewicz, tendo escrito a trilogia com o firme propósito de "fortalecer os corações" dos seus conterrâneos numa época em que a Polônia havia sido riscada do mapa, deixou propositalmente aos seus leitores apenas uma "pista" da imensurável glória que a aguardava, pois a batalha de Viena foi um ápice da história — não só da Polônia, mas de toda a cristandade.

Munido dos mesmos livros de referência usados nos posfácios de *A ferro e fogo* e *O dilúvio*, tentarei satisfazer a curiosidade dos leitores, preenchendo algumas lacunas históricas e apresentando uma breve biografia do principal personagem real do livro: o grão-*hetman* Jan Sobieski, futuro Jan III, rei da Polônia.

O sucessor eleito para o trono da República foi o príncipe Michal Korbut Wisniowiecki, filho do famoso Jeremi, mas que não herdara a magnificência do seu pai. Fraco e doente, reinou apenas por quatro anos, sendo sucedido por Sobieski, conhecido como Jan III.

Não encontrei qualquer referência a Azja Tuhaj-bey, muito embora o seu pai tivesse existido de fato e foi o mais temível de todos os *mirza* tártaros, sendo que suas façanhas foram descritas em *A ferro e fogo*. Também são fictícios os nomes da maioria dos guerreiros de Chreptiów, sendo reais os dos líderes militares poloneses, cossacos, tártaros e turcos, inclusive o do infeliz Hussein-paxá que teve que se enforcar na corda de seda verde que recebera do sultão.

De todos eles, o de grão-*hetman* é o que mais se destaca e merece um parágrafo exclusivo para si.

Jan Sobieski (1629-1696) foi um dos mais instruídos reis da Polônia do século XVII, tendo viajado por quase todos os países da Europa, falando fluentemente latim, polonês, francês, italiano e alemão. Enviado como emissário da República para Istambul, aprendeu também turco e tártaro. Por ocasião da vergonhosa entrega da Grã-Polônia aos suecos em Ujsc,* Sobieski, junto com a grande parte das tropas polonesas, passou a servir a Carlos Gustavo. No entanto, sete meses depois, passou para o lado de João Casimiro, destacando-se na batalha de Varsóvia e tornando-se um dos responsáveis pela derrota dos suecos. Profundamente apaixonado por Marie-

---

*Os acontecimentos de Ujsc estão descritos detalhadamente em *O dilúvio*. (N. do T.)

O PEQUENO CAVALEIRO

Casimire de la Grange d'Arquien (uma das damas da corte da francesa Maria Ludwika, rainha da Polônia e mais conhecida pelo seu diminutivo em polonês: Marysienka), casou-se com ela em 1655 e, quando foi eleito rei, em 1674, sofreu forte influência pró-francesa da sua esposa. O sonho de Sobieski era acabar com as guerras turcas, cooperar com a França e reforçar a posição da Polônia no Báltico, mas tendo notado que os franceses tratavam-no mais como um vassalo do que um aliado, passou a apoiar os Habsburgos. No verão de 1683, quando os exércitos turcos aproximaram-se de Viena, Sobieski levou seus exércitos para lá e assumiu o comando da defesa da cidade. Após derrotá-los na famosa batalha de Viena, quis continuar a combatê-los até expulsá-los da Moldávia e fazê-los vassalos da Polônia. Seus planos falharam ironicamente em função da sua fama. Nomeado como "O salvador de Viena e de toda a civilização da Europa Ocidental" pelo papa, despertou inveja dos demais monarcas absolutistas europeus, além de incutir na *szlachta* a suspeita de que queria substituir a monarquia eleitoral por uma dinastia e obter o tão temido *absolutum dominium*. Morreu desgostoso em 1696, mas reconhecido como um dos maiores reis da Polônia. Grande patrono das artes, construiu vários palácios, sendo o de Wilanów, em Varsóvia, o mais famoso de todos e, hoje, transformado num museu.

Quanto à batalha de Viena, ela resultou de um tratado entre o rei Jan III Sobieski e o imperador Leopoldo I, segundo o qual os poloneses teriam que vir em ajuda ao império dos Habsburgos caso este fosse atacado pelos turcos. Sobieski foi para Viena com 25.000 soldados, juntou-se às tropas austríacas e alemãs e, no dia 12 de setembro de 1683, assumiu o comando geral das 81.000 tropas cristãs, derrotando os 140.000 homens dos exércitos turcos comandados pelo novo grão-vizir Kara Mustafá, principalmente graças à sua insuperável *husaria*. A vitória freou o avanço dos turcos sobre a Europa e iniciou a sua gradual retirada da península balcânica, reforçando assim o conceito de *Antemurale** e definindo a Polônia como o "baluarte da civilização ocidental".

**Antemurale* — conceito segundo o qual cabia aos países católicos da Europa Central (como Polônia e Hungria) resistir aos avanços dos pagãos tártaros e turcos, permitindo assim aos países da Europa Ocidental se dedicarem às conquistas das suas colônias. (*N. do T.*)

HENRYK SIENKIEWICZ

O Vaticano encomendou a um dos maiores pintores poloneses, Jan Matejko (1838-1893), o gigantesco quadro denominado "Jan III Sobieski entrega ao cônego Denhoff uma carta ao papa com a notícia da vitória em Viena", exposto numa sala exclusiva junto da Capela Sistina e cujo fragmento central ilustra a capa do presente livro.

Tomasz Barcinski

GLOSSÁRIO

Agá (turco) — Título honorífico dado a pessoas de distinção em países muçulmanos.

Ataman (ucraniano) — Comandante de exércitos e líder de assentamentos cossacos, originalmente eleito e mais tarde nomeado pelos tzares russos.

Bagadyr (tártaro) — Herói, guerreiro indomável, alguém digno de admiração e respeito.

Bigos (polonês) — Um dos mais comuns pratos poloneses, apreciado até os dias de hoje e feito com uma mistura de chucrute com pequenos pedaços das mais diversas carnes (bovina, de vitela e de porco) e temperado com toucinho e cogumelos.

Bunczuk (ucraniano) — Haste de madeira encimada por uma esfera da qual pendiam caudas de cavalos, que eram portadas diante de comandantes turcos (quanto mais caudas, maior a patente: uma cauda para os *bei*, duas para os *mirza* e três para os *khan*) e, mais tarde, adotada pelos tártaros e cossacos e, finalmente, pelos *hetman* poloneses.

Bulawa (turco) — Bastão encimado por uma insígnia, geralmente incrustada de pedras preciosas. Símbolo de comando dos *hetman* no passado, é utilizado até hoje pelos marechais-de-campo na maioria dos exércitos.

Czeremisy (polonês) — Nome dado aos tártaros da Polônia e Ucrânia que serviam nos exércitos da República, enquanto os que provinham da Lituânia eram chamados de *lipki*.

Dzikie Pola (polonês) — Planícies Selvagens — estepes no sudoeste da Ucrânia, ao norte do mar Negro.

Effendi (turco) — Forma respeitosa usada pelos tártaros e turcos, equivalente a "amo" ou "mestre".

626 HENRYK SIENKIEWICZ

Hajduk (húngaro) — Pajem jovem e belo que, vestido à moda húngara, servia nas antigas cortes polonesas para lhes dar mais pompa e brilho.

Hajduczek (húngaro-polonês) — Diminutivo de *hajduk*. O termo é um substantivo masculino, no entanto, para evitar uma confusão na mente dos leitores brasileiros, na tradução foi adotada a sua variante feminina: "pajenzinha" — um termo não existente na língua portuguesa.

Hetman (tcheco) — General comandante das forças armadas da Polônia e da Lituânia, desde o século XV até o desmembramento da União, no século XVIII.

Husarz (polonês) — Membro da *husaria*.

Husaria (polonês) — Cavalaria pesada polonesa dos séculos XVII e XVIII, fortemente armada e trajando uma armadura com grandes asas às costas, cujo rufar assustava os cavalos dos inimigos, pondo-os em fuga.

Janczar (turco) — Soldado da infantaria turca, formada originalmente por prisioneiros cristãos forçados a adotar a fé muçulmana e, mais tarde, por turcos natos.

Kaffiyeh (árabe) — Denominação de um pano (geralmente branco) envolto por três cordas (geralmente pretas), usado pelos árabes para cobrirem as cabeça.

Kajmakan (turco) — Substituto do grão-vizir.

Khan (turco) — Senhor feudal no Oriente, principalmente entre os povos tártaros, turcos e mongóis.

Komboloi (grego) — Fieiras de contas usadas até hoje por gregos e árabes para ocuparem as mãos quando ociosas. Chamadas de *"masabaha"* nos países árabes, no mundo ocidental são mais conhecidas como *"worry beads"*.

Krakowiak (polonês) — Dança típica da região de Cracóvia, na qual o cavalheiro apóia o braço esquerdo no quadril e bate com força com os pés no chão.

Lach e *Lech* (polonês) — Antigas denominações dos poloneses, muito usadas pelos cossacos, tártaros e turcos.

Lechistan (turco-polonês) — Nome dado à Polônia pelos povos do Oriente, adaptando a antiga denominação dos poloneses.

Lipek (polonês) — Singular de *lipki*.

O PEQUENO CAVALEIRO

Lipki (polonês) — Nome dado aos tártaros lituanos que, desde o século XVI, tinham destacamentos próprios nos exércitos da Confederação Polono-Lituana e, em função disto, receberam terras e privilégios.

Mirza (persa) — Líder tártaro. Quando usado após o nome próprio, indica que se trata de um príncipe.

Na pohybel (polonês) — Expressão cossaca, de origem ucraniana, impossível de ser traduzida. Um misto de "à forca" ou "ao patíbulo", muito usada como uma maldição, do tipo "vais morrer" ou "estás condenado".

Pan (polonês) — O mesmo sentido que "senhor": tratamento respeitoso dispensado aos homens, fossem soberanos, proprietários feudais, amos, patrões, donos de propriedade e até, Deus — em polonês, chega a fazer parte dos nomes e/ou sobrenomes das pessoas.

Pani (polonês) — Feminino de *pan*.

Panna, ou panienka (polonês) — Senhorita — moça solteira.

Safian (persa) — Couro de bode ou carneiro, muito delicado, fino e colorido, utilizado na confecção de sapatos de qualidade e encadernação de livros.

Spah (turco) — Membro da cavalaria pesada da Turquia.

Szlachcianka (polonês) — Feminino de *szlachcic*.

Szlachcic (polonês) — Membro da *szlachta*.

Szlachta (polonês) — Extrato social hereditário na Europa feudal formada por guerreiros que, tendo se destacado em batalhas, receberam terras e privilégios dos seus senhores.

Talar (alemão) — Grande moeda de prata usada em vários países europeus desde o século XV e que, na Polônia, permaneceu em circulação até a segunda metade do século XIX.

Wataha (ucraniano) — Bando de assaltantes fortemente armados que se especializavam em atacar e saquear grupos de viajantes, aldeias e até pequenas cidades, na Ucrânia e Rutênia.

Zloty (polonês) — Literalmente significa "dourado", mas é também a denominação da moeda polonesa, usada até os dias de hoje.

Este livro foi composto na tipologia Revival565 Bt,
em corpo 11/15, e impresso em papel
off-white 80g/m² no Sistema Cameron da
Divisão Gráfica da Distribuidora Record.

Seja um Leitor Preferencial Record
e receba informações sobre nossos lançamentos.
Escreva para
RP Record
Caixa Postal 23.052
Rio de Janeiro, RJ – CEP 20922-970
dando seu nome e endereço
e tenha acesso a nossas ofertas especiais.

Válido somente no Brasil.

Ou visite a nossa *home page*:
http://www.record.com.br